Martina Zöllner

Bleibtreu

Roman

DuMont

Erste Auflage 2003

Ausstattung und Umschlag: Groothuis, Lohfert, Consorten (Hamburg)
Gesetzt aus der Baskerville Book BQ
Gedruckt auf säurefreiem und chlorfrei gebleichtem Papier
Satz: Greiner & Reichel, Köln
Druck und Verarbeitung: Clausen & Bosse, Leck
Printed in Germany
ISBN 3-8321-7856-2

Sie saß am Fenster, beobachtete, wie der Abend auf die Straße herabsank. Ihr Kopf lehnte gegen die Fenstervorhänge, und sie roch den Duft des staubigen Stoffes. Sie war müde.

James Joyce, Dubliner

für Martha

Erster Teil

Anfangen

Jetzt bloß nicht seitwärts äugen, in die Fensterscheibe, sonst ist die Illusion dahin.

Zu Hause, beim Zurechtmachen, habe ich jedenfalls das optimale Schönheitsgefühl herausgeholt. Schöner, als ich mir da vorgekommen bin, kann ich mir nicht vorkommen. Mehr ist nicht drin. Ich bin sechsunddreißig, ich weiß Bescheid über mich. Für jeden Tag könnte ich eine Verlaufskurve meines Schönheitsgefühls zeichnen. Wenn ich Barbara treffe, zum Beispiel, sinkt die Kurve immer. Sobald Barbara auf mich zukommt, duftend und mit schwingenden Locken, fühle ich mich gleich unscheinbar. Auch wenn ich eine Minute vorher, vor meinem Spiegel, noch ganz einverstanden mit mir war. So wie vorhin, als ich das Haus verließ. In etwas geraderer Haltung als sonst, vielleicht auch etwas anders gehend, weil ich den langen Rock mit dem Schlitz anhatte und mir schön vorkam. Jedenfalls beinahe. In so einem Rock stellt sich der passende Hüftschwung automatisch ein. Wie das wirkt, weiß ich nicht. Allerdings habe ich schon ein paar Männerblicke dieser speziellen Art bemerkt, als ich vor nicht ganz einer Stunde in den Zug nach Kassel stieg. Wenn Christian sagt, ich sei schön, zucke ich immer zusammen. Christian findet mich in jeder Situation schön, auch wenn ich eine Schnupfennase habe oder morgens verquollen neben ihm aufwache. Für gewöhnlich werde ich von solchen, die sich genötigt fühlen, mein Äußeres zu beurteilen, höchstens mit dem Wort attraktiv versehen. Seit Christian mich sogar auf den Abiturfotos schön gefunden hat, obwohl ich damals ein blasses Provinzpummelchen in quadratmetergroßen, selbstgestrickten Pullovern war, weiß ich, daß ich ihn, was diesen Punkt angeht, nicht ernstnehmen kann. Dabei möchte ich nichts als für ihn schön sein. Aber seit ich hier im Zug sitze und auf ihn zufahre, geht die Kurve wieder deutlich nach unten. Das Schlimmste wäre, jetzt noch auf die Toilette zu müssen. Ein Blick auf mein neonbeleuchtetes Spiegelbild, und ich käme picklig und zwei Zentimeter kleiner wieder aus der Toilette heraus. Über die menschenverachtenden Lichtverhältnisse in Zugtoiletten müßte man mal eine Glosse schreiben. Zugfahren macht häßlich. Von der trockenen Klimaanlagenluft bekommt man müde Augen, oder brennende Augen, oder beides. Leider habe ich empfindliche Augen. Und meiner Haut sieht man jede Unsicherheit an, die ich noch mit beherztem Auftreten locker überspiele. Ich will diese Zugfahrt lang von meinem Spiegelbild verschont bleiben. Was gar nicht so einfach ist, weil es im ICE so viel Chrom und Glas gibt und ich dann nicht anders kann als hineinsehen. Wenn wir Zug fahren, Christian und ich, macht es ihm Vergnügen, mich dabei zu erwischen. Nur du und Laura, sagt er, schauen so oft in alles, was spiegelt. Sonst habe er eine solche Sucht noch nie erlebt. Mit sonst hat er wahrscheinlich die Legion Frauen gemeint, die im Laufe der Jahre mit ihm in Betten und wahrscheinlich auch in Züge gestiegen ist. Laura ist allerdings eine von Christians Töchtern. Ihre Zwillingsschwester heißt Agathe. Sie sind vier Jahre jünger als ich. Dann gibt es noch Alexander, den ältesten, Filmregisseur; er hat an der dffb studiert. »Schöner lieben« ist allerdings sein einziger Kino-Erfolg, und der liegt auch schon ein paar Jahre zurück. Obwohl Alexander in Schwabing eine Wohnung hat, sieht Christian ihn nicht oft. Die eine Tochter sieht er, sagt er, nie mehr, hat aber, sagt er, mit ihr lebendigsten Telefonkontakt. Laura, studierte Archäologin, gräbt mit ihrem Professor seit Jahr und Tag in Ephesus und muß jede bessere ionische Scherbe stolz dem Vater melden, und der meldet sie dann ebenso stolz mir. Agathe ist Waldorflehrerin irgendwo in München. Christian sagt, sie habe den brennenden Ehrgeiz, unauffällig zu sein. Aus der Maximilianstraße bringt er ihr ab und zu etwas Schickes mit, das Agathe dann nicht anzieht. Christian und ich haben uns vor zwei Jahren kennengelernt, als er, der vorher halbwegs bekannt war, mit seinem Buch »Kritik der Harmlosigkeit« auf einmal richtig berühmt wurde. Als ich geboren wurde, hat er geheiratet. Heute ist er immer noch verheiratet, und immer noch mit derselben Frau. Unsere Situation ist aussichtslos. Wir lieben uns, wie sich noch nie zwei Menschen geliebt haben.

Unsere Liebe hat Christian auf eine Idee gebracht. Ein Buch, Arbeitstitel »Das Näheprojekt«. These: Je näher zwei Menschen einander kommen, desto abhängiger werden sie von der Sprache. Je mehr sie von der Sprache abhängig werden, um so mehr sind sie in Gefahr, sich selbst durch Sprache zu ersetzen. Um das zu beweisen, will er, was er bisher immer abgelehnt hat, methodisch einen Ausflug in die Empirie machen und ichweißnichtwievielhundert Liebespaare getrennt voneinander befragen. Bis jetzt allerdings ist das, was ich so von mir gebe, sein einziges Sprachmaterial. »Das Näheprojekt« soll ungefähr da anfangen, wo Roland Barthes in den »Fragmenten einer Sprache der Liebe« aufgehört hat. Vorher aber muß Christian sein Schopenhauer-Buch schreiben: »Schopenhauer, mein Erzieher«. Dann noch ein kürzeres, Arbeitstitel »Die Wahrheitsillusion«. Wenn Christian von seinen Plänen redet, klingt es immer, als rede er nur über uns. »Das Näheprojekt«, das sind wir als Extremfall. Noch nie, sagt Christian, sei die von solchen Bedingungen – er meint vor allem den Altersunterschied, unsere Zahlenbedingungen – diktierte Sprache der Liebe und der Sexualität *gefühls- und sprachgenau* analysiert worden! Für die Sprache sei das der Härtetest schlechthin. Einmal, in einem Hotel in Hannover, hat er mir aus einem seiner Arbeitsbücher Sätze vorgelesen, die er für »Das Näheprojekt« notiert hat. Allerdings finde ich, es ist kein einziger Satz darunter gewesen, der unsere *Nähe* ausgedrückt hat. Das sind doch nicht wir, habe ich empört gesagt, aber Christian hat gelacht und gemeint, ich müsse doch wissen, wie sich Erfahrungen auf dem Papier zuspitzten! In seinen Aufzeichnungen hat er zwei Abkürzungen für mich: A für Antonia und DJD für das junge Ding. Das junge Ding hat ein gewaltiges Repertoire übertriebener Gesten und äußert sich dauernd vieldeutig über seine Kontakte zu anderen Männern. Als würde es etwas verheimlichen. Oder wenigstens verharmlosen. Auf jeden Fall ist DJD nicht zu trauen. Das sind deine Sätze, beinahe wörtlich! hat Christian triumphierend gesagt, als ich protestiert habe. Inzwischen ist mir klar, wie er zu diesen Sätzen gekommen ist. Als ich, zum Beispiel, Achim Kühnholz einmal abends getroffen habe, hat sich Christian, unter Berufung auf unsere *Nähe*, den Verlauf in allen Einzelheiten schildern lassen. Bitte, ich will es mir vorstellen können, als sei ich dabeigewesen! Notiert hat er aber nur zwei Sätze. Die gingen ungefähr so: *Beim Abschied vor ihrem Hotel, gab sie zu, sei K. ihr zwar näher gekommen, habe sie aber nur auf die Wange geküßt, obwohl sie an ihrem Bauch seinen Druck schon deutlich gespürt habe.* Und dann, mit andersfarbigem Kugelschreiber: *Was sie zugibt, ist das, was sie glaubt, ihm zumuten zu können. Nichts verhindert Nähe so sehr wie Liebe. Solange Liebe sich als Pflicht zur Wohltat versteht.* Ist das alles, habe ich gefragt, und er hat mir diesen halb amüsierten, halb nachsichtigen Blick zugeworfen, mit dem er von einem Moment auf den anderen seinen ganzen Lebenserfahrungsüberschuß geltend machen kann. Wenn ich ehrlich bin, glaube ich nicht, daß Christian das »Näheprojekt« je zu Ende bringen wird. Jedenfalls nicht so *gefühls-* und *sprachgenau*, wie er es sich vorgenommen hat.

Daß ich neuerdings meinen Laptop mitschleppe, wenn wir miteinander reisen, wundert Christian nicht. Schließlich habe ich viel Zeit, während ich in Hotelzimmern auf ihn warte, und womit sonst kann man Warten sinnvoll vertun als mit Arbeit! Und Arbeit, das ist für Christian sowieso nichts anderes als Lesen und Schreiben. Wahrscheinlich denkt er, daß ich irgendwas recherchiere. Er selbst schreibt seine Bücher immer noch mit der alten Olympia. Anfangs habe ich kaum mehr als die Reisedaten festgehalten. Irgendwann mußte ich mir dann eingestehen, daß sich meine Aufzeichnungen wie von selbst einem bestimmten Zweck unterordnen wollten. Wenn ich nur einen Augenblick daran denke, wie Christian die Sprache gefügig machen kann und was ich so drauf habe, wird mir ganz schlecht. Als ich zwanzig war und in Berlin Germanistik studierte, habe ich viele Nachmittage in meiner dunklen Schöneberger Wohnung verbracht, um aus meiner traurigen Studentinnenexistenz wenigstens auf dem Papier etwas zu machen. Damals wunderte das keinen: Heiner schrieb Gedichte irgendwo in der Weite des literarischen Niemandslands zwischen Paul Celan und Bob Dylan. Er sah auch ein bißchen wie Bob Dylan aus. Natürlich wie der *junge* Bob Dylan. Meine Schulfreundin Charlotte ging nach dem Abitur als Au-pair-Mädchen in die kanadische Provinz und schrieb dort auf Englisch eine Reihe von Kurzgeschichten, die im »New Forest Chronicle« abgedruckt wurden. Nur Karl hatte nie literarische Ambitionen. Nach der Zwischenprüfung brach er das Germanistikstudium ab und machte den Taxischein. Immerhin hat Heiner vor ein paar Jahren den Lyrikpreis des Landes Niedersachsen bekommen. Heute unterrichtet er Deutsch für Ausländer an drei verschiedenen Volkshochschulen in Lüneburg und Umgebung. Karl fährt, soweit ich weiß, noch immer Taxi. Charlotte ist in Kanada geblieben, sie hat in Toronto Psychologie studiert und einen Psychiater aus Winnipeg geheiratet. Inzwischen haben sie drei Kinder. Aus meinem Romanprojekt von damals ist natürlich nichts geworden. Ich bin Producerin bei FFORMAT Communications, Ressort Non-Fiction, Produktionsgruppe Kultur, die besteht allerdings nur aus Lars-Heinrich und mir. FFORMAT wird mit zwei f geschrieben, die zwei f stehen für Ferdinand Freytag, der FFORMAT bereits neunzehnhundertfünfundsechzig gründete, aber auch für *Fernsehen von Format* und, seit es den Begriff gibt, für *Fernsehformate*, und wir produzieren beinahe alle Fernsehformate, die es gibt. Als Producerin bei FFORMAT habe ich Gelegenheit, meine Vielseitigkeit zu beweisen, mal bin ich Dramaturgin, mal Redakteurin, mal muß ich akquirieren; manchmal bin ich auch Autorin, natürlich nicht von Romanen, sondern von Filmbeiträgen. Meine Aufzeichnungen von früher habe ich nie mehr angesehen, aus Angst, diese Mischung aus Selbstbemitleidung und Pathos nicht aushalten zu können. Wörter wie *Selbstverwirklichung, Aufklärung* und *Individualität* haben ihre Betörungspotenz inzwischen eingebüßt. Daß die auf jeder zweiten Seite vorgekommen sein müssen, ist schon Grund genug, meine alten Schreibhefte auf ewig in der untersten aller Schubladen zu belassen. Wieso hat es jetzt wieder angefangen? Wieso habe ich jetzt wieder angefangen? Das eben will ich wissen, Christian. Daß ich dir davon nichts sage, ist gegen unsere Verabredung. Verrat am *Näheprojekt.* Das Risiko gehe ich ein. Ich erzähl dir alles, aber das nicht. Vielleicht später, falls sich mein *Nähe*-Text zu irgend etwas auswachsen sollte. Jetzt fahr ich dir erst einmal entgegen, im ICE Hannah Arendt nach Kassel, mit leicht brennenden Augen und dem Laptop vor mir auf dem Klapptisch, in freudiger Erwartung eines Kurzaufenthaltes, auf alle Katastrophen gefaßt. Immerhin: bis jetzt habe ich in keinen Spiegel geschaut.

Antonia, das bist du nicht, hat Waltraud gesagt, nachdem ich ihr die ersten Seiten vorgelesen habe; schon vorher genau wissend, daß das ein Fehler sein würde. Es ist nichts als Eitelkeit gewesen, die mich dazu bewogen hat, die Ausdrucke in die Tasche zu stopfen, als ich mich zu ihr auf den Weg machte. Ich hatte auf ein Lob spekuliert – prompt kam die Quittung. Tante Anna hätte in so einem Fall gekichert, auf jene verschämte Weise, die schon während des Kicherns die Entschuldigung dafür gleich mitliefert, und den Spruch *Kleine Sünden straft der liebe Gott sofort!* auf pfälzisch intoniert. Noch während des Essens, als Waltraud davon sprach, daß ohne die Frauen auf diesem Planeten heutzutage gar nichts mehr gehe, ob Bevölkerungsexplosion oder Probleme des Arbeitsmarktes, die Frauen seien entscheidend, ihr Einfluß, gesamtgesellschaftlich gesehen, werde sich in naher Zukunft noch vergrößern, ich solle doch einmal an die Zustände bei FFORMAT denken, wer da im wesentlichen die Arbeit mache, ob das etwa die Männer seien? In ihrer beruflichen Umgebung – sie ist Cutterin oben beim Sender – sei es doch nicht anders. Irgendwann in allernächster Zeit müsse sich das auch in den Führungsetagen auswirken, daß die geistigen und kreativen Impulse an der Basis von den Frauen ausgingen! Noch während Waltraud dies im Verlautbarungston ausführte, etwa so, als müsse sie einer Kommission beweisen, daß sie innerhalb von drei Minuten aus jedem beliebigen Thema einen Spiegel-Artikel machen könne, war ich ganz sicher, daß ich über die paar Seiten in meiner Tasche kein Wort verlieren würde. Als ich dann, nach einem großen Glas Wein, der Versuchung erlag, hat Waltraud mir meine Blätter aus der Hand genommen, einen langen, skeptischen Blick darauf geworfen und dann diesen Satz gesagt. Offenbar meinte sie, mich vor der Person schützen zu müssen, die ich wurde, wenn ich schrieb. Du bist doch nicht so … verzagt!, sagte sie kopfschüttelnd, und mit der ihr eigenen Gnadenlosigkeit setzte sie hinzu: Also, ich würde das nicht weiterlesen wollen! Weil ich mit dieser Reaktion nicht gerechnet hatte, fielen meine Rechtfertigungsversuche zaghaft aus. Ich hörte mir zu, wie ich davon sprach, daß man nichts dafür könne, wie sich das auf dem Papier ergebe, und ich registrierte, daß ich versuchte, wie Christian zu sprechen. Während ich sprach, schämte ich mich entsetzlich, und mir wurde nur geringfügig leichter, als ich mich daran erinnerte, daß Waltraud unlängst John Irving mit Harry Mulisch verwechselt hatte, und Owen Meany mit Mulischs Held Quinten. Sie konnte logisch sein, als schnitte sie Gedanken mit der Rasierklinge auseinander, aber im Literarischen tapste sie doch ein wenig herum. Poesie war ihr nicht geheuer. Mich wollte sie so stark, wie sie selber war. Waltraud, die einzige, die das Geliebtendasein gelassen erträgt, mehr noch, sich darin entfaltet, und das seit einem Vierteljahrhundert. Sie geht auf die Fünfzig, aber sie ist mädchenhaft strahlend geblieben. Vielleicht, weil sie immer noch auf die Erfüllung des Glücks wartet. Um sich das Warten abzukürzen, hat Waltraud zwischenzeitlich geheiratet, einen pensionierten Physiklehrer; in seiner Jugend hatte er Priester werden wollen. Ich bin Trauzeugin gewesen. Zwar ist Ernst, der Geliebte, kurz vor Waltrauds Hochzeit krank geworden, doch das hat sich wieder gegeben. Ein Jahr nach der Heirat ist Heinz, der Physiklehrer, beim Reparieren des Garagendachs herunter und auf den Kopf gefallen. Eine Weile lag er im Koma, dann ist er gestorben, nicht ohne Waltraud ein Häuschen auf der Schwäbischen Alb und beachtliches Vermögen zu hinterlassen. Er hatte sein Leben lang praktisch nichts ausgegeben. Jetzt ist sie eine wohlhabende Witwe, ansonsten ist alles wie vorher. Obwohl sie Heinz aufrichtig nachtrauert. Während der Ehe hatte Waltraud ihr Doppelleben so organisiert, daß ihr nichts fehlte, und dabei auch noch zwei Männer glücklich gemacht. Heinz verdankte ihr solide sexuelle Basiserfahrungen, mit denen er in seinem Alter – er war etwa zwanzig Jahre älter als Waltraud – nicht mehr hatte rechnen können. Wahrscheinlich hat Waltraud einfach eine andere Grundausstattung als ich. Einmal hat sie mir erzählt, daß sie sich als Fünzehnjährige, am Weihnachtsabend, während des Essens, erhoben habe, um auf den festlich gedeckten Tisch zu steigen und sich nackt auszuziehen. Aus reinem Mutwillen, und weil sie sich selbst unwiderstehlich fand. Geplant habe sie das nicht, es sei eben einfach passiert. Sie sei dann etwa eine Minute lang vollkommen unbekleidet auf dem Tisch stehen geblieben, dann habe sie sich wieder angezogen. In aller Seelenruhe. Und das Seltsame, ja Unfaßbare sei gewesen, daß keiner der Anwesenden auch nur ein Wort über diese Aktion verloren habe! Bis heute nicht! Obwohl es in ihrer Familie weiß Gott nicht freizügig zugegangen sei. Ich habe, als ich fünfzehn war, alles, was an mir weiblich war, nur verstecken wollen. Selbstsicherheit ist *die* Geheimwaffe, das ist klar, wenn es auch nichts nützt, daß man es weiß. Allerdings: wer selbstsicher ist, schreibt nicht. Eine Binsenweisheit aus dem literaturwissenschaftlichen Grundstudium. Waltraud wollte davon nichts hören. Das wird schon noch, meinte sie, als sie meine Enttäuschung bemerkte. Du findest schon noch den richtigen Ton! Ich habe nichts darauf geantwortet. Aber als ich nach Hause fuhr, spielten sie im Radio »Hard Woman« von Mick Jagger. *She's a hard lady to please, I thought about lettn' her know, she's a hard lady to leave, I thought about lettn' her go* … Gerade als Mick Jagger, in wunderbarstem Schluchzen, bitterlich beklagte, daß ihm nichts anderes übrig bleibe, als seinem Baby goodbye zu sagen, verendete die Musik, die Funkverbindung war gestört, wie immer im Wagenburgtunnel, und ich beschloß, bis auf weiteres keiner Menschenseele von meinem Vorhaben zu erzählen. Als das Tunnelende sichtbar wurde und Mick Jaggers Stimme sich allmählich, während der letzten Takte, von den Strapazen der Funkstörung erholte, fiel mir für die Situation, in der ich mich gerade befand, ein Satz ein. Um ihn nicht zu vergessen, sagte ich ihn immer wieder laut vor mich hin, bis ich zu Hause war, dann schrieb ich ihn sofort auf. Der Satz hieß: »Als das Tunnelende sichtbar wurde und Mick Jaggers Stimme sich allmählich, während der letzten Takte, von den Strapazen der Funkstörung erholte, fühlte ich mich wie ein Grashalm, der sich, nachdem er achtlos niedergetreten worden ist, langsam wieder aufrichtet und in seine gewohnte Haltung zurückschwingt.« Gut, daß Waltraud diesen Satz nicht auch noch in die Finger gekriegt hatte! Der Grashalm hätte vor ihr nicht standgehalten.

Manchmal liegt in dem Augenblick, in dem man einem Menschen zum ersten Mal gegenübertritt, schon die ganze Geschichte, die man zukünftig mit ihm haben wird. Man weiß dann alles, bevor man es weiß, aber nur für einen kurzen Moment. Wahrscheinlich dauert er gerade mal eine Sekunde, wenn überhaupt, aber in dieser Sekunde ist alles gleißend hell, inwendig hell. Dann nebelt sich alles wieder ein, man befindet sich wieder im Normalzustand und redet sich den gerade erlebten inwendigen Blitzschlag schleunigst wieder aus. Ich selbst habe die vier Blitzschläge meines Lebens nie vergessen. Vielleicht auch, weil sie sich beinahe alle im Nachhinein als Katastrophenankündigungen entpuppten. Der erste war noch ein harmloser falscher Alarm. Ich war sechzehn und auf dem Weg von Speyer nach Ludwigshafen, im Nahverkehrszug, vertieft in irgendein Buch, und als ich aufblickte, saß mir einer gegenüber, der aussah wie Jesus auf dem Gebetbuchbild von Tante Anna und der mich anblickte, als habe er mich erwählt. Blitzschlag. Mehr geschah nicht. Zwei Jahre später erzählte mir Charlotte von der schwindelerregenden Begegnung mit einem gewissen Werner Geissinger, dann wurde sie ohnmächtig. Ein paar Tage später stellte sie mir Werner Geissinger vor, er war mein Jesus aus dem Nahverkehrszug. Als Charlotte in Kanada war und irgendwie nicht mehr richtig mit ihm zusammen, hatte ich eine kurze Affäre mit ihm. Eigentlich war es weniger als eine Affäre, im wesentlichen praktizierten wir so etwas wie autogenes Streicheln, zwei Nächte lang, und ich sah in seine Jesus-Augen, bis auch mir schwindlig war. Zu meiner großen Enttäuschung hielt sich meine Entflammtheit kaum länger als ein Schnupfen, und auch er machte den Eindruck, als reiche ich als Charlotte-Ersatz nicht an das Original heran. Schon die Tatsache, daß wir übers autogene Streicheln nicht hinauskamen, zeugte von einer gewissen Unentschiedenheit auf beiden Seiten. Als Karl im ersten Semester den Seminarraum J 3110 der Rostlaube betrat, zur ersten Doppelstunde des Sturm-und-Drang-Grundkurses, passierte es zum zweiten Mal. Mein Herz begann zu rasen, und ich ahnte einen grellen Moment lang alles Kommende, natürlich ohne zu wissen, daß ich es ahnte. Von seinem Hochbett in der Akazienstraße aus konnte man auf einen Hinterhof blicken, in dem ein einzelner Baum stand. In meiner Erinnerung ist er kahl, denn in meiner Erinnerung an die Zeit mit Karl ist immer Winter, obwohl wir doch jahrelang miteinander zu tun hatten, sicher auch in Sommern ab und zu, immer dann, wenn Karl beschloß, daß es wieder Zeit sei. Er wollte die Abstände zwischen unseren Nächten möglichst groß halten. Ich tat so, als sei er mir gleichgültig, weil ich fühlte, daß er das von mir erwartete. Vor Heiner dagegen mußte nie etwas verborgen werden, obwohl wir nie etwas miteinander hatten. Vielleicht gerade deshalb. Der dritte Blitzschlag, ein paar Semester später, als ich den großen Hörsaal der Germanisten betrat, zur Vorlesung von Professor Jens Jensen, Thema: »Literatur des Fin de Siècle«. Ich kam von oben in den steil abfallenden Hörsaal, zu spät, der Professor las schon, ich hörte zunächst nur seine Stimme. Sie war gleichmütig, beinahe traurig. Das nächste, was ich von ihm wahrnahm, obwohl er doch weit weg war, waren seine Hände. Braune Männerhände, die die Stimme mit kleinen, schwingenden Bewegungen unterstützten. Ich war hin und wußte nicht, warum. Ein Wintersemester lang habe ich ihn angeschmachtet, zweimal in der Woche, aus der obersten Reihe des Hörsaales, aus sicherer Entfernung. Um diesem durch nichts als Stimme und Hände, also gar nicht erklärbaren Schwachsinn ein Ende zu bereiten, wollte ich danach nie mehr eine Jens-Jensen-Veranstaltung besuchen. Das habe ich auch durchgehalten, so lange jedenfalls, bis ich mein heimliches, peinliches Hörsaal-Erlebnis mit gutem Gewissen als verjährt betrachten konnte. Dann bin ich doch noch in seine Prüfung geraten, und unmittelbar danach in sein Bett. Zwischen Prüfung und Bett hat er mir eine Kunstpostkarte geschickt: Beuys, »Blitzschlag mit Lichtschein auf Hirsch«. Ich kann nichts dafür, es ist so gewesen. Ein Jahr lang war ich seine Nachmittags-Geliebte, aber es hat länger, viel länger gedauert, bis der Gedanke an Jens Jensen nicht mehr automatisch mit Schmerz verbunden war. Nummer vier: Moritz Kindler, Dermatologe, Hobbyhistoriker und mein Vermieter noch immer. »Killesberg, beste Höhenlage, helle Dachwohnung 80 qm, Gartenanteil, Miete bezahlbar« – so ähnlich lautete die Annonce in der Samstagsausgabe der Stuttgarter Zeitung. Ich entdeckte sie erst sonntags, wählte die Nummer ohne Hoffnung, so ein Juwel war sicher längst vergeben, eine mürrische Männerstimme meldete sich und teilte mir mit, daß die Wohnung doch nicht zu vermieten sei. Er, der Besitzer, habe es sich anders überlegt. Einen Mieter habe er lange genug gehabt, jetzt wolle er das ganze Haus für sich alleine. Ich äußerte meine Enttäuschung, wir kamen ins Gespräch, er fragte nach meinem Beruf. Als ich geantwortet hatte, er: Producerin, des sagt mir nix. Ich betreue Fernsehproduktionen, erklärte ich, Dramaturgie, Redaktion, das Finanzielle, was anfällt eben, Ressort Non-Fiction, ich bin da zuständig für Kultur im engeren Sinn. Moritz Kindler fing an zu lachen, als hätte ich einen ungeheuren Witz gemacht, Kultur im engeren Sinn, wirklich, und was machen Sie da so, ich sagte, vor allem das »Leseland«, das liefern wir komplett, läuft im Dritten, Sie kennen es sicher nicht, schaut eh keiner an, darauf lachte Moritz Kindler noch mehr und sagte, das ist gut, dann kommen Sie halt mal vorbei, Tazzelwurm 22, vielleicht vermiete ich ja doch. Als ich ankam, stand da ein großer, dunkelhaariger Mann im Hof, in T-Shirt und einer kurzen Hose, die eigentlich zu lang war, um so genannt zu werden, er schaute grimmig auf einen schwarzen Kater hinunter, der eine tote Maus zwischen den Zähnen hatte. Donald du Mörder, sagte der Mann zu dem Kater, der ließ die Maus fallen und haute ab. Er heißt Donald nach Donald Duck, sagte Moritz Kindler zu mir und grinste. Und ich war vom Blitz getroffen. Sicher kann das kein Mensch verstehen. Vielleicht Barbara. Waltraud sicher nicht. Christian schon gar nicht. Bevor ich ging, hatte Moritz Kindler mir sein ganzes Unglück erzählt. So, als habe er die ganze Zeit sein Unglück für sich behalten müssen, um es jetzt bei mir abzuladen. So, als habe er auf mich gewartet. Seine Frau habe sich gerade erst von ihm getrennt, weil er in eine andere verliebt war und das nicht mehr hatte verbergen können. Obwohl er mit der anderen nicht richtig was gehabt habe. Alles nur bis zum Bauchnabel. Mehr habe sie nicht zugelassen. Oberhalb des Bauchnabels allerdings sei sie erfinderisch gewesen. Sogar geschmolzene Schokolade habe er aus ihrem Bauchnabel lecken dürfen. Er habe lange nicht verstanden, warum sie beide sich so quälen mußten vor lauter Unterleibsverzicht. Sie habe ihn immer wieder vertröstet. Bis sie ihm eines Tages unter Tränen gestanden habe, daß sie eine Zeugin Jehovas sei. Er hasse sich für seine Blödheit. Er hätte ihre Beschränktheit doch bemerken müssen. Denn beschränkt müsse man ja sein, wenn man zu denen gehöre. Er wisse das genau, denn er wisse inzwischen alles über die Zeugen Jehovas. Habe sich sogar in Versammlungen eingeschlichen, die die abhielten. Die reinste Gehirnwäsche werde da betrieben. Es sei ihm unmöglich, dieser Frau, von der er sich so sehr getäuscht fühle, überhaupt noch einmal ins Gesicht zu blicken. Nachdem wir miteinander die Fliesen für den Küchenboden meiner künftigen Dachwohnung ausgesucht hatten, hielten wir es für sicher, daß wir füreinander bestimmt waren. Es hat nicht lange vorgehalten, jedenfalls bei Moritz Kindler nicht. Dr. Enderlein hat diese Art von jäher, vorbewußter Ergriffenheit beim Anblick eines Fremden so erklärt: In diesem fremden Gegenüber erkennt man unvermittelt sich selbst, aber einen verborgenen Teil von sich, einen Teil, den man aus seiner Verborgenheit erlösen will – schon ist man bezaubert. Deswegen verliebt man sich, hat Dr. Enderlein gemeint. Man verliebt sich praktisch in sich selbst. Der hellste Blitz schlug ein, das erschütterndste Herzensgewitter brach aus, das lichteste Getöse ging los, als ich Christian Bleibtreu zum ersten Mal gegenüberstand.

Barbara habe ich es zu verdanken, daß ich am heutigen Sonntag für ein paar Stunden die Wohnung verlassen habe. Obwohl dieses Wochenende eigentlich nichts geht. Sogar das Schreiben habe ich heute mittag abgebrochen, ich habe mich einfach nicht mehr konzentrieren können. Anfang Juni, aber es ist schon unerträglich heiß im Stuttgarter Kessel, selbst in der Halbhöhenlage des Killesbergs, und ich kriege meine Tage; beziehungsweise ich warte darauf, sie zu kriegen. Erlöst zu werden von Kugelbauch, schweren Beinen und vor allem: Melonenbrüsten. Alle vier Wochen eine Qualwoche, mein Körper ein einziger, aufgeblähter Vorwurf. Dort, wo sich normalerweise die Gebärmutter befindet, ist während der Qualwoche ein Nadelkissen. Die Brüste heiß und ungefähr doppelt so groß wie normalerweise, ganz sicher doppelt so schwer, sie schmerzen bei jedem Schritt, die engen T-Shirts müssen im Schrank bleiben, jetzt nur noch weite Blusen, als sei ich schwanger. Im FFORMAThaus habe ich fortwährend das Gefühl, jeder schaue auf meinen Busen. Ich habe im Laufe meines Frauenlebens sämtliche Präparate, die gegen die sogenannte Mastopathie auf dem Markt sind, ausprobiert, Hormonpräparate, Antibabypillen, pflanzliches Zeug, Brustcremes, Vitamine, Magnesium, nichts hat auch nur im geringsten Linderung gebracht. Allein schon der Name für diese Beschwerden! Der klingt doch wie Mastkalb! Kriegen Sie ein Kind, dann geht es weg, hat schon vor fünfzehn Jahren mein Berliner Frauenarzt gesagt. Mehr hat er nicht gewußt. Moritz weiß auch nichts. Frauenleiden sind ihm sowieso egal, oder nicht geheuer, wie den meisten Männern. Sie können Bypässe legen, Nieren transplantieren, mit Laserstrahlen in Augen herumoperieren und aus der DNS eines Toten einen Lebendigen klonen, aber gegen Mastopathie, überhaupt gegen das PMS, das prämenstruelle Syndrom, finden sie nichts. Ich nehme an, es wird nicht besonders intensiv geforscht auf diesem Gebiet. Mein Stuttgarter Frauenarzt Dr. Niemeyer verschreibt mir flüssigen Mönchspfeffer. Doch ich schlucke die sechzig Tropfen jeden Morgen in sturer Verbissenheit – die einzige Möglichkeit des Protests gegen diese Kriegserklärung, die mein Körper alle vier Wochen gegen mich ausspricht. Tagelang versetzt mir das Nadelkissen in meinem Bauch verheißungsvolle Stiche, nur um mich zu täuschen, jetzt muß es doch so weit sein, aber nichts da, es muß noch länger durchgehalten werden. Bis die ersten Tropfen herauskommen, vorsichtig, als seien sie Abtrünnige. Stundenlang toben dann inwendige Kräfte gegeneinander, die guten wollen es fließen lassen, die bösen wollen das Fließen aufhalten, es kämpft und krampft und sticht in meinem sich wölbenden Bauch, daß ich kaum stehen kann und drei Schmerztabletten hintereinander nehmen muß. Wenn es morgen noch immer nicht so weit ist, werden meine Brüste vermutlich platzen. Manchmal träume ich, daß sie einfach aufreißen und die ganze aufgestaute Flüssigkeit herausläuft. Wo der Busen war, sind dann nur noch zwei schlaffe Säckchen, und es ist endlich Ruhe. Tatsächlich gibt es Frauen, die überhaupt nicht merken, daß sie ihre Tage kriegen. Waltraud ist so eine. Vielleicht hängt das ja mit der Busengröße zusammen. Wer so wenig Busen hat wie Waltraud, hat auch wenig Platz zum Schmerzenhaben. Barbara wenigstens geht es ebenso wie mir. Na bitte, und hat sie nicht einen ebenso großen Busen? Allerdings mag sie ihren entschieden lieber als ich meinen. Was man hat, das soll man zeigen, sagt sie immer und quetscht ihn wirkungsvoll in enge Bodys. Das schaffe ich nur, wenn sich meiner in seinem Kleinstzustand befindet und sich anfühlt, als könne er mir nichts zuleide tun. Dann mag ich ihn beinahe auch. Beim Anruf von Barbara heute morgen hat sich schnell herausgestellt, daß wir uns gerade in derselben Leidensphase befinden. Ab und zu kreuzen sich unsere Zyklen. Barbara ist darüber erfreut gewesen. Eigentlich könne sie sich keinen Meter bewegen, sagte sie, aber sie sei entschlossen, PMS zu trotzen, ob man nicht doch in Richtung Schwimmbad ziehen solle, nur zwei, drei Stündchen in die Sonne, die rege den Stoffwechsel an, vielleicht würde das helfen, man müsse ja nicht ins Wasser. Barbara ist zwei Jahre älter als ich und freie Mitarbeiterin bei uns. Seit sie sich über mehrere Jahre hinweg von ihrer Jugendliebe getrennt hat, lebt sie allein, das führt dazu, daß sie an Wochenenden gerne etwas mit mir unternehmen möchte. Sie schafft es immer wieder, mir ob meines mangelnden Tatendrangs ein schlechtes Gewissen zu machen. Sie weiß ja nichts vom Roman! Sich selbst bezeichnet sie gern als *Bewegungsnaturell*, um dann zu bemerken, daß man mich dieser Spezies ja auf keinen Fall zuordnen könne. Heute habe ich nachgegeben, mehr aus dem Bedürfnis heraus, meine Empörung über diese himmelschreiende Ungerechtigkeit, die man PMS nennt, mit einer betroffenen Schwester zu teilen. Obwohl es in dieser sensiblen Phase eine besonders schwere Prüfung ist, Barbaras ihre Weiblichkeitsattribute betonende Aufmachung zu ertragen. Langes, durchgeknöpftes Leinenkleid mit Spaghettiträgern, oben eng, unten glockig, Ohrringe, Ringe, Sonnenbrille ins Haar hochgeschoben, um die Hüften eine an ihren Ärmeln verknotete Jeansjacke, das soll improvisiert aussehen. Barbara, das ist von allem immer ein bißchen zuviel, die Schuhe ein bißchen zu hoch, das Kleid ein bißchen zu weit aufgeknöpft, die Haare ein bißchen zu verwuschelt. Und das alles trotz PMS, und nur fürs Leuze, nicht mal fürs Mineralbad Berg, wo das Stuttgarter Kulturvolk sich an heißen Sonntagen sammelt. Wahrscheinlich ihre italienische Ader. Barbaras Vater – er ist gestorben, als sie dreizehn war – war Sizilianer und auf der Ostalb Gastarbeiter. Egal, meine Schönheitskurve ist schon vor Barbaras Erscheinen im Minus gewesen. Trotzdem habe ich, nachdem sich Barbara auf dem Beifahrersitz meines Autos niedergelassen hatte, ein paar Minuten gebraucht, bis ich sie wieder gemocht habe. Im Leuze haben wir unsere cellulitisgefährdeten Zonen begutachtet und wehmütig fünfzehnjährigen Bikinimädchen nachgestarrt, die ihre knackigen Popos, festen Oberschenkel und tennisballgroßen Brüste in der ihrem Alter entsprechenden Selbstverständlichkeit durchs Gelände getragen haben. Solche Schenkel werden wir nie mehr haben, hat Barbara geseufzt. Nie mehr! Ihre älteste Schwester sage immer, es sei schon genug, daß man alt und schlaff werde, aber daß man auch noch mitansehen müsse, wie die nachwüchsen, die dann die Maßstäbe bestimmten … Dann hat sie von ihrem letzten Dreh zu berichten begonnen, anfangs noch, als gehe es um Fachliches, dann wollte sich ihre Erzählung immer mehr auf Matthias Maginter konzentrieren, der *schnellste Aufsteiger unter den Nachwendeverlegern.* Die Bezeichnung stammt aus dem Kommentartext des Magazinbeitrages, den sie gerade geschnitten hat – ich habe bisher noch nie erlebt, daß Barbara sich mit einem Kommentartext so viel Mühe gemacht hat wie mit diesem. Auf der Straße, vor dem Haupteingang des Maginter-Verlages in Prenzlauer Berg, habe eine Harley-Davidson gestanden, SEINE Harley-Davidson, er liebe Motorräder, das habe er ihr als erstes erklärt, ihr sei ganz anders geworden. Während des Interviews habe er deutliche Anzeichen von Nervosität gezeigt, sei auch errötet, sie glaube nicht, daß sie sich das eingebildet habe, dabei habe er ja schon so viele Interviews gegeben in den letzten Jahren. Ein Jahr jünger sei der als sie, sehe aber aus … Der kriege jede Fünfundzwanzigjährige ins Bett, auf Gleichaltrige sei der nicht angewiesen. Sie habe sich alt gefühlt wie selten. Zu alt für den. Trotzdem glaube sie, sie habe ihm gefallen. Ich habe den unwiderruflichen Beschluß gefaßt, diesen Herbst ganz bestimmt ins Lady-Fitness-Studio einzutreten oder in einen Heimtrainer mit Spezialausrüstung für Problemzonen zu investieren. Dann bin ich ins Wasser gegangen und habe ein paar Bahnen durchs springende, kreischende Badevolk gezogen. Barbara ist liegen geblieben. Obwohl sie ja das *Bewegungsnaturell* ist. Wenn mein Handy klingelt, geh' ran, habe ich zu ihr gesagt, aber Christian hat nicht mehr angerufen. »Sonntags nie« heißt ein neues Buch über das Geliebtendasein, der Erfahrungsbericht einer Amerikanerin, ich habe es nicht gelesen und ich werde es nicht lesen, das fehlt noch, Schwarz auf Weiß geliefert zu kriegen, daß man ist wie tausend andere! Aber »Sonntags nie« stimmt, leider, nicht mal ein Anruf. Obwohl wir für Christian das *heimliche Handy* angeschafft haben. Es war auf meinen Namen angemeldet worden, damit es vor DER FRAU verborgen bliebe, aber sie hat es gefunden. Sie muß lange danach gesucht haben, Christian hatte es hinter Bücherstapeln in seiner Arbeitswohnung versteckt. Genaugenommen haben wir bereits das zweite *heimliche Handy*. Das erste hat DIE FRAU, nachdem sie es fand, auf den Marmorboden der Diele geschmettert und dann die Überreste weggeworfen. Immerhin hat sie davon abgesehen, auch das zweite *heimliche Handy* zu zerschmettern. Ich nehme an, weil sie ahnte, daß wir dann ein drittes anschaffen würden. Sicher nicht, weil Christian ihr ausgerichtet hat, was ich ihr habe ausrichten lassen: daß ich sie anzeigen würde, falls sie das, was formal mein Eigentum ist, ein weiteres Mal zerstöre. Jetzt, während ich dies aufschreibe, schäme ich mich für diesen Satz; man sagt solche Sachen, um sich in dem Moment, in dem man sie ausspricht, vorzumachen, man könne sich irgendwie wehren und daß man im Recht sei, lächerlich, von uns dreien ist niemand im Recht, oder wir alle drei, jeder in seinem eigenen. Wahrscheinlich habe ich gar nicht gewollt, daß ihr so ein Wut- und Ohnmachtssatz ausgerichtet wird. Oder doch? Christian hätte ihn sicher auch nicht ausgerichtet, wenn der Satz ernster gemeint gewesen wäre. Danach habe ich ihr nie mehr etwas ausgerichtet, nie mehr, sie mir schon, auf ihre ganz spezielle Weise. Christian wagt es kaum, *das heimliche Handy,* das gar nicht mehr heimlich ist, sonntags zu benutzen, seit DIE FRAU von uns weiß. Sie könnte hinter der Tür stehen und ihn belauschen. Das tut sie oft. Wenn Christian meint, das Parkett vor einer der Türen, die zu seiner Arbeitswohnung führen, knarren zu hören, weil DIE FRAU davor kauert, legt er hastig auf, um nacheinander alle drei in Frage kommenden Türen aufzureißen und DIE FRAU zu stellen. Das Auflegen empfinde ich jedes Mal wie eine Ohrfeige. Meistens ruft er dann dreißig Sekunden später wieder an, um zu melden, er habe sich getäuscht. Trotzdem muß DIE FRAU uns schon häufig belauscht haben, denn sie kennt viele Details aus unseren Unterhaltungen. Sie weiß genau, was wir zueinander sagen und wie wir es sagen. Ist doch gut, sagt Christian zu mir, auf diese Weise kriegt sie alles mit, was sie wissen muß. Daß mich dieser Satz ganz und gar nicht beruhigt, sondern empört, versteht er nicht. Aber da er daran gewöhnt ist, daß ich in einen Zustand der Empörung gerate, sobald von DER FRAU nur die Rede ist, macht meine Empörung keinen Eindruck mehr.

Sein Gesicht kannte sie schon, von Fotos, auch aus irgendwelchen politphilosophischen Diskussionsrunden im Fernsehen. Die etwas zu sehr in die Stirn fallende Haarsträhne, noch immer kaum dünner als auf den Fotos der Schwarzweißära, noch immer mehr dunkel als hell, jetzt allerdings, da er in Farbe vor ihr saß, war das Dunkel der Strähne ein graumeliertes Mittelbraun. Darunter das bekannte Gesicht, nur waren die Wangen mit hauchdünnem Knitterpapier überzogen, wie jenes, in das früher Apfelsinen eingewickelt gewesen waren und das sie als Kind aufgehoben hatte, um damit auf dem Kamm zu blasen. Als er Antonia die Hand gab, geriet das Knitterpapier in Bewegung und gab eine Art Lächeln frei. Diesem Lächeln war das Lächeln ungewohnt, das sah man gleich, es wollte sich selbst dauernd zurücknehmen und hinter dem Papier verstecken. Noch heute macht sie manchmal die blödesten Witze, um zu erreichen, daß das Papier sich seitwärts zusammenzieht und dieses vorsichtige, beinahe verzagte Lächeln freigibt. Wenn sie beieinander liegen und sie sein Gesicht neben sich auf dem Kissen hat, ist gar kein Papier mehr da. Dann sieht er aus wie ein begeisterter Junge, der gleich ein Tor schießt. Sobald er merkt, daß er so aussieht, geniert er sich und hält die Hand vor den Mund. Er ist überzeugt davon, daß er, wenn er lacht, mindestens dämlich aussieht. Das hat sie ihm bisher nicht ausreden können. Du siehst *schön* aus, sagt sie, und auf der Stelle will er ihr das Gegenteil beweisen; sein eben noch unkontrolliert lächelnder Mund zieht sich zu einem schmalen Strich zusammen und geht in Deckung, das Papier schnurrt aus den Ecken vor, er schaut sofort wie einer, der viel zu leiden hat, als wolle sie ein Pressefoto von ihm machen. In jenem allerersten Moment aber, diesen Blitzschlag lang, war sie ganz sicher, ohne es zu wissen, daß das Lächeln eigentlich aus seiner Gefangenschaft im Papier erlöst sein wollte, und daß sie künftig auf der Welt sein würde, um das hinzukriegen.

Sie werden doch nicht etwa Großaufnahmen machen, sagte Christian zu Axel. Was haben Sie dagegen, fragte sie und merkte sofort, daß sie das nicht hätte fragen sollen. Christian warf ihr einen Blick zu, der ihr wehtat, und sagte: Finden Sie nicht, daß mein Gesicht eine gnädige Kamera verdient hat? Am liebsten hätte sie geantwortet: Ein Gesicht wie Ihres ist doch eine Gnade für jede Kamera! Gottseidank übernahm Axel das Antworten. Wir machen im wesentlichen Halbtotalen, sagte er und zwinkerte ihr dabei zu. Sie saßen im Erker eines sehr großen Raums, den Christian Bleibtreu, nachdem er ihnen die Haustür geöffnet und sie aufgefordert hatte, ihm zu folgen, als Arbeitswohnung bezeichnet hatte. Antonia schaute sich um. Weiche Teppiche auf Parkett, sehr hohe Decken, zwei überladene Schreibtische, Bücherregale, die bis hinauf in den Stuck gewachsen waren. Genau so würden sie im »Derrick« das *Arbeitszimmer eines arrivierten Intellektuellen* herrichten. Auch die Adresse paßte: Harlaching, Über der Klause, mit Isarblick. Nachher würde sie ihn fragen, ob sie hier drehen könnten, Christian Bleibtreu am Schreibtisch, drei Einstellungen würden genügen, ein kurzer O-Ton, vielleicht ein kurzes Zitat. Ein Lesetip von einsdreißig sollte, so wollte es Brüderle, der Literaturredakteur vom Sender, bei dieser Münchenreise noch für das »Leseland« abfallen. Eigentlich waren sie hier, um den Vortrag, den Christian Bleibtreu morgen vormittag in der Uni hielt, für die Teleakademie aufzunehmen. Mit einer einzigen Kamera, ohne Zwischenschnitte ins Publikum, überhaupt ohne Schnitte, Axel würde am Anfang total sein, damit auf die Totale die Titel eingeblendet werden konnten – Tafel eins: *Teleakademie*, Tafel zwei: *Kritik der Harmlosigkeit*, Tafel drei: *Vortrag von Christian Bleibtreu in der Ludwig-Maximilians-Universität München* –, dann würde er zufahren und nur noch wechseln zwischen halbnah und nah. Die Produktionen, die FFORMAT seit vielen Jahren für die wöchentliche »Teleakademie im Dritten« lieferte, wurden so schlecht bezahlt, daß eine opulentere Visualisierung nicht drin war. Die Teleakademie war Strafarbeit; wann immer sie konnte, schickte Antonia einen Praktikanten, doch derzeit gab es bei FFORMAT nur einen, und der hatte sich ins Fiktionale gerettet. Sie hatte die »Kritik der Harmlosigkeit« nicht gelesen. Nur ein paar Besprechungen, erfahrungsgemäß genügte das, um durch das Vorgespräch zu kommen. Im Vorgespräch ging es ohnehin nicht ums Inhaltliche. In der »Kritik der Harmlosigkeit« hatte Christian Bleibtreu offenbar auf fast vierhundert Seiten ausgeführt, welche Gefahren einer Gesellschaft drohen, die alles, was passiert, in Nachrichten verwandelt und dadurch glaubt, alle nur möglichen Katastrophen gebannt zu haben. Eine vor nichts haltmachende Harmlosigkeit sei das Ergebnis einer Gesellschaft, die sich dem Fetisch Information verschrieben habe. Sie kommen also von links ins Bild, auf mein Zeichen, sagte Axel, während des Vortrags bitte das Pult nicht verlassen, sonst wandern Sie uns aus dem Bild. Und mindestens ebenso wichtig ist, ergänzte Antonia, daß Sie nicht länger werden als dreiundvierzig dreißig, aber diese Zeiteinheit kennen Sie ja sicher aus der Uni. Er zog die Brauen hoch, sie spürte, wie ihr heiß wurde unter diesem Blick, verdammt, dachte sie und schämte sich sofort dafür, daß sie ihm dieses Fernsehreglement so eifrig und ohne ironische Kommentierung vorgeplappert hatte. Christian Bleibtreu sagte langsam: Das morgen ist ein Gastspiel, ich gehöre keiner Universität an. Antonia spürte, wie die Hitze in ihre Wangen zog und die zum Glühen brachte. Jetzt blieb nur noch die Flucht nach vorn. Ich habe Sie immer für einen Professor gehalten, sagte sie so forsch wie möglich. Immer?, rief Christian. Und noch lauter: Nie! Wenn es Sie wirklich interessiert, warum ich keiner bin, dann lesen Sie nach, was Schopenhauer über Philosophieprofessoren geschrieben hat. Zum Glück hatte er seinen Ton während des letzten Satzes wieder gemäßigt. Dann kam sie herein und brachte Kaffee, Elisabeth Bleibtreu, Antonia wollte sie nicht zu ausgiebig mustern, aber sah doch, daß sie ziemlich groß war, sicher größer als Antonia, daß sie einen graublonden Pferdeschwanz hatte und einen großen Mund. Als Elisabeth Bleibtreu das Tablett abstellte und in die Runde schaute, gab der Mund eine Reihe entsprechend großer, etwas gelblicher Zähne frei, vielleicht waren es Zahnkronen; Antonia dachte sofort an ein Umfrage-Ergebnis, über das sie vor einiger Zeit, im Wartezimmer beim Frauenarzt, in einer Frauenzeitschrift gelesen hatte, dreiundsiebzig Prozent aller deutschen Männer mögen Frauen mit großen Mündern. Vielleicht waren es auch nur dreiundsechzig Prozent. Ihr eigener Mund war gerade mal mittelgroß. Mit dem Lächeln hatte der Mund Elisabeth Bleibtreus jedenfalls keine Schwierigkeiten, im Gegenteil, fast schien es, als wolle er die fehlende Bereitschaft ihres Mannes zu lächeln ausgleichen, indem er mit dem Lächeln nicht aufhörte. Es gibt erstaunliche Übereinkünfte unter Eheleuten. Sie fühlte sich von Christian Bleibtreu angeschaut, sie hatte beinahe Angst, er könne bemerkt haben, daß sie sich Gedanken gemacht hatte über ihn und seine Frau. Aber mit seinem ersten Satz nach Elisabeth Bleibtreus Abgang war klar, daß er etwas ganz andereres gedacht hatte. Verstehen Sie mich nicht falsch, sagte er, ich wollte immer ein Lehrer sein, wer bei Adorno studiert hat, kriegt das nicht los, aber im Gegensatz zu Adorno kein festangestellter, und noch mehr als ein Lehrer ein Vorlebender. Antonia wußte nicht, wie sie auf diese Eröffnung reagieren sollte, sie spürte Enttäuschung, vielleicht war dieser Christian Bleibtreu ein Spinner, einer von der Sorte der zu irgendeiner Mission Berufenen, wieso hatte sie nicht wenigstens die Einleitung zur »Kritik der Harmlosigkeit« gelesen; sie hoffte, ihr stehe nicht ins Gesicht geschrieben, was sie empfand, aber Christian Bleibtreu nickte schon, als wisse er Bescheid. Praxis war meine ganz und gar adornofreie Leidenschaft, sagte er, und wenn es Sie nicht noch mehr irritiert, darf ich das mit einem Satz von Meister Eckart illustrieren, der sich, bitteschön, bei Schopenhauer findet: *Das schnellste Tier, das euch trägt zur Vollkommenheit, ist Leiden.* Und übrigens ... seine Mundwinkel zuckten ... daß Sie mich zu diesem Bekenntnis verlockt haben, müßte Ihnen eigentlich zu denken geben. Antonia fühlte sich wieder angeschaut, noch mehr als vorher, und sie wagte diesen Blick nicht zu erwidern. Ziehen Sie nichts Kleinkariertes an, sagte Axel, als sie schon standen, das flimmert. Schade, sagte Christian Bleibtreu, mir steht nichts besser als etwas Kleinkariertes. Jetzt sind Sie kokett, rief Antonia, das hatte sie also auch noch sagen müssen, ein Satz nach dem anderen mißriet ihr. Christian Bleibtreu zog wieder die Brauen hoch, dann sagte er, echohaft ihren Ton aufnehmend und sehr leise: Jetzt bin ich kokett. Sie mußte heraus aus diesem Blick und die Verlegenheit abschütteln, sofort. Sie sprang auf. Herr Bleibtreu, sagte sie, würden Sie noch eine Extra-Passage lesen für uns, vielleicht drüben an einem Ihrer Schreibtische, wir möchten nämlich auch noch einen Büchertip machen, für ein Magazin, das wir produzieren. Den Namen »Leseland« zu nennen, vermied sie, wo sie konnte, den fand sie einfach zu peinlich. Er half ihr nicht. Wenn Sie meinen, sagte er, allerdings nicht hier, nicht im Haus. Als er sah, daß sie erschrocken war, fügte er hinzu: Grundsätzlich nicht, keine Aufnahmen in der Privatsphäre, da mache ich auch für Sie keine Ausnahme. Dann stand er auf, rief, Elli, wo ist mein Anorak, in Richtung einer der Türen, und geradezu geschäftig (oder war die Geschäftigkeit eine ironisch zur Schau getragene?) zu ihr: Wir gehen hinaus in den Garten, hinterm Haus ist jetzt das Licht gut, und zu Axel: stimmt doch, oder? Im Garten nahm Christian Kurs auf eine mehrstämmige Thuja plus Bank, offenbar seine gewohnte Außenkulisse für Derartiges. Mit der Hand wischte er die Nässe von der Bank, bevor er sich setzte. Als Axel und Assistent Oliver so weit waren, las er:

»Unsere Fähigkeit, etwas zu glauben, weil es uns als unser Interesse erscheint, ist die Voraussetzung für unsere Verführbarkeit. Glaubwürdigeit ist ein Sprachzustand, dem man seine Manipuliertheit nicht mehr ansieht. Ein Satz wird erst gefährlich, wenn er für wahr gehalten wird. Sätze, die erst gar nicht für wahr gehalten werden, sind den Sätzen vorzuziehen, die, um zu gelten, wahr sein müssen. Wahrheit ist immer Ideologie. In der Natur kommt Wahrheit nicht vor. Wenn ein wertverbürgendes Wort wie Wahrheit zur Regulierung gesellschaftlicher Prozesse ausschlaggebend wird, ist schon sicher, daß die jeweilige Wahrheit nicht auf ihre Naturverträglichkeit hin überprüft wird. In der Routine unserer Legitimationsbeschaffung spielte Natur lange Zeit überhaupt keine Rolle, und jetzt spielt sie mehr die Rolle eines Fetischs als eines erkannten Werts. Glaubwürdigkeit ist eine Kategorie des Konsums. Die Natur, an deren Recht alle gesellschaftlichen Rechtfertigungen gemessen werden müßten, kommt in den Kategorien des Verbrauchs nur als gefährdete oder zerstörte vor. Glaubwürdigkeit ist die Droge, mit der jede Einsicht, die eigentlich Gefahr signalisieren müßte, zur Harmlosigkeit entspannt wird. Am glaubwürdigsten ist immer das Schlimmste. Stichwort Apokalypse. Also muß glaubwürdig gemacht werden, daß die Apokalypse immer dicht bevorsteht. Und in dieser verordneten Glaubwürdigkeit wird die Apokalypse domestiziert bis zur völligen Harmlosigkeit. Sie wird zum legitimationsbeschaffenden Dauergrusel. Nicht mehr du und ich sind der Natur gegenüber verantwortlich, sondern die um Legitimation konkurrierenden Superstrukturen. Die werden es schon so richten, daß wir uns so harmlos fühlen dürfen, wie wir nicht sind. Wir sind, so wie wir geworden sind, gefährlich. Der Natur. Damit auch uns selbst. Was aus dieser Einsicht folgt, läßt sich nicht verharmlosen. Entweder wir erkennen, was unsere Harmlosigkeit wirklich ist, oder wir gehen an ihr zugrunde.«

Er klappte das Buch zu und schaute einen Moment in die Weite, als müsse er sich selbst hinterhersinnen. Überhaupt hatte er gelesen, als sei ihm jeder Satz im Moment des Lesens gerade erst eingefallen. Sie sah, daß Axel hochschwenkte, ins Thuja-Geäst, und daß Oliver die Schärfe zog. Vermutlich hatten sie das Stichwort *Natur* mitbekommen. Während Axel und Oliver abbauten, sagte Christian Bleibtreu zu ihr: Das muß ich demnächst öfter tun. Was meinen Sie? fragte sie blöde. Lesen, sagte Christian. Vortragsreise, man kommt nicht darum herum, jedes

Mal. Dann gingen sie um das Haus, zu Axels VW-Bus, sie wieder neben Christian, der jetzt schwieg. Ihr fiel schon gleich gar nichts mehr ein, obwohl sie gerne noch viel gesagt hätte. Als alles verstaut war, gaben sie Christian Bleibtreu der Reihe nach die Hand, sie zuletzt. Bis morgen, und danke, sagte sie. Jetzt lächelte er, jedenfalls lächelten seine Augen. Dann ließ er ihre Hand los und strich ihr ganz leicht über die linke Wange. Donnerwetter, sagte Axel, während sie in Richtung Innenstadt rollten, den hast du um den Finger gewickelt! Naja, erwiderte sie bescheiden. Dabei fühlte sie sich wie eine funkensprühende Wunderkerze, mit einem linksseitig glühenden Gesicht.

Oliver sagte nichts. Er saß auf der Rückbank hinter ihr und hatte die Augen geschlossen, jedenfalls stellte sie sich das vor, als sie sich im nachhinein ausmalte, wie es Oliver an diesem Tag gegangen sein mochte. Sie sah ihn ja nicht hinter sich, und sie hatte ohnehin vergessen, daß er da saß. Oliver war, was man, seit das Dreimannteam aus Kostengründen bei FFORMAT zumindest im Nichtfiktionalen weitgehend abgeschafft worden war, Kamera-Ton-Assistent nannte. Oliver hatte eine Ausbildung zum Kameramann hinter sich; infolgedessen erledigte er die Ton-Arbeiten mit demonstrativer Verachtung. Ohne Zweifel hatte Frau Rothfuss, Freytags Sekretärin und gleichzeitig Disponentin der Teams, ihn für diesen Dreh nur deshalb eingeteilt, weil sie Antonia einen Gefallen hatte tun wollen. Das wußte die noch von vor ein paar Jahren, daß Oliver mit Antonia Armbruster gut konnte. Frau Rothfuss vergaß nie, wer mit wem gut konnte, die Teams liebten sie; wenn sie von ihren Drehreisen zurückkamen, setzten sie sich vor ihren Schreibtisch und erzählten ihr von den Ungeheuerlichkeiten, die sie wieder erlebt hatten, und sie erlebten immer Ungeheuerlichkeiten, selbst wenn sie nur in der Wilhelma zu drehen hatten oder im Landtag. Vor allem erzählten sie von den Autoren, die ihnen wieder einmal Unmögliches abverlangt hätten, 14-Stunden-Tage ohne Mittagspause, schlecht oder gar nicht organisierter Dreh undsoweiter. Über Antonia Armbruster hatte Oliver Frau Rothfuss vor einigen Jahren einmal Gutes erzählt, das war klar, denn Frau Rothfuss teilte Oliver fortan für Antonias Team ein, sooft es ging, und das, obwohl Literaturthemen nicht gerade das waren, was Oliver am meisten lag. In seiner Freizeit war Oliver Extremsportler, demzufolge meistens im Einsatz, wenn einer gebraucht wurde, der einen Skihang ohne Stöcke rückwärts herunterfahren und dabei noch eine Kamera halten konnte. Oder mit der Kamera im Steilhang. Oder im Gleitschirm. Auf seiner ersten Drehreise mit ihr, während des Abendessens, in einem Gasthof irgendwo in Kärnten, hatte er stolz von den Deutschen Meisterschaften im Gleitschirmfliegen erzählt, an denen er demnächst teilnehmen werde, und Antonia hatte ein Gesicht gezogen, auf das er nicht gefaßt gewesen war, Bewunderung hatte es jedenfalls nicht ausgedrückt, eher Spott. Daß es genau das war, was ihn gereizt hatte, hatte sie erst später begriffen. Ein paar Tage später hatte er sie angerufen, ob man sich einmal treffen wolle; vor Überraschung hatte sie zugesagt und sich, sofort nachdem sie den Hörer aufgelegt hatte, darüber geärgert, was sollte sie mit dem. Ein paar Wochen später hing sie in den Seilen von Olivers Gleitschirm, an einem Hang in Leonberg, der Gleitschirm hatte einen Durchmesser von vierzehn Metern, selten war sie sich so dämlich vorgekommen wie im Gespinst all der A- und B-Schnüre, die in diese vierzehn Meter Gleitschirm hineinführten, und der Schirm wollte sich, obwohl sie mit dem ihr möglichen Spitzentempo den Hang hinunterrannte, einfach nicht über ihr aufspannen, sondern schleifte wie ein schlaffer Riesensack hinter ihr her. Einmal kam sie doch ins Fliegen, sie schrie laut vor Verblüffung, und dann: Was soll ich jetzt machen!, denn Oliver hatte ihr nicht gesagt, an welchen Schnüren man zu ziehen hatte, wenn man flog und wieder hinunterkommen wollte auf den Boden. Er kriegte sie gerade noch an ihrer Jacke zu fassen, sie plumpste ins Gras, er wickelte sie aus den verhedderten Schnüren und dem monströsen Gleitschirm. Auch das Mountainbike-Fahren wollte er ihr beibringen, von ihrem Hollandrad war sie noch Rücktrittbremsen gewöhnt, auf dem Mountainbike vergaß sie immer, daß sie mit den Pedalen gar nicht bremsen konnte, und stürzte ein paarmal, Oliver fand das großartig. Die ganze Zeit über fühlte sie sich, als müsse sie eine Prüfung bestehen; manchmal stellte sie sich vor, Oliver habe mit jemandem eine Pygmalion-Wette abgeschlossen: Kann ich aus der ein Geschöpf machen, das zu einem Extremsportler paßt? Schier unlösbare Aufgabe, aber Oliver gab sich Mühe, sie sich auch, anfangs selber neugierig darauf, ob so ein Experiment gelingen könne, ob sich ausgerechnet durch einen Extremsportler mit leichter Rechtschreibschwäche – manchmal schrieb er ihr von seinen Drehreisen Karten, die immer endeten mit *Bis denn* – so etwas ergeben würde wie eine neue Dimension in ihrem Leben. Die ergab sich schließlich auch, auf Olivers Ikea-Sofa, das in der kleinen Wohnung in Wangen stand, die er sich mit einem Studenten teilte; seine Frau war technische Zeichnerin in der Nähe von Nürnberg, damals noch im Erziehungsurlaub, den kleinen Sohn konnte sich Antonia nicht anders vorstellen als im Minigleitschirmgeschirr durch die Wohnung rennend. Oliver hatte jung geheiratet, wie alle Kameramänner, die sie kannte. Das muß an dem Beruf liegen, daß man jemanden braucht, zu dem man nach in der Medienprärie bestandenem Abenteuer heimkommen kann. Davon war sie überzeugt. Dr. Enderlein hatte ihre Gleitschirmfliegversuche positiv beurteilt, Versuch, sich zur Wehr zu setzen, Ausdruck von Gestaltungswillen, etwas in der Art, tatsächlich fühlte sie sich so wehrlos wie selten, und Oliver wollte sie auch wehrlos, auf seinem Ikea-Sofa, oder, manchmal, auf dem Rücksitz seines VW-Busses, gerne unverhofft, gerne überfallartig. Und die Wehrlosigkeit konnte sie gut, die gelang ihr auf Anhieb so, wie er es wollte, und sie selbst wollte sie auch genau so, obwohl sie vorher nicht gewußt hatte, daß sie das wollte. Das war es, nach dieser Entsprechung war sie süchtig, jedenfalls eine Zeitlang, bis Antonia die Dürftigkeit der Sprache nicht mehr kompensieren konnte, aber er wollte ihr ja auch imponieren, wenn er ihr im Restaurant gegenübersaß, doch er hatte wenig zu erzählen, was sie interessierte. In der Kletterwand hinter Ludwigsburg versagte sie dann völlig; die Wand packt ein Zehnjähriger, hatte Oliver vorher angekündigt, aber bereits in der Mitte der Wand kam sie nicht vorwärts noch rückwärts, laß los, rief Oliver von unten, du bist doch angeseilt, ich halte dich, aber sie hing im Fels wie ein einziger Angstkrampf, unten bildete sich ein kleiner Menschenauflauf, die schauten grinsend hinauf zu ihr, schließlich schaffte sie das Loslassen doch, sie pendelte am Seil in der Luft, Oliver ließ sie langsam hinab. Er war unzufrieden, das merkte sie; was er nicht bemerkte, war, wie gedemütigt sie sich fühlte durch das, was er ihr da zugemutet hatte. Von jetzt an war es leicht, sie hatte meistens einen Vorwand, keine Zeit zu haben, wenn er anrief, und er rief auch nicht mehr so oft an, schließlich nur noch in großen Zeitabständen, um zu fragen, wie es ihr gehe, oder um auf einen Kaffee vorbeizukommen, bevor er aufbrach zu einer neuen Drehreise. Wenn er dann in ihrer Küche vor ihr saß, erzählte er von seiner Frau und seinem Sohn; das hatte er vorher nicht getan. Manchmal hatten sie noch einen Dreh zusammen. Sie hörte, daß er jetzt Mountainbike fuhr mit der neuen Moderatorin der Kindersendung »Luftikus«. Daß sie abends, kurz vor acht, an jenem Tag, an dem sie Christian Bleibtreu besucht hatten, an die Tür von Olivers Hotelzimmer klopfte, um ihn zum gemeinsamen Abendessen mit Axel abzuholen, kam ihr angemessen vor, eine kleine Freundlichkeitsgeste, über die sie keine zwei Sekunden nachdachte, bevor sie klopfte, oder hatte sie bereits eine Ahnung gehabt von dem, was dann kam, nein niemals, aber eine Ahnung davon, daß Oliver sich an diesem Tag mißachtet vorgekommen war, mußte sie wohl gehabt haben, sie hatte das wiedergutmachen wollen, aber so doch nicht! Er öffnete die Tür, um die Lenden ein Handtuch, er war nicht erstaunt, sie zu sehen, ich habe gerade geduscht, sagte er, bin gleich fertig, ging ins Bad, sie setzte sich aufs Bett und stellte ihre Umhängetasche neben sich, als er zurückkam und an ihr vorbei, drehte er sich plötzlich um und griff nach ihr, die Umhängetasche fiel auf den Boden und der Inhalt heraus, was jetzt geschah, kam ihr sofort vor wie eine der Geschichten aus »Die sexuellen Phantasien der Frauen« von Nancy Friday, sie ließ es geschehen und wunderte sich darüber, noch während es geschah. Was empfinde ich, dachte sie, während sie unter ihm lag, sie wollte herausfinden, warum das jetzt stattfand, kein Gefühl war stärker als das, ihn verstehen zu wollen, und auch sich selbst, ein Überfall wie früher, nur gab es die stillschweigende Vereinbarung nicht mehr zwischen ihnen, daß Überfälle erlaubt waren, trotzdem ließ sie den zu, warum? Weil Oliver ihr leid tat. Weil Oliver eifersüchtig war. Auf Christian Bleibtreu, der fast dreißig Jahre älter war als er selbst. Oliver hatte gewittert, was sie heute empfunden hatte, und diese Empfindung hatte nicht ihm gegolten. Er mußte sich vergewissern, daß er noch Macht über sie hatte. Ob er das wußte? Da lag sie unter ihm und war gerührt. Und damit beschäftigt, darüber nachzudenken, weshalb sie sich das gefallen ließ und auch noch gerührt war. Sie hätte sich auf den Stuhl setzen sollen und nicht aufs Bett! Oliver war schnell fertig, stand auf und fragte: Gehen wir, als sei nichts gewesen. Unten in der Halle wartete Axel. Sie trabten los in Richtung Stachus und landeten schließlich im Franziskaner. Am nächsten Vormittag drehten sie die Matinee im überfüllten Audimax, Antonia sah Christian nur noch von weitem. Er überzog keine Minute. Die Teleakademie und der Büchertip wurden gesendet, von Christian Bleibtreu kam keine Reaktion. Nicht daß sie damit gerechnet hätte. Die Teleakademie und das

»Leseland« waren so an den Programmrändern versteckt, daß man eine Art Fernsehpfadfinder sein mußte, um sie zu entdecken. Christian Bleibtreu war das sicher nicht. Sicher war er einer von der Sorte, die im Fernsehen nur Tagesthemen und Fußballänderspiele sahen. Sie kannte niemanden, der das »Leseland« regelmäßig anschaute. Höchstens aus Versehen, beim Zappen. Den Intellektuellen war die Sendung zu banal, den anderen zu anstrengend. Weil sie alle erreichen sollten, erreichten sie keinen. Und natürlich wegen des beschissenen Sendeplatzes. Um die Sendung *jünger* daherkommen zu lassen, überhaupt um *frischen Wind* ins ehrwürdige FFORMAThaus in der Reitzensteinstraße zu blasen, hatte Freytag seinen einzigen Sohn Udo aus Hamburg geholt, wo er so sorg- wie erfolglos damit beschäftigt gewesen war, für Philips die Regionen Norddeutschlands nach Hiphop-Nachwuchs abzugrasen und den Aufgespürten in die Charts zu verhelfen, und hatte ihn zum Ressortleiter Non-Fiction gemacht. Und ihn Brüderle als Moderator des »Leselandes« verkauft! Wenn Udo den Blick aus seinem braungebrannten Gesicht heraus auf den Teleprompter heftete, als sei der Teleprompter ein Stein, den er mit seinem Blick zum Erweichen bringen müsse, und mit der Intonation eines Club-Med-Animateurs den neuen Handke anmoderierte, vermochte ihm nicht einmal der naivste Zuschauer abzunehmen, daß er je eine Zeile Handke gelesen hatte. Selbst Tante Anna, die gar nicht weiß, wer Handke ist, hatte sich einmal diesbezüglich mißtrauisch geäußert. Wenn ein Filmbeitrag Antonias im Magazin vorkam, quälte sie sich immer, um nur ja wach zu bleiben und ihn nicht zu verpassen. Ihr einziges Kriterium zur Beurteilung von Filmen war, ob darin Geschlechtsteile auftauchten, oder gar Sexszenen, oder Wörter, die man nicht sagt, wie *Scheiße* oder *Arschloch.* Tante Anna unterschied da nicht zwischen Spielfilmen oder journalistischen Berichten. Hatte sie das schlimme Wort vernommen, schaltete sie um.

Da Magazinbeiträge über Literatur meistens in Tante Annas Sinne sauber sind, fand Tante Anna die Filme, mit denen ihre Antonia irgend etwas Unvorstellbares zu tun hatte, in der Regel gut. Zu Udo als Moderator sagte sie: Also, isch wääß net, der gfallt ma net, den deed isch was anneres mache losse. Dabei hatte Udo sogar zwei Semester Germanistik in Tübingen studiert und ein Rhetorik-Seminar von Walter Jens besucht. Udo führte das Mitarbeiteryoga ein – mittwochs um halb zehn, zur Entspannung, wenn wir schon nicht ficken im Nichtfiktionalen! – und schaffte eine sechzehnhundert-Mark-teure Kaffeemaschine an, mit der man Milch schäumen und den Kaffee Tasse für Tasse frisch rösten konnte. Udo hatte die Vorteile einer solchen Maschine im Hinblick auf die Lebensqualität der Mitarbeiter so hartnäckig angepriesen, hatte sich zu unwiderstehlichen Kaffeemaschinenvertreter-Nummern aufgeschwungen, bis jeder bereit war, sich mit hundertzwanzig Mark am Kauf der Maschine zu beteiligen. Zum Dank schäumte Udo jeden Morgen Milch für alle Anwesenden. Den Hahn, der zum Zwecke des Schäumens aus der Kaffeemaschine herausragte, hatte er Schniegel getauft. Er hielt einen großen Becher unter den Schniegel und ließ minutenlang heißen Dampf in die Milch brausen. Wer während des Milchschäumens einen wichtigen Anruf erwartete, hatte Pech gehabt. Dann verschwand Udo für gewöhnlich mit Sekretärin Claudi in seinem Zimmer, um das Leben im allgemeinen und die Ereignisse der letzten Nacht im besonderen zu erörtern. Udo erlebte in einer Nacht, was andere in einem Jahr nicht erleben. Meistens schaute dann auch noch Brüderle vorbei, um seinen arbeitswütigen Sekretärinnen oben im Sender und lästigen Autorenfilmern, die einzigartige Schriftstellerporträts anboten wie Sauerbier, zu entkommen und um in Ruhe einen frischen Espresso zu trinken. Claudi trollte sich wieder an ihren Sekretärinnen-Schreibtisch und überließ Brüderle den Platz in Udos Büro. Die Tür ging zu, jetzt mußte Udo mit

Brüderle das Leben im allgemeinen und wer weiß, vielleicht auch die Ereignisse der letzten Nacht im besonderen erörtern. Vor der Mittagspause kam Udo in der Regel noch zum Unterschreiben von ein paar Honorarabrechnungen, manchmal darüber hinaus auch zu zwei, drei Telefonaten. Doch bevor er sich zwischen fünf und viertel nach fünf auf sein Fahrrad schwang und in seine sagenumwobene Freizeit verschwand, hatte er Antonia und die anderen mindestens zwanzig Mal zum Lachen gebracht, wenn nicht öfter. Zum Beispiel indem er minutenlang auf Polnisch oder Spanisch Reden hielt, obwohl er aus beiden Sprachen nur ein paar Wörter kannte, oder indem er Dialekte nachmachte, er konnte alle, nur am Pfälzischen scheiterte er. Ich tu was fürs Betriebsklima!, sagte er feixend und ging Barbara von hinten an, während sie am Faxgerät stand. Die schob seine Hände auf neutrales Gelände und – mußte lachen. War nicht böse. Warum nicht? Warum wurden Udos Unverschämtheiten von allen nicht nur hingenommen, sondern beinahe als Auszeichnung betrachtet? Vielleicht, weil Udo, wenn er es nötig hatte zu grabschen, zu baggern oder zu mobben, nur so tat, als habe er es nötig zu grabschen, zu baggern oder zu mobben. Es war mehr Spieltrieb als Trieb; seine Anmache war Persiflage. Manchmal hätte Antonia ihn trotzdem ermorden können. Das meiste blieb an ihr hängen. Lars-Heinrich war ein guter Dramaturg und Filmregisseur, im Schneideraum schaffte er es, noch aus dem hoffnungslosesten Material etwas Sendbares herauszuholen, doch das Repräsentative lag ihm weniger, er hatte einen leichten Hang zum Stottern und überließ deshalb Akquisitionsgespräche und dergleichen lieber Antonia. Die Wochen vergingen, es geschah nichts. Wenn Antonia nicht aufpaßte, fand sie sich beschäftigt mit Christian Bleibtreus Lächeln, das keines sein wollte. Dagegen mobilisierte sie eine Selbstbezichtigungsvokabel: *Hysterikerin.* Die *Bilde dir nichts ein*-Predigt mußte sie sich dann gar nicht erst halten. *Hysterikerin* war genug. *Hysterikerin* löschte das Bild Christian Bleibtreus für eine Weile. Es wurde Sommer, die von der Stadtgärtnerei Stuttgart großflächig gepflanzten Rosen blühten. Wenn sie, wie meistens, gegen eins im Troß den Weg durch die Anlagen hinauf in die Senderkantine nahmen, schnitt Udo mit seinem Taschenmesser Rosen ab und überreichte sie vorbeiflanierenden Sendermitarbeiterinnen, vor allem weniger gut aussehenden, denn da war die Wirkung am größten. Es war alles wie immer. Es war ein strahlender Sommertag, als Antonia mit Udo und Lars-Heinrich in der Senderkantine saß und Brüderle sich dazugesellte, die Bildzeitung und die FAZ unterm Arm. Brüderle war der Meinung, gerade ein Literaturredakteur müsse beides lesen, um sich selbst davor zu bewahren, den Anschluß an das *wirkliche Leben* zu verlieren. Im »Leseland« wollte er E und U, den neuen Gedichtband von Durs Grünbein und die Sepp-Herberger-Biographie. Während er sich die geschmelzten Maultaschen einverleibte, überflog er die erste Seite der Bildzeitung und blieb an einem Artikel hängen. Er ließ die Maultaschen stehen, schlug die Zeitung auf und las den Artikel zu Ende. Udo äugte neugierig nach der Schlagzeile, die Brüderle so gefesselt hatte. »Pop-Göttin aus der Todeszelle« stand da zu lesen, und dann noch: »Amecita: ›Ich war Sklavin des Teufels‹«. Darunter war eine junge Asiatin abgebildet, die in ein Mikrophon hineinsang, das sie mit beiden Händen umklammert hielt, es sah aus, als wolle sie das Mikrophon verschlingen. Ihr langes schwarzes Haar wehte nach hinten weg. Er steht auf den fernöstlichen Typ, sagte Udo und verwandelte sich stimmlich in Gerhard Polt, geh, sag wos Mei-Lin, Mei-Lin, sog schön grüß Gott, jetzt sog doch wos. Brüderle ging nicht darauf ein. Unglaublich, sagte er statt dessen und schüttelte den Kopf. Und jetzt hat die auch noch ihre Autobiographie geschrieben, ist im gesamten südostasiatischen Raum das bestverkaufte Buch seit Menschengedenken, auch in den USA ein Sensationserfolg, angeblich Verkaufszahlen wie »Nicht ohne meine Tochter«. Dann referierte er die ungeheure Geschichte, auf die er da gestoßen war: Manilamädchen wird mit einem Flugzeug voll anderer Manilamädchen in ein Emirat transportiert, die Hausmeister der Scheichs suchen sich in der Flughafenlounge die Sklavinnen für ihre Herren heraus, das Mädchen kommt zu einem besonders fiesen Knochen, nach einigen Vergewaltigungen und ähnlichen Scherzen ersticht sie ihn mit einer Schere, wird zum Tode verurteilt, bittet, vor der Hinrichtung einen katholischen Priester sehen zu dürfen, sie ist katholisch, dem Priester erzählt sie alles, der alarmiert die Botschaft, nach mehrjährigem Hin und Her und internationalem Gezerre wird sie aus der Todeszelle erlöst und heimtransportiert auf die Philippinen, dort ist die inzwischen Achtundzwanzigjährige DIE Frauenrechtlerin des Landes UND eine Popsängerin, zu deren Konzerten Zehntausende strömen. Udo klappte den Mund auf. Das hieß bei ihm: Ich bin so was von hin, daß ich mich selber über mich wundere, weil ich doch als Typ eher kritisch bin. Das Buch erscheint Ende des Jahres, schloß Brüderle, da müssen wir was machen. – Das ist aber mehr als ein Magazinbeitrag, sagte Lars-Heinrich, da seh' ich einen großen Dokumentarfilm! – Wo er recht hat, hat er recht, sagte Udo. Brüderle überlegte. Vielleicht fünfundvierzig Minuten, sagte er, man könnte arte mit ins Boot nehmen. – Das muß im Ersten laufen, rief Lars-Heinrich, so ein Stoff schnappt sich doch übermorgen Hollywood! – Er steht auf den fernöstlichen Typ, sagte Udo, Lars-Heinrich und Mei-Lin, sie treffen sich auf dem Strich, dem Bindestrich! – Was meinen Sie, fragte Brüderle Antonia. Sie zuckte die Schultern. Klingt gut, wenn das alles wirklich so stimmt und nicht eine von der Bildzeitung aufgebauschte Angelegenheit ist. – Lars-Heinrich, sagte Udo, du wolltest doch schon immer auf die Philippinen? – Nun mal langsam, sagte Brüderle und faltete die Bildzeitung zusammen. – Wenn ich einen Vorschlag machen darf, sagte Antonia hastig, wir recherchieren das. Auf eigenes Risiko. Wir klären auch, ob die Dame überhaupt für ein größeres Filmprojekt zur Verfügung stehen würde. Entweder die Sache stirbt, oder Sie kriegen ein aussagekräftiges Exposé. Wenn Sie den Stoff dann immer noch mögen, sieht man weiter. – Einverstanden, sagte Brüderle und erhob sich. Das hat Tränenpotential wie die Dornenvögel, sagte Udo, und zu Lars-Heinrich gewandt: Als erstes klärst du, ob der katholische Priester gut aussieht! Alle lachten. Auf dem Rückweg hinunter in die Reitzensteinstraße fragte Lars-Heinrich Antonia vorsichtig, wie groß ihr Interesse an diesem Projekt sei, und Antonia sagte sofort, das ist dein Projekt, ist doch klar. Am liebsten würde ich den Film selber machen, sagte Lars-Heinrich. Das haben wir schon gemerkt, sagte Udo. Als Antonia wieder an ihrem Schreibtisch saß (oder fand das statt am Tag nach diesem Tag, oder zwei Tage nach diesem Tag, jedenfalls fand, was jetzt stattfand, in sehr großer zeitlicher Nähe zu jenem Mittagessen statt, von dem Antonia gerade zurückgekommen war), knallte Claudi ihr die Nachmittagspost auf den Tisch, Pressemeldungen, Verlagsprospekte, Veranstaltungshinweise, schon die Briefumschläge verrieten den Inhalt. Ein Umschlag war mit der Hand beschriftet und an sie persönlich adressiert, große, geschwungene Buchstaben mit einer entschiedenen Neigung nach rechts. Diese Schrift kannte sie nicht. Sie ist ganz sicher, wenn es doch auch nicht sein konnte, weil es ja nicht erwartbar war, aber trotzdem ist sie sicher, daß sie einen winzigen Moment, bevor sie es wissen konnte, einen winzigen Moment, bevor sie den Umschlag umdrehte und den Absender las, schon wußte, von wem dieser Brief war. Später, unter dem Eindruck seines Inhalts, wird es ihr sogar so vorkommen, als könne sie diesen winzigen Moment lang bereits geahnt haben, was in dem Brief stand. Sie riß ihn auf, als ginge es um Leben und Tod. Ein DIN-A-4-Blatt, darauf wenige Zeilen. Langsam beruhigten sich die großen, geschwungenen, schönen Buchstaben vor ihren Augen und wurden zu einem begreifbaren Text. »Liebe Frau Armbruster«, las sie, »es kann mit Ihrem Besuch zusammenhängen. Warum sonst sollte ich mich gedrängt fühlen, Ihnen mitzuteilen, daß ich nach Manila fliege, um dort ein Seminar abzuhalten, Uni und Goethe-Institut wollen es so. Und ich will es auch. Und ich bin nicht sicher, ob ich es nicht vor allem will, um es Ihnen mitteilen zu können. Möglichst weit weg zu keinem anderen Zweck, als um möglichst weit weg zu sein. Und das Ihnen sagen zu können. Ich finde, das ist ein schöner Grund, um nach Manila zu fliegen. Mehr zu sagen, hieße, mehr zu sagen, als ich weiß bzw. wissen will. Ihr Christian Bleibtreu«.

Sie starrte auf das Blatt, auf dem die Buchstaben jetzt wieder einen Tanz aufführten. In ihrem Kopf summte es, dann wurde aus dem Summen Dr. Enderleins spöttische Stimme, *glauben Sie, es* WAR *Zufall?* Er hatte die Sache mit dem Plastikrosenkranz gemeint, den sie, oben am Blauen Weg, beim Spazierengehen kurz vor der Stunde, auf einer Mauer gefunden hatte. Auf der Rückseite des Kreuzes war, kaum lesbar, das Wort *Jerusalem* eingraviert gewesen. Wo doch Moritz Kindler und sie einen heimlichen Traum gehabt hatten, vom ersten gemeinsamen Urlaub in Israel. Israel, Moritz Kindlers Lieblingsland, er hatte ihr Jerusalem zeigen wollen, in ihrer gloriosen gemeinsamen Zukunft, zu der es nie gekommen war. Der sechzehnte April 1993, Moritz Kindlers Geburtstag, sie war nicht bei ihm, sondern in der Hinterpfalz, auf der Hochzeit ihrer jüngsten Cousine. Jetzt war sie die einzige, die nicht verheiratet war. Tante Irma hatte Erich Frieds Gedicht »Es ist, was es ist« von der Kanzel herab verlesen, ob Erich Fried je für möglich gehalten hat, daß sein Text ein Hochzeitshit werden würde, die Nummer eins bei allen von den Angehörigen selbst *modern* gestalteten kirchlichen Hochzeiten, dicht gefolgt vom Paulus-Brief an die Korinther, Wenn ich mit Menschen-, ja mit Engelszungen rede, habe aber der Liebe nicht ... Den hatte Tante Irma irgendwie in die Fürbitten eingebaut. In der Dorfkirche Waldmohr hatte Antonia, zum ersten Mal nach Jahren und ganz sicher für alle Zeiten zum letzten Mal, gebetet, inbrünstig wie ein Kind, für Moritz und sie, *Jerusalem,* des lieben Gottes letzte Chance bei ihr, er hatte sie vermasselt. Sie dachte an die Blitzschläge, an den ganzen Schicksalsmüll, mit dem sie doch nichts mehr zu tun haben wollte, schon lange nicht mehr, schon seit Jens Jensen nicht, und seit dem Frühjahr 1993 schon gleich gar nicht mehr. Nun schlug der liebe Gott also zurück, mit einer mächtigen Inszenierung; kaum hat man so einen Brief in der Hand, schon kniet man schicksalsgläubig in der ersten Bank, wie früher, und kriegt Gottes Wort ins Ohr gedröhnt, du glaubst wohl, du hast irgendwas selbst in der Hand, ich werd's dir schon zeigen, wie ich dich in deinem Leben herumschubsen kann. *Fügung* kommt von *fügen.* I bin prämenschtruell, sagte Claudi am Schreibtisch gegenüber ins Telefon hinein. Do seh i alles immer ä bissle schwärzer als sonsch. Als Udo das nächste Mal den Kopf aus seiner Bürotür streckte, sagte Antonia zu ihm: Übrigens, ich will mit auf die Philippinen.

Wieder ein Sonntag, trotzdem einer der guten Tage, denn Christian hat angerufen. Vielleicht bin ich aus Überraschung gleich in die Stimmlage geraten, die ihn zu meinem Zuhörer macht. Es gibt Tage, da kann ich noch so ins Telefon hineinbeschwören, Christian hört mich nicht. Er hört mich natürlich schon, aber er findet keine Antwort. Für gewöhnlich schweigt er eine Weile – er hält das Schweigen viel länger aus als ich –, dann fängt er von etwas anderem an. Wenn ich ihm das vorhalte und diese Vorhaltung dann eine Antwort auslöst, besagt diese

Antwort meistens, es sei ja doch immer dasselbe, was ich da ins Telefon hineinbeschwören muß. Er hat recht. Allerdings glaube ich, daß es nur deshalb immer wieder dasselbe ist, weil er mir keine Antwort gibt. Zumindest nicht die, die ich gerne hören möchte. Dabei wäre wenig nötig, mich verstummen zu lassen. Viel weniger als ein Versprechen. Nicht mal eine Behauptung. Ein irgendwie zum Ausdruck gebrachtes *Vielleicht* würde genügen, ein dünner Hoffnungston, und ich würde in ein Schweigen verfallen, so dauerhaft, wie Christian es mir nicht zugetraut haben würde. Bilde ich mir wenigstens ein. Manchmal schickt Christian, nachdem er auf meine Beschwörungspredigt mit nichts als Schweigen reagiert hat, doch noch etwas Tröstliches nach, ein paar Anrufe, also ein paar Stunden später: einen Verzweiflungston, der mich sofort aus der Empörungs- in die Mitleidsempfindung befördert. Antonia! Ich kann nichts machen. Dududuichbinbeidir! Bist du eben nicht. Bin ich doch. Das geht dann eine Weile hin und her, bis Christian sich darüber wundert, daß ihm HIER, in Harlaching, von DER FRAU genau dasselbe gesagt werde. Immerfort bekomme er zu hören, er sei HIER nichts als abwesend. Wenn Christian einen Grund findet, mich mit IHR zu vergleichen, mit DER FRAU, wie er sagt, weil er MEINE FRAU nicht sagen kann, denn seine Frau bin ich, wenn er Ähnlichkeiten zwischen IHR und mir feststellen muß, kann ich darauf nur mit lautem Aufjaulen reagieren. Keine sehr wirkungsvolle Art, zum Ausdruck zu bringen, daß dieser Vergleich nicht auszuhalten ist, keine Sekunde. Christian ist durch so ein Aufjaulen jedenfalls nicht zu beeindrucken. Wahrscheinlich findet er es übertrieben, wie so einiges an mir. Ganz sicher bin ich, daß es an meinem Ton liegt, ob er mir zuhört oder nicht. Meistens liege ich um so mehr daneben, je genauer ich versuche, diesen Ton zu treffen. Heute habe ich ihn sofort getroffen, der Himmel weiß, warum, vielleicht ja nur, weil ich auf gar nichts gefaßt gewesen bin. Vielleicht auch, weil ich gestern mit Waltraud telefoniert habe. Sie hat von ihrem Landsitz aus angerufen. So nennt sie das Fachwerkhäuschen in Bad Urach auf der Schwäbischen Alb, das sie von Heinz, dem Physiklehrer, geerbt hat. Nach dessen Tod war sie hinaufgefahren, hatte auf seinem Lieblingssessel Platz genommen und war darauf so lange mit zusammengebissenen Zähnen sitzen geblieben, bis es nicht mehr weh tat. Dann hatte sie das Haus von Grund auf und mit der ihr eigenen Akribie renovieren lassen. Inzwischen könnte man dort fürs Countryside-Sonderheft von »Schöner Wohnen« Fotos machen. Waltraud verbringt so viel Zeit wie möglich in Bad Urach. An der Trennung von Ernst denkt sie immer wieder einmal herum, seit Heinz tot ist und keinen Ausgleich mehr schafft. Auch gestern war sie in Trennungsstimmung. Ließ sich aus über *Gemeinsamkeit* zwischen Eheleuten. *Gemeinsamkeit*, die der Alltag produziere, Beispiel: Ernst und seine Frau. Man solle sich nichts vormachen, die *Gemeinsamkeit* sei viel größer, als unsereins glaube! Selbst wenn die beiden schon fünfundzwanzig Jahre nicht mehr miteinander ins Bett gingen. Wie bei Ernst und seiner Frau der Fall. Waltraud muß immer wieder einmal erwähnen, daß Ernst nicht mehr mit seiner Frau geschlafen hat, seit er Waltraud kennt, und ich vermeide es, mich dazu zu äußern. Ich solle mir das mal vorstellen, fuhr sie fort, wie viele Gespräche zwischen den beiden stattfänden im Laufe eines einzigen Tages! Die ganzen Kleinigkeiten. Hol dies, hol das. Hast du das erledigt. Lies mal, was hier steht. Hat Herr Sowieso angerufen. Undsoweiter. Ernst ist das, was man einen vielbeschäftigten Unternehmer nennt, Schmidtpeter und Söhne, Holzspielwaren, Firmensitz in Herrenberg, seine Frau arbeitet mit im Geschäft. Die beiden haben also auch tagsüber miteinander zu tun. Wie Christian und DIE FRAU. Und dann die Sorgen um die Kinder! Selbst wenn eine Ehe nur noch Jammertal sei, dies alles verbinde in einer Weise, wie wir uns das eben nicht ausmalen könnten. Neulich hätten Ernst und sie wieder einmal ein Krisengespräch gehabt. Sie habe ihm auseinandergesetzt, daß sie nun schon gottweißwielange, jedenfalls seit sie über den Tod ihres Physiklehrers einigermaßen hinweg sei, darauf warte, daß er sich mehr Zeit für sie nehme. Wie er ihr das doch versprochen habe. Modelle habe sie entwickelt, wie er das hinkriegen könne trotz der vielen Arbeit im Geschäft. Ernst habe genickt und alles für möglich gehalten. Ihr Bedürfnis habe er nicht nur verstanden, sondern aus tiefstem Herzen geteilt. Dann habe er sich auf den Heimweg nach Herrenberg machen müssen. Zu Hause habe er seine Frau nicht angetroffen. Auf seinem Schreibtisch habe die ihm aber einen Zettel hinterlassen. Darauf nur ein Satz: *Bibi hat Scharlach.* Bibi ist Ernsts vierjährige Enkelin, Sproß des mittleren Sohnes, Ernst hat drei, der mittlere ist der Problemsohn. Laut Waltraud wird Ernst nicht müde, über seinen lebens- und karriereuntüchtigen mittleren Sohn zu klagen. Aber Bibi liebe er heiß und innig. Er habe sofort alles stehen und liegen lassen und sei noch hinüber nach Sindelfingen gefahren, um *zu helfen.* Das habe er ihr ganz treuherzig am nächsten Tag erzählt, am Telefon. Als ob sein Sohn sogar zu blöd wäre, einen Arzt zu rufen! So sei eben Ernst. Ein Ausbund an Verantwortlichkeit. *Bibi hat Scharlach*! Waltraud hatte gelacht. Der Satz sage doch alles! Den könne ich als Kapitelüberschrift nehmen, für meinen Roman. Doch, sie glaube schon, sie sei drauf und dran, sich innerlich von Ernst zu verabschieden. Nur daß das nach fünfundzwanzig Jahren eben nicht von heute auf morgen gehe. Vielleicht werde es noch Jahre dauern. Sie sagte das ganz gelassen, so, als habe sie sich bereits verziehen, falls sie sich eventuell doch nicht von Ernst würde trennen können. Um zu so einer Gelassenheit zu kommen, muß man wahrscheinlich wirklich ein Vierteljahrhundert Geliebtenexistenz hinter sich gebracht haben. Gelassenheit ist der Daseinszustand, den ich von allen möglichen Daseinszuständen am wenigsten hinkriege. Als Christian mich heute morgen anrief, war ich selbst davon überrascht, daß dieser Vortrag über *verlogene Freundlichkeitsproduktion in der Ehe*, der da aus mir herauskam, beinahe gelassen klang. *Freundlichkeit* ist Christians

Wort. Er versuche, dort, in Harlaching, *freundlich* zu sein, um das Leid DER FRAU zu verringern, sagt er immer. Niemand kann so leiden wie Elisabeth Bleibtreu. Und niemand hat so viel Leidensenergie. Sie leidet natürlich meinetwegen, heult ihm was vor, wimmert ihn zusammen, jammert ihn in den Angeklagtenstand hinein, wenn er nicht sowieso schon dort Platz genommen hat, sie rennt im Nachthemd auf die Straße in Richtung Isar, fuchtelt mit Küchenmessern vor ihm herum, wälzt sich auf dem Teppich, daß er gar nichts mehr sagen kann. Höchstens, daß er so viel Leiden nicht aushält. Ich nenne das *Leidensterror.* Dem *Leidensterror* DER FRAU will Christian mit nichts als *Freundlichkeit* begegnen. Weil Christian sich für sein Lebensmotto *Vorwärts durch Leiden* nicht nur bei Meister Eckart beziehungsweise Schopenhauer, sondern zuweilen – obwohl er sich dafür ein bißchen geniert – auch bei Ghandi Anleihen nimmt, nenne ich das *Prinzip Mahatma Ghandi.* Passender wäre allerdings *Prinzip Geprügelter Hund.* Ahimsa, Ghandis Wort für Gewaltlosigkeit, daraus folge die Verweigerungslehre, daraus die Verweigerungsbewegung, daraus dann der Neinzustand, und aus dem folge dann das *Vorwärts durch Leiden.* Christian meint, auf diese Weise sei DER FRAU Schritt für Schritt klarzumachen, daß sie, obwohl es jetzt mich gibt, weiterhin an seiner Seite wird leben können. Allerdings *geschwisterlich.* Wenn das erreicht sei, könne man einen weiteren Schritt machen auf dem Weg ins gelobte Land. Das gelobte Land, in dem wir dann glücklich vereint sind und unsere *Nähe* ins Unermeßliche steigern werden, haben wir *Gomera* genannt. Wenn wir weiterhin in der von Christians *Ahimsastrategie* vorgegebenen Geschwindigkeit nach *Gomera* vorankommen, werden wir frühestens im Jahre zweitausendzwanzig dort sein. Nur daß es dann zu spät sein wird. Mit dem bißchen Zukunft, das wir noch haben könnten, müßten wir uns ohnehin mächtig beeilen. Aber wir haben die Rechnung ohne Elisabeth Bleibtreu gemacht. Deren einziger innerer Befehl ist es, nicht zur Vernunft zu kommen. Mein

Cousin Kläuschen, genannt sKläusje, hat, im Kleinkindalter, immer dann, wenn er nicht kriegte, was er wollte, so lange die Luft angehalten, bis er erst rot, dann bläulich anlief. Natürlich sind alle sofort gerannt, um ihm schleunigst herbeizuholen, was er verlangt hatte. So ist Elisabeth Bleibtreu. Ein plärrendes Kind. Abhängigkeit ist ihre Profession, das macht sie unverlaßbar, und sie tut alles dafür, daß das so bleibt. Getarnt als Ehefrau, in Wirklichkeit Terroristin. Insofern ist *Gomera* sowieso gestorben. sKläusje ist übrigens eine Zeitlang bei den Skinheads gewesen; seit er bei einer saarländischen Molkerei in die Lehre geht und eine Freundin hat, scheint das Schlimmste überstanden. Daß Christian den *Leidensterror* DER FRAU so ergeben erduldet, läßt mich regelmäßig jene Empörungs- und Beschwörungspredigt halten, auf die Christian für gewöhnlich mit Schweigeverweigerung reagiert. Heute morgen bin ich also in eine andere Vortragsart geraten, glücklicherweise. Ganz gefaßt habe ich ihm auseinandergesetzt, daß seine fortwährende *Freundlichkeits*produktion bei DER FRAU falsche Hoffnungen wecke. Die Hoffnung auf seine Rückkehr, emotional und körperlich. Daß das verlogen sei. Daß ich die alltäglichen Gemeinsamkeiten, die er meint, dort produzieren zu müssen, deshalb so schlecht aushielte, weil er dort nicht *Haltung* bewahrte für uns. Allenfalls die eines *geprügelten Hundes.* Da sich das in absehbarer Zeit nicht ändern werde, sei ich dabei, mich innerlich von ihm zu verabschieden. Peng. Sicher werde es noch eine Weile dauern, bis es so weit sei. Aber ich sei auf dem Weg. Daß es noch Jahre dauern könnte, bis dieser Weg beschritten und das Ziel erreicht sei, sagte ich nicht, obwohl ich es zur Sicherheit gerne gesagt hätte. – Christians Schweigen dauerte nur ein paar Sekunden, dann sagte er langsam: *Ich habe dich gehört.* Zweimal hat er meinem Vortrag noch hinterhertelefonieren müssen, einmal nur, um den Satz zu übermitteln: Antonia, wenn ich keine Hoffnung mehr hätte, könnte ich doch nie mehr anrufen! Dummerweise macht so ein Satz sofort Hoffnung. Falsche Hoffnung auf

Gomera zu Lebzeiten. Die muß jetzt wieder eine Weile vorhalten.

Vorhin rief Waltraud noch einmal an, um mir mitzuteilen, sie sei vom Landsitz zurück und wieder in Stuttgart, vorgestern habe sie sich vom Bad Uracher Star-Zahnarzt einen eitrigen Zahn ziehen lassen müssen, und mit Ernst gebe es ganz neue, verheißungsvolle Entwicklungen. Sie sei beinahe sicher, daß sich demnächst Entscheidendes ergeben werde. Tatsächlich glaube sie, er sei jetzt bald soweit, den endgültigen Bruch mit seiner Frau zu riskieren. Das habe sie zum Beispiel daran gemerkt, daß ihr Ernst vor einigen Tagen etwas ganz Unglaubliches und Unerwartetes mitgeteilt habe, ganz lapidar, ganz nebenbei, als handele es sich um eine Selbstverständlichkeit. Er habe seinem Lieblingssohn, dem Ältesten, von seiner Beziehung zu ihr erzählt. Einfach so. Nach fünfundzwanzig Jahren Heimlichtuerei. Der Sohn habe sich so gefreut, daß er gleich alles seinem jüngsten Bruder weitererzählt habe, die beiden stünden ganz auf Seiten des Vaters. Sie, Waltraud, habe mit beiden Söhnen in den letzten Tagen mehrmals telefoniert. – Waltraud genoß meine Verblüffung. Nein, es seien die Söhne gewesen, die den Kontakt zu ihr gesucht hätten. Ernst habe ihnen wohl, in einer Stunde der Rührung, ihre Telefonnummer gegeben. Schon während des ersten Telefongesprächs habe ihr Ernsts Ältester Dinge verraten, die sie von Ernst ganz sicher niemals erfahren hätte. Zum Beispiel, daß seine Mutter immer Liebhaber gehabt habe. Den letzten sei sie vor zwei Jahren losgeworden – Waltraud sagte: Sie hat ihn *abgeschossen* –, für einen neuen sei Lore Schmidtpeter jetzt wohl endgültig zu alt, deswegen habe sie begonnen, Ernst zu drangsalieren, ausnehmen wolle sie ihn, mit Hilfe der besten Anwälte Herrenbergs, erklärtermaßen habe sie die Absicht, Ernsts Lebenswerk, die Firma Schmidtpeter und Söhne, zu zerstören, obwohl es doch ohnehin schlecht um die Firma stehe; *finanziell ruinieren* wolle sie ihn, *dafür lasse sie sich gern scheiden*, das habe sie wörtlich gesagt. Die Söhne seien darüber entsetzt.

Sie, Waltraud, habe mit denen jetzt eine Art Komplott. Doch, sie glaube sicher, daß sie Ernst bald ganz für sich haben werde, vielleicht müsse er die Finca auf Mallorca draufgeben, um die Ehefrau auszuzahlen, inzwischen sei er bereit, das in Kauf zu nehmen. Ernst hänge an nichts so wie an seinen Besitztümern, außer vielleicht an Bibi. Ob ich demnächst mal wieder zum Essen käme? Henriette käme am liebsten jeden Tag, weil Helmut wieder auf Tournee sei und Henriette sich alleine fühle, aber die könne sie im Moment einfach nicht ertragen. Dieses ewige Gejammer. Die Zeit, in der Helmut Henriette noch ab und zu auf seine Reisen mitgenommen habe, sei ja längst vorbei. Henriette ist Waltrauds einzige Freundin, außer mir. Allerdings hoffe ich, daß Waltraud zu Henriette über mich nicht so redet wie zu mir über Henriette. Ich sehe Henriette nur manchmal in der Senderkantine; sie arbeitet im Schallarchiv. Sie ist Ende Fünfzig und sieht aus wie das, was man sich unter einem späten Mädchen vorstellt. Sie trägt vor allem karierte Röcke und immer flache Schuhe, weil sie auf keinen Fall größer wirken möchte als Helmut. Helmut Brochhagen ist Geiger beim Radiosinfonieorchester seit vielen Jahren, und mindestens ebenso lange ist Henriette seine Geliebte. Es müssen jetzt zweiunddreißig Jahre sein, sagt Waltraud, oder sogar dreiunddreißig, und man merkt ihrem Ton an, daß sie Henriette um diese Zahl beneidet. Helmut habe längst kein Interesse mehr an Henriette, und die sei so blöd und merke nichts. Mache sich immer noch Hoffnung, auf was eigentlich? Der habe Henriette doch schon vor zwanzig Jahren gesagt, sie solle nur nicht glauben, daß er seine Frau jemals verlasse. Henriettes Gesicht hat etwas Nonnenhaftes, manchmal erinnert es mich an das von Schwester Laetitia, meiner Handarbeitslehrerin. Die Haut ist blaß und ein bißchen welk, aber zart und glatt, wie eine Rosenknospe, die das Aufgehen verpaßt hat und nun nicht richtig verblühen kann, sondern als Knospe sehr langsam vertrocknet.

Nachts ließ sie sich von einem Taxi zum Manila Hilton fahren, dort wohnte Christian, sie und Lars-Heinrich waren natürlich bescheidener untergebracht, Hotels dieser Klasse zahlt FFORMAT nicht, auch nicht in der sogenannten Dritten Welt; ihr Hotel hieß Blue Orchid und hatte keine Klimaanlage, leider war es auch noch ziemlich weit vom Manila Hilton entfernt. Die Taxifahrt dauerte fünfundzwanzig Minuten, vorher hatte sie mit Lars-Heinrich im Restaurant des Blue Orchid gegessen und sich dann unter dem Vorwand, ihr sei nicht gut, ins Zimmer verabschiedet. Das war nicht wirklich gelogen, ihr war flau vor Aufregung, daß nun endlich passieren würde, worauf Christian und sie einen Sommer und ungefähr hundert Telefonate lang gewartet hatten, einen Sommer lang nichts als Telefon, für das, was man das erste Rendezvous nennt, vom Sie zum Du am Telefon, die ersten Möglichkeitserkundungen am Telefon, die Vergewisserung am Telefon, die Verabredung für Manila am Telefon. Christian hatte das im Scherz genannt: einen Vertrag unterschreiben, ohne das Kleingedruckte zu lesen. Vom ersten Gespräch an hatte sie Protokolle dieser Telefonate geführt, ohne darüber nachzudenken, wozu die gut sein sollten. Später einmal hatte sie Christian die Protokolle vorgelesen, und ihnen beiden war dieses Telefongeplänkel wie die bezauberndste Annäherung aller Zeiten vorgekommen, und vor lauter Erinnerung und Bezaubertsein war Christian ganz wild auf sie geworden und hatte sich, noch während sie las, an ihr zu schaffen gemacht. Als sie dann versuchte, die Telefonprotokolle in ihr Manuskript hineinzuarbeiten, kam es ihr so vor, als habe sich alles auf der Stelle in eine ganz normale Albernheitslitanei zweier von der Liebe Befallener verwandelt, ungewöhnlich war nur ihre gewaltige Länge. Schließlich gab sie es auf, die Protokolle zu verwenden. Überhaupt erlebte sie, wie ihr die Schilderung der Anfangszeit mit Christian, der von ihr als nahezu erschütternd erlebten frühen Glücksmomente, immer wieder mißlang, sie fand keine Sprache dafür, keinen Ton, der dem Pathos des Anfangs gerecht geworden wäre. Es schien ihr auch immer weniger möglich, Worte zu finden für das, was Christian manchmal mit grünem Kugelschreiber als GV in seine Arbeitsbücher eintrug, je mehr sie das versuchte. Die kommentierte GV-Statistik führte er für das Buch der Bücher, »Das Näheprojekt«, in dem es eine noch nie dagewesene Bewußtseins- plus Sprachgenauigkeit in bezug auf GVs und alle möglichen anderen Erscheinungsformen der Zweisamkeit geben würde, vielleicht, irgendwann einmal; aber sie wollte am liebsten Tabus errichten, das merkte sie, denn es blieb eben nicht, was es war, sobald man es in die üblichen Wörtlichkeiten goß, und auch unübliche Wörtlichkeiten halfen nicht viel, es Synchronschwimmen zu nennen gefiel ihr ganz gut, aber sofort machte man, wenn man das weiter ausbauen wollte, mindestens eine Bauchlandung im Metaphern-Becken sich anbietender Schwimm-Vokabeln. Dabei wechselten sie viele Worte, wenn sie beieinander waren, Christian und sie, daß sie die überhaupt sagen konnte, kam ihr, wenn sie allein war, derart ungeheuerlich vor, daß sie sich selbst zugeben mußte, das Aufschreiben dieses Teils ihres Zusammenseins falle wohl auch deshalb so schwer, weil sie sich genierte. Sie war doch ein stummer Fisch gewesen in den Betten vorher, obwohl ihr schon manchmal allerlei Wortkrampf abverlangt worden war, jetzt empfand sie sich als eine Bettgeschichtenerzählerin wie aus Tausendundeinernacht, die Worte kamen ganz von selbst und wuchsen sich aus zu Geschichten, und jedes Wort hatte einen Klang, den es noch nie vorher gehabt hatte, selbst wenn es sich um Worte handelte, von denen man ganz sicher wußte, daß sie andere Menschen schon unzählige Male ausgesprochen hatten. Der Taxifahrer kurvte abenteuerlich zwischen den vor Menschen überquellenden Jeepneys hindurch, durch die dicke, heiße Abgasluft Manilas. Im Hilton kam sie halb betäubt an, wegen der hohen Luftfeuchtigkeit waren ihre Füße in den hochhackigen Sandalen geschwollen, erst in der klimatisierten Hotelbar, in die Christian sie führte, kam sie wieder einigermaßen zu sich, als sie einen Whisky Sour vor sich hatte und ihre Zunge zwischen die vielen kleinen Eiswürfel stecken konnte. Christian saß ihr gegenüber und blickte sie mit einem feurigen Tonight's-the-Night-Blick an, ich sitze schon seit zwei Stunden hier und warte auf dich, sagte er, etwas anderes habe ich nicht tun können. Dann fügte er hinzu: Wenn du nicht willst ... wir können auch in ein Lokal gehen. Daß er offensichtlich ebenfalls nervös war, ließ sie kühn werden, und sie sagte feierlich: nein, ich will, und hörte im Geiste Lady Di, wie sie während der Hochzeitszeremonie mit vor Aufregung piepsiger Stimme »I will« zu Charles gesagt hatte, und dann hatte sie auch noch die vielen Vornamen von Charles durcheinandergebracht. Im Zimmer der erste Kuß, während seine energische Zunge ihren Mund erkundete, machte Christian mehrmals *mhm*, als begutachte er beim Metzger ein Stück Fleisch im Hinblick auf seine Zartheit, das *mhm* bremste ihre Hingabebereitschaft um einiges, zumindest für ein paar Minuten. Viel später einmal, als sie Christian nach der Bedeutung des *mhm* während dieses ersten Kusses fragte, antwortete er, er habe gefürchtet, sie werde beim Küssen den Mund zu weit aufreißen, weil das für Intellektuelle typisch sei, und dann sei er so angenehm überrascht gewesen durch ihren beim Einschließen des Kusses so hilfreichen Mund. Das *mhm* und seine nachgereichte Erklärung ihrer Art zu küssen waren dann immer wieder einmal Thema zwischen ihnen, und sie glaubte ihm nie ganz, wenn er beteuerte, wie wunderbar er ihre Küsse finde. Wahrscheinlich warst du eben Lisbeths Mund gewöhnt, sagte sie dann, diesen riesigen Fleischmund, den muß sie in der Tat nicht aufreißen, daß der einem groß vorkommt wie ein Krater, dagegen meiner, der muß schon Größe simulieren, und sie hörte sich seinen Protest mit Genugtuung an. Christian öffnete eine Flasche Bordeaux, sicher der teuerste, den die im Manila Hilton hatten, schenkte ihnen zwei Gläser halb voll, löschte das Licht bis auf das Licht im Badezimmer, ließ die Badezimmertür ungefähr fünfzig Zentimeter offen, so daß das Badezimmerlicht beinahe der Mondschein im Zimmer war. Der hat Routine, dachte sie, aber sehr bald schon dachte sie dergleichen nicht mehr, sie lag auf dem Bett zwischen all den rosa Kissen, Christian holte sich einen Stuhl, setzte sich neben das Bett, trank sehr schnell sehr viel Rotwein und sagte Sätze, die ihr hinterher nicht mehr einfielen, nur daß sie zum Ausdruck bringen sollten, diese Situation sei für ihn unvergleichlich. Dann zog er sich langsam aus, sie sah ihm zu, er schaute nicht herüber, er legte seine Hose über den Stuhl, nicht gerade sorgfältig, aber ohne Hast, sie betrachtete seinen Körper. Der Körper eines Sechzigjährigen, an seinen Bewegungen merkte sie, er wollte, daß sie es sah, schau her, auf was du dich einläßt, so war das also gemeint, sofort schoß ihr die Liebe schmerzlich in alle Glieder, als habe ihr jemand eine schnell wirkende Spritze gegeben. Jetzt kam er herüber, legte sich zu ihr, in den Schein des Badezimmermondes, seine Bewegungen waren Verrichtungen, denen anzumerken war, daß er sie schon sehr oft verrichtet hatte, sie fühlte sich aufgehoben in diesem Fluß entschiedener Bewegungen, die langsam schneller wurden, aber nicht drängender; daß Christian Leidenschaft empfand, sah sie in seinem Gesicht, doch die Leidenschaft fand nicht richtig in seine Bewegungen, Christian war sturzbetrunken, das merkte sie jetzt, schließlich drehte er sich von ihr weg, naß vor Schweiß. Dann wollte er, daß sie gehe, weil er mit dem Schwitzen gar nicht aufhören konnte und ihm das peinlich war, ihm überhaupt alles peinlich war, das sagte er, doch sie war so empört darüber, daß er sie fortschicken wollte, daß er sie schließlich doch an seinem Rücken kleben ließ bis in den frühen Morgen, dann zurück ins Blue Orchid, duschen, dann frühstücken mit Lars-Heinrich, der nichts merkte, obwohl sie doch von Christians Bartstoppeln ein Gesicht hatte wie ein Streuselkuchen. Auch das erfuhr sie erst später: daß er, schon bevor sie im Manila Hilton angekommen war, eine Flasche Bordeaux getrunken hatte, förmlich in sich hineingeschüttet habe er sie, weil er sich habe kastrieren wollen mit dem Alkoholmesser, er habe nicht in Frage kommen wollen für Liebe. Aus Angst vor keiner Zukunft. Lars-Heinrich kaute auf seinem Toast herum und studierte gleichzeitig seinen elektronischen Kalender, in den er die Termine für die kommenden Tage eingetippt hatte. Er hatte die Reise schon von Stuttgart aus vollständig organisieren können, die philippinische Botschaft hatte begeistert kooperiert. Die Plattenfirma der Nationalheldin Amecita hätte Antonia und Lars-Heinrich am liebsten Tag und Nacht gehätschelt. Heute wollte ihnen einer von Amecitas Managern die Stätten ihrer Kindheit zeigen. Morgen: erstes Rechercheinterview mit Amecita, übermorgen: Flug nach Cebu City, wo Amecita ein Konzert gab, am Morgen darauf: zweites Rechercheinterview mit Amecita, Rückflug nach Manila, dort Besuch eines Heims für von ihren Ehemännern mißhandelte Frauen, das Amecita gegründet hatte und finanzierte. Er wird alleine zurechtkommen, dachte Antonia, überwand sich und sagte auf, was sie sich vorgenommen hatte: Im Veranstaltungsplan des Goethe-Instituts habe sie entdeckt, daß Christian Bleibtreu in Manila sei. Der gehöre zu ihren Wunschkandidaten für zukünftige Filmprojekte, vielleicht komme sie hier leichter an den ran als in München, wo Bleibtreu sich eher fernsehfeindlich gegeben habe. Dann brach sie ab und stotterte eine Kurzfassung der Wahrheit heraus. Daß sie nur Christian Bleibtreus wegen so viel Wert darauf gelegt hatte, Lars-Heinrich auf die Philippinen zu begleiten. Daß sie die letzte Nacht mit Christian Bleibtreu verbracht hatte. Und daß sie nicht anders könne, als auch den Großteil der kommenden Tage und Nächte mit ihm zu verbringen. Lars-Heinrich schaute verblüfft, dann beinahe ein bißchen neidisch.

Ich mach das schon, sagte er, kann ja jedem mal passieren. Sie packte ein paar Sachen und fuhr zurück ins Hilton. Den Rest der Woche begleitete sie Christian überallhin. Auf Empfängen stellte er sie als *Antonia Armbruster, Journalistin von* FFORMAT vor, dann machte er entweder über die zwei F oder die Doppeldeutigkeit einen Witz, manchmal über beides. Sie besichtigten den Manacalang Palace, im Keller die 3000 Paar Schuhe von Imelda Marcos, alle Größe 41, das sei erstaunlich für eine Philippina, sagte einer der drei Goethe-Mitarbeiter, die die kleine Gruppe führten. Antonia konnte sie kaum auseinanderhalten – alle drei hatten Brillen, zwei davon sehr kurz geschnittene Bärte, aber sie wären ihr wohl auch austauschbar vorgekommen, hätten sie sich mehr voneinander unterschieden; sie hatte eben nur Augen für ein Gesicht, sein Gesicht, und auch die Stadt um sie herum, die sich durch Farben, Lärm und Gerüche aufdringlich machen wollte, nahm sie wahr wie aus einer Sänfte. Während sie sich, auf dem Rücksitz des Goethe-Daimlers, der sie durch die verstopften Straßen bugsierte, befingerten, so gut es eben ging, erklärte ihnen einer der Bärtigen vom Beifahrersitz aus, an welchen Sehenswürdigkeiten sie gerade vorbeifuhren, oder anderes Wissenswertes, zum Beispiel, daß die Philippinos zu Zahnpasta *Colgate* sagen und zu Kopierer *Xerox* und zu Fotoapparat *Kodak*, weil ihre Sprache, Tagalog, für derlei moderne Errungenschaften keine Worte übrig hat. An der philosophischen Fakultät der University of Manila gab es tatsächlich ein gutes Dutzend Bleibtreu-Kundiger, die Christian in einen fast fröhlichen Disput verwickelten. Auf jeden Fall wurde im Auditorium öfter richtig gelacht, und nicht nur, als sich Christian einmal versprach und über einen Kollegen sagte: *He published wildely* statt *He published widely*. Sie saß zwischen zwei Männern, die sie für Studenten gehalten hatte, die sich jedoch als Professoren entpuppten. Unglaublich jung sahen hier alle aus. Und wie die Christian anschauten. Wie Kommunionkinder. Wie ich. Sie bewunderte ihn, weil ihm sein philosophisches Fachenglisch so leicht aus dem Mund ging. Einzelne Sätze schrieb sie mit. Das Studium der Strukturalisten: *He found it more repulsive than he expected.* – Hegel: *did not express himself with the memorable clarity of the Chinese.* Das wurde natürlich spontan beklatscht. *Destroying a label is different from using it, and I tried to destroy it.* Was war, bitte, eine *double-bind-theory*? Christian sagte *It comes to my mind,* und dann erklärte er, was er der Tischgesellschaft des vorletzten Abends schon einmal erklärt hatte: auf die *desintegration of the myth called theory* folge eine Erlebnisdürre, die in Mutlosigkeit ende. Der Mythos nämlich sei immer naturgesättigt, die Theorie dagegen naturabweisend, und das auch dann, wenn sich die Theorie auf Natur beziehe. Und lächelnd lehnte er ab *to be called a scholar.* Später konnte sie sich kaum noch vorstellen, wie sie es geschafft hatte, die ganzen Tage lang ihre Gesichtszüge unter Kontrolle zu halten, wo sie ihr doch in einem fort ins Blöd-Verliebte entgleisen wollten, manchmal passierte das sicher auch, sie hoffte, die sie Umgebenden würden das für eine Folge der Hitze halten. Zweimal traf sie Lars-Heinrich im Blue Orchid und ließ sich seine Erlebnisse berichten, mit seinem alten S-VHS-Camcorder hatte er Aufnahmen gemacht, die er ihr auf dem Bildschirm in seinem Hotelzimmer zeigte. Der Film sei in seinem Kopf schon fertig. Von Amecita war er mehr als angetan, noch nie habe er eine Frau erlebt mit einem derart strahlenden Blick, während er das sagte, strahlten seine Augen ziemlich. Ins Frauenhaus hätten sie ihn aber nicht gelassen, er solle es nicht persönlich nehmen, habe Amecita gesagt, es sei ein Grundsatz, *kein Mann*; an dieser Stelle sagte er dann doch: Da hätte ich dich brauchen können. Lars-Heinrich, sagte sie, ich weiß nicht, wie ich das wiedergutmachen soll, und sie hatte das Gefühl, er sei damit zufrieden. Sobald Christian und sie spätabends, endlich, nach allen Mühen und Verstellungen des Tages, die Tür der Suite im Manila Hilton hinter sich geschlossen hatten, strampelten sie sich, Körper an Körper, aus ihren verschwitzten Kleidern, seufzend und leise jubelnd vor Erleichterung, eine den Raum zwischen Tür und Bett füllende, sich ins Wilde steigernde Choreographie, die jedesmal in einer anderen Figuration ihrer verschlungenen Leiber endete. Und zwischen den rosa Kissen im fahlen Mondlicht hörten sie nicht auf, einander zu bestätigen, daß sie sich vorkamen wie füreinander gemacht, nur leider war dem Schicksal die Zusammenführung von Christian und Antonia um fünfundzwanzig Jahre verrutscht, und Christian mußte immer wieder ausrufen, was für eine Schicksalsgemeinheit, daß wir uns nicht früher begegnet sind, warum bist du zum Beispiel 1975 nicht zu meinem Schopenhauer-Vortrag in den Henry-Ford-Bau gekommen? Schätzungsweise weil ich da noch nicht mal Abitur hatte, antwortete sie, aber 1983 hättest du doch kommen können, da hast du studiert in Berlin, du bist schuld, daß wir uns verpaßt haben! 1983 hättest du mich gar nicht zur Kenntnis genommen, sagte sie, da war ich acht Kilo schwerer und hatte Haare wie Mireille Mathieu. Na und, rief Christian, dich hätte ich überall herauserkannt, dich hätte ich nicht gehen lassen, und er begann einen phantastischen Eröffnungsdialog zwischen ihnen zu erfinden, sie erfanden sich noch viele Begegnungen, die so nie hätten stattfinden können, malten sich die Ehe aus, die sie geführt hätten, wenn dem Schicksal nicht diese ungeheure Gemeinheit eingefallen wäre, sie altersmäßig derart voneinander zu trennen. Gemeiner könne sich das kein Moralist ausdenken, man könne glatt auf die Idee kommen, das sei die Strafe für *all das*, sagte Christian, und vor dem *all das* machte er eine Pause, als wolle er *all das* eigentlich verschweigen. Am fünften Abend sprach er das Wort aus, *Liebe*, sie lagen in der Badewanne, viel länger hätte sie es auch nicht mehr ohne dieses Wort ausgehalten, dann hätte sie es sagen müssen, trotz des Risikos, es hätte ja sein können, daß ihn dieses Super-Wort verschreckt hätte. Tatsächlich genierte er sich, oder er tat so, um herauszustellen, daß ihm die Benutzung solcher Wörter nicht gerade geläufig war, dann sagte er noch, eigentlich bade er nie. Daß jetzt, in der Schlußkurve seines Lebens, dieser Zustand eingetreten sei, den das Super-Wort beschrieb, damit werde er nicht fertig, und was jetzt anders für ihn war, das sammelte sie sich gierig zusammen aus dem, was da über sein bisheriges Leben herauskam im Laufe dieser philippinischen Nächte. Über Elisabeth und Sprechen mit Elisabeth und Schlafen mit Elisabeth sagte er freilich nicht viel, aber über Schlafen und Sprechen mit *all den anderen* doch einiges, mit den vielen Frauen, die ihm in die Betten geraten waren, meist waren das Hotelbetten wie dieses; ach je, aber sie war ja schon in ihrer ersten Nacht mit dem *Nie-vorher-Award* ausgezeichnet worden, so daß sie sicher sein konnte, daß nichts, rein gar nichts ihn an all die früheren Hotelbetten erinnerte. In Christians Schilderungen wimmelte es von Frauen, die ihm während öffentlicher Auftritte oder Podiumsdiskussionen aus dem Publikum zugelächelt hatten, und nachher klopften sie an seine Hotelzimmertür und hielten den Bademantel weit auf, da habe er nicht anders gekonnt, eine Prozedur, ein Sport, der zu absolvieren war. Jogging. Gefälligkeit, ein bißchen kulturwissenschaftlicher Forscherdrang mochte auch im Spiel gewesen sein, wie ist eine Spanierin im Bett, wie eine Inderin undsoweiter, außerdem habe er in einem gewissen Alter nicht lange sein können ohne Frau, zwei Wochen Vortragsreise und sein Schwanz habe geschmerzt, wann immer eine Frau auf der Straße an ihm vorbeigelaufen sei, aber bis auf ganz wenige Ausnahmen habe alles in äußerster Unbeteiligtheit stattgefunden, nicht so wie jetzt, Antonia! Sie hörte ihm zu, sie sah sich selbst, wie sie da an ihm lag und ihm zuhörte, in dieser Geliebten-Totale sah sie sich liegen, kam sich vor wie im Film, ein Film über eine junge Frau auf dem Weg in eine Geliebtenexistenz mit allen Absehbarkeiten, nichts Besonderes, besonders war nur die Aussichtslosigkeit der Lage, wie im Film war es, bekannter Mann, *älter als sie*, in der Öffentlichkeit stehend, verheiratet, Bambinibambini, der wird seine Frau nie verlassen, der legt sich seine Bettvergangenheit und Ehevergangenheit und Ehegegenwart so zurecht, daß sie, die Geliebte, immer wieder neue Hoffnung schöpft und auf diese Weise hingehalten wird, bis sie verwelkt ist und einsam und kinderlos ins Alter hinübergleitet; einen solchen Film will sich kein Mensch mehr anschauen, so absehbar ist alles, was in diesem Film geschieht, und jeder, wirklich jeder Zuschauer weiß, daß die Super-Wort-Beteuerungen des Ehemannes und die Verleihung des *Nie-vorher-Awards* an die Geliebte erstunken und erlogen sind, nur die Geliebte weiß es nicht, sie will ihm glauben. Sie, Antonia, war jetzt so eine Geliebte und dabei, sich lächerlich zu machen vor allen Zuschauern, der mutete ihr jetzt also das volle Programm zu, verlor keine Zeit, fing schon an und trug ganz schön dick auf mit all den Jogging-Veranstaltungen, und sie glaubte ihm auch noch; denn er glaubte sich, das merkte sie, und das war unwiderstehlich. Das macht doch jeder, sich sein eigenes Leben erträglich reden, bis er sich selber glaubt, daß es so gewesen ist, wie er es sich erträglich geredet hat, er hält die vielen Frauen in seinen Vergangenheitsbetten eben schwer aus, deswegen muß er sich als Unbeteiligten in seine Vergangenheitsszenarien hineinerinnern, und daß er die eigenen Vergangenheitsszenarien schwer aushielt, mußte sie doch, obwohl sie immer noch entsetzt war über die Geliebten-Totale, in der sie da herumlag, für ein gutes Zeichen halten, die Hotelbettenfrauen mit den offenen Bademänteln taten fast gar nicht weh, wahrscheinlich hatte sie schon damals gespürt, daß die ein Bewältigungsklacks sein würden im Vergleich zu Elisabeth Bleibtreu und einer Ehe, die so lange ging, wie sie alt war. Mit den Bademantelfrauen wurde sie fertig, das spürte sie, sie sah ihn vor sich, Christian Bleibtreu, jung und ernst, in Existentialistenschwarz, das Foto war bekannt, mit vollem, leicht geschürztem Mund, ein gutaussehender Intellektueller – ein Widerspruch in sich, würde Waltraud sagen und dabei grinsen –, und damit nicht genug, auch noch ein mit seinem Schwanz versöhnter Intellektueller, nicht so einer wie Moritz, der sich für seinen Schwanz geniert und das Hin und Her beim GV eigentlich ekelhaft findet; ist doch kein Wunder, daß die Frauen Christian Bleibtreu zugelaufen waren, die spürten das einfach, so wie sie es auch gespürt hatte, auch wenn er nicht mehr jung war, so war er nach wie vor ein gutaussehender Mann, neunzig Kilo Mann, hätte Barbara begeistert zu so einem Exemplar gesagt und die Arme über ihrer Brust verschränkt, um anzudeuten, wie sie sich durch den umarmt vorkommen könnte, neunzig Kilo Mann; Haare auf der Brust, zum Reinbeißen, würde sie rufen. … zum Beispiel *die Kreatürliche*, sagten die neunzig Kilo Mann zwischen den rosa Kissen gerade, die sei einfach nach einem Vortrag bei ihm geblieben. Obwohl sie während des Vortrages ziemlich weit hinten gesessen habe, sei sie ihm aufgefallen in der Menge, weil sie den Hals so gereckt habe, dieser weiße Hals zwischen den anderen Köpfen; hinterher sei man noch im kleinen Kreis in ein Lokal, wie immer, sie habe dabeigesessen und ihn von ihrem langen Hals herunter angelächelt, gesprochen habe sie fast nichts, auch hinterher nicht, in seinem Hotelzimmer, nicht nur einen langen Hals, sondern auch lange Beine habe sie gehabt … und einen großen Mund, schätze ich, sagte Antonia, stimmt, sagte Christian, und sie war rothaarig. Aber glaub' mir Antonia, da war *nichts*! Durch mehrfaches Nachfragen kriegte sie allerdings doch heraus, daß dieses *Nichts* einige Jahre gehalten hatte, wenn auch mit ziemlich großen Zeitabständen zwischen den Treffen. Doch, er habe gern mit ihr geschlafen, das müsse er zugeben. Einmal, als er sie längere Zeit nicht habe sehen können, habe er ihr einen Brief geschrieben. Aber ansonsten *nichts*! Einen Liebesbrief? Naja, einen Brief, in dem er zum Ausdruck gebracht habe, daß er sie vermisse. Wieso nennst du sie *die Kreatürliche*? Das fragte sie, obwohl sie schon wußte, daß die Antwort etwas Schmerzliches für sie bereithielt. Beim GV habe *die Kreatürliche* ganz bestimmte Laute von sich gegeben, beinahe wie Kinderlachen habe sich das angehört, je näher sie dem Höhepunkt kam, desto mehr in sich selbst versunkenes, glucksendes Kinderlachen. Und dabei habe sie auch noch die Augen verdreht. Sie habe große, runde, ein wenig vorstehende Augen gehabt. Und die in der Erregung verdreht und verdreht. Das habe ihn fasziniert. Patricia habe sie geheißen. Patricia habe während der Jahre, in denen sie sich trafen, in Hotels, in den Städten, in denen er vortrug oder auf Podien saß, immer auch zu anderen Männern sexuellen Kontakt gehabt, auch zu Frauen im übrigen, das habe ihn besonders interessiert, als Menschenforscher. Einmal habe sie zu einem Treffen eine Freundin mitgebracht, seine einzige Erfahrung *zu dritt,* lesbisch sei die Freundin aber nicht gewesen, da sei er ziemlich sicher. Jetzt bist aber du an der Reihe, *alles* will ich wissen, wir müssen einander alles sagen, der *Nähe* wegen, mir geht es so, daß ich dir alles sagen möchte, noch nie habe ich einem Menschen *alles* sagen wollen, noch nie! Und er drückte sich in sie, daß sie erst einmal gar nichts sagen konnte, und auch nachher, als er sie erneut fragte, wußte sie nicht, wo anfangen mit dem *Alles.* Als sie schließlich einschlief, träumte sie von ihm, er war so jung wie auf dem Foto, auf dem er Existentialistenschwarz trug, die Stirnlocke nur ein bißchen voller als heute, er kam in ihr Zimmer, das Zimmer sah aus wie das Wohnzimmer Tante Annas, aber es war doch ihr Zimmer, er setzte sich auf das abgewetzte Sofa, auf dem Tante Anna immer lag, wenn sie fernsah, sie bot ihm etwas zu trinken an, doch bevor sie sich ihm wieder zuwenden konnte, kam ein kleines Mädchen herein und fragte nach den *sozialistischen Tassen,* und sie holte Tante Annas Sammeltassen aus dem Schrank und stellte sie auf den Tisch, Tassen mit Goldrändern und den verschiedensten Blumen auf eierschalenfarbenem Grund. Christian sagte, daß ihm die Tassen gut gefielen. Dann wachte sie auf, der Traum verlor sich in den dünnen Faden der Erinnerung. In der letzten Nacht erzählte sie dann doch noch ein bißchen, vor allem von Moritz Kindler, *um hinten anzufangen*, sagte sie, es hatte ironisch klingen sollen, doch es klang eher verlegen, und sie war auch verlegen, sie schämte sich für das, was sie zu erzählen hatte; ein Vergangenheitsbündel voller Geschichten, die sich nicht gelohnt haben und die sich nicht zu erzählen lohnen, sagte sie und kriegte heiße Wangen, während sie sprach, von einem sporadischen Karl, einem sporadischen Germanistikprofessor, verheiratet, einem Gewerkschaftsfunktionär, verheiratet, einem Arrangement, das hieß Oliver, verheiratet. Dann noch die namenlosen Versuche, das waren nicht wenige, die Fehlstarts, Fehlzündungen, besser: Fehlentzündungen, sie sei schnell entzündbar gewesen ihr Leben lang, leiderleider, aus nichts als Sehnsucht. Das Wort ließ sie über sich selbst erschrekken, nackt im Bett liegen neben einem Mann und das Wort Sehnsucht sagen, das geht eigentlich nicht, sind wir denn in einem Werbespot für Parfum, dachte sie entsetzt, aber es war schon ausgesprochen; sie hatte kein besseres Wort gehabt in diesem Augenblick, sie schaute zu Christian hinüber, der blickte hinauf zur Decke und sah nicht so aus, als fände er am Wort Sehnsucht irgend etwas falsch. *We're only particles of change I know I know, orphaning around the sun, but how can I get this point of view, when I'm always bound and tight to someone?* Gerne hätte sie ihm diese Joni-Mitchell-Zeilen aufgesagt. In denen hatte sie sich immer ausgedrückt gefühlt. Aber wenn man die Melodie nicht im Ohr hatte, wirkten die Zeilen nicht. Eine Melodie wie trauriges Schlendern. Kein Radiosender spielt mehr Joni Mitchell. Christian müßte sie gerade noch kennen, das hatte sie schon mitgekriegt, daß er aus der Popmusik nach Woodstock ausgestiegen war. Also: Sehnsucht, irgendwohin zu kommen, irgendwohin, wo sie noch nie gewesen war und wohin sie keiner hatte bringen können und ein Germanistikprofessor, dem sie vermutlich bis ans Ende der Welt gefolgt wäre, sie nicht hatte bringen wollen, und ein Dermatologe und schwäbischer Vermieter namens Moritz Kindler auch nicht. Der hatte sich von den Entzündungen des Anfangs schließlich selbst geheilt, indem er sich kurz nach ihrem Einzug in den Tazzelwurm 22 aus einer Videothek alle verfügbaren Filme mit Kim Basinger ausgeliehen hatte; sie hört es poltern unten in seiner Wohnung, mehrfach, geht hinunter, um nach ihm zu sehen, er öffnet im Schlafanzug, schwankend, sie findet ein Zwölfer-Heftchen Fluctin-Tabletten leer neben seinem Bett, daneben eine Flasche Amaretto, ebenfalls leer, auf dem Fernsehbildschirm die Szene aus »9 1/2 Wochen«, in der Kim Basinger zu Joe Cockers »You Can Leave Your Hat On« strippt, auf dem Boden lauter Videokassetten und leere Kassettenhüllen. Kater Donald ist unters Designersofa geflüchtet, Moritz Kindler torkelt durch die Wohnung und rammt, was ihm in die Quere kommt, die Marmorsäule mit dem Farn darauf ist schon umgekippt, die Blumenerde ist auf dem Teppichboden festgetreten, sie will einen Arzt rufen, bloß keinen Arzt, ruft er, sonst bin ich ruiniert, die kennen mich doch alle. Wann hast du zuletzt etwas gegessen, fragt sie, seit vorgestern morgen nichts mehr, grinst er, als sei er darauf stolz, Nulldiät, Moritz ist kein bißchen dick, aber immer auf Nulldiät, sie verabreicht ihm Kaffee und Mineralwasser und macht ihm Spiegeleier, die er nur so hineinschlingt, schließlich schläft er ein. Am nächsten Tag klingelt er bei ihr oben an der Wohnungstür, fragt, was gewesen sei, kann sich an nichts mehr erinnern, nachdem sie es ihm erzählt hat, sagt er, gottseidank bin ich das Fluctin gewöhnt, sonst wär' ich jetzt tot. Und dann sagt er es: daß es vielleicht doch nichts sei mit ihnen beiden. Sie sei doch *nicht ganz sein Typ.* Er wisse schon, das sei eigentlich eine Unsitte, dieses Gerede vom Typ. Aber bei ihm sei das eben so, er reagiere auf blond und langbeinig, er könne nichts machen. Sie sei ihm zu gescheit. Das sagt er dann auch noch. Sie hat das Gefühl, er will sie trösten mit dieser Bemerkung. Überhaupt habe er manchmal Angst vor ihr. Sie sei ihm einfach *zuviel.* Ein paar Monate sind sie sich aus dem Weg gegangen im Haus, so gut das eben ging, dann hat er eines Tages wieder geklingelt bei ihr, um ihr mitzuteilen, es werde vielleicht bald jemand unten bei ihm einziehen, jemand namens Nicole. Nicole kommt aus Passau, sie ist Arzthelferin, seit zwei Jahren in der

Stadt und neu in Moritz' Praxis, außerdem ganz und gar *sein Typ*, wenn man davon absieht, daß sie schlechte Jacketkronen hat und furchtbar bayerisch redet. Daß sie *sein Typ* ist, weiß er, seit er das erste Mal hinter ihr gestanden ist, sie sitzt auf einem Stuhl im kleinen Aufenthaltsraum der Praxis, liest in irgendeiner Fachbroschüre, er beugt sich über ihre Schulter, um zu sehen, was die neue Helferin liest, da kriegt er ihn in die Nase, den Geruch, der aus ihrem Nacken emporsteigt, und es ist um ihn geschehen. Es sei eben letztlich alles eine Frage der Chemie. Nicole zieht tatsächlich kurz darauf im Tazzelwurm 22 ein, gleich mit drei Kindern. Obwohl Moritz Kinder nicht leiden kann. Jetzt hat er drei, und eine bayerische Hausblondine (wie du, Christian!). Von nun an besucht er sie, Antonia, wieder öfter, aber nur, wenn die Blondine außer Haus ist. Er brauche jemanden zum Reden, sagt er, und außer ihr, Antonia, habe er niemanden. Seine neue Familie nennt er *das Pack*. Und er sagt, daß er der Blondine überhaupt nicht traue. Er wisse nie, wohin sie gehe, wenn sie das Haus verlasse. Zum Beispiel sonntag abends. Da habe sie Meditationszirkel, ihr einziger Freiheitsraum, so pflege die Blondine zu sagen, aber er wisse nie, ob das stimme. Ob sie nicht zu einem Mann gehe statt dessen. Er, Moritz, vermutet: zu dem, bei dem sie zuletzt gewohnt habe. Hansi, Juniorchef einer Antennen-Firma aus Waiblingen. Indiz dafür sei, daß der Alpha der Blondine noch immer das Autokennzeichen WN für Waiblingen habe, nicht S für Stuttgart, das heißt also, sie ist noch immer mit Hauptwohnsitz bei Hansi in Waiblingen angemeldet und hat hier im Tazzelwurm nur ihren zweiten Wohnsitz. Hat also auch noch ihr Auto in Waiblingen gemeldet, warum, wenn es nicht noch eine Verbindung zu Hansi gibt? Er habe schon ein paarmal ihre Papiere durchsucht, aber ihre Meldebescheinigung habe er nicht gefunden. Einen Mietvertrag habe er ja nicht gemacht mit ihr; schließlich habe sie kein Geld, Miete zu zahlen. Die verschiedenen Väter ihrer Kinder zahlten keinen Unterhalt. Und sie sei zu stolz gewesen, auf juristischem Wege Unterhalt zu verlangen. Jedenfalls habe sie das gesagt. Man wisse ja nie, was man ihr glauben könne. Wahrscheinlich werde ihn *das Pack* in absehbarer Zeit finanziell ruinieren. So konnte Moritz stundenlang reden, und manchmal wollte er, wenn er mit dem Reden fertig war, mit ihr schlafen. Das hat sie zuerst falsch interpretiert und sich wieder Hoffnungen gemacht. Zweimal ist es dann wieder zum GV gekommen, bis sie gemerkt hat, daß Moritz sich keineswegs auf dem Rückweg zu ihr befindet, sondern dabei ist, sich in seinem Haus wahrhaft paradiesische Zustände zurechtzubasteln: unten die bayerische Variante von Kim Basinger, die ihn braucht und ihn sich deshalb stark vorkommen läßt, oben, im Dachgeschoß, die Mütterliche, die ER braucht und die auch noch sexuell verfügbar ist. Nein danke. Fortan habe sie sich taub gestellt, wenn er davon anfing, und mit der Zeit seien seine Versuche seltener geworden. Die Blondine sehe sie nicht oft, die gehe ihr aus dem Weg, manchmal höre sie Nicole da unten schreien, Moritz anschreien, ein paar Mal habe sie auch schon Geschirr zertrümmert, die Kinder hätten im Treppenhaus gestanden und geweint, vor allem der kleine Sebastian, einmal sei sie mit großem Getöse ausgezogen, zu Hansi nach Waiblingen, habe Moritz verkündet, und wie sehr er sich freue, *das Pack* los zu sein, und wieder mit Antonia alleine im Haus. Blondinen kommen und gehen, du bleibst!, das habe er zu ihr gesagt und Prosecco aufgemacht, zwei Wochen später sei die Blondine wieder eingezogen, Moritz habe gleich einen Versöhnungsurlaub zu zweit nach Israel geplant, Antonia habe er gefragt, ob sie die Kinder und die Katze betreuen könne in dieser Zeit, gottseidank sei dann aus dem Urlaub nichts geworden, weil in der Praxis zu viel los gewesen sei. Christian schwieg eine Weile, als sie geendet hatte, dann sagte er langsam: Antonia, ich weiß nicht, wie ich den Tazzelwurm 22 jemals betreten soll. Dem will ich nicht begegnen, wirklich nicht. Sie wollte Moritz verteidigen und schwieg dann doch, sie fühlte, daß Christian es unmöglich hätte verstehen können, wenn sie gesagt hätte, was ihr auf der Zunge gelegen hatte: daß ihre Gefühle Moritz gegenüber frei waren von Vorwurf. Christian legte sich ganz eng an sie, preßte seinen Bauch an ihren Rücken und flüsterte ihr ins Ohr, über eines müsse sie sich im klaren sein für alle Zeiten: *zuviel* werde sie ihm nie. Von dir kann ich nie genug kriegen!

Man weiß ja nicht, warum manche Menschen dauernd durch Züge laufen. Meist sind es Männer, sie gehen langsam und schauen jedem, den sie passieren, voll ins Gesicht. Sie gehen vorbei, nicht in die Richtung des Restaurants, also haben sie kein Ziel; die einzige Erklärung ist, daß sie das tun wollen, was sich die Beine vertreten nennt. Es scheint sie nicht zu stören, daß sie sich dabei exponieren. Im Gegenteil: Sie scheinen das exponierte Schlendern zu genießen. Frauen wäre das peinlich. Frauen huschen durch Züge, nur um auf die Toilette zu gehen, und sehen dabei aus, als hätten sie gerade etwas Schlimmes getan und fürchteten, erwischt zu werden. Wenn ich zur Zugtoilette gehe, versuche ich immer, mich möglichst gerade zu halten, und recke den Hals, damit ich nicht so verhuscht aussehe wie die anderen Frauen. Ich kann förmlich spüren, wie sich die Blicke der sitzenden Männer von ihren Zeitungen oder ihren Laptops lösen und an meinem Hintern kleben bleiben, der beinahe in Augenhöhe an ihnen vorbeikommt. Bis ich auf der Toilette angekommen bin, habe ich das Gefühl, mein Hintern schmerzt, jedesmal. Christian ist jetzt auf dem Weg nach Bremen, dort liest er heute abend, Universität, Studium generale. Montagabend hat er in Freiburg gesprochen, Symposium zum Thema »Fundamentalismus im Kreuzverhör«, nur deinetwegen geh' ich dahin, hat er gesagt. Nach Bremen habe ich ihn nicht mehr begleiten können, wir haben Abgabetermin für das »Leseland«. Letzte Woche waren wir zusammen in Dortmund. Im Zug – er war aus München gekommen und ich in Stuttgart zugestiegen – hatte er mir den Brief der Journalistin gezeigt, die in Dortmund im Anschluß an den Vortrag das *öffentliche Gespräch* mit ihm führen würde. Die ganze Veranstaltung werde aufgezeichnet und später im Radio gesendet, hatte er erklärt. Der Brief der Journalistin war mit der Hand geschrieben, mit goldener Tinte auf violettem Papier. Wie sehr sie sich auf den *großen Tag* freue, stand da zu lesen, und daß sie schon seit Tagen nicht mehr schlafen könne *in Erwartung einer unvergeßlichen Begegnung.* Kennst du die *näher*?, fragte ich. Weil Christian im Laufe vieler Jahre in vielen Städten viele Frauen *näher* kennengelernt hat, kann man nie wissen. Er habe sie nur einmal gesehen, in Köln, vor Jahren, sie habe ihn interviewt, er wisse nicht mehr, für welche Zeitung, sie arbeite, soweit er wisse, für verschiedene. Und in den letzten Tagen hätten sie ein paarmal telefoniert, in Vorbereitung des Radio-Gesprächs. Wir kamen mit Verspätung in Dortmund an, so daß es gerade noch für das sogenannte Frischmachen reichte. In unserem Zimmer im Maritim stand ein riesiger Blumenstrauß, die Blüten waren violett. Daneben eine Karte, *Herzlich willkommen*, goldene Schrift auf violettem Briefpapier. Wenigstens war an diesem Abend nicht zu befürchten, daß gemeinsame Bekannte des Ehepaares Bleibtreu im Publikum sitzen würden, um im Anschluß an den Vortrag noch mit Christian essen zu gehen. Sonst hätte ich nämlich im Hotelzimmer warten müssen, bis Christian *so schnell wie möglich!* zurückkommen würde. Bis das *so schnell wie möglich!* eintritt, dehnt sich die Hotelzimmerzeit zur halben Ewigkeit, dagegen ist kaum etwas zu machen, auch wenn ich inzwischen allerlei Strategien entwickelt habe, mir die Hotelzimmerewigkeit zu verkürzen. Schreiben – oder es versuchen – ist natürlich am wirkungsvollsten. Allerdings will es mir nicht in jedem Hotelzimmer gelingen, in diesen gegenwartsvergessenen Zustand zu geraten, der dazu führt, daß man was hinkriegt. Manche Hotelzimmer sind einfach betäubend scheußlich. Christian kann in jedem Hotelzimmer schreiben, und in jedem Zug. Wir fuhren mit dem Taxi zum Harenberg-Center, Sabrina Kubinski stand schon am Haupteingang, Christian sagte noch, jetzt hat sie dreißig Meter Zeit, sich daran zu gewöhnen, daß du dabei bist. Eine schmale, kleine Gestalt mit blondem Haarvulkan, so mußte Elisabeth Bleibtreu ausgesehen haben, als sie jung war, nein, die war ja viel größer und sicher niemals so hübsch wie diese, gottseidank, aber daß Sabrina Kubinski so hübsch war, noch hübscher, als ich es mir zur Vorbereitung auf die Begegnung ausgemalt hatte, war jetzt auch schlimm genug. Braune Augen, auberginefarbener Lippenstift, die Lippen zum Lächeln verzogen, das Lächeln wirkte ein wenig starr, aber kein Zweifel, sie wußte die Fassung zu wahren. Unter dem Lippenstiftgesicht ein fließender Sommerpullover, aus dem erbsengroß die Brüste stachen, wenigstens sind die nicht nach Christians Geschmack, dachte ich, ein geblümter langer Rock, alles auberginefarben, nur die Sandalen schwarz, aber die verrieten endgültig, was man weiter oben schon hatte ahnen können: Diese Frau will *alles.* Sofort fand ich mich langweilig in meinem dunkelblauen Regenmantel, obwohl ich den gerne trage, weil er einen tiefen Schalkragen hat und man ihn in der Taille so eng zusammenziehen kann, daß ich mir darin beinahe so gazellenhaft und busenlos vorkomme wie Audrey Hepburn; aber jetzt, da eine wirkliche Audrey Hepburn in Blond sich näherte, schnurrte ich auch in meinem Audrey-Hepburn-Mantel zu Myrna Loy zusammen, wenn nicht gar zu noch Unerotischerem. Christian sagt immer, ich sehe Myrna Loy ähnlich. Bevor Audrey-Sabrina ankam, kam ihr Parfüm an, fortan würden wir uns also innerhalb dieser Parfümwolke bewegen müssen. Christian gab ihr als erster die Hand und stellte mich vor, die Hand, die dann in meine kam, war kühl und schmal und drückte meine fast gar nicht. Sabrina Kubinski fing sofort an zu plappern, die Stimme war unangenehm sprachausgebildet, sie betonte wie eine Tagesthemen-Moderatorin. Zuerst zeigte sie uns den Saal, in dem die Lesung stattfinden würde, und teilte auch gleich mit, wie grauenhaft sie ihn finde, am liebsten würde sie ihn sprengen. Christian setzte sich an den Tisch auf der Bühne und probierte das Mikrophon. Gehen Sie doch mal nach hinten in die letzte Reihe, sagte Sabrina zu mir, dann können Sie uns Signale geben, wie wir akustisch rüberkommen. Schon meisterhaft, wie sie es innerhalb weniger Minuten geschafft hatte, ein *Wir* zustande zu bringen, mich gleichzeitig miteinzubeziehen und aus dem *Wir* auszugrenzen, denn das *Wir* waren jetzt Christian und sie. Nach der Mikrophonprobe ging es hinter die Bühne. Läuft doch gut, raunte Christian mir zu, während wir der auberginefarbenen Parfümwolke folgten, deine Befürchtungen waren ganz umsonst! Das hätte ich mir denken können, daß er nichts merkt, wieso ist dieser Oberphilosophundfrauenvernascher so einfältig! Das konnte ich jetzt natürlich nicht sagen, blickte Christian nur von der Seite so schief an wie möglich, doch der sprach schon zu Sabrina hinüber, übrigens, danke für die Blumen, und natürlich konnte er nicht anders, als diese Bemerkung mit einem Kompliment zu versehen, nun, da er ihren Rock gesehen habe, verstehe er erst die Farbgebung des Straußes! Darauf schüttelte sie sich leicht, so daß noch mehr Parfüm aus ihrem Fließpullover herausströmte. Der Blumenstrauß habe ihm die Ankunft im grauen Ruhrgebiet freundlich gestalten sollen, sagte sie. Sie habe alles, wirklich alles in Bewegung gesetzt, um die genaue Ankunft seines Zuges zu erfahren, dreimal habe sie bei der Zugauskunft angerufen, die hätten sie vielleicht abgefertigt! *Junge Frau*, hätten die zu ihr gesagt, nun bleiben Sie mal ruhig. So gerne hätte sie ihn vom Bahnhof abgeholt, um ihn anschließend zu einem Glas Wein in der Hotelbar zu verführen – sie sagte tatsächlich *verführen*! –, sie habe ja nicht gewußt, daß er *in Begleitung* sei. Während sie dies sagte, kippte ihre Tagesthemen-Moderatorinnen-Stimme bedenklich aus ihrer sprachausgebildeten Bahn in die Höhen der Euphorie, so daß sie zwischenzeitlich klang wie Tanta Anna, wenn sie auf ein Kleinkind losgeht. Jetzt kamen irgendwelche Sabrina-Kollegen, um Christian zu begrüßen, Christian stellte mich vor, als gebe es nichts Wichtigeres, als mich vorzustellen, das tat er, um mich zu beruhigen. Aber ich war nicht beruhigt. Der eine Journalist stellte sich als Karlheinz Merker vor, den Namen des anderen verstand ich nicht. Sabrina schwebte in ihrer Duftwolke davon, um Christian eine Flasche Mineralwasser zu besorgen. Karlheinz Merker und sein Kollege begrüßten mich höflich und versuchten zu verbergen, was ihnen jetzt durch den Kopf ging. Den Blick kannte ich, so schauen alle Männer, wenn Christian mich vorstellt. Christian sagt ja nur, dies ist Frau Armbruster, dann bricht er ab, als habe er eigentlich noch etwas hinzufügen wollen und es sich dann anders überlegt. Vielleicht kommt einmal der glückliche Tag, an dem Christian es fertigbringt zu sagen: das ist Frau Armbruster, die ich liebe. Oder so etwas ähnliches. Jedenfalls etwas Unmißverständliches. Dann dürften die Männer unter ihrem Höflichkeitsgesicht nicht mehr dieses kleine Lächeln in den Mundwinkeln sitzen haben, das, wenn es hinter dem Höflichkeitsgesicht hervorkommen dürfte, ganz sicher ein Grinsen werden würde. Und in ihren Augen dürfte die Verwunderung nicht halb so deutlich zu sehen sein wie jetzt, warum denn so eine, als Geliebte ist die doch eine Fehlbesetzung, aber Donnerwetter, Bleibtreu ist immer noch ein toller Hecht. Ich reckte den Hals, blickte den beiden Journalisten entgegen und hoffte, dieser Blick sei stolz und fest und teile mit, was ich mitteilen wollte: Ist mir doch gleich, was ihr denkt, ihr Kollegen, die ihr nicht wißt, daß auch ich eine Kollegin bin, die ihr jetzt glaubt, ich sei hauptberuflich eine Bleibtreu-Betthasen-Fehlbesetzung, die zu wenig Schlafzimmer und zu viel Verstand in ihrem Gesicht hat, Myrna Loy ist ja auch nie als Geliebte besetzt worden, oder irre ich mich? Da es mir aber nicht gleich war, was die von mir dachten, ist es leider wahrscheinlich, daß mir der Blick zur reinen Trotzdemonstration mißraten ist. Während Sabrina mit ihren beiden Kollegen geschäftig schäkerte, sagte Christian leise zu mir, er wisse jetzt ganz sicher, daß Sabrina harmlos sei, die sei nur *verschwärmt*, das seien die übertriebenen Gefühlstöne einer Intellektuellen. Bevor ich meine Zweifel anmelden konnte, wurde ich von Karlheinz Merker mit hinaus in den Saal genommen, er wolle mir noch einen Platz sichern, *ich hätte ja sicher nicht vorbestellt*, und es sei hoffnungslos ausverkauft. Ein paar Minuten später kamen Sabrina und Christian auf die Bühne, Beifall, ihr Gang war jetzt schreitend, als sei das der Grand Prix d'Eurovision de la Chanson und sie müsse für Deutschland singen, aber das tat sie nicht, sondern intonierte in Tagesthemen-Manier eine zehnminütige Einführung in Christians Werk, die leider gar nicht schlecht war. Während Christian aus der »Kritik der Harmlosigkeit« las, blieb sie oben neben ihm sitzen und kommentierte die Passagen wechselweise mit wissendem Lächeln oder ernstem Nicken. Wer noch daran gezweifelt hatte, wußte es jetzt: Die sah zwar aus wie Audrey Hepburn in blond, aber die war kompetent sagen wir wie Sabine Christiansen! Vielleicht hatten Sabrina und ich ja dasselbe Problem, beide hatten wir Rollen auszufüllen, nach denen wir nicht aussahen. Ich bin ganz sicher, daß ich in der Moderatorinnen-Rolle neben Christian auf der Bühne kompetenter gewirkt hätte als Sabrina Kubinski. Ich hätte es nicht nötig gehabt, dauernd wechselweise wissend zu lächeln oder nachdenklich zu nicken! Nach der Lesung stand die übliche Schlange grüner Verehrerinnen bei Christian zum Signieren an. Sabrina umarmte die Toningenieure, dann kam sie zu mir herüber und sagte *Nasi* in meine Richtung. *Nasi*? Erst verstand ich nicht, dann dämmerte es mir, daß das *Na Sie?* bedeutet haben mußte. In meinem ganzen Leben habe ich noch zu keiner Menschenseele *Na Sie?* gesagt. Leider ist mir erst hinterher eingefallen, daß die einzige Möglichkeit, diese Art der Ansprache zu beantworten, *Goreng* gewesen wäre. Meine Schwester Conni hätte so etwas fertiggebracht, zumindest nach dem dritten Weizenbier. Mir fiel auf *Nasi* nichts Passendes ein. Sie können gerne mit meinen Kollegen vorgehen, zum Italiener, sagte Sabrina. Ich bringe ihn dann mit. Das war jetzt doch ziemlich dreist, fand ich und sagte, nein, ich bleibe, ich weiß ja nicht, ob er überhaupt noch in ein Lokal will. Ja, daß er so sei, das habe sie schon gehört, von ihren Kollegen, sagte Sabrina, anfangs wolle Bleibtreu nie, dann mache er doch alles mit. Ich weiß nicht, was mich dazu trieb, dieser Schnepfe gerade jetzt etwas Nettes zu sagen. Wahrscheinlich war es die reine Konversationsroutine, die mir dazwischenkam. Während ich es aussprach, ärgerte ich mich schon darüber, daß mir einfach keine Gemeinheit über die Lippen kommen wollte. Vielleicht färbt Christians *Mahatma-Ghandi-Prinzip* schon auf mich ab! Ihre Einführung war gut, hörte ich mich sagen, danke, sagte sie und schüttelte eine kleine Parfümwolke aus ihrem Haar, man hat nicht alle Tage einen wie Bleibtreu hier, Dortmund ist kulturelle Diaspora, schrecklich, seit Jahren will ich nach Berlin, aber mein Vater ist hier im Altersheim, und ich bin das einzige Kind. Stuttgart ist auch nicht gerade die große Welt, sagte ich. Sie schnappte sofort zu: Sie leben in Stuttgart? Mit der Art, wie sie Stuttgart dehnte, gab sie mir zu verstehen, daß ich ihr mit meiner Bemerkung den letzten Beweis dafür geliefert hatte, welcher Art meine Beziehung zu Christian war. Stuttgart, das hieß: nicht München. Wie lange kennen Sie ihn? So etwas darf man *Nasis* also fragen. Christian rettete mich, kam schnaufend vom Signieren und wandte sich nur zu mir. Katastrophe! Antonia! Ganz furchtbar sei es gewesen, so oft habe er sich bei keinem Vortrag versprochen, vom Scheinwerferlicht sei er geblendet gewesen, die Gesichter der Leute habe er nicht sehen können, und keine Reaktion gespürt, und das ausgerechnet in Dortmund, grauenvoll, er habe so gelitten. Wie ich es denn empfunden habe? Ganz anders, rief ich und führte das lebhaft aus, sollte Sabrina ruhig Zeugin werden, wie Christian mich brauchte. Tatsächlich mühte sie sich nun auch, ihn aufzumuntern, das machte sie in hohen Tante-Anna-Tönen, also Herr Bleibtreu, jetzt werde ich aber gleich böööse! Die Veranstaltung sei nahezu als Triumph zu bezeichnen! Wo doch die Dortmunder gewöhnlich so verhalten seien! Der falsche Ton für Christian, den nahm Sabrina jetzt gar nicht wahr. Bei einem Italiener in der Nähe sei reserviert, sagte Sabrina, nur auf ein Glas, sagte Christian mit vorsichtigem Blick zu mir, als wir loszogen. Dort saßen schon der Veranstalter und einige Auserwählte des Dortmunder Kulturvolkes, an einem langen Tisch. Christian zog mich neben sich, so daß Sabrina nicht anders konnte, als sich ihm gegenüberzusetzen. Mir gegenüber saßen die beiden Sabrina-Kollegen. Die Bedienung brachte eine Flasche und schenkte Christian ein. Der hat Kork, rief er, und in meine Richtung: probier einmal, hielt das Glas hoch, ich wollte danach greifen, aber Sabrina war schneller, nahm Christians Glas und nippte. Christian war schon wieder abgelenkt von jemand, der sich von der anderen Seite an ihn gewandt hatte, völlig unmöglich, daß sein *Probier einmal* an sie gerichtet gewesen sein sollte, mit Sabrina war er nicht per du. Egal, Sabrina hatte verloren, es sollte ihr letzter Versuch gewesen sein sich aufzuspielen. Christian brachte sein Gesicht in geringstmöglichen Abstand zu meinem, das sahen jetzt wirklich alle, ich spürte den Blick Sabrinas auf uns, Christian gottseidank nicht, der merkte ja nie etwas, und er sagte zu mir mit entsprechender Miene: Darf ich dich auch hier lieben? Wird auch Zeit, antwortete ich, und dann: Laß uns bald gehen. Der Dürrenmatt ist immer bis morgens um sechs geblieben, rief launig der Veranstalter, als Christian zur Verabschiedung aufgestanden war. Und der Dürrenmatt ist jetzt tot, sagte Christian. Karlheinz Merker half mir in meinen blauen Regenmantel und brachte uns hinaus. Als wir alleine durch die kühle Nacht gingen, sagte Christian, jetzt könne er es mir ja gestehen, daß er schon einmal hier gewesen sei mit *jemandem*, in den siebziger Jahren, mit Patricia der *Kreatürlichen*, zuletzt seien die *Kreatürliche* und er an diesem Abend in der Wohnung Karlheinz Merkers gelandet, mit mehreren Leuten, sie hätten getrunken und geredet, die *Kreatürliche* habe die ganze Zeit gestrickt! Nach so viel Sabrina stecke ich das bißchen Stricken in den siebziger Jahren jetzt locker weg, sagte ich. Obwohl es mir schon einen Stich versetzte. Christian lachte. Sabrina Kubinski ist eine Schnepfe, sagte ich. Genau, sagte Christian, eine verschwärmte Kulturschnepfe, ganz harmlos. Naja, sagte ich. Dann sagte ich noch, und ich war selbst verblüfft darüber, daß ich es sagte, daß sie mir manchmal vorgekommen sei wie eine schärfer konturierte Fassung meiner selbst. Vor Begeisterung fuhr Christian mir mit seiner Zunge tief in den Mund, preßte meine Lippen in seine und verkündete, als das vorbei war, so laut, daß es ganz Dortmund hören konnte: ich sei *einfach toll.*

Da sich das Wochenende vor *Montagabend in Freiburg* mächtig aufzutürmen drohte zum Wartemarathon, lud ich mich für Samstagabend bei Waltraud ein; Barbara stand nicht zur Verfügung, besuchte ihre Mutter auf der Ostalb, und sonst sind am Wochenende ja alle paarweise beschäftigt, einander die Wunden der Woche zu lecken. Mich zu einer Unternehmung aufzufordern am Wochenende, ins Kino zu gehen oder ins Theater oder auch nur einen Nachmittagsspaziergang am Blauen Weg zu machen, fiele Waltraud nicht ein, sie scheut Bewegung wie der Teufel das Weihwasser, im Kino fürchtet sie, die große Leinwand steigere ihre Mitleidensbereitschaft derart, daß sie selbst in einem Woody-Allen-Film das Heulen kriegen könnte, das Stuttgarter Staatstheater hat sie zuletzt in der Peymann-Ära von innen gesehen, die Formensprachen der Moderne sind ihr unbegreiflich, wenn sie für einen Fernsehbeitrag eine Montage schneiden soll, gar noch auf Musik, hält sie dem Autor, der das von ihr verlangt, so lange eine Predigt über die Plausibilität des epischen Aufbaus, bis der die Idee mit der Montage wieder aufgibt. Das Autofahren schafft sie nur mit Navigationssystem, obwohl die einzige Strecke, die sie überhaupt mit ihrem vom Physiklehrer geerbten Opel Vectra zurücklegt, die Strecke von Stuttgart nach Bad Urach ist. Das Navigationssystem hat sie sich extra einbauen lassen. Wenn sie nach der Arbeit mit der Straßenbahn zum Ostendplatz fährt und dort für uns T-Bone-Steaks einkauft, kann es passieren, daß sie noch auf offener Straße ins blutige Fleisch beißen muß, weil sie sich vor Gier nicht beherrschen kann. Ich kriege ein Steak nicht mal medium hinunter. Waltraud ist ein merkwürdiges Geschöpf. Manchmal kommt sie mir vor wie aus einem anderen Jahrhundert gefallen. Als sei sie irgendwie zeitlos, halb Orlando, halb Dorian Gray. In ihrer Stuttgarter Wohnung stehen schätzungsweise dreißig Heiligenfiguren herum, die kleinste ist zwanzig Zentimeter hoch, die größte über einen Meter, naive Holzschnitzerei aus dem Osten, der Physiklehrer hatte die Figuren gesammelt, alle haben so übergroße Augen wie Waltraud, dazwischen thront sie wie eine Elfenkönigin und empfängt, am liebsten natürlich Ernst, am zweitliebsten schätzungsweise mich. Am Samstagabend stimmte sie sofort eine Koloratur-Arie an, Thema Henriette, die habe sie schon wieder nach Locarno eingeladen, furchtbar, und die großen, runden Augen leuchteten. Nicht genug, daß Henriette ständig damit drohe, Waltraud einmal wieder in Bad Urach zu besuchen, nun auch noch eine weitere Einladung nach Locarno. Henriette auf dem Landsitz, das sei noch erträglich. Aber Locarno – einmal und nie wieder! Ein winziges Appartement in einer lauten Gasse. Nachts habe man, von der Gästeliege aus, gar nirgendwo anders hinschauen können als auf Henriettes riesiges Doppelbett, das ganze Zimmer habe quasi aus nichts anderem als aus Bett bestanden, in dem Henriette freilich allein gelegen habe, aber sie, Waltraud, habe nicht anders gekonnt als sich vorzustellen, daß Brochhagen es mit Henriette in diesem Bett getan habe, allerdings bekomme sie das ja nach wie vor nicht hin, sich vorzustellen, wie die es miteinander täten. Henriette allerdings mache immer wieder einmal *Bemerkungen*, die daran, daß Brochhagen mit ihr in diesem Appartement zumindest ein paar Nächte verbracht haben müsse, keinen Zweifel ließen. Da Henriette ja so sei wie sie, seien diese *Bemerkungen* allerdings nur indirekt gewesen. Indirekt, aber deutlich. Waltraud gluckste vor Freude über das, was sie gleich zum Besten geben würde. Die Schnake! Sie könne gar nicht mehr zählen, wie oft sie sich Henriettes *Bemerkung* über die Schnake schon habe anhören müssen, bloß weil Henriette immer wieder vergesse, daß sie die arme Schnake schon des öfteren in ihre *Bemerkung* hineinbemüht habe. Waltraud setzte an, Henriettes Entrüstungstremolo zu imitieren. *Die ganze Nacht haben Helmut und ich kein Auge zugemacht, weil da eine Schnake im Zimmer gewesen ist, die wir jagen mußten!* Waltraud verschluckte sich beinahe vor Lachen, während sie diesen Henriettesatz zitierte. So viele Schnaken gebe es gar nicht, wie die zwei angeblich schon miteinander gejagt hätten! Das sage die bloß, um ihr, Waltraud, mitzuteilen, daß eine gemeinsame Nacht stattgefunden habe! Schnakenjagd in Henriettes Wohnung, obwohl es in Wangen ganz sicher keine einzige Schnake gebe, da sei weit und breit kein Wasser, Schnakenjagd in Hotelzimmern, und neuerdings auch in Henriettes Einraumwohnung in Locarno. Ihr ganzes Erspartes habe Henriette in dieses Loch gesteckt, in der Hoffnung, das werde ihr Liebesnest, aber Brochhagen sei erst zweimal dort gewesen, seit sie die Wohnung gekauft habe, also seit drei Jahren, der Traum sei gründlich ins Wasser gefallen. Sie, Waltraud, werde das allerdings ganz sicher nicht ausbaden! Der eine Besuch in Locarno habe ihr vollständig gereicht. Noch heute grause es ihr, wenn sie an die Strapazen der Zugfahrt denke. Im Liegewagenabteil sie und Henriette und noch drei Amerikaner! Die Bahn kenne da nichts, die verteile die Betten, wie es gerade komme, da gebe es keine getrennten Abteile für Männlein und Weiblein! Sie habe allerdings schon gestaunt, wie Henriette, trotz der fremden Männer im engen Abteil, sich die Kleider nahezu vom Leib gerissen habe. Rock runter, Bluse aus, Strumpfhosen aus, vor versammelter Mannschaft! Sie selbst sei in ihren Jeans auf die schmale Pritsche gekrabbelt. Obwohl sie weißgott nicht prüde sei, zumal im Vergleich zu Henriette! Aber Striptease vor einer Männerübermacht in so einer Enge, das sei sogar ihr zuviel gewesen. Henriettes Verhalten sei ihr noch heute ein Rätsel. Die hatte sich doch, früher, als sie noch Grund dazu hatte, Damenbinden zu kaufen, kaum überwinden können, damit an die Supermarktkasse zu marschieren, weil sie sich so genierte! Und dann diese Szene im Schlafwagen! Gerade heute, in der Kantine, während der Mittagspause, sei sie von Henriette erstaunlich deutlich gerügt worden, weil sie schon wieder keinen BH angehabt habe. Waltraud blickte an sich hinunter. Ob Waltrauds T-Shirt denn aus Seide sei, habe Henriette sie gefragt, als sie das bejaht habe, habe Henriette ihr auf die Brüste geblickt und in mißbilligendem Ton gesagt, das sehe man, nur Seide liege so am Körper an wie dieses T-Shirt. Tatsächlich hatten Waltrauds unbekümmerte Brustwarzen im Laufe des Abends auch meinen Blick schon des öfteren auf sich gezogen, und obwohl ich es nicht gerne zugebe, sind die Gefühle, die dieser Anblick mir verursacht hat, von Henriettes Gefühlen wahrscheinlich nicht sehr weit entfernt gewesen. Diese Brustwarzen hatten etwas zu melden! Auf der rosa T-Shirt-Fläche markierten sie keck und stolz die enorme Höhe einer kleinen Jungmädchenbrust am Körper einer Beinahe-Fünzigjährigen, so daß, wer immer Weibliches an diesen Meldewarzen hängen blieb, ob Henriette, die Sechzigjährige, oder ich, die Mittdreißigerin, nichts anderes empfinden konnte als Neid. Wenn ich so ein T-Shirt in der Öffentlichkeit trüge, mit nichts darunter, würde man mich wahrscheinlich verhaften. Mein Handy klingelte, Waltraud verzog das Gesicht zu einem vielsagenden Grinsen, Christians gepreßte

Stimme teilte mir mit, daß er nicht früher habe anrufen können, diese Journalistin vom Nachtprogramm sei so lange geblieben. Ich hatte ganz vergessen, daß er heute, am Samstag, einen Interviewtermin gehabt hatte. War sie hübsch, fragte ich, es sollte eifersüchtig klingen, doch der Ton mißlang. Sie will mich noch einmal treffen, sagte Christian. Dann hast du also wieder den Schmerzensmann gegeben, sagte ich, neinnein, rief Christian, eßt ihr schon? Bevor ich etwas antworten konnte, wurde seine Handystimme hastig, er müsse Schluß machen, gutenachtgutenacht, dann legte er auf. Der Arme, sagte Waltraud, hat eine Hyäne als Ehefrau, und eine zweite als Geliebte! Sag ihm, wenn er mal seine Ruhe will, soll er zu mir kommen! Das war als Scherz gemeint, aber ich konnte nicht lachen. Wenn Ernst ihr von Begegnungen mit anderen Frauen erzähle, ermuntere sie ihn immer, sagte Waltraud und lud sich zum Nachtisch ein gewaltiges Stück Ananas auf den Teller. Sie sage ihm, er solle es ruhig mal probieren mit einer anderen, damit er dann um so genauer wisse, was er an ihr habe! Waltraud blickte mich so stolz an wie ihre Brustwarzen. Einen Moment lang war mir zum Weinen. In der Kantine heute mittag habe Henriette einen engen, schwarzen, ärmellosen Wollpullover angehabt, erzählte Waltraud weiter, darunter einen aufspringenden weißen Plisséerock. Das müsse ich mir vorstellen, oben wie eine Wurst, unten wie eine Glocke. Während des Essens habe sie Henriettes Oberarme in allernächster Nähe vor sich gehabt, wann immer die an ihrem Schnitzel herumgeschnitten habe, hätten die Oberarme vibriert, das Schnitzel sei sehr zäh gewesen, und das Fleisch der Oberarme nicht mehr fest genug für ärmellose enge Pullover. Sie habe kaum etwas essen können angesichts dieser Oberarmschaukelei. Als Henriette das letzte Mal bei ihr auf dem Landsitz gewesen sei, habe Henriette ihr eine neue Bluse gezeigt, die sie extra für einen bevorstehenden Opernbesuch mit Brochhagen gekauft habe. Rüschen allüberall, und, man glaube es kaum, da, wo die Brustwarzen vermutet werden konnten, zwei cremefarbene Stoffrosen! Henriette habe nicht verstehen können, daß Brochhagen sich geweigert habe, sie in dieser Bluse in die Oper mitzunehmen. Sauteuer sei diese Bluse gewesen, bei Beate Mössinger in der Calwer Passage gekauft! Ich bin mir noch immer nicht sicher, ob Waltraud diese Geschichte nur erfunden hat, weil sie ihr gerade in den Kram paßte. Letzte Woche, sagte Waltraud, während sie ihr Stück Ananas sorfältig zerlegte, letzte Woche habe ich einen Bericht über Affen geschnitten. Jetzt weiß ich sicher, daß die Menschen sich im Grunde kein bißchen anders verhalten als Affen! Das stärkste Männchen klettert auf den Baum, klopft sich auf die Brust – Waltraud haute sich mehrmals auf die rosa Seide –, dann kommen ein paar Aufmüpfige und fordern den Stärksten heraus, und wenn dann ein Aufmüpfiger den Stärksten besiegt hat, steigt er auf den Baum, klopft sich auf die Brust – Waltraud wiederholte das Getrommel auf ihrer eigenen –, und die Weibchen, die laufen über innerhalb von fünf Minuten! Keine fünf Minuten dauert es, und sie sitzen beim neuen Champion! *Wir* sind nicht anders. Hinten im Rudel gibt es doch genug dankbar Wartende, aber nein, wir machen es nicht unter dem Leittier! Kein Zweifel: mit *Wir* meinte sie sich selbst und mich und wahrscheinlich sogar Henriette. Mein Handy klingelte erneut. Schimpf doch nicht so über mich, sagte Christians Stimme durch die Leitung, tu' ich ja gar nicht, sagte ich, aber Christian war ganz davon überzeugt, einen Volltreffer gelandet zu haben. Gutenachtgutenachtichbinbeidir. Dann klingelte Waltrauds drahtloses Haustelefon, Ernst meldete sich ab, Waltrauds Stimme wurde ein Echo der meinigen, ganz weich und noch heller, als sie ohnehin schon ist. Als auch auf diesem Apparat gutenacht gesagt worden war, teilte Waltraud noch mit, daß Ernsts Frau jetzt die Scheidung eingereicht habe. Das kann sie gut: sich das Wichtigste bis zum Schluß aufheben. Die schriftliche Bestätigung des Anwalts seiner Frau habe Ernst zwar noch nicht, aber es sei kein Zweifel möglich. Ich freue mich für dich, sagte ich, und das meinte ich ehrlich, obwohl mir jetzt wieder für einen Moment zum Weinen war. Ernst werde die Finca auf Mallorca definitiv verkaufen müssen, meinte Waltraud. Um die Firma zu retten. Es stehe so schlecht um die Firma, daß sie, Waltraud, Ernst diesen Monat mit sechzigtausend Mark ausgeholfen habe, damit Ernst die Gehälter habe zahlen können. Schon länger bemühe sich Ernst darum, auf die Finca eine Hypothek aufzunehmen, aber die spanischen Banken ließen sich mit so etwas Zeit, sechs Wochen seien da nichts. Lore Schmidtpeter werde sich nicht schlecht wundern, wenn die mitkriege, daß Ernst die Gehälter dieses Monats doch noch gezahlt hat, die ahne ja nicht, woher das Geld komme. Die glaube jetzt schon, er sei ruiniert und wolle ihn durch die Scheidung endgültig fertigmachen. Waltraud sagte: Männer glauben im Grunde nie, daß ihre Frauen Böses im Sinn haben könnten. Männer wie Ernst. Und Christian. Die sind ihren Ehefrauen gegenüber bis zuletzt unerschütterlich gutgläubig. Diese Naivität, und dabei Leittier, und im Beruf mit allen Wassern gewaschen. Das kriege ich einfach nicht zusammen! Nach meinem sogenannten Roman fragte sie nicht mehr, wahrscheinlich hatte sie das Ganze ohnehin nicht ernst genommen, ich sagte auch nichts mehr, aber nachts, als ich nach Hause kam, tippte ich noch in den Laptop hinein, was Waltraud an diesem Abend alles zum Besten gegeben hatte. Der Samstag war also überstanden, der Sonntag noch lange nicht, der Sonntagvormittag war erst der eigentliche Härtetest, denn am Sonntagvormittag war Christian mit DER FRAU im Münchner öffentlichen Gelände unterwegs, er sprach um elf im Gasteig, und ich mußte das aushalten, DIE FRAU als SEINE FRAU in der ersten Reihe, wahrscheinlich im grauen Kostüm, wahrscheinlich die graublonden Haare zu einem Knoten hochgesteckt, daneben wahrscheinlich Sohn Alexander mit Lebensgefährtin und deren zehnjähriger Tochter, Christians Stief-Enkelin, sozusagen. Wenn sein Vater in der Stadt einen Auftritt hat, kreuzt Alexander gern auf, um das Foto, das dann in der AZ oder manchmal auch im Lokalteil der Süddeutschen abgebildet ist, durch seine Präsenz zu bereichern. Die Fotos, auf denen Christian mit seinem Sohn zu sehen ist, wirken immer ein bißchen grotesk, weil Alexander schlohweiße Haare hat und Christian bis auf ein paar graue Schläfen noch sein volles Mittelbraun. Das sei eben Tradition, sagt Christian, daß er DIE FRAU in München zu Berufsanlässen mitnehme. Sonst nimmt er sie nirgendwohin mit. Nur nach München hinein und in die nähere Umgebung. Starnberger See, Rosenheim, Augsburg, alles Lisbeth-Gelände, also vermintes Gelände für mich. So würde das Christian allerdings nicht formulieren. Lisbeth ist in Harlaching aufgewachsen. Christian in Berlin, geboren in Stettin, dann mit vier nach Berlin-Charlottenburg, dort zur Schule gegangen, gerade noch zu jung für den Krieg; als die Russen anrückten, mit Mutter und zwei Schwestern geflohen nach Bayern aufs Land, Unterhaching, dort hängengeblieben, Abitur gemacht und in Frankfurt und in München studiert. Elisabeth ist die Schwester eines Studienfreundes. Seit fünfzehn Jahren wohnt das Ehepaar Bleibtreu draußen in Harlaching Über der Klause, mit Christians Verdientem haben sie Lisbeths Geschwister ausbezahlt und die elterliche Villa übernommen. An jenem Tag, als ich Christian mit Axel und Oliver besuchte, habe ich freilich vor allem die Arbeitswohnung zu Gesicht gekriegt, und da ich vollauf mit meiner mangelhaften Vorbereitung und meiner Herzensverwirrung beschäftigt war, hatte ich für das, was es sonst noch zu sehen gab, kaum einen Blick. Wie das Haus von außen aussieht, könnte ich nicht beschreiben. Aber die wenigen Inneneinstellungen, die ich meiner Erinnerung abtrotzen kann, reichen aus, daß der Vorstellungsfilm ins Laufen kommt, ob man will oder nicht, Christian und Lisbeth beim

Essen, im Garten, im Schlafzimmer, in dem sie nach wie vor gemeinsam nächtigen, weil das Tradition ist, jetzt eben ohne Übergriffe. Sagt Christian. *Geschwisterlich.* Hat man schon einmal von erwachsenen Geschwistern gehört, die unter einem Dach leben und in einem Doppelbett schlafen! Lisbeth – so nennt er sie nicht; wenn er sie nicht Elisabeth nennt, nennt er sie Elli, aber ich nenne sie Lisbeth, weil es mir Genugtuung verschafft, daß mir dann die Vorstellung vom Gesicht der Queen unter die blonde Pferdeschwanzhaube fährt – Lisbeth hört seinen Atem nachts, wie er sich umdreht nachts, wie er aufsteht, um aufs Klo zu gehen nachts; sie kann so tun, als ob sie schliefe, die Augen aber einen Spalt öffnen, um zu beobachten, wie er sich langsam von der Bettkante erhebt, durch die Augenschlitze kann sie die sanfte Beule in seiner Schlafanzughose anstarren, an die sie angeblich nie ranwollte und jetzt nicht mehr rankommt, sie kann, wenn er schläft, das Licht anmachen und sein Schlafgesicht anschauen, den Mund, den er beim Schlafen nach vorne stülpt vor Innigkeit, seine geschlossenen Augen, die im Schlaf ein wenig schräg stehen wie die einer schlafenden jungen Katze, sie kann die Hand heben und dieses Gesicht streicheln, und sie kann dem Gesicht nahe kommen, bis sie den süßen, warmen Duft seiner Haut in den Nüstern hat. Sie kann, das immerhin weiß ich ganz genau, ihn aus dem Schlaf schrecken durch jähes Aufschluchzen, lautes, hohes Wimmern, plötzliches Sichaufsetzen und Händevorsgesichthalten, jähes Ausdemzimmerrennen. Und wie sie das kann. Wer mit einem anderen ein Schlafzimmer teilt, teilt mit ihm ein Höchstmaß an Intimität, dabei bleibe ich, auch wenn Christian protestiert und ausruft, da *sei doch nichts* mehr, gar *nichts*, ich müsse DIE FRAU mal hören, wie sie Tag und Nacht klagt darüber, daß jetzt *nichts* mehr sei! Dabei war sie an dem, was früher an Stelle des *Nichts* gewesen sein muß, nie richtig interessiert. So stellt Christian es dar, und ich glaube ihm, weil er sich selbst glaubt, sicher auch, weil ich nichts lieber glaube, als daß ihm dort, im Bleibtreuschen Ehebett, das ich mir nicht anders vorstellen kann als aus dem Stamm einer Eiche gezimmert, ein Entgegenkommen gefehlt hat, ein Eheleben lang. Dort wo der Vorstellungsfilm meinem Magen gerade noch gehörig Druck gemacht hat, tut es jetzt einen Augenblick lang weniger weh, ach Christian, kein Wunder, daß du empfänglich warst für all die offenen Hotelbademäntel, die dir im Laufe der Jahre entgegengeweht sind. Aber daß du dich DER FRAU nach wie vor jede Harlachinger Nacht schlafzimmerintim auslieferst, ist kaum auszuhalten, fast so wenig wie eure gemeinsamen Auftritte auf dem Münchner Gesellschaftsparkett. Daß ich die sogar noch weniger auszuhalten vermag als das Doppelbett aus dem Stamm einer Eiche, ist dir nicht klarzumachen. Das kann ich ihr doch nicht nehmen, sagst du, sie hat ja sonst *nichts.* Ich nenne das *Ehezement.* Ihr den Ehefrauenauftritt in der ersten Reihe zu gewähren heißt *Ehezement anrühren.* Wer so viele Stunden in der Hotelzimmerwarteschleife zugebracht hat wie ich, weiß einen Auftritt *an seiner Seite* zu schätzen. Davon kann man glatt ein paar Wochen zehren, zumal wenn man nichts anderes hat, wovon man zehren kann, als *die Frau an seiner Seite* zu sein, wie Lisbeth Bleibtreu. Oh Herr zu dem ich nicht bete ich danke dir dafür daß ich diese Arbeit habe so bescheuert sie auch ist. Es war kurz vor elf am Sonntagmorgen, ich noch im roten Bademantel, den er mir einmal aus einer Fußgängerzone ins Hotelzimmer mitgebracht hatte, als Geschenk, und weil er meinte, er müsse mir mehr Farbe antun. Im Geschenkbademantel saß ich auf dem blauen Sofa und mußte überleben, schaltete tatsächlich den Fernseher ein, Sonntagvormittagsspielfilm schwarz-weiß, der junge Henry Fonda mit angeklebter Nase als Anwalt Abe Lincoln, ich versuchte, nicht mehr auf die Uhr zu schauen, doch der andere Film kam immer wieder dazwischen, Hollywoodfilmriß: Jetzt also liest er aus seinen Notizen über die »Wahrheitsillusion«, sie schaut zu ihm hinauf, ich nicht, sie darf jetzt auf ihn stolz sein, ich nicht, jetzt Beifall, ich kenne die Art, wie er sich verbeugt, niemals lächelnd, beinahe vorwurfsvoll ins Publikum hineinsehend, als wäre das Lächeln eine verbotene Eitelkeit. Wie mich das jedesmal rührt. Signieren, dann Mittagessen im Hotel Vier Jahreszeiten, bestimmt ist sein Verleger auch da, der hat schon die dritte Frau, na bitte, bestimmt ist noch Verlagsgesindel mitgekommen, alle sitzen um ihn herum, Christian kommt so richtig in Fahrt, Lisbeth, ihn anbetend wie die heilige Maria den Gekreuzigten, sitzt zu seiner Rechten. Mein Magen tat weh. Jedesmal, wenn ich Christian damit komme, wie es mir in den Magen fährt, mir all das vorstellen zu müssen, was er mit Lisbeth erlebt, ruft er aus: Das sagt SIE auch, genau dasselbe! DIE FRAU müsse sich auch immer *alles* genau vorstellen, was ablaufe zwischen ihm und mir; in jeder Minute. Gemeiner als diese Gleichsetzung mit DER FRAU ist nichts. Abe Lincoln bewahrte zwei arme Brüder vor dem Galgen, obwohl es für den Mord doch einen Zeugen gab, aber der Zeuge war der Mörder, darauf war niemand außer Abe gekommen. Die Mutter der beiden Brüder war überglücklich und schenkte Abe Lincoln einen Teil ihrer bescheidenen Ersparnisse. Wieso nahm Abe die Ersparnisse an? Das waren doch arme Leute, und er würde später Präsident! Das Telefon klingelte, war Barbara schon von der Ostalb zurück, um mich zu retten, es war tatsächlich Christian, sie seien im Restaurant und er auf dem Weg zur Toilette, das *heimliche Handy* habe er in der Hosentasche gehabt die ganze Zeit, lebst du noch, fragte er, nein, sagte ich. Bitte lebe doch noch, sagte er, und dann: *Montagabend in Freiburg!* Dududuichmußauflegen. Ich begann, Blusen zu bügeln; damit sie frisch seien für *Freiburg.* Ich hasse es, Blusen zu bügeln; Waltraud hat einmal zu mir gesagt, meine Blusen seien schlecht gebügelt, im Vergleich zu ihren sicherlich, solche Perfektion kriegt nur hin, wer einer Bluse drei Stunden Lebenszeit opfert und nicht drei Minuten wie ich. Es klopfte an die Wohnungstür, ohne abzuwarten, trat Moritz ein, bügelsch Blusen, fragte er, die Blusen des Böhmen. Das sagt er immer, wenn er hereinkommt und mich beim Blusenbügeln vorfindet. Dafür daß er Arzt ist, hat Moritz erstaunlich viel Literatur gelesen. Am liebsten mag er Thomas Bernhard; wahrscheinlich weil es ihm imponiert, daß einer beinahe so zwanghaft und depressiv ist wie er. Moritz kann ganze Passagen aus »Die Auslöschung« aufsagen und sich dabei kaputtlachen. Hast du heute was vor, fragte Moritz, schnappte sich einen Apfel aus meiner Obstschale und biß hinein. Außer Bügeln noch was? Als ich verneinte, sagte er, dann könne ich ja mit ihm kommen heute abend, er sei eingeladen zum Geburtstag eines Studienfreundes, nach Holzgerlingen, die Blondine habe Meditationszirkel. Moritz sagte grinsend: BE, das hieß nicht Berliner Ensemble, sondern *Blondinenesoterik*, er liebte es, Abkürzungen zu erfinden, vor allem für die Blondine Betreffendes. Der Freund werde fünfzig, es gebe praktisch nur einen Imbiß. Immerhin, so ein Abend versprach Ablenkung. Da Moritz' Schilderungen zufolge die BE, jetzt *Blondineneifersucht*, immens ist, sagte ich vorsichtshalber, ich komme nur mit, wenn es der Blondine nichts ausmacht. Haben wir gleich, rief er und verschwand nach unten, zwei Minuten später kam er wieder und überbrachte stolz die Nachricht von der BE, und das hieß diesmal *Blondinenerlaubnis*. Als wir gegen halb sieben gemeinsam das Haus verließen, ließ sich Nicole aber nicht blicken, das war ein schlechtes Zeichen, im Auto gestand Moritz: Es mache ihr wohl doch etwas aus, das habe sie gerade eben erst geäußert, tatsächlich habe sie unseren Ausflug etwa so bewertet, als reisten wir, Moritz und ich, gemeinsam nach Israel und nicht nach Holzgerlingen. Ich hätte nicht mitkommen sollen, sagte ich erschrocken, jetzt noch einen Blondinenkrach im Haus, eine im Treppenhaus grußlos an mir vorbeigehende Hausblondine, das war ungefähr das letzte, wonach mir der Sinn stand. Moritz genoß die Situation. Das seien Machtspiele, sagte er, das dürfe man nicht an sich ranlassen, und wenn Nicole Zicken mache, schmeiße er sie eben raus, das ganze *Pack* raus, er ertrage die Kinder sowieso nicht mehr, und die Eifersucht der Blondine auch nicht. Wir kurvten durch die Neubausiedlung in Holzgerlingen und hatten Mühe, das Haus des Freundes ausfindig zu machen. Moritz hatte die Hausnummer vergessen. Alle Häuser sahen gleich aus. Als wir das richtige Haus gefunden hatten, sagte Moritz, übrigens, die haben zwei Hunde. Er weiß genau, daß ich vor Hunden Angst habe. Meine Schwester Conni hat auch Angst, noch mehr als ich; wenn ihr beim Waldspaziergang ein Hund entgegenkommt, wie gewöhnlich seinem Besitzer zweihundert Meter voraus und nicht an der Leine, klettert sie vor Panik auf den höchsten Baum, das findet der Hund natürlich interessant und baut sich vor dem Baum auf und bellt. Weder Conni noch ich sind als Kind von Hunden gebissen worden. Eigentlich gibt es für unsere Angst keine Gründe, höchstens den, daß unsere Mutter Hunde nicht leiden kann. Vielleicht hat das als Erziehungsmitgift genügt. In bezug auf meine Angst vor Hunden sind Dr. Enderlein und ich nicht sehr weit gekommen, vielleicht weil ihre Beseitigung nicht gerade im Zentrum unserer Bemühungen stand. Diese Vernachlässigung bereute ich jetzt heftig, Moritz klingelte, sofort ertönte Gekläffe wie Donnergrollen, Dackel waren das nicht, das stand fest, ich hielt mich hinter Moritz, der ist einssiebenundachtzig, vielleicht lenkte das die Hunde erst einmal von meinen einsachtundsechzig ab, eine honigblonde Endvierzigerin, die mir als Erika vorgestellt wurde, hielt einen Hund am Halsband fest, der so groß war wie ein Kalb, kein Bernhardiner, sondern etwas Grimmigeres und Aggressiveres. Das ist meine Mieterin, sagte Moritz, sie hat Angst vor Hunden. Erika schaute mich mitleidig an und sagte, was alle Hundebesitzer sagen, nachdem man zum Audruck gebracht hat, daß man vor ihren Hunden

Angst hat, *die machen doch nichts*, aber wir sperren sie weg, wenn Sie darauf bestehen, sagte Erika, ja bitte, sagte ich erbarmungslos, Erika seufzte und zog das Kalb in Richtung Küche. Danach sammelte sie noch zwei weitere Kälber ein. Den Kälbern gefiel es nicht, in der kleinen Küche eingesperrt zu sein, sie randalierten und wollten hinaus, sobald jemand die Küchentür öffnete, und das war häufig der Fall, denn es mußten eine Menge kalter Platten aus der Küche herausgeholt werden. Drei Riesenviecher zwischen den kalten Platten, das ist ja ekelhaft, sagte ich leise zu Moritz, der sagte, stimmt, jetzt kann ich gar nichts mehr essen. Wir haben das nicht so gern, rief Erika, als jemand schüchtern fragte, ob er rauchen dürfe. Obwohl die Räume groß und offen waren und so ein bißchen Rauch nicht gestört hätte. Ich hätte jetzt gerne eine Zigarette geraucht, schon alleine aus Protest, gegen Erika und gegen Moritz, der hatte mich wieder einmal hereingelegt, mit der Blondine, den Hunden und überhaupt mit diesem Abend, das zeichnete sich jetzt schon ab. Ich war so schlecht gelaunt, daß ich mich an der Unterhaltung nicht beteiligte; außerdem mußte ich ja die Küchentür im Auge behalten. Die anderen kannten einander, das merkte man, es waren Ärzte oder Apotheker oder wenigstens Arztgattinen, wie Erika, die Gastgeberin. Die hatte die Angewohnheit zu lächeln und zu kichern, auch wenn es gar keinen Sinn machte. Zum Beispiel sagte sie: Wo sind die Löffelchen? und ließ diesem Satz ein Lachen folgen, als habe sie einen kolossalen Witz gemacht. Etwa zwanzig Minuten lang hüpfte sie um den Tisch herum, um Löffelchen zu plazieren, dabei redete sie ununterbrochen, von ihren Kindern, vom Wetter undsoweiter. Weil sie aufs Reden konzentriert war, konnte sie das mit den Löffelchen nicht mehr koordinieren, nahm eines weg, legte ein anderes hin, dann machte sie das Ganze wieder rückgängig. Ich vergaß die Küchentür, weil ich nichts anderes mehr tun konnte als ihrem Konfusionsballett zusehen. Wie Barbara, wenn sie Auto fährt und dabei redet. Weil sie redet, kann sie nicht Gas geben. Das kriegt sie nicht zusammen. Mit Barbaras altem Daimler auf französischen Autobahnen, wir waren auf dem Weg in einen gemeinsamen Urlaub, Bretagne, Barbara am Steuer, vor lauter Schnattern sackte sie von satten 110 Stundenkilometern ab auf ungefähr 70, immer auf der linken Spur, schließlich hält sie sich für verwegen, hinter uns staute es sich, es hupte und lichthupte, Barbara merkte nichts, weil sie ganz mit dem Reden beschäftigt war. Als ich sie darauf aufmerksam machte, was hinter ihr stattfand, war sie beleidigt. Wenn ich Auto fahre, schaue ich vor lauter Rücksichtsbereitschaft in alle Spiegel gleichzeitig. Schmiege meinen alten Peugeot beinahe italienisch durch den Verkehr. Autofahren kann ich wirklich, in aller Bescheidenheit. Ich habe Hunger, sagte Moritz vernehmlich, aber das hörte Erika auch nicht. Sie hüpfte und zirpte und lachte und plazierte Löffelchen. In ihrem Gesicht ist das Dauerlächeln schon eingraviert, wie manchmal bei alten Frauen. Wie bei Elisabeth Bleibtreu. Erikas Mann, Moritz' Studienfreund, der Geburtstag hatte, sprach kaum ein Wort und lächelte nie. Moritz schaute zu mir hinüber. Gell, es ist gräßlich, sagte er zufrieden. Mit einer Apothekerin rauchte ich im Garten, am Froschteich, gleich zwei Zigaretten hintereinander. Weil es zum Draußensitzen eigentlich schon ein bißchen kühl war, hüpfte uns Erika mit zwei Kissen hinterher. Es tat gut zu hören, daß die Apothekerin es für wenig gastfreundlich hielt, drinnen nicht rauchen zu dürfen. Leider sagte sie das nicht zu Erika, sondern nur zu mir. Moritz kam zu uns hinaus, bist du einverstanden, wenn wir bald gehen, fragte er. Ich nickte dankbar. Auf dem Heimweg, im Auto, sagte er: So ist mein Leben, die meisten Leute, die ich kenne, sind so. Der Studienfreund sei schwer depressiv. Ob ich das gemerkt hätte. Erika habe ihn keinen Schritt mehr alleine gehen lassen, seit sie ihn sich geangelt habe, damals in Ulm, in der katholischen Disco, arbeite sogar bei ihm in der Praxis.

So sei sie ständig um ihn herum. Seit heute abend weiß ich wieder, wie gut es mir geht, sagte ich, um mich selbst davon zu überzeugen, daß es so sei. Wie schön, wenn man das längeranhaltend glauben könnte. Stimmt, sagte Moritz, uns geht's saugut. Wie Erika ihren Mann zugerichtet habe, so habe es die Blondine mit ihm vor. Aber das werde ihr nie gelingen. Sein Leben biete ohnehin schon mehr als genug Unerträglichkeiten. Daß er eben noch gesagt hatte, es gehe uns saugut, hatte er schon wieder vergessen. Um keinen Zweifel daran zu lassen, wie unerträglich sein Leben war, erzählte er von Patienten, deren Gliedmaßen einfach abfaulten. Noch am Freitag habe er zwei Zehen und einen schwarzen Finger abgeschnippelt. Es freute ihn, daß ich entsetzt war. Als wir im Tazzelwurm ankamen, stand der Alpha der Blondine schon wieder vorm Haus, auf Moritz' Parkplatz, nicht auf dem für sie vorgesehenen, das war ungewöhnlich, wahrscheinlich als anklagende Geste gedacht. Scheiße, sagte Moritz, die ist schon vom Meditieren zurück. Wir schlichen durchs Treppenhaus wie *geprügelte Hunde.* »Sabine Christiansen«, ich stellte den Fernseher so laut, daß ich von der Auseinandersetzung, die da unten vermutlich stattfand, nichts mitkriegen würde. *Montagabend in Freiburg,* und *Montagabend* war jetzt *morgen abend.* Diese Fahne hißte ich, bevor ich schlafen ging. Kurz vor acht klingelte das Telefon, und obwohl ich doch hätte vorausahnen können, was mir jetzt wieder blühte, war ich auf Elisabeth Bleibtreus neue Serie wortloser Anrufe wieder nicht gefaßt. Diesmal brachen wir den Rekord. Mindestens drei Minuten schwiegen wir uns an, die Zeit, in der ich den Hörer beiseite gelegt hatte, um mein Frühstücksgeschirr in die Spülmaschine zu räumen, allerdings mitgezählt. Das Klappern hörte sie sicher, das sollte sie gefälligst als Zeichen meiner Gleichmut deuten, unbekümmert wirken sollte das. Als ich wieder ins Telefon hineinlauschte, hatte sie aufgelegt. Diese Runde ging also an mich. Ich schaltete den Anrufbeantworter ein. Zwei

Anrufe folgten noch an diesem Morgen. Weil Elisabeth Bleibtreu kein Wort spricht, der Anrufbeantworter also keine akustischen Signale aufnehmen kann, schaltet er sich nach zehn Sekunden aus, und wenn ich ihn abhöre, ist nur minutenlang das Besetztzeichen zu vernehmen. Christian glaubt mir nicht, wenn ich ihm von diesen Anrufen erzähle. Woher soll sie denn deine Nummer haben, du stehst doch nicht im Telefonbuch!, fragt er und schüttelt ungläubig den Kopf, so daß ich nicht anders kann, als ihm einen Empörungsvortrag zu halten darüber, daß sie nur auf die Wahlwiederholungstaste der Bleibtreuschen ISDN-Anlage drücken muß, oder auf »gewählte Rufnummern«, und schon kann sie meine Nummer im Display lesen. Kriminelle Energie traut Christian DER FRAU nicht zu. Obwohl er sie schon öfter bei Spionagetätigkeiten ertappt hat. Nicht nur beim Belauschen unserer Telefonate, auch beim Durchstöbern seiner Arbeitsbücher. Wie entgeistert er war! Das hat sie in all den Jahren nie getan, die Arbeitsbücher sind doch mein Innerstes, nie hat sie da hineingeschaut, ich habe gar nicht erst darum bitten müssen, das hat sich von selbst verstanden! Und nun erwischt er sie auf frischer Tat, wie sie über seinen Schreibtisch gebeugt ist und hastig die Seiten durchblättert, auf der Suche nach Details über uns, Christian und mich. In Christians Arbeitsbüchern werde ich inzwischen als T. geführt, wenn nicht als DJD, T. für Toni, weil Conni und meine Eltern mich noch immer so nennen. Ich bin ganz sicher, daß Elisabeth Bleibtreu diese ungeheure Verschlüsselungsleistung Christians schneller durchschaut hat, als Christian Zeit gebraucht hat, sich das T. auszudenken. Was machst du da, habe Christian sie ruhig gefragt, flammend rot sei DIE FRAU geworden, das Ganze sei ihr peinlich gewesen, sie habe sich dann so gut wie entschuldigt. Christian ist über die So-gut-wie-Entschuldigung derart gerührt gewesen, daß er sofort aufs neue bereit war, DIE FRAU für eine Heilige zu halten. Das bestreitet er natürlich, aber wenn es anders wäre, würde er sich dann jedesmal, wenn sie ihn mit Details konfrontiert, die sie nur aus den grünen Kugelschreiberseiten seiner Arbeitsbücher haben kann, derart wundern, wie er sich wundert? Waltraud hat recht mit ihrer Theorie von der Gutgläubigkeit der Ehemänner ihren Frauen gegenüber. Den Arbeitstag brachte ich irgendwie herum, so früh ich konnte, verließ ich das FFORMAThaus in Richtung Bahnhof. Dort kaufte ich eine Fahrkarte in Richtung Freiburg, erster Klasse, Bahncard.

In der Nacht wachte Christian auf, zuckte hoch, setzte sich auf den Bettrand und versteinerte in der Haltung des Denkers von Rodin. Sofort war ich hellwach, Christian mußte von irgendwoher zurückgeholt werden, aus einer Ferne, in die er unversehens geraten war, wieder in die *Nähe* zu mir. Was ist? Auf meine Frage kamen nur unverständliche Halbsätze. Wenn Christian in der Hälfte seiner Sätze aufgibt, ist Alarmstufe eins, und ich werde Sprachtherapeutin. Nichts ist jetzt wichtiger, als die angefangenen Sätze zu Ende zu bringen, bitte, wir können doch zu zweit die verlorengegangenen Satzhälften finden, sprich doch. Wenn das nichts hilft, ermahne ich ihn mit einem Hinweis auf unsere *Nähe*, innerhalb derer doch das gemeinsame Beenden unfertiger Sätze geradezu lächerlich einfach sein müsse, und weil ihm unsere *Nähe* etwas bedeutet, wirkt das meistens, auch dieses Mal, wenn auch nur vorübergehend. Der Denker von Rodin wachte aus seiner Erstarrung auf, die Hand, auf die er seinen Kopf gestützt hatte, kam herüber zu mir, unter die Decke, auf meinen Bauch, dann zog er die Hand wieder zurück. Laß es, sagte er. Ich muß das wegatmen. Hast du Atemnot? Christian brauchte einen Anlauf von gut dreißig Sekunden für die Antwort. Nein. Nur einen Druck. Wo? Christian sagte nichts, statt dessen deutete er mit der Hand auf die Herzgegend. Um Gottes willen. Das fuhr mir dann doch heraus. Christian bewegte die Hand, die eben noch auf seiner Brust gelegen hatte, in die Luft und dann wieder hinab, zu einem Abwinken der unwilligsten Art. Schließlich sagte er: Ich habe geträumt. Den Satz sagte er in einem Ton, in dem man für gewöhnlich *Laß mich in Ruhe* sagt. Aber die Therapeutin ließ nicht locker. Erzähl mir den Traum, sagte ich und hoffte, Dr. Enderleins Gleichmütigkeits-Bariton einigermaßen erwischt zu haben. Christian antwortete mit einem neuerlichen Gemurmel von Halbsätzen. Wie bitte? Er seufzte. Ich habe geträumt, daß ich jemanden umgebracht habe. DIE FRAU! Das dachte ich sofort und hoffte, daß sie es nicht gewesen sei und ich darum herumkommen würde, mich damit zu beschäftigen, was diese Figuration des Unbewußten Eindeutiges über die Gewissenslage ihres träumenden Verursachers aussagen würde. Er wisse nicht, wer es gewesen sei, sagte der Denker von Rodin glücklicherweise, sein Oberkörper geriet in Bewegung, jetzt sah es so aus, als ob der Traum ins Freie wollte, er wollte doch nicht, statt dessen kam das *Laß mich in Ruhe* ziemlich direkt. Therapeutinnen kennen keinen Schmerz. Warum hast du den umgebracht, fragte ich ruhig, nun hatte ich ihn soweit, sein Widerstand brach und es kamen mehrere ganze Sätze hintereinander heraus. Er sei in Harlaching gewesen, im Schlafzimmer, mit DER FRAU und etwas Agatheähnlichem. Er habe im Bett gelegen, da habe es geklingelt, obwohl es noch sehr früh am Morgen gewesen sei, nicht aufmachen, habe er gesagt, bloß nicht aufmachen, so früh könne man niemanden hereinlassen, aber das Agatheähnliche sei schon gegangen, um zu öffnen. Dann seien Polizisten in hellblauen Uniformen hereingekommen, hätten gleich eine Durchsuchung begonnen, nach Leichenteilen, und er, Christian, habe die Leichenteile im Haus versteckt gehabt, nur habe er nicht mehr gewußt, wo er die versteckt gehabt habe. Der Traum habe eigentlich nur aus Warten bestanden, darauf, daß sie die Leichenteile fänden. Und weiter? Weiter nichts, sagte Christian, fügte dann aber noch hinzu, daß der Traum ihm nicht unbekannt sei. Tatsächlich handle es sich um einen Standardtraum von ihm, und von allen Standardträumen um den schlimmsten. Zehn Jahre habe er Ruhe gehabt vor diesem Traum, und nun ... Christian fuhr mit dem Arm durch die Luft, um seiner Fassungslosigkeit Ausdruck zu geben. In welcher Situation er das denn früher geträumt habe, fragte ich. – Der Traum müsse mit körperlichem Engegefühl zu tun haben, meinte Christian langsam, früher, als er noch geraucht habe, habe er das manchmal gehabt und danach schlecht geträumt. Aber du hattest doch heute vorm Einschlafen kein körperliches Engegefühl, oder?, fragte ich. Das mußte Christian zugeben. Trotzdem bestand er darauf, daß dieser Traum rein physiologisch bedingt sei, er ahnte schon, daß ich ihm jetzt gerne mit Deutungsvorschlägen gekommen wäre. Komm mir bloß nicht mit deiner Psychoanalyse! Das pflegt er zu sagen, wann immer ich versucht bin, die eine oder andere Dr.-Enderlein-Weisheit an den Christian-Mann zu bringen. Er saß auf der Bettkante, von seinem Traum in Stein gebannt, und wollte sich vor meinen Deutungsbemühungen retten, damit der Traum etwas Unantastbares blieb. Dann darf man also auch kein Gedicht interpretieren, sagte ich. So gut wie das Gedicht ist die Interpretation ja niemals, aber man begreift doch vieles über das Gedicht, wenn man sich abmüht, es zu entschlüsseln! Das kam mir leider nicht im sanften Therapeutinnenton über die Lippen, sondern im gewohnten Eifer, die Stimme zu hell, als daß Christian das Gesagte würde annehmen können. Mein Vater hat früher immer zu mir gesagt, ich solle erst denken, dann reden. Als ich das einmal, auf irgendeiner Zugfahrt, Christian erzählt habe, hat der meinen Kopf an seinen Hals gedrückt, daß mir die Luft wegblieb, und gerufen, nein, das sei ganz falsch, genau umgekehrt solle es sein, jedenfalls zwischen uns, einander unbesonnen alles hinschütten können, ganze Sprachkübel voller Vergangenheit und Genauigkeit und Ehrlichkeit, daß das zwischen uns möglich sei, wisse er genau. Das sei überhaupt unsere einzige Chance! Unsere *Legitimität*! Ich weiß noch, daß mir in diesem Augenblick ganz heiß geworden ist, zum Teil, weil ich an Christians Hals keine Luft kriegte, zum Teil vor Glück. Jetzt, in unserer Freiburger Hotelzimmernacht – die Veranstalter von »Fundamentalismus im Kreuzverhör« hatten sich nicht lumpen lassen und Christian im Colombi untergebracht –, war Christian die Erinnerung an sein Unbesonnenheitscredo offenbar abhanden gekommen. Jetzt mußte ich jedes Wort, das ich sagte, genau bedenken. Moritz' Lieblingssatz in Traumangelegenheiten fiel mir ein, den konnte ich aber auf keinen Fall zitieren, ein Satz wie ein Rezept, so ein Supervereinfachungssatz hätte Christian erst recht in Rage gebracht, noch dazu, wo er auf Moritz nicht gut zu sprechen ist. *Alles was im Traum ist bist du selbst.* Mehr braucht Moritz nicht, um sich seine Träume klarzumachen. Dabei träumt er ganze Cinemascope-Filme, jedenfalls behauptet er das; Ben Hur, sagt er stolz, sei nichts gegen die Gefechte, die nachts bei ihm abliefen. Vielleicht liegt das ja an den vielen Bicalms, die er vorm Schlafengehen nimmt. Moritz, der den Zweiten Weltkrieg eingeteilt hat in neunhundert Karteikarten voller Schlachten und Generäle, handschriftlich, Moritz hätte Christians Traum kleingekriegt, bis er nichts mehr gewesen wäre als blitzblanke Bedeutung. Die blaue Polizei Christians eigene Gewissensinstanz, die Leichenteile die heimlichen Schuldgefühle, die sich im Laufe eines Lebens so ansammeln; Moritz hätte sich nicht gescheut, zu sagen: die Leichen, die man im Keller hat. Übrigens vermute ich, auch Dr. Enderlein hätte das so ausgedrückt. Ich kniete mich hinter Christian, umschlang seinen gebeugten Rücken und flüsterte ihm ins Ohr: Du hast jedenfalls eine Leiche im Keller, das steht fest. Es klappte, Christian mußte lachen, und danach hatte ich nicht mehr viel Mühe mit dem Steinerweichen.

Telefonieren

Antonia stand am Fenster und schaute auf die Elbe. Es war halb neun abends, es regnete, stürmte. Christians Vortrag lief seit acht, heute mit anschließender Diskussion, also Ende der Veranstaltung nicht vor zehn, dann dreißig Minuten signieren, dann Empfang, von dem er sich, das hatte er ihr versprochen, so schnell wie möglich davonstehlen wollte. Sie konnte frühestens um elf mit ihm rechnen. Die Menschen, die die Brücke überquerten, hielten ihre Schirme gegen den Wind und zogen die Köpfe in ihre Mantelkrägen. Eigentlich hatte sie noch einen Abendspaziergang machen wollen, hinüber in die Dresdner Altstadt, deren wieder aufgebaute historische Glanzstücke sie vor der Nase hatte, am gegenüberliegenden Elbeufer, angeleuchtet von blauen und orangefarbenen Scheinwerfern. Aber bei dem Wetter würde sie sich da draußen noch elender fühlen als hier, zwischen den zwanzig Quadratmetern Kirschbaum furniert des Zimmers 404 im Hotel Bellevue. Obwohl sie fand, sie hätte gut gepaßt in diese lose Reihe der frierenden, mit ihren Schirmen kämpfenden Brückenüberquerer. Die sahen schon aus wie Romanfiguren. So wie die aussahen, fühlte sie sich. *Objective correlative*, dachte sie und mußte grinsen, daß ihr das jetzt einfiel. *Die Entsprechung von innerer Stimmung des Helden und etwas Gegenständlichem. Sehr oft: das Wetter.* Erfunden von T.S. Eliot. Aber eine Gestalt am Fenster, dazu noch in der Dunkelheit eines Hotelzimmers, in den Herbststurm hinausstarrend, während sie auf jemanden wartet, das war schließlich eine nicht minder literarische Situation. Das war als Situation ein Klassiker. Bestimmt gab es mehrere literaturwissenschaftliche Untersuchungen darüber, wie oft diese Situation in Romanen schon vorgekommen war und was sie jeweils bedeutete. »Wuthering Heights«. *The motif of the window pane.* Bitte darauf achten: *motif* mit f! Heathcliff am Fenster, hört die Stimme der geliebten Catherine, die gestorben ist, aus den Stürmen raunen. *She sat there at the window watching the evening invade the avenue. Her head was leaned against the window curtains and in her nostrils was the odour of dusty cretonne. She was tired.* Der Anfang von »Eveline«. James Joyce, »Dubliners«. Daß sie diesen Anfang noch zusammenkriegte. Zusammen mit Heiner hatte Antonia über die »Dubliners« ein Referat halten müssen. Zuerst hatten sie gestöhnt darüber, daß sie im Joyce-Seminar nur das Referat über die frühen Erzählungen abkriegten und das »Ulysses«-Referat schon vergeben war. Dann hatten sie die »Dubliners« schätzen gelernt, den klugen Bau, die Zeichnung der Figuren. Und mit einem Code-Wort waren alle Geschichten interpretatorisch zu knacken gewesen. Allen *Dublinern* war ein Daseinszustand gemeinsam. *Paralysis.* Betonung auf dem zweiten a. *Antonia stand am Fenster und schaute auf die Elbe. Es war halb neun abends, es regnete, stürmte.* Das geht unmöglich, dachte sie. Aber wenn sie sich nun mal so fühlte, als sei ihr Leben eine Ansammlung von Situationen, die alle schon dagewesen waren. Was sollte sie da anderes tun als zu beschreiben, daß das so war? Sie knipste eine der Stehlampen an, auf die dunklen Kirschbaumflächen an den Wänden fiel jetzt gelbliches Licht. Sie angelte sich ein Radeberger aus der Minibar, schaltete den Fernseher ein und zappte durch. Natürlich gab es auf dreißig Kanälen kein einziges Programm, in das sie sich hätte hineinverlieren können. Sie schloß die Augen, um sich die Süße des gestrigen Tages herbeizusinnieren. Der Tag gestern war der erste gewesen, den Christian und sie seit Manila für sich alleine gehabt hatten. Schon heute morgen um elf, nach einem gemeinsamen Frühstück auf dem Zimmer, beide in weißen Hotelbademänteln!, hatte er einen Termin wahrnehmen müssen, mit einem Kollegen der Dresdner Uni, dann noch mit einer Studentengruppe, die die »Kritik der Harmlosigkeit« als Seminarthema hatte. Am Nachmittag hatte er mit ihr in der Hotelbar einen Bellevue-Burger gegessen. Danach hatte er sie allerdings gebeten, *ein paar Minuten* zu warten, war nach oben ins Zimmer gegangen und hatte in Harlaching angerufen. Auch gestern hatte das so stattgefunden; sie hatte sich zu einer sarkastischen Bemerkung hinreißen lassen deswegen, Christian hatte sich aber nicht provozieren lassen von ihr, sondern nur gesagt *Das ist eben so.* Und leicht geseufzt, während er das gesagt hatte. Sie hatte sich die Scharfzüngigkeiten verkniffen, die ihr gleich eingefallen waren. Weil der Tag so schön gewesen war. Aber ein unbestimmtes Brennen war geblieben; wo genau das in ihrem Körper angesiedelt war, hätte sie nicht sagen können, aber heute, als Christian wieder hinauf ins Hotelzimmer ging, um zu telefonieren, hatte sich das Brennen wieder eingestellt. Genauer gesagt: in dem Augenblick, als er sie bat, *ein paar Minuten* hier, in der Bar, zu warten. Die Art, wie er das gesagt hatte, war es. Das hatte sie schon raus durch die vielen Telefongespräche: Man mußte nur seiner Stimme nachlauschen, und schon wußte man alles. Diesmal war seine Stimme, als spreche er einen Rollentext, den er sich so zu sprechen vorgenommen hatte, wie er ihn jetzt sprach. Beschwichtigend. Beherrscht. Und – das war das Schlimmste – ein bißchen ängstlich. Er hatte, weil er ihr das zumutete, ein schlechtes Gewissen. All das war seiner Stimme anzuhören. Da hatte sie die von gestern aufgestaute Polemik loswerden müssen. Und hatte Fragen gestellt wie bei der Inquisition. Was sprecht ihr da, und: Sagst du ihr liebe Worte, vielleicht auch nur, weil sie's so gewöhnt ist? Und: Wie nennst du sie am Telefon, und: Wie meldest du dich am Telefon, etwa auch mit nichts als einem *mhm*, so wie bei mir? Und dann, als Christian schon alle ihre Fragen beantwortet hatte, so gefaßt, als habe er seit gestern auf diese Inquisitionslawine gewartet, so behutsam, als halte er sie für krank, auf jeden Fall ganz *Mahatma-Ghandi*-mäßig, vielleicht sogar Dr.-Enderlein-mäßig, schickte sie eine letzte Frage hinterher: Habt ihr *telefoniert*? Sie sprach das so aus, daß Christian sofort verstehen mußte. Wahrscheinlich hatte sie das nur gefragt, um ihn aus dieser künstlichen Geduld zu reißen, mit der er auf ihre Fragensalve reagiert hatte. Und wirklich hatte Christian nach Luft geschnappt und beinahe entrüstet *du spinnst wohl* gerufen, das hatte sie beruhigt. Ohne die Telefongespräche hätten wir die letzten Wochen nicht überstanden, dachte Antonia, so viel ist sicher. Und nicht ohne zu *telefonieren*. Gestern hatte Christian, vor der Venus von Giorgione, die nackt und schläfrig auf ihrem Divan liegt und ihre weiße Hand in der Nähe jenes Hügels hat, der nach ihr benannt worden ist, gesagt: die *telefoniert*! Sie waren im Zwinger gewesen, in der Galerie der Alten Meister, Christian hatte sich hinter sie gestellt und sein Kinn auf ihren Kopf gestützt, schau mal, hatte er leise gesagt, das bist du, *telefonierend*! Er hatte seine Vorderseite an ihren Hintern gedrückt, und sie hatte gespürt, wie er ihr entgegenschwoll. Im Museumsshop hatte er dann alle verfügbaren Postkarten der *telefonierenden* Venus gekauft und angekündigt, daß Antonia künftig bombardiert werde mit diesen Postkarten. Antonia überlegte, ob sie einen Roman kannte, in dem so *telefoniert* wird, wie sie es in den letzten Wochen getan hatten. Ihr fiel keiner ein. Das war nicht schlecht. Antonia hatte vorher noch niemals in ihrem Leben *telefoniert*. Und sich nie vorgestellt, daß sie einmal *telefonieren* würde. Und sich nie vorgestellt, daß ihr das *Telefonieren* einmal selbstverständlich werden könnte. Die leichteste Übung überhaupt war das! Hinterher hörte sich Christian jedesmal an, als habe man ihm nach längerer Atemnot eine Sauerstoffmaske verabreicht. Er atmete durch wie dem Ersticken gerade noch entronnen. Sie hörte, wie das Atmen langsam ruhiger wurde, dann sagte er meistens noch, Antonia, jetzt kann ich arbeiten. Oder: Jetzt habe ich eine Aussicht, diesen Tag zu überleben ohne dich. Solche Sätze brauchte sie, um zu überleben ohne ihn. Mit solchen Sätzen konnte man vielleicht überwintern. Einmal hatte sie ihn hinterher gefragt, ob er *vor ihr* auch schon *telefoniert* habe, und die Art, wie er reagierte, noch bevor er etwas sagte, verriet ihr, daß das der Fall gewesen sein mußte; wahrscheinlich gab es nichts, was Christian nicht schon *vor ihr* mit anderen getan hatte, zumindest rein technisch gesehen. *Nicht so*, antwortete Christian schließlich und bestätigte damit, was sie gerade gedacht hatte, das *Nicht so* konnte sie ihm nicht abnehmen, das tat weh, aber sie hatte das jetzt fragen müssen, obwohl sie im Stillen Waltraud dafür bewunderte, daß die ihrem Ernst *Vergangenheitsfragen* gar nicht erst stellte; wenn Ernst ihr, Waltraud, unaufgefordert etwas über seine Ehe erzählen wollte, gut, sie hörte zu und merkte sich alles, aber selber Fragen stellen, niemals, erstens gehe man *den Männern* damit auf die Nerven, zweitens tue man sich nur selber weh. So souverän bin ich nicht, dachte Antonia, und Christian will gar nicht erst souverän sein, der wollte Antonia am liebsten fragend ausweiden, bis er sich ihre Vergangenheit ganz und gar einverleibt hatte und sie als Baustein seiner Lebensphilosophie wieder ausspucken konnte. Als sie danach wieder ins *Telefonieren* gerieten, morgens, damit Christian Antonia noch zu Hause erwischte und möglichst noch im Bademantel, er ganz sicher im Bademantel und sie hitzig bestürmend, wo bist du, was hast du an, komm zu mir, kam es ihr doch so vor, als könne am *Nicht so* etwas dran sein. Manchmal mußte sie, während sie Christians Litanei nachlauschte und auf den nächsten Einsatz wartete, an ihre Mutter denken. Was die wohl dazu sagen würde, daß ihre Tochter *telefonierte*, und mit einem verheirateten Mann! Renate Armbruster würden die Worte fehlen vor Entsetzen, sie war überzeugte Katholikin und hatte nach allen Kräften versucht, aus ihren Töchtern dasselbe zu machen. Gerne hätte sie ihrer Mutter erzählt, daß einem das *Telefonieren* vorkommen kann wie ein Gebet. Nur mit DER FRAU, *in jungen Jahren*, sei es dazu gekommen, hatte Christian gesagt, auf Reisen, in Not, wohin hätte er sollen mit sich, Antonia möge sich bitte nicht täuschen, so viele Gelegenheiten, wie sie es sich vorstelle, habe es nun doch nicht gegeben für ihn. Als er wahrgenommen hatte, wie sehr Antonia erschrocken war darüber, daß DIE FRAU seine Telefonpartnerin gewesen war und nicht irgendeine Bademantelfrau aus dem Vergangenheitsnirwana, hatte er schnell hinzugefügt, und stell dir vor, ich war mir nie sicher, ob sie wirklich *dabei* war! Antonia hatte fragend geschaut. Ob sie es *auch getan* hat oder nur so *getan,* als tue sie es!, hatte er gerufen. Und dann hinzugefügt: Eigentlich sei er ziemlich sicher, daß sie meistens nur so *getan* habe. Ihm zuliebe. Damit er sich abreagieren konnte. Sie, DIE FRAU, habe dergleichen wohl nicht gebraucht. Er sagte die Wahrheit, seine Stimme war ein bißchen rauh, es war ihm anzuhören, wie sehr ihn damals sein Verdacht beschäftigt haben mußte, und wie sehr gekränkt. Wahrscheinlich war er noch immer gekränkt, und das war nicht beruhigend, Christian hatte mit DER FRAU nichts hinter sich, vielleicht das Faktische, vielleicht das Praktizieren, aber ansonsten nichts. Antonia schwang sich vom Bett und ging zum Fenster, es regnete jetzt heftiger als vorher. Im Fernsehen hinter ihr begannen die Tagesthemen, halb elf, in einer halben Stunde konnte sie anfangen, mit Christian zu rechnen. Sie wollte ins Bad gehen, um sich ein wenig zurechtzumachen, bestimmt würde Christian mit ihr noch in die Bar wollen, und auch sie wollte raus aus diesem Zimmer, so schnell wie möglich, ihm gegenübersitzen im gedämpften Licht und unter seinen Augen noch einmal schön werden heute abend; in dem kleinen Flur vor der Badezimmertür war eine Garderobennische eingebaut, dort hingen ein Jakkett Christians und Antonias Mantel, darunter, auf der Ablage, stand Christians kleiner Reisekoffer. Der Koffer war offen, in einem der Seitenfächer steckte Christians Arbeitsbuch. Sie erkannte sofort den exotischen Einband, Christian hatte das Buch in Manila gekauft, auf der Vorderseite stand in einer verschnörkelten Schrift »My Diary«, aber das war Christian ganz egal, Hauptsache, das Buch erfüllte seinen Zweck. Antonia bewegte ihre Hand auf das Arbeitsbuch zu, so langsam und vorsichtig, als sei das Buch eine Herdplatte, die vielleicht schon zu heiß war. Ihr Herz klopfte, und sie kam sich lächerlich vor. Trotzdem konnte sie die Bewegung nicht stoppen. Ihre Hand nahm das Arbeitsbuch heraus, die andere Hand öffnete es, blätterte ohne Absicht, etwas Bestimmtes zu entdecken. Christians Schrift in wechselnden Kugelschreiberfarben. Die Arbeitsbuchschrift. Seine eigentliche Schrift. So gut wie unleserlich für andere. Rücksichtslos unleserlich. Eine Schrift nur für den, der sie schreibt. Gottseidank, dachte Antonia, ich kann praktisch nichts lesen, nur die Daten. Die Daten in grün. Den grünen Kugelschreiber benutzte er für das, was er Kalendernotizen nannte. Für das Persönliche. Den schwarzen fürs Philosophische. Sie hatte nicht vor, im Grünen das Datum zu suchen. Es suchte sich von selbst. Der Tag seiner Heimkehr von der Südostasienreise. Der 26. September. Christian war ein paar Tage später nach Deutschland zurückgekommen als Lars-Heinrich und sie, Antonia; er hatte noch in Bangkok an einem Symposium teilgenommen. Vielleicht hätte sie gar nicht erst versucht, die Eintragung zum 26. September 1995 zu entziffern, hätte die nicht mit einem alarmierenden Buchstaben begonnen. Mit E.

E. am Flughafen. Das konnte sie lesen. Dann allerdings wurde es schwierig. Ein langes Substantiv mit Z. Dann ein kurzer Satz, der mit *Sogar* anfing. Und dann, so leserlich wie ein Verkehrsschild: GV.

Von den Augenwinkeln nach innen kriegte Antonia Rot in die Augen, das Rot zog sich über ihren Pupillen zusammen, ihr wurde schwindlig, in ihrem Magen rollte sich Stacheldraht auf. Sie klappte das Buch zu, schob es ins Seitenfach des Koffers und legte sich aufs Bett. Gleich würde ihr das Herz aus der Bluse springen, das stand fest. Das Herz hämmerte einen

Satz, immer wieder: Ich muß hier weg. Wohin? Egal, nur raus hier, auf und davon, bevor er kommt. Sie wollte aufstehen, doch ihre Arme und Beine waren am Bett festgeschweißt. *Paralysis.* Jetzt kam der Schmerz herauf, aus ihrem Bauch immer weiter nach oben, der Schmerz drückte ihr Flüssigkeit aus den Augen, waren das Tränen? Steh auf und pack deine Tasche, die Zeit reicht gerade noch. Es ging nicht. So lag sie, und die ganze Zeit, während sie so lag, hatte sie das Gefühl, gleichzeitig stehe sie neben dem Bett und schaue auf sich herunter. Wie das Lenor-Gewissen. James Joyce hätte das anders genannt, aber etwas Literarisch-Nobles hielt sie jetzt nicht für passend. Bitte: Lenor-Gewissen, es darf so lächerlich formuliert sein wie möglich, denn du bist lächerlich, du da unten. Du bist also tatsächlich hereingefallen. Da bist du keine Ausnahme. Du bist keine Ausnahme darin zu glauben, eine Ausnahme zu sein. Daß dein Geliebten-Fall ein besonderer Geliebten-Fall sei, hast du geglaubt. Dabei pfeifen es die Spatzen von den Einfamilienhäusern, daß das alle Geliebten glauben. Und daß alle Ehemänner des Universums ihren Geliebten die Daheimläuftnichtsmehr-Arie singen. Und daß sich alle Geliebten von diesen Arien in den Dämmerschlaf der Gutgläubigkeit hinüberverführen lassen. Du hast es gewußt und hast trotzdem das Credo abgelegt unter dem erstbesten Badezimmermond! So hätte Dr. Enderlein es nicht formuliert, dachte Antonia. Da hörte sie, wie die Zimmertür aufging.

Schatz!, rief Christian von der Türe aus, bog um die Ecke, sah sie da liegen und schnaufte erschrocken. Ist dir schlecht, fragte er und setzte sich auf die Bettkante. Jetzt kam es darauf an, alle Verstellungskünste zu mobilisieren, sag' was, etwas Normales, sag wenigstens *Wie war's*, sag es, aber sie sagte statt dessen: GV. Ihre Stimme klang fremd. Christian schaute erstaunt. Am 26. September, sagte die fremde Stimme. Christians Mund wurde schmal. Er sah sie an, als wolle er sich vergewissern, daß er richtig verstanden hatte. Dann sagte er leise: Das hättest du nicht tun sollen. Er stand auf und schaltete den Fernseher aus. Dann ließ er sich auf den Sessel fallen, der schräg gegenüber vom Bett stand. Den Mantel hatte er noch an. WIE HAST DU DAS FERTIGGEBRACHT NACH MANILA? Der Satz wollte jetzt gesagt sein, und noch anderes, ICH FASSE ES NICHT zum Beispiel, oder DU SCHWEIN oder wenigstens ein überdimensionales WARUM?, wie man es gar nicht in die zur Verfügung stehenden zwei Silben hineinsagen konnte, und sie konnte auch nichts sagen; sobald sie ansetzte, kam etwas heraus, was man am ehesten als Schluchzen bezeichnen konnte, besser so, sie wollte niemand sein, der nicht anders konnte als WARUM? oder ICH FASSE ES NICHT oder DU SCHWEIN oder auch WIE HAST DU DAS FERTIGGEBRACHT NACH MANILA? zu sagen. Sie merkte, daß sie weinte. Sie drehte sich zur Seite und zog die Knie an ihre Brust. Christian stand auf, ging zu seinem Koffer und holte das Arbeitsbuch aus der Seitentasche. Er setzte sich wieder in den Sessel und blätterte, bis er die Eintragung des 26. September gefunden hatte. Sie sah ihn lesen. Du weißt doch genau, was war, dachte sie, aber Christian sagte tatsächlich: Ach so. Das klang erleichtert. Sie dachte, jetzt bloß keine Ausrede, wenn du mir jetzt mit einer Ausrede kommst, bist du mich los. Antonia, fing er an, brach ab und schaute sie bittend an. Das war's, sagte sie mit einer Stimme, die einigermaßen wie ihre klang, trotz der Schluchzerei. Das war's. Jetzt sind wir nicht mehr einmalig.

Antonia, begann er erneut, Antonia, sie hat mir leid getan! Ihr Oberkörper schnellte in die Senkrechte, sie schrie los: DU KRIEGST EINEN HOCH, WEIL SIE DIR LEID GETAN HAT? So hört sich Nicole an, wenn sie Moritz anschreit, dachte sie. Christian seufzte und schaute nach unten. Schließlich sagte er: Es war kein GV. – Und die Eintragung hast du erfunden, nicht wahr? –

Bitte, sagte er, laß mich dir die Stelle vorlesen. Als sie schwieg, las er: *E. am Flughafen. Zärtlichkeitsaufwallung. Sogar ins Bett gezerrt.* GV. *Jedoch nur eine Mischung aus Mühsal und Verpflichtung.* Er sah auf zu ihr. *Mühsal* und *Verpflichtung*, Antonia, da hast du's! Sie hat am Flughafen gestanden, um mich abzuholen, ich habe sie schon von weitem gesehen, so verloren hat sie dagestanden, so hager und grau, meine Augen waren doch an dich gewöhnt, Antonia! Und ... er zögerte, sie schaute ihn drohend an, er nickte und fuhr fort: Es ist ein Ritual gewesen. Früher. Wann immer ich von einer Reise nach Hause gekommen bin, gab es dieses Begrüßungsritual. Und dieses Mal ... Herrgott, ich wollte das nicht. Aber sie hat es erwartet. Ich habe gemerkt, daß sie es erwartet hat. Christian stand auf und zog den Mantel aus. Er ging zur Minibar, suchte unter den kleinen Flaschen den Whisky und schenkte sich den Inhalt des Fläschchens in das einzige Glas, das es gab. Willst du ...? Als sie den Kopf schüttelte, trank er einen großen Schluck. Wieso hat sie das erwartet, fragte Antonia, hast du nicht gesagt, sie hat gar kein Interesse? Das ist kein Widerspruch, sagte Christian, Antonia merkte, daß es ihm schwer fiel weiterzusprechen, er war im Zwiespalt: einerseits schuldete er ihr eine Erklärung, andererseits wollte er DIE FRAU nicht preisgeben. Und sie hatte auf Manila etwas gegeben, auf die rosa Kissen, die Nie-vorher-Superlative, die Telefonbestürmungen; was war das alles gegen die Wucht einer Ehe, die fünfunddreißig Jahre ging. Sie war allein. Alleinallein ... ... Ich glaube, es hat ihr etwas bedeutet, sagte Christian. Daß ich ... zum Ausdruck bringe, ich komme zu ihr zurück, wo immer ich war. Das war ihr wichtig. Wichtiger als das eigentlich Sexuelle. Nehme ich jedenfalls an. Darüber wurde nie gesprochen. Das machte er, wann immer es ging: im Passiv formulieren, wo ein aktives *Wir* gemeint war. *Wir* haben darüber nie gesprochen. Das eheliche *Wir* wollte er Antonia nicht zumuten. Das Passiv hält er für erträglicher, dachte sie. Außerdem fühlt er sich ohnehin am liebsten so: passiv! Christian trank das Glas leer, stellte es auf den kleinen Tisch neben dem Sessel und kam zu Antonia herüber. Setzte sich aufs Bett, nahm ihre Hand und streichelte sie. Und am 26. September, das war kein GV, sagte er dann und fügte noch hinzu: glaube ich. GLAUBST DU? Das heißt ja was, daß du das nicht genau weißt! Ich habe sie *manipuliert*, sagte er. Antonia schaute groß. *Manipuliert*? Mit der Hand, sagte Christian. Antonia, Schatz, *Mühsal* und *Verpflichtung*, verstehst du! Das heißt, ich habe geglaubt, ich bin es ihr schuldig! So WAR es! Aus seinem Streicheln wurde ein eher heftiges Reiben. Da er nur ihre Hand berieb, wirkte es, als müsse er dort etwas ausradieren. Antonia überließ ihm die Hand und sank auf das Kissen zurück. Sie starrte an die Decke. Wieso verursachte diese Eröffnung auf der Stelle eine noch größere Pein als ein ehelicher GV? Weil die Vorstellung, Christian habe DIE FRAU *manipuliert*, drastischer war. Geradezu einstellungsgenau. Seine Hand an graublondem Schamhaar. Großaufnahme. Sie auf dem Rücken, ihr Haar wie ein Strohkranz um ihren Kopf. Großaufnahme. Halbnah: Christian auf die Seite gedreht, zu ihr gewandt, den Kopf auf die eine Hand gestützt, mit der anderen … Das Gesicht DER FRAU. Nah. Ihr Mund ist ein wenig geöffnet. Sie stöhnt nicht. Sie ist keine, die stöhnt. Am Hals die Falten. Die stören ihn nicht. Am faltigen Hals ein dünnes Kettchen, ich weiß doch, warum ich Schmuck nicht leiden kann. Ihr Bauch gezeichnet von drei Geburten, naja, eigentlich nur zwei. Übersieht er glatt. Er schaut auf ihr Gesicht. Nah. Daran kann er sehen, wann sie soweit ist …

Christians Hand ließ von ihrer ab, kam unter die Decke auf Antonias Bauch, er drückte sich von der Seite an sie, sie spürte ihn an ihrem Oberschenkel, er küßte in ihrem Gesicht herum, immer schneller, atmete schneller, suchte sie unter der Decke, sie spürte, wie seine Erregung auf sie überging. Die Kamera zog auf, immer weiter, da lagen sie und klammerten sich aneinander, als sei der eine des anderen Rettungsring, noch halb in Kleidern, im von furniertem Kirschbaum umsäumten

Doppelbett des Zimmers 404 des Hotels Bellevue in Dresden. Draußen stürmte, regnete es.

Vierundzwanzig Meldungen auf dem Anrufbeantworter, als ich am Mittwoch zurückkam, davon einundzwanzig Mal Elisabeth Bleibtreus anklagendes Piepen; leider muß man das in Echtzeit abhören, bevor man das Ganze löschen kann. Das Abhören dauerte fast eine halbe Stunde. Dann noch Tante Anna im hochdeutschesten Hochdeutsch, das ihr möglich war, vor Respekt, weil sie auf einen Anrufbeantworter hatte sprechen müssen, Toni, isch krüße disch, isch rufe disch wieder ahn. Conni: Huhuu, hier is dein Lesterschwein! Uns geht's gut, allerdings schlafe ich kaum noch vor Aufregung wegen Montag. Connis Mutterschaftsurlaub geht zu Ende; sie muß ab Oktober wieder arbeiten, zwar Teilzeit, aber sie hat Angst, den Anschluß verpaßt zu haben und die Versorgungslogistik für den Kleinen nicht hinzukriegen. Zuletzt Barbara, ihrer Stimme war anzumerken, daß es dringend war, ob sie mich am Abend besuchen dürfe, sie habe noch einen Salat, den könne sie mitbringen. Auch der kleine Sebastian hatte entdeckt, daß ich wieder da war, und wollte mir unbedingt von seinem neuen Computerspiel erzählen, ein Kriegsspiel, in dem man viele GDIs abschießen kann, vorausgesetzt, man kennt bestimmte Codes. Die Codes müsse man rauskriegen, indem man im Computerspiele-Laden Kinder ausfrage. Er habe schon ziemlich viele ausgefragt und schon einige wichtige Codes erfahren, er sei praktisch schon C-Level. Die Levels gingen allerdings bis F. Seine Mama dürfe nicht wissen, daß er nach der Schule noch in den Computerspiele-Laden gehe. Was GDIs sind, konnte er mir nicht sagen. Er turnte mir gerade das Abschießen vor, als Barbara eintraf, warf sich auf den Boden und wälzte sich, als sei er selbst von einem tödlichen Geschoß getroffen. Barbara sah aus, als habe sie für Sebastians Vorführung jetzt keinen Nerv. Schließlich tönte im Treppenhaus die Stimme Nicoles, sie beorderte Sebastian ins Bett, Sebostion, geh weider komm jetzt! Bayerinnen sollten ihren Kindern Namen geben, in denen keine As vorkommen, weil sie sie sowieso zu Os machen, bemerkte Barbara unbarmherzig, obwohl ihr Schwäbisch nicht gerade von schlechten Eltern ist, und sie legte auch gleich los, in eigener Sache. S isch was bassierd, sagte sie, vorgeschdern. Ich begann, den Salat zu putzen, den sie mitgebracht hatte. Ich habe Matthias Maginter wiedergesehen. Barbaras Stimme bebte. Er habe zwei Tage in Stuttgart zu tun gehabt und sei im Steigenberger einquartiert gewesen. Die Initiative sei von ihr ausgegangen. Ich war verblüfft. Barbara verhielt sich Männern gegenüber für gewöhnlich um so unnahbarer, je mehr ihr an den Männern lag. Vor ein paar Jahren war sie hoffnungslos in unseren Star-Kameramann verliebt gewesen. Der dreht normalerweise nicht solche Eintagsfliegen wie Magazinbeiträge, sondern nur die edelsten, ewigsten Fernsehspiele, aber weil ein Kollege krank wurde, kriegte Barbara ihn zugeteilt. Von da ab quälte sie sich und manchmal auch mich mit Überlegungen, wie es zu bewerkstelligen sei, ihn auf sich aufmerksam zu machen und sich nicht lächerlich. Als sich endlich unverhofft eine Gelegenheit bot, auf einem Fest, das Udo in seinem partyfreundlichen Loft gab, stand sie so lange in einer Ecke und hielt sich an ihrem Weinglas fest, stocksteif und schön und blaß vor Aufregung, bis der Kameramann das Fest wieder verließ. Dabei hatte der sogar einmal bei ihr haltgemacht und sie angesprochen. Sie hatte kein Wort herausgebracht. Ihr Lippenstiftmund blieb geschlossen. Ihm muß sie vorgekommen sein wie eine Vitrine aus Eis. Ihr Äußeres steht in direktem Gegensatz zu ihrem Inneren. Udo nennt Barbara manchmal deswegen La principessa. Sie renoviert hingebungsvoll ihre Zweieinhalbzimmerwohnung, kauft sich einen schwarzen Hosenanzug nach dem anderen und wartet, daß etwas passiere. Sobald etwas passieren könnte, erschrickt sie furchtbar. Ganz sicher ist Barbara noch viel weniger *Hotelbademantelfrau* als ich. Das Erlebnis ihres Versagens im entscheidenden Moment, auf Udos Fest, hatte einen langen Selbstbeschimpfungs-Monolog nach sich gezogen, den Barbara in meiner Küche gehalten hatte, auf dem Stuhl, auf dem sie auch jetzt saß. Nun also hatte sie etwas riskiert. Sie hatte Matthias Maginter einen Brief geschrieben. So lächerlich ist mir das vorgekommen, daß ich es dir nicht sagen konnte. Ich dachte, du lachst mich aus. – Das hätte ich dir nicht zugetraut, sagte ich, ich finde das großartig. Das stimmte wirklich, auch wenn Barbara vermutlich verschwieg, welchen Anteil ihr Analytiker daran hatte, daß sie eine solche Heldentat hatte vollbringen können. Immerhin war sie im dritten Jahr ihrer Analyse, das ist die Zeit, in der man Fortschritte von sich verlangt. Barbara lachte erlöst und fragte gleich noch zweimal, ob ich ihr Verhalten denn *wirklich* gut finde und nicht doch vor allem Ausdruck alberner Schwärmerei. Sie habe wenig mehr geschrieben, als daß sie ihn gerne wiedersehen würde. Und öfter an ihn denken müsse. Er habe, *sofort* nachdem er den Brief bekommen habe, auf ihrem Handy angerufen, vor gut zwei Wochen sei das gewesen, er habe sich *sehr gefreut* über diesen *schönen Brief*, das habe er ihr auf der Mobilbox hinterlassen, und daß er sich melden werde. Wenn sie, die für gewöhnlich um so schwäbischer spricht, je emotionaler sie ist, IHN imitierte, setzte sie sich unwillkürlich ein bißchen gerader hin und sprach in überlangsamem Hochdeutsch, beinahe so wie Tante Anna. Das habe er dann auch getan. Vor drei Tagen. Und mitgeteilt, daß er in Stuttgart sein werde. Ob man sich sehen könne. Es sei ihr nicht möglich gewesen, einer Menschenseele etwas von dieser Verabredung zu erzählen, auch mir nicht, irgendwie habe sie Angst gehabt, das bringe Unglück. Ich verteilte den Salat auf zwei Teller und begann meinen zu essen, Barbara rührte ihren nicht an.

Sie habe sich vorgenommen gehabt *nicht am ersten Abend*, aber dann sei sie nicht in der Lage gewesen, die Sache aufzuhalten. Sie könne es nicht anders sagen: alles sei *perfekt* gewesen. Zunächst Champagner im Foyer des Steigenberger, er habe viele Fragen gestellt, wann stehen Sie auf, wie oft verreisen Sie, wie viele Sprachen können Sie, er habe sie taxiert von oben bis unten, dann habe er gesagt, ich glaube, Sie haben einen guten Geschmack, *das ist mir sehr wichtig*. Auch das Folgende habe er sie, noch im Hotelfoyer, gefragt, mit einem Lächeln auf den Lippen: So, Sie suchen also eine Stellung bei einem Verlag? Bei UNSEREM Verlag? Nein, Herr Maginter, habe sie geantwortet, dem ist nicht so. Ich habe Sie nur einfach nicht vergessen können. – Das hast du gesagt? fragte ich verwundert. Barbara sah feierlich aus. Ja, sagte sie, sie sei ganz ehrlich gewesen. Bevor er den Verlag gegründet habe, habe er schon allerlei hinter sich gebracht, Romanistik- und Politikstudium, zwei Semester an der Ecole Normale Supérieure in Paris, journalistische Ausbildung in Hamburg, direkt nach dem Fall der Mauer Korrespondent für Le Monde in Berlin, dann drei Jahre in Paris, Lektor bei Gallimard, für deutsche Literatur. Er habe es so formuliert – sie hob die Stimme zum überlangsamen Ehrfurchts-Hochdeutsch – *Wenn ich in Paris geblieben wäre, wäre ich versumpft und versackt und kaputtgegangen*. Barbara fuhr sich durch die Haare und legte den Hals frei. Am liebsten fahre er mit dem Motorrad durch die Mark Brandenburg. Musik in den Kopfhörern. Er sei ein *ganz arger Lebe- und Gefühlsmensch*. Auch sei er der Ansicht, auf die emotionale Intelligenz komme es viel mehr an als auf die abstrakte. Er habe dann mit ihr in eine Bar gehen wollen, sie habe das Hans im Glück vorgeschlagen, dort habe er ihre Hand genommen und sie immer näher zu sich hin gezogen, dann habe er sie geküßt, von Barhocker zu Barhocker, was wohl die Barkeeper gedacht hätten, eine Stunde lang hätten sie nur geknutscht, Barbara sagte es so: oi Stund hemma nur knutscht, i sags dir, der kann küsse, do brisch zamme. Und Komplimente habe er gemacht! Ihre Haare. Ihre Hände. Sie sei *sehr schön.* Dann, es sei schon Mitternacht gewesen, als sie mit ihrem Kopf minutenlang an seiner breiten Brust gelehnt sei, habe er gefragt: *Frau Frasnelli, wollen Sie die Nacht mit mir verbringen?* Barbara schaute mich erwartungsvoll an. Ist das nicht wunderbar formuliert, half sie nach, als ich nicht gleich reagierte. Filmreif, sagte ich. Sie habe einen Augenblick gebraucht, um sich zu fassen, dann habe sie geantwortet: *Herr Maginter, das ist viel.* Aber ich glaube, ich *möchte* die Nacht mit Ihnen verbringen. Ich nehme Sie mit in mein Hotel, habe er gesagt, sie finde, das sei feinfühlig gewesen von ihm, denn sie hätte sich niemals getraut, ihn gleich am ersten Abend mit in ihre bescheidene Wohnung zu nehmen. Im Taxi hätten sie *nur knutscht.* Sie wisse gar nicht, wie sie ins Hotel gekommen seien. Er habe sie an der Hand genommen, alle im Foyer hätten es gesehen! Das sei wohl anders als bei Christian und mir, konnte sie sich nicht enthalten zu sagen. Im Zimmer dann … sie rutschte auf meinem Küchenstuhl hin und her, zwirbelte ihre Haare zu einem Knoten auf und ließ sie dann wieder in den Nacken fallen, um das Ganze zu wiederholen. Wie er sie ausgezogen habe, BH durch die Luft, Schuhe in die Ecke, sie sei einfach *hin* gewesen. Sie habe dann gefragt, ob man nicht zum Du übergehen solle, darauf habe er geantwortet – sie drückte das Kreuz durch –: *Es ist schön, zu dir Sie zu sagen, und es ist schön, wenn Sie zu mir du sagen.* Den Satz stieß sie aus, als sei er eine Trophäe, auf die sie mich nur einen kurzen Blick werfen lassen wollte. Ja … jetzt wurde sie angesichts dessen, was sie sich noch vorgenommen hatte, verlegen, wollte es dann aber doch angehen, es sei *ganz viel* gewesen fürs erste Mal, sie sei auf diesem *Gebiet* nicht so schnell, er sei auch … einmal zumindest … ziemlich *fordernd* gewesen, das habe sie nicht so gut verkraftet, aber alles in allem … wunderbar, und überhaupt, das Einschlafen, das gemeinsame, das sei das Eigentliche gewesen. Er habe sie fest umschlungen, sie habe dicht an ihm gelegen, er habe auch nicht geschnarcht, es sei alles so selbstverständlich gewesen. Morgens allerdings habe es eine Verstimmung gegeben, er habe ihr, sofort nach dem Aufwachen, gesagt, sie müsse jetzt leider gehen, er habe so viel mit Berlin zu telefonieren. Sie habe sich dann aufs Gehen eingerichtet, da habe er sie noch mal zu sich ins Bett gezogen und mit ihr schlafen wollen, das habe sie dann nicht mehr hingekriegt. Sofort sei er *sehr verletzt* gewesen. Was habe ich falsch gemacht, habe er gefragt, und sie habe nicht so recht sagen können, was. Sie habe dann lediglich gesagt: Weißt du, *dazu* brauche ich etwas mehr Zeit. Aha, habe er etwas gedehnt wiederholt, du brauchst also mehr Zeit. Als wolle er damit sagen, Zeit sei das Letzte, was er habe. Verzeih mir, habe er dann aber zum Abschied gesagt, *ich bin manchmal einfach zu sehr Mann.* Noch ein Trophäensatz. Sie sei dann gegangen. Sie glaube auch, *Matthias* und sie, Barbara, seien sich in gewisser Hinsicht ähnlich. Jeder sei mißtrauisch dem anderen gegenüber. Damit man nicht gekränkt werde, kränke man vorsichtshalber lieber selber. Jetzt mache sie sich Vorwürfe, daß sie morgens nicht mehr mit ihm habe schlafen können. Aber ihr Analytiker sei stolz auf sie gewesen, als sie ihm das Ganze heute nachmittag erzählt habe. Sie sei *bei sich* geblieben in ihrer Reaktion, das sei sehr wichtig, habe er gemeint. Vorhin habe sie Matthias Maginter anrufen wollen, er habe ihr sofort seine Handynummer UND sogar die Berliner Privatnummer gegeben, das werte sie als eine Geste des Vertrauens, sie habe ihm sagen wollen, wie ihr Nein gemeint gewesen sei, da habe sich eine Frauenstimme gemeldet, Krüger oder Rüter oder so ähnlich, sie sei so erschrocken, daß sie aufgelegt habe. Es kann auch die Putzfrau gewesen sein, sagte ich. Genau, sagte sie aufatmend. Sie habe die Privatnummer auch nur angerufen, weil das Handy ausgeschaltet gewesen sei. Vielleicht sei er in Hamburg, bei der Familie. Sie habe von Anfang an gewußt, daß er Familie habe. Obwohl sie gehört habe, seine Ehe bestehe nur noch auf dem Papier. Das älteste Kind sei schon vierzehn. Sie rechne mit allem, auch damit, daß er ihr zu verstehen gebe, das sei eine einmalige Sache gewesen. Obwohl sie das nicht glaube. In der Bar, an ihn gelehnt, habe er am ganzen Körper gezittert. Das sei auch für ihn *viel* gewesen, da sei sie ziemlich sicher. Und er habe angedeutet, daß er wissen wolle, wann sie wieder in Berlin zu tun habe. Man werde sehen. Sie könne aber immer noch nichts essen. Das immerhin habe nur Vorteile. Die alten Hosen paßten schon wieder. Barbara saß kerzengerade. Die Geschichte trug sie vor sich her wie einen Ritterschlag. Als gehörte sie jetzt endlich zu den Auserwählten. Als wolle sie mir mitteilen, daß auch sie in der Lage sei, sie, die kloine Barbara von der Alb ra!, eine Lichtgestalt des deutschen Geisteslebens zu betören.

Hätte Christian Bleibtreu nicht, nachdem er im September 1995 aus Südostasien zurückgekommen war, dem Drängen seines bei der Telekom beschäftigten Schwagers nachgegeben und eingewilligt, daß in der Villa Über der Klause eine ISDN-Anlage installiert würde, wäre vielleicht alles anders gekommen. Das dachte Antonia oft. Allerdings fragte sie sich genauso oft, ob es nicht ganz gut so war, wie es gekommen war, nachdem sie sich ausgemalt hatte, wie es gekommen wäre, hätte der bleibtreusche Haushalt noch immer die alten Telefonapparate und sie und Christian hätten bis in alle Ewigkeit so *telefonieren* können wie in den ersten Monaten. ISDN-Anlagen sind heimlichkeitsfeindlich. Damit lebensfeindlich. Diejenigen, die diese Anlage konstruiert haben, haben keine Heimlichkeiten und erst recht kein so großes Geheimnis wie eine Geliebte. Diesen Beweis zu führen hätte sich Antonia vor jedem Gericht zugetraut. Wenn auf Apparat 3 telefoniert wird, blinkt ein rotes Licht auch an den Apparaten 1 und 2. Wenn man am Apparat 1 ins Menü »gewählte Rufnummern« geht, erscheint die Nummer, die zuletzt gewählt worden ist, auch wenn sie von den Apparaten 2 oder 3 aus gewählt wurde. Wer die ISDN-Anlage beherrschte, der konnte die Telefongewohnheiten aller Teilnehmer kontrollieren. Manchmal stellte Antonia sich vor, sie schreibe einen Beschwerdebrief an die Telekom. Nachts wachte sie auf davon, daß sich in ihr dieser Brief formulieren mußte, stundenlang. Christian hatte von den Möglichkeiten der ISDN-Anlage natürlich keine Ahnung. Der hatte, als ihm sein Schwager die Einweisung gab, nicht mehr begriffen, als nötig war, um einen simplen Anruf zu machen. Und zum Entgegennehmen eines Anrufes. Alles andere – umleiten, makeln und die mannigfaltigen Möglichkeiten der Registratur – war ihm zuviel. Nach wie vor bestreitet er, daß die ISDN-Anlage eine Möglichkeit zum Mithören bietet. Dabei bedarf es nur eines Knopfdrucks, und von den Apparaten 1 und 2 kann abgehört werden, was auf Apparat 3 gesprochen wird. Der Apparat 3 ist Christians Apparat. Wahrscheinlich hatte Elisabeth Bleibtreu während der Einweisung daneben gestanden und genauer zugehört als Christian; und sich hinterher noch die Gebrauchsanweisung zu Gemüte geführt. Wahrscheinlich in den Zeiten, in denen Christian außer Haus war. Oder in den Zeiten, in denen Christian auf Apparat 3 mit Antonia telefonierte oder *telefonierte.* Bis sie es raus hatte. Christian beteuert, das technische Verständnis DER FRAU sei eher gering. Er weiß nicht, wozu Rachsucht befähigt. Und Eifersucht. Doch, letzteres weiß er schon … aber zu diesem Zeitpunkt weiß er es noch nicht. Noch nicht an Weihnachten des Jahres 1995. Der 23. Dezember war ein Samstag. Antonia war nach Speyer gefahren, zu ihren Eltern, wie sie es – bis auf 1982, als Silke, Heiner, Karl und sie in Heiners neuer Wohnung in der Zossener Straße ein Weihnachtsverweigerungsweihnachten begehen wollten, das dann aber doch in seinen Verläufen einem herkömmlichen Weihnachtsfest ziemlich ähnlich geriet – immer getan hatte, und Christian bereits am Freitag mit Gattin, Schwager und Gattin des Schwagers nach Mittenwald auf die Hütte, wie er es immer getan hatte. Die Hütte gehörte der Familie DER FRAU. Die hatte ihm, dem Berliner, als sie jung waren, das Skifahren beigebracht. Agathe, die Waldorflehrerin, war mitgekommen. Laura feierte mit ihrem Professor in den Ruinen von Ephesus. Er freue sich nur aufs Skifahren, hatte Christian gesagt – ansonsten sei der Skiurlaub eine furchtbare Aussicht. Denn, darauf müsse sie sich einstellen: von der Hütte aus werde es kaum eine Gelegenheit geben für ihn, sie anzurufen. Da gebe es nur ein einziges Telefon, und das stehe mitten im einzigen Wohnraum. Aber an der Liftstation sei ein Kartentelefon, von da aus werde er ihr einmal am Tag auf ihre Mobilbox sprechen. Natürlich hoffe er, er werde sie auch einmal direkt an die Strippe kriegen, trotz Weihnachten und Familie drum herum. Bevor er gefahren war, hatte er ihr noch eine *telefonierende* Venus-Karte geschickt und darauf geschrieben:

Wir haben eine Burg aus Sand gebaut
Die ist jetzt unser Palast
Deine Augen sind kreativ, wen du anschaust
Der klaut wie Prometheus
Wir sind ein spielendes Paar und taugen
Zur Demonstration des schönsten Wahns der Welt

Daß ihm der Skiurlaub dieses Jahr schwerer gefallen war als sonst, glaubte Antonia. Das spürte sie. Trotzdem nisteten sich Bilder vom bleibtreuschen Familienweihnachten in ihr ein wie Krankheitserreger. Zu jeder Tageszeit der Vorstellungsfilm. Und Telefonentzug. Die nächsten Tage würden schwer werden, sie war froh über jede Ablenkung. Antonia versuchte, ihrer Mutter zuzuhören, die den Kaffeetisch deckte, wie immer nachmittags um halb vier, und dabei munter plapperte. Renate Armbruster stellte ihrer ältesten Tochter nie Fragen. Weniger weil sie sich in deren Leben nicht einmischen wollte, eher, weil sie über ihrem eigenen Mitteilungsbedürfnis das Fragenstellen vergaß. Hast du's schon gehört, fragte sie allerdings jetzt und Antonia wußte nicht, was sie meinte. Das vom Pfarrer, sagte sie und kriegte ein dramatisches Gesicht. Dann berichtete sie, daß Pfarrer Magin eine Freundin habe. Verheiratet auch noch! Der Ehemann, so hieß es in der Pfarrei, habe die beiden in flagranti ertappt und seine Entdeckung vor lauter Schmerz und Wut überall herumerzählt. Nun müsse der Pfarrer gehen. Zum 15. Februar verlasse er St. Hildegard. Letzten Sonntag habe er, nach der Predigt, in eigener Sache zur Gemeinde gesprochen. Er habe gesagt – ihre Miene wurde noch dramatischer –, er wisse, daß viel über ihn geredet werde in Speyer. *Vieles sei nicht wahr, manches übertrieben*, das habe er gesagt. Antonias Mutter kriegte feuchte Augen. Er tut mir so leid! rief sie aus. Der arme Mann, das hat er nicht verdient. Antonia war verblüfft, daß sie es so sah. Sie mußte daran denken, wie sich ihre Mutter aufgeführt hatte, als ihr Vater und sie, Antonia, der Mutter schonend beigebracht hatten, daß Conni Dieter Deuter zu heiraten gedenke. Conni hatte sich nicht getraut, ihrer Mutter von der Verbindung zu erzählen, die schon eine ganze Weile bestand. Dieter Deuter war nicht nur einfacher Facharbeiter in der BASF in Ludwigshafen, sondern auch noch verheiratet. Und Vater einer Zweijährigen. Und wollte sich von seiner Frau trennen und mit Conni leben. *Ehebruch.* Renate Armbruster nannte das so. Antonia und ihr Vater hatten sie während des Waldspaziergangs, den sie genutzt hatten, um die Eröffnung zu machen, regelrecht in ihre Mitte nehmen müssen, sonst wären Renate Armbruster die Knie weggerutscht vor Entsetzen. Sie heulte und ging zwischen ihnen und war unansprechbar vor Ablehnung. Es half nichts, daß Antonia noch einen Vortrag nachschob darüber, wie lange sich Conni und Dieter schon gequält hatten mit Selbstvorwürfen und Verzichtsübungen, aus Rücksicht auf Dieters Frau und sein Kind. Renate Armbruster hatte sich taub gestellt. Das war an Ostern vor zwei

Jahren gewesen. Solche Bomben platzen immer an den sogenannten Feiertagen. Jetzt waren Dieter und Conni schon über ein Jahr verheiratet und Dieters kleine Tochter Lena jedes zweite Wochenende bei ihnen zu Besuch. Renate und Otto Armbruster hatten den halben Playmobil-Bestand des Rofu-Kinderlandes in der Auestraße aufgekauft, um ihn für Lena bereitzuhalten. Und bei Dieters geschiedener Frau war ein Ringer aus Schifferstadt eingezogen. Doch Renate Armbrusters Vorbehalt blieb. Manchmal, wenn Conni und Dieter und die Kleine nach einem Besuch Im Erlich – so heißt die Straße im Speyrer Westen, in der die Armbrusters in den späten siebziger Jahren ihr Häuschen gebaut hatten – wieder in ihre kleine Wohnung im Vergißmeinnichtweg in Speyer-Nord verschwunden waren, setzte sich Renate Armbruster an den Eßtisch und stützte den Kopf auf ihre Hände und seufzte und ließ ein paar Tränen kommen, als müsse sie den Vorbehalt auffrischen. Mit Pfarrer Magin hatte sie also Mitgefühl. Weiß Tante Anna schon von der Geschichte, fragte Antonia. Bestimmt, sagte ihre Mutter. Aber ich hab' mich bisher nicht getraut, das Thema anzusprechen. Ich kann mir gar nicht vorstellen, was Tante Anna DAZU sagt. Nach dem Kaffee fuhr Antonia mit dem Rad ihrer Mutter hinüber in die Siedlung. Langensteinstraße 7a, Tante Annas Hexenhäuschen. Tante Anna nicht zu besuchen, wäre unmöglich. Alleine schon deshalb, weil Antonias Mutter Tante Anna jeden Sonntag nach der Messe nach Hause fuhr und während dieser Fahrt ganz sicher nicht verschweigen könnte, daß Antonia sich gerade in Speyer aufhielt. Und wie enttäuscht wäre Tante Anna zu erfahren, Antonia ist da und schaut nicht vorbei! Tante Anna ging nicht nur sonntags in die Kirche, sondern auch an den Werktagen. Den Hinweg schaffte sie mit Hilfe ihres Stocks gerade noch alleine. Für den Rückweg war sie darauf angewiesen, daß jemand sie fuhr. Ihre Kräfte reichten nur noch für einen Weg. Sie hoffte einfach jeden Tag darauf, sie werde für den Rückweg jemanden finden. Sie hatte seit vielen Jahren eine Krankheit, die außer ihr nur noch sechsundvierzig Menschen auf der Welt hatten. *Stiff-man-Syndrom.* Tante Anna sprach das ungeheuerlich aus. De Professor hot gsacht, isch muß misch jeden Daach beweege, rief sie und ruderte mit den Armen, sunschd werr isch schdeif! Isch mach jeden Daach Gymnasdik! Abgesehen vom Stiff-man-Syndrom war sie schwerhörig und weigerte sich, ihr Hörgerät einzusetzen. Renate Armbruster wurde nicht müde, deswegen zu schimpfen, und darüber, daß Tante Anna jeden Tag ein solches Risiko einging, wie es der Gang zur Kirche für sie war. Am meisten schimpfte sie darüber, daß Tante Anna damit ihr, Renate Armbruster, ohne es zu ahnen ein schlechtes Gewissen verursachte. Sie konnte doch Tante Anna nicht jeden Tag chauffieren! Sie hatte einfach nicht die Zeit! – Tante Anna war gar nicht mit den Armbrusters verwandt. Die einzigen Verwandten, die sie noch hatte, waren eine uralte Tante in Neustadt an der Weinstraße und deren Tochter Irmgard, eine Versicherungsangestellte, die noch immer bei ihrer Mutter lebte, obwohl Irmgard inzwischen über Fünfzig war. Tante Anna hatte ihre Eltern früh verloren. Und den Ehemann im Krieg, gefallen in Rußland. Mit einundzwanzig Vollwaise und Witwe. Die beiden waren nur vierzehn Tage verheiratet gewesen, dann mußte er an die Front. Tante Anna hatte nie wieder geheiratet. Des hett isch ääfach net gekennt, sagte sie, obwohl isch schunn noch Chance ghabt hett. In ihrer kleinen Wohnung hingen überall gerahmte Schwarzweißfotos, die zeigten sie als junges Mädchen neben Erwin. Antonia erinnerte sich daran, daß es früher, als sie ein Kind war, während der Messe in St. Hildegard manchmal Aufregung gegeben hatte um Tante Anna. Die war ein paarmal, während der Wandlung, in Ohnmacht gefallen, wegen des Weihrauchs und weil sie einen niedrigen Blutdruck hatte und vielleicht auch wegen der Inbrunst. In letzter Zeit war das nicht mehr passiert, weil jetzt kaum noch Weihrauch benutzt wird und Tante Annas Blutdruck gestiegen war. Als Otto und Renate Armbruster frisch verheiratet waren und Otto Armbruster noch ein schlecht verdienender Beamtenanwärter beim Speyrer Tiefbauamt, hatte Tante Anna dem jungen Paar die kleine Wohnung im Parterre vermietet. Sie wohnt seit jeher im zweiten Stock. Als Kind war Antonia nirgendwo lieber als oben bei Tante Anna. Die verzierte die Butterbrote mit immer neuen Mustern, die sie mit der Gabel durch die dick aufgestrichene Butter zog. Die las Antonia so lange Geschichten aus einem alten, gut riechenden Märchenbuch vor, bis Antonia die Geschichten auswendig konnte. Dr. Enderlein hatte gesagt: Tante Anna war Ihre erste große Liebe. Das stimmte wahrscheinlich, auch wenn Antonia diese Bemerkung ziemlich erschreckt hatte. Seit die Armbrusters ausgezogen waren, hatte Tante Anna mit ihren Mietern nur Ärger. Im Augenblick wohnte ein junger Neuseeländer unten im Parterre, was der arbeitete, hatte Tante Anna nicht zu fragen gewagt, und einen Mietvertrag hatte sie auch nicht abgeschlossen, um den neuen Mieter nicht zu kränken durch so viel Mißtrauensbekundung. Der Neuseeländer sieht noch am ehesten aus wie ein armer Student. Antonia war einmal dazu gekommen, als Tante Anna gerade versuchte, ihn in die Geheimnisse der Mülltrennung einzuweihen. De Babbedeggl in die Dudd. Der arme Student hatte hilflos gelächelt und kein Wort gesagt. Ganz sicher hatte er nichts begriffen. Der verstand kaum Deutsch, geschweige denn Pfälzisch. Tante Anna hatte nicht begriffen, daß sie nicht zu begreifen war. Isch habs ihm schunn so oft erklärt, der machts ääfach net. Die sinn scheins ganz annerschd in Neuseeland. Jetzt kam sie Antonia auf der Treppe entgegen, Toni mein Schatz, wie schää, daß de mol widder do bischd, bei der Umarmung wäre sie fast aus dem Gleichgewicht geraten, Antonia fing sie gerade noch ab. Tante Anna wurde immer kleiner. Als sie saßen, fragte Antonia, was Tante Anna von Pfarrer Magins Fehltritt halte. Auch Tante Anna wechselte sofort den Gesichtsausdruck, wie es Renate Armbruster getan hatte, jedoch kriegte sie nicht deren dramatische Miene, sondern eine kämpferische. Des schdimmt net! rief sie aus. Des is net wohr! Sie wisse das einfach. Die Speyrer seien schlimm, die tratschten so gern, und da sei eben das Gerücht entstanden. Wahrscheinlich, weil diese Frau und der Pfarrer aus ein und demselben Dorf stammten und sicher deswegen öfter mal miteinander gesprochen hätten. Öfter als der Pfarrer mit anderen spreche. So stelle sie sich das vor. Die Frau würde den Kommunionkindern Unterricht geben, auch deshalb habe sie mit dem Pfarrer ja ständig zu tun, da müsse sicher vieles geregelt werden und besprochen. Isch wääß genau, daß es net schdimmt, sagte Tante Anna. Denn der Pfarrer habe noch letzten Sonntag die Messe gelesen, und des hett er doch net gmacht, wenn er mit dere Fraa ... Sie sprach es nicht aus. Des hett er jo net gedirft, sagte sie triumphierend. Und dann wolle sie Antonia noch etwas anderes sagen dazu. Sie beugte sich zu ihr herüber, als würden sie hier, in ihrem kleinen, vollgestopften Wohnzimmer, belauscht. Isch war aach schun des Opfer, flüsterte Tante Anna. Antonia verstand nicht. Des Opfer vun so Gerüchde! Antonia wisse doch, daß Direktor Weiß sie manchmal nach der Kirche nach Hause fahre. Direktor Weiß war der Organist von St. Hildegard, seit Antonia denken konnte; er wurde Direktor genannt, weil er einmal Leiter einer Volksbankfiliale war. Inzwischen war er seit ungefähr einem Vierteljahrhundert im Ruhestand. Er wohnte in der Langensteinstraße, nur ein paar Häuser von Tante Anna entfernt. Als er sie einmal nicht gefahren habe, seien verschiedene Leute auf sie zugekommen, darunter Schwester Josef Maria, und hätten gesagt: *wo ischn dein Freund, Anna?* – Das müsse ich mir mal vorstellen: sogar Schwester Josef Maria habe so gesprochen, als ob alle Welt annehme, daß sie, Anna Jakob, Herrn Direktor Weiß zum Freund habe. Sie habe kein Wort darauf erwidert, einfach geschwiegen habe sie, und siehe da, eines Tages sei das Gerücht verstummt gewesen. So gehe das zu in Speyer. Und daß der Pfarrer jetzt die Pfarrei verlasse, das halte sie für ganz richtig. Des is zu schlimm far denn, schloß sie. Aber sie beteilige sich nicht am Gespräch über den Pfarrer.

Nur wenn sie gefragt werde, sage sie ihre Ansicht. Aber niemand würde ihr glauben. Nur Antonia! Wie schön sei es doch gewesen, daß sie sich wieder einmal ausgesprochen hätten. So reden könne sie halt nur mit ihr.

Auf ihrer Mobilbox hatte Christian hinterlassen: Das Skifahren sei wunderbar, die Sonne, der Schnee, wenn Antonia das erleben könnte! Und tatsächlich, wenn er den Abhang hinunterkurve, sei es ein wenig so, als wäre sie neben ihm. Er könne auch sagen: *Ich bin bei dir.* Er verlange von sich und von ihr, daß sie die Zeit überstünden *wie nichts.* Da sie, Antonia und er, ja ohnehin zusammen seien. Natürlich meinte er damit: *innerlich* zusammen. Geistig. Gedanklich. Diese Sätze nahm sie ihm übel. Sätze wie aus einem Lore-Roman. Boulevardkomödiensätze. Ehemannsätze. Waren die deshalb schon verdächtig, weil sie wie hundertmal gehört klangen? Antonia lag im Bett, genauer auf der linken Seite des alten Schleiflack-Doppelbettes von Otto und Renate Armbruster; die hatten es vor einigen Jahren ausrangiert zugunsten eines Raumschiffes aus Nußbaum und das alte Bett in Antonias ehemaligem Zimmer aufgebaut. In diesem Bett war Antonia wahrscheinlich gezeugt worden. Experimentellere Örtlichkeiten traute sie ihren Eltern nicht zu. Obwohl man die eigenen Eltern wahrscheinlich unterschätzt, weil man sich sowieso nicht vorstellen kann, daß sie sexuelle Wesen sind. Antonia würde Christian nicht vor Mitte Januar wiedersehen, das stand fest. Am 6. Dezember hatten sie sich zuletzt getroffen, für hastige drei Stunden, Christian hatte auf einer Durchreise in Stuttgart halt gemacht; Übernachtung unmöglich, da er kein Alibi hatte. Ich kann dir einen Vorwand erfinden, hatte Antonia ihm angeboten, schon ahnend, daß er sich für einen schlechten Lügner halten würde, seltsam, ein Philosoph denkt sich die Welt zurecht, aber ein simples Alibi kriegt er nicht zusammen. Und Christian hatte auch prompt geantwortet, Vorwände seien nicht sein Metier, die habe er noch nie gebraucht, die ganze Ehe lang nicht, damit wolle er jetzt nicht anfangen. Daß er sie mit dieser Antwort unwillkürlich eingereiht hatte in seine Frauen-Fremdenlegion, in die Bademantelfrauenriege, hatte er gar nicht gemerkt. Antonia holte ihn vom Bahnhof ab, sie schliefen sofort miteinander; Antonia hatte alles hergerichtet gehabt, um anschließend noch eine kleine Mahlzeit zuzubereiten, das ließ er nicht zu. Das lohnt sich doch nicht, ich kann im Zug essen. Obwohl sie mehrfach beteuerte, wie gerne sie ihn bekochen würde. Christian war zum ersten Mal im Tazzelwurm gewesen, ungern, er hatte Moritz nicht begegnen wollen. Daß sie nach allem gierte, was nach gemeinsamem Alltag aussah, begriff Christian nicht. Der hatte sie am liebsten im Edelrestaurant vor sich. Der wollte sie beide am liebsten als Feiertag. Allerdings nicht an Feiertagen. *Sonntags nie.* Antonia hatte auf dem Bahnsteig zwischen den Gleisen 15 und 16 gestanden und geheult, als Christian in den ICE nach München gestiegen war. Alles in ihr hatte gegen diese Trennung rebelliert. Das war nicht genug! Sie hatte das Gefühl gehabt, ihr Körper brenne jetzt erst recht vor Verlangen nach Umarmung. Als sei er erst durch die Berührungen Christians daran erinnert worden, was er tagaus tagein vermißte. Die Zeit sollten sie *überstehen wie nichts*, hatte Christian hinterlassen. Daß er das für möglich hielt, war schon eine Kränkung. Für sie war das doch schwerer als für ihn, vor allem jetzt, da die Geschichte vom GV im Arbeitsbuch nachwirkte wie ein Zeckenbiß. Das konnte ja wieder passieren, daß Elisabeth Bleibtreu ihr Recht geltend machte, und dann würde Christian doch mindestens wieder eine Beschwichtigungs*manipulation* anbieten, wenn nicht mehr. Der würde glatt strammstehen vor Ehegewohnheit, auch wenn Christian nur noch sie, Antonia, wollte. Sein Schwanz ist Pragmatiker! Antonia sieht Christian mit DER FRAU vor einer halboffenen Türe stehen, Antonia ist hier nur zu Besuch und weiß nicht, wohin die Tür führt, Christian umarmt DIE FRAU, das Haus ist riesig, hinter einer anderen Tür entdeckt Antonia ein Schlafzimmer, dort hat sie nur eine Abstellkammer vermutet. Ein Bett mit blauem Bettzeug und zwei zerknautschten, dicht nebeneinanderliegenden Kissen. DIE FRAU kommt vom Friseur zurück, sie hat jetzt einen blonden Pagenkopf. Sie sieht schön und jung aus. Antonia hört, wie Christian zu DER FRAU *Schatz* sagt. Antonia will hier weg, sofort. Aber sie kann nicht weg ohne ihre Socken. Sie weiß, die Socken sind in einem Berg schmutziger Wäsche versteckt. Sie durchwühlt den Wäscheberg, aber die Socken findet sie nicht. Den muß man nicht deuten, dachte sie, als sie aufwachte. Christian hat recht.

Das Schwierigste war immer das mit den Kerzen. Elektrische Kerzen, aufgezogen auf meterlange, dünne Kabel, die Kabel waren tannengrün, damit sie im Geäst nicht auffielen. Wenn man das Kerzenkabelgewirr nach einem Jahr aus dem Dunkel des Kartons befreite und zum Leuchten bringen wollte, ging für gewöhnlich gar nichts, eine der siebzig Kerzen war kaputt oder zu locker, und man wußte nicht welche und mußte an jeder einzelnen herumschrauben, bis man die fand, die das weihnachtliche Kettenleuchten sabotiert hatte. Die Kerzenkette hatte Otto Armbruster in den frühen achtziger Jahren gekauft. Er stand vor dem Baum auf der Leiter, hielt das Ende der Kette hoch in die Luft und gab Antonia Anweisungen, in welche Richtung sie die Kette um den Baum zu drapieren habe. Im Radio lief Musik von der Sorte, für die Waltraud die Bezeichnung Jubelbrause hatte. Nachher würden Conni und Dieter zur Bescherung kommen, Otto Armbruster würde den Sekt kaltstellen und seinen besten Anzug anziehen, er würde die Weihnachtsgeschichte aus der Bibel vorlesen und vorher in einer kleinen Rede zusammenfassen, wie es jedem der Anwesenden im letzten Jahr ergangen war und daß man froh sein konnte, noch gesund zu sein, und beisammen. Schon bei den ersten Worten würde Antonias Mutter feuchte Augen kriegen, spätestens dann, wenn sie an die Reihe kam. Weiter nach unten, rief Otto Armbruster, sonst reicht es nicht bis zur Steckdose! In die Jubelbrause hinein wimmerte Antonias Handy, ihr Vater schaute ungeduldig, mach's kurz, sagte er, sie ließ die Kerzenkette los und zog mit dem Handy ab in die Diele, Christians Stimme, atemlos, im Hintergrund Geräusche, er mußte an der Liftstation sein, es hat einen furchtbaren Krach gegeben, rief Christian, *hier ist alles bekannt.* – Was? – Sie hat die Telefonkarte gefunden, im Anorak, rief Christian, er klang, als sei er auf der Flucht und fürchte, jeden Moment entdeckt zu werden, so war es wahrscheinlich auch. Antonia wußte gar nicht, wo sie zuerst hindenken sollte. Sie hat deinen Anorak durchsucht?, fragte sie ungläubig, ja, rief Christian, aber sie hat es schon die ganze Zeit gewußt, daß es *jemanden* gibt. Er berichtete, DIE FRAU habe, wenn sie morgens miteinander *telefoniert* hätten, am Wohnzimmer-Telefon das rote Lämpchen leuchten sehen, das anzeige, daß auf seinem Apparat telefoniert werde. Und sie habe gewußt, er sei noch im Bademantel. Und die Regelmäßigkeit dieser Morgentelefonate, noch zu früh, um berufliche Telefonate zu sein. Und dann *sei* ja nichts mehr. Er wende sich DER FRAU ja nicht mehr zu. Das habe DIE FRAU natürlich registriert. Weiß sie, daß ich es bin, fragte Antonia, die spürte, daß ihr Gesicht heiß geworden war, sie hatte Angst vor der Antwort, Angst vor Elisabeth Bleibtreu, obwohl sie es sich doch wünschte, daß die wisse, wen ihr Mann liebte und von wem er geliebt wurde. Antonia, ich brauch dich hier, rief ihr Vater aus dem Wohnzimmer, typisch, nur weil Weihnachten ist, meint er, er kann sie behandeln wie eine Fünfzehnjährige, ich komme gleich, rief sie, nein, sagte Christian, und Antonia atmete auf und war gleichzeitig enttäuscht. DIE FRAU habe allerlei Mutmaßungen angestellt, sagte Christian, es gebe da eine Journalistin aus Dortmund, die wolle ihn fortwährend für eine Veranstaltung gewinnen, rufe öfter an, als sie müßte, schreibe Briefe auf violettem Briefpapier und mit goldener Tinte; als deren Name von DER FRAU genannt worden sei, habe er nicht widersprochen. Wieso hat sie bis heute gewartet, wenn sie es schon länger ahnte, fragte Antonia, keine Ahnung, antwortete Christian, das sei jetzt alles nicht wichtig, wichtig sei, daß sich von nun an vieles ändern werde. Sie spürte, daß sie nicht wollte, daß er weitersprach, doch Christian schien endlich an dem Punkt angekommen, den er für das Eigentliche hielt. Seine Stimme verlangsamte sich; er wollte dem Nachfolgenden mehr Gewicht geben. Christian sagte, daß sie von nun an nicht mehr so häufig würden telefonieren können. Nur noch, wenn *man* nicht im Haus sei. Und daß ihre, Antonias und Christians, *Legitimität* unter den neuen Bedingungen schwinden werde. Es sei alles *sehr schwer*. Dann sagte er noch, er hoffe, die Anwesenheit ihres Bruders und seiner Frau werde DIE FRAU davon abhalten, weitere Szenen zu machen. Heute morgen, als DIE FRAU ihn konfrontiert habe, seien die schon auf der Piste gewesen. Die hätten also nichts mitgekriegt. Er wisse nicht, wann er wieder anrufen könne. *Bleibbeimir*, bitte. Die Stimme klang dünn. G*eprügelter Hund*, dachte Antonia. Wie muß er laviert haben, eingeklemmt zwischen dem Bedürfnis, DIE FRAU zu schonen, und dem Bedürfnis, die Wahrheit zu sagen. Oder hatte er dieses Bedürfnis am Ende gar nicht verspürt? Da saß der Stachel, der den Schmerz verursachte, den sie empfand: Christian hatte die Angelegenheit heruntergespielt. Vielleicht sogar als Telefonsex abgetan. Damit DIE FRAU besser zurechtkäme mit dem, was sie entdeckt hatte. Er hatte wieder einmal dem Rollenklischee entsprochen. Er hätte die Chance gehabt, die Wahrheit zu sagen, und hatte es nicht getan.

Er hatte sie verleugnet. Der Satz prangte vor ihr. *Unsere Legitimität wird unter den neuen Bedingungen schwinden.* Das verstand sie jetzt. Hätte er ihre *Legitimität* nicht behaupten können? Sie wollte sich stemmen gegen die Vorstellungswand, die jetzt auf sie zurollte, wollte sich die Szene, die zwischen Christian und Elisabeth Bleibtreu stattgefunden hatte, nicht ausmalen. Wenn DIE FRAU sich beruhigt hatte, würde vielleicht etwas in Gang kommen. Eine Aussprache. Eine Auseinandersetzung. Ein Prozeß, der für Christian und Antonia Gutes bringen könnte … Sie ging hinüber ins Wohnzimmer, ihr Vater schaute sie mißbilligend an, er war der Kerzenkette offenbar alleine Herr geworden und nun dabei, die Silberkugeln in den Baum zu hängen, die kleinen an die obersten, dünnsten Zweige, die mittelgroßen in die Mitte und die großen nach unten, in die breiten Äste. Manchmal ist etwas *wichtig*, Papa, sagte Antonia mit Nachdruck und machte sich daran, die Strohsterne auszupacken, die wie immer ineinander verheddert waren. Ihre Hände zitterten, hoffentlich sah er das nicht. Dem Vater war, was sie gesagt hatte, nicht genug, das merkte sie, deshalb sagte sie noch, das hast du aber gut hingekriegt, sieht wirklich schön aus so. – An dem sind zu wenig Kerzen, sagte Antonias Vater und deutete auf einen der unteren Äste. Ich muß einmal eine Kette nachkaufen. Das sagst du jedes Jahr. Der Vater lachte. Du kannst ja die großen Sterne für den Ast aufheben. Nebeneinander arbeiteten sie die Dekoration ab. Nach einer Weile fragte er, war das ein neuer Mann, er schaute sie dabei nicht an. Otto Armbruster war der Ansicht, das Privatleben, erst recht das Liebesleben seiner Töchter gehe ihn nichts an. Deshalb hatte er auch versucht, sich eines Kommentars zu enthalten, als Conni mit Dieter angekommen war. Ganz war es ihm nicht gelungen. Er hätte sich für Conni einen gewünscht, der ihr hätte *mehr bieten* können. Geistig UND finanziell. Das hatte er Antonia einmal gesagt, als sie alleine waren. Wenn er mit seiner Ältesten alleine war, sagte Otto Armbruster manchmal Dinge, die er sich sonst zu sagen nicht gestattete. Die Frage jetzt war auch so etwas. Solche Fragen erlaubte er sich sonst nicht. Die Frage war beinahe schüchtern gestellt. Antonia spürte ein Ziehen in der Herzgegend. Wie gerne würde sie ihm jetzt eine Freude machen! Und sich! Wie gerne würde sie jetzt von Christian erzählen, von ihm schwärmen, sich hineinreden in dieses süße Gefühl der Ergriffenheit, bis alle Sterne im Baum hingen oder noch viel länger! Bis ihr Vater überzeugt war, dieser Christian Bleibtreu sei ein Hoffnungsträger! Sie wußte nicht, warum sie jetzt an Christian dachte als an den, der mit ihr vor Giorgiones Venus gestanden hatte, vielleicht nur, wie sie jetzt in Zweimeterentfernung vor dem fertig geschmückten Weihnachtsbaum stand und ihn begutachtete, als sei er ein Kunstwerk, mit ihrem Vater neben sich. Er heißt Ohne, sagte sie langsam, Georg Ohne. Komischer Name, sagte der Vater, und was macht Herr Ohne so? Er ist Professor für Kunstgeschichte an der Uni Dresden, sagte Antonia. Ein Ossi? fragte der Vater. Aus Helmstedt, sagte Antonia, er ist einer von Freytags wissenschaftlichen Beratern. Der Vater schwieg jetzt. Sie konnte sich denken, was er noch gerne gewußt hätte. Es gab kein Zurück mehr. Sie sagte: Zweiundfünfzig, geschieden, zwei Töchter, fünfzehn und siebzehn, leben bei der Mutter. Das muß ich mir nachher aufschreiben, dachte sie, ich muß die Daten jederzeit parat haben. Aber sie fand, was ihr da eingefallen war, klang glaubwürdig, ein Geschiedener ist doch glaubwürdiger als ein Lediger, unter Ledigen gibt's doch gar keine Infragekommenden, ein Lediger wäre verdächtig, aber ein sechzehn Jahre älterer Geschiedener, das konnte ihr der Vater abkaufen. Sie konnte diese zarte neue Beziehung ja jederzeit wieder totschweigen, oder mitteilen, daß es doch nichts geworden sei mit Herrn Ohne. Wir verstehen uns sehr gut, sagte sie, aber man muß natürlich noch abwarten. Nichts überstürzen, sagte Otto Armbruster. Gottseidank kam jetzt Renate Armbruster herein, sie hatte Tante Anna zu deren Verwandten hinüber nach Neustadt gefahren, wo Tante Anna jedes Jahr Weihnachten verbrachte. Es wird glatt heute nacht, sagte sie, wollt ihr Kaffee? Mein Gott, ich muß noch die ganzen Geschenke einpacken! Den Baum habt ihr aber gut hingekriegt! Abends, bei der Weihnachtsansprache, sagte der Vater, als er auf Antonia zu sprechen kam, dasselbe wie immer: Für Antonia sei es beruflich ein gutes Jahr gewesen. Dann fügte er noch hinzu: Und was ihre neue *Bekanntschaft* angehe: Antonia solle nicht gleich wieder *alles geben.* Sie solle die Sache *vorsichtig angehen.* Die Mutter schaute überrascht, Conni sah aus wie acht Ausrufungszeichen. Während der Vater die Weihnachtsgeschichte aus der Bibel vorlas, formte Conni mit dem Mund eine stumme Frage: WEISS ER BESCHEID? Antonia schüttelte den Kopf und senkte dann schnell den Blick. Sie hörte die Stimme des Vaters, die Bemühung, beim Lesen die Dialektfärbung kleinzuhalten. Ihr Vater stammte aus Ludwigshafen, die Mutter aus der Hinterpfalz. Pfälzer schämten sich immer, daß sie Pfälzer waren. Und seit Helmut Kohl galt alles Pfälzische ohnehin als Lachnummer. Wenn der Tatort in Ludwigshafen spielte, ließen sie nicht mal die Nebenfiguren den einheimischen Dialekt sprechen. Diesen breiten, weichen Dialekt! Dagegen der Münchner Tatort! Oder der Berliner! Sie schaute hoch. Sie saß ihrem Vater direkt gegenüber. Sie sah in sein Gesicht, er hatte seine Lesebrille auf, das Gesicht eines Mannes, der gern lachte und gern Wein trank, die Glatze hatte sich ziemlich ausgeweitet in den letzten Jahren, der Haarkranz um den Kopf herum war weiß geworden, er sah nicht jünger aus als Christian, obwohl er im Gesicht weniger Fältchen hatte als der, das Gesicht ihres Vaters war rund, er hatte sicher wieder sein Höchstgewicht, wie immer würde er nach den Feiertagen mit dem Abnehmen beginnen. Was würdest du sagen, Papa, wenn du wüßtest, daß ich die Geliebte eines Mannes bin, der ein Jahr älter ist als du? Die Tränen kamen ihr in die Augen, das fiel jetzt nicht auf, die Mutter schniefte ebenfalls schon. Fröhliche Weihnachten, sagte der Vater in die Runde, und Conni rief: Wo ist der Deinhard? Nach der sogenannten Bescherung, die Antonia wie jedes Jahr ein Spannbettuch und einen Schlafanzug einbrachte, eröffnete Conni, daß sie schwanger sei. Als sie das sagte, leuchtete sie beinahe so wie der Weihnachtsbaum. Dieter sah ebenfalls ziemlich stolz aus, auch wenn er das wie üblich durch wenig mehr zum Ausdruck brachte als durch seinen Gesichtsausdruck. Conni brauchte da schon mehr Worte. Sie raste zu ihrer Handtasche, die in der Diele stand, und holte etwas heraus, das auf den ersten Blick aussah wie ein schemenhaftes Schwarzweißfoto der Milchstraße, sich aber als ein Ultraschallbild ihrer Gebärmutter entpuppte. Conni deutete auf eine Stelle, Antonia sah nichts, aber Conni sagte, dies sei das befruchtete Ei. IHR Kind. Sie sei in der sechsten Woche, sie habe schon einen Mutterschaftspaß. Mit eigenen Augen habe sie gesehen, auf dem Monitor des Ultraschallgerätes, wie das Herz schlug. Dabei habe das Ganze gerade mal einen Durchmesser von gut einem Zentimeter. Geburtstermin Ende August. An dieser Stelle war Conni an der Reihe mit dem Heulen, ihre Schminke – sie hatte für den Weihnachtsanlaß volles Make-up aufgetragen und war vor den Feiertagen extra noch einmal ins Sonnenstudio gegangen, das sah man deutlich – geriet um die Augen herum zu einem schwarzblauen Aquarell. Dann erzählte Conni die bisherige Geschichte ihrer Schwangerschaft so ausführlich, wie es angesichts ihrer Kürze eben ging, vom Ausbleiben der Periode bis zum Arztbesuch und dem Moment der Gewißheit. Conni kam ganz eindeutig mehr nach ihrer Mutter als Antonia. Während des Fondues war Connis Schwangerschaft natürlich das einzige Thema. Wie man das alles organisiert kriegen würde. Ein Jahr wolle sie mit dem Arbeiten aufhören, sagte Conni, länger könnten sie sich das nicht leisten. Dieter müsse ja noch Unterhalt für Lena zahlen. Danach wenigstens halbtags, wenn nicht eine dreiviertel Stelle. Die Anilin lasse einem da jede Möglichkeit. Conni arbeitete in der BASF wie Dieter, als Bürokauffrau, Bereich GLD, Global Logistic Distribution. Wir nehmen den Kleinen, das ist ja klar, sagte Otto Armbruster, ich geh' mit ihm wandern, in den Pfälzerwald! Alle lachten, weil er so selbstverständlich vorausgesetzt hatte, es werde ein Junge, und Otto Armbruster sagte auch, ihm stehe jetzt ein Junge zu, nach zwei Töchtern. Daß sich die Eltern freuten, war überdeutlich. Ein eigenes Kind gibt der Ehe von Conni und Dieter *Legitimität*, dachte Antonia bitter. Daß Antonia noch mit einem Kind kommen würde, damit rechneten sie wohl nicht mehr. Ab und zu machte Otto Armbruster Bemerkungen, die besagten, daß man, wenn man als Frau einen Job habe, wie Antonia ihn habe, die Anforderungen dieses Berufes sicher nicht mit den Anforderungen des Mutterseins vereinbaren könne. Gefragt hatte er nie. Antonia hätte auch nicht gewußt, was sie hätte sagen sollen. Ich habe mir immer vorgestellt, eines Tages ein Kind zu haben, aber es sieht so aus, als würde ich das Kinderkriegen verpassen. Hätte sie das etwa sagen sollen? Hätte sie erzählen sollen, daß sie mit einem gewissen Dr. Enderlein, von dem ihr Vater noch nie etwas gehört hatte, obwohl er ein paar Jahre lang der wichtigste Mann in ihrem Leben gewesen war, sogar wichtiger als du, Papa, wenigstens in die Nähe einer Antwort geraten war, einer Antwort auf die Frage, warum das so war. Warum sie das Kinderkriegen bisher verpaßt hatte. Beziehungsweise die Frage *Will ich will ich nicht* überhaupt mied. Und wenn ihr Vater erst wüßte, daß es, wenn man die Antwort hat, gar nichts nützt, daß man sie hat! Das ist vielleicht die größte Enttäuschung. Schön blöd war sie gewesen, eine Zeitlang zu hoffen, das PMS könne sich dadurch in Luft auflösen, daß sie mit Dr. Enderlein bis zur Erträglichkeitsgrenze in den Sümpfen ihrer Mutterbeziehung herumgewatet war. Natürlich hatte sich nichts geändert. Aber sie würde noch immer wetten, daß es da eine Verbindung gab. Zwischen so einer Mutter, wie sie sie gehabt hatte, und solchen Schmerzen. Vielleicht würde sich eines Tages doch noch eine verwegene, sensible Wissenschaftlerin finden, die eine ebensolche Mutter gehabt hatte und ebensolche Schmerzen. Und die würde diese Verbindung beforschen. Kommst du mit in die Christmette, Antonia, fragte Renate Armbruster, natürlich, das stand jetzt an, Conni sagte zu Antonias Überraschung, sie gehe auch mit, sie fühle sich heute abend so. Die Männer wollten zu Hause bleiben und im Fernsehen »Rio Bravo« anschauen. Also gut, sagte Antonia, es kam wirklich nicht mehr darauf an. Einmal im Jahr. Und sie wußte ja, welches Schmerzensgesicht die Mutter aufsetzen würde, würde Antonia nein sagen. Die Kirche war brechend voll, *Einmal im Jahr* war heute nicht nur für Antonia, auf den Bänken standen Kerzen. *Licht aus, Spot an*, raunte Conni ihr ins Ohr, tatsächlich ging gleich darauf das Deckenlicht aus, jetzt nur noch der Kerzenschein. Pfarrer Magin trat gemessenen Schrittes aus der Sakristei, ihm folgten ungefähr zwanzig Fahnenträger, man konnte gar nicht fassen, daß die mit ihren Fahnen in der Sakristei Platz gehabt hatten. Alle standen auf. Er sieht schlecht aus, flüsterte Antonias Mutter, sie meinte offensichtlich den Pfarrer. Antonia sah sich um, die meisten Gesichter kannte sie nicht mehr, aber einige doch: Die da hinten war mit ihr in der Grundschule gewesen. Hieß die Marita? Oder Monika? Marita oder Monika war ziemlich aus dem Leim gegangen und ihre Dauerwellen-Frisur verriet, daß sie den Kampf, den Übergang von der Existenz als *jüngere Frau* zu einer Existenz als *ältere Frau* so lange wie möglich hinauszuzögern, vor einiger Zeit aufgegeben hatte. Neben Marita oder Monika stand ein großer, ebenfalls dicklicher Mann mit schütterem Haar, neben ihm standen drei Jungen, der älteste beinahe so groß wie der Mann und deutlich in der Pubertät, sein Gesicht war übersät mit Aknepickeln, das sah man auch von weiter weg. Der kleinste mochte acht sein. Das war also Maritas oder Monikas Familie. Jetzt drehte der Mann den Kopf ein wenig in ihre Richtung, sie sah sein Gesicht. Konnte das Schorsch sein? Sie konnte es nicht glauben. Das WAR Schorsch Spiesberger, aus der WG im Hasenpfuhl, unten am Dom. Wie oft sie dort gewesen war. Die wildeste WG in Speyer, für sie ein magischer Ort. Das Badewasser hatte man nur mit Hilfe eines Tauchsieders erhitzen können, das hatte Stunden gedauert, aber Schorsch und seine ständig wechselnden Mitbewohner badeten, wenn überhaupt, in der Regel auswärts. Damals hatte es geheißen, er habe Kontakt in die Sympathisantenszene. Über dem großen Küchentisch, an dem alle immerzu hockten und Selbstgedrehte rauchten oder Joints, hatte tatsächlich das Plakat mit der Aufschrift *Wir sind die, vor denen uns unsere Eltern immer gewarnt haben* gehangen. Von wegen, dachte Antonia. *Wir sind die, die Weihnachten auch mit Mitte Dreißig noch bei ihren Eltern verbringen.* Das hatte sie einmal in einem dieser Generationenbücher gelesen, von denen es neuerdings viele gab. Und hatte gleich gedacht: Der Satz ist ein Volltreffer. Aber vielleicht galt er ja nur noch für sie und nicht mehr für Schorsch Spiesberger. Der hatte immerhin eine eigene Familie, wenn sie es sich auch nicht vorstellen konnte, wie es dazu gekommen war, daß er jetzt so neben seiner Dauerwellenfrau stand. Aber mit Frauen hatte Schorsch immer Probleme gehabt, daran erinnerte sie sich noch. Vielleicht war er einfach froh gewesen, daß Monika-Marita ihn genommen hatte. Aber daß er in die Kirche ging? Sicher weil Monika-Marita gläubig war und ihm das abverlangte. Die Orgel schwoll an, dann ertönte der Gesang, mächtiger, als man es den Anwesenden zugetraut hätte, »Stille Nacht«, Antonia kriegte sofort eine Gänsehaut, es hörte sich an, als singe wirklich jeder mit, der hier in dieser Kirche war. Links neben sich hörte Antonia die kleine Stimme ihrer Mutter, rechts neben ihr sang Conni in voller Lautstärke, nicht ohne dabei zu Antonia hinüberzuschauen und zu grinsen. Antonia sang jetzt auch, die Strophen von »Stille Nacht« verlernt man nicht, *Gottes Sohn oh wie lacht*, in ihrem *Roten Kalender gegen den grauen Alltag*, den sie sich in der Berliner Zeit zu jedem Jahresbeginn gekauft hatte, war einmal, auf der Seite des 24. Dezember, eine kleine Karikatur abgebildet gewesen, Maria und Josef vor der Krippe kniend, darin ein breit grinsendes Kind; Josef, dessen Blick gen Himmel gerichtet ist, sagt *Stille Nacht!* und Maria sagt zu Josef: *Owie lacht.* Und in einem anderen Kalender waren am 24. Dezember die Hirten zu sehen gewesen, die fragten Maria und Josef *Wie soll das Kind heißen?* Und Maria antwortete: *Hans-Dieter.* Liebergottichbetefürchristianundmich. Aber ich kann ja nicht beten. Und ich will es auch nicht.

Nichts im Kühlschrank haben, weil frau vor lauter Arbeit nicht zum Einkaufen kommt, ist ja schick, kann man das denn noch schreiben heutzutage, *frau* statt *man*, wohl nicht, da reiht man oder frau sich ein in eine Frauengeneration, zu der ich nicht gehöre, und selbst die Ernstzunehmenden aus dieser Generation schreiben nicht mehr *frau* und oder hängen das Innen an alles, was männlichen Ausgang hat, oder bestehen auf der Frauenquote. Also: Nichts im Kühlschrank haben, weil man vor lauter Arbeit nicht zum Einkaufen kommt, ist ja schick. Wenn der Kühlschrank einer Frau gehört, ist der Beweis, sie sei eine Karrierefrau, beinahe schon erbracht. Diesen zweiten Satz brauche ich nur, wenn ich im ersten Satz nicht *frau* geschrieben habe, sondern man. Ohnehin ist der Kühlschrank nur ein Vorwand. Samstagmorgen, leerer Kühlschrank, weil ich es zu Edeka am Herdweg nicht mehr geschafft habe, nicht wegen der Karriere, sondern vor lauter Warten, na bitte, jetzt sind wir beim Thema, das Thema ist ein Dauerbrenner, da kann man nichts machen und *frau* schon gar nicht, Warten auf Christians Anruf, denn samstags macht Lisbeth Großeinkauf, grast den Markt ab nach Mangold und Mutterkümmel und Ingwer, damit sie Christian bekochen kann so großartig, wie nur sie es kann. Immer wenn ich die knochigen Ingwerknollen bei Edeka im Gemüseregal liegen sehe, denke ich an die knochige Lisbeth. Wahrscheinlich ist sie nicht so knochig wie die Ingwerknollen, aber in meiner Erinnerung ist sie mit der Zeit ein graublonder Ingwerknollen geworden, der Queen nicht unähnlich. Wie großartig sie kocht, Fleisch vom Bio-Bauern und die unglaublichsten Gemüsekombinationen, habe ich mit der Zeit aus Christian herausgefragt, denn ich will ihn auch gerne großartig bekochen, aber an Lisbeths Mutterkümmelgerichte komme ich nicht heran. Da Lisbeth weiß, daß wir die knappe Stunde, in der sie auf dem Markt ist, gerne zum Telefonieren und *Telefonieren* nutzen, nein zum Telefonieren und *Telefonieren* nutzen müssen, um zu überleben, stellt sie uns allerlei Fallen, manchmal fährt sie für Christian deutlich sichtbar mit dem alten BMW davon, um ihn hinter der nächsten Ecke zu parken, sich ins Haus zurückzuschleichen und Christian zu *stellen*; oder sie hört am Apparat 1 mit, was an Apparat 3 gesprochen und geflüstert wird, oder sie sucht die höchstmögliche *Nähe* zum Geschehen und kauert sich hinter eine der Türen zu Christians Arbeitswohnung, um uns zu belauschen und das Mitgehörte zu speichern wie ein Eichhörnchen die Nüsse, damit sie so eine Nußtrophäe Christian Ahnungslos Arglos Bleibtreu an den Kopf werfen kann in einer Situation, in der er nicht darauf gefaßt ist. Vor lauter Angst, daß Lisbeth ihr Ohr an einer der Türen zur Arbeitswohnung plattdrückt, hört Christian schon die Holzwürmer im Gebälk schnaufen und hält jeden armen Holzwurm für Lisbeth. In so einer Stimmung läßt sich natürlich nicht gut *telefonieren.* Darauf spekuliert sie, sage ich zu Christian, der diese Bemerkung *Mahatma-Ghandi*-duldsam überhört. Mal geht Lisbeth ganz früh auf den Markt und ist schon wieder zurück, wenn Christian aufgestanden ist und gerade mal anfängt, ans *Telefonieren* zu denken, aus der Traum, bevor er begonnen hat, mal hält sie uns hin, macht sich erst auf, wenn es schon so spät ist, daß man gar nicht mehr glauben kann, daß sie sich überhaupt noch aufmacht. So war es letzten Samstag. Erst als ich, obwohl ich mir geschworen hatte, mir nie wieder von Lisbeths Einkaufswillkür meine Zeiteinteilung diktieren zu lassen, wieder nicht anders konnte als zu warten, wütend auf Lisbeth, wütend auf Christian Ahimsa Bleibtreu und vor allem wütend auf mich selbst, bis es schließlich eins war und der Edekaladen am Herdweg geschlossen, kam der Anruf. Sie sei aus dem Haus, mit hoher Sicherheit. Sagte Christian vom Apparat 3 aus, momentmoment, er müsse schnell noch das *heimliche Handy* laden. Das Ladegerät ist im Safe, damit Lisbeth es nicht findet und vergräbt oder im Backofen zum Schmelzen bringt, er muß das Ladegerät zuerst aus dem Safe holen. Ich rufe dich vom *drahtlosen Haushandy* aus wieder an. Das tut er auch. Mit dem *Drahtlosen* und mir geht er durch die Flure und die große Diele zum Safe und holt das Ladegerät heraus, dann wieder zurück in die Arbeitswohnung, ich höre ihn beim Gehen atmen, das *heimliche Handy* wird ans Ladegerät angeschlossen und das Ladegerät an den Stromkreis, momentmoment, ich muß was überprüfen, ich habe einen Verdacht, geht mit dem *Drahtlosen* und mir in den Keller zum Stromzähler, entdeckt, daß der sich langsam dreht, kann das sein, daß der Stromzähler sich dreht, nur weil der Akku eines Handys aufgeladen wird, aber sonst ist im Haus keine elektrische Maschine eingeschaltet, also muß es das Handy sein, das den Stromzähler ins gemütliche Rotieren bringt, das hat er gleich vermutet, sagt Christian Sherlock Holmes Bleibtreu. Ich weiß, die Rolle spielt er jetzt für mich, er will mir gefallen, indem er mir zeigt, auch er ist dazu imstande, jemanden zu verdächtigen, sogar eine Heilige zu verdächtigen, sogar DIE FRAU zu verdächtigen, und jetzt verdächtigt er sie, am Stromzähler registriert zu haben, wann er das *heimliche Handy* lädt, denn das wisse sie immer genau, wann er das tue, seltsam, das sage sie ihm auf den Kopf zu, obwohl er das *heimliche Handy* nur hinter dem hintersten Regal seiner Arbeitswohnung ans Ladegerät und das Ladegerät an die Steckdose anschließt und während des Ladens bewacht wie Zerberus, wirklich wahr, nie verlasse er die Arbeitswohnung, wenn das *heimliche Handy* geladen wird, kein Zweifel: DIE FRAU kontrolliert den Stromzähler. Aus dem Keller wieder hinüber in die Arbeitswohnung, besser er telefoniert vom Wohnzimmer aus, dann kann er durch das Fenster beobachten, wann *man* heimkommt, das Ladegerät und das *heimliche Handy* nimmt er mit, im Wohnzimmer legt er das *Drahtlose* und mich beiseite und baut das Ladegerät undsoweiter wieder auf, dann, nach zwei Minuten, weil er keine Ruhe findet und in das Telefonieren mit mir nicht hineinkommt und in das *Telefonieren* schon gar nicht, baut er wieder alles ab und nimmt das *Drahtlose* und das *heimliche Handy* und das Ladegerät und mich wieder unter den Arm und mit in die Arbeitswohnung und steckt den Ladeaufbau wieder zusammen. Der BMW biegt um die Ecke, Christian stöhnt auf, dieses Stöhnen muß also für heute genügen, es ist unerträglich, sagt er ins *Drahtlose* hinein, alles ist unerträglich, und dann: *bleibbeimir*, bitte, trotzdem. Mein Herz ist schwer, mein Kühlschrank leer, Lisbeth packt jetzt das Frischzeug aus, ich muß hinunter zur Tankstelle und etwas Vitaminloses mit Verfallsdatum 1999 zusammenkaufen, das Handy in Bereitschaft. Es kam kein Anruf mehr, bis Sonntag 17.30 Uhr nicht, dabei dachte ich mir nichts, weil Sonntag war, und weil ich mir den Tag damit rettete, zu versuchen, meinen Gefühlen bezüglich ISDN-Anlagen zu mehr oder weniger literarischem Ausdruck zu verhelfen und dann mit meinem Vater vorm Weihnachtsbaum landete, die Kerzenkabel sind schön verheddert, Christian hat gerade angerufen von der Liftstation aus, als Christian anruft, ich will mich gerade darüber freuen, daß er anruft an einem Sonntag, da sagt er: Ich bin auf dem Weg in die Intensivstation, die Nieren, ich kann jetzt nicht sprechen. Was ist passiert? Was hast du?, frage ich entsetzt. Morgen, sagt er. Was haben die Ärzte gesagt? Daß ich ... was machen muß. Ich muß jetzt Schluß machen. Und er legt auf. Ich renne ins Badezimmer und starre mein Spiegelbild an, als könne man, wenn man sein Spiegelbild vor sich hat, besser dem Schmerz nachspüren, den man in sich hat. Klingt das besser: Als könne ich, wenn ich mein Spiegelbild vor mir habe, besser dem Schmerz nachspüren, den ich in mir habe. Es klingt nicht besser. Aber das ist egal jetzt. Die Vorstellung, daß DIE FRAU ihn ins Krankenhaus fährt, sich um ihn sorgt, im Krankenhausflur sitzt, um auf das Untersuchungsergebnis zu warten, an seinem Bett sitzt, nein, das darf sie nicht auf der Intensivstation, aber hinter der Scheibe doch, diese Vorstellung schmerzt mehr als die Vorstellung, Christian könne ernsthaft, vielleicht lebensgefährlich krank sein. Schau dir in die Augen, Kleines: so ist es. Er lebt von ihrer Niere. Die Elisabethniere hat ihn gerettet. Vor vierzehn Jahren. Er hat dir verboten, die Elisabethniere, nachdem er sie dir verraten hat, je wieder zu erwähnen. Tatsächlich hatte ich es geschafft, vom fürchterlichen Ernst seiner Mitteilung geschockt, die Elisabethniere zu … verdrängen. Er hat versucht, aus der Mitteilung einen *Nähe*beweis zu machen. Antonia, du bist außerhalb der Familie der einzige Mensch, der das weiß! Jetzt ist er auf der Intensivstation, sie bei ihm, ihre Niere in ihm. Vielleicht will er sie abstoßen, ihre Niere, meinetwegen! Sein Körper findet es nicht mehr angemessen, daß sie ihn durch ihre Niere beherrscht! Sein Körper trennt sich, wenn er es schon nicht tut! Nicht weiterdenken, Versachlichung, Histokompatibilitätstestung, mehr ist es doch nicht gewesen, unter 14400 genetischen Kombinationen hat diese eine funktioniert, das Opfer, ihr Opfer, für das er ihr was schuldet, sein Leben schuldet, aber was ist, wenn sein Körper das Stück Fleisch aus Lisbeths Fleisch nun loswerden will, um zu leben, dann holt ihn der Tod! Ich schlief kaum in dieser Nacht, und zu allem Überfluß mußte ich Montagmorgen um 7.30 Uhr mit dem ICE nach München, München aushalten, ohne Christian sehen zu können, wenn nicht noch ein Wunder geschah, es geschieht niemals ein Wunder. Produzententreffen auf Einladung des Bayerischen Film- und Fernsehfonds, Udo hatte mich da hingeschickt, das ist doch was für dich, mir ist leider etwas dazwischengekommen, hatte er letzten Donnerstag gesagt und daß jemand aus der Abteilung da hin müsse, nein, selber pitchen müsse ich nichts, nur zuhören, was die anderen so machen, bitte auf Stoffe achten, die international funktionieren könnten, so wie die Geschichte der philippinischen Mörderin. Lars-Heinrichs Film über Amecita haben wir inzwischen in die USA, nach Kanada, nach Spanien und nach Japan verkauft.

Als ich Christian am Telefon mitgeteilt hatte, ich müsse am Montag nach München, hatte er einen Laut von sich gegeben, als gerate er unter Stress, und nach einer kurzen Pause gesagt, tja, das wird furchtbar, dich in der *Nähe* zu wissen. Im Zug klappte ich den mehrere Kilo schweren Ordner auf, den die Teilnehmer des Produzententreffens zugeschickt bekommen hatten. Dem Ordner war zu entnehmen, daß Produzenten aus zwei Bundesländern, Bayern und Baden-Württemberg sowie aus Österreich und der Schweiz teilnehmen würden, und sie würden sowohl Spielfilm- als auch Dokumentarfilmprojekte pitchen. Die Treatments und die Kostenkalkulationen der Projekte waren im Ordner abgeheftet, in alphabetischer Reihenfolge, nach Titeln. Das konnte ich unmöglich bis München lesen. Sowieso konnte ich nichts lesen, wartete nur darauf, daß Christian anrief und mich beruhigte, mir mitteilte, es gehe ihm besser und daß nichts Schlimmes sei, daß die Lisbethniere funktioniere wie immer, und dann wollte ich ihm natürlich noch einmal servieren, daß ich auf dem Weg war in seine *Nähe*, vielleicht würde er ja den Satz der Sätze sagen, *wir können uns treffen*, wo ist egal, Christian, ich treff mich mit dir auch bei McDonalds, verdrück' mich mit dir in jedes Treppenhaus, jede Umkleidekabine von Beck am Rathauseck ist mir recht. Aber Christian rief nicht an. Die Vorstellung, er könne nie mehr anrufen, wollte sich breit machen, Tod durch Nierenversagen, das hat man doch schon gehört, schon bot mir meine aufgewühlte Phantasie die Überschrift des Nachrufs in der Süddeutschen an, diesen Film mußte ich stoppen, sofort. Im Ordner gab es auch ein Register der teilnehmenden Produzenten, ich entdeckte ein paar bekannte Namen, Cormoran-Film – das war die Firma Roland Brackvogels, er hätte wohl lieber Cormoran geheißen als Brackvogel, ab und zu arbeitete er als Autor für FFORMAT, mit Magazinbeiträgen fürs »Leseland« kann man schnelles Geld machen; vor allem wenn es um Lyrik geht, fühlt sich Roland Brackvogel berufen, er sieht sich als Spezialist fürs Allerschwierigste: für die optische

Übersetzung von Poesie ins Vulgärmedium Fernsehen. Als wir ihm Enzensbergers »Kiosk« anvertrauten, hatte er den Sprecher das Gedicht »Hummel Hummel« im Off zitieren lassen und dazu in Slow Motion gezeigt, wie eine unter einem umgestülpten Glas gefangene Stubenfliege bis zur Erschöpfung rotiert. Die Aussicht, Roland Brackvogel in München zu begegnen, freute mich nicht gerade. Der würde mich sogleich als Adressatin ausmachen für sein großes Lamento darüber, daß im Sender nur noch kulturlose Quotenfetischisten das Sagen hätten und daß Großproduzenten wie FFORMAT, die ihren Einfluß geltend machen könnten, tatenlos zusähen, wie die Kultur aus den öffentlich-rechtlichen Programmen verdrängt werde. Und dann würde er mir einen Film anbieten zum 170. Todestag von Friedrich von Schlegel. Im Taxi in München begannen meine Augen sofort, die Passantenpulks nach Christian abzusuchen. Obwohl ich sicher sein konnte, daß Christian jetzt im Krankenhaus war und keinesfalls in der Gegend um den Münchner Hauptbahnhof. Das Produzententreffen fand in einem Saal der IHK statt, ein Deckengewölbe, das sicher fünfzehn Meter über ihnen war, darunter ein U-förmiger Tisch gewaltigen Ausmaßes, an den Plätzen Mikrophone, um den Tisch herum mehrere Stuhlreihen. Ich kriegte einen roten Punkt ans Revers geheftet. Das ist wunderbar, daß Sie da sind, sagte das Mädchen, das mir den Anstecker gegeben hatte, nachdem Herr Freytag leider krank ist. An einer Längsseite des Riesentisches fand ich das Schild mit meinem Namen und setzte mich hin. Eine schöne, große Frau stellte sich als Moderatorin vor und erklärte die Regeln: Jeder, der ein Projekt pitchen wollte, würde acht Minuten Zeit für die Präsentation haben, dann sieben Minuten, um Fragen zu beantworten. Jetzt half nichts mehr, ich mußte das Handy ausstellen. Die Veranstaltung begann. Schon während des ersten Pitchs machte die Frau, die rechts neben mir saß, Bemerkungen, das wird doch nichts, du liebe Zeit, was für ein dämliches Projekt, ich glaub', ich kann mich nicht mehr beherrschen und muß den Mund aufmachen. Ich sah zu ihr hinüber, sie war ein bißchen zu dick, steckte aber in einem sehr vorteilhaften Zweiteiler im Japanlook, ich tippte auf Kenzo. Es wurde schnell heiß und stickig, obwohl das doch ein großer Raum war, wahrscheinlich ein Klimaanlagenproblem, meine Augen brannten. Christian lag vielleicht im Sterben, und ich saß in einer Medien-Zirkusveranstaltung. Ein junger Schwabe, dessen Name ich nicht verstanden hatte, pitchte im Wechsel mit seiner Regisseurin, einer Absolventin der Münchner Filmhochschule, einen Dokumentarfilm über ein türkisches Dorf, dessen Bewohner überirdische Kräfte hatten. Sie konnten angeblich *sehen*, die Zukunft und auch die Vergangenheit, im Sand zum Beispiel oder im Gestein, oder einfach im Geflirre der erhitzten Luft, und die Theorie der Regisseurin, die bereits mehrere Wochen in dem türkischen Dorf gelebt hatte, war, daß sie das konnten, weil es dort keinen einzigen Fernseher gab, also die Einwohner das *Sehen* nicht verlernt hatten. Ich weiß, was Sie jetzt denken, sagte die Regisseurin in die Runde, Sie denken, das gibt es nicht, bitte, das SOLLEN die Zuschauer denken, am Anfang des Films zumindest, das habe ich ja auch gedacht, wir sind doch alle Rationalisten, und dann, im Laufe des Films, wenn die Zuschauer die Protagonisten kennengelernt haben, werden sie immer unsicherer, Ende offen, ob es das alles wirklich gibt, bleibt offen, ein Spiel mit dem Zuschauer und seiner Empfänglichkeit fürs Irrationale, es ist ja erwiesen, daß gerade hier in den westlichen Industrieländern die Bereitschaft, ja die Sehnsucht nach dem Irrationalen, dem Unerklärlichen, dem Mystischen undsoweiter größer ist, als man sich das eingesteht. Die Reaktionen waren mehr als anerkennend. Einige Fernsehredakteure waren ganz aus dem Häuschen. Ein bärtiger Österreicher war der nächste, er warb für einen Dokumentarfilm über Maximilian Schell. Er lieferte eine brillante Vorstellung, fing ganz bescheiden an, machte sich klein vor all den bedeutenden Anwesenden und hinter Maximilian Schell, machte den groß, redete von dem, als sei er John

Wayne und Kafka in einem, so leidenschaftlich schilderte er die Schellsche Film- und Lebensleidenschaft, als sei diese Schilderung ein lang ersehntes Outing seiner eigenen geheimsten Film- und vor allem Lebensleidenschaften. Als sei er in Maximilian Schell unglücklich verliebt. Aber vielleicht sah ich schon überall unglücklich Verliebte. Ich ging hinaus und hörte die Mobilbox ab, nichts. Im Spiegel der Damentoilette entdeckte ich, daß in meinem rechten Auge ein Äderchen geplatzt war. Ein großer roter Fleck neben der Pupille. Das passierte in letzter Zeit öfter. Vielleicht passierte es auch, weil Christian mir vor einiger Zeit erzählt hatte, DIE FRAU habe ein rotes Auge und mache ihn dafür verantwortlich. Beziehungsweise mich, natürlich. Sie bekomme das manchmal, wenn sie außer sich gerate, hatte Christian gesagt. Als ich in den Saal zurückkam, pitchte Roland Brackvogel ein Projekt, mit dem er den alten Freytag schon vor Jahren genervt hatte. Verfilmung eines Romans von Antonio Tabucchi, »Piazza d'Italia«. Damals hatte er das als Schauplatz-Film geplant gehabt. Inzwischen war also aus dem Dokumentarfilmprojekt ein Spielfilmprojekt geworden. Hauptrolle vielleicht Michel Piccoli. Mindestens aber Vittorio Gassmann. Vier Jahre habe er, Brackvogel, am Drehbuch gearbeitet. Um seine Nervosität zu überspielen, redete er überlangsam und schnaufte zwischendrin laut. Literaturverfilmungen, sagte ein Redakteur, das ist das Schwierigste überhaupt. Die Dicke neben mir sagte laut, wenn's nicht Jane Austen ist, schaut sich so was keiner mehr an. Ein dritter ergänzte, ihm sei nicht deutlich geworden, was das Besondere an dem Stoff sei. In seiner Not verlor Roland die Beherrschung, die er sich auferlegt hatte, und rief beleidigt: Die Stadtverwaltung von Borgo findet das Projekt ganz toll! – Kann ich mir vorstellen, sagte einer trocken, die hätten ja auch was davon. Roland hatte verloren, aus vorbei Prüfung nicht bestanden, niemand im Saal signalisierte Interesse, sich auch nur das Drehbuch anzusehen. In der Mittagspause meldete die Mobilbox zwei Anrufe, zuerst Udo, hallo Baby, hast du

Spaß mit den Produzenten, hast du dir schon einen ausgesucht, hör' mal, kannst du morgen im Schneideraum zwei vorbeischauen, die haben Überlänge und wissen einfach nicht, was sie noch rauskürzen sollen, ich hab' denen gesagt, dreiundvierzigdreißig und keine Sekunde mehr, werd' bloß nicht weich, weich werden sollst du nur bei mir. Dann, endlich, Christians Stimme, tiefer und langsamer als die Udos, es geht wieder, heute nacht keine Beschwerden, gar nichts, war wohl falscher Alarm, wahrscheinlich kann ich schon morgen wieder nach Hause. Wo bist du denn, wieso ist dein Handy aus bist du in einer Sitzung, also bisspäterbisspäter. Offensichtlich hatte er vergessen, daß ich heute in München sein würde. Ich sank auf einen Stuhl und blieb da ein paar Minuten. Dann holte ich meine Tasche aus dem leeren Saal und ging. Fuhr mit der U-Bahn bis zum Marienplatz, rannte hinüber in die Maximilianstraße und in der Seitenstraße in den Kenzoladen, auf die beiden überirdisch farbig biegsamen, Asienglamour verströmenden Mädchengeschöpfe zu. Mit einer dunkelgrüngold gleißenden, in einen Hosenanzug gebannten Landschaft verließ ich den Laden. Leider muß ich zugeben, daß es mir, als ich sie zu Hause noch einmal anprobierte, sofort ganz unmöglich vorkam, so etwas jemals zu tragen. Mein ganz und gar nicht asiatisch aus dem Hosenanzug herauswachsendes Gesicht nahm sich über dem grüngoldenen fernöstlichen Garten einfach grotesk aus.

Im Taxi stellte ich das Handy wieder an und sprach Christian auf die Mobilbox, ich sei auf dem Weg zurück nach Stuttgart. Der Zug hatte Verspätung, als ich am Bahnsteig wartete, rief er endlich an, es ist alles zum Kotzen, sagte er, daß du jetzt wieder wegfährst, ist zum Kotzen. Samstag nacht sei er aufgewacht, die Leihniere tobt; Kolik, habe er vermutet, inzwischen, nachdem er auf der Intensivstation wieder habe denken können, müsse er es für möglich halten, daß es sich weniger um eine Kolik gehandelt habe als um einen Vertrauenszusammenbruch, er habe vielleicht geglaubt, daß die Lisbethniere sich einfach weigern müsse, in seinem Körper weiterhin zu funktionieren. Bitte, sagte er, bevor ich etwas sagen konnte, jetzt nicht, kommentieren kannst du das später. Trotzdem mußte ich sofort mitteilen, daß ich das, was er Vertrauenszusammenbruch nannte, befürchtet hatte. Christian kriegte einen Liebesanfall und mußte ungefähr zwanzig Mal Schatz! Schatz! ins Telefon hineinrufen. So laut rief er nur ins Telefon hinein, wenn er alleine war, alleine im Haus oder, wie jetzt, in einem Krankenhauszimmer, seine Stimme klang ganz frei, wie erlöst. Hat DIE FRAU irgendein Gefühl dafür, daß sie an deinem Zustand nicht ganz unschuldig sein könnte, fragte ich, nein, sagte er langsam, immerhin, er sagte nur nein, mein Vorwurf war nicht widerlegt. Als ob er DIE FRAU jetzt doch rehabilitieren müsse, fügte er hinzu: Letzte Nacht hat sie wohl eine Zeitlang an meinem Bett gesessen. Sie will mich jetzt pflegen. Verleih' ihr einen Orden, sagte ich, innerlich schon wieder schmerzkrumm. Der Zug fuhr ein, ich schrie, weil der Zug so einen Lärm machte und überhaupt weil ich jetzt schreien mußte, legt sie die Hand auf deine Stirn, wenn du schläfst, oder noch woanders hin? *Ich glaube nicht*, sagte Christian und dann sagte er noch etwas, aber wegen des Getöses war das nicht zu verstehen, dann klickte es, er hatte aufgelegt. *Ich glaube nicht*, wenn einen das nicht mißtrauisch machen darf, jetzt würde ich also mit einem *Ich glaube nicht* nach Stuttgart zurückfahren müssen, und mit Roland Brackvogel, der kam schnaufend auf mich zu, um den Hals hatte er einen weißen Johannes-Heesters-Schal, obwohl es nicht kalt war; gerade noch geschafft, gut daß der Zug Verspätung hat, so ein Glück, daß ich dich hier noch treffe, dann können wir endlich einmal wieder in Ruhe miteinander reden!

Christian las. Antonia saß in der ersten Reihe. Daß sie in der ersten Reihe saß, hatte sie Professor Frischmuth zu verdanken. Der hatte in letzter Minute noch dafür gesorgt, daß sie den Gattinnenplatz bekam, obwohl der Saal überfüllt war und sie, Antonia, nicht eingeplant. Christian saß an einem Tisch keine fünf Meter Luftlinie von ihr entfernt, der Tisch stand auf einer Bühne, sie sah sein Gesicht von schräg unten, sie sah, wie sich das Knitterpapier verzog, wenn er sprach, und wenn sie ihre Finger mit einer Bewegung, die, wenn sie Glück hatte, nachdenklich wirkte, an ihre Nase hielt, konnte sie ihn riechen. Christian las aus seinen Notizen zu »Schopenhauer, mein Erzieher«. Immer häufiger las er jetzt aus dem, was er *Angefangenheiten* nannte. Da er über Pläne immer gern Auskunft gab, wurde er immer öfter eingeladen, aus seinen *Angefangenheiten* vorzutragen. Daß er seit langem an »Schopenhauer, mein Erzieher« schrieb, hatte natürlich auch die Schopenhauer-Gesellschaft erfahren und ihn deshalb zu ihrer Jahrestagung nach Weimar eingeladen. Im Zug hatte er gemeint, er sehe sich nicht veranlaßt, über Schopenhauer hinauszugehen. Ihm sei nicht wichtig, was Schopenhauer an Kant und sonstwo vermißt habe, ihm sei allein das Unüberholbare jedes Lebens, jeder Lebensleistung wichtig. Daß Schopenhauer zuerst geglaubt habe, sich noch einmal mit dem *Ding an sich* herumschlagen zu müssen, sei's drum, aber daß er, wie Nietzsche es formuliert habe, *gleichermaßen geschrieben wie gelebt* habe, daß ein Philosoph nicht nur ein großer Denker, sondern ein wirklicher Mensch sein müsse, dieses Praxisbedürfnis, ohne das alles nichts ist, habe er bei Schopenhauer erlebt, deshalb reise er mehr herum, als er sollte, ach! So redete er immer, so zu reden stand ihm gut, fand sie. Die *Angefangenheiten* las er, als lese er sie sich selber vor. Einmal (in einem Mitropa-Restaurant?) hatte er ihr erklärt, Schopenhauer sei der Ansicht gewesen, ein Philosoph dürfe in erster Linie für sich schreiben, nur dadurch, daß er für sich schreibe, könne er für alle schreiben. Wenn Christian manchmal zwischen den Zeilen aufschaute, schien er darüber zu staunen, daß ihm zugehört wurde. Das konnte er, sich wundern über seine Wirkung. Es war Routine. Eine Masche. Virtuosität. Trotzdem glaubwürdig. Es war erlebt von ihm, jedesmal, das zog die Leute an. Sie wurden Zeugen einer fast intim zu nennenden Handlung. Am liebsten hätte Antonia sich umgedreht und die Leute hinter sich beobachtet, deren Reaktion sie nur als Raunen oder Rauschen wahrnehmen konnte. Sie hätte gerne ihre Gesichter gesehen. Dem Raunen und Rauschen nach hatten die Zuhörer wieder Kindergesichter vor Teilnahme. Und die konnte sie jetzt nicht studieren. Das war der Nachteil der ersten Reihe. Sie war stolz auf Christian. Natürlich hatte sie keinerlei Anteil daran, daß er so geworden war, wie er jetzt war, aber sie war trotzdem stolz auf ihn. *In den Augenblicken der Liebe spannte sich die Welt, und die Falten des Herzens klebten nicht mehr aneinander.* Das war Handke, sie hatte die Zeilen einmal in das *Heft für wichtige Zitate* eingetragen, wann hatte sie aufgehört, dieses Heft zu führen? Was sie da hineingeschrieben hatte, konnte sie auswendig für alle Zeiten, eben weil sie es da hineingeschrieben hatte. Wo war das Heft? Seit dem letzten Umzug hatte sie es nicht mehr in der Hand gehabt. Sie tippte sich mit den Fingern an die Nase. Da war er, sein Geruch, wie ein warmer Hauch. Als sie den vorhin, im Zimmer 312 des Hotel Elephant, zum ersten Mal seit Wochen wieder in die Nase gekriegt hatte, hatte sie geheult. Es war der achte Februar, im Januar hatten sie sich nur einmal gesehen, und nur für drei Stunden, und nur, weil Antonia einen ihrer Wenn-dann-Sätze ins Telefon hineingeschmettert hatte, diesmal offensichtlich verzweiflungsecht, so daß Christian vor Schreck mit einem verwegenen Vorschlag gekommen war. Wenn ich dich vor dem achten Februar nicht sehen kann, dann will ich dich überhaupt nie mehr sehen! – Du könntest herkommen, hatte er langsam gesagt. Nach Harlaching. – Wie bitte? – Drei Stunden kann ich fortbleiben, ohne daß das *bemerkt wird.* – Wieder sein Schonungspassiv! Verbarrikadiert DIE FRAU hinter der Leideform, das paßt wie die Faust aufs Auge! Ich hab' sie nicht mehr alle, hatte sie gedacht und war mit ihrem alten Peugeot samstagsmorgens nach München gefahren, hatte die mühselig mitgeteilte Waldstraße zwischen Harlaching und Grünwald gefunden, den Parkplatz auch, war vom Parkplatz aus in den schmalen Weg hineingebogen, dann nach links bis zum Trimm-Dich-Pfad, dort das Auto abstellen, Christian wartete schon, er war mit dem Fahrrad gekommen. Nachdem in Harlaching nun *alles bekannt war*, hatte er begonnen, täglich Fahrrad zu fahren, mitten im Winter. DER FRAU gegenüber hatte er behauptet, nach dem Skiurlaub müsse er das jetzt einfach beibehalten, sich einmal am Tag an der frischen Luft verausgaben. Und fuhr einmal am Tag mit dem Skianorak bis zum Trimm-Dich-Pfad und dann noch bis zur Telefonzelle. Von dort rief er Antonia an. Die Telefonkarten versteckte er im Durcheinander seiner unteren Schreibtischschubladen. *Telefonieren* konnten sie so natürlich nicht mehr. Er sagte höchstens: Ich spür dich, oder: Es zieht mir alles zusammen, oder: Es wird mir warm in einer bestimmten Gegend. Daß er nicht deutlicher werden konnte, verstand Antonia. Telefonzellen haben Ohren, jedenfalls machen sie den Eindruck. Christian kam ihr entgegen, sie stieg aus dem Auto, dicht vor ihr blieb er stehen und schaute sie an wie das achte Weltwunder. Sie dachte: Den Blick hat er sich vorgenommen, als Entschädigung für den längsten Winter der Welt, und sie sagte, gib dir keine Mühe. Leider war es dann aus mit der Reserviertheit, die sie sich vorgenommen hatte, und sie hing an seinem Hals, sein Mund war süß und warm. Ich habe eine Decke mit, sagte sie, ich auch, sagte er. Wir können ins Auto, sagte sie, aber Christian wehrte so empört ab, als habe sie vorgeschlagen, bei einem schlechten Italiener Pizza essen zu gehen. Vielleicht fürchtete er, in dem kleinen Auto die Rücksitzakrobatik nicht mehr hinzukriegen. Sie fragte nicht weiter. Christian hatte einen Plan, er zog sie an der Hand in den Wald hinein. Es lag Schnee, immerhin, es mußte über null Grad sein, der Schnee taute. Am Trimm-Dich-Pfad ist eine kleine Hütte, sagte er, naja, eher eine überdachte Bank. Auf dieser Bank also, zwischen zwei Wolldecken, ihr Hintern war eiskalt, sie schaffte die Selbstvergessenheit nicht, statt dessen äugte sie ständig auf den Trimm-Dich-Pfad hinaus, ob jemand sie beobachte. Wie lächerlich sie aussehen mußten. Sie hatte den Eindruck, daß Christian das auch so empfand. *Liebesakt am Trimm-Dich-Pfad.* Das erzähl' ich nicht mal Waltraud. Und trotzdem, dachte sie, es ist hundertmal besser als nichts. Sie war darauf gefaßt gewesen, daß die Trennung nach diesen drei Stunden – es waren dann doch nur zwei; länger, meinte Christian, könne eine Fahrradtour bei diesem Wetter einfach nicht dauern –, weh tun würde, aber die Lebensgrausamkeit, Christians ans Fahrrad gelehnte Gestalt im Rückspiegel kleiner werden zu sehen, war ziemlich sicher nicht mehr zu überbieten. Heute waren die Bedingungen anders gewesen, Hotel Elephant, Zimmer 312, das Badezimmer ein Spiegelkabinett in Schwarz, Weiß und Silber, das Bett eine überdimensionale Liegewiese. Manchmal fragte sie sich, ob sie ihre Freundinnen nicht doch befremdete, weil sie von diesem nicht mehr jungen Mann so angezogen war. Waltraud vermutlich nicht, die war ja einiges gewöhnt. Aber Barbara? Mußte die nicht insgeheim denken: Wie kann die mit dem? Und sich vorstellen, wie das ging? Obwohl Barbara unlängst im Büro im Hin und Her mit Udo Unwiderstehlich einen für ihre Verhältnisse ziemlich guten, ironischen Vortrag gehalten hatte über die Empfänglichkeit von Frauen für die *Erotik des männlichen Intellekts.* Beispiel Friedrich Küppersbusch und Harald Schmidt, denen näherzukommen sie durchaus nicht abgeneigt wäre, wenn sich Gelegenheit böte. Obwohl die beiden ja nicht gerade das seien, was man gutaussehend nennen könne. Aber eben: die Erotik des Intellekts. Während es – leiderleider – erwiesen und erlitten sei, daß weiblicher Intellekt für Männer nicht erotisch sei, sondern abschreckend. Udo hatte protestiert, aber die weibliche Mehrheit der Anwesenden hatte ihn niedergemacht. Christian sieht heute noch besser aus als Friedrich Küppersbusch und Harald Schmidt zusammen, dachte Antonia, während sie ihn, der jetzt Lese-Eremit war, von unten betrachtete. Ihr wurde von innen her ganz warm. Wie Antonia mit dem Altersunterschied zurechtkam, hatte Barbara nie gefragt. Waltraud auch nicht. Gefragt hatte allein Conni. Als sie Antonia im November in Stuttgart besucht hatte. Sie hatten nachts nebeneinander im Bett gelegen. Wenn Conni Antonia besuchte, schlief sie immer bei ihr im Bett, obwohl in Antonias Arbeitszimmer eine Schlafcouch für Gäste bereit stand. Zwei Schwestern in Schlafanzügen, zwei Schwestern unter einer Decke – es gibt nicht mehr viele Gelegenheiten, sich zurückzuversetzen, eigentlich nur noch *Stille Nacht* in St. Hildegard. Und in so einer Situation hatte Conni gefragt. Wie es denn *sei* mit dem. *Im Bett.* Daß sie jetzt mit Antonia in deren Bett lag, hatte ihr eine gewisse Berechtigung gegeben, zu fragen. Und eine überrumpelte und wehrlose Schlafanzug-Antonia hatte zu antworten begonnen, hatte sich in eine Ausführlichkeit hineingeredet, die ihr für dieses Gebiet nicht lag, aber es war so schön zu schwärmen, davon, wie eines zum anderen paßte, wie Christian ihr entsprach, und wie er ihr erst recht entsprochen hätte, wäre da nicht der Altersunterschied! Christian mit sagen wir vierundvierzig! Das wär's gewesen! Schon hatte die gnadenlos-besorgte Conni die Bestätigung für das, was sie geargwöhnt hatte: daß sich Christians Alter *bemerkbar* mache im *Bett.* Daß Antonia etwas fehle. Antonia hatte das so gar nicht verstanden haben wollen. Sie vermißte doch nichts! Christian vermißte sie, wenn er in Harlaching war. Und das sagte sie auch. Ich vermisse nichts! IHN vermisse ich, wenn er nicht da ist! Dann sagte sie noch, *dreimal hintereinander geht es natürlich nicht mehr.* Damit hatte sie aus der Situation eine Hollywood-Komödienszene machen wollen. Sie hätte den Satz nicht sagen sollen. Conni spielte nicht mit. Die antwortete prompt und schlicht und unbarmherzig: *Also, ich könnte das nicht.* Klar, was sie meinte. Sie könnte nicht schlafen mit einem, der so alt war. Connis Mann Dieter war zwei Jahre älter als Conni und machte Bodybuilding. Antonia hatte in die Dunkelheit gestarrt und gedacht: Ich habe sie überfordert. Conni war immun gegen die *Erotik semi-prominenter Senioren.* Obwohl Christian wohl kaum zu jener Spezies gerechnet werden konnte, die man *Senioren* nennt, jeder Depp konnte das sehen, konnte durch das bißchen Knitterpapier hindurch auf den Gesichtsgrund des jungen Mannes sehen, der dahintersteckte! Oder nicht? Conni hatte Christian natürlich noch nie persönlich zu Gesicht gekriegt, aber daß sie *das nicht könnte* mit einem so viel Älteren, wußte sie genau. Antonia hätte sich nicht gewundert, wenn Conni noch hinzugefügt hätte, ich könnte auch nicht mit einem Hund schlafen. Connis Verständnislosigkeit hatte weh getan. Sie hatte das Gefühl gehabt, Christian vor Connis Verständnislosigkeit schützen zu müssen. Trotzdem hatte sie den Fehler gemacht, Christian am folgenden Tag, am Telefon, von diesem schwesterlichen Dialog zu erzählen. Christian hatte gebrüllt. Daß sie so über ihn geredet hatte! Du weißt nicht, was ich sonst noch gesagt habe über uns!, hatte sie entsetzt gerufen. Es hatte nichts mehr genutzt. Es war das erste WIRKLICHE Zeichen seiner Verletzbarkeit gewesen. Seiner Schmerzgrenze. Als Christian, in einer Manila-Nacht, den *Nähe*-Pakt geschmiedet hatte, hatte sie gleich gewußt: das geht schief. Aber sie waren im Pathos ihrer ersten Nacktheit und fühlten sich wie die ersten Menschen, wie das erste Paar, da kann man nicht die Pandora-Büchse aufmachen und den Satz hereinlassen: das geht schief. Er denke über nichts mehr nach als darüber, wie zu leben wäre mit *den Zahlen*, hatte Christian gesagt, und um die Bedeutung des Gesagten herauszustellen, hatte er zwischen den Satzhälften eine lange lange Pause gemacht. Und wenn Antonia auch der Ansicht sein möge, *die Zahlen* seien weniger problematisch als sein Verheiratet-Sein, so sei es doch für ihn klar: *die Zahlen* seien das einzige WIRKLICHE Problem. Weil *die Zahlen* objektiv seien. Gegen *die Zahlen* angehen könnten sie nur mit *Nähe.* Wenn sie einander alles mitteilten, so genau, wie es noch nie zwei Menschen einander mitgeteilt hätten, jeden Vorbehalt, jede Sehnsucht *woandershin.* Obwohl er, Christian, sich nicht vorstellen könne, sich in seinem Leben noch einmal *woandershin* zu sehnen. Ich auch nicht!, hatte Antonia gerufen, aber Christian hatte abgewunken. Bitte, du darfst nie *verschweigen aus Rücksicht,* bitte kein Pflegerinnensyndrom, versprich mir das, Antonia! Sonst haben wir beide, das unmögliche Paar, keine Chance, die Unmöglichkeit zu überwinden. Sonst werde ich vor dir zur lächerlichen Figur. Ich kann alles aushalten, was du tust oder denkst oder fühlst, wenn du es mit mir teilst, denn das bist ja du, die das tut oder fühlt oder denkt, und ich glaube nicht, daß ich je etwas, was von dir kommt, unaushaltbar oder unannehmbar finden kann! Und eines mußt du wissen: ich hatte das noch nie, ein *wirkliches* Gespräch hatte ich noch nie, in all den Jahren nicht. So hatte Christian gesprochen, nicht wie der Lese-Eremit vor ihr, sondern vor Ernst und Absicht förmlich zerberstend, als stehe er kurz vor seiner eigenen Kernschmelze, und das Körperliche, das dann folgte, war genauso. Sie spürte ein leichtes Pulsen. Ihr Unterleib erinnerte sich an vorhin. Danach hatte sie Christian mit großer Geste das *heimliche Handy* überreicht. Damit das ein Ende hat mit den Fahrradtouren im Schnee, hatte sie gesagt. Es läuft auf meinen Namen, die Rechnungen krieg' ich. Du mußt es nur gut verstecken. Christian hatte sich gefreut. Bäuchlings im Bett liegend waren sie die wichtigsten Funktionen des Handys gemeinsam durchgegangen. Als erstes will ich deine Handy-Nummer speichern, hatte Christian gerufen, aber bis sie das geschafft hatten – dieses Handy gehörte schon wieder zu einer anderen Generation als ihr eigenes, sie mußte mehrfach die Gebrauchsanweisung zu Hilfe nehmen –, verging einige Zeit. Dann war Christian hastig aufgesprungen und hatte sich angezogen, weil ihm einfiel, daß ihm nicht mehr einfiel, um wieviel Uhr er mit Professor Frischmuth verabredet gewesen war. Er glaube, um sieben. Leider wisse er auch nicht mehr, wo.

Wahrscheinlich dort, wo die tagten. Jahrestagung der Schopenhauer-Gesellschaft. Die Unterlagen muß er in Harlaching vergessen haben. Am besten, er geht jetzt hinunter und läßt sich mit dem Taxi dahin fahren. Er wird Antonia im Lesepublikum ausfindig machen und zu ihr hinsehen! Von wegen, dachte Antonia in Richtung des Lese-Eremiten, kein einziges Mal hast du zu mir hergeschaut. Als sie vorhin unten an der Rezeption den Zimmerschlüssel abgegeben und sich erkundigt hatte, wo die Schopenhauer-Gesellschaft tage, war es passiert: Die Hotelangestellte hatte HIER IST SIE! gerufen, ganz laut, wer war gemeint, tatsächlich, Antonia war gemeint. Hatte Lisbeth Bleibtreu sie steckbrieflich suchen lassen, die Hotelangestellte zeigte mit dem Finger auf Antonia und blickte sie nicht an, sondern an ihr vorbei, in die Ferne des Foyers hinter ihr, einen schrecklichen, winzigen Augenblick lang hatte Antonia gedacht, wenn ich mich jetzt umdrehe, steht sie da, DIE FRAU, wahrscheinlich mit einem Gewehr, wahrscheinlich mit einem Jagdgewehr aus dem Familienerbe, auf mich gerichtet, nein, da stand ein weißhaariger Mann im dunklen Anzug, daneben eine dunkelhaarige Frau, die ganz sicher nicht Lisbeth Bleibtreu war, sondern die Ehefrau des Weißhaarigen, das sah man gleich, gleiches Alter, gleiche dezente Eleganz. Daneben natürlich der gemeinsame Sohn. Die drei kamen jetzt auf Antonia zu, deren Mund wurde trocken, der Mann streckte ihr die Hand entgegen und sagte Wie schön, daß wir Sie noch erwischen, Frau Bleibtreu, ich bin Günther Frischmuth. Wir waren mit Ihrem Mann um halb acht hier verabredet. Antonia wurde ganz schwindlig vor Schreck. Er ist schon … äh … dort, hatte sie gestottert, das macht doch nichts, hatte Professor Frischmuth gesagt, wir nehmen Sie mit dem Wagen mit. Auf dem Weg zum Auto hatte sich Frau Frischmuth nach dem Wetter in Harlaching erkundigt, jetzt hatte Antonia nicht mehr anders gekonnt, sie war stehengeblieben, hatte tief Luft geholt und gesagt: *Ich bin nicht Frau Bleibtreu, aber ich bin mit Herrn Bleibtreu hier. Mein Name ist Antonia*

Armbruster. Die hatten nicht mit der Wimper gezuckt, ihre Freundlichkeit veränderte sich kein bißchen. Es liegt nur an mir, hatte Antonia sich zu beruhigen versucht, während sie hinten im Wagen gesessen und aus dem Fenster gestarrt hatte, wenn ich damit selbstverständlich umgehe, bin ich anderen auch selbstverständlich. *Alles, was im Traum ist, bist du selbst.* Auch wenn der Traum Wirklichkeit ist und außerdem ein Alptraum. Das Haus, in dem die Tagung stattfand, war voller Menschen, mehr Männer als Frauen, die meisten in dunklen Anzügen, alles Philosophen, sagte Professor Frischmuth und lachte, keine Sorge, wir finden ihn schon. Antonia erwiderte so munter wie möglich: Man erkennt ihn am Anzug, außerdem ist er sowieso dort, wo es etwas zu trinken gibt. Volltreffer – sie fanden Christian im Gedränge vor dem Ausschank, er hatte verblüfft geschaut, als Antonia an der Seite von Professor Frischmuth vor ihm aufgetaucht war. »Für Schopenhauer«, las Christian, »war das eo ipso Polemische des Denkens eine Bedingung; ich möchte sie die idealistische Bedingung schlechthin nennen. Erinnern Sie sich daran, wie er unsere Arbeit im Bienenstock abbildet, wie dort, sagt er, nur eine Königin sein könne, so könne – Zitat – nur eine Philosophie an der Tagesordnung – Zitatende – sein. Ihn gegen sich selber in Schutz nehmend oder ihn dann doch, allerdings belehrt, verlassend, kann man sagen, daß es eben die Systeme sind, die so – Zitat – ungesellig – Zitatende – sind, nicht aber die Existenzen. Als Existierende sind wir einsam. Da wir alle diese Bedingungen teilen, sind wir als Einsame gesellig. Und erfahrene Einsamkeit reagiert nicht mehr polemisch, sie fragt nicht mehr nach der Tagesordnung anderer. Sie mißt sich an der universalen Tagesordnung der Natur. Sie ist von allen möglichen Interessen die höchste. Von allen möglichen Texten der reichste. Von allen möglichen Erfahrungen die schönste. Ich danke Ihnen.« Der Beifall war anhaltend, Christian verbeugte sich ein paarmal, wie immer lächelte er nicht, schaute eher erstaunt drein, als sei er soeben aus einem langen Traum erwacht. Was stand jetzt auf den Programm? Antonia wußte es nicht, also abwarten, was passiert, in Christians *Nähe* bleiben, soweit das ging, der war schon umringt von zwei Dutzend Philosophen, nein, die Philosophinnen waren in dieser Gruppe eindeutig in der Überzahl; Antonia stellte mit Genugtuung fest, daß keine davon hübsch oder jung war, selbst wenn man mit jung unter Vierzig meint, und erst recht keine hübsch UND jung. Wahrscheinlich mußte man sich bereits philosophisch in die Unansehnlichkeit hineingeforscht haben, bevor man Mitglied dieser illustren Gesellschaft werden durfte. Ein paar Philosophenmänner blickten auch neugierig zu Antonia hinüber, als könnten sie nicht glauben, was sie sahen. Schönheitskurve steigend. Gute Voraussetzungen für diesen Abend. Hier sind Sie ja! Das war Frau Frischmuth. Es sei ein Tisch reserviert im Keller-Restaurant des »Elephanten«, sagte sie. Nur Frischmuths, Professor Dettlinger von der Schopenhauer-Gesellschaft mit Frau und ein Bleibtreu-Doktorand aus Leipzig, na der sei vielleicht nervös, Christian Bleibtreu endlich persönlich kennenzulernen, nachdem er sich schon jahrelang mit nichts beschäftige als mit ihm! Was ist denn sein Thema, fragte Antonia, genau wisse sie es nicht, antwortete Frau Frischmuth, aber es gehe um so etwas wie das Sprachvertrauen im Denken Christian Bleibtreus. Im Auto, auf dem Rücksitz des Frischmuthschen Mercedes, konnte Antonia Christian gerade noch zuflüstern: Die wissen Bescheid. Das macht doch nichts, sagte Christian und drückte kurz ihre Hand. Im Lokal saß sie rechts neben ihm. Gattinnenplatz. Und Christian duzte sie vor allen, zum ersten Mal. Trotzdem fühlte sich Antonia *illegitim* in dieser Runde. Ihr gegenüber saß Frau Dettlinger, sicher Ende Fünfzig, grauer Haarknoten und eine eierschalenfarbene Chiffonbluse mit Kragenschleife. Unter der Bluse zeichneten sich ein Unterhemd und ein ziemlich gewaltiger BH ab. Dagegen war Antonia Audrey Hepburn, das stand so fest wie Frau Dettlingers Busengebirge. Und schaute Frau Dettlinger sie nicht auch an wie eine einzige Mißbilligung? Jedenfalls gab es keine direkte Konversation zwischen ihnen, Frau Dettlinger war ganz zu Christian hinübergewandt und Antonia hätte nicht gewagt, ihr eine konversationseröffnende *Was machen Sie so*-Frage zu stellen. Mit dem Doktoranden konnte sie auch nicht reden, der saß links von Christian und war vollauf damit beschäftigt, jedes Christianwort aufzusaugen. Gottseidank saßen rechts von ihr Frau Frischmuth und deren Sohn. An die konnte sie sich halten. Was machen Sie so? Der Sohn erzählte, daß er in Berlin Orientalistik studiere, an der Humboldt-Universität. Nach fünf Minuten waren sie unwillkürlich ins Du übergegangen. Antonia fühlte sich dadurch einerseits wohler, andererseits noch unbehaglicher. Den *Senioren* am Tisch mußte die Tatsache, daß sie sich ausgerechnet mit Frischmuth Junior angeregt unterhielt, noch krasser deutlich machen, wie unpassend viel jünger sie war. Und natürlich wußten die Dettlingers, daß Christian seit Jahrzehnten eine Ehefrau hatte, daheim in Harlaching. Professor Dettlinger sah nicht so aus, als habe er seine Frau je betrogen. Er war der Typ Ingwerknollen. Knochig und klein. Während des Essens begannen Christian und Professor Frischmuth eine lebhafte Unterhaltung über Heideggers Tao der Gelassenheit. Professor Frischmuth erzählte, daß er einige Jahre Gastprofessor in Tokyo gewesen sei. Das Interesse der Japaner am Spätwerk Heideggers sei nach wie vor enorm, er habe das zuerst nicht verstanden, wo doch die Japaner das technikgläubigste Volk der Welt seien. Die Teller wurden abgeräumt, Antonia wollte sich eine Zigarette anzünden, da rief Professor Dettlinger zu ihr hinüber: Bitte nicht rauchen! Glauben Sie mir, ist auch gut für IHRE Gesundheit! Sie saß wie gelähmt. In ihren Mundwinkeln zuckte es. Sein Ton war das gewesen, was Otto Armbruster *wie aus dem Offizierskasino* genannt hätte. Frau Frischmuth legte beruhigend die Hand auf Antonias Arm. Antonia dachte: Ich muß sofort gehen. Und sie dachte: Das kann ich mir nicht bieten lassen. Haben Sie mal Heideggers Laotse-Übersetzungen in der Hand gehabt, rief Christian, er war bester Stimmung, es war zu spüren, daß er Professor Frischmuth mochte; Antonia konnte jetzt nichts mehr berechnen, nicht, wie das wirkte, was sie jetzt tat, noch konnte sie verhindern, was sie jetzt tat, sie beugte sich hinüber zu Christian und flüsterte ihm ins Ohr, Professor Dettlinger hat mir das Rauchen verboten, deswegen muß ich sofort gehen, aber ich kann nicht gehen, ohne ihm die Meinung gesagt zu haben. Aus den Augenwinkeln registrierte sie, daß Professor Dettlinger sie beobachtete. Der wußte, was sie Christian jetzt geflüstert hatte! Christian schaute sie liebevoll an und legte für einen kurzen Moment seinen Kopf auf ihre Schulter, das sollte heißen: nimm das doch nicht so ernst. Wahrscheinlich hatte er gar nicht kapiert, was geschehen war. Er wandte sich schon wieder zu Professor Frischmuth hinüber. Die Stimmung, in der sie war, hatte er nicht erfaßt. Wie sollte er auch. Sie war hysterisch. Sie wollte von diesem Tisch weg, einfach gehen, und brachte es nicht fertig. Aber die Dettlingers schickten sich jetzt zum Gehen an. Als ihr Professor Dettlinger zum Abschied die Hand gab, sagte er: Und Sie sind mir nicht böse? Antonia sah ihn an. Daß jemand Rauch nicht verträgt, verstehe ich, sagte sie langsam. Aber Ihren Ton, die Art und Weise, wie Sie das zum Ausdruck gebracht haben … Sie mußte schlucken und konnte nicht weitersprechen. Professor Dettlingers Gesicht dicht vor ihr entgleiste jetzt und wurde eine merkwürdige Fratze. Dann muß ich Ihnen aber auch sagen, schnarrte es aus der Fratze heraus, daß ich äußerst irritiert war darüber, daß *eine Dame* nicht fragt, ob sie rauchen darf. Das muß ich Ihnen schon sagen! Und ohne eine Antwort abzuwarten, drehte die Fratze ab und wandte sich zu Christian, um sich während des Drehens wieder in das Gesellschaftsgesicht Professor Dettlingers zu verwandeln. Christian schüttelte ihm heftig die Hand. Als die Dettlingers weg waren, ließen sich Antonias zuckende Mundwinkel nicht mehr stabilisieren. Sie heulte und heulte und schämte sich entsetzlich dafür, daß sie heulte. Professor Frischmuth schaute ein bißchen verwirrt, er hatte vor lauter Heidegger-Tao von Antonias Schwierigkeiten nichts mitbekommen. Irgendwie mußte sie das jetzt erklären, sie tat es, so gut das schluchzend und heulend ging. Es war sowieso nichts mehr zu retten. Sein Ton war wirklich unmöglich, sagte Frau Frischmuth und tätschelte Antonias Hand. Der Doktorand berichtete, Professor Dettlinger sei dafür bekannt, daß er es nicht möge, wenn Frauen in seinen Seminaren Hosen trügen. Antonia hatte nicht gewußt, daß es so etwas heutzutage noch gab. Es tat ihr gut, das zu hören. Du bist aber auch sehr empfindlich, sagte Christian, der ist sicher Allergiker und entsprechend panisch. Die sind alle so! Jetzt auch noch das: Christian nahm Professor Dettlinger in Schutz. Das war eine stellvertretende Verurteilung, widersprach Frau Frischmuth. Für etwas anderes. Antonia blickte sie dankbar an. Frau Frischmuth war die einzige am Tisch, von der sie sich verstanden fühlte. Natürlich, dachte Antonia, so etwas begreift nur eine Frau. Eigentlich fand sie Aussagen über DIE Männer oder DIE Frauen meistens unzutreffend. Aber die erlaubte sie sich jetzt. Für Sie ist eine Nachricht da, sagte die Hotelangestellte an der Rezeption zu Christian, als sie den Zimmerschlüssel holten. Er riß gleich den Umschlag auf und nahm die Notiz heraus. *Ihre Frau bittet Sie dringend, zu Hause anzurufen.* Uhrzeitangabe 22.50 Uhr und 23.15 Uhr. Jetzt wußten die an der Rezeption also auch, daß sie nicht Frau Bleibtreu war. Wahrscheinlich hatten sie es von Anfang an gewußt, denen genügt ein Blick und sie sehen den Paaren die bestehenden Verhältnisse an. Kannst du nicht morgen anrufen, sagte Antonia, als sie im Aufzug standen, ausnahmsweise? Christian seufzte und sagte, vielleicht ist etwas passiert. Besser ich bringe es gleich hinter mich. Während Christian telefonierte, blieb Antonia im Bad. Sie wollte nicht zuhören. Sie hatte das Gefühl, er sei ihr dankbar dafür. Im Spiegel sah sie ihr verquollenes Gesicht. Christian öffnete die Tür zum Bad und sah zerschmettert aus. Was ist, fragte sie alarmiert. Nichts, sagte er zögernd. Gar nichts. Sie hat nur geweint. Gewimmert hat sie. Der einzige Satz, den sie gesagt hat, war der Satz: Du bist dort nicht alleine. Wenn er Lisbeth-Sätze berichtete, hatte sie immer den Eindruck, er lege sie auf ein Samtkissen, bevor er sie aussprach. Sicher kam das daher, daß Lisbeth nicht viel redete. Dadurch kriegte jeder Lisbeth-Satz das Prädikat *besonders wertvoll.* Antonia hätte das gerne gekonnt: Mit ein, zwei Sätzen bedeutungsvoll sein. Das Eigentliche zur Sprache bringen durch Weglassen. Leider konnte sie nicht anders als viele Worte zu machen, zwanzig Sätze für einen Gedanken, das war gar nichts, sie wollte eben immer genau sein. *Aber für gewöhnlich sind die Worte nicht in der Gewalt des Menschen, sondern der Mensch in der Gewalt der Worte.* Hofmannsthal, Chandos-Brief. *Erörtern Sie diesen Satz unter Einbeziehung Ihrer erworbenen sprachphilosophischen und literarischen Kenntnisse.* Fünfzehn Punkte hatte sie für ihre Abiturarbeit bekommen, im Benotungssystem der MSS, Mainzer Studienstufe, das war eine Eins plus. Sie war eine Einserschülerin gewesen. Das hatte sie natürlich nirgendwo zugeben dürfen, weder in Speyer, in der WG im Hasenpfuhl, noch später, in Berlin. Der Hofmannsthal-Satz hatte sie tief berührt, ja genau, darum ging es, um so viel Sprachbeherrschung wie möglich, die Grenzen meiner Sprache sind die Grenzen meiner Welt! Das waren Erweckungssätze gewesen damals. Heute unbenutzbar, weil verkommen zu intellektuellen Gassenhauern. Sogar im Feuilleton der Speyrer Tagespost werden sie dreimal im Monat zitiert. Als sie jetzt vor Christian stand und losschimpfte, die Sätze schrie, einen nach dem anderen, die Vorwurfssätze, die Empörungssätze, die sie jetzt einfach schreien mußte, wußte sie, noch während sie schrie, daß sie von jener Genauigkeit, nach der sie sich damals gesehnt hatte und nach der sie sich immer noch sehnte, nicht weiter entfernt sein konnte als eben jetzt. Du hast mich im Stich gelassen vorhin. Du hast mich nicht ernst genommen. Mich hat einer beleidigt, und du hast den noch verteidigt! Zusammenschlagen müssen hättest du den, für mich! Es mußte gesagt, es mußte geschrieen sein.

Der Zug hatte Verspätung; sie kam erst nach elf in Stuttgart an. Als das Taxi in den Tazzelwurm einbog, sah sie, daß am Haus ein Baugerüst hochgezogen war, bis hinauf zu ihr unters Dach. Moritz wollte also tatsächlich Ernst machen. Schon lange hatte er angedroht, er werde das Haus hellblau streichen lassen. Und anschließend den *glückseligen Donald* an der vorderen Fassade anbringen und mit einem Scheinwerfer von unten anleuchten. Der *glückselige Donald* war gut zwei Meter hoch und beinahe ebenso breit, die Figur hatte während der Ausstellung »Die Ente ist Mensch geworden« an der Außenwand des Gutenberg-Museums in Mainz gehangen. Donald Duck schreitend, mit in die Luft emporgerecktem Kopf und dem Ausdruck reinster Glückseligkeit in seinem Entengesicht. Als Moritz den gesehen hatte, war es um ihn geschehen gewesen. Sofort hatte er mit dem Museum zu verhandeln angefangen, er zahle jeden Preis, wenn er die Figur nach dem Ende der Ausstellung kriegen könne. Schließlich hatte er es geschafft, für tausendzweihundert Mark, dabei war der *glückselige Donald* bloß aus Spanholz. Moritz hatte die Figur durch ein Unternehmen für Kunsttransporte nach Stuttgart bringen lassen. Der *glückselige Donald* war verpackt gewesen wie die Mona Lisa, als er vor ein paar Wochen im Tazzelwurm angekommen war. Antonia blickte skeptisch die Hauswand hinauf. Hellblau! Und zunächst einmal vier Wochen lang Bauarbeiter vorm Badezimmerfenster morgens um halb acht! In den unteren Stockwerken brannte kein Licht mehr. Im Schlafzimmer stellte sie den Fernseher an. Es war Sonntag, der Kulturreport schon vorbei, also auf 3-Sat »Der Kommissar«. Das ideale Programm, um aus einem Sonntagabend und erst recht aus einem Wochenende wie diesem in den Schlaf und in die neue Woche zu kommen. Während sie ihre Reisetasche auspackte, hörte sie Geräusche, die sie nicht einordnen konnte, neugierig ging sie hinüber zum Fernseher, da stand Erik Ode in einem Wohnzimmer reicher Leute, hinter einem Empire-Schreibtisch saß Peter van Eyck, Umschnitt auf Marianne Koch, schätzungsweise in Antonias Alter, Hochfrisur, schwarzes, ärmelloses Minikleid. Peter van Eyck sagte zu Erik Ode: Machen Sie sich nicht lächerlich, ich war den ganzen Abend hier, das hat Ihnen meine Haushälterin doch bestätigt. Die Geräusche wurden lauter, es raschelte und knackte und dann klopfte es, das kam nicht aus dem Fernseher, das Klopfen wurde fordernd, Antonia blieb fast das Herz stehen, das kam aus Richtung der beiden Fenster, aber sie konnte nichts erkennen als ihre eigene, sich spiegelnde Gestalt, hinter den Scheiben war nur Nachtschwärze, ich muß das Licht ausmachen, dachte sie und tastete sich zum Schalter. Jetzt lief nur noch der Fernseher und spendete bläulich-fahles Licht, Marianne Koch sagte: Nein, ich habe nichts gesehen. Gar nichts. Sogar Tante Anna hätte gemerkt, daß Marianne Koch log. Kein Zweifel: Hinter den Fensterscheiben war jemand. Eine große Gestalt. Es klopfte jetzt so laut, daß Antonia dachte, die Fensterscheibe müsse zerspringen, und dann sah Antonia Moritz' Gesicht ganz dicht hinter der Scheibe. Sie stürzte zum Fenster und öffnete es. Moritz stand auf dem Baugerüst. Beziehungsweise er stand nicht, sondern wankte wie ein Kahn auf stürmischer See. Endlich, sagte er, i hab denkt, du kapierschs nie. Er grinste und geriet durch das Grinsen in noch heftigeres Wanken. Sie wußte sofort, was los war. Sie half ihm hinein. Er hatte seinen schwarzen Seidenschlafanzug an und an den nackten Füßen Birkenstock-Sandalen. Bist du wahnsinnig? Weißt du, wie tief das da hinunter geht? Wenn du abgestürzt wärst ... Der wankende Moritz blickte stolz auf sie hinab. I bin verzweifelt, sagte er mit schwerer Zunge, wenn du heute nicht heimgekommen wärst, hätt' ich mich umgebracht. Das hast du beinahe auch so, sagte Antonia, wieviel hast du genommen? Wois i nimmer, sagte Moritz triumphierend. Alkohol?, fragte Antonia. Im Augeblick nix, danke, sagte Moritz und rülpste. Du mußt was trinken, sagte sie, du mußt jetzt viel Wasser trinken. Sie half ihm auf den Stuhl in der Küche. Moritz stürzte mehrere Gläser Wasser hinunter und putzte auch die Käsebrote weg, die sie ihm verabreichte. S' isch aus, sagte er, ich hab sie erwischt. Sie war nicht meditieren, sie war bei Hansi in Waiblingen. Ich bin ihr heimlich nachgefahren. Ich hab sie erwischt. Wo ist Nicole jetzt?, fragte Antonia. Unten, bei den Kindern, sagte Moritz. In mei Bett kommt die nimmer. Als Antonia ihn ins Erdgeschoß in sein Schlafzimmer bringen wollte, wehrte sich Moritz heftig. Ich kann nicht durchs Treppenhaus, sagte er, die Stufen knarren, wenn die Blondine hört, daß ich bei dir war, ischs aus. Ich hab' gedacht, das ist es sowieso, sagte Antonia, aber Moritz hörte gar nicht zu. Sie hat gesagt, sie hätten nur miteinander geredet, sagte er statt dessen und stierte vor sich hin. Der Hansi hat Abstehohren. Ich versteh das nicht. Kann ich bei dir schlafen? Die Blondine hat morgen Frühdienst in der Praxis, ab sechs kann ich wieder nunder. Na gut, sagte Antonia, ich richte dir das Gästesofa, aber Moritz tapste bereits auf ihr Bett los und plumpste kopfüber hinein. Sobald er drin lag, wälzte er sich auf den Rücken und setzte sich auf, so gut er in dem Zustand konnte. Kommsch du?, fragte er erwartungsvoll. Ich schlafe auf dem Sofa, sagte Antonia, bitte net, sagte Moritz, ich hab doch nur dich. Daa da da da dada, kam es überlaut aus dem Fernseher, das war die Schlußmusik des »Kommissars«. Schon als Kind hatte Antonia jedesmal einen Schreck gekriegt, wenn die plötzlich einsetzte. Sie dachte: ob ich das Christian erzähle, kann ich ja morgen überlegen. Ich geh' noch ins Bad, sagte sie. Als sie neben ihn schlüpfte, schlang er den Arm um sie, ohne die Augen zu öffnen. Moinsch, jetzt bassierd was?, fragte er, dann war er weg.

Zwischen Elisabeth Bleibtreus gepiepten Grüßen Barbaras Stimme: Sie habe Salat gekauft, ich hätte vermutlich nichts im Kühlschrank und sei doch wohl über das Wochenende alleine, ob man ein bißchen reden könne? Ihrer Stimme war anzuhören, daß es ein Akt äußerster Selbstbeherrschung war, nicht gleich die ganze Last der Ereignisse auf meinem Anrufbeantworter abzukippen. Sie war zu Dreharbeiten in Berlin gewesen; natürlich, so hatte sie mir gesagt, versuche sie NICHT damit zu rechnen, IHN wiederzusehen, sie wisse ja, wieviel ER zu tun habe. Sie hatte Matthias Maginter also vermutlich in Berlin gesehen. Ich rief sie zurück. Wie war's bei dir, fragte sie aus Höflichkeit, sie wußte, daß ich Christian in Tübingen getroffen hatte, ich machte es kurz, ihr zuliebe. Doi Läbe isch dr Hammer, sagte Barbara, um dann die Kurve zu kriegen und auszuführen, daß auch ihr Leben inzwischen der Hammer sei. Sie erzähle mir alles nachher beim Essen, meinte sie noch, dann war kein Halten mehr. Ja, sie hätten einige Male telefoniert, Matthias und sie, sie habe die Gespräche mitgeschnitten, *nur so*, um hinterher noch einmal hineinhören zu können, bei ihrem neuen digitalen Anrufbeantworter sei das nur ein Knopfdruck; sie habe ihm am Telefon mitgeteilt, daß sie beruflich nach Berlin müsse, er habe gleich gesagt, daß er sich *sehr freue*, sie zu sehen und das mehrmals wiederholt, leider habe er in dieser Woche einen Termin nach dem anderen, es könne halb elf werden, wenn überhaupt. Sie habe bis acht gedreht, mit einem freien Team, schrecklicher Kameramann, sie sei dann ins Westin Grand gefahren, geduscht und gewartetgewartetgewartet, dann ruft die Rezeption an, Herr Maginter erwarte sie unten, so ist er eben, ruft gar nicht mehr an, kommt gleich vorbei, penghierbinich, sie habe sich noch schnell die Lippen nachgezogen, mit zitternden Fingern, dann hinunter; im Foyer, direkt vor der Rezeption, kommt er auf sie zu, nimmt sie in den Arm und küßt sie auf den Mund. Was machen wir jetzt. Vielleicht was trinken gehen?, sie. Ich will mit dir schlafen, er. Ob ich so eine Direktheit schon jemals erlebt habe! Sie habe dann aus Verlegenheit gelacht und gesagt: So? Schön! Wo? – So was Blödes, mehr als diese drei Worte habe sie nicht herausgebracht, nur So? Schön! Wo? – Hier oder bei ihm, ganz wie Barbara wolle. Bei dir, habe sie entschieden, und schon seien sie auf dem Weg gewesen, sie habe ihren Zimmerschlüssel nur noch aufs Pult knallen können, die an der Rezeption hätten geschaut, als ob sie jedes Wort mitgekriegt hätten. Tatsächlich habe er nur fünf Minuten vom Westin Grand entfernt seine Wohnung, in Mitte, in der Schützenstraße. Sie solle sich nicht wundern, habe er unterwegs zu ihr gesagt, die Wohnung sei leer, er halte sich da nur zum Schlafen auf, sonst sei er immer im Verlag oder unterwegs. Es sei für kurze Zeit *schwierig* gewesen, er habe ihr zum Beispiel gesagt, sie solle nicht *rechnen* mit ihm, mit ihm könne man nicht *planen*, und obwohl er ihr damals seine Handy-Nummer gegeben habe – was sie nach wie vor als Zeichen des Vertrauens werte –, habe er durchblicken lassen, daß künftig nur kurze Benachrichtigungen möglich seien, keine langen Telefonate. Im Bett neben ihr liegend, habe er von seiner Familie gesprochen. Sie gleich: sie wisse, daß er Familie habe. Darauf er: er wisse, daß sie es wisse. Drei Kinder, sie lebten alle in Hamburg. Da sei er wohl doch ziemlich oft an den Wochenenden. Sie habe ja gedacht, seine Ehe bestehe nur noch auf dem Papier. Näheres habe er nicht erzählen wollen. Sie habe aber gespürt, daß es ihm nicht gut gehe. Beruflich *und* privat. Auf ihre Nachfrage habe er das auch zugegeben. Der Verlag sei keineswegs so erfolgreich, wie es den Anschein habe, sein literarisches Programm rechne sich eben nicht. Als er sie, gegen halb zwei, gebeten habe zu gehen, sei sie verletzt gewesen, aber seine Erklärung habe ihr dann schon eingeleuchtet: wenigstens vier Stunden Schlaf müsse er haben, und wenn sie da neben ihm liege, sei er unruhig, und noch weniger

Schlaf als vier Stunden, das gehe einfach nicht im Augenblick. *Natürlich*, habe er ihr versichert, würde er sie wiedersehen wollen, *falls sich Gelegenheit biete*. Sie mache sich nichts vor, ob sie je wieder von ihm höre, sei ungewiß. Im Grunde müsse sie schon froh sein, daß es diese beiden Treffen gegeben habe. Aber vielleicht kämen ihr da ihre Urängste dazwischen. Jetzt müßten wir aber mit dem Telefonieren aufhören, sonst bleibe für heute abend gar nichts mehr zum Erzählen übrig. Sobald sie aufgelegt hatte, klingelte es erneut. Rate, wer gerade angerufen hat! Das war Waltrauds helle Stimme. Noch bevor ich etwas sagen konnte, rief sie: Ernsts Frau! Gerade eben, zwei Stunden nachdem Ernst abgefahren sei. Der sei hier bei ihr auf dem Landsitz gewesen, *über Nacht*; seiner Frau habe er gesagt, er mache, auf dem Rückweg einer Geschäftsreise, noch Station bei einer *alten Freundin*. Ganz munter habe Lore Schmidtpeter geklungen, vielleicht ein wenig zu munter, sie habe gesagt, sie wolle sich dafür bedanken, daß Waltraud ihren Mann beherbergt habe. Und dann: *Ich hoffe, er hat nicht wieder so viel getrunken!* Stell dir vor, diesen Satz hat sie gesagt! Ich staunte, wie ich es sollte. So ist die, rief Waltraud, macht ihren Mann lächerlich, wo sie nur kann, sogar bei der Geliebten! Obwohl Ernsts Frau nicht weiß, wie Waltraud und Ernst zueinander stehen. Obwohl sie es doch wissen kann. *Alte Freundin*. Durchsichtiger ist ja keine Ausrede. Waltraud habe allerdings den Eindruck, Lore Schmidtpeter traue ihrem Mann keine Geliebte zu. Vor ungefähr zwanzig Jahren sei es schon einmal zu einem Telefongespräch zwischen ihr und Ernsts Frau gekommen, natürlich habe die nicht gewußt, welche Rolle Waltraud in Ernsts Leben spielte, trotzdem habe sie gleich in viel zu vertraulichem Ton zu Waltraud gesagt, ihr Mann bekomme *keinen mehr hoch*, da *laufe nichts mehr*. Die habe keinerlei Gefühl für Distanz! – Vielleicht hat sie damals ja doch etwas geahnt, sagte ich. Dann hätte Ernst keine ruhige Minute mehr gehabt, rief Waltraud. Die hätte ihn nicht mehr aus dem Haus gelassen! Nein, in den Augen seiner Frau ist Ernst einfach ein Versager. In *jeder* Hinsicht. Die hat doch früher ihre Liebhaber mit ins Haus gebracht! Und Ernst hat in grenzenloser Liberalität dazu einfach geschwiegen! Das hat die nicht verkraftet, daß ihr Ehemann nicht um sie gekämpft hat. Seit dreißig Jahren will die Krieg führen und hat keinen Gegner! – *Ahimsa,* sagte ich, aber Waltraud machte schon weiter. Um sie, Waltraud, habe Ernst ja auch nicht gekämpft, damals, als Heinz in ihr Leben getreten sei. Im Gegenteil! Dann erzählte sie eine ihrer Geschichten. Ich kann mir einfach nicht vorstellen, wie Waltraud das geschafft hat: neun Jahre lang mit zwei Männern leben. – Ja, sagte sie, nachdem ich mein Staunen darüber zum Ausdruck gebracht hatte, ihre Stimme klang versonnen, leicht ist das nicht gewesen. Sobald Ernst nach einem Besuch gegangen war, habe ich Heinz anrufen müssen, jedesmal, als erstes. Umgekehrt habe ich unmittelbar nach einem Heinz-Besuch, noch bevor sein Auto um die Kurve gebogen und aus ihrem Blickfeld am Fenster verschwunden war, Ernst anrufen müssen. War wohl eine Art ritueller Reinwaschung. Im übrigen erwarte sie Ernst zu ihrem bevorstehenden Geburtstag auf dem Landsitz, und zwar *übers Wochenende*, Freitag bis Sonntag – ihr Geburtstag fiel dieses Jahr auf einen Samstag –, also *zwei Übernachtungen.* Vielleicht sei es jetzt doch endlich so weit, daß er die Attacken seiner Frau satt habe. Ich werde dich ruinieren – das habe die wörtlich zu ihm gesagt, noch letzte Woche, und er? Ist fassungslos ob einer solchen Äußerung! Als sei das nicht schon lange klar, daß die ihn kaputtmachen wolle! Vor zwei Monaten habe Ernsts Frau zu dessen Geschäftspartnern gesagt: Mein Mann hat Alzheimer! Mein Mann ist nicht mehr zurechnungsfähig! Das sei doch üble Nachrede, wenn nicht gar Rufmord! Die Verdrängungsleistung Ernsts, was die Schweinereien seiner Frau betreffe, sei ungeheuerlich. Wenn sie mal drei Tage Ruhe gibt, erinnert er sich kaum noch, welche Gemeinheiten sie vor diesen drei Tagen abgesondert hat! Lore Schmidtpeter habe im übrigen den Antrag auf Scheidung wieder zurückgezogen. Wie bitte, fragte ich entsetzt, echt Waltraud, die kleine gute Nachricht, daß Ernst ihr einen Geburtstagsbesuch abstatten will, verkauft sie als große Sensation, den großen Rückschlag degradiert sie zur Nebensache. Waltraud ist einfach gierig auf das Positive. Wahrscheinlich hält sie den Marathon, den sie als Geliebte hinter sich hat, sonst nicht durch. Ernsts Ehefrau habe sich die Affäre von ihrem Anwalt durchrechnen lassen, sagte Waltraud, und da Ernst so viele Schulden habe, die beiden aber keine Gütertrennung, also Zugewinngemeinschaft, also halbe halbe, kriege die Ehefrau im Falle einer Scheidung eben auch die Hälfte aller Schulden! Und nun glaube Lore Schmidtpeter, ohne Scheidung mehr rausschlagen zu können. Nichts weniger als die Finca auf Mallorca verlange sie, die sei drei Millionen wert, allerdings finde sich derzeit kein Käufer, der die drei Millionen auch nur annähernd zu zahlen bereit wäre. Sie, Waltraud, sei trotz allem zuversichtlich. Die Zeichen ständen gut. Sie spüre das einfach.

Eine halbe Stunde, bevor dann Barbara anrückte, rief Christian an, für dreißig Sekunden, zuerst vom *heimlichen Handy*, dann von der Haustelefonanlage aus, ein paar geflüsterte Sätze, ja, letzte Nacht habe sie ihn schlafen lassen, Krach habe es erst heute morgen gegeben, jetzt erst komme er zum Arbeiten, gutenachtgutenachtichbinbeidir. Nach fünf Minuten klingelte es wieder; als ich mich meldete, legte Elisabeth Bleibtreu auf. Das Ganze wiederholte sich noch zweimal. Ihr Zeichen des Protests. Sie wußte also, daß wir telefoniert hatten. Vielleicht hatte sie inzwischen auch herausgekriegt, wie man mit dem digitalen Anrufbeantworter der Bleibtreuschen ISDN-Anlage Gespräche mitschneidet. Warum sollte sie nicht fähig sein, wozu Barbara fähig war. Sofort tat mir der Magen weh, und als Barbara kam, konnte ich mich nicht auf sie konzentrieren. Während wir nebeneinander den Salat putzten, erklärte sie, daß sie sich vorgenommen habe, Matthias Maginter nie wieder anzurufen, und mehr noch: gar nicht mehr darauf zu warten, daß er anrufe, sie müsse jetzt an sich selbst denken, sie könne nicht mehr schlafen und nicht mehr essen – obwohl das ja eine prima Nebenwirkung sei –, sie habe sich bereits ein pflanzliches Sedativum besorgen müssen, so könne es auf keinen Fall weitergehen. Ich stimmte ihr heftig zu. Sicher würde Christian auch heute wieder eine schlaflose Nacht bevorstehen. Was dort, in Harlaching, gerade geschah, würde ich nicht vor morgen erfahren. Entlastung, Entwarnung, Beruhigung frühestens morgen. Wenn überhaupt. Vielleicht nur neue Katastrophenmeldungen. Sie richtete ihn wieder zu, jammerte ihn zusammen, bis ihm ihre Niere mit Kolik antwortete. Jetzt setzte es wieder was für Christian, jetzt, in diesem Augenblick, schrien die sich dort an, nein, *sie* schrie *ihn* an, er würde ja wieder nicht wütend werden, das wurde ich hier stellvertretend für ihn, doch mit meiner Wut konnte ich nirgends hin. *Mahatma Ghandi. Geprügelter Hund.* Sie sorgte schon dafür, daß ihm das Schuldgefühl nicht ausging, wie sollte ich da Salat essen, wenn sich in meinem Magen all die Wut angesammelt hatte, die Christian nicht aufbrachte. Barbara war inzwischen beim Sexuellen angekommen. Matthias sei sehr fordernd, daß sie das schon zum zweiten Mal sagte, mußte etwas bedeuten. Fordernd?, fragte ich also. Barbara kippte die Salatblätter zum Waschen in die Plastikschüssel. Nicht daß er direkt … Befehle erteile, sagte sie, eher stelle er Fragen, die mit *Darf ich* begännen, trotzdem sei in dem, was er sagte, etwas sehr Bestimmendes, wie er zum Beispiel *Zieh dich aus* gesagt habe, oder *Komm her* … Daß das keine Fragesätze waren, fiel ihr nicht auf. Und das Schlimmste sei, daß dieses *Bestimmende* sie anmache …! Jetzt war es heraus. Das also war ihr Problem. Barbara schaute zu mir hin, als fürchte sie, in meinem Gesicht einen Ausdruck der Mißbilligung wahrzunehmen. Während ich die Salatsoße anrührte, faselte ich etwas von der latenten Gewalt, die im Geschlechtsakt liege, äußerte auch, daß mir das Gefühl, das sie beschrieben hatte, nicht fremd sei. Die Kraft zu größerer Ausführlichkeit brachte ich nicht auf. Barbara schien trotzdem erleichtert. Schau mal, sagte sie, stand auf, zog den Bauch ein und schob den Bund ihrer Hose möglichst weit nach vorne. Ich bin dünner, findest du nicht? Dann aßen wir, was in unsere nervösen Mägen hineinging. Gegen Mitternacht, als Barbara schon gegangen war, läutete es noch einmal: Elisabeth Bleibtreu verpaßte mir einen letzten, wortlosen Anruf. Ich ärgerte mich, daß ich überhaupt abgenommen hatte, aber als es gleich darauf noch einmal klingelte, nahm ich wieder ab, ich werde immer den Hörer abnehmen, solange es die Hoffnung gibt, daß Christian am Apparat ist. ER HAT ANGERUFEN! Das war Barbaras Stimme, aus der Bahn gekippt, als würde sie jodeln. Zuletzt hatte ich diesen sich überschlagenden Barbara-Ton während des Rolling-Stones-Konzertes auf dem Hockenheimring zu hören bekommen, genau in dem Augenblick, als Mick Jagger, mit einem glitzernden Frack bekleidet und ganz in rotes Höllenlicht getaucht, aus dem Boden der riesigen Bühne geschossen kam und eine Jahrhundertzeile der Popmusik ins Mikrophon gestoßen hatte. *Please allow me to introduce myself, I'm a man of wealth and taste.* So wie sie damals immer wieder *I glaubs net* gerufen hatte, halb ohnmächtig vor Begeisterung, so intonierte sie jetzt diesen anderen Satz. Dem Satz ließ sie ein dämonisches Lachen folgen, in Salven, als gehorche diese ungeheure Melodie einem geheimen, unwiderstehlichen Rhythmus. Erst nach einiger Zeit fand sie aus diesem Rhythmus heraus und in andere Sätze hinein. Sinngemäß hießen die, daß jetzt alles gut werde. Und daß sie der glücklichste Mensch auf diesem Planeten sei. Sie sei nach Hause gekommen und habe den Anrufbeantworter abgehört, wie immer. Sie habe fast gar nicht gehofft, diese Stimme zu hören, als sie die Abhörtaste gedrückt habe, um so überraschter, geradezu überwältigt sei sie gewesen, als sie ertönte. Hallo, hier ist Matthias, ich wollte nur hören, wie es dir geht, rufe wieder an, hoffentlich bis bald. Das sei der Text gewesen. *Hoffentlich bis bald!* Barbara verfiel wieder in dieses für sie ganz untypische kehlige Lachen. Das Lachen bemächtigte sich auch des Matthias-Maginter-Satzes, schubste ihn wild herum und verzerrte ihn zu einem ganz und gar undamenhaften Gejohle. *Hoffentlich bis bald!* Barbara atmete tief durch, um sich zu fassen. Sie habe es ja die ganze Zeit schon gewußt, daß die beiden Nächte nicht alles gewesen sein konnten. Da seien Gefühle mit im Spiel, auch von ihm aus. Wenn er sie hätte loswerden wollen, hätte er ja jetzt nicht angerufen. Aber er *habe* angerufen! Jetzt wisse sie bestimmt, daß sie ihn wiedersehen werde. Einen Abschiedsbrief an ihn habe sie bereits entworfen gehabt, eine Woche hätte sie ihm noch gegeben, dann hätte sie den Brief abgeschickt, das sei jetzt nicht mehr nötig. Sie werde sich die ganze Nacht vor den Anrufbeantworter setzen und ihr Band abhören, immer wieder, sie könne gar nicht anders. Offensichtlich wollte sie auch mich an diesem Glück teilhaben lassen, denn eine Sekunde später vernahm ich Matthias Maginters Stimme laut und deutlich durchs Telefon: *Hallo, hier ist Matthias, ich wollte nur hören, wie es dir geht, rufe wieder an, bis dann.* Kann ich das noch einmal hören, fragte ich, Barbara spulte das Band sofort zurück. Wie findest du die Stimme, fragte sie, klingt ein bißchen nervös, nicht wahr? Die Stimme klingt sehr nett, antwortete ich, und Barbara seufzte vor Begeisterung. Ich wagte nicht, sie darauf aufmerksam zu machen, daß gar kein *Hoffentlich bis bald!* auf ihrem Anrufbeantworter gewesen war. Und die Stimme hatte auch nicht nervös geklungen.

Reisen

Da war das Geräusch schon wieder. Antonia schreckte im Bett hoch. Es war so dunkel, daß sie nicht einmal die Hand vor Augen sah. Als sie zu Bett gegangen war, hatte sie die schweren Klappläden sicherheitshalber zugezogen; die Schlafzimmer waren im Parterre und die Fenster so niedrig, daß man sich bücken mußte, um von außen hineinzusehen. Sogar ein Kind könnte mühelos durch diese Fenster ins Haus klettern. Das Haus stand etwas außerhalb, bis zum nächsten Anwesen waren es sicher achtzig Meter. Es war totenstill, bis auf dieses leichte Scharren. Antonia kam es vor, als kratze jemand in unmittelbarer Nähe ihres Ohrs mit dem Fingernagel auf Holz. In der Dämmerung hatten sie gesehen, wie Fledermäuse aus den Mauerritzen unter dem Dachgiebel gekommen und wieder dahin zurückgeflogen waren. Konnten in ihrem Zimmer Fledermäuse sein? Welches Geräusch machten die? Ein Spukhaus, das hatte noch gefehlt. Antonia tastete nach dem Schalter der Nachttischlampe. Sie suchte die Wände des Zimmers mit den Augen ab, die groß geblümten Übergardinen, die Decke, sie sah sogar unter das Bett und mußte wie immer, wenn sie aus irgendwelchen Gründen unter ein Bett sah, an ihre Schwester Conni denken. Die hatte sich als Kind jeden Abend vergewissern müssen, ob sich unter ihrem Bett nicht ein Einbrecher versteckt hatte. Manchmal hatte sie sogar in die Schubladen ihres Kinderschreibtisches geschaut. Conni hätte in diesem Haus sicher kein Auge zugetan, auch heute noch nicht, obwohl sie jetzt zweiunddreißig war. Antonias Augen blieben an der hölzernen Rückwand ihres Bettes hängen. Im beinahe schwarzen Holz unzählige winzige Löcher. Holzwürmer. Sie hatte einmal einen geflochtenen Wäschekorb gehabt, im Schlafzimmer ihrer Schöneberger Hinterhofwohnung, aus dem hatte es nachts manchmal leise geknarrt, sie hatte sich das leise Knarren damit erklärt, daß der Wäschekorb vom Holzwurm befallen war. Das konnte es sein. Antonia löschte das Licht, nach einigen Minuten kam das Scharren wieder. Sie versuchte, nicht daran zu denken, daß in diesem alten bretonischen Haus, zwischen den Dachziegeln, auf dem Dachboden, im Kellergewölbe, zu dem eine halbhohe, grün gestrichene Holztür in der Küche führte, wer weiß vielleicht auch in irgendwelchen Ritzen der Wand, ganz wahrscheinlich sich allerlei Getier eingenistet hatte. Fledermäuse hatten sie schon gesehen, aber es war anzunehmen, daß es auch Mäuse gab. Sie wollte nach Kräften daran glauben, daß dieses Geräusch nur von einem Holzwurm kommen konnte. Oder von mehreren. Ein Holzwurm-Orchester. Eine Maus konnte das unmöglich sein. Oder doch? Sie setzte sich im Bett auf und lauschte in die schwarze Stille des Zimmers hinein. Das Geräusch hörte auf. Die Maus macht sich über mich lustig, dachte sie, morgen früh werde ich Barbara von meinen nächtlichen Befürchtungen erzählen, und wir werden beide darüber lachen. Barbara schlief im Nebenzimmer. Als sie das Häuschen letzten Samstag, nach einer mehr als zehnstündigen Fahrt in Barbaras Daimler, bezogen hatten, hatte Barbara sogleich das schönere der beiden Schlafzimmer ausfindig gemacht und ihre Taschen dort abgestellt. Sie hatte dann noch gefragt, ob es Antonia etwas ausmache, wenn sie, Barbara, dieses Zimmer nehme, sie sei eher ein ängstlicher Typ und dieses Zimmer habe die höheren Fenster. Wenn sie im Zimmer mit den niedrigeren Fenstern schlafen müsse, könne sie nachts vor lauter Angst die Fenster nicht offen lassen, also nicht schlafen, und wenn schlafen, dann ohne frische Luft. Antonia hatte sofort gesagt, ihr mache es nichts aus, das Zimmer mit den niedrigen Fenstern zu nehmen. Sie hatte sich gewundert, daß ihr Magen dann noch Ärger signalisiert hatte. Das von Barbara gewählte Schlafzimmer war das einzige Zimmer des Hauses, das einigermaßen freundlich möbliert war. Heller Holzschrank, Rattanmöbel, eine kleine Kommode mit Spiegel. Alle anderen Räume waren vollgestopft mit altem Plunder. Schwere, verschossene Sessel, Beistelltische aus grünspanigem Gußeisen, darauf Häkeldeckchen, Truhen und Schränke aus schwarzem Holz; Antonia dachte sofort: wenn man die aufmacht, purzeln Leichen raus. Sie hatten darüber Witze gemacht, Barbara und sie. Jetzt, in der pechschwarzen Nacht, mit nichts als leisem Scharren im Ohr, fühlte sich Antonia der Situation nicht mehr gewachsen. Sie kam sich lächerlich vor. Lag hier und hatte Angst wie Conni. Christian mußte jetzt her, best of Christian, ein Videoclip aller schönsten Christianmomente, sein Gesicht dicht über ihrem, sein feuchter Rücken neben ihr im Bett, ein Spiegel in Warschau ein Spiegel in Dresden einer in Bordeaux, Geburtstagskuß um Mitternacht auf dem Eugensplatz in Stuttgart, Christian verbeugt sich vor großem Publikum, er hat diesen unwiderstehlichen Ernst im Gesicht, sein Gesicht kleiner werdend am Fenster eines Zuges, aber noch lange lächelnd ohne zu lächeln, sein *Willst du mich heiraten* in einer Koblenzer Badewanne – auch wenn er sie ja nicht heiraten konnte, weil er auf Gedeih und Verderb verheiratet war, so hatte sie doch gewußt, was diese Frage bedeutete: daß er sie ohne zu zögern heiraten WÜRDE, wenn er könnte … Über ihre gemeinsamen Touren hatte sie sich immer wieder einmal Notizen gemacht. Vieles war ihr durch die Lappen gegangen, vieles hatte sie nachher, Tage oder gar Wochen später, nicht mehr in allen Einzelheiten nachstellen können. Vor allem die Dialoge nicht. Christians Reaktionsweisen waren ihr so fremd, daß sie hinterher die Fäden ihrer Gespräche meistens nicht mehr aneinander kriegte, obwohl sie versuchte, sich alles zu merken. Aber einige Situationen blieben ihr doch. Die mußte sie sich vornehmen hier im Urlaub, mußte sie durcharbeiten und sehen, was sie für den sogenannten Roman ergaben. Sie hatte das Gefühl, Christian noch nie so vermißt zu haben wie jetzt, seit sie mit Barbara in der südlichen Bretagne war. Der Ort hieß St. Evarzec, zum Meer waren es leider doch ein paar Kilometer. Sie hatte das Handy immer neben sich auf dem Handtuch liegen, sie inspizierte alle Viertelstunde, wie weit das Symbol für die Qualität des Funknetzes ausschlug, leider schlug es fast nie aus; wenn Christian durchkam, reichte es selten zu mehr als einem *Ich liebe dich* oder *Ich arbeite.* Christian schrieb zur Zeit an der »Wahrheitsillusion«. Er behauptete: auch am »Näheprojekt«. Doch sie hatte den Verdacht, das »Näheprojekt« gehe klammheimlich ein in »Die Wahrheitsillusion«. Unter Anstrengung der von der Philosophie gelieferten Hilfsmittel sollte erzählt werden, ja erzählt, nämlich aus dem Leben gegriffen werden – und Montaigne und Pascal und natürlich Schopenhauer sollten die Paten sein –, daß kein Mensch lügen könne. Und wenn es nachweisbar sei, daß es keine Lüge gebe, so Christian, dann sei erwiesen, daß auch die Wahrheit eine Illusion sei. Das wollte er durchdeklinieren, vor allem anhand von politischen Reden, auch anhand von Artikeln, er wollte benutzen, was er Behauptungstexte nannte. Noch zehn Tage lang würden sie diesen Urlaub gemeinsam absolvieren, Barbara und sie, sie gingen einander auf die Nerven, sie retteten einander. Hier gab es sonst keine *Freundinnen*, sie waren in eine Familiengegend geraten, ein herrlicher Sandstrand übersät mit Vätern, die mit Zweijährigen Sandburgen bauten. Nachmittags gegen vier, wenn die Deutschen schon sonnenbrandgeschädigt abgezogen waren, trudelten die französischen Familien ein, meist mit Oma und Opa, mehreren Kindern und leider auch meist mit mehreren Hunden. Das Scharren dicht über Antonias Ohr verlor sich in einem Summen, das Summen kam vom Dachboden, auf dem Dachboden schwirrten viele Bedienstete herum, Frauen in schwarzen, hochgeschlossenen Kleidern und weißen Schürzen, sie summten geschäftig wie Bienen durch das Dachstuhl-Gebälk des Bleibtreuschen Hauses in Harlaching. Auch Charlotte ist hier, aber sie beachtet Antonia nicht, sondern fragt die Bediensteten nach Laura und Agathe aus. Eine Bedienstete wendet sich Antonia zu und erzählt, das Ehepaar Bleibtreu gehe heute zur Messe, die Messe habe sich Herr Bleibtreu gewünscht, auch die Musik habe er komponiert, eine Moritz-Passion. Antonia muß jetzt sofort Christian finden, sie muß weiter hinauf in den Dachstuhl, da ist eine Treppe, als sie hinaufsteigt, kommt ihr DIE FRAU entgegen. Sie hat glatte schwarze Haare. Sie ist freundlich. Das sei ein schöner Pullover, den Antonia anhabe, sagt sie, so ein klares Blau sehe man selten. Wissen Sie, sagt sie dann, daß wir am 13. in Stuttgart sein werden? Wie, fragt Antonia bestürzt, übermorgen? Ja, sagt DIE FRAU, da hat jemand, den wir kennen, Geburtstag. Antonia ist fassungslos. Übermorgen hatte sie doch noch hier sein wollen, bei Christian in Harlaching. Jetzt wird sie also abreisen müssen. Vielleicht sehen wir uns in Stuttgart, bringt sie noch heraus, aber beide wissen sie, daß das nicht ernst gemeint sein kann. Antonia stürzt an DER FRAU vorbei, die Treppe weiter hinauf, da ist Christian, er zieht sich für die Messe um, knöpft sich gerade ein kariertes Hemd zu, neben ihm liegt eine seltsam altmodische Brille. Antonia schreit ihn an, warum hast du mich herkommen lassen, wenn du gar keine Zeit für mich hast, du bist ganz und gar in der Hand DER FRAU, und Christian antwortet: Ich wundere mich ja selbst. Er kniet jetzt, will sich gerade die alte Brille aufsetzen, da schlägt Antonia zu. Sie tritt ihm ins Gesicht, das Glas der Brille zerbricht. Er krümmt sich auf dem Boden. Antonia überwindet einen Anflug von Mitleid und sagt: Ich gehe und komme nicht wieder. Sie verläßt den Raum. Sieht sich selbst nach, wie sie davongeht, mit erhobenem Haupt, ein schwarzes, ärmelloses T-Shirt, das hinten nur einen Steg hat, ein brauner Rücken. DIE FRAU begegnet ihr nicht mehr. Sie hört das geschäftige Klappern der Bediensteten, in ihrer Nase beginnt etwas zu kitzeln, ein Geruch, ein angenehmer Geruch, der Geruch von Kaffee. Durch die Ritzen der schweren Holzfensterläden dringt grelles Licht. Das Klappern kommt aus der Küche. Sie brauchte eine Weile, bis sie es schaffte, aufzustehen. Barbara drapierte Käse und Obst auf einen großen Teller, sie summte dabei. Gut geschlafen?, fragte sie fröhlich, nicht so gut, antwortete Antonia. Barbara schaute fragend, frühkindliches Aktenzeichen-XY-Trauma, kriegt man nicht los, sagte Antonia, und Barbara lachte. Nachdem sie gefrühstückt hatten, sagte Barbara, jetzt, nachdem Antonia der Appetit nicht mehr vergehen könne, habe sie etwas zu erzählen. Heute morgen, als Barbara die Küche betreten habe, habe da ein großer toter Vogel vor ihr auf dem Boden gelegen. Er sei wohl gestern irgendwie ins Haus geraten, wie, das könne sie sich beim besten Willen nicht erklären, sie hätten doch die Anwesenheit eines so großen Vogels im Haus bemerken müssen, sicher habe der Vogel verzweifelt versucht, *ins Freie* zu kommen, sobald es hell wurde; wahrscheinlich sei er immer wieder gegen die Glasscheibe des Küchenfensters geflogen, bis er sich eben das Genick gebrochen habe. Sie habe den Vogel gleich entsorgt, mit Zeitungspapier und Schaufel habe sie ihn aufgenommen, der Körper sei noch warm gewesen, sie habe ihn in den Müllcontainer vorm Haus geworfen. Barbara, ich bewundere dich, sagte Antonia, und sie merkte, daß das jetzt stimmte, viel mehr, als Barbara, die die Bemerkung für eine mutwillige Übertreibung hielt, es annehmen konnte. Für den Rest des Tages blieb ihr das Gefühl, sie müsse Barbara gegenüber etwas wiedergutmachen.

FULDA, 13. MÄRZ

C. liest um 20.00 Uhr im barocken Fürstensaal des Stadtschlosses. Der Verlag hat ein Einzelzimmer im Goldenen Karpfen für ihn gebucht, aber wir wohnen in einem Doppelzimmer des Maritim. Kurz vor halb sechs nimmt C. ein Taxi in den Goldenen Karpfen, um von dort aus in Harlaching anzurufen. Die Harlachinger ISDN-Anlage registriert jede Empfänger-Nummer, also muß die Empfänger-Nummer die des Goldenen Karpfens sein und nicht die des Maritim. Jeder Anruf wirkt stundenlang nach. Wenn DIE FRAU einmal nicht zu erreichen ist, haben wir Angst, sie könne auf dem Weg zu uns sein. Die Liste mit den Stationen der Vortragsreise muß sie sich heimlich aus Cs Unterlagen kopiert haben. Sie, stereotyp, am Telefon: Du bist dort nicht alleine. Ich witzele: Frohnleichnam!, obwohl mir elend ist. Natürlich versteht er das zuerst nicht, weil man das h ja nicht aussprechen kann. Dann lacht er doch und nennt mich »Gräfin von Kalau«.

WARSCHAU, 15. MÄRZ

Im Ausland bin ich als Begleitung möglicher als im Inland. Sagt C. Trotzdem haben wir ein Märchen zurechtgebastelt, falls Lisbeths Arm auch bis nach Polen reichen sollte. Wer weiß, wer alles in ihren Spionagedienst getreten ist, ohne daß wir davon etwas ahnen! Gegen leichtere Anfälle von Verfolgungswahn sind wir beide nicht gefeit. Als ich zu C. sage: Du hast Angst vor deiner Frau!, antwortet er: Angst ist das falsche Wort. Im Flugzeug stiert er ein Loch in die Rückfront des Sitzes vor ihm; als ich ihn sanft schubse, der Satz: Meine Blumen sind Blumen aus Blei. Auch daß ich an seiner Wange schnuppere und ihm meine üblichen Beschwörungsformeln ins Ohr flüstere, bleibt wirkungslos, geht ihm wahrscheinlich sogar auf die Nerven. Sobald etwas problematisch ist, muß ich so lange reden, bis ich den Eindruck habe, ich hätte das Problematische so gut wie weggequatscht. Im Flugzeug, für eineinhalb Stunden unerreichbar für alle Telefone der Welt, hätte ich eigentlich am liebsten Lieder gesungen vor Leichtigkeit. Ja, gibt er schließlich zu, er leide mehr unter unserer Lage, wenn wir zusammen seien. Weil ich dann vor mir sehe, was ich nicht habe! – Ich leide am meisten, wenn wir nicht zusammen sind, sage ich. Weil wir meistens nicht zusammen sind, hast du es besser.

C. wird am Flughafen von einer Goethe-Delegation erwartet, ich muß mich alleine durchschlagen; wie sich später herausstellt, habe ich für das Taxi einen viel zu hohen D-Mark-Preis gezahlt. Im Hotel Europejski, das so monströs-historisch und sozialistisch-verkommen ist, wie ich mir immer das Hotel Lux in Moskau vorgestellt habe, hat C. eine Suite, ich eine Zelle. Aber in der werde ich nie sein, nur wenn C. mit Harlaching telefoniert, muß ich in die Zelle, damit C. zwei Etagen über mir in der Suite den Ton trifft, den er hat, wenn er alleine in Hotelzimmern ist und zu Hause anruft. Gottseidank ist das Telefonieren nach München auch von einer Suite des Hotels Europejski aus nicht so einfach und das Angerufenwerden schon gleich ganz ausgeschlossen. Vor dem Essen wollen sich unsere Körper gegen Cs Stimmung im Flugzeug verwahren. C. vergißt sogar, die Hand vor das Danach-Gesicht zu halten, obwohl er jetzt genau die Art von Gesicht macht, die er am liebsten vor mir verbergen möchte. Das Essen mit dem Direktor des Goethe-Instituts, Dr. Geisler, und einer »Ortskraft«, die sich als Beata vorstellt. Wir geben unser Märchen: Ich sei eine Bekannte, die C. zufällig im Fluzeug getroffen habe usw., sei privat hier, um eine Freundin zu besuchen, die nach Warschau geheiratet hat. Wie absurd das ist, denke ich, noch während ich das herausstottere. Es ist ganz ausgeschlossen, daß die uns glauben, aber daß sie uns nicht glauben, lassen sie sich jedenfalls nicht anmerken.

WARSCHAU, 16. MÄRZ

Heute muß C. doch in H. anrufen; danach ist er versteinert. Lisbeth habe Briefe einer Ehemaligen gefunden, und irgendwelche Nacktfotos einer angeblich unbedeutenden Brasilianerin. Jetzt weiß sie das also auch, sagt C. und zerbricht sich den Kopf darüber, wo er »das ganze Zeug« deponiert gehabt habe, daß L. es hat finden können. Sie muß ausgiebig gesucht haben. Daß sie das getan hat, regt C. nicht weiter auf, und weil ihn das nicht weiter aufregt, regt es mich auf. Muß mich vor ihn stellen, Hände in die Hüften gestemmt, und schreien, weil er vorhin am Telefon nicht geschrieen hat. Wieso hast du nicht auf der Stelle einen Tobsuchtsanfall gekriegt, weil sie deine Sachen durchsucht hat? Hast am Ende gar noch Schuldgefühle gezeigt, wegen ein paar Nacktfotos aus den frühen achtziger Jahren? Ja, sagt C., ich hätte wohl anders reagieren müssen. Während ich in meiner Zelle warte, ruft er noch einmal in H. an und reicht die angemessene Empörung nach: Man könne ja über alles reden, aber Lisbeth solle bitte aufhören, seine Sachen zu durchstöbern. So habe er es gesagt, wörtlich, berichtet er und ist ganz stolz. Wieso kriegst du keinen Wenn-dann-Satz zustande! Der brächte den wahren Fortschritt! Wenn du noch ein einziges Mal dergleichen tust, abhören, durchsuchen, spionieren, dann bin ich weg. Kann doch nicht so schwer sein. Bitte auswendig lernen. Der muß man Grenzen setzen wie einem Kind. Kindern und Terroristen gegenüber darf man sich nicht erpreßbar zeigen, das weiß jeder. Nur Christian Mahatma Ghandi nicht.

WARSCHAU, 17. MÄRZ

Hier findet kein Termin so statt, wie er verabredet war. Im Hotel wartet C. auf einen Journalisten, der nicht kommt. Dem Hotel gegenüber ist das Nationaltheater, wir kaufen Karten für die 17-Uhr-Vorstellung, Robert Wilson, Hamlet – »A Monologue«, wie freue ich mich, das erste Mal mit C. ins Theater, da ist mir sogar der Langweiler Robert Wilson recht. Wir schlendern durchs Foyer; die Gewißheit, alle, die uns sehen, dächten, ich sei seine Frau, umgibt mich wie ein seidiges Gewand. Aber der Vorstellungsbeginn verzögert sich um zwei Stunden, Erklärungen gibt es nicht, das Publikum scheint dergleichen gewöhnt zu sein, die ungeduldigste Person bin sicher ich. Als es endlich losgehen soll, lohnt es sich für uns nicht mehr, wir müssen zu Dr. Geisler aufbrechen, weil der um acht für Christian einen

Empfang gibt. Nein so etwas, das ist ja eine schöne Überraschung! Dr. Geisler ist zu höflich, sich nicht darüber zu wundern, daß die Bekannte, die C. am Flughafen traf, schon wieder dabei ist. Es gehöre zu seinen Pflichten, Empfänge dieser Größenordnung – etwa dreißig Personen sind hier – zu geben. In seiner Privatwohnung. In Warschau ist gerade Deutsche Kulturwoche, das Goethe-Institut ist wichtigster Veranstalter, auch der deutsche Botschafter nebst Ehefrau ist gekommen, die Ehefrau sieht aus wie Nadja Tiller und spricht, kaum daß sich eine Gruppe um sie herum gebildet hat, von ihrem Friseur. Dann fragt sie mich, und was machen Sie so, ich sage, Journalistin, Deutsche Welle?, fragt sie, als ich ja sage, ist sie zufrieden, wieso habe ich ja gesagt? C. beachtet mich nicht mehr, ich sehe ihn von ferne reden und gestikulieren, er ist immer in der Mitte einer kleinen Gruppe. Ich finde ein Sofa, Beata setzt sich neben mich und beginnt zu plaudern, ja Deutschland, da möchte sie wieder hin, war einmal dort für ein paar Monate, Praktikum bei Goethe in der Münchner Zentrale, München ist eine großartige Stadt undsoweiter. Ich reagiere unangemessen einsilbig und kann nichts dagegen machen, Beata hat mehr Freundlichkeit verdient. Schließlich ist sie erschöpft, läßt mich unter einem Vorwand auf dem Sofa sitzen, auf dem ich nun festwachse. Um zehn hebt C. die Runde mit großer Geste auf, schickt sich zum Gehen an, dann überläßt er sich doch noch dem Alkohol und seinem parfümierten polnischen Übersetzer und natürlich den ihn anhimmelnden Nebenfiguren. In mir braut sich Fürchterliches zusammen; ich biege meinen Oberkörper in seinen Blickwinkel hinein und sende die kältesten Augensignale, zu denen ich fähig bin, die übersieht er, wie er mich den ganzen Abend übersehen hat. Um halb zwölf bin ich bereit, das Sofa zu verlassen und abzuhauen, ein Taxi, aber ich habe keine Sloty mehr, und mein Vorrat an D-Mark ist im Hotelsafe. Auf meinem Sofa bin ich längst unsichtbar. Ein paar Meter weiter ist die Christian-Bleibtreu-Late-Night-Show in vollem Gange. C. mit inzwischen raumfüllender Stimme: Pazifismus ist für einen Grünen weder Religion noch Ideologie, sondern Naturprodukt, also das anstrengungsloseste Vonselbst seiner ganzen Existenz! – Ich eigne mich nicht zum Prinzgemahl, denke ich, ich bin nicht so wie des Botschafters Nadja Tiller oder wie die Harlachinger Gefolgslisbeth. Reiße mich vom Sofa los, durchbreche den Burggraben der Christianbewunderer (-bewundererinnen), baue mich vor ihm auf und sage vernehmlich: Ich will gehen, sofort. Wie Petra Kelly, ruft C. in mein Gesicht, so hat die auch immer geschaut, wenn sie wütend war, und das war sie oft. Hatten Sie was mit der, frage ich und ärgere mich sofort, daß ich ihn nicht geduzt habe, wenn schon großer Auftritt, dann richtig. Der Burggraben gerät ob meiner Frage trotzdem leicht ins Wanken, C. natürlich nicht, der stellt nur den Blick schärfer, mit dem er auf mich hinabsieht, meine Wangen brennen, C. sagt: Kann ich Sie ein Stück mitnehmen? Beata fährt uns, sie ist kein bißchen erstaunt darüber, daß ich nicht mehr bei meiner in Warschau verheirateten Freundin wohne, sondern im Hotel Europejski wie Christian Bleibtreu, jetzt wird sie Lisbeth anrufen, sage ich, als wir ihrem Wagen nachsehen, sie hat einmal ein Praktikum in München gemacht, Lisbeth hat sie engagiert. Sicher hat sie den ganzen Abend auf eine Gelegenheit gewartet, uns mit ihrer winzigen Kamera zu fotografieren, ZUSAMMEN, Pech für Beata, daß ich heute abend für dich eine Aussätzige war. C. schaut erstaunt, er scheint zu überlegen, ob ich scherze, und verzieht den Mund vorsichtshalber zu einem Lächeln, in der Suite, nachdem ich alles losgeworden bin, schreiendweinendtobend, lächelt er nicht mehr. Er schweigt lange, er sieht zerschmettert aus, als er dann spricht, sagt er langsam: Antonia, nun habe ich zum ersten Mal Zweifel. Mit diesem Satz hat er leider sofort zehnmal mehr erreicht als ich mit den vielen Sätzen Schreierei. Er sagt, gemeinsam mit mir in einem Raum gewesen zu sein, das habe ihm schon genügt, er habe das ganze Theater hauptsächlich für seinen polnischen Übersetzer veranstaltet, der übersetze ihn seit zwanzig Jahren, seit zwölf Jahren schreibt er ihm Briefe und bittet C., einmal nach Polen zu kommen, dem hat C. heute abend einfach seine Referenz erweisen müssen durch heftige Zuwendung! Dabei hast du dich versehentlich allerdings noch einigen anderen heftig zugewendet, sage ich, nur mir nicht. Antonia, ich habe doch nicht gewußt, in welcher Stimmung du dich befunden hast! – Kein Wunder! Du hast mich beim Eintreten abgestellt wie einen Schirm! Wenn du nur ab und zu mal zu mir hergeschaut hättest, ein Blick ab und zu hätte mir genügt ... Er versteht nicht, wieso ich das gebraucht habe. Ich verstehe nicht, wieso er stundenlang ohne den Blickkontakt zu mir hat auskommen können. Am nächsten Morgen, während eines langen Erwachens, ist er über sich selbst entsetzt.

Genau so isches!, rief Barbara und kicherte. Sie lag auf dem Bauch, den Kopf auf die Hände gestützt, und las »Wir Fernsehkinder – eine Generation ohne Programm«. Der Autor, ein Journalist, hieß Walter Wüllenweber und war 1962 geboren. Antonia kannte das Buch schon, es handelte sich um einen jener Versuche, die Identität einer Generation zu beschreiben, die das Pech hatte, nicht die 68er-Generation zu sein, sondern eine der nachfolgenden, die also auf jeden Fall eine angeschissene Generation war. Antonia hatte die »Wahlverwandtschaften« auf den Knien, sie hatte sich vor Barbara geniert, als sie die alte dtv-Ausgabe aus der Strandtasche gezogen hatte, die »Wahlverwandtschaften« habe ich nie gelesen, hatte sie zu Barbara gesagt, im Studium »Wilhelm Meister« rauf und runter, aber die »Wahlverwandtschaften« sind nicht vorgekommen, und danach war immer anderes wichtiger. Noch während sie gesprochen hatte, hatte sie es sich übelgenommen, daß sie sich für so etwas entschuldigte, und gar bei Barbara. Die hatte auch eher so geschaut, als bewundere sie Antonia dafür, daß Antonia sich im Urlaub überhaupt einen Klassiker zumuten wollte. Trotzdem hatte Barbara noch bemerken müssen, daß SIE schon mit unter zwanzig die Wahlverwandtschaften gelesen hatte. Allerdings könne sie sich kaum mehr daran erinnern, was da alles vorgekommen sei. Antonia schaute hinaus aufs Meer. Ihre Heldin war Ottilie. Weil sie von allen vieren die Abhängigste war. Ihr Leben wurde verplant, von Charlotte, von der Baronin, vom Gehülfen aus der Pension. In Ottilies Tagebuch fand sich nur Aufgeschnapptes, keine eigenen Gedanken. Selbst als sie den Tod des Kindes verursachte, empfand sie das als Schicksalsbefehl. Und der Befehl hieß: durch Entsagen büßen, sich opfern. Obwohl sie Alternativen gehabt hätte. Sie hätte ihrem Leben eine andere Wendung geben können. Antonia wunderte sich darüber, daß sie während der Lektüre Ottilie mehr Sympathien entgegenbrachte als Charlotte. Charlotte, die Vernünftige, entsprach ihr doch mehr. Schon gut, dachte sie, Sie hätten gegrinst, Dr. Enderlein, wenn ich Ihnen damit gekommen wäre. Natürlich hatte sie ihn während der Stunden nie grinsen sehen, er hatte ja immer hinter ihr gesessen, in ihrem Rücken, sie hatte an die Decke gestarrt wie eine Blinde, im Laufe der Zeit hatte sie das Gefühl gehabt, ihr Gehörsinn verstärke sich während der Stunden. Sie hatte *hören* können, wenn er grinste. Oder hatte sie sich das nur eingebildet? War alles nur Täuschung gewesen, Projektion, war er wirklich nur ein Spiegel gewesen, der nichts als ihr eigenes Bild zurückwarf? Während der letzten Monate war es ein paarmal vorgekommen, daß er auf ihre Schilderungen mit Schluchzen reagiert hatte. Sie konnte sich nicht mehr daran erinnern, welche ihrer Ausführungen Dr. Enderleins Schluchzen zum erstenmal ausgelöst hatte. Irgend etwas über ihre Mutter, nichts Besonderes, auf einmal hatte er geschnieft. Ihr war ganz heiß geworden. Nach einer Weile hatte er langsam zu sprechen begonnen, Frau Armbruster möge entschuldigen, etwas an ihren Ausführungen habe ihn sehr an etwas Persönliches erinnert. Sie hatte das für einen Trick gehalten, er wollte sie weichkriegen, irgendwohin in eine Super-Ungeschütztheit wollte er sie kriegen, hatte sie vermutet, ihr was vorweinen, damit sie die Beherrschung verlor und sich vor ihm wand wie ein Winselwurm! Sie war doppelt auf der Hut gewesen von da an. Er hatte sicher sechs, sieben Mal geschnieft in der Schlußphase, sie hatte es überhört, so gut es ging. Als alles vorbei war, hatte er ihr, nach einigen Wochen, einen Brief geschrieben, sie hatte den Brief beantwortet, dann hatten sie sich zum Essen verabredet, sie war mit einem Gefühl hingegangen, als müsse sie aufs Schafott, sie wollte Dr. Enderleins Menschwerdung nicht erleben, und sie wollte es doch, sie wollte es wissen, wissen, wie er war im wirklichen Leben, und wie beeindruckbar von ihr. Als sie sich im Lokal gegenübersaßen, konnte sie ihm zuerst nicht ins Gesicht schauen. Er erzählte von sich, als habe er lange darauf gewartet, Antonia von sich erzählen zu können. Er erzählte zu viel. Ehe gescheitert, sie lebten jetzt getrennt, mit einer gewissen Viola sei es schwierig. Antonia gab Ratschläge und erntete Bewunderung. Als sie nach Hause kam, war ihr schlecht. Sie versuchte, die Verabredungen mit ihm hinauszuschieben. Einmal waren sie im Kino, in »Smoking – No Smoking« von Alain Resnais, ausgerechnet, zusammen dauerten die beiden Filme dreieinhalb Stunden, Dr. Enderlein war darüber, in welchem Umfang der Zufall das menschliche Leben bestimmte, anderer Ansicht als Antonia und Alain Resnais. Nachdem er sie eingeladen hatte, mit ihr Silvester auf seiner Skihütte zu verbringen, hatte sie nicht mehr reagiert. Einfach nicht mehr zurückgerufen, wenn er auf dem Anrufbeantworter gewesen war. Sie hatte die Trophäe gewollt, und sie hatte sie gekriegt. Am Ende hatte es keine Zweifel mehr gegeben daran, welcher Art sein Interesse an ihr gewesen war. Es war kein gutes Gefühl, an Dr. Enderlein zu denken, und es würde nie mehr ein gutes Gefühl sein.

Eine Horde Kinder tollte vorbei. Barbara schaute von ihrem Buch auf und den Kindern hinterher. Guck mal, sagte sie, die Kleine mit dem Pferdeschwanz. So hab ich ausgesehen, genau so. Antonia dachte an das Schwarzweißfoto, das Barbara in ihrer Küche mit einer Stecknadel an die Wand gepinnt hatte, Barbara mit Schultüte und langen Zöpfen, sie sah aus wie eine Filmtochter von Doris Day. Barbara hatte zwei ältere Schwestern, beide erfolgreiche Anwältinnen, beide nicht annähernd so gutaussehend wie Barbara. *Aber die jüngste war die schönste.* Barbara war der Liebling ihres Vaters gewesen, seine süße Kleine. Antonia hatte den Eindruck, daß Barbara gerade in einer Phase war, in der sie diese Rolle auch gegenüber ihrem Analytiker innehatte. Manchmal zitierte sie Sätze, die ihr Analytiker zu ihr gesagt hatte. *Frau Frasnelli, wieso sollten Sie mir eigentlich nicht gefallen?* Das habe er zu ihr gesagt, als sie habe zum Thema machen müssen, wie sie sich von ihm, als er ihr zur Begrüßung die Hand geschüttelt hatte, angeschaut gefühlt hatte. Von oben bis unten. Sie habe das schwarze Kleid angehabt, das mit den Druckknöpfen. Ihr sei ganz anders geworden. *Das* habe sie allerdings nicht zugegeben. Barbara sprach die Sätze ihres Analytikers aus wie Christian Lisbeth-Sätze aussprach. Sprach sie, Antonia, irgend jemandes Sätze so aus? Sicher nicht und noch niemals. Obwohl Dr. Enderleins Sätze, als er mit dem Schluchzen noch nicht begonnen gehabt hatte, manchmal auf ihrer Haut gebrannt hatten wie frisch hineintätowiert. Gerade deswegen hatte sie die Sätze für sich behalten müssen. Machst du ein Foto von mir? Das war Barbara von ihrem Handtuch aus. Wir haben viel zu wenig fotografiert bisher, sagte sie und hielt Antonia den Apparat hin. Aber nur bis zum Hals! Barbara riskierte oben ohne, zumindest im Liegen und Sitzen. Obwohl das nicht üblich war an diesem Strand. Die zierlichen Französinnen behielten ihre Oberteile an, nur die schwereren deutschen Frauen schienen keine Hemmungen zu kennen. Barbara kämpfte täglich einen kurzen Kampf zwischen durch oben ohne unangenehm auffallen oder sich daheim in Stuttgart über Bikinistreifen ärgern. Der Kampf endete für gewöhnlich im Kompromiß: Sie ging in voller Montur ins Wasser, sobald sie auf dem Handtuch lag, Oberteil runter. Antonia behielt ihr Oberteil an. Sie fotografierten sich gegenseitig ein paarmal, dann packten sie zusammen. Die Häute brannten schon wieder, trotz Sonnenschutzfaktor 16. Als sie in die Einfahrt ihres Hauses einbogen, nahmen sie direkt vor der Eingangstür einen schwarzen Fleck wahr. Sie näherten sich vorsichtig. In der grellen Sonne lag mit ausgestreckten Flügeln eine Fledermaus. An den leichten Stößen, die durch ihren kleinen Körper fuhren, sah man, wie schnell ihr Herz schlug. Sie muß die Orientierung verloren haben, mutmaßte Barbara, wie sie wohl mit dem Licht klarkommt, bestimmt ist sie jetzt geblendet und sieht gar nichts mehr. Sie wußten nicht, was sie tun sollten, und ließen das Tier schließlich liegen. Bevor es dunkel wurde, sahen sie noch einmal nach. Die Fledermaus war verschwunden.

4. MAI, IM ZUG

Gestern von Stuttgart nach Achern bei Offenburg, wo C. um 14.00 Uhr einen Vortrag vor Unternehmern gehalten hat. Anschließend holt er mich vom Bahnhof ab, leichtes Sommerjackett, Bräune und Leuchten im Gesicht, so schön und jung hat er noch nie ausgesehen. Als ich ihm das sage, einmal nicht die übliche Zurückweisung (unzulässiges Kompliment!); ja, sagt er sogar ein bißchen stolz, jemand habe neulich etwas Ähnliches gesagt. Dann stellt er sich vor mich hin und diktiert in die Luft: Als aus allen Wagen die von der Arbeit schlappen Pendler quollen, tauchtest du auf, in einem Kostüm aus dünnstem Stoff, der weibliche Kolonialoffizier unter lauter coloured people.

Während des Abendessens erfahre ich, daß er am nächsten Morgen schon kurz vor halb neun weg muß, irgendeine Geburtstagsfeier in Lisbeths weitschweifiger Verwandtschaft. Darauf hättest du mich vorbereiten müssen! – Ich bin doch froh, daß wir überhaupt …, sagt er. Der halbleere und der halbvolle Becher. Ich heule einen Becher halbvoll. Er sagt, das wird nicht wieder vorkommen. Als er, im Hotelzimmer, den Beutel mit der Zahnbürste aus seiner Reisetasche herausholt, fällt etwas auf den Boden. Ein Damenslip aus anthrazitfarbener Spitze. Lisbeth läßt grüßen, sage ich. Das ist doch nicht möglich, ruft C., tatsächlich rätselt er eine ganze Weile herum, auf welche Weise der anthrazitfarbene Spitzenslip »versehentlich« in seine Reisetasche gekommen sein mag. Nein, er packe seine Sachen immer selbst. Ja, natürlich, die gepackte Tasche hat eine Zeitlang oben im Schlafzimmer gestanden, in der Nähe des großen Kleiderschrankes, in dem sie ihre Sachen hat. Natürlich hat G. theoretisch die Gelegenheit gehabt, den Slip vor seiner Abreise noch in seine Tasche zu stecken. Trotzdem schaut C. mindestens zweifelnd, wenn nicht gar ungläubig. Solche Slips trägt sie eigentlich nicht … das muß er dann auch noch sagen. Weil C. DER FRAU nach wie vor keine Gemeinheiten zutrauen kann. Was will sie nur damit … sagt C. hilflos, und ich sage böse: Präsenz, was denn sonst. Und sie erreicht ihr Ziel: Statt miteinander zu schlafen, reden wir darüber, ob C. den Slip wieder mit nach Harlaching bringen soll oder ob wir ihn wegwerfen. Am liebsten würde ich ihn mit der Nagelschere zerschneiden, sage ich, aber C. sagt: Wenn ich ihn einfach wieder in die Tasche stopfe, noch unter das schmutzige Hemd, wird sie nie sicher wissen, ob wir ihn gefunden haben. Das ist doch raffiniert! Nachts, im Bett, als Lisbeths Präsenz wieder in der Reisetasche verstaut ist, fragt C. in die Dunkelheit: Und was wäre in zehn Jahren? Ich, sofort: Lesbierinnen haben auch keinen Schwanz. – Morgens ohne Frühstück zum Bahnhof. Aus Angst, zu spät zu kommen, sind wir viel zu früh. Während wir auf den Zug nach

Offenburg warten, hole ich das Buch heraus, das ich gerade für unsere »Leseland«-Rubrik »wiederentdeckt« lese: Gert Neumann, »11 Uhr«. Alltag eines Kaufhaushandwerkers in der DDR, durfte dort nicht verlegt werden, erschien in den siebziger Jahren bei Fischer im Westen. Jeder Satz eine einzige poetische Verweigerung gegen den sozialistischen Realismus. C. kennt das Buch von früher. Will, daß ich ihm eine Passage vorlese. Während ich versuche, der unglaublich langen, grammatikalisch nicht schlüssigen, wunderbaren Satzgebilde Neumanns Herr zu werden, rasen in einem fort Güterzüge durch diesen toten Dorfbahnhof, als wollten sie die Sätze zerstören. Das mußt du genau so drehen!, ruft C. Du mußt im Film die Hauptperson sein, die sich den Text aneignen will! Und dann kommen die Züge, und du mußt von vorne anfangen! Jede Stelle muß erkämpft sein! Und beim dritten Mal sitzt dann Neumann selber hier und liest, und dann ist der Satz endlich erschlossen!

STUTTGART, 18. MAI

Am 15. Vortrag in Baden-Baden; wir sind dort verabredet. Damit ich mein Tagessoll erfüllen kann, sitze ich ab acht im Büro, natürlich ist noch niemand da. Ein Anruf von C.: Antonia. Pause. Unsere erste Katastrophe. Pause. DIE FRAU wolle mitkommen nach Baden-Baden. Pause. Dann rückt er damit heraus, daß er ihr dies »nach schwerstem Krach« zugestanden habe. »Um zu demonstrieren, wie schrecklich das wird.« Um sie dann, in Baden-Baden und auf dem Weg dahin, durch Schweigen zu bestrafen. Die Tränen platzen mir aus den Augen. Ich bin ein grelles Nein. Laufe nach dem Gespräch wie ein Gespenst durch die Gänge. Kann kaum begreifen, was jetzt von mir verlangt wird. (Jetzt habe ich die Leideform benutzt, na bitte, das paßt.) Wie siehst du denn aus, sagt Udo, als er schließlich eingetroffen ist, ich glaub', du brauchst 'ne Spezialbehandlung. Schäumt mir mit üblichem Getöse einen Milchkaffee auf und massiert mir den Nacken, »wenn du willst, noch mehr«. Gruppiert, wen er gerade greifen kann – Lars-Heinrich, Claudi und den Praktikanten –, zu einem »bosnischen Freiheitschor«, »damit Antonia sieht, was wirkliches Elend ist«. Lars-Heinrich muß auf einem Bein stehen und das andere nach hinten abwinkeln, so daß er einbeinig und kriegsversehrt aussieht. Claudi nimmt einen Arm aus ihrer Bluse und läßt den Blusenärmel baumeln. Der arme Praktikant kriegt einen improvisierten Verband um den Kopf, ein Auge weggebunden, unglücklicherweise hat er auch noch von Natur aus einen leichten Silberblick. Dieses Praktikum wird er jedenfalls nie vergessen, denke ich. Udo stimmt ein bosnisches Lied an, das er soeben erfunden hat, obwohl er natürlich kein Wort bosnisch oder serbisch oder kroatisch kann. Lars-Heinrich und der Praktikant sehen eher verzweifelt aus, als sie den Text nachsingen müssen, nur Claudi juchzt begeistert mit. Trotzdem ist das Ganze so komisch, daß ich Tränen lache. Sie heult, brüllt Udo begeistert, sie heult! Um zwei ein weiterer Anruf, C. schnaufend: Ich bin im Zug. ALLEIN. Zu Udo sage ich: Ich muß früher gehen heute, es ist dringend. Na wer sagt's denn, sagt Udo, wie heißt er? – Georg, sage ich und hoffe, ich werde dabei nicht rot. Georg Ohne. – Na hoffentlich nicht ohne, sagt Udo und grinst. Als ich im Zug sitze, spüre ich meine Erschöpfung. C., als er mich abholt: Du bist blaß. Im Zimmer des Europäischen Hofs, kaum daß sein Samen in mir ist, Telefon. Sie kennt doch das Hotel nicht ..., sagt C. und schaut ein wenig ängstlich zu mir hin, bevor er abnimmt. Aber sie weiß es doch. Hat also wieder seine Reiseunterlagen durchstöbert, obwohl er die – angeblich – gleich beiseite gelegt hat, an einen – angeblich – sicheren Ort. Ich fliehe ins Bad, kriege aber leider noch die ersten Worte mit, sein »Ja?«, sein »Was ist?«, ein bißchen anbiedernd. Beinahe zärtlich. Auch als ich, hinter der geschlossenen Badezimmertür, die Silben nicht mehr verstehen kann, dringt dieser Ton noch herein. Ich starre in den Spiegel, sehe eine Frau mit wirrem

Haar, weißbläulicher Neonlichthaut und geröteten Augen, sie ist ziemlich häßlich. Ich will nicht nackt sein, während die miteinander telefonieren. Aber meine Kleider sind im Zimmer und im Bad ist kein Bademantel. Und ins Zimmer zurück gehe ich auf keinen Fall, solange die telefonieren, jedes weitere »Ja?« oder »Was ist?« wäre nicht mehr auszuhalten. Außerdem bleibe ich natürlich auch deshalb im Badezimmer hocken wie eine Verbrecherin, weil ich C. damit helfe: Er trifft dann eher den Ton. Nun weiß ich also, der ist halb anbiedernd, halb zärtlich. Ich will ihm überhaupt kein bißchen helfen jetzt, trotzdem kann ich aus dem Badezimmer nicht heraus. Warum sagt er nicht einfach: Du weißt doch, daß ich hier in Baden-Baden nicht alleine bin, ich möchte jetzt nicht gestört werden? Statt dessen tönt er, als sei er alleine, obwohl sie sowieso weiß, daß er das nicht ist, sonst würde sie nicht anrufen … Sein Samen läuft mir jetzt an den Beinen hinab, und er streckt den Kopf so vorsichtig ins Badezimmer, als fürchte er, ihm könne als erstes ein Wurfgeschoß entgegenkommen. Aber nein – wir sind nicht in einer Komödie.

2. JUNI, IM ZUG

Am 23. nach der Arbeit mit dem Zug nach Basel, weiter nach Lörrach, mit einer sogenannten Stadtbahn in ein Kaff namens Wehr, als ich ankomme, ist es halb zehn. Die Bahnstation erinnert an eine Station im Wilden Westen, an der die Züge längst nicht mehr halten. Wo der Landgasthof »Zur Sonne« sei, frage ich einen jungen Tramper, der meint, ich solle gegenüber auf den Bus warten. Mit mir warten zwei Betrunkene, gottseidank mit sich selbst beschäftigt. Auch der Busfahrer weiß nicht genau, wo ich aussteigen muß, um zum Landgasthof zu gelangen. Läßt mich schließlich an einer Haltestelle aussteigen, die noch verlassener ist als die, an der ich einstieg. Ein Schild ZUR SONNE immerhin. Ich gehe durch ein totenstilles Wohngebiet, es ist düster, es riecht nach Vieh und Land, ein Sportplatz, wieder zwei Betrunkene, die mir nachgrölen. Wahrscheinlich ist schon das Klappern meiner Absätze hier Provokation. Man kann nicht glauben, daß die eine Stadthalle haben, ganz zu schweigen davon, daß es hier ein Publikum gibt für Diskussionen mit Philosophen wie Christian Bleibtreu. Thema: »Die Provinzialität der Metropolen«. Zu spät merke ich, daß ich mich verlaufen habe; als ich mich seitwärts in eine schmale Straße schlagen will, vor mir, gerade mal dreißig Meter entfernt, ein Bernhardiner, um den Hals einen riesigen Kunststofftrichter, der in der Dunkelheit leuchtet. Der Bernhardiner setzt sich in Bewegung, bellt dazu grollend, ich bin starr vor Angst, da, ein paar Meter hinter mir ein Geräusch: aus einem Stall ist ein Mann getreten, in Arbeitshosen und Gummistiefeln, hastig rufe ich nach hinten, bitte helfen Sie mir, ich habe vor diesem Hund Angst. Er geht auf den Hund zu, der ihn zu kennen scheint, hält ihn am Kunststofftrichter fest und verspricht, ihn nicht loszulassen, bis ich außer Sicht bin. Erklärt mir dann noch den Weg, im Dialekt. Ich ziehe los in die gewiesene Richtung, beinahe rennend, jetzt nach links, hat der Mann gesagt, doch links ist wieder der Bernhardiner, diesmal in Begleitung eines Schäferhundes. In Panik mache ich kehrt; sie verfolgen mich nicht. Lieber zwei Betrunkene als zwei Hunde, also wieder am Sportplatz vorbei, die beiden Betrunkenen sind nicht mehr da. Nachdem mir klar geworden ist, daß ich, um zum Hotel zu gelangen, auf jeden Fall eine der beiden Hundestraßen nehmen muß, komme ich vor Angst kaum noch von der Stelle. Es ist völlig still, grotesk. Ich bin in ein Magritte-Bild gefallen, denke ich, dann wieder ein Geräusch, eine Bäuerin mit Kopftuch schrubbt einsam und im Dunkeln, allerdings von mindestens sieben Katzen umgeben, eine Treppe. Sofort spreche ich sie an, erzähle ihr von den Hunden und daß ich den Gasthof »Zur Sonne« suche. Sie ist freundlich, begleitet mich ein Stück, so lange, bis die Hunde »ganz sicher« nicht mehr zu befürchten sind. Vor mir erstrahlt die »Sonne«, ich trete ein und bin sofort in der Gaststube, jetzt muß ich mich – Vorsichtsmaßnahme, wegen Lisbeth der Terroristin – unter einem anderen Namen eintragen, wähle »Frasnelli«, fühle mich deshalb selbst wie eine Terroristin, aber die Wirtin will nicht mal meine Adresse. Doch als ich frage, ob Herr Bleibtreu eine Nachricht für mich hinterlassen habe, schaut sie plötzlich argwöhnisch, mißt mich mit ihrem Blick von oben bis unten, dann sagt sie, nein, hier ist keine Nachricht für Sie. Ich werde unsicher. Daß C. eine Nachricht hinterläßt, war ausgemacht. Er wohnt doch hier, frage ich, die Wirtin schaut jetzt alarmiert und erwidert sehr langsam, ein EHEPAAR wohne hier. Im Zimmer versuche ich mich zu fassen. Was heißt das: ein EHEPAAR wohnt hier? Ist DIE FRAU dabei? Hat C. mir das vielleicht nicht rechtzeitig mitteilen können, und ich muß jetzt die Nacht in diesem Zimmer verbringen, und C. mit Lisbeth zwei Zimmer weiter? Ich bin erledigt vor Entsetzen. Von diesem Ort komme ich doch nicht weg vor morgen früh! Es gibt keine Minibar, und natürlich ist es eiskalt im Zimmer eines Landgasthofs. Vierzig Minuten in diesem Zustand, dann ruft C. an, die Diskussion ist eher schlimm gewesen; er muß jetzt noch anstandshalber mit den anderen einen trinken gehen, kommt so schnell er kann. Ich erzähle hastig, was die Wirtin gesagt hat. Unsinn, lacht C., die hat mich sicher mit der grünen Prominenz verwechselt, einige von denen wohnen auch in der Sonne. Eine knappe Stunde später ist er da, ich ziehe um in SEIN kaltes Zimmer, er hat Wein bestellt, wir liegen eng aneinander unter der klammen Decke des Einzelbettes, ihm gehen noch die Sätze der eher schlimmen Diskussion nach, die Sätze, die er gesagt hat, und noch mehr die, die er nicht gesagt hat. Das sei die Strafe dafür, daß er an dergleichen teilnehme, nur damit wir uns sehen könnten! Morgens: Vorsicht vor der Grünen-Prominenz, die kennen Lisbeth, C. pirscht sich zunächst alleine an die Wirtsstube heran, die ist leer, wir können also gemeinsam frühstükken, wenn auch unter den mißbilligenden Blicken der Wirtin. In Gegenden wie dieser ist so ein zahlenschiefes Paar, wie wir es sind, offenbar auch am Ende des zwanzigsten Jahrhunderts eine Ausnahmeerscheinung. C. fährt nicht über Lindau zurück, sondern über Stuttgart, wir haben also noch zwei Stunden. Im Abteil muß ich mich einrollen wie ein Embryo, mich an ihn hängen wie ein Klammeraffe, mich seufzend und schmiegend auflösen, mich ducken vor Erwartung des unerbittlich um 10.58 Uhr bevorstehenden Abschieds. Dabei sind wir schon für den 28. wieder verabredet, in Essen, Vortrag beim Kongress: »Kann die Philosophie von der Soziologie lernen?«. C. versäumt nicht, zu bemerken: Da geh' ich nur deinetwegen hin! Damit wir zueinander kommen! Den Tagungsraum betreten wir getrennt, während ich umheräuge, muß ich mir eingestehen, daß ich nach Elisabeth Bleibtreu Ausschau gehalten habe. Gerade spricht eine Doppelnamen-Frau über den »Preis der Wissenschaftlichkeit«. Nach einer Weile steht C., der vor mir da war, auf und setzt sich neben mich. Hier bleiben wir nicht lange, flüstert er mir zu, ich nicke dankbar, und dann sagt er noch: Übrigens, die Rothaarige da vorne ganz außen, das ist die Kreatürliche. Verblüfft schaue ich in die Richtung seines Blickes und sehe, ein paar Reihen vor uns, im Halbprofil eine stiernackige blasse Frau Mitte vierzig, mit in Kinnlänge sehr gerade abgeschnittenen Haaren und einem großen Gesicht. Verwüstet, sagt C., früher war sie schmaler. Wie kommt die hierher, frage ich, C. zuckt mit den Schultern, die ist von hier, sagt er, vielleicht hat sie gelesen, daß ich teilnehme. Ich versuche mir vorzustellen, wie die Beine dieser Frau über Cs Schultern gelegen haben, und wie oft, vielleicht fünfzig Mal, oder öfter? Beim Orgasmus habe sie die Augen rollen lassen und gejuchzt wie ein Kind. Die heutige Patricia trägt einen Pullover aus ungebleichter Schafswolle, auch ihr Gesicht hat etwas von einem Schaf, war das früher schon so? Wenigstens die Bezeichnung »Kreatürliche« hat weiterhin ihre Berechtigung, denke ich. Sie hat mich schon begrüßt, sagt C., vorhin. Sobald die Kaffeepause verkündet ist, verziehen wir uns aufs Zimmer, um halb sechs noch einmal ein unerträglicher Vortrag, C. sagt:

Einmal muß ich mich noch blicken lassen. Als wir gegen acht aufbrechen, um in Essen ein soziologenloses Restaurant zu suchen, hat Patricia für C. einen Zettel an der Rezeption hinterlassen: »Komm heute abend zu mir. Ich wohne im Hotel gegenüber. Aber nicht mein, sondern dein Wille geschehe.« An diesem Abend geschieht mein Wille. Pech gehabt, Patricia. Am nächsten Tag ist von Patricia nichts mehr zu sehen. Und C. sorgt mit dem ersten Satz seines Vortrags für klare Fronten: »Bevor der Soziologismus die aus der Sprache stammende Philosophie plattmachte …« Die Zuhörerschaft schlägt Wogen wie ein vom Wind überraschtes Weizenfeld. Ich recke den Hals aus all dem Getreide und hoffe, die sähen mir an, was ich jetzt empfinde: Ehefrauenstolz, jawohl.

UTRECHT, 18. JUNI

Donnerstag abend mit dem Flugzeug von Stuttgart nach Marseille, Ankunft 20.30 Uhr. Er wartet im Foyer des Hotels Sofitel. Im Zimmer: Als wir einander zwischen den Küssen die Schuhe ausziehen wollen, kippt sein rechter Schuh auf die Seite. Schau mal, sage ich unwillkürlich, da klebt das Preisschild noch. Aber es ist nicht das Preisschild. Unter dem Absatz ein kleiner weißer Aufkleber, wie sie meine Mutter zum Etikettieren von Einmachgläsern benutzt. In mit schwarzem Kugelschreiber sorgfältig gezogenen Druckbuchstaben: ICH BESCHÜTZE DICH. Lisbeth ist wieder präsent.

Freitags 11.20 Uhr Marseille – Bordeaux. Herr Weiland, der Goethe-Direktor, kann sich kaum fassen, als ich ihm am Flughafen von C. als Begleiterin präsentiert werde. Nach Warschau haben wir beschlossen: Im Ausland keine Verbergungsmanöver mehr. Doppelzimmer und klare Ansage in der Außendarstellung unserer Beziehung. Egal, welche Verfolgungen, Beschattungen, Überprüfungen von Lisbeth zu befürchten sein können. Immerhin. Herr Weiland ist kurzatmig und eher dick, im Auto erzählt er, er habe gerade eine Bypassoperation hinter sich und werde in zehn Monaten pensioniert. Er und seine Frau wollten dann nach Deutschland zurückkehren. Nach so viel Bordeaux sehnten sie sich heim in den Hunsrück! Abends eine Gesellschaft bei Weilands zu Hause. Sie sitzen nicht neben ihm, er muß heute anderen zur Verfügung stehen, ausnahmsweise!, sagt Herr Weiland zu mir. Während des Essens kann er dann nicht mehr an sich halten: Das muß ja toll für Sie sein, flüstert er mir verschwörerisch zu, weiß es seine Frau? Besser nicht ... Ich sag's niemandem! Gottseidank kommt in diesem Augenblick Frau Weiland mit der Käseplatte, und ich muß nicht mehr antworten. Für das Wochenende hat uns Herr Weiland in einem Fünf-Sterne-Château bei St. Emilion untergebracht. Er sagt: Gesponsert von der Deutschen Bank! Als wir die Kleider auspacken, entdecken wir in Cs Schlafanzügen und Oberhemden noch ein paar Aufkleber. Immer derselbe Text. Mir ist schlecht, muß mich ein paarmal übergeben im Laufe dieses Nachmittags. Du hättest den Meeresfrüchtecocktail bei Weilands auslassen sollen, sagt C. Abends im Château-Restaurant kann ich nur Suppe essen. Dr. Enderlein hätte gesagt: Sie mußten wohl zu viel schlucken. Trotzdem: Ein wunderbarer Spaziergang durch die endlosen Weinberge am Sonntag. Hier wachsen die besten Weine der Welt. C. bewundert praktisch jeden Rebstock. Montags Bordeaux – Brüssel, mit dem Zug nach Aachen, der Zug ist übervoll, außer mir im Abteil nur Männer. Als ich in meiner Tasche nach einem Kugelschreiber krame, schenkt mir der Mann vis à vis seinen. C. sagt: So wirkst du eben! Daß Fremde dich gleich beschenken wollen. Von Aachen mit dem Taxi hinüber in die Niederlande, die Stadt heißt Utrecht. Eine Tagung holländischer Geschichtslehrer zur Rolle der Intellektuellen im Nachkriegsdeutschland, es wird sicher furchtbar, sagt C. finster, nur deinetwegen geh' ich da hin! Meinetwegen sind keine Alibis nötig, sage ich stur. Auf meine Frage, ob er häufiger Fahrten nach Holland habe, fängt der Taxifahrer an zu brummen, abwägend, ob es sich lohne, auf die Frage zu antworten oder nicht. Schließlich läßt er sich doch von der Frage verführen, was glauben Sie, was ich für Touren hab', Amsterdam, Rotterdam, 'n Kollege war schon zweimal in Nizza! Das sogenannte Grand Hotel in Utrecht: ein Fünfziger-Jahre-Kasten, innen mit braunem Holzfurnier zugetäfelt. Ich weiß nicht mehr, wie es dazu kam, daß C. in diese Stimmung geriet, die er dann heute morgen »Empfindungslosigkeit« genannt hat. Auf dem Weg hinauf, in unser Zimmer, habe ich wieder auf ihn eingeredet, ihm Feigheit vorgeworfen, mehr Haltung in Harlaching abverlangt undsoweiter. Meine Empörungspredigt gehalten, die fährt durch mich durch und aus mir heraus bei jedem Schmerzensanflug. Nach dem Eintreten ins Zimmer seine Antwort, während er die Koffer abstellt, tief ausatmet, mit dem Ausatmen eine leichte Gereiztheit ausdrückt: Das, Antonia, wird sie nie erfahren, unsere Nähe kann ich ihr nie vermitteln, niemals, bis zu ihrem Tod nicht. Danach läßt er sich in den Korbstuhl fallen und starrt vor sich hin. Es ist kalt im Zimmer. Ich lege mich unter die Bettdecke. Seine Sätze, in gleichmäßig stimmlosem Ton, in einer Monotonie, die unmißverständlich ist. Er ist müde. Er ist es leid. Das sagt er nicht, aber sein Ton sagt es. Zwei unvereinbare Auffassungen, sagt er, und daß er sich in Harlaching nicht anders verhalten könne, als er es eben tue, er könne dort nur unmittelbar aus der Situation reagieren; meine Forderungen seien unerfüllbar. Dann, als wir schon beide gelähmt sind, er auf dem Korbstuhl, ich unter der Bettdecke, der schlimmste Satz: Weißt du, daß mich diese Situation so sehr an Harlaching erinnert, daß ich die ganze Zeit Mühe habe, nicht Elli zu dir zu sagen? Dann beginnt er mit dem Schweigen, und den Schweigewettbewerb gewinnt immer er. Nach einer Weile gebe ich mich also geschlagen und sage mit Zitterstimme, und während ich spreche, denke ich, das Zittern meiner Stimme kommt daher, daß ich jetzt vor ihm Angst habe: Das kriegst du fertig, die ganze Nacht da drüben sitzen bleiben ohne eine Geste hin zu mir, warum mußt du jetzt denn nicht den Fuß herüberstrecken oder die Hand. Wie kann ich das, sagt er, wenn es so ist, wie es ist. In Gedanken spiele ich durch, wie es weitergehen könnte: Ich gehe, lasse mir unten ein Einzelzimmer geben, während er angewurzelt sitzen bleibt, vielleicht legt er sich später hin, jedenfalls holt er mich nicht zu sich. Ich sage also langsam und leider sehr zittrig: Dann bleibt mir nur das, was ich mir sowieso seit einiger Zeit einzureden versuche: Es nehmen, wie es ist, oder gehen. Er: Das sei wohl keine Lösung. Das sei für ihn zum Kotzen. Steht langsam auf, sucht den Schlüssel für die Minibar, holt sich Gintonic, bringt mir ein Heineken aus der Dose ans Bett, sieht auf mich hinab, lächelt ein bißchen und hebt spielerisch die Hand, als wolle er mich schlagen. Das genügt mir schon. Nur hin zu ihm. Heute morgen aufwachen wie nach einem bösen Traum. Wie konnte das passieren? Erschöpfungszustand, sagt er.

UTRECHT, 19. JUNI

C. stellt mir Henk Moulders vor. Das ist mein Freund Henk, dabei in seinem Gesicht offene Freude. Vor dreiundzwanzig Jahren haben sie sich zum letzten Mal gesehen. Atheist und Polygamist!, ruft C. begeistert und legt den Arm um die Schultern des zierlichen weißhaarigen Mannes. Henk Moulders ist deutlich über achtzig, Schriftsteller, in den Niederlanden bekannt, sagt C. Ich habe den Namen bisher noch nie gehört. Wie ist es?, fragt C. ziemlich ernst, und Henk antwortet mit feinstem Lächeln: Ich kann immer noch masturbieren. Hast du die Haut an seinem Hals gesehen?, fragt C. mich hinterher. Und die Altersflecken? Antonia, eines steht fest: niemals werde ich mich dir so zumuten. Bevor ich so aussehe, bin ich ausgewandert! Als er abends von der Tagung hinauf ins Hotelzimmer kommt, ist er aufgebracht. Er habe »die da unten« darauf vorbereiten wollen, daß er mich zum Abendessen mitbringe, also von einer

»Bekannten« gesprochen, die ihn begleite; darauf habe Gabriele Behrend gleich mit Anzüglichkeiten reagiert, Ach so, deshalb haben wir schon gestern auf Ihre Gesellschaft verzichten müssen! Jetzt muß er erst fragen, ob er darf! C. darauf: Frau Behrend, das können Sie zwischen Ihren Beinen behalten! Geht und ist nicht mehr dazu zu bewegen, Frau Behrends hinterhergerufene Entschuldigungen noch entgegenzunehmen. Wir essen also allein, in einem indischen Restaurant. Im Foyer des Grand Hotels gibt es dann aber kein Entrinnen mehr. Zwei Männer kommen direkt auf uns zu, der jüngere winkt schon von weitem. Also noch ein Drink in der Hotelbar. Der Jüngere entpuppt sich als der Organisator der Tagung, Jan Moj, der andere, Bernhard Otto, ist Didaktik-Professor in Köln und offenbar ebenfalls ein alter Bekannter Cs. Sofort der Männer-unter-sich-Ton, Thema ist zuerst die Tagung, dann das Verhältnis zwischen Deutschland und den Niederlanden, dann Harry Mulisch. Alle drei signalisieren sich sofort und selbstverständlich das Einverständnis: Mulisch, ganz furchtbar, über Mulisch muß man kein Wort verlieren. Die »Entdeckung des Himmels« habe ich gemocht, denke ich, wie gerne würde ich das Männertrio jetzt provozieren, indem ich sage, daß ich den Bildungsschrott, den dieser Roman aufbereitet, genossen habe! Und dann noch hinzufügen, daß von einer BEGLEITUNG ja gar nichts anderes zu erwarten sei, als daß sie Bildungsschrott auch noch genieße! Aber die BEGLEITUNG ist wieder einmal befangen und sagt aus Befangenheit keinen Ton, was dem Männertrio nicht weiter auffällt, weil es von einer BEGLEITUNG nichts anderes erwartet. »The Secret Life of Walter Mitty«, Kurzgeschichte von James Thurber, Englisch Leistungskurs, unvergeßlich. Walter Mitty hat nie den Mund aufgemacht, wenn es darauf ankam, nur hinterher, in seinen der schlimmen Situation hinterhersinnenden Träumen. Auch C. fällt es nicht ein, mir einen Ball zuzuspielen, der ist seine Begleitlisbeth ohnehin als stumme Beisitzerin gewöhnt. Ich hoffe, MEIN Schweigen wirkt wenigstens verächtlich. Dummerweise habe ich auch noch den kurzen Lederrock an, und auf der Ledercouch der Hotelbar kann man nur so eingesunken sitzen, daß der Rock höher rutscht, als er dürfte. Als die beiden aufbrechen, sagt Bernhard Otto zu mir, er habe sich sehr gefreut, mich kennengelernt zu haben, dann sagt er zu C., während er lange seine Hand schüttelt, »grüß Elisabeth von mir«. Hinterher rätseln wir, ob das absichtsvoll, also bösartig gewesen ist oder nur eine Taktlosigkeit. C. wundert sich: Der ist weder mit DER FRAU noch mit mir per du! Ottos Bemerkung interpretiert er natürlich gegen sich: Der traut mir dich nicht mehr zu, Antonia, so ist es!

STUTTGART, 21. JUNI

Gestern von Utrecht nach Tutzing, wo C. abends in der Evangelischen Akademie vorträgt. Als er am Vorabend seinen Pflichtanruf in H. macht, erfährt er, daß DIE FRAU Familie nach Tutzing organisiert hat. Eigentlich hätten wir in Tutzing noch eine Nacht gehabt. C. nennt das seufzend: Sie hat uns eine Nacht genommen. Natürlich hat er sich nicht gewehrt, sondern dieses Management als lisbethgegeben gebilligt. Ich bin natürlich explodiert, das Ganze in einem kleinen holländischen Lokal, in dem wir die einzigen Gäste sind. C. sieht so aus, als wolle er demnächst mit der Schweigeverweigerung beginnen, der Kellner legt Musik auf, vielleicht will er gegen Christians Schweigegesicht protestieren, vielleicht nur mein Geschrei übertönen. »Oh very young«, »Teach your children well«, »Vincent«, sogar »Harvest«, alles Titel aus Charlottes Kassettensammlung, aus der Zeit, als wir in ihrem winzigen Dachzimmer literweise schwarzen Kaffee ohne Zucker tranken und Selbstgedrehte rauchten, Javaanse Jongens. Der Kellner singt leise mit, ich auch, das tut C. weh, und das will ich. Antonia, bleib doch da, sagt C. leise. Ich kann nichts tun, nur hinnehmen, muß ich schreien und jede Silbe betonen und bei jeder Betonung den Rhythmus mit der flachen Hand auf den Tisch hauen, als ich bei »nur« angelangt bin, fällt mir ein, daß der Satz ein Christiansatz ist, seine Formel für die Harlachinger Verhältnisse im Jahre Eins nach Antonia, so fühle er sich dort, will er mir damit sagen, wie einer, der nur hinnehmen kann, was sie, DIE FRAU, uns an Lebensmöglichkeit einräumt, und das ist kaum mehr als nichts, jedenfalls zu wenig, immer zu wenig. C sieht mich an und sagt: Genau das sagt sie auch immer, wörtlich. So haben wir alle drei denselben Satz, um uns zueinander in Beziehung zu setzen. Wenn das kein Bund fürs Leben ist, denke ich und sehe Dr. Enderlein im Geiste lächeln. Warum lächelst du so böse, fragt C., aber ich antworte nicht, sonst müßte ich ja WIR sagen oder gar WIR ALLE DREI, und das kommt mir nicht über die Lippen, niemals, wäre ja noch schöner, einem Wir-Gefühl das Wort zu reden, weiter weg als DIE von mir ist doch kein Mensch. Während der Zugfahrt nach Tutzing, die für mich schon in Stuttgart enden wird, sitzen wir einander gegenüber, C. schreibt weiße Blätter voll. Ich habe einen Packen Filmexposés auf dem Schoß, kann mich nicht darauf konzentrieren, sehe statt dessen C. beim Denken zu, er ist ganz vertieft, manchmal schließt er für einen kurzen Moment die Augen und drückt Daumen und Zeigefinger gegen die Nasenwurzel. Jetzt hält er den Kugelschreiber ganz dicht über das Papier und starrt gespannt darauf. Er erwartet einen Satz. Der Satz kündigt sich in seinen Mundwinkeln an, durch leichteste Hinaufbewegung, beileibe kein Lächeln, jetzt läßt er den Satz kommen, er drückt den Stift aufs Papier, er zögert noch für eine halbe Sekunde, dann die Schreibbewegung, er hat ihn, der Satz ist gebannt. Das wäre ein Film: nichts als dieses Gesicht beim Denken ist gleich Schreiben in Echtzeit, als Off-Ton sein innerer Monolog, alle gedachten und verworfenen und korrigierten Sätze. Ich liebe dieses Gesicht so. Ich will nicht weg von diesem Gesicht, aber ich kann nichts tun, nur hinnehmen.

Er war tot. Woher sie es wußte, wußte sie nicht, sie wußte es einfach. Der Schmerz machte sie atemlos. Auf dem Tisch lagen viele Zeitungen. Sie konnte sie nicht aufschlagen, aus Angst, die Todesanzeige vorzufinden. Oder die Nachrufe der Feuilletons. Sie hatte immer gewußt, daß sie von seinem Tod durch die Nachrichten oder die Zeitungen erfahren würde. In Harlaching, unten im großen Wohnzimmer, hatten sie jetzt die Matratzen zusammengelegt, um den Schmerz besser auszuhalten. Woher wußte sie das? Sie waren zu neunt dort in Harlaching. Sie war dagegen alleine hier, nur ihre Mutter lief weiter hinten herum. Der Raum war groß und hatte braune Wände. Er war gestorben trotz der Elisabethniere, wegen der Elisabethniere, an der Elisabethniere. Das wußte sie auch. Der Schmerz war nicht auszuhalten und mußte von nun an ausgehalten werden auf ewig. Jetzt kam eine der Zwillinge auf sie zu, war es Laura oder Agathe, Laura oder Agathe streckte die Hand nach ihr aus, wollte sie Antonia schlagen oder umarmen, Antonia ging in Deckung, da spürte sie schon die Hand an ihrem Oberarm, spürte den Druck, hörte die Stimme dicht an ihrem Ohr, die Stimme war hell, die Stimme rief ihren Namen, dehnte die zweite Silbe zu einem langen O, Antooonia, kürzte dann die erste Silbe weg, Toooni, sie wollte die Hand auf ihrem Arm abschütteln, aber es ging nicht, sie schlug um sich, dann stürzte sie, dann war Barbaras Gesicht über ihrem, Antonia, wach doch auf mein Gott. Sie brauchte einen Moment, bis sie die Situation begriff. Sie fühlte Nässe auf ihren Wangen und noch mehr Nässe in ihren Augenwinkeln. Barbara sah wirklich besorgt aus. Ich mußte dich wecken, du hast laut geschrieen. Antonia setzte sich auf. Der Traum war nicht gleich verfügbar. Sie mußte sich anstrengen, bis er zurückkam. Christian war gestorben. Als sie das hatte, mußte sie gleich noch einmal heulen. Barbara legte den

Arm um sie. Das kenn' ich, sagte sie lieb, und dann: Du hast es trotzdem gut, du hast jemanden, ich bin allein. Antonia nickte langsam. So konnte man es sehen. Sie mußte an Waltraud denken, daran, was die zu ihr gesagt hatte, an dem Tag, als ihr Physiklehrer drei Jahre tot gewesen war. Waltraud hatte Antonia zum Essen eingeladen, bitte komm, damit ich den Tag irgendwie überstehe, und dann, als Waltraud hinter dem von ihr zubereiteten gewaltigen Lammcarée Platz genommen hatte, hatte sie so feierlich, als spreche sie ein Tischgebet, zu Antonia gesagt: *Eines Tages wirst du wissen, daß das die schönste Zeit in deinem Leben war. Wenn er tot ist, wirst du es wissen, erst dann.* Vor Waltrauds Minibusen hatten die Lammknochen in die Luft geragt wie die Beine der Tiller-Girls, und Waltrauds riesige, vor Selbstgewißheit leuchtende Augen hatten Antonia angeblickt, als wolle Waltraud ihre Erkenntnis in Antonia hineinhypnotisieren. Es tat gut, jetzt an diesen Waltraud-Satz zu denken. In Barbaras Leben gab es keinen Mann, wenn man einmal von ihrem Analytiker absah. Ich hole uns einen Cognac, sagte Barbara, wär' ja noch schöner. Als sie zurückkam, brachte sie nicht nur den Cognac, sondern auch das alte Kofferradio, das zum Inventar der Küche gehörte. Barbara drehte so lange an den Knöpfen herum, bis sie zufrieden war mit dem, was sie hörte. Die Neville Brothers. *I – hear – you – say – What can make me feel this way – my girl.* Barbara sang mit. Das konnte sie gut: aus einer traurig-theatralischen Szene Freundinnen-Kapital schlagen. Der nächste Tag war ihr letzter. Beim Frühstück erklärte Barbara zum soundsovielten Mal, wie sehr sie es genieße, daß man im Urlaub so vergammelt rumlaufen könne, um dann, für den Aufbruch zum Strand, in einem weißen Minikleid aus Leinen zu erscheinen, in der Taille ein breiter Gürtel. *Ein Fetzen!* So sagte es Barbara. Christian rief an, legte nach wenigen Sätzen wieder auf, aus Angst, abgehört zu werden, rief wieder an und sagte, als Antonia protestierte: Eines Tages werden wir gemeinsam im Meer schwimmen, Antonia, wenn ich das nicht dächte, könnte ich nicht mehr leben! Als sie ihre Badetaschen im Auto verstauten, klingelte Antonias Handy noch einmal. Hallo Tante, sagte die Stimme Otto Armbrusters. Antonia schrie auf. Conni. Sie hatte nicht daran gedacht, daß es schon so weit war. Wie ist es gegangen, fragte sie ins Telefon hinein und sank auf die Bank, die vor dem Haus stand, alles okay, sagte ihr Vater, seine Stimme klang seltsam, das lag nicht an der schlechten Verbindung, acht Pfund, gestern abend um zehn seien Dieter und Conni ins Diakonissen-Krankenhaus gefahren, zwölf Stunden Wehen, eine normale Geburt, nur ein Dammschnitt sei nötig gewesen. Ein Dammschnitt. Ganz sicher hatte Antonia ihren Vater noch nie das Wort Dammschnitt sagen hören. Sie sah ihre Mutter vor sich, wie sie das Sonntagshähnchen mit einer Hähnchenschere in zwei Hälften zerteilt hatte. In den siebziger Jahren hatte es im Hause Armbruster praktisch jeden Sonntag Hähnchen und Pommes Frites gegeben. Und samstagabends Schaschlik mit Brötchen! Jetzt kam Renate Armbruster ans Telefon, Conni habe es geschafft, zum Telefonhäuschen unten in der Eingangshalle zu gehen, geweint habe sie und gesagt: Mutti, wenn mir das einer gesagt hätte vorher, ich hätt's mir noch mal überlegt. Schlimm sei es gewesen, schlimmer, als sie sich das je hatte vorstellen können, aber jetzt sei sie glücklich.

In Stuttgart kamen sie spät in der Nacht an. Am nächsten Morgen teilte die Mutter mit, Conni sei wieder zu Hause. Antonia packte die Urlaubswäsche aus, ein paar frische Sachen ein und fuhr sofort los, nach Speyer. Obwohl es sie Überwindung kostete, nach der langen Rückfahrt gleich wieder in ein Auto zu steigen. Und obwohl Moritz, der oben bei ihr aufgetaucht war, sobald er sie am Morgen in ihrer Wohnung hatte hin und her gehen hören, gemault hatte. Jetzt warst du zwei Wochen weg und fährst schon wieder, ich hab gar nichts mehr von dir. Conni öffnete ihr, um die Augen ein bißchen müde, das ist der erste Sommer, in dem du brauner bist als ich, sagte sie und grinste. In der kleinen Dachwohnung, die Conni und Dieter im Vergißmeinnichtweg gemietet hatten, war es heiß. Dir macht das doch nichts, sagte Conni und riß sich das T-Shirt vom Leib, Antonia starrte auf Connis Brüste, die nicht mehr wiederzuerkennen waren. Conni hatte immer hübsche, runde, mittelgroße Brüste gehabt, jetzt wankten da zwei ... Fußbälle, sagte Conni und grinste wieder, die Milch ist gestern nacht eingeschossen, ich hab' meinen Busen gestern morgen auch nicht erkannt. Nach drei Tagen Versuchsstillen waren die Brustwarzen schon entzündet, sie glänzten, Conni sagte, sie habe eine Salbe draufgeschmiert. Aus der Wiege quäkte jetzt der Winzling. Antonia schaute ihn an, er sah genau so aus, wie Conni ausgesehen hatte. Conni fing an zu heulen vor Stolz und Glück. Es sei *ein Wunder*, sagte sie, sie könne immer nur denken: *ein Wunder.* Der Säugling war vollauf mit dem Wachwerden beschäftigt, Conni ging ins Bad und wischte sich die Salbe von den Brustwarzen. Den Geschmack mag er nicht, sagte sie, stolz, daß sie so etwas schon sagen konnte, dann nahm sie das Baby aus der Wiege, legte es auf eine Art Minibahre, setzte sich mit der Bahre auf dem Schoß unter Stöhnen aufs Sofa, erklärte, daß das Hinsetzen noch weh tue, da unten sei alles genäht, sie komme sich vor wie ein Handarbeitskissen, vorhin habe sie sich über einen Spiegel gesetzt, um sich da unten mal zu betrachten, einen richtigen Schock habe sie gekriegt, dabei habe Dieter gemeint, jetzt sehe das Ganze schon viel besser aus als direkt nach der Geburt. Du glaubst es nicht, sagte Conni, die Gegend um die Nähte ist fingerdick geschwollen, grün und blau ist alles, als ich heute morgen aufs Klo mußte, das ist vielleicht was gewesen! Zwei Tage lang habe sie das mit dem Stuhlgang hinausgezögert, weil ... sie schaute mich mit einem bedeutungsvollen Blick an, dann fuhr sie fort: als sie das erste Mal nach der Geburt gemußt habe, habe sie nichts halten können, es sei einfach in die Hose gegangen. Sie habe Angst gehabt, der Schließmuskel sei beschädigt. Aber du bist doch nicht bis ganz hinten aufgeschnitten worden, fragte Antonia entsetzt, das nicht, sagte Conni, aber nach dem

Schnitt ist es noch ganz durchgerissen, er hat halt so einen dicken Kopf. Sie schaute hinunter auf den dicken Kopf, sie hatte einen Blick, den Antonia an ihr noch nie gesehen hatte. In ihrem Gesicht war reines Entzücken. Conni war jetzt eine Eingeweihte, und so schilderte sie es auch: als ein machtvolles Gefühl, das von ihr Besitz ergriffen hatte in dem Augenblick, als ihr das blutverschmierte Neugeborene auf den Bauch gelegt worden war. Das richte die Natur so ein, das *geschehe mit einem*, sagte sie, während sie dem Säugling eine entzündete Riesenbrustwarze in den Winzmund drückte, der Säugling wußte offenbar noch nicht genau, wie das Saugen ging, es muß ein Vakuum entstehen, sagte Conni, er kann's noch nicht so richtig, wir kämpfen noch ein bißchen, würdest du bitte wegschauen, daß du zusiehst, macht mich nervös. Es hätte Antonia nicht gewundert, wenn sie gesagt hätte: daß du zusiehst, macht *ihn* nervös. Antonia schaute in die andere Zimmerecke, bis schließlich doch schmatzende Geräusche zu hören waren, der Säugling war angedockt, von jetzt an saugte er eine halbe Stunde lang, dann versuchte Conni, ihm die Brustwarze zu entziehen, aber der kleine Mund hatte sich festgesaugt und wollte nie mehr loslassen. Conni steckte ihm ihren kleinen Finger in den Winzmund, um dem Vakuum ein Ende zu bereiten, schließlich entließ der Winzmund die geschundene Brustwarze, nun ging es von vorne los an der anderen Fußballbrust, der Säugling schien unschlüssig, ob er eine Runde schlafen oder noch eine Runde saugen sollte. Er entschied sich fürs Saugen. Das Theater wiederhole sich alle drei Stunden, sagte Conni, natürlich auch nachts, sie hoffe, sie beide fänden bald einen gnädigeren Rhythmus.

Am nächsten Tag, ihrem ersten Arbeitstag nach dem Urlaub, konnte Antonia nicht anders, als denen, von denen sie vermutete, sie könnten Verständnis dafür haben, daß sie das loswerden mußte, zu erzählen, sie habe jetzt einen Neffen. Und daß sich ihre Schwester Conni die Geburt so schlimm nicht vorgestellt habe. Udo gegenüber sagte sie nichts, der winkte ab, sobald vom Kinderkriegen die Rede war. Freytags Assistentin aber und Frau Rothfuss, beide mehrfache Mütter, kriegten den erhofften wissenden Blick. Jaja, sagten sie beinahe im Chor, das erste ist immer am schlimmsten. Dann schauten sie aus dem Fenster, in eine nicht weiter auszumachende Ferne. Nach der Mittagspause stürmte Barbara ins Büro und auf Antonias Schreibtisch zu, sie wedelte mit einem großen, bunten Umschlag. Ich muß dir was zeigen, sofort! Gerade habe sie die Urlaubsfotos bei Foto Blitz am Ostendplatz abgeholt. Katastrophe! Man könne sie alle wegschmeißen. Der Mann bei Foto Blitz habe sich das auch nicht erklären können. So etwas habe er noch nie gehabt, habe er gesagt, als sie sich beschwert habe. Sie habe ihm die Fotos allerdings nicht zeigen können, nur das Malheur beschreiben, nachdem sie die Fotos gleich im Laden neugierig aus dem Umschlag gerissen und betrachtet habe. Ich hör' was von Fotos, rief Udo aus seinem Zimmer heraus; Barbara winkte Antonia sofort hinaus auf den Gang und zog sie in die Damentoilette. Der Mann bei Foto-Blitz habe gemeint, es liege am Fotoapparat, sagte Barbara. Bevor sie die Fotos aus dem Umschlag zog, schaute sie ängstlich zur Tür, als erwarte sie, daß Udo jeden Moment in der Damentoilette auftauche. Eine nackte Schulter. Ein Busen. Das war Barbaras Busen. Dann Antonias Bauch. Dann nichts als Sand, und in der linken Ecke ein Fuß auf einem Handtuch. Dann: Antonias Hals, Bikinibusen und Bauch, am größten wirkte der Hals. Ein Barbarabusen, in ziemlich ungünstigem Winkel. Ist das nicht grauenvoll, rief Barbara, die Ausschnitte stimmen nicht! Antonia starrte auf die Bilder hinab. Sie wollte etwas sagen, da klingelte ihr Handy.

Zweiter Teil

Unterbrechen

Die eine steht im Wasser bis zum Goldkettchenknöchel, die andere bis zum Knie. Beide haben die Hände in die Hüften gestemmt, die eine hat noch weniger Hüften als ich, die andere dreimal so viel, beide strecken den Bauch leicht nach vorne, so stehen manchmal Schwangere da, sie stehen beide, als seien sie stolz auf ihre Hüften, überhaupt auf alles. Die Dünne hat ein kleines Kopftuch im Haar, in den siebziger Jahren hätte man das Nickituch genannt, wie man so ein Tuch heutzutage nennt, weiß ich nicht. Das Tuch hat dieselbe Farbe wie ihr Bikini, türkisblau, und um ihre Schmalhüften hat sie ein weiteres türkisblaues Tuch gebunden, der Knoten sitzt direkt unterhalb ihres linken Hüftknochens, über ihrem rechten bildet das Tuch einen Zipfel wie der Lendenschurz von Jane. Einmal am Tag klettert ein Inder über die Felsen in unsere Bucht herein, mit einem Sack voller bunter Tücher, sofort gehen die deutschen Frauen auf ihn los und kaufen ihm die Tücher ab. Das mit dem Zipfel kriegen sie dann nicht hin, aber auch die, denen die Zipfelbildung über der rechten Hüfte schließlich gelingt, sehen dadurch nicht italienischer aus mit ihren Stoppelfrisuren und ihrer weißrosa Haut. Jetzt stößt eine dritte zu den beiden, die, die wir das erotische Schlachtschiff nennen. Eine Anita Ekberg in Dunkel, schwarze Lockenmähne, perlweiße Zähne zwischen den Sofia-Loren-Lippen, das Bikini-Tuch-Ensemble heute in flammendem Rot. Von allen italienischen Frauen hier am Strand schaue ich dem erotischen Schlachtschiff am liebsten zu. Wie sie mit beiden Händen das Haar zurückstreicht und das Gesicht dabei der Sonne entgegenhält. Beim Reden rudert sie mit den Armen durch die Luft, als dirigiere sie Verdi, ihre goldenen Armreifen klirren. Ich finde sie schön in ihrer braunen, gleichmäßigen Üppigkeit. Die drei schwatzen und lachen durcheinander, ab und zu fahren sie dabei mit ihren Füßen leicht durchs Wasser, als befinde sich unterhalb der Wasseroberfläche ein kleiner Ball, den sie sich zuschubsen wollten. Weiter links, im Schatten einer Sonnenschirm-Gruppe, die dazugehörigen Männer, der eine liest La Repubblica, der andere döst, der dritte telefoniert. Ganz außen, wo die Felsen beginnen, die die Bucht begrenzen, hat sich das norditalienisch-bleiche Kindermädchen niedergelassen und beschäftigt Massimo, Angelo und Luigi oder wie die Kleinen heißen. Ich habe bisher nicht ausmachen können, zu welcher Frau welche Kinder gehören. Im Unterschied zu den Frauen reden die drei Männer nicht viel miteinander. Eher machen sie den Eindruck, als ließen sie den Urlaub über sich ergehen. Der da jetzt aufs Meer starrt, sieht doch aus, als träume er sich seine nächste römische Mittagspause herbei. Man kann ihn sich vorstellen, dunkler Anzug, hellblaues Hemd mit weißem Kragen, Sonnenbrille, er winkt eilig ein Taxi heran, am Ohr das Handy, er ruft die an, die er in der Mittagspause besuchen wird, ich komme, Silvana, die Zeit reicht gerade noch. Jetzt steht er auf, gähnt, streckt sich ein wenig, geht langsam an den schwatzenden Frauen vorbei, wirft ihnen einen Blick zu, eher höflich als interessiert, er schlurft ins Wasser, bis es ihm zur Taille reicht, er schöpft mit den Händen Wasser in sein Gesicht und über seinen Kopf, dann läßt er sich nach vorne fallen und schwimmt los. Italienische Frauen schwimmen nicht, außer manchmal Frau Ellenbeck. Herr und Frau Ellenbeck liegen weiter rechts, ganz in der Nähe unseres Sonnenschirms. Ihren haben sie nicht aufgespannt, sie braten für gewöhnlich in der vollen Sonnenglut. Frau Ellenbecks Haut hat deshalb schon die Farbe von Barbaras Lederjacke. Herr Ellenbeck ist ein anderer Hauttyp, seine Glatze und sein langes Gesicht sind beinahe weinrot, aber das scheint ihm keine Beschwerden zu bereiten. Beide groß, dünn und langbeinig, ihre Gesichter nicht schön, aber sanft. Christian meint, die beiden sind aus dem Kulturbetrieb, ich glaube das nicht, denn sie liest Agatha Christie. Allerdings liest er Houellebecq, »Le particelle elementari«. Weil Christian Houellebecq immer falsch ausspricht, haben wir das Paar die Ellenbecks getauft. Die Bewegungen der Ellenbecks auf ihren Liegestühlen sind überaus ökonomisch, ihre langen Gliedmaßen bewegen sie nur, wenn es unbedingt nötig ist, zum Beispiel, um eine Seite umzublättern oder sich ein lederfarbenes oder weinrotes Schulterblatt mit Sonnenmilch einzucremen. Ab und zu langt Herr Ellenbeck zum anderen Liegestuhl hinüber und legt seine Hand auf die Hand von Frau Ellenbeck, so verharren sie regungslos wie Echsen in der Sonne. Sie sprechen auch nicht viel. Die sind sich selbst genug, hat Christian gesagt, natürlich hat er das vorwurfsvoll gemeint. Ellenbecks gehen niemals gemeinsam ins Wasser, wie wir es tun, jeder geht, wann es ihm gefällt. Frau Ellenbeck hat dieselbe Schwimmbrille wie ich. Sie ist die einzige gute Schwimmerin dieser Bucht, außer mir. Vielleicht ist sie eine Sportlehrerin, hat Christian gemeint, ich glaube das nicht. Wenn Mittagszeit ist, zieht sich Herr Ellenbeck ein T-Shirt über und geht die Treppen hinauf ins Strandcafé, er setzt sich immer an denselben Tisch, an den Tisch links von dem, an dem ich jetzt sitze. Er schaut aufs Meer und nimmt etwas zu sich, während Frau Ellenbeck, die offenbar ihre gazellenhafte Magerkeit nicht gefährden möchte, im Liegestuhl weiterröstet. Ich möchte leben wie die Ellenbecks, habe ich zu Christian gesagt. Christian sitzt gut fünf Meter rechts von den Ellenbecks, ich sehe sein Gesicht im Halbprofil, er hat die kleinen Kopfhörer auf, seine Augen sind geschlossen. Ich nehme an, er hört eine seiner Celibidache-CDs. Daß ich drei Stunden am Tag, bis der Akku meines Laptops aufgibt, hier oben im Schatten des Strandcafés sitze, hat er zwar als etwas Trennendes empfunden, aber es schließlich akzeptiert; nur hier oben ist so viel Schatten, daß ich auf dem Bildschirm meines Laptops etwas erkennen kann. Und daß ich endlich weitermache, ist ihm wichtig. Davon erhofft er sich etwas. Eine noch größere Genauigkeit als die, die er ohnehin schon aus mir herausgefragt hat im Laufe der Zeit. Christian weiß vom sogenannten Romanprojekt. Genauer gesagt, er hat jede Zeile gelesen. Als ich ihm damals den Stapel Papier auf den Schoß geknallt habe, ist alle Bewegung aus ihm herausgefahren, er ist erstarrt wie eine Katze, die eine Maus erspäht hat und nun nichts anderes mehr im Blick hat als sie. Allein Christians Augen bewegten sich, das konnte ich von der Seite sehen, unter den halb gesenkten Lidern rollten die Augäpfel hin und her und fraßen meinen Text auf. Ab und zu lachte er kurz. Öfter noch schüttelte er den Kopf. So saßen wir bis spät in die Nacht. Als er alles gelesen hatte, fragte er: Und weiter? Ich sagte: Weiter bin ich noch nicht. Er nickte langsam und sagte, das Wichtigste kommt ja noch. Und ich wußte, was er meinte, wenn ich auch keinesfalls der Meinung bin, das, was ihm noch fehlte, sei das Wichtigste. Als nächstes sagte er, während er mir heftig über den Kopf strich: Diese Antonia kommt mir vor wie eine jüngere Ausgabe von dir. Und dann: Der Christian ist natürlich ein Vollidiot, aber was soll's. Er war ziemlich gerührt. Leider hielt ihn das nicht davon ab, sich sogleich ausgiebig damit zu beschäftigen, ob das Verb *schlüpfen* im Kontext von *ins Bett schlüpfen* eine erotische Schwingung hat oder nicht. Er meinte ja, ich meinte nein, aber mein Nein zählte weniger als sein Ja. Du läßt Antonia also neben Moritz *ins Bett schlüpfen*, das ist interessant. So hatte er angefangen. Natürlich versuchte ich wortreich, ihn davon zu überzeugen, daß das Wort schlüpfen allein zum Ausdruck bringen sollte, das Ganze sei leise und eilig vonstatten gegangen. Während er dem mehr oder weniger erotischen Schlüpfen nachhing, fiel ihm auf, daß ich eine andere schlüpfrige Situation komplett unterschlagen hätte, die Nacht mit Achim Kühnholz. Das fand er mindestens eineinhalb Stunden lang ungeheuerlich. Seit er die Nacht mit Achim Kühnholz aus meinem Reisenotizbuch herausgefischt hat, kaum daß ich auf der Zugtoilette gewesen bin, ist der in Bittermandel getunkte Wiewardasmöglich-Monolog einer von Christians großen Auftritten geworden. Ich sagte, was ich immer sage, wenn *Die Nacht mit Achim Kühnholz* dran ist, zum Beispiel: Das war doch nicht wichtig, das weißt du doch, das war doch ganz und gar lächerlich undsoweiter, und noch lächerlicher als diese lächerlich bedeutungslose Nacht mit Achim Kühnholz fand ich die Tatsache, daß ich ein weiteres Mal Rechtfertigungssätze produziert hatte, statt zu schweigen oder besser noch: einfach den Raum, die Wohnung, die Existenz zu verlassen, großer Abgang. Aber die Entsetzensüberraschung, daß er sogar nach dieser Lesestunde, nach diesem Romanprojektgeständnis, das mich einiges gekostet hatte, auf Achim Kühnholz zu sprechen kommen konnte, hier also auf den FEHLENDEN Achim Kühnholz, machte mir jede Souveränitätsgrandezza unmöglich. Für mich war das ALLERDINGS wichtig, sagte er, gerade so, als wäre das sein Buch und nicht meins, und dann redete er sich heiß für den Wiewardasmöglich-Monolog: Die Nacht hat dir also nicht in dein Antonia-Konzept gepaßt, so eine Nacht hast du nicht brauchen können, du möchtest eben nicht wahrhaben, daß diese Nacht möglich war, von der wüßte ich heute noch nichts, wenn ich damals im Zug nicht undsoweiterundsoweiter. Er steht auf, streckt sich, stapft durch den Sand auf mich zu, ein Mann mit milchkaffeebrauner Haut und kaum dunkleren Locken, einer, der jünger aussieht, als er ist, vor allem von weitem; er schaut prüfend in meine Richtung, er will in meinem Gesicht erkennen, wo ich gerade bin im Roman, er steigt die Treppen hoch, er stellt sich hinter mich, seine warmen Hände greifen in meinen Nacken, er drückt meinen Halswirbel mit beiden Daumen, ich weiß, er liest jetzt den Satz, der entsteht, weil er ihn liest. Gleich wirst du mich fragen, ob ich dir die Ausbeute dieses Tages vorlese, ich werde wieder nein sagen, wieder wirst du fragen warum, obwohl du die Antwort weißt.

Wieso hast du den gegrüßt? – Der hat mich zuerst gegrüßt. – Wieso kennt der dich? – Vom Strand. – Mich hat der nicht gegrüßt, sie grüßen immer nur dich. – Darf ich also nicht zurückgrüßen, wenn ich gegrüßt werde? – Natürlich, du darfst alles, keine Frage. Sagte Christian und zog seine Mundwinkel für das große Schweigen zurecht; nur wenn der Kellner ihn ansprach, antwortete er noch, sì, un poco, sì, grazie. Vor ein paar Wochen, als wir einander bei unserem Stuttgarter Italiener gegenübersaßen und Christian von der Begegnung mit seinem Verleger erzählte, bin ich durch ein Geräusch einen Moment abgelenkt gewesen. Ganz sicher nicht lange genug, um Christians Erzählung nicht mehr folgen zu können, eben nur für einen winzigen Moment. Das Geräusch ist durch einen Mann entstanden, der aus dem hinteren Lokalteil in den vorderen gekommen war, es war nur ein kleines, unspezifisches Geräusch, vielleicht das einer knarrenden Holzdiele, auf die der Mann getreten ist; jedenfalls habe ich hinüberschauen müssen, dann wieder zu Christian, dann wieder hinüber zu dem Mann, der mir bekannt vorkam, das war doch der Produktionsleiter Fiktionales, ein Irrtum, dieser Mann war nicht der, für den ich ihn im flüchtigen ersten Hinüberblicken gehalten hatte. Ich hätte dieses zweifache, kurze Hinüberblicken auch längst vergessen, hätte Christian nicht deswegen einen Ausbruch gehabt, nein, ich hätte es gar nicht vergessen müssen, weil ich mir ohne Christians Ausbruch nie und nimmer meiner Kopfbewegung bewußt gewesen wäre; hundertmal am Tag haut's einem den Kopf doch unwillkürlich nach rechts oder links, obwohl man geradeaus denkt! Oder letzten April, als wir nach Christians Kölner Vortrag zurück ins Hotel kamen und von den Klängen des Klaviers noch in die Bar gelockt wurden. Rechts in der Ecke der Pianist; weil der zu singen begann, als wir die Bar betraten, wollte sich mein Kopf in seine Richtung drehen, der Pianist nickte mir zu und lächelte, danach war für zwei Stunden alles aus. Für Christian sind meine Kopfbewegungen nichts Geringeres als ein Beweis.

Seit einiger Zeit hat er sich auf diese Art der Beweisführung spezialisiert. Tatsächlich sieht es so aus, als wäre das Indiziensammeln für die Beweisführung inzwischen seine Lieblingsbeschäftigung geworden. Er will ein *Zuwenig* beweisen, ein *Zuwenig* meinerseits. Ich bin zu wenig konzentriert. Zu wenig bei der Sache. Zu wenig bei ihm. Meistens findet Christian seine Beweiskette für das *Zuwenig* so ungeheuer schlüssig, daß ich auch mit vielen Sätzen, nüchtern-argumentativen Sätzen, geschrieenen Protestsätzen, geweinten Verzweiflungssätzen keine Chance habe, ihn zu widerlegen. Schon das Wort *unwillkürlich*, das ich, bei unserem Stuttgarter Italiener, zu meiner Verteidigung angeführt habe, hat er nicht gelten lassen. Leider bin ich, weil ich nicht fassen konnte, daß so ein *unwillkürliches*, zweifaches Kopfdrehen in Christians Augen für etwas so Schlimmes wie *Zuwenig* ein Indiz sein soll, in den Defensivton derer hineingeraten, die Grund für so einen Defensivton haben. Obwohl ich doch wissen müßte, daß er genau darauf wartet. Dann hat er mich da, wo er mich haben will. Auf der Anklagebank. Und er schwingt sich auf zum Staats- und Staranwalt und hält ungeheure, allerdings unter juristischen Gesichtspunkten unhaltbare Plädoyers. Die Zahlen! ruft er, es sind die Zahlen! Eine andere Erklärung für so viel Kopfdrehen und Kopfverdrehen gebe es nicht. Antonia, ich gehe, sagt er, bitte nicht, sag ich, wahrscheinlich heule ich an dieser Stelle schon, sicher aber ist, daß mein Magen schmerzt, mein Magen verträgt den Verhörton nicht, den Christian seit einiger Zeit so gern anschlägt; seit September vor zwei Jahren anschlägt, um mir zu beweisen, daß ich mit einem kratergroßen Defizit ausgestattet bin, das man *Zuwenig* nennen könnte.

Daß ich auf seine Verhörsfragen *unwillkürlich* bereitwillig antworte, entsetzt mich am meisten. Auch gestern abend. Obwohl ich doch, nachdem Christian mich des unlauteren Gegrüßtwerdens bezichtigt hatte, sofort den Tisch umschmeißen wollte – oder ihm ins Gesicht schlagen oder gehen, oder ihm ins Gesicht schlagen UND gehen, aus dem Restaurant, aus dem Hotel. Aber ich tat es nicht, wieder nicht, statt dessen schluckte und schluckte ich, so lange, bis sicher war, daß ich nicht anfangen würde zu schreien oder zu schlagen, auch nicht zu weinen oder zu gehen; dann sagte ich, laß gut sein, ich halte es nicht aus, mit dir böse zu sein. Wenn er jetzt auch nur mit einem Halbsatz, was sage ich, mit einer Geste zu verstehen gegeben hätte, daß er so, wie er reagiert hat, nicht unbedingt hätte reagieren müssen, nur weil ich jemanden gegrüßt habe, der mich vorher gegrüßt hat, wäre ich doch schon froh gewesen, aber nein, Christian ließ sich lange bitten, und ich bat ihn lange, während es mich ankotzte, daß ich ihn lange bat. Du bist nicht ganz bei mir, sagte er schließlich, immerhin, er hatte gesprochen, obwohl ich ihn für den Satz sofort wieder in sein Schmerzensmann-Gesicht hätte schlagen können. Statt dessen schrie ich jetzt doch, gedämpftes Schreien im Speisesaal, wer mein Gesicht sah, durfte sich freuen, ein Paar im Krach, das ist beste Urlaubsunterhaltung für all jene Paare, die nichts anderes zu tun haben als sich anzuschweigen, also für beinahe alle, das ist Gefangenschaft, so lasse ich mich nicht behandeln, wenn du damit nicht aufhörst dann … Ich weiß, daß er meine Konditionalsatzdrohungen inzwischen ebensowenig ernst nimmt wie die DER FRAU. *Wenn das nicht aufhört, dann geh' ich.* O-Ton Lisbeth. Wenn eine bleibt, bis daß irgendeiner der beiden möglichen Tode sie scheidet, dann ist es Lisbeth Bleibtreu. Gelernt hat sie in all den Jahren – sind fünf Jahre genug, um von *all den Jahren* zu sprechen? – nur eines: Christians Konditionalsatzdrohungen nicht mehr ernst zu nehmen. *Wenn du hier* – gemeint ist Harlaching – *mit mir nicht in Frieden leben kannst, gehe ich.* Er sagt, daß er es dort so sagt. Es hat Jahre gedauert, bis er das hat sagen können. Er sagt, sie spüre dann, wie ernst es ihm sei. Aber daraus folgt kaum mehr als ein momentanes Erschrecken. Wir drei sind verschlungen wie bei einer Flamenco-Choreographie, zwei

Frauen, ein Mann. *Wenn aus einer totalen Beziehung eine totalitäre geworden ist …* Wie dieser Konditionalsatz endete, das weiß ich nicht mehr, aber der Anfang: ein Knaller. Dr. Enderlein, alle Achtung, diesen Anfang hab' ich im Liegen empfangen wie die heilige Kommunion, auch wenn ich mich nicht mehr erinnern kann, auf welche Männertotalität in meinem Leben sich Ihre Bemerkung damals bezogen hat. Zu Christian sagte ich böse: die heilige Lisbeth, Schutzpatronin aller Unterworfenen, hätte hier im Hotel natürlich niemanden gegrüßt, weil sie voll damit beschäftigt gewesen wäre, mit Kopftuch und Schleier hinter dir herzugehen und nach unten zu sehen. Da haben wir's, sagte er triumphierend. Ich *genüge* dir eben nicht! Heute morgen, auf dem Rückweg vom Frühstück hinauf ins Zimmer, hatte Christians Urlaubsdramaturgie eine Wiederholung der Szene vorgesehen – das hätte ich mir denken können, *man muß seine Motive pflegen*, sagt er immer; gemeint sind die Erfahrungen, die er macht und dann mit der Ambition in seine Texte umsetzt, den Erfahrungsanreiz nicht zu verlieren. Am Fuße der steilen Wendeltreppe, die vom Pool hinauf in die Zimmer führt, mußten wir stehen bleiben, weil von oben ein Ehepaar herunterkam. Der Mann grüßte mich, ich grüßte zurück, Christian grüßte auch, wenn auch nur durch knappes Kopfnicken und ohne Lächeln – Woher kennst du jetzt den schon wieder? – Ich kenne ihn gar nicht, nur vom Sehen, es sind Deutsche. – Wieso weißt du das? – Das sieht man doch, außerdem haben die beiden neulich in der Bar am Nebentisch gesessen. – Mich hat er nicht gegrüßt, nur dich. – Aber er HAT dich doch gegrüßt. – Eben nicht. – Aber ich habe es doch gesehen, sein Kopf ist direkt vor deinem gewesen, nur einen halben Meter vor deinem Gesicht, er hat dich angeschaut und gegrüßt. – Ich habe IHN gegrüßt, er dagegen nur dich. – Das ist nicht wahr, fängt das jetzt schon wieder an, ich sage dir, wenn das jetzt schon wieder anfängt … Er setzte sein Schmerzensmann-Gesicht auf und schleppte sich neben mir den Gang entlang. Heute ist doch der Tag des himmlischen

Friedens, sagte ich einlenkend und mich dafür ankotzend. Schon wieder, sagte Christian, der war doch gestern. Nein heute auch, sagte ich, Christian verzog die Mundwinkel ein bißchen nach oben, vielleicht war ja noch etwas zu retten. Aber ich weiß, daß nichts mehr zu retten ist, ich habe dich gewarnt, Christian, du wirst mich verlieren, Christian, ich werde natürlich schuld sein, Christian, in dem Buch, das du nicht über uns schreiben wirst, weil ich für das »Näheprojekt« nicht mehr tauge, werde ich schuld sein. Du hältst den Frieden nicht aus, sagte ich. Ich halte dich nicht aus, sagte er. Ich dich auch nicht, sagte ich und erschrak selbst darüber, wie das geklungen hatte. Ich weiß, sagte Christian. Es ist doch schön hier, schau doch wie schön es hier ist, sagte ich. Eben, rief er, ich gehöre nicht hierher, nicht an deine Seite, Antonia, wir sind hier weniger möglich als anderswo. Vorm Zimmer blieb ich stehen und streichelte sein Gesicht mit den wieder nach unten gezogenen Mundwinkeln. Ich weiß, daß du das genau so empfindest wie ich, sagte der Mund zwischen meinen Händen. Aber kein Mensch schert sich um uns, wir sind hier doch ganz angenommen ... Jaja, auf uns schaut keiner, sagte er, nur du auf die andern. Was du treibst, ist Sardo-Masochismus, sagte ich, weil das hier Sardinien ist, Christian lachte auf, für dieses Lachen war ich so dankbar, daß ich gleich laut mitlachte, obwohl mir nicht zum Lachen war. Er zog mich zu sich, Frau von Kalau, grummelte er in mein Haar, wenn du lachst, steht dir die ganze Vorderpfalz im Gesicht. Auf dem Grat, der dieser Urlaub ist, taumeln wir von Augenblick zu Augenblick, und besonders gefährlich sind die schönen Augenblicke, von denen es ab und zu doch einige gibt, denn dann werde ich müde vor Annehmlichkeit und will mich in den schönen Augenblicken ausruhen. Kaum schnauft eine Fliege, schon bricht die Christianverwandlung los und er wird der Mann, den ich fürchten muß. Ich kann nicht glauben, daß ich jetzt eine Frau bin, die ihren Mann fürchten muß. Wie wird das enden, bildzeitungsträchtig, das seh' ich kommen, *Mann er-*

schießt Ehefrau und drei Kinder, dann sich selbst. Ein Freund meines Vaters hat das getan, mit seiner Dienstpistole, er war Polizist, er hieß Fritz, mein Vater spielte jeden Donnerstag mit ihm Tennis, und eines Donnerstags fuhr Fritz, nachdem er meinen Vater 6:4 und 6:3 geschlagen hatte, heim und erschoß seine Frau und seine drei Kinder und dann sich selbst, in den Mund, im Bad. Als mein Vater mir am Telefon mitteilte, was geschehen war, weinte er, nie vorher habe ich meinen Vater weinen hören, er versuchte auch, es zu verbergen. Sie habe ihn verlassen wollen, wegen eines anderen, sagte mein Vater, das hat er nicht verkraftet. Mein Vater habe so oft mit Fritz darüber gesprochen, Fritz, habe er gesagt, wenn's nun mal so ist, zwingen kannst du sie nicht. Es hat nichts genützt.

Natürlich hat es einen Grund, daß Christian, wenn auch nicht ganz so von Sinnen, so doch in letzter Zeit manchmal ein bißchen so ist wie Fritz. Und der Grund hat einen Namen, einen Männernamen. Und was in der Geschichte von Christian und mir diesen Namen hat, ist auch der Grund dafür, daß ich nichts mehr habe schreiben können, seit Juli vor zwei Jahren nicht mehr. Womit erwiesen ist, daß ich keine Schriftstellerin bin, eine Schriftstellerin hätte doch wohl, so katastrophenbegünstigt, wie ich mich damals fühlen durfte, nicht anders gekonnt, als atemlos ihr Schicksalsprotokoll in den Laptop zu hauen! Ich konnte nicht, und obwohl ich Christian dann später, im September, alles sagte, wie man so sagt, hatte ich keine Worte für das, was im Juli passiert war. Seither habe ich ihm sicher Tausende Wörter angeboten dafür, aber ich bin ihm noch immer etwas schuldig. Meint er, oder meine ich es, und meine ich es, wenn ich es meine, weil er es meint? Eine Erklärung. Eine, die er versteht. Christian meint, ich wolle ihn schonen, indem ich die eigentliche Erklärung nicht liefere. Aber wenn wir wieder darauf kommen, und wir kommen immer wieder darauf, habe ich jedesmal das Gefühl, der Lügendetektor müsse gleich ausschlagen, obwohl ich gar nicht lüge.

Sie sagte es ihm im Zug. Sie hatte sich das vorgenommen: an einem öffentlichen Ort. Als er auf sie zugekommen war, wie immer am Gleis 16 des Stuttgarter Hauptbahnhofs, wie immer als einer der letzten, weil die erste Klasse sich bei aus München kommenden ICEs im hinteren Zugteil befindet, wie immer eilig und mit ernster Miene, obwohl sie schon von weitem sah, daß diese Miene am liebsten explodiert wäre in ein Lachen und Strahlen und er sich so ein ungeschütztes Lachen und Strahlen mitten auf einem belebten Bahngleis eben nicht gestatten wollte, glaubte sie nicht, daß sie es fertigbringen würde, es ihm zu sagen. Dicht vor ihr blieb er stehen und beschaute ihr Gesicht, als suche er neu hinzugekommene Pickel, oder Falten. Er trug das Jeanshemd, von dem er wußte, sie fand, es stehe ihm besonders gut, darüber eine neue Lederjacke, dasselbe Hellbraun wie sein Haar, auch sein Gesicht hatte noch einen Rest Sommerbräune, in dem Braun um die Augen herum bildeten winzige weiße Fältchen Kränze. Du siehst schön aus, sagte sie, obwohl das ein verbotener Satz war; als er protestieren wollte, fügte sie schnell hinzu, tolle Jacke. Er hielt ihr den Arm hin, fühl' mal wie weich das Leder ist, sagte er, an der Jacke bin ich nicht vorbeigekommen. Im Zug, den sie dann gemeinsam nahmen, wählte sie ein leeres Sechserabteil, in der Hoffnung, es werde niemand zusteigen. Sie setzte sich ihm gegenüber, aber er zog sie auf seine Seite, auf den Platz neben sich, umarmte und küßte sie und hieß ihre Hand, sich auf seiner Hose aufzuhalten, damit sie spürte, was er jetzt wollte. Eine Stunde brauchte sie, um anzufangen, und als sie dann anfangen konnte, konnte sie es nur, weil sie sich vorher auf seinen Schoß gesetzt hatte wie ein Kind, und als die Mauer durchbrochen war, die Einleitung *Es gibt einen anderen Mann* oder etwas in dieser formelhaften Art gestammelt, also nichts mehr rückgängig gemacht werden konnte, nie mehr, fing sie an zu heulen. Er streichelte ihren Rücken und hörte damit nicht auf, sein Gesichtsausdruck war beinahe gütig. Als sie geendet hatte, sagte er: Daß das einmal kommen würde, wußte ich immer. Und: Du darfst keine Rücksicht auf mich nehmen. Heute kommt es mir so vor, als sei sie durchdrungen gewesen von Liebe zu ihm wie noch nie vorher, aber ich traue dieser Vorstellung nicht, schließlich kam einiges zusammen in dieser Situation, das sie dazu gebracht haben mochte, seinen Schoß nie mehr verlassen zu wollen, nie mehr. Sie fand seine Reaktion großartig. Selbstlos. Heldenhaft. Das sagte sie natürlich nicht. Seine Reaktion zu bewerten hätte sie, so aufgelöst wie sie war, ja nicht geschafft. Alles blieb Empfindung. Auf seinem Schoß, den Kopf an seine Schulter gelehnt, seine warme, streichelnde Hand in ihrem Rücken, schniefend und schnaufend von der Anstrengung, es gesagt zu haben im Namen der *Nähe*, war Antonia erleichtert. Sogar zuversichtlich. Sogar geborgen. Vielleicht sogar verliebt in Christian wie noch nie. Er schien gefaßt. Sogar verständnisvoll. Ich schreibe *schien*, weil die Zukunft gezeigt hat, daß es so nicht gewesen sein kann. Eher stand er vermutlich unter einer Art Schock, denn was Antonias Geständnis in ihm ausgelöst hat, ist erst mit der Zeit zutage getreten. Mit reichlich Verspätung. Und in Schüben. So viel ist sicher: Sie hätte geschwiegen, wenn sie geahnt hätte, daß Christian künftig krank sein würde, schließlich böse wie ein Krüppel, den der Stumpf schmerzt. Sie hätte sich eher das Bein abhacken lassen als ein Wort zu verlieren über einen, der sie hingerissen hatte durch seinen verschlossenen Cowboy-Blick! Ist das jetzt Liebe oder Mitleid oder falsche Schonung oder Feigheit oder alles zusammen? Krieg du das auseinander, wenn du willst, mein Liebster, mir fehlt die Trennschärfe.

Achim Kühnholz ist es nicht gewesen, Achim Kühnholz, lächerlich, das bißchen von mir lachend abgewiesene Zudringlichkeit, eine Zudringlichkeit, die der Zudringliche gar nicht ernst meinte, er genoß nur die Geste, gefiel sich in der Rolle des Schmachtenden, wollte sich, vom Typ her am ehesten Hysteriker, hineinsteigern ins Schmachten, weil er sich im Stadium des Schmachtens am lebendigsten fühlte. Achim Kühnholz ist freier Komponist und spezialisiert auf Film- und Fernsehmusiken, er hat fürs »Leseland«, bevor die Sendung abgeschafft wurde, noch eine neue Vor- und Abspannmusik komponiert, so habe ich ihn kennengelernt, im Herbst 1997 waren wir ab und zu miteinander essen, einmal verpaßte er den letzten Zug – er wohnt in Heidelberg –, ich ließ ihn bei mir übernachten; nachdem geklärt war, daß ich an einem GV mit ihm nicht interessiert sein würde, lagen wir nebeneinander in meinem Bett und kicherten herum. Achim sagte: wie ein altes Ehepaar, das alles Sexuelle hinter sich hat, großartig! Morgens um sechs fuhr ich ihn den Killesberg hinunter zum Bahnhof. Christian erzählte ich nichts, die Nacht wäre vergessen wie einhundert flüchtige Kopfbewegungen, wenn Christian sie nicht aus mir herausverhört hätte in allen Einzelheiten, im Speisewagen eines ICE von Berlin nach Frankfurt; wir warteten auf das Essen, ich ging noch aufs Klo, als ich zurückkam, hatte er meine Tasche durchsucht nach irgendwas und mein Reisetagebuch gefunden und darin zielsicher die zwei dürren, Achim Kühnholz betreffenden Zeilen, obwohl doch das ganze Reisetagebuch voll war von Christian Betreffendem. Mein Entsetzen darüber, daß er meine Tasche durchsucht hatte, wies er zurück mit der Bemerkung, ich hätte mir sein Arbeitsbuch ja auch einmal vorgenommen. Auge um

Auge, Zahn um Zahn, sagte ich, schon in Angst. Lies das vor, sagte er und deutete auf die Achim-Kühnholz-Zeilen. Ich schaute und stockte, meine Wangen begannen zu brennen, machen wir doch Schluß, sagte Christian, winkte dem Kellner und bestellte sich einen Mâcon, klar, er wollte sich jetzt so schnell wie möglich in die Unzurechnungsfähigkeit hineintrinken. Der Zug hielt, Hannover, hinter Christian sah ich die Kanzlergattin mit ein paar Leibwächtern einsteigen, sie ging an uns vorbei, sie erkannte Christian, das sah ich, sie überlegte kurz, ob sie ihn begrüßen sollte, ließ es dann bleiben und setzte sich an einen der freien Tische, und ihre Leibwächter setzten sich an die Tische drumherum. Christian bemerkte von alldem nichts, der erkennt nie jemanden in Zügen oder Theaterfoyers, und in dem Zustand, in dem er sich gerade befand, schon gar nicht. Ich sagte so leise wie möglich: Zwei Tische weiter sitzt Doris Schröder-Köpf, und dann: Achim Kühnholz hat damals bei mir übernachtet, weil er den Zug verpaßt hatte, es ist nichts gewesen. Er hat in deinem Bett geschlafen, nicht wahr, fragte Christian, ja sagte ich, und obwohl er die Tatsache, daß Achim Kühnholz in meinem Bett geschlafen hatte, schon der Notiz entnommen haben mußte, weiteten sich Christians Augen einen Moment vor Schreck, dann schien er in sich zusammenzufallen, er sagte, und das sagst du mir erst jetzt, es hat doch alles keinen Sinn, du wirst immer irgend etwas zurückhalten, um mich zu schonen, es wird sich nie etwas ändern. Innerlich war ich schon im Angeklagtenstand, neuer Fall, neues Plädoyer in eigener Sache, aus dem Stegreif, keine Aussicht auf Begnadigung. Weibliches und männliches Wesen, beide geschlechtsreif, verbringen eine Nacht in EINEM Bett. Daß bei dieser Versuchsanordnung NICHTS herauskommen könnte, würde Christian nicht beizubringen sein, der hatte noch angesichts der unansehnlichsten Hotelbademantelfrau seine Pflicht verrichtet, wie das geht, verstehe ich wohl niemals, so wie Christian nicht verstand, daß das ging, *geschwisterlich*, außer natürlich im aus dem Stamm einer Eiche gezimmerten Harlachinger Ehebett, das keines mehr war. Wahrscheinlich ein Generationsproblem, mit dem wir es da zu tun haben, du und ich, das einzige Generationsproblem, das wir haben, du und ich, das Wort wird dich ganz schön auf die Palme bringen, wenn du es liest, du willst sicher nicht, daß so ein Soziologenwort mit uns etwas zu tun hat. Nun wollte Christian über die Nacht mit Achim *alles ganz genau* wissen, hattest du ihm angeboten, auf dem Sofa zu übernachten, oder war gleich klar, daß er bei dir im Bett schlafen würde, wart ihr unter einer Decke oder unter zweien, ich starrte auf das Tischtuch, starrte ein Loch in meine Erinnerungen, aber da, wo ich hinstarrte, war nur der taube Nebel eines Gefühls absoluter Bedeutungslosigkeit. Schließlich erfand ich ein paar Einzelheiten, um ihn zufriedenzustellen, probierte auch das Wort *geschwisterlich*, prompt jaulte er auf, als habe man ihm auf die Zehen getreten, wie bitte, bei dir im Bett und *geschwisterlich*? Ich erwiderte noch nicht, was mir auf der Zunge lag: daß er nach wie vor jede Harlachinger Nacht im Odysseusbett neben Lisbeth verbringt und das *geschwisterlich* nennt, das war doch mein stärkstes Argument, aber als ich, nachdem Christian den zweiten Mâcon geleert hatte, damit kam, antwortete er scharf und hart: Ich habe diese Ehe kaputt gemacht. Das kannst du mir glauben. Es klang, als bedaure er das. Es klang, als habe er sagen wollen: deinetwegen. Ich dachte (oder sagte ich es auch?), ich bringe kein Schuldgefühl auf, nicht wegen der lächerlichen Nacht, übrigens auch nicht wegen deiner zerstörten Ehe. Gib's zu, du hast seinen Schwanz gespürt, unter der Decke, sagte Christian, da stand die Kanzlergattin neben ihm und streckte ihm die Hand hin, Christian schaute wie ein Kind, das von etwas noch nie Gesehenem überrascht wird, ich dachte, gleich beginnt er zu schielen. Dann siegte die Konversationsroutine, er stand auf, stellte mich vor, bat die Kanzlergattin, bei uns Platz zu nehmen, was sie tatsächlich tat. Sie war hübscher als in den Illustrierten und im Fernsehen, angesichts ihrer ungeheuren Zierlichkeit und ihrer perfekten Garderobe fühlte ich mich sofort wie ein Trampel; sah auch sicher ramponiert aus von unserer Auseinandersetzung, wahrscheinlich rote Wangen und rote Flecken am Hals, aber Doris Schröder-Köpf lächelte so freundlich, als ob sie nichts bemerke. Christian fragte, wie geht es IHM, und sie sagte, es sei eben alles sehr schwer, gerade jetzt. Die sanfte Leidenschaft, in der sie von IHM sprach, ohne direkt persönlich oder konkret zu werden, gefiel mir. Dabei schaute sie uns so vertrauensvoll an, als wisse sie das Mitgeteilte bei uns in guter Obhut. Als arbeiteten wir vier, sie und ER, Christian, der grüne Fundi, und ich, seine jedenfalls nicht nach CDU aussehende Begleitung, am selben Projekt, wenn auch in verschiedenen Ressorts. Es ist so schade, daß wir kaum Zeit haben, einmal ins Theater zu gehen, sagte Doris Schröder-Köpf, mit wir meinte sie jetzt wieder IHN und sich selbst; zu Christian gewandt fügte sie hinzu: Die »Kritik der Harmlosigkeit« liegt seit Monaten auf unserem Couchtisch. Hat das Kanzlerpaar einen ganz normalen Couchtisch, mußte ich denken, dann verschwanden Doris Schröder-Köpf und ihre Leibwächter in ein Abteil. Christian bestellte Kaffee.

Letzten Oktober hat Barbara ihren Analytiker geheiratet; sie ist jetzt, mit einundvierzig, Mutter eines kleinen Sohnes und verhält sich genau so wie all jene späten Mütter, über die sie früher immer spottete. Einzig das Niveau ihrer Garderobe hat sie gehalten, eine Sweatshirt-Mutter ist sie nicht geworden, nur weil die Gefahr besteht, daß Klein-Linus sie vollsabbert. Ich sehe Barbara nicht mehr oft, und ihren Mann habe ich überhaupt noch nie zu Gesicht gekriegt, auch zur Hochzeit war ich nicht eingeladen, niemand von FFORMAT war eingeladen, eine Hochzeit nur *im engen Familienkreis.* Sie war gleich nach dem ersten gemeinsamen *verlängerten Wochenende* – Hotel in Ascona – schwanger geworden; sie kannten sich nur wenige Wochen, wenn man die Analyse nicht mitrechnet. Bevor Barbara den

Analytiker, der jetzt in ihren Schilderungen nicht mehr *mein Analytiker* heißt, sondern Wolfgang, heiratete, hatte sie etwas mit Moritz. Die beiden sind, in einer Phase, in der die Blondine, nach einer blutigen Auseinandersetzung – Moritz hatte sich in der unteren Wohnung eingeschlossen, daraufhin hatte die Blondine mit dem tragbaren Fernseher aus einem der Kinderzimmer die Milchglasscheibe der Wohnungstür eingeschlagen und versucht, sich an den steckengebliebenen Splittern die Pulsadern aufzuschneiden – wieder bei Hansi dem Antennenfabrikanten wohnte, zusammen in Israel gewesen. Recherchereise nannten sie es, zehn Tage, zwei Einzelzimmer, in aller in meiner Küche geschlossenen Freundschaft. Mit mir könne man eine solche Tour nicht mehr machen, hatte Moritz noch gesagt, bevor ich die beiden hinauf nach Echterdingen zum Flughafen gefahren habe, und damit wieder einmal darauf angespielt, daß ich, seit es in meinem Leben einen gewissen Christian Bleibtreu gab, für Moritz nicht mehr verfügbar war. Den Zeitpunkt hast du allerdings verpaßt, sagte ich, er verzog das Gesicht, als habe er Zahnweh, und sagte, schon gut. Beide zeigten Anzeichen schlechten Gewissens mir gegenüber, weil die Reise, die Moritz in den sechs Wochen, in denen er unsterblich in mich verliebt gewesen war, unbedingt hatte mit mir machen wollen, nun in anderer Besetzung stattfand. Ich glaubte fest, Moritz sei an Barbara erotisch nicht interessiert. Kim Basinger, knabenhaft und langbeinig. Barbara war so ziemlich das Gegenteil. Trotzdem hatten offenbar weder Moritz noch Barbara die Gelegenheit ungenutzt vorübergehen lassen können. Ich ärgerte mich über mich selbst. Daß Moritz Gelegenheiten suchte, wußte ich doch. Einmal, als die Frequenz seiner Annäherungsversuche in meine Richtung bereits gegen Null ging, hatte er zu mir gesagt, *Penetration finde ich eigentlich ekelhaft.* Davon, Penetration ekelhaft finden zu müssen, wollte Moritz erlöst werden, warum nicht von Barbara, wenn man schon in einem israelischen Hotel Zimmer an Zimmer schlief. Moritz hatte sich immer gefreut, wenn er Barbara in meiner Küche vorgefunden hatte, er mochte sie, außerdem verhieß die Situation doppelte Aufmerksamkeit und Zuwendung, und nur vor größerem – und bitteschön: weiblichem – Publikum war Moritz wirklich brillant, sarkastisch, selbstironisch, unterhaltsam, und nur wenn er sein BU – *Blondinenunglück* – vor Bewundererinnen – und bitteschön möglichst auch: Bemitleiderinnen – zum besten geben konnte wie eine Zirkusnummer, fühlte er sich wirklich glücklich und konnte manchmal sogar ohne Bicalm-Dosis, allein berauscht von der Intensität seiner Selbstwahrnehmung und etwas Alkohol, ins Bett gehen. Er und Barbara hatten offenbar beschlossen, mir von ihren israelischen Nächten oder Nachmittagen oder was es auch immer war nichts zu verraten. Doch dann lief mir Moritz im Garten mit nacktem Oberkörper über den Weg, es war Ende Mai und schon heiß, und auf seinen Schulterblättern sah ich drei parallel im Abstand von je einem Zentimeter verlaufende, schon verkrustete dünne Striemen. Das war Donald, sagte er, nachdem ich ihn, noch immer ahnungslos, darauf aufmerksam gemacht hatte, dann grinste er und sagte, ach Blödsinn, das war Barbara. Vor Erleichterung, mir jetzt endlich *alles sagen* zu können, machte er gleich einen Prosecco auf. Insgesamt nur dreimal, sagte er, es habe sich so ergeben, nach viel Wein im Lokal. Sie hätten sich ja auch gut vertragen alles in allem, viel gelacht, Barbara sei prima, wenn auch natürlich arm dran so allein, seit Jahren ohne Mann. Die Affäre mit Maginter sei ja von vornherein zum Scheitern verurteilt gewesen. Im Bett allerdings sei sie nicht sein Fall, *zu laut*, ihre Reaktionen auf seine Berührungen habe er übertrieben gefunden, um nicht zu sagen: unglaubwürdig. Das mit den Kratzspuren sei doch nicht nötig gewesen. Er hoffe, sie erwarte jetzt nicht von ihm, daß die Sache eine Fortsetzung finde. Moritz hatte in der Art, wie er gesprochen hatte, keinerlei Rücksicht darauf genommen, daß es sich bei Barbara um eine meiner Freundinnen handelte, im Gegenteil, er hatte es genossen, daherzureden wie ein Seemann nach dem Hafenbesuch. Er war stolz, mir eine richtige Männergeschichte heimgebracht zu haben, für dieses gute Gefühl hatte er Barbara preisgegeben, das war es ihm wert gewesen. Ich stellte mir Barbara vor in der Situation des *ersten Mals* mit Moritz, sicher aufgeregt, ein bißchen verkrampft, Moritz' Verkrampftheit empfindend, ihrer beider Verkrampftheit überwinden wollend durch Ekstase-Theater, *gut sein wollen im Bett.* Vielleicht hatte sie sich vor allem selbst etwas vorgespielt, von dem sie wollte, daß es so sei. Siehst du, und du warst so naiv zu glauben, da werde nichts laufen, sagte Christian, als ich ihm am Telefon berichtete. Man fährt doch nicht zehn Tage miteinander nach Israel ohne das! Als ich Barbara, ein paar Tage später, zum ersten Mal seit ihrer Rückkehr, wiedersah, war sie natürlich von Moritz vorher telefonisch über meine Entdeckung der Kratzspuren informiert worden und bemüht, die Sache herunterzuspielen. Eine Laune, zuzuschreiben den israelischen Nächten und den gemeinsamen schönen Erlebnissen am Tage. Er hatte es ihr also schon zu verstehen gegeben: daß er an einer Fortsetzung nicht interessiert war. Ich hörte heraus, daß sie verletzt war und daß sie mir ihre Verletztheit nicht zeigen wollte. Kurze Zeit darauf zog die Blondine wieder im Tazzelwurm ein. Ich wohne jetzt in einer Altbauwohnung im Stuttgarter Westen, Bismarckstraße, allerdings ist die Wohnung eigentlich zu teuer für meine Einkommensverhältnisse; obwohl ich inzwischen Udo in seiner Eigenschaft als Ressortleiter Non-Fiction beerbt habe und ein bißchen mehr verdiene als vor zwei Jahren. Die Arbeit hat sich nicht sehr verändert. Im wesentlichen betreue ich das wöchentliche Magazin »Kulturclub«, das FFORMAT seit einiger Zeit für den Sender produziert, und ein paar Dokumentarfilme. Das »Leseland« haben sie abgesetzt; Literaturtips oder -besprechungen sollen, das ist die Vorgabe, künftig in den »Kulturclub« eingehen oder ganz wegfallen. Das neue Magazin ist unmoderiert. Udo hätte als Moderator auch nicht mehr zur Verfügung gestanden; er ist sehr krank. Das ist jenseits aller statistischen Wahrscheinlichkeit, habe ich gedacht, als er mich in sein Büro gerufen und berichtet hat, er werde steif werden mit der Zeit, sehr seltene Krankheit, Stiff-man-Syndrom, das hätten auf der ganzen Welt nur dreiundsechzig Menschen, ja, sagte ich, eine Tante von mir ist Nummer 46, ist das nicht verrückt. Der Arzt habe ihm gesagt: unheilbar. Wie ein Apfel, der eine faule Stelle habe. Die werde immer größer. Das Verfaulen könne man aufhalten, indem man den Apfel in den Kühlschrank lege, aber der Apfel bliebe trotzdem befallen. Wenn es gelinge, Udo medikamentös gut einzustellen, habe er noch zehn Jahre, er werde jetzt sein Leben genießen. Ich sagte: Meine Tante lebt schon viel länger damit, die ist weit über Achtzig, verschwieg, daß Tante Anna außer dem kirchlichen Kniefall kaum noch eine Bewegung gefahrlos hinkriegt, und beim Kniefall kann sie sich ja auf die Kirchenbank stützen. Udo bestand auf seinen zehn Jahren. Zehn Jahre werde er seinen hedonistischen Stiefel noch fahren, ein paar Menschen, die ihm nahestünden, gewaltig ärgern, und dann – ein würdiger Abgang. Wenn die Zeit gekommen ist, wird er Schluß machen. Und er weiß auch, wann das sein wird. Die absolute Bewegungslosigkeit wird er nicht aushalten. Ich werde mich von einer schönen Krankenschwester mit dem Rollstuhl ins Meer rollen lassen, sagte er, ich will ertrinken, ich bin doch Wassermann! Und vorher soll sie mir einen blasen, und dazu sollen sie spielen *Blowing in the Wind.* Während er mich mit glasigen Augen ansah, lag sein rechter Arm angewinkelt auf der Lehne, als handle es sich um eine Prothese, hatte er seinen rechten Arm immer so auf die Lehne gelegt oder war das eine Demonstration? Udo fing meinen Blick auf und sagte: Das ist die berühmte Hand, mit der ich wichse – noch. Ich dachte an die unzähligen Mittagsgänge mit Udo durch den kleinen Park hinauf zur Fernsehkantine, hundertmal hatten Barbara und ich versucht, ihn dazu zu bringen, schneller zu gehen. Udo hatte das köstlich amüsiert, er schlenderte, als wolle er nie irgendwo ankommen, vielleicht hatte er nur kaschiert, daß er gar nicht in der Lage gewesen war, schneller zu gehen. Noch ein paar Tage zuvor hatte Brüderle auf einen frisch gezapften Espresso bei uns im Büro vorbeigeschaut, es war Rosenmontag gewesen, Udo hatte die Beine auf seinen Schreibtisch gelegt und die Liveübertragung des Kölner Rosenmontagszuges angeschaut, de Zoch kütt, hatte er gebrüllt, nachdem er Brüderle bemerkt hatte, de Zoch kütt, und die Funkenmariechen schmeißen die Bonbons in die tobende Menge, Alaaf! Dann war eine minutenlange mundartliche Stegreifmoderation gefolgt, die uns die Tränen in die Augen getrieben hatte. Hinterher hatte Brüderle gemeint, man solle vor Udos Büro eine Kamera aufbauen, stehende Einstellung, Totale, einfach draufhalten, das Band könne in der Nacht als Endlosschleife laufen, darunter die Schrifteinblendung »Zehn Riesen leicht verdient«. War Udos notorische Arbeitsunlust am Ende zurückzuführen auf das Stiff-man-Syndrom? Ich hatte Zweifel und versuchte, sie mir nicht zu gestatten. Es tut mir so leid, sagte ich, was soll man sonst auch sagen, ich fühlte mich hilflos angesichts einer derart tragischen Eröffnung. Am liebsten ginge er in Frührente, sagte Udo, aber für die Frührente sei es leider noch zu früh. Er habe die ganze Zeit geahnt, daß etwas sei. Du wirst das schon machen, sagte Udo, ich habe Vater gesagt, daß ich der Meinung bin, du sollst übernehmen. Pro forma hat Udo im FFORMAThaus noch ein Büro, er ist fast nie da, und wenn er da ist, läßt er sich nicht blicken, ich nehme an, er hat Angst, wir könnten sehen, daß er steifer geworden ist, und ich versuche, mir zu verbieten zu denken, er habe Angst, wir sähen, daß er NICHT steifer geworden ist.

Der hat dich aber angeschaut, sagte er, sobald wir an unserem Tisch saßen. Und du mußt natürlich den Kopf hindrehen. – Im Gegenteil, als ich gemerkt habe, daß der mich so anschaut, habe ich den Kopf schnell wieder weggedreht! – Aber wie, ich habe dich beobachtet, ich war genau hinter dir, du hast den Kopf nur halb weggedreht, dein Halbprofil hast du ihm schon noch hingehalten, in einer vollkommen künstlichen Kopfhaltung bist du an ihm vorbeispaziert, weil du gewußt hast, daß er dich beobachtet. Und du wolltest von ihm beobachtet werden! – Auf diesen hohen Schuhen kann ich gar nicht anders gehen als so, rief ich, während mich die Wut bereits von innen her aufriß, na gut, vielleicht bin ich auch ein bißchen stolziert, weil ich frisch geduscht und geschminkt war und auf diesen hohen Absätzen zum Abendessen unterwegs ... Du hättest Staatsanwältin werden sollen, sagte er, dir fällt immer etwas ein. – Wie kannst du glauben, daß ich das nötig habe, so ein Tarzan ... – Ich hab's gesehen, Antonia, erzähl mir nichts, dein Gang und dein halbprofiliges Vorbeistolzieren haben dich verraten. Du kannst halt nichts auslassen. Das war vorgestern abend, und wieder hatte die Szene am darauffolgenden Tag ein Echo. Wir waren vom Strand zurück ins Zimmer gekommen, ich sah mich im Spiegel, fand mich verwildert, sagte leichthin und ein bißchen kokett in seine Richtung, schau mal, seh' ich nicht aus wie Jane aus den Tarzan-Filmen, ich hatte mein vom Strand-Inder erstandenes Lendenschurz-Tuch über der Hüfte verknotet, ich wollte ein Kompliment angeln, vielleicht auch eine Zärtlichkeit, aha, sagte er sehr langsam, die Langsamkeit des Ahas ließ nichts Gutes ahnen, du bist also Jane. Und der gestern im Lokal, der dich so angestarrt hat, den hast du Tarzan genannt. Das ist interessant.

Es dauerte eine Weile, bis ich begriff, was er sich da schon wieder zusammengedacht hatte. Meinen Protest ließ er nicht gelten. Du brauchst, was ich nicht biete, sagte er mit Tiefststimme, deiner Männerspur entspreche ich sowieso nicht, und ich sag' dir was, der WILL ich gar nicht entsprechen, mit deinen Sigis und Olivers und Moritzen will ich nichts zu tun haben, ich bin so nicht, das sage ich dir ein für allemal, ich weiß, was du brauchst, Demütigung, aber ich kann dich nicht demütigen, ich will dich ununterbrochen erheben, ich bin der falsche Mann für dich … – Wenn deine Theorie stimmt, bist du goldrichtig, sagte ich, so sarkastisch ich konnte. Das hier IST allerdings Demütigung, rief er, du demütigst mich in jeder Minute, gleich wirst du mir auch noch sagen, ich hätte mit deinen Männern etwas gemeinsam, da scheiß' ich doch drauf. – Das ist eine fixe Idee von dir, daß meine Männer, wie du sie nennst, etwas gemeinsam haben … Fehler, warum gehe ich überhaupt auf diesen rasenden Schwachsinn ein, er sagte schon: deine Männerspur ist so breit wie ein Bulldozer in einer jungen Wiese. Ich will jetzt keine Eskalation, also ich so munter wie möglich: Von meinen Männern bist du der irrste, aber ich liebe dich trotzdem. Mein Magen signalisierte sofort äußersten Widerwillen, das hätte ich auf keinen Fall sagen dürfen. Ha, *trotzdem*, rief Christian, da haben wir es, wenn du mich *trotzdem* liebst, dann verzichte ich, behalt deine milden Gaben, behalt dein scheiß *Trotzdem*. Ihn jetzt schlagen, auf ihn eindreschen wie die bayerische Hausblondine manchmal auf Moritz, *Frau ersticht Ehemann mit Küchenmesser*, die äußerste Form von Ohnmacht, starr vor Beherrschung sagte ich, leider mit heiserer Stimme: Wir sind also wieder so weit, mir reicht es, morgen früh packe ich und haue hier ab. Wir können zusammen zurückfliegen, sagte er, nur über meine Leiche, sagte ich, er suchte in der Minibar nach etwas Alkoholischem, als er nichts fand, griff er sich den Schlüssel, haute beim Gehen die Zimmertür zu und schloß von außen ab. Ich lag auf dem Bett, kämpfte an gegen die Panik, beweg' dich, pack' deinen Koffer, ruf' die Rezeption an, mein Mann hat mich aus Versehen eingeschlossen, sicher käme sofort jemand, ich weinte nicht, aber bewegen konnte ich mich auch nicht. Er war schneller zurück, als ich erwartet hatte, er ließ sich in den Sessel fallen, jetzt würde er dort wieder zum Denker von Rodin versteinern, nichts sagen, stundenlang, kein Wort der Entschuldigung, nicht mal ein Versuch, die Situation durch eine ironische Bemerkung ins Leichte aufzulösen; ich haßte ihn, weil er nichts sagte, und mich, weil ich das nicht aushielt und statt dessen *komm her* sagte.

Dann sagte ich noch: Wir müssen aufhören mit der Wortklauberei. Als wäre das möglich: aufzuhören. Wirklich legte er sich einige Minuten später neben mich, zog mich zu sich hinüber, küßte mich auf die Wange, ich spürte seinen nach Cognac riechenden Atem, seine Hand suchte meinen Schoß unter der Decke, als sie ihn gefunden hatte, ließ er sie dort ruhen, bewegte sich nicht mehr, die Hand und sein Arm wurden schwer auf meinem Bauch, wenige Minuten später hörte ich an der Art, wie er atmete, daß er eingeschlafen war. Heute morgen war er gleich wieder beschäftigt mit Tarzan und *trotzdem*, und ich mußte gleich mehrere Male hintereinander erklären, warum ich vorgestern Tarzan und gestern *trotzdem* hatte sagen müssen. Du hast mich mutwillig mißverstanden – den Satz sagte ich auch mehrere Male, und einmal, mir fremd, im Beziehungsarbeitsjargon, obwohl ich gar nicht daran glaube, daß man an einer Beziehung arbeiten kann wie an einer Baustelle: Entweder wir kriegen unser Problem während dieses Urlaubs in den Griff oder wir gehen wirklich auseinander. Christian schien die Bemerkung auch für einen guten Witz zu halten. Einverstanden, rief er fröhlich, und dann: Ach Antonia, ich habe doch gar nicht streiten wollen, du bist so empfindlich geworden.

Ernst Schmidtpeter hat sich tatsächlich doch noch von seiner Frau scheiden lassen. Wie Waltraud darauf reagierte, war allerdings überraschend. Es war an ihrem fünfzigsten Geburtstag, ich rief an, um zu gratulieren. Sie war auf dem Landsitz in Bad Urach, sie hatte Gäste, Verwandte ihres verstorbenen Ehemannes und Henriette; zu mir hatte sie vorher gesagt, komm nicht, du langweilst dich nur. Ich fragte, wie es ihr gehe, wie man das fragt, wenn man schon weiß, daß man es kurz machen muß, und sie antwortete: Die Scheidung ist durch, und weidete sich an meiner Verblüffung. Unerwartet schnell sei es gegangen, auch für sie, Ernst habe ihr kein Wort erzählt davon, daß die

Gerichtstermine bevorgestanden hätten. Er habe sie überraschen wollen. Wie geht es jetzt weiter, fragte ich, zieht ihr zusammen? An der Art, wie sie einatmete, hörte ich, daß ihr die Frage nicht recht war. Ernst müsse zunächst die neue Situation verkraften, sagte sie. Und aus der Nähe der Firma könne er nicht wegziehen. Sowieso nicht. Und sie nicht weg vom Sender. Und das Haus, in dem die beiden wohnten, Ernst und seine Frau, sei groß. Die wohnten praktisch getrennt in dem Haus. Zwar hoffe er, Lore werde sich demnächst eine kleine Wohnung nehmen. Aber sie, Waltraud, mache sich keine Illusionen. Schließlich kriege Lore gerade mal zweitausend im Monat zum Leben, mehr sei nicht drin bei dem Schuldenberg. Davon könne sie sich unmöglich eine Mietwohnung leisten. DIE FRAU jedenfalls nicht, die habe immer ein Luxusleben geführt von Ernsts Geld, die sei das nicht anders gewöhnt. – Also bleibt vielleicht alles so, wie es gewesen ist?, fragte ich ungläubig. Naja, an Feiertagen undsoweiter ist die Sache künftig klar, sagte Waltraud. Und das schlechte Gewissen Ernsts fällt künftig weg. Das ist schon ziemlich viel. Alles andere muß man sehen. Weißt du, sagte sie zum Schluß, jetzt haben wir siebenundzwanzig Jahre lang gewartet, jetzt kommt es auf ein paar Jahre nicht an. Und genaugenommen ist das doch gar nicht so übel: die Frau kocht für ihn und wäscht ihm die Wäsche, im Grunde kann ich froh sein, daß er jemanden dafür hat, schließlich geht er auf die Siebzig. Sie und Heinz hätten ja auch nie zusammen gewohnt, obwohl sie ein Ehepaar gewesen seien, wenn auch leider nur für kurze Zeit. Dann kündigte sie einen Themenwechsel an, quiekte schon vorab vor Vergnügen in Erwartung meiner Reaktion; du glaubst nicht, was hier vorhin passiert ist, geklingelt hat es, sie habe aufgemacht, vor der Tür ein Chauffeur, ein richtiger Chauffeur mit Handschuhen und Mütze, aber er sei gar nicht zu sehen gewesen, ganz bedeckt sei er gewesen von einem ungeheuren Strauß, fünfzig Rosen, langstielig, gottseidank habe sie die Riesenvase, alle seien angesichts dieser Rosenfülle ganz bleich geworden, von der Staatskanzlei mit allen guten Wünschen zum Geburtstag, habe der Chauffeur etwas steif gesagt, dann sei er davongefahren, alle hätten zum Fenster hinausgeblickt, der schwarzen Limousine nach, als sie verschwand. Henriette habe vor Neid nicht mehr an sich halten können, Brochhagen schenkt ihr praktisch wöchentlich Blumen, habe sie kundgetan, und dann hinzufügen müssen: fünfzig Rosen sind da nichts. Waltraud wiederholte den Satz, ihre Stimme hörte sich an, als schlage sie sich, während sie den Satz wiederholte, auf die Schenkel. Sie, Waltraud, wisse ganz genau, daß das erstunken und erlogen sei! Nie und nimmer habe Henriette eine Vase für fünfzig Rosen! Das traurige Vasensortiment Henriettes kennt sie doch. Aber von wem sind denn die Rosen, fragte ich, na von Albert, jubelte sie, ich hab' dir doch schon von ihm erzählt, er ist inzwischen Staatssekretär bei Teufel. Ich erinnerte mich dunkel an irgendeinen Albert *von früher*, Waltraud noch keine fünfundzwanzig, Cutter-Assistentin, eine kurze Affäre, aber allein Ernst zählt. Wie hast du das mit den Rosen deinen Gästen erklärt, fragte ich, überhaupt nicht, sagte sie übermütig. Und wenn Ernst davon erfährt? – Ach, meinte Waltraud, der wird nie eifersüchtig, da kann ich machen, was ich will, Ernst zeigt keinerlei Anzeichen von Eifersucht. Durchaus ein schweres Los, das sie da habe, so toll sei das wirklich nicht: ein niemals eifersüchtiger Mann. Mit Albert sei es übrigens ganz toll, geradezu unglaublich, wie der sie hofiert! Das habe sie sich nicht träumen lassen damals, als sie ihm das erste Mal erlegen sei, daß diese Geschichte noch einmal aufflammen könnte. Sie habe sich eher gleichgültig gezeigt, wochenlang seine telefonischen Bestürmungen abgewiegelt, bis er dann beinahe schüchtern – man stelle sich das vor, DIESER Staatssekretär beinahe schüchtern! – gefragt habe, etwas umständlich gefragt habe, ob er denn wissen dürfe, woran er sei, er wolle sie, wenn sie gestatte, zur Freundin, nichts Ehegefährdendes, aber etwas von Bestand, ob dafür eine Chance sei. Sie habe sofort ja gesagt und sei über sich selbst erstaunt gewesen. Wir vertagten das Gespräch über die Gründe für ihr Ja-Wort, doch danach fing Waltraud nie mehr davon an, im Gegenteil, sie machte den Eindruck, als liege ihr daran, daß ich die neue Konstellation möglichst rasch als eine gewohnte ansehe. Ab und zu beschwert sie sich über die Vorliebe ihres Staatssekretärs für unübliche Örtlichkeiten, es gibt keine Truhe, auf die ich mich noch nicht habe hocken müssen, sagt sie zum Beispiel, genauer wird sie nicht, sie möchte über den Staatssekretär nichts Schlechtes sagen, im Gegenteil, sie bezeichnet ihn als *guten Freund* und fügt noch hinzu: *auf seine Weise durchaus treu.* Ernst hält sie informiert über alle Albert-Unternehmungen, sie läßt eben nur das Körperliche weg. Sie sagt: Er hört sich an, was ich ihm von Albert und den gemeinsamen Unternehmungen mit Albert berichte, doch er fragt niemals nach. Niemals, ist das nicht merkwürdig? Ich möchte ein Denkmal errichten für Ernst, sage ich, denke ich, schreibe ich heute.

Gestern morgen, als ich ihm, aus dem Badezimmer hinaus, mit Zahnpasta im Mund *noch eine Minute* zurief, weil er signalisiert hatte, er sei so weit, wolle hinunter uns noch ein Frühstück sichern, wir hatten länger geschlafen als sonst, mußten uns beeilen, *noch eine Minute*, rief ich also und ließ die elektrische Zahnbürste kreisen, da erschien er mit Triumphmiene in der Badezimmertür und sagte: Jetzt wollen wir einmal sehen, was bei dir eine Minute ist, Herr G. war beim ersten Mal nach einer Minute so weit, angeblich, aber wir wissen ja, bei dir ist eine Minute ein dehnbarer Begriff. Ich schaute ihn böse an, er verschwand aus der Tür, nachdem ich den Mund ausgespült hatte, schrie ich ihm nach: eine Minute brauchst du morgens, um wieder beim Thema zu sein, kaum bist du eine Minute wach, schon mußt du wieder sprechen von Herrn G., kannst du nie aufhören! Er kam wieder in die Badezimmertür. Antonia, sagte er betont sanft, das war doch nur eine gute Idee, die mir da gekommen ist, *die subjektive Wahrnehmung der Dauer einer Minute*, das kann ich brauchen. Das muß ich mir aufschreiben. Ich hatte gar keine böse Absicht!

Nachmittags im Bett, sein Mund an meinem Ohr, er flüsterte das Wort, das er für mich hat seit einiger Zeit, ich habe nicht gewagt zu sagen, daß ich es nicht mag, dieses Wort, besitzergreifendes Fürwort, und dann noch die bayerische Variante, hat ihm wahrscheinlich Lisbeth beigebracht, auf diese Weise: *meins* zu flüstern, *meinsmeinsmeins* flüsterte er bayerisch-besitzergreifend in mein Ohr; das war mir zuviel, wie diese Litanei stoppen, ohne Krach auszulösen, am besten einen Witz machen, er hat mich gern als Frau von Kalau, und ich bringe ihn gern zum Lachen, also sagte ich in die *meinsmeinsmeins*-Litanei hinein das Komischste, was mir einfiel, nämlich: Wiesbaden. Er kriegte erwartungsgemäß das Lachen ins Gesicht, mit ein paar Sekunden Verspätung mindestens, weil er immer ein bißchen braucht, bis er so viel Blödsinn kapiert hat, also wirklich, sagte er dann, und danach: Wiese dürfe ich aber nicht sagen, bis er das wieder hören könne, werde noch eine ganze Zeit vergehen. – Wiese? – Na klar, Wiese. Wiese mit Herrn G. – Wie man innerhalb von einer Minute von Wiesbaden auf Herrn G. kommen kann, ist nicht zu fassen. Das schrie ich wahrscheinlich bereits. Aus allem windest du nur ein- und dasselbe Thema heraus, wie oft, seit wir hier sind, wie oft vorher habe ich dir schon gesagt, daß ich das nicht mehr ertrage … Die Wörter hast DU gebraucht, sagte er langsam, ich hätte nicht davon angefangen. – Du HAST aber doch davon angefangen! – Nein, du, indem du die Wörter gebraucht hast. – Wer hat denn selbst aus Wiesbaden gleich eine Schlafwiese herausgehört? Jetzt schrie ich ganz sicher. Du bist hysterisch, sagte er, mir den Rücken zudrehend. Nicht mal Wiese darf man also noch sagen. Danach lagen wir stumm, voneinander abgewandt, ein normales Paar, er hatte es gesagt im Laufe irgendeines Sigi-Verhörs in irgendeinem Hotelzimmer, war es in Berlin? Wir sind ein normales Paar, ich habe mich in dir getäuscht, Antonia, habe dich überfordert, Antonia, normales Paar, nicht besser als die anderen, Antonia, wir kommen nie mehr nach *Gomera.* Er hatte auf der Bettkante gesessen, mit nacktem Oberkörper, ein nicht mehr junger Mann, ein Mann, den noch keiner einen alten Mann nennen würde, sie sah die Härchen auf den Schultern, die sich kringelnden hellbraunen Haare in seinem Nacken, sie streichelte hilflos seinen traurig gekrümmten Rücken, er wirkte wie ein von der ersten Liebesenttäuschung getroffener Fünfzehnjähriger. Das hatte er oft zu ihr gesagt, wenn sie das gemeinsame Entkommen und Zueinanderkommen trotz aller grausamen Unbill der Verhältnisse geschafft hatten und das *heimliche* und *das unheimliche Handy* abgeschaltet waren, wenn sie voreinander saßen in einem Restaurant mit durchgedrückten Kreuzen vor Feierlichkeitsempfindung, in Vorfreude auf das lang entbehrte Körperliche, auf ein Gemeinsamkeitserlebnis, das vorbereitet und intensiviert werden konnte durch ein Gespräch bei gutem Essen und dem teuersten Burgunder, den die Karte hergab, *du bist die erste Frau,* das hatte er immer wieder in solche Stimmungen hinein gesagt, sie hatte das Bekränztwerden mit diesem Satz gar nicht verlangt. Es gab Vergangenheiten, die jeder mitbrachte, die nicht abzuschütteln waren, es gab Namen und Zeitabschnitte, die diesen Namen zugeordnet waren, auch ein paar No-Names. Einmal hatten sie Listen angefertigt, dafür daß du so jung bist ist deine Liste ganz schön lang, hatte er gesagt, obwohl die Zahl, auf die sie kam, ziemlich genau ein Drittel seiner war, und er hatte ausgerechnet, wo sie in seinem Alter zahlenmäßig stehen würde, *wenn es so weitergeht,* zählt eine Langzeitehefrau doppelt oder dreifach oder zehnfach, hatte sie pariert und gleich gesagt, das nehm' ich zurück, es gibt dafür kein Maß, keines, das ich erfassen könnte. In gedämpftem Licht, in vorher sorgsam ausgewählter Kleidung, erzählten sie einander voneinander, zahllose Geschichten aus ihren Vergangenheiten, fanden für bereits erzählte Geschichten immer noch genauere Worte, getrieben von der Vorstellung, man könne das Vergangene durch möglichst genaues Erzählen langsam ausbluten, bis kein Leben mehr in den Geschichten sein würde, keine Wärme, nur noch empfindungsloses Erinnern, toter Stoff, so daß sie füreinander sein würden wie die ersten Menschen. Daß du geglaubt hast, das sei möglich, Christian, hat mich wahrscheinlich mehr betört als alles andere Betörende an dir, hat mich mitgerissen in deine Kindersehnsucht, die auch meine war und die ich mir versucht habe, auszutreiben in zahllosen *Gesprächen mit der besten Freundin*, unter dem Eindruck immer neuer Bücher eine Ausstattung herbeiredend, mit der zu überleben wäre, Skepsis, Vernunft, Distanz undsoweiter. Und nun kommst du, und ich laß' mich locken in ein *erstes Mal*, wir sind ein uraltes Märchen, Christian, ein normales Paar. Die Ellenbecks sind abgereist, ihre Liegestühle haben jetzt zwei andere eingenommen, ein Mann und eine Frau, sie gehören vielleicht zusammen, und in ein paar Tagen werden auch auf unseren Liegestühlen zwei andere liegen. Aber daß ich deinem Drängen nachgegeben habe, daß ich dir vorgelesen habe, worauf du aus warst, die Ausbeute meines ersten Sigitages, meines ersten Tages Beschäftigung mit dem ersten Sigitag, um genau zu sein, und du willst es ja genau, das hatte natürlich den Grund, daß ich, was deine Irrsinnsvorstellung vom *Gomera*paradies angeht, noch immer betörbar bin.

Er saß auf dem gestreiften Hotelzimmersofa, einen Schreibblock auf den Knien; wenn ich über den Rand meines Laptops sah, und das tat ich, sooft ich konnte, ohne beim Vorlesen ins Stocken zu geraten, hatte ich ihn im Blick, ich sah, daß er ein Muster aus kompliziert miteinander verzahnten kleinen Dreiecken und Rauten auf die weiße Seite kritzelte. Ich las also vor:

Hätte es bei FFORMAT nicht eine *organisatorische Umstrukturierung* gegeben, wäre diese *organisatorische Umstrukturierung* nicht verbunden gewesen mit einem hausinternen Umzug des Ressorts Non-Fiction hinunter in den ersten Flurteil des zweiten Stocks (der seit jeher Kulturflur genannt wurde und der in den Spielflur überging), wäre ihr als neue Ressortleiterin Non-Fiction nicht ein eigenes Büro zugewiesen worden, der Raum 264 ganz am Ende des Kulturflurs, und müßten die Leute vom Fiktionalen nicht, vom Aufzug kommend, bis zu jenem Ende des Kulturflurs gehen, um direkt vor dem Raum 264 um die Ecke und dann in den Spielflur einzubiegen, sie hätte Sigis Bekanntschaft vermutlich nicht gemacht. Natürlich kannte sie ihn schon, vom Hörensagen, man hörte und sagte viel über ihn. Sigi Großbongard, freier Regisseur, schon seit Jahren einer von Freytags wichtigsten, die Kameraleute nannten ihn respektvoll den letzten Mohikaner, weil er für gewöhnlich mokassin-ähnliche Schuhe trug und weil er wilde dunkle Haare hatte und weil er einer der wenigen war, die sich auf dem stetig schmaler werdenden Landstrich des qualitativen Fernsehspiels mit international relevanter Thematik – Umweltthemen, Tierquälerei, Menschenraub, Flüchtlingsströme – noch unanfechtbar erfolgreich tummelte. Er hatte »Die Sehnsucht der Nomaden« gemacht, den Dreiteiler »Bombay Connection« und »Im Schatten der Sphinx«. Er galt als Kotzbrocken. All das wußte Antonia schon, bevor Sigi Großbongard zum ersten Mal am gerade von ihr bezogenen Raum 264 vorbei in Richtung Spielflur marschierte. Als er sie durch die offene Tür in einer Umzugskiste wühlen sah, blieb er stehen, lehnte sich in den Türrahmen, musterte sie von oben bis unten und sagte dann: Sie tragen schwarz, ich wette, Sie machen hier die Kultur. Sie sah ihn an, unter der Schirmmütze quoll wildes dunkles Haar hervor, dann fielen ihr seine Schuhe auf. Sie tragen Mokassins, ich wette, Sie sind der letzte Mohikaner. Als er lachte, entblößte er zwei auffällig große Eckzähne, sie dachte, er könnte genausogut Vampir genannt werden. Sie war froh, daß ihr die Schlagfertigkeit gelungen war, und sie fragte sich, ob die kaum spürbare Erhitzung ihrer Wangen dazu geführt hatte, daß sie rot geworden war. Claudi kam an Sigi vorbei hereingehüpft, um ihr zu verkünden, daß es drüben bei Udo in dessen neuem Zimmer jetzt etwas zu trinken gebe, Udo sei vom Umziehen erschöpft und wolle eine Pause machen; sie hatte den quergestreiften Stretchrock an, der knapp unterhalb ihres Hinterteils aufhört, und eine ärmellose, ziemlich durchsichtige weiße Leinenbluse; Sigis Blick, das konnte Antonia, obwohl sie Claudi ins Gesicht sah und nicht ihm, aus den Augenwinkeln erkennen, blieb auf der quergestreiften Rundfläche kleben, wanderte Claudis Beine hinunter und schnellte, als sie sich umdrehte, um den Raum wieder zu verlassen, auf die Höhe von Claudis 70-A-Busen unter dem durchsichtigen Weiß. Da blieb er noch hängen, als das durchsichtige Weiß mit dem Busen darunter schon wieder davongeschwebt war. Gehört die auch zu euch, fragte Sigi, als er sich wieder gefaßt hatte. Allerdings, sagte sie, nicht alle von der Kultur tragen schwarz, manche tragen auch gar nichts. Sigi Großbongard grinste wieder, dabei schauten seine Augen unter der Schirmmütze so, als wollte er schätzen, was sie wog. Na, dann gehen Sie mal Sekt trinken, sagte er und drehte ab. Zwei Tage später, als sie sich an ihrem Schreibtisch schon eingerichtet hatte, stand er plötzlich in der Tür und fragte, wie genau nehmen Sie es mit den Arbeitszeiten? Sie hatte ihn nicht kommen gehört; lag das an den Mokassins? Sie bereute sofort, daß sie mit ihren vielen Überstunden angeben mußte. Dann wird's Zeit, sagte er, was soll das heißen, fragte sie. Wir fahren auf die Alb, sagte er. Dann sagte er noch, daß sie so aussehe, als habe sie frische Luft und Sonne nötig. Das war natürlich eine Dreistigkeit, wie der ganze Sigi-Auftritt eine Dreistigkeit war, eine John-Wayne-Nummer, das hätte sie sich denken können; der letzte Mohikaner war in Wirklichkeit ein Cowboy, er sah tatsächlich ein bißchen so aus wie Pernell Roberts als Adam Cartwright, oder bildete sie sich das ein, wegen der Schirmmütze? Als Fünfjährige hatte sie zu jener Mädchenminderheit gehört, die Adam lieber gemocht hatte als Little Joe, später Lex Barker lieber als Pierre Brice. Während sie aufstand, ihr Handy ausschaltete und ohne weiteres Wort und ohne Claudi Bescheid zu sagen hinter John Wayne oder dem letzten Mohikaner oder Adam Sigi Cartwright oder wer immer das war herging, um mit ihm auf seinem weißen Pferd davonzureiten, dachte sie an Waltraud, sogar die wäre von so einem Auftritt, wie Sigi ihn gerade hingelegt hatte, beeindruckt gewesen; und erst Barbara, die wäre hin und weg, die hatte Sinn für Cowboy-Romantik, so ähnlich hatte es Matthias Maginter auch angefangen mit ihr, auf den Saloon-Hockern des Hans im Glück, *Frau Frasnelli, ich möchte die Nacht mit Ihnen verbringen*, was dachte sie da, er öffnete ihr schon die Autotür, das weiße Pferd war ein silbergrauer Renault Espace V6, Familienwagen, dachte sie, klarer Fall. Während der Fahrt über die neue Weinsteige hinaus aus dem Stuttgarter Kessel stellte Sigi ungefähr fünfzig Fragen, was genau ihr Job sei, wie lange schon bei FFORMAT, wie sie sich ihre berufliche Zukunft vorstelle undsoweiter. Jetzt wird er gleich einen Satz sagen, in dem *meine Frau* vorkommt, dachte sie – als der Satz kam, schaute sie aus dem Seitenfenster und sagte nichts. Sigi schob eine Kassette in den Rekorder und drehte laut, mit einem unendlich langsam anschwellenden E-Piano-Solo baute sich die Live-Version von Joe Cockers »With a little help from my friends« auf, bis das E-Piano in der ungeheuren Explosion des Schlagzeugs und der E-Gitarre aufzugehen schien, die E-Gitarre begann zu weinen, wurde weinend ruhiger, übergab schließlich an den Baß, der sich langsam zurückzog in eine weite Ferne, um das Innere des Autos ganz der röhrenden, kehligen, sehnsüchtigen Stimme Joe Cockers zu überlassen. *What would you do if I sang out of tune*, die Stimme blieb lange einsam, bis sie erlöst wurde vom Schlagzeug und dem Chor schwarzer Background-Sängerinnen, ... *with a little help from my friends*, siebeneinhalb Minuten lang hatte sie eine Gänsehaut, sie hätte nicht sagen können, warum, dieses Lied kannte sie doch seit Ewigkeiten, wenn sie es auch lange nicht mehr gehört hatte, die für Pop zuständigen Radiostationen spielten von Joe Cocker nur noch *Unchain my heart*, oder, noch schlimmer, *Up where we belong*. *Do you need anybody*, lockten die schwarzen Background-Sirenen mit hohen Stimmen, und Joe Cocker fackelte nicht lange: *I need someone to love*, mehr Worte brauchte er nicht, um auszudrücken, worum es eigentlich ging, hier in diesem Renault Espace und überhaupt auf der Welt. Sigi fuhr nach Schopfloch, kaufte am Straßenrand weiße Pfirsiche, erzählte, daß er oft hierher komme, weil er es unten in der Stadt nie lange aushalte; zwar wohne er mittendrin, aus Rücksicht auf die Familie, doch hier oben fühle er sich wohler, hier gebe es tatsächlich weiße Pfirsiche, er kaufe seine gesamten Lebensmittel bei einem Schopflocher Bio-Bauern ganz in der Nähe, aber jetzt wolle er ihr etwas anderes zeigen. Er zeigte ihr einen Landgasthof am Drackensteiner Hang, wie aus dem Kinderbilderbuch mit Obstbäumen, weidenden Kühen, glücklichen Hühnern, Traktor, Misthaufen und Holzschuppen. Eine Bäuerin, die aussah wie eine Bäuerin aus dem Kinderbilderbuch, verkaufte in schweren weißen Porzellanbechern köstlich-kühle Sauermilch, auf den Bänken in der Sonne dösten einige Wanderer. Sie tranken ihre Milch, dann gab Sigi ihr einen weißen Pfirsich in die Hand und sagte, wir gehen noch ein Stück. Sie ging neben ihm in den Wald hinein, der Weg war nichts für ihre ziemlich hochhackigen Sandalen, aber die Sandalen drückten überhaupt nicht, gleichzeitig bissen sie in die Pfirsiche, die pelzige Haut verursachte ihr ein leichtes Jucken an der Lippe, prompt sagte Sigi, jetzt kriegen wir Herpes labialis. Wieso wußte er, was sie dachte? Kriegen Sie auch immer Herpes, fragte sie, zu Geistreicherem reichte es jetzt nicht mehr, nur wenn ich mich ekle, antwortete er, dann legte er seinen Arm um ihre Schulter. Sie spürte den Druck seiner Hand auf ihrem Oberarm. Hoffentlich geraten wir nicht in eine schlimme Geschichte hinein, sagte er, sie konnte gar nichts mehr sagen, aber sie wußte schon, warum er das gesagt hatte, natürlich wegen *seiner Frau.* Dann blieb Sigi stehen, nahm seine Schirmmütze ab und zog sie an sich, fremder Mund auf ihrem, und einer, der mit ihrem gleich zurechtkam, während Sigi seine Zunge mit derselben Bestimmtheit in ihren Mund drückte, mit der Joe Cocker sang, dachte Antonia an Christian, der sicher schon versucht hatte, sie auf dem Handy zu erreichen, der vielleicht gerade jetzt wieder eine Auseinandersetzung durchstand, in Harlaching, weil DIE FRAU ihn beim Versuch, Antonia anzurufen, erwischt hatte; Christian, den sie seit dreieinhalb Wochen nicht gesehen hatte, weil es dreieinhalb Wochen lang keinen Termin außerhalb des Großraumes München gegeben hatte, der ihnen hätte Alibi sein können, und der nächste Termin würde erst in zehn Tagen stattfinden. Sie versuchte, sich Christians Gesicht vorzustellen, aber sie fischte nur einzelne Teile aus ihrer Vorstellung heraus, ein braunes Auge, die hellbraune Locke, die ihm meistens in die Stirn fiel, den Haaransatz darunter, die energische Nase, das Kinn mit den einzelnen braunen und weißen Bartstoppeln, die seinem Rasierapparat regelmäßig entgingen. Die Bilder schwammen ihr weg in eine flirrende Unschärfe, sie fühlte nichts als äußerste Angespanntheit, das schnelle Hämmern ihres Pulses am Hals, sie öffnete die Augen, als könnte sie mit den Augen nach Luft schnappen, sie sah Sigis geschlossene Augen vor sich, so nah, daß sie fast nur konturlose Schwärze waren. Wie lange der Kuß wirklich gedauert hatte, hätte sie hinterher nicht sagen können, eine Ewigkeit aus zwanzig Sekunden, vielleicht.

Sofort nachdem Sigi mit seinem Mund den ihren wieder

geschlossen und also damit den Kuß für beendet erklärt hatte, begann er darüber zu sprechen, was nun werden würde. Während sie auf dem Waldweg am Drackensteiner Hang voreinander standen und sich nicht von der Stelle rührten, sprach er von einer Ehe mit getrennten Schlafzimmern, von *seiner Frau*, die er sehr *achte*, seinen Töchtern – elf und dreizehn –, die er *über alles liebe* und die auf den Vater gerade sehr *angewiesen* seien; den ganzen Standardtext eines Ehemanns, der sich selbst und seiner Demnächst-Geliebten vormachen will, von Anfang an mit offenen Karten gespielt zu haben, sonderte er ab, dazwischen tupfte er ihr sicher hundert Küsse auf die rechte Wange dicht unterhalb des Auges, und vor lauter Geküßtwerden schon ganz größenwahnsinnig, konnte sie nicht anders, als über den Text innerlich zu lachen. Am liebsten hätte sie geantwortet *Wenn's weiter nichts ist.*

Es dauerte einen Moment, bis er sprach. Ja, sagte er dann mit Tiefststimme – es kam mir vor wie: mit gefährlicher Tiefststimme – und schaute dabei nicht vom Schreibblock hoch, eine gute erotische Szene ist das zweifellos. Mit allem der Schreiberin eigenen Temperament. Ich zwinge mich jetzt, beiseite zu schieben, was ich außerdem habe denken müssen: eine Szene dieser erotischen Qualität gibt es in deinem Manuskript zum ersten Mal mit einem gewissen Sigi und NICHT mit einem gewissen Christian Bleibtreu. – Und Manila?, fragte ich empört, und die Situation, in der sie ihm zum ersten Mal gegenübersteht? Der ganze erste Teil ist doch nichts als eine einzige Liebeserklärung an Christian! Wenn dir das geringer vorkommt als diese Cowboy-Theatralik ... Er winkte ab. Cowboy-Theatralik ist das nicht, sondern die Hingerissenheit einer weiblichen Person.

Sei's drum, darum geht es mir jetzt nicht. Das ist ganz ohne Zweifel eine erotische Szene, und so gehört die Szene auch geschrieben. Aber … jetzt sah er auf, sein Blick schien zu lodern. Daß sie beim ersten Sigi-Kuß an Christian denkt, das ist DIE LETZTE SCHEISSE! Vollkommen unglaubwürdig! Und daß du ausgerechnet an dieser Stelle unterbringst, daß Christian dreieinhalb Wochen keine Zeit mehr für Antonia hatte – was auch gar nicht der Wirklichkeit entspricht übrigens, das ist DAS LETZTE! Kleinmütig, betulich, auf dem Hera-Lind-Niveau! Du willst die Rechtfertigung für Antonias Verhalten gleich mitliefern! Wahrscheinlich hast du das nur geschrieben, weil du wußtest, du würdest mir das vorlesen! Die stellt sich bei so einem Kuß nicht Christians Gesicht vor! Das hast du geschrieben für mich! Um mich zu schonen, verdammt!

Er war aufgestanden und hatte begonnen, im Zimmer hin und her zu laufen. Und das sage ich dir, wenn du die Sigi-Geschichte nicht zu einer SCHONUNGSLOSEN SELBSTERKUNDUNG machen kannst, dann ist sie nichts wert! Rücksichtslos, schonungslos! Verschone mich mit deiner Schonung! Du bist nicht meine Krankenschwester! – Ich starrte auf den Bildschirm meines Laptops, der Bildschirmschoner führte inzwischen seinen Schleiertanz auf, muß ich mir merken, fiel mir ein, er redet von Schonung, und ich sitze vorm Bildschirmschoner. Sagen konnte ich nichts. Nur denken, daß Christian recht hatte. Es tat weh, das denken zu müssen. Obwohl es doch keinen Entschluß gegeben hatte, Entschuldigungen oder Beschwichtigungen hineinzufügen in diese Passage, hatte ich es getan. Während ich diese mir jetzt albern vorkommenden Sätze über Christians im Erinnerungsnebel verschwindende Gesichtsfragmente geschrieben hatte, war ich überzeugt gewesen, daß es so gewesen sein mußte, wie ich es beschrieb. Hatte ich nicht doch während des Kusses an Christian gedacht? Vielleicht einen flüchtigen Moment, vielleicht ein Moment des schlechten Gewissens, genau weiß ich das nicht mehr. Am ehesten ist zu vermuten, daß ich während des ersten Sigi-Kusses an gar nichts gedacht hatte, höchstens daran, daß mir die Beine nicht wegsackten vor Aufregung. Ich hatte mir eine Erinnerung eingebildet, die erträglich zu sein schien. Für ihn, vielleicht noch mehr für mich.

Christian war noch nicht fertig. Und völlig unglaubwürdig ist, daß so ein Kuß am Ende nur zwanzig Sekunden gedauert hat! Das muß doch minutenlang gegangen sein, daraus hättest du doch etwas machen können, ein Kuß länger als die Joe-Cocker-Nummer! – Ich habe *die Subjektivität der Wahrnehmung einer Minute* schildern wollen, sagte ich, die Anspielung mißlang total, statt dessen klang meine Stimme kleinlaut, sie lieferte gleich mit, daß ich an das, was ich gesagt hatte, selbst nicht glaubte. Es ist SCHEISSE, sagte Christian gnadenlos, du hast recht mit deiner Kritik, sagte ich, aber daß ich dich habe schonen wollen, war mir nicht bewußt. Jetzt muß also das Unbewußte herhalten, sagte er, das hat noch gefehlt. Dieses Sigi-Zeugs liest du mir erst einmal nicht mehr vor, ich verzichte dankend auf den Schongang, bis auf weiteres. Ich sagte schnell, das ist vielleicht wirklich besser so, ich war erleichtert, daß er das gesagt hatte, obwohl ich mir in diesem Augenblick gar nicht mehr vorstellen konnte, überhaupt weiterzumachen in Anbetracht dessen, daß die Sigi-Geschichte eine SCHONUNGSLOSE SELBSTERKUNDUNG werden sollte; das sogenannte Romanprojekt in den Papierkorb hinüberkopieren oder in den entlegensten Dateiordner, den Laptop zuklappen und künftig nur noch aufklappen, um an die Senderdateien zu kommen oder neue anzulegen, eine Redakteurin sein und sonst nichts, das wäre Erlösung. In der Nacht, gegen fünf, hörte ich ihn aufstehen und sich hinüber auf das Sofa setzen, nur jetzt kein Vergangenheitsverhör, also nicht die Augen öffnen, nicht sehen, wie er da drüben Löcher in die Luft starrt als Denker von Rodin, denn dann schaffe ich es nicht, NICHT zu fragen warum, dann hat er mich, dann geht es los, aber schlafen konnte ich so auch nicht, besser es hinter mich bringen, ein Entrinnen gibt es sowieso nicht, Entrinnen könnte ich nur durch Bildzeitungsmordundtotschlag, ich machte die Augen auf und gab ihm das Zeichen meiner Verfügbarkeit, ich sagte Komm ins Bett, bitte. Nach einer Weile sagte er: Daß er im Auto Joe Cocker gespielt hat, hattest du mir bisher nicht erzählt. Oder hast du das erfunden? Vielleicht, sagte ich. Er seufzte. Ach Antonia. Seit Jahr und Tag presse ich Einzelheiten aus dir heraus, ich gebe es zu, das ist Faktenhuberei, widerlich, aber die Fakten widersprechen sich manchmal und das macht mich verrückt, zum Beispiel ist ja auch die Frage, ob es drei oder vier GVs waren, nie ganz geklärt worden. – Aber das ist nicht wahr, du hast mir eine Falle gestellt, indem du gesagt hast vier, wie nebenbei hast du vier gesagt, und als ich nicht reagiert habe, hast du gesagt, jetzt hab ich dich, ich dachte immer schon du unterschlägst einen. Und seither habe ich, daß es vier waren, sicher schon zwanzigmal dementieren müssen, aber du ignorierst meine Dementis. – Das ist ja auch nicht zu glauben: daß ihr von Ende August bis Anfang Oktober nicht miteinander geschlafen habt, das gibt's doch nicht, der kommt vom Familienurlaub zurück und weiß, daß er demnächst nach Johannesburg muß zum Drehen, und dann will er nicht mehr mit dir schlafen? – Er hat eben gewollt, daß ich nach Johannesburg komme, das weißt du doch ... – Aber vorher, Antonia, vorher? Zwischen seinem Familienurlaub und Johannesburg war er noch vier Wochen in Stuttgart! – Der Johannesburgvorschlag war doch die Folge dessen, daß er sich in Stuttgart und Umgebung unfrei fühlte mit mir, so hat er es formuliert, er hatte Angst, seine Frau werde ihm abends anmerken, daß er von einer anderen kommt. Er sagte, er könne sich nicht verstellen, sie würde ihm jede Lüge anmerken, bitte, ich will nicht mehr immer dieselben Sachen sagen, vor allem nicht nachts um fünf, komm doch ins Bett. – Als er das Licht ausgeknipst hatte und wieder neben mir lag, sagte er, wie zu sich selber sprechend: Er habe keine Erfahrung gehabt, trotz der vielen Frauen, sein ganzes langes Leben lang keine Erfahrung. Nicht die, jemanden zu lieben, nicht die, betrogen zu werden. Niemals sei er eifersüchtig gewesen; mit wem die *Kreatürliche* oder die Brasilianerin oder diese Schauspielerin, deren Name ihm schon nicht mehr einfiel, nach ihm oder vor ihm geschlafen hätten, sei ihm völlig egal gewesen, nicht mal eine Nachfrage wert. Nun habe er sich also aus Eifersucht manchmal benommen wie ein Wahnsinniger, diese Scheißfaktenhuberei betrieben, mich damit gequält, aber der eigentliche Fehler, das eigentlich Unverzeihliche sei, daß er damals, *nach Sigi*, nicht gegangen sei. Das habe er sich doch vorgenommen gehabt: zu gehen, sobald einer auftaucht, der mir Zukunft bieten könne. Und er habe das, als es dann wirklich passiert sei, nicht hingekriegt. – Aber so war es nicht, du hast mir zugeredet, nach Johannesburg zu fahren, fahr zu Herrn G., wenn du mußt, das hast du gesagt, ich war es doch, die anders entschieden hat! – Weil ich dich mit dieser Strategie erpressen konnte, deshalb doch, ich wollte, daß du nicht fährst, also hab' ich gesagt: fahr, das ist doch klar. Du warst völlig weg von mir, Antonia, und zurückgekommen bist du aus Mitleid, so bist du eben, dein Dilemma war, daß du keine andere Möglichkeit hattest, als einem von uns beiden weh zu tun, entweder Herrn G. oder mir; also bist du bei dem geblieben, von dem du annehmen konntest, er leide mehr, das war ich.

Es war heiß im Zimmer, in der Dunkelheit spürte ich seinen Körper neben mir wie einen Ofen. Während er gesprochen hatte, hatten meine Brüste leicht zu ziehen begonnen, ich mußte mir eingestehen: ein Ziehen der Lust, wieso war die über mich gekommen, breitete sich jetzt aus über die ganze Oberfläche meiner Haut wie ein mächtiger Juckreiz? Während ich ihm das T-Shirt hochschob – er wehrte sich nicht – dachte ich darüber nach: Hatte, was er da so traurig vor sich hingesprochen hatte, mein Mitgefühl erweckt und damit mein Verlangen? Hatte er am Ende recht, fehlte mir die Fähigkeit, zwischen Liebe, Mitgefühl und vielleicht sogar Begehren zu unterscheiden? Wieso setzte er so selbstverständlich voraus, daß man diese drei Gefühlsgewächse überhaupt in getrennten Blumentöpfen zu pflegen habe? Dann schob ich mich auf seine Lenden und unterwarf ihn, wir tobten beinahe. Als ich wieder denken konnte, dachte ich: wie Penthesilea im Kampf mit Achill, ich muß bei Ranke-Graves nachlesen, ob der Vergleich standhält.

Während ich meine Sachen zusammenpackte, sah ich ihn in sein Arbeitsbuch kritzeln, jetzt bist du dran, sagte ich. Zunächst wollte er nicht, mußte aber einsehen, daß er sich meiner Bitte nicht verweigern konnte. Er las also vor:

Als sie mir die erste Sigi-Passage vorliest, reagiere ich professionell und persönlich.

Das Professionelle: Daß sie sich im Moment des Küssens an C. erinnert, ist kleinmütig, betulich, unterhaltungsromanhaft, weil konfliktscheu. Entstanden wahrscheinlich aus Schonungsabsicht. Geschrieben in dem Wissen, daß sie es abends C. vorlesen wird. Ebenso die nichts als erfundenen Zeitangaben: Dreieinhalb Wochen seit dem letzten Treffen mit C. und zehn Tage vor dem nächsten Treffen. Auch das nichts als Rechtfertigung eines Gefühls, zu dem sie sich nicht zu bekennen wagt. Ich empfahl Rücksichtslosigkeit.

Das Persönliche: Ich werde hineingezogen in die alten Empfindungen und vermisse dann die Aussprache, die wir nie hatten. Immer nur dieses durch meine Erpressungsversuche herausgequälte Wissen. Jetzt unser Beschluß: nichts mehr vorlesen. Für mich eine Niederlage, ich habe es nicht geschafft, nichts als sachlich zu reagieren. Gerade noch ein GV, der uns aber zusammenführt.

Jetzt weiß ich, was Genauigkeit ist, sagte ich, als er geendet hatte, und Christian kriegte sein Geniergesicht und hielt sich die Hand vor den Mund, um zu verbergen, daß der Mund lachte. Du mußt schreiben, daß Antonia an Sigi denkt, während sie mit Christian schläft, sagte er dann. So muß es gewesen sein! Da kommt der alte Trottel zu ihr und will mit ihr schlafen und weiß nicht, daß sie frisch entflammt ist für einen Sigi mit wilden Haaren, diese Bettsituation mußt du genau beschreiben, das ist ein menschenkennerischer Rat, glaub mir!

Kein Wunder, sagte Barbara, als sie davon gehört hatte. Nur allzu verständliche Folgen eines nun schon Jahre andauernden defizitären Daseins. Dir fehlt halt schon lange was. Conni fragte, nachdem Antonia ihr am Telefon berichtet hatte, sofort nach Sigis Alter, als Antonia achtundvierzig gesagt hatte, atmete Conni erleichtert durch – von allen, die Antonias Lebensumstände kannten, war sie die einzige, die den Altersunterschied zwischen Christian und Antonia ganz direkt als *etwas Unnatürliches* bezeichnete – und meinte, das sei überfällig gewesen. Waltraud kommentierte mit einem einzigen Satz: Wieso in aller Welt hast du Christian DAS erzählen müssen? – Wegen der *Nähe*, wollte Antonia sagen, schwieg dann aber doch. Waltraud hätte nur zum Ausdruck gebracht, daß sie nicht einsehe, wieso *Nähe* zwischen zwei Menschen zur Folge haben müsse, daß die beiden voreinander keine Geheimnisse haben dürften. Einem anderen etwas verschweigen sei mitunter nicht nur notwendig, sondern ein Akt der Humanität. Undsoweiter. Das wollte sie nicht hören, um es nicht einsehen zu müssen. Und sie hätte Waltrauds durch langjährige Lebenspraxis verbrieftes Credo nur einsehen können. Es kam Antonia so vor, als hätten die Reaktionen der drei, obwohl sie doch verschieden waren, etwas gemeinsam: einen Unterton mühsam unterdrückten Triumphs. Als sei jetzt endlich der Beweis für etwas erbracht, was sie schon immer vermutet hatten. Als sei ihnen die kolossale Gefühlsinnigkeit zwischen Christian und Antonia, die Superliebe, auf die Antonia sie manchmal hatte schauen lassen wie auf ein kostbares Gemälde, schon immer verdächtig gewesen. Eine Übertreibung. Sie halten mich für eine Hysterikerin, dachte Antonia, und das bin ich ja auch. Aber Christian ist mindestens so hysterisch wie ich. Wenn zwei Hysteriker sich lieben, ist diese Liebe dann Hysterie? Das von Barbara gelieferte Tatmotiv war ihr das liebste. Zu viel Defizit, zu viel Entbehrung. Daß Christian eine Entwicklung hinaus aus seiner Harlachinger Gefangenschaft und in ihre Richtung hinkriegen würde, hatte sie nicht mehr geglaubt. Das war doch ihre Stimmung gewesen, als dieser Sommer bevorstand, und hatte sie nicht, bevor Sigi auf der Bildfläche erschien und alles durcheinanderbrachte, ein Ultimatum ausgesprochen diesen Sommer betreffend? Einen Konditionalsatz, dringender, warnender als alle Konditionalsätze vorher? *Wenn du es fertigbringst, mich auch in diesem Sommer wieder so lange wie im letzten alleine zu lassen, bin ich weg.* Das hatte sie zu ihm gesagt, als der Sommer bevorstand, ein neuer Sommer, in dem der Kulturbetrieb dösen und keine Alibisymposien außerhalb des Münchner Großraums ausspucken würde. Daß sie am Ende war, war noch nie so wenig eine Redensart gewesen wie zu Beginn dieses Sommers. Sie hatte nicht mehr für möglich gehalten, daß er das mitkriegte. Es hat ein Gespräch gegeben in Harlaching *wie noch keines vorher* – als Christian das am Telefon mitgeteilt hatte, mit vor Erschöpfung beinahe tonloser Stimme, hatte sie nur gedacht: der übertreibt mal wieder. Das Harlachinger Ehegebrüll lief doch nach immer gleichem Muster ab, ebenso wie die Auseinandersetzungen zwischen Antonia und Christian nach immer gleichem Muster abliefen. Ein *nie vorher*-Gespräch in Harlaching war nicht nur unwahrscheinlich, sondern statistisch gesehen praktisch ausgeschlossen. *Ich komme Ende Juli*, hatte Christian gesagt, *zu dir nach Stuttgart, ich habe das hier klargemacht.* Es wird ihr schon etwas einfallen, um das zu verhindern, hatte Antonia böse geantwortet, eine Magendarmgrippe, eine Messerfuchtelei, oder sie haut ab in Richtung Isar, so daß du die halbe Nacht das Ufer absuchen mußt wie letztes Jahr. Oder meinte sie im Nachhinein nur, das erwidert zu haben, weil DIE FRAU sich dann tatsächlich so ähnlich verhalten hatte? Antonia hatte jedenfalls nicht geglaubt, daß er Wort halten würde. Daran erinnerte sie sich genau. Sonst hätte sie doch nicht kapituliert und wäre mit einem Sigi auf die Alb gefahren, drei Tage bevor *Ende Juli* war und Christian tatsächlich am Stuttgarter Hauptbahnhof ankam, schleppenden Schrittes, ramponiert von den furchtbarsten Lisbeth-Verwünschungen, auf der Wange sogar eine schmale Schramme, vielleicht von Lisbeths Fingernägeln, vielleicht von den Gläsern, die Lisbeth zersungen hatte durch ihr langanhaltendes hohes C des Leidens. Sie hatte eine Weile gebraucht, bis sie sich wieder an dieses Gesicht gewöhnt gehabt hatte – später würde er sagen: *Umschaltpause*, du hattest eine *Umschaltpause*, du warst befremdet, das habe ich gemerkt, auch wenn ich noch nicht ahnte, wieso. Dabei war auch er noch nicht bei ihr angekommen, als er angekommen war und an ihrem Küchentisch saß; sein Gesicht war noch nicht die Reaktion auf das ihre, sondern von Lisbeth imprägniert. So sei er dort noch nie abgereist, sagte er. Eine Flucht sei es gewesen. Bis zuletzt habe DIE FRAU versucht, ihn zu hindern, zuerst habe sie seinen gepackten Koffer versteckt, nachdem er ihn gefunden gehabt habe, habe sie versucht, ihn im Schlafzimmer einzuschließen, nein nicht den Koffer, ihn, Christian, es sei zu Handgreiflichkeiten gekommen – er deutete auf die Schramme –, er habe sie schließlich von sich wegschleudern müssen, das Schlafzimmer verlassen, ein Taxi gerufen, sie sei dann nicht mehr aufgetaucht. Antonia, sagte er, es könnte sein, daß sie nicht mehr da ist, wenn ich zurückkomme. Das glaubst du doch selbst nicht, sagte Antonia schnell, zu schön um wahr zu sein, obwohl das schon eine Schicksalsdramaturgie wäre, wie sie nur das Leben schreiben kann, drei

Tage nach Sigis Geburt taucht Lisbeth ab und der Weg zu Christian ist frei: Kein Romanautor würde sich trauen, das so zu konstruieren. Als sie im Bett lagen, klingelte das Telefon, sie wußte schon vorher, wer das war, obwohl sie keinerlei Verabredung mit ihm getroffen hatte, was machst du, fragte die Sigistimme, sie huschte erschrocken weg von Christian und ins Bad und murmelte, ich habe Besuch, ein paar Freunde, ist nicht günstig jetzt, und danach zog sie den Stecker aus der Telefondose. Wer war das, fragte Christian, als sie zurückkam, sie sagte das erstbeste, was ihr einfiel, das war Moritz, der wollte wissen, ob ich Besuch habe, sie spürte, daß sie rot geworden war, Christian verzog das Gesicht und sagte, ich finde, du solltest hier ausziehen. Mit Antonias altem Peugeot fuhren sie hinaus aus Stuttgart in Richtung Tübingen, fanden tatsächlich den kleinen See, von dem Udo immer schwärmte – Geheimtip! Man ist fast alleine dort! –, das waren sie wirklich, nackt schwammen sie zwischen Seerosenblättern herum, Antonia ließ ihre Brüste zwischen den Seerosen auftauchen, Christians Gesicht sah endlich so aus, als sei es von den Zurichtungen DER FRAU geheilt, und auch Antonia fühlte sich vor Liebe ganz geschwollen. Alle drei Wochen, sagte Christian, als sie einander zugewandt auf der Decke lagen, zunächst *alle drei Wochen*, dann *alle zwei Wochen*. Jedes zweite Wochenende, das will ich durchsetzen. Das wäre wunderbar, sagte sie in sein Leuchtgesicht hinein, und sie meinte das auch so. Sie schaute dem siebzehn-Uhr-acht-ICE nach München hinterher, wie immer verheult, die Abschiede wurden nicht leichter, im Gegenteil, diese durch Zugabfahrtszeiten bestimmten Abschiede, die sie jäh auseinanderrissen, empfand sie stets als Brutalität, auch diesen, sie starrte dem kleiner werdenden Zug nach, nicht die einzige Figur, die da so stand und dem Pathos eines Abschieds nicht gewachsen war, der späte Sonntagnachmittag reißt viele Paare auseinander, es gab nichts Unnatürlicheres, als daß er jetzt wegfuhr; sie war empört, empört und wund vor Verlustempfindung, und während sie das durch und durch empfand, fragte sie sich, ob Sigi wohl noch einmal versucht hatte, sie zu erreichen. Wie konnte sie das jetzt denken? Waltraud fiel ihr ein, wie die sich über sich selbst gewundert hatte, ist doch seltsam, jedesmal, nachdem Ernst gegangen war, hab' ich sofort Heinz anrufen müssen, und umgekehrt. Rituelle Reinwaschung. Zu Hause hörte Antonia ihre Mobilbox ab, sie hoffte auf eine Nachricht und sie hoffte darauf, daß sie davonkommen würde, Scheißhandy, knurrte Sigis Stimme vernehmlich, ich probier's halt wieder. Zwei Tage später lag sie mit Sigi auf einer anderen Decke, die Decke hatte er irgendwo hinter Nagold auf einer ziemlich abschüssigen Wiese ausgebreitet, Wiese mit Aussicht, dachte sie, bestimmt ist er schon mit anderen Frauen hier gewesen. Er hatte tatsächlich eine Kühltasche vorbereitet, darin eine von Kühlelementen gehaltene Flasche Chablis und zwei Gläser, er genierte sich nicht für die Kühltasche, und sie verkniff sich die spöttische Bemerkung, die sie auf Lager gehabt hatte. Während sie nebeneinander saßen, die Gesichter in Richtung Sonnenuntergang, hielt Sigi eine Rede, jedenfalls klang das, was er sagte, vorgenommen: daß er Antonia habe nicht erreichen können an diesem Wochenende, habe ihm erst klargemacht, was passiert sei mit ihm, und daß das passiert sei, habe ihn wütend gemacht, so wütend, daß er Samstag nacht um elf diese Tonfrau angerufen habe, die kennt er schon lange, eine halbe Stunde später ist er bei ihr gewesen, die wohnt in Ludwigsburg, er hat schlafen wollen mit der und gemerkt, daß er das nicht kann, Antonias wegen nicht, die Tonfrau hat gottseidank auch nichts erwartet von ihm, ist selbst unglücklich verliebt in einen, den er kennt, geheult hat sie und ihren Kummer ausgebreitet, das hat er sich dann anstandshalber zwei Stunden angehört, um drei ist er wieder zu Hause gewesen, kein Auge zugemacht hat er an diesem Wochenende, unablässig hat er seine innere Stimme im Ohr gehabt, laß' DIE FRAU nicht sausen, und mit DIE FRAU ist Antonia gemeint. Daß sich seine Ehefrau mit den Töchtern gerade auf Texel befand – schließlich sind Sommerferien – erwähnte er nur beiläufig, Antonia dachte, deshalb hat er also heute abend Zeit, deshalb hat er am Wochenende nachts eine Tonfrau in Ludwigsburg besuchen können, deshalb hätte er auch mich besuchen können, wenn ich nicht Besuch gehabt hätte *von Freunden.* Klar, daß er voraussetzte, einer der Freunde sei *ihr Freund, ihr Mann.* Gut so, er sollte wissen, daß sie gebunden war, so gebunden wie er. Sigi legte einen Arm um ihre Schulter, drückte sie von der Seite an sich, sie stellte das Weinglas ins Gras, es kippte um, sie kippte auch um, aus Richtung seines Brustkorbs dampfte ihr ein Verwegenheitsrasierwasser entgegen, er atmete schnell, das stand in merkwürdigem Gegensatz zur Vorsicht seiner Hände, das war doch nicht Erregung, die ihm dieses schnelle Atmen diktierte. Sigi war aufgeregt. Vielleicht stimmte es ja, was er ihr neulich erzählt hatte: kein GV mehr mit seiner Frau. Vielleicht hatte er schon lange keinen GV mehr gehabt. Und war deshalb jetzt nervös. Länger als zwei Wochen ohne Frau, und mir hat der Schwanz weh getan. Das warst du, Christian, und dieser Satz ist Antonia eingefallen da auf der Sigi-Decke, auch wenn du es vielleicht unglaubwürdig finden wirst, daß ihr der Satz eingefallen ist! Sie hat überlegen müssen, ob dieser Christiansatz auf Sigi zutreffen könnte, und sie ist zu keinem Ergebnis gekommen. Sie wußte doch nicht, wem sie sich da überließ. Es hatte eben nur den Anschein, als sei der letzte Mohikaner aufgeregt. Ich gebe es zu: Antonia ist wieder einmal gerührt gewesen. Sogar ziemlich. Gerührt und geschüttelt, hätte Conni gewitzelt. Natürlich kann es auch sein, daß Antonias Wahrnehmung der Situation die reinste Einbildung gewesen ist. Sie hat Sigi nicht so nahe kennengelernt, wie es für eine Vergewisserung nötig gewesen wäre. Sein Atem ging immer schneller. Die Schirmmütze hatte er immer noch auf. Als er sich von ihr wegdrehte, wußte sie nicht genau, was geschehen war. Es war doch noch gar nichts geschehen gewesen! Sigi zog sich die Hose zurecht und starrte mit Indianermiene in die Ferne. Es wird kühl, sagte er, ich bring' dich nach Hause.

Wieso denn, dachte sie, sie wollte nicht weg von ihm, aber das zu sagen, überhaupt zu fragen, was in Sigi gefahren war, wäre ganz unmöglich gewesen. Vielleicht brauchte er jetzt Zeit für sich, um das Geschehene oder nicht Geschehene zu verkraften. Im Auto sagte er, übrigens, wenn meine Frau mit den Mädels wieder da ist, muß ich mit denen gemeinsam wegfahren, auf die Kanaren, ein Studienfreund von mir hat dort ein Hotel, ist schon lange geplant. Nach Gomera?, fragte sie, er schaute überrascht zu ihr hinüber und sagte, ja, ins Jardin de la Santa Teresa, woher weißt du das. Danach rief er ein paar Tage nicht an, kam auch nicht den Kulturflur entlang, so daß sie schon vermutete, seine Frau sei von Texel zurück oder die Familie Großbongard bereits nach Gomera entschwunden oder Sigi habe beschlossen, zukünftig die Finger von Antonia Armbruster zu lassen. So falsch lag sie nicht, dachte sie, als sie dann doch wieder neben ihm lag, dieses Mal auf ihrem blauen Sofa, weil es regnete; Sigi hatte ihre Wohnung inspiziert, wie es manchmal Moritz' Kater Donald tat, erst dann hatte er auf ihrem Sofa Platz genommen, und bis sie ins Liegen gekommen waren, hatte er sich immer wieder mißtrauisch umgesehen, als befürchte er, beobachtet zu werden. Der *erste richtige* GV *mit Sigi* war dann auch vor allem vorsichtig, seine Vorsicht, nicht ihre, sie hätte das gerne ausufern lassen zu einem wilden Gewälze, doch Sigi stellte sich so an, als liege er mit einer kostbaren Vase im Bett. Wieder hatte sie das Gefühl, seine Vorsicht respektieren zu müssen, ihn nicht erschrecken zu dürfen durch allzu ungestüme Preisgabe ihrer eigenen Sehnsuchtsdepots oder wie immer das zu nennen wäre, was sich in den Jahren mit beziehungsweise ohne Christian angestaut hatte. *Hinterher* hob Sigi an zu einer neuen Rede, vielleicht sollte die auch seine rätselhafte, einem letzten Mohikaner oder Adam Cartwright oder sonstigem Westernhelden gar nicht entsprechende Zurückhaltung erklären. Daß es, wenn DIE GATTIN zurückgekehrt sein würde, unmöglich sei, *so weiterzumachen*, sagte Sigi. Daß er sich das nicht vorstellen kann: direkt vom Antoniabett an den heimischen Abendbrottisch, das merkt DIE GATTIN doch, die wird ihm ansehen, wo er gerade gewesen ist, die kennt ihn genau, er ist einer, der nicht lügen kann, ihm sieht man jeden Gefühlsaufruhr an und vor allem DIE GATTIN, die ihn so genau kennt. Sie wird das förmlich riechen, selbst wenn er sich *hinterher* bei Antonia duscht. Daß er nicht aus dem Gleichgewicht geraten darf vor lauter Antonia. Seine Töchter sind noch sehr angewiesen auf ihren Vater. Das wird er seinen Töchtern nicht antun: daß sie in ein elterliches Trennungstheater hineingeraten. Jedenfalls nicht, bevor er ganz sicher ist. Daß sie, Antonia, sozusagen unvermeidlich ist für ihn. Und umgekehrt, natürlich. Auch wenn es nicht den Anschein hat: er hat auf vieles verzichtet wegen der Töchter. Die Ehe bestünde doch nicht mehr, wenn es die nicht gäbe. Seit der Geburt der Kleinen hat er DIE GATTIN kaum noch berühren können, er ist bei der Geburt dabei gewesen, sie hat das verlangt damals, sie ist eine von denen, die das von ihrem Mann verlangen, besser er hätte das nicht gesehen damals, das hat eine Art Schock verursacht, das Geschmiere zu sehen, seitdem läuft praktisch nichts mehr. DIE GATTIN ist darüber bitter geworden und natürlich argwöhnisch, schließlich ist er viel unterwegs, oft im Ausland, natürlich weiß sie, daß sich ihm dort *Gelegenheiten* bieten, sie denkt sich ihren Teil, sie kennt ihn eben. Sobald die Jüngste ihr Abitur hat, ist er weg, eine Wohnung in Berlin und allein sein. Noch *ein Mal*, dann werden sie sich vier Wochen nicht sehen, Antonia und er, er wird auf Gomera sein, der Abstand wird ihnen beiden guttun, ein heimliches Verhältnis kann er auf Dauer sowieso nicht leben, das weiß er genau. Sie registrierte, wie ihre Gefühle ausschlugen, während er sprach, Gefühlskurve mit schnellen, großen Schwankungen, die nach oben ausschlagenden taten gut, die nach unten nicht. So empfindlich hatte er sie also schon gemacht, das erschreckte sie, dabei war er doch nichts Besonderes, so böse wollte sie das jetzt denken, nichts Besonderes, nur ein Mann mit *Nähe*problem, einer, vor dem Freundinnen einander warnen, einer, der auf jede Liebkosung eine Verletzung folgen lassen muß, vielleicht sogar einer, der mit Körperlichem am besten zurechtkommt, wenn das Körperliche gekauft ist; den Satz habe ich zunächst weggelassen, aus Rücksicht auf Sigi, vor allem aber, um Antonia besser dastehen zu lassen, wer ist schon in einen mit *Nähe*problem verliebt, und dann so verliebt, wie Antonia es an diesem Sofatag gewesen ist. Wer so einen Satz sagt, wie Sigi ihn gesagt hat, hat sich doch disqualifiziert für alles, es hilft nichts, er hat ihn gesagt, er hat gesagt: *Thailänderinnen sind besonders lieb und auch sauber.* Gefühlskurve in Richtung Schmerzextremwert, den Satz hat Antonia nicht vergessen. Obwohl seine Wirkung dann mit der einen oder anderen Sigi-Liebkosung, gratis bitteschön, schwächer geworden ist. Einen GV später – er fand statt im Renault Espace, aber kaum weniger *vorsichtig* – kam der zweite Tiefschlag, er fragte nach *ihren Verhältnissen*; sie hatte den Namen Georg Ohne sagen wollen und trotzdem sofort Christian Bleibtreu gesagt, sie wußte noch in dem Moment, als sie sprach, daß sie das jetzt tat, weil sie Sigi imponieren wollte mit so einem Namen, sollte er ruhig wissen, in welcher Klasse sie spielte, das hier ist etwas anderes als *thailändische Kaufbetten*! Der Name tat die gewünschte Wirkung, Sigi war beeindruckt, das merkte sie daran, daß er ungefähr so reagierte: du lieber Himmel, der, der schreibt komplett unleserlich, den halte ich für überschätzt, der gibt den Nebel in seinem Kopf als Philosophie aus, grünspanig ist der, und ein Softi, sag mal wieviel älter ist der als du, das verstehe ich überhaupt nicht, was du an dem findest. Im Laufe des Abends – sie gingen noch essen im Hirsch in Schlattstall – mußte er noch einige Male auf Christian Bleibtreu zurückkommen, und die Art, wie er das tat, geriet ihm nicht freundlicher. Ihr blieb ein schlechtes Gefühl wie eine Warnung, so etwas tut man nicht, man redet nicht abfällig über den Mann DER FRAU, die man will, jedenfalls nicht gleich. Christian hätte anders reagiert, das spricht für Christian. Das hat sie gedacht, ob du es glaubst oder nicht, natürlich wirst du es nicht glauben, dir wird nicht reichen, was ich hier bringe, du willst Details der anderen Art, was Antonia an Sigi unangenehm auffiel, willst du nicht wissen, das hältst du schon für Rechtfertigung, dabei ist doch jeder Versuch, irgendein persönliches *Was war* aufzuschreiben, Rechtfertigung. Wer nicht schreibt, hat nicht einmal eine Ahnung, wer er nicht ist. Steht bei Frisch in den Tagebüchern. Frisch ist allerdings aus der Mode. Ob du es glaubst oder nicht: Was hier steht über Antonias Sofa-Empfindungen ist genau so wahr, wie es falsch ist. Indem man die Wahrheit schreibt, hat man sozusagen schon gelogen. Sigi bestellte die Rechnung, getrennt, sagte er zur Kellnerin, und dann zu ihr: Bleibtreu zahlt bestimmt immer, nicht wahr? Sie sagte so beiläufig wie möglich, ja, er hat immer gezahlt, wir sehen uns ja kaum noch.

Von Waltraud hörte ich nach Sardinien wochenlang nichts, ich dachte mir nichts dabei. Manchmal ist sie wochenlang draußen in Bad Urach und feiert Überstunden ab. Auch als sie dann anrief, um mich zum Essen einzuladen, kam sie mir vor wie immer. Als sie die Tür öffnete, hatte ich zwar ein unbestimmtes Gefühl, etwas an ihr sei verändert, doch ich hätte nicht formulieren können, was. Während sie die Zucchini in Scheiben schnitt, sagte sie: Es geht mir schlecht. Und fügte nach einer Pause hinzu: Ich habe fünf Kilo abgenommen. Jetzt sah ich, daß man unter Waltrauds Jeans heute noch weniger Oberschenkel vermuten konnte als sonst, und ihr schmales Gesicht wirkte beinahe eingefallen. Naja, grinste Waltraud, als sie meinen Blick bemerkte, in den letzten Wochen war ich eben damit beschäftigt, zu überleben. Als sie den Wein eingeschenkt hatte – wie immer aus der Kristallkaraffe, obwohl der Wein, den sie bei Feinkost Böhm kauft, kein besonderer ist – und wir einander am Tisch gegenübersaßen, fing sie an zu erzählen, was geschehen war.

Vor kurzem hat sie Ernst gefragt, ob er etwas dagegen habe, wenn sie seine geschiedene Frau einmal anrufe. Sie hat gedacht, sie und Lore könnten doch ruhig einmal telefonieren, jetzt, nach der Scheidung, schließlich ist ihre Beziehung, die zwischen Waltraud und Ernst, kein Geheimnis mehr. Hat sie jedenfalls gedacht. Und Ernst hat auf ihre Frage auch sofort ja gesagt. Wie ein Mann derart blöd sein kann. Der müßte doch seine Frauen kennen, aber von wegen. Waltrauds Augen wirkten in ihrem abgemagerten Gesicht übergroß, noch größer als die der Heiligenfiguren, die hinter ihr auf dem Sideboard standen und in meine Richtung starrten. Sie hat also Lore angerufen. Sich am Telefon als Ernsts Freundin vorgestellt. Als die Frau aus Bad Urach, bei der Ernst regelmäßig Zeit verbringt. Jaja, hat Lore sofort gesagt, ich weiß, bei Ihnen war er über Weihnachten, ich weiß schon. Daß Lore, obwohl sie doch informiert wirkte, davon ausging, Waltraud sei Ernsts *alte Freundin, weiter nichts*, das hat Waltraud erst erfaßt, als es zu spät war. Sie weiß nicht mehr, durch welche Formulierung sie sich verraten hat. Schlafen Sie denn tatsächlich mit dem, hat Lore auf einmal gefragt, Betonung auf DEM, als wolle sie sagen, mit so einem könne man doch unmöglich schlafen. Waltraud weiß inzwischen, wie diese Bemerkung gemeint war: Ernst hat Lore gegenüber immer so getan, als sei er impotent. Folgen eines alten Unfalls, eine Operation *da unten*; danach hat er vorgegeben, daß nichts mehr geht. Davon hat Waltraud aber zum Zeitpunkt des Telefonates mit Lore noch nichts gewußt. Merkwürdig, hat Lore zu ihr gesagt, merkwürdig, ich habe immer eine andere im Verdacht gehabt. Das sei der Anfang gewesen. Danach hat Waltrauds Telefon für diesen Tag nicht mehr stillgestanden. Anruf

Lore nach einer Stunde: Liebe Waltraud, Sie sind nicht die einzige! Es gibt noch eine andere! In einem Vorort von Rotterdam! Ernst und Lore sind mit Irene und ihrem Mann befreundet gewesen, dann ist der Mann gestorben, muß jetzt schon sieben Jahre her sein, Irene also Witwe, gerade hat Lore mit ihr telefoniert und sie rundheraus gefragt, ob sie ein Verhältnis mit Ernst habe, und Irene hat gesagt, ja, seit siebzehn Jahren. Ernst hat Geschäftsreisen nach Rotterdam genutzt, um Irene zu sehen. Waltraud erinnert sich, daß er tatsächlich immer wieder einmal nach Rotterdam hat fliegen müssen, um dort südamerikanisches Holz zu kaufen. Waltraud ist stolz darauf, daß sie angesichts dieser Eröffnung keinerlei Gemütsregung gezeigt hat. Jedenfalls ist sie sich ziemlich sicher, daß sie keine gezeigt hat. Sie hat sich beherrscht. Bestenfalls *Ach* gesagt. Nur als Lore sie daran erinnert hat, daß Ernst an Weihnachten direkt von Waltraud aus nach Rotterdam hat fliegen müssen, hat sie ein bißchen zu zittern angefangen, sie glaubt nicht, daß Lore das bemerkt hat. Eine halbe Stunde später: Anruf Irene aus Rotterdam. Die hat sie gleich ausgefragt. Seit achtundzwanzig Jahren? Und ich seit siebzehn! Ernst habe Irene immer wieder beteuert, wie er sie liebe. Irene fühlt sich betrogen. Anruf Ernst: Was hast du gemacht? Waltraud hat sich verteidigt: Ich habe dich gefragt, ob du etwas dagegen hast, wenn ich Lore anrufe, und du hast nein gesagt. Anruf Lore: *Sie können ihn kaufen.* Wörtlich. Als ob sie ihn loswerden will *wie einen alten Hund.* Anruf Ernst: Es ist aus. Was hast du gemacht. Nach ein paar Tagen – Waltraud sagte das betont leichthin, dieses *nach ein paar Tagen*, als sei das gar nichts, unter diesen Umständen ein paar Tage zu warten darauf, daß etwas geschehe – *nach ein paar Tagen* also Anruf Lore: Bitte holen Sie Ihr Handy ab. Sie hat das *heimliche Handy* entdeckt, das auf Waltrauds Namen läuft und das Ernst benutzt, um Waltraud jederzeit anrufen zu können. Ansonsten ist Lore freundlich gewesen. Hat aber deutlich gemacht, sie gebe Ernst lieber in Irenes Hände als in Waltrauds. Irene kennt sie schließlich, da weiß sie, woran sie ist. Offensichtlich hat sie sich mit Irene verbrüdert oder wie man das in einem solchen Fall nennt. Anruf Ernst: ER bringt Waltraud das Handy. Anruf Lore: Bitte holen SIE das Handy. Sie bittet um Verständnis, aber im Augenblick will sie nicht, daß Ernst Waltraud besucht. – Die sind doch geschieden!, warf ich entsetzt ein, Waltraud lachte, es war das traurigste Lachen, das ich je gehört hatte. Sie, Waltraud, hat gemerkt, daß sie das alleine nicht schaffen wird: hinausfahren nach Herrenberg und das Handy holen, sie hat Albert gefragt, ob er sie begleite, keine Frage, hat der gesagt, ich helfe dir, sie beide also nach Herrenberg zu Schmidtpeter und Söhne, Lore hat ein Büro im obersten Stock, direkt neben Ernsts Büro, Waltraud hat gewußt, daß Ernst an diesem Tag nicht im Hause ist, auf dem Tisch in Lores Büro hat das Handy gelegen, daneben eine Flasche Wein. Lore hat Waltraud und Albert aufgefordert, Platz zu nehmen und mit ihr Wein zu trinken. Liebe Waltraud, ich würde mich gerne mit Ihnen unterhalten! Ich aber nicht mit Ihnen, hat Waltraud geantwortet, über gar nichts. Albert hat schon die Habacht-Stellung eingenommen, um Waltraud notfalls da rauszuhauen, das ist wirklich gut gewesen, daß sie so einen dabeigehabt hat, überhaupt muß der gesamte Auftritt auf Lore einen ziemlichen Eindruck gemacht habe, Ernst hat später berichtet, wie perplex Lore gewesen ist ob Waltrauds Erscheinung, so eine junge Gutaussehende, was fängt die mit ihrem Ernst an. Waltraud hat also das Handy genommen und dann Abgang. Ernst hat sie nicht wiedergesehen seitdem, ab und zu ruft er an und sagt, es ist aus, dann gleich darauf: Vielleicht haben wir noch ein paar Jahre. Sie muß ganz vorsichtig sein während dieser Telefongespräche, wann immer sie einen Schritt zu weit auf ihn zugeht, muß er gleich sagen: Es ist aus. Waltraud schluckte, ihre Stimme wurde ganz klein. Sie hat es ihm trotzdem sagen müssen: Daß sie ihn liebt und ihm alles verzeiht. Da ist er allerdings schon in die Knie gegangen, wenigstens für einen Moment. Ab und zu schickt er kurze Briefe, und vorgestern ein Büchlein mit Besinnungssprüchen. So etwas paßt gar nicht zu Ernst. Sie stand auf, holte das Büchlein aus ihrem Schlafzimmer und hielt es mir hin. Ich las den Titel: »Das Wunder der Zuneigung«.

Leise Schritte, aber schon unverkennbar, das Schlurfen hatte sie schon ausgemacht, er war also wieder in der Stadt, kam jetzt den Kulturflur entlang, als sei nichts gewesen, als sei er nie weggewesen, kam jetzt näher, blieb in der Tür zu Antonias Büro stehen, lehnte sich in den Türrahmen, sie kannte schon alles, Sweatshirt, Mokassins, die unter der Mütze hervorquellenden Haare, der vom Schirm der Mütze abgedunkelte Blick. Zur Begrüßung zog er ein *Na?* in die Länge und schickte ein *Was gibt's Neues?* hinterher. Sie ahnte, daß das ungefähr das Netteste war, was ihm auf Anhieb gelang. Er kam nicht herein, sie hatte den Eindruck, er könne ihr Büro überhaupt erst betreten, nachdem sie einen möglichst lückenlosen Bericht über ihre vergangenen vier Wochen abgeliefert haben würde. Sie erzählte ein paar Udo-Anekdoten, er lauschte ihrem Ton so lange hinterher, bis der ihm bekannt vorkam, dann hellten sich seine Züge auf, jetzt sah er zwar nicht zufrieden, aber doch beruhigt aus. Er habe zu tun beim Fiktionalen, sagte er überflüssigerweise und drehte ab, während der nächsten Stunden strich er dann noch einige Male, sicher öfter, als es nötig gewesen wäre, an ihrer Bürotür vorbei – seine Art zu prüfen, ob sie noch zu gewinnen sei. Antonia klappte die Puderdose auf und besah sich ihr Gesicht in dem Spiegel, der ins Innere des Deckels eingelassen war. Schon das Nachmittagsgesicht, leider, die Züge deutlich angestrengter als morgens um elf, die Augen schon mit Rötungstendenz vom E-Mailen. Es war halb fünf. Gleich wird er kommen und versuchen, sich mit mir zu verabreden, dachte sie. Für einen der nächsten Abende. Vielleicht sogar für *nachher. Nachher* kam auf keinen Fall in Frage, so verfügbar würde sie nicht sein für einen, der aus vier Wochen Familienurlaub kam. Nein zu sagen würde ihr trotzdem schwerfallen, er ahnte ja nicht, und es wäre ihm auch nicht begreiflich zu machen gewesen, wie sehr sie zu gewinnen war durch dieses Schnupper-Theater vor ihrer Tür, dieses zögernde Auf und Ab, dieses unsichere, beinahe ängstliche Hin und Her. Sigi war kein Mann der Sprache, sondern des Instinkts, mit dem kam er aber auch ziemlich weit. Sie hatte schon herausgefunden, daß sie ihn nicht täuschen konnte. Falsche Klänge registrierte er sofort. Als sie, zum Beispiel, aus dem Christian-Wochenende in den Montag gefallen, Sigi auf dem Flur begegnet war, den Sigi-gemäßen Ton probiert hatte, um zu verbergen, daß sie von Christian noch ganz besetzt gewesen war, hatte Sigi sie lange angeschaut und dann gesagt: du bist irgendwie komisch. Mehr Worte hatte er nicht gehabt. Sie hatte gedacht: die zwei sind sich ähnlich. Christian ließ sich ja auch nicht täuschen. Hatte, als sie aus dem ersten (oder war es der zweite?) Sigi-Wochentag ins Christian-Wochenende gehetzt war, empfunden, ohne zu wissen, was er da empfunden hatte, daß etwas nicht stimmte. Obwohl sie doch an seinem Hals hängengeblieben, um sich in den Zustand der Anwesenheit zu zärteln. Und natürlich aus schlechtem Gewissen. Wiedergutmachungseifer. War ihr die fatale Metapher, die dann den kurzen Streit ausgelöst hatte, aus Wiedergutmachungseifer eingefallen? SCHONUNGSLOSE SELBSTERKUNDUNG, verdammt, aber die Metapher stimmte doch! Die war geradezu ein Volltreffer! Du riechst wie ein frisches Brötchen, hatte sie, an seinem Hals hängend, sagen müssen, sofort hatte er angefangen zu toben, jetzt hast du dich verraten, Antonia, frisches Brötchen, das ist jetzt aber eindeutig, so steht es also, so schlimm, das habe ich nicht geahnt. Sie hatte nicht begriffen, wieso er so aufgebracht war. Ein Brötchen, hatte er gerufen, weich, verschrumpelt, Altersheim! – Aber … ein Brötchen ist doch knusprig, wenn es aus dem Ofen kommt, hatte sie hilflos gerufen, so und nur so sei es doch gemeint! Aber Christian war nicht zu beruhigen gewesen. Dabei liebte sie seinen Geruch so. Niemals Eau de toilette, auch Seife nicht so gern; wenn Christian meinte, nun gehe es nicht mehr anders, er sei, von langen Zugfahrten oder Koffergeschleppe, so verschwitzt, daß eine Waschung nötig sei, zum Beispiel, bevor er sich für einen Vortrag umzog, spritzte er sich, über den Rand der Badewanne gebeugt, ein paar Handvoll Wasser in die Achselhöhlen und machte dabei ein Gesicht, als erwarte er jeden Moment eine Ohrfeige oder Schlimmeres. Das reicht jetzt aber für die nächste Woche, witzelte Antonia dann gerne von der Türe her, und wenn er beim Duschen mit Todesverachtung zur Seife griff: du liebe Zeit, dein Schwanz kriegt einen Seifenschock! Seife macht den Säuremantel der Haut kaputt, verteidigte sich Christian, sie hörte DIE FRAU heraus, Elisabeth Ingwerknollen Bleibtreu, die Christians Nierenbeschwerden mit Zinnkraut kurieren wollte und die nur beim Biobauern einkaufte, ganz lebenspraktische Gefolgschaft ihres naturbewußt philosophierenden Gatten, nur *Ahimsa* ignoriert sie. Einmal hatte Antonia versucht, Christian dazu zu bringen, ihr den Geruch DER FRAU zu beschreiben, rieche ich besser als sie, hatte sie gefragt, die Frage war ihm natürlich nicht recht, er wollte DIE FRAU nicht preisgeben; der Tag, an dem Christian Mahatma Ghandi Bleibtreu Schlechtes über DIE FRAU redet, muß erst noch erfunden werden, *ein Ehrenmann,* so hätte das Waltraud kommentiert und dabei die Brauen spöttisch hochgezogen, der *Ehrenmann* wand sich also; als sie ihn drängte, sagte er nur: Jedenfalls riechst du fast gar nicht, leider, und wenn, dann am ehesten nach Buttermilch! So einen schönen Vergleich hatte Sigi nicht zustande gebracht, der hatte nur *du riechst gut* gesagt, ganz allgemein, als er mit seiner Nase endlich an ihre Wange gelangt war; er hatte die Wange gerade so oft geküßt wie beschnuppert, als wolle er sich den Geruch merken, um sich während des nächsten Familienurlaubs oder während der nächsten Dreharbeiten ab und zu daran zu erinnern. Sie hatte Christian nicht mehr davon überzeugen können, daß der Vergleich mit dem frischen Brötchen doch bedeute, sie finde seinen Geruch erotisch. Sogar ziemlich. Vielleicht gab es das auch bei ihm, vielleicht hatte er schon an diesem Tag, als er es noch nicht wußte, als er von Sigi noch nichts wissen konnte, gewittert, daß sie, obwohl sie doch an seinem Hals hing und lange da hängenblieb, die Witterung eines Verwegenheitsrasierwasserträgers aufgenommen hatte. Den Geruch von Möglichkeit und Zukunft und Normalität und Kinderkriegen und Lebensplanung. Den Geruch eines *jüngeren* Mannes.

Ist es das, was du lesen wolltest? Aber das hier gab es auch, die folgende Szene verpass' ich dir jetzt, damit du nicht vergißt, was du heute nicht mehr wissen willst, heute willst du nicht mehr, daß Christian so gewesen ist, aber so war es damals eben auch!

Waren das Sigis Schritte? Sie schrak hoch, nein doch nicht, die Schritte verhallten schon. Ihr fiel auf, daß sie die oberste Seite der Internet-Ausdrucke, die vor ihr lagen, an den Rändern zugekritzelt hatte mit Rautengirlanden. Sie hatte sich mit dem Leseexemplar von Lafontaines Autobiographie beschäftigen wollen, für eine der nächsten Sendungen. Weit war sie nicht gekommen. Ihr Handy klingelte, Christians Stimme, hastig, er müsse jetzt *gehen*, könne nichts mehr erklären, eine Vernissage, er habe es dem Galeristen Trautwein versprochen, der kämpfe doch seit Jahren um seine Existenz, dem könne er das nicht abschlagen, blöd das, alles weitere morgen. Der Schmerz traf sie wie ein Stromschlag. Sie sah die Zeichnung vor sich: Eine Comicfigur mit weit aufgerissenem Mund und zu Berge stehenden Haaren, das hatte er innerhalb von zwanzig Sekunden aus ihr gemacht. *Donald der Fassungslose.* Also fährst du mit IHR? – Zu dritt, Laura ist da seit gestern abend, bitte Antonia, nur zwei, drei Stunden! Mit Blick auf die offene Tür versuchte sie *leise zu schreien*, als das nicht ging, rannte sie mit dem Handy am Ohr zur Tür und knallte sie zu. Du produzierst also wieder *Ehezement*! Aber in meine Richtung von Sehnsucht faseln, daß man's beinahe glaubt! Das ist wohl eine Form der Wiedergutmachung, die du leisten mußt für die Ungeheuerlichkeit, die du ihr zumutest! Die Ungeheuerlichkeit, mich neuerdings jedes zweite Wochenende zu besuchen. ZWEI MAL IM MONAT! Dafür darf MIR alles zugemutet werden, nicht wahr, und SIE darf DIR alles zumuten! Sie tobte noch, als er schon aufgelegt hatte; vielleicht hatte er auflegen müssen aus Sicherheitsgründen, weil Lisbeth im Anmarsch war, vielleicht hatte er aufgelegt, um sich Antonias Geschrei nicht weiter anhören zu müssen. Sicher wartete DIE FRAU schon im Auto auf ihn, er hatte ja gesagt, alles weitere morgen. Sie sank auf ihren Schreibtischstuhl, starrte auf die Ausdrucke, die vor ihr lagen. Weiterzumachen unmöglich. Es war so unaushaltbar wie immer – wieso eigentlich, wo es doch seit kurzem Sigi und Sigis Kulturflurparaden gab? Das Handy klingelte erneut, jetzt die Kraft haben, nicht mehr ranzugehen, nie mehr. Antonia, sagte er, das bedeutet doch nichts, ich gehe doch nur wegen Trautwein da hin, glaubst du, ich gehe GERN da hin? – WARUMMUSSSIEMIT?, brüllte sie sofort, warum fährst du nicht alleine mit Laura? Und vor allem: warum hast du mir nicht früher gesagt, daß heute Vernissage ist? Wo du doch weißt, wie sehr mir deine Familienausflüge zu schaffen machen? Morgen bitte, sagte Christian, ich muß fahren. Fahr' zur Hölle, sagte sie und legte auf. *Donald ohnmächtig vor Wut*, wieder einmal vor vollendete Tatsachen gestellt, wieder einmal am Telefon abgewürgt; jetzt hatte sie bis morgen durchzuhalten, allein mit ihrer aufgestauten Empörung und dem Vorstellungsfilm, der schon losratterte, Christian im graugrünen Sommeranzug, die graugrüne Ingwerknollenlisbeth vielleicht zur Feier des Tages mit offenem Haar, so prominent ist er schon, daß ein paar Fotoapparate losklicken, wenn das Ehepaar Bleibtreu die Galerie Trautwein betritt, zumal mit einer Tochter, Gruppenbild in Pastell. Sie wählte die Nummer des *heimlichen Handys* und wütete ihm auf die Mobilbox. Die Sonichtmehrrede konnte sie auswendig. Sie aufzusagen bewirkte nichts, das wußte sie, trotzdem war es unmöglich, sie nicht aufzusagen. Du bist genau so feige IHR gegenüber wie mir gegenüber. Hast es hinausgeschoben, mir von eurer Unternehmung zu berichten, bis ich nicht mehr protestieren kann, gehst auf Schwoof und läßt mich hier verrekken. Aber das machst du nicht mehr mit mir, nie mehr. Undsoweiter. Welch eine Hilflosigkeitsdemonstration, diese Sätze zu sagen, in die Stille einer Mobilbox hinein. Als sie geendet hatte, fühlte sie sich noch elender als vorher. Nicht einmal das Gefühl, sich abreagiert zu haben, stellte sich ein. In der Schreibtischschublade suchte sie nach Zigaretten. Daß sie es sich seit längerem erfolgreich versagt hatte, tagsüber zu rauchen, war jetzt sowieso egal. Während sie inhalierte, kam sie sich beobachtet vor. Beobachtet von sich selbst. Halbtotale, Frau mit zitternden Fingern rauchend, das ist selbst einem Tatort-Regisseur zu viel Klischee. Aussteigen, dachte sie, aus der Rolle aussteigen, nicht mehr mitspielen, das muß doch gehen. Diesmal muß es gehen. Schlechte Luft hier, sagte Sigis Stimme aus Richtung des Türrahmens, wird Zeit, daß du die Raucherei aufgibst, du bist auch nicht mehr die Jüngste. Geh doch zu deinen nichtrauchenden, zweiundzwanzigjährigen Thailänderinnen, fauchte sie hinüber, er grinste überrascht, das gefiel ihm natürlich, Kratzbürsten findet er sexy, solange sie keinen Ärger machen. Die sind lieb, sagte Sigi, und sauber, sagte Antonia. Beim Lachen entblößte er seine spitzen Eckzähne, dann schaute er an ihr vorbei aus dem Fenster, so angestrengt, als gebe es dort in der Baumkrone einen seltenen Vogel zu beobachten, und fragte: Morgen um sechs? Ja, sagte sie schneller, als sie es hatte sagen wollen. Also dann, sagte er und ging. Sie blieb noch sitzen und kritzelte ein paar Internet-Ausdrucke mit Rautengirlanden voll.

Von Christian hat sie nichts mehr gehört in dieser Nacht, die Wut darüber, daß er es nicht für nötig hielt, ihr wie sonst üblich in Form eines sekundenkurzen Anrufs – sie stellte sich vor: während DIE FRAU sich ihre langen Zähne putzte – zu melden, er sei wieder zu Hause und mindestens so sehnsuchtskrank wie Antonia, ließ sie lange nicht einschlafen. Als er dann anrief, am nächsten Morgen, verteidigte er sich damit, daß er *die ganze Nacht Krach* gehabt habe. Trautweins *sehr junge französische Freundin* habe einen Narren an ihm gefressen gehabt, sei ihm nicht von der Seite gewichen, ab und zu habe sie sich auch an ihn gedrückt, beim Gehen habe sie ihn *kurz* umarmt, schon im Auto und dann noch die halbe Nacht in Harlaching habe er mit DER FRAU deswegen Krach gehabt. Die habe ihm vorgeworfen, er habe die Junge *zwei Minuten* an sich gedrückt, um Trautwein und der ganzen Welt zu zeigen, so eine Junge habe Christian auch, die sei nur nicht hier. Bitte, sagte er triumphierend, jetzt kannst du schimpfen! Er schien tatsächlich stolz zu sein auf das, was er da vorzubringen hatte. Du hast mit Trautweins junger Französin einen Abend lang herumkomplimentiert, daß die gottweißwas denken muß, und willst mir jetzt unterjubeln, ich sei gemeint gewesen? Immerhin konnte sie ihn jetzt endlich anschreien, nicht einen kurzen Anruf nachts war ich dir wert, ich hatte doch Krach, sagte er kleinlaut, natürlich, schrie sie weiter, wenn DIE FRAU beschließt, daß jetzt Krach ist, mußt du zu Willen sein. Du bist so verdreht, sagte er, darauf knallte sie den Hörer auf die Station. Sie wartete noch eine Weile darauf, daß er zerknirscht anrufen und die Versöhnung herbeireden würde, doch das Telefon klingelte nicht mehr.

Waltraud: Es gehe ihr schon wieder besser. Sie habe auch bereits wieder zugenommen. Auch Albert habe ja gefunden, sie sei zu dünn geworden. Ernst habe bereits wieder Sehnsucht. Ich will mit dir schlafen, habe er gestern am Telefon zu ihr gesagt, zum ersten Mal nach dem ganzen Theater. Aber er wisse nicht, wie er das arrangieren könne, Waltraud zu sehen. Lore passe jetzt auf Ernst auf. Und wie. Der könne nicht mehr aus dem Haus. Die wache jetzt auch über seinen Terminkalender. Weil das Geschäft nicht mehr gehe, könne er sich nicht mehr herausreden mit stundenlangen Geschäftsbesprechungen in Stuttgart. Es sei schon der blanke Wahnsinn: Diese Frau beherrsche ihn ganz und gar. Noch als Geschiedene habe sie alle Macht über ihn. Das müsse man sich mal vorstellen: Da lassen die sich scheiden, nach vierzigjähriger Ehe. Und dann kommt – durch Waltraud – heraus, daß Ernst zwei Geliebte gehabt hat die ganze Zeit. Und ein paar Tage, nachdem das herausgekommen ist, vollziehen die geschiedenen Ehepartner wieder die Ehe. Nach gottweißwieviel Jahren zum ersten Mal. Das sei doch nicht zu glauben. Waltraud kicherte sich traurig hinterher, so daß ich nichts erwidern mußte. Ich will ihn wiederhaben, sagte sie dann einfach. Ja, trotz allem. Obwohl sie wisse, und genauer denn je, daß er nicht annähernd so großartig sei, wie sie es sich immer eingeredet habe. Tatsächlich sei er ein Würstchen. Er wisse das und schäme sich deswegen. Ich will dich trotzdem zurück – sie zu ihm. Er darauf: Waltraud, ich habe dich nicht verdient. Wie steht's denn bei dir? Ich sagte langsam:

Es könnte sein, daß es bald zu Ende ist. Mach bloß nicht gewaltsam Schluß, rief Waltraud und wiederholte den Satz mehrmals, als müsse ich Vokabeln lernen. Mach das nicht, du gehst auf dem Zahnfleisch, du stirbst halb! Nimm dir bloß nichts Großes vor, du kommst doch nicht weg von ihm, glaub' mir, ich kenn' das!

Sigi von hinten, er fegte durch den Wald, als sei das eine Schnitzeljagd, die er unbedingt gewinnen wollte. Sie sah auf seinen Rucksack, er hatte beide Fäuste in die Taschen seiner Hose gedrückt, so daß die Hose zu tief auf den Hüften saß, von hinten sah das aus, als habe er zu kurze Beine. So lief er schon seit einer halben Stunde durch den Schönbuch, vor ihr her, ohne sich umzudrehen, Orpheus in der Unterwelt, dachte sie, irgendeinen inneren Befehl hat er, sich so zu benehmen, aber welchen, und woher kommt der Befehl? Er hatte sie nicht berührt bisher, weder zur Begrüßung noch als sie aus dem Renault Espace ausgestiegen waren. Sie hatte das Gefühl, die Haut auf ihren Schultern jucke, weil die Haut gerne von ihm berührt werden wollte. Pilze sammeln im Schönbuch. Er hatte gesagt, hierher komme er jedes Jahr, alleine, das Gegenprogramm zu den Strapazen am Set, er kenne die Stellen, an denen die Pilze zu finden seien, genau. Antonia überlegte, wann sie das letzte Mal Pilze gesammelt hatte. Ganz sicher mit ihren Eltern, ganz sicher im Pfälzer Wald. Ihre Mutter hatte sich verwandelt in eine Kämpferin, die nichts will als alle anderen Mitstreiter schlagen. Ich habe den größten Maronenpilz! Ich habe einen Steinpilz! Und daneben den Bruderpilz! Antonia hatte es gemocht, ihre Mutter so zu sehen: mit blitzenden Mädchenaugen, die Handflächen ausgestreckt, darauf mehr Prachtpilze, als eigentlich auf so kleine Handflächen getragen werden können. Schau mal. Sigi wies auf den Boden. Aus dem Laub ragten sicher zehn Pilze, Steinpilze, soweit sie wußte. Sigi machte sich daran, die Pilze oberhalb der Wurzel mit seinem Taschenmesser abzuschneiden und vorsichtig in den Rucksack zu legen. Antonia ging langsam weiter und stieß prompt auf eine ganze Pilzlegion, sie schrie überrascht auf. Nicht schlecht, sagte Sigi, nachdem er mit dem Rucksack zu ihr hinübergekommen war. Es war ihm anzumerken, daß er ihr den Fund nicht gönnte. Während er die Pilze abtrennte, sagte er: Ich habe einen Entschluß gefaßt. Antonia schluckte. Jetzt würde die Zurückweisung kommen. Für einen sehr kurzen Moment war sie wieder da, die Empfindung des Schmerzes, den die erste aller Zurückweisungen ausgelöst hatte. Sie war fünfzehn gewesen, er hatte schon ein Motorrad gehabt, eine 350er Yamaha, er war in der Abiturklasse des altsprachlichen Gymnasiums am Dom gewesen. Und Baßspieler der Band Omega. Der Coolste von allen. Vor ihr war er eine Zeitlang mit einer Älteren zusammengewesen, er wußte also schon, wie es ging, Antonia noch nicht; sie war gelähmt gewesen vor Angst, etwas falsch zu machen, er hatte sie nicht bedrängt, nicht einmal zum Ausdruck gebracht, wie er es fand, das Streicheln und Küssen mit ihr. Eines Tages war es einfach vorbei. Sie hatte es gewußt, als er, im Bierbrunnen, eine Stunde lang neben ihr gesessen hatte, ohne ein Wort zu ihr zu sagen. Sie hatte auch nichts sagen können, hatte geradeaus gestarrt und krampfhaft versucht, nicht zu weinen. Sie hatte ihre Lieblingsbluse angehabt, darunter keinen BH, um ihm zu gefallen und damit es nachher leichter gehen würde, die Bluse hatte über ihren Brüsten gespannt, sie hatte sich nackt gefühlt beim Vorsichhinstarren. Als sie aufstand, hielt er sie nicht zurück; zu Fuß ging sie durch die ganze Stadt, laut schluchzend nach Hause in den Erlich. Er war dann mit einer Sabine zusammen, sie hatte das nicht verstanden, Sabine war doch noch unscheinbarer als sie, Antonia. Ein Mondgesicht hatte die und kleine

Augen. Ich kann so nicht leben auf Dauer, sagte Sigi und schaute sie dabei nicht an. Ein heimliches Verhältnis, das ist nichts für mich. Es ist nur eine Frage der Zeit, bis uns irgend jemand zusammen sieht. Stuttgart ist ein Dorf, das weißt du doch. Als ich das letzte Mal nach Hause kam, hat DIE GATTIN mich so prüfend angesehen, als ob sie alles wüßte. Ich kann mich eben nicht verstellen. Und ich hasse es, mich verstellen zu müssen. Im Urlaub ist mir klar geworden, wie *unfrei* ich mich gefühlt habe in der letzten Zeit. Mit seinem Taschenmesser begann er, einen Pilz zu putzen, er tat es so sorgfältig, als sei der Pilz eine teure Skulptur und er ihr Restaurator. Deshalb muß das aufhören mit uns. Jedenfalls hier. Ich bin hier bekannt wie ein bunter Hund. Ich glaub', das weißt du gar nicht. Die Sonne schlug kleine Lichtkegel ins Laub, wie von vielen Taschenlampen. Sie dachte, wenn das Wort Urlaub nicht vorgekommen wäre, hätte der Satz aus einem Western sein können. Einer, der im Ernst sagt, er fühle sich wegen einer Frau *unfrei.* Wenn sie Barbara diesen Satz übermitteln würde, würde die das Gesicht verziehen und sagen: Klassisches *Nähe*problem, laß die Finger davon. Und Waltraud würde sagen: Bis du den wieder hingekriegt hast, wachsen dir graue Haare. Also ich würde in so einen nicht investieren. Er habe sich etwas überlegt, sagte Sigi. Ab Ende Oktober sei er für mehrere Wochen in Johannesburg, wegen der Dreharbeiten zu einem Fernsehspiel, Arbeitstitel »Tod im Township«. Bevor es richtig losgehe, seien Vorbesichtigungen nötig, nur er und sein Ausstatter, knapp zwei Wochen würden sie zu zweit sein, den Ausstatter kenne er, der werde den Mund halten. Jetzt sah er zu ihr auf. Naja, du könntest kommen, sagte er gereizt, als sie nicht begriff. Wir hätten Zeit füreinander. Die Kosten für deinen Flug teilen wir uns, das ist ja klar. Wir könnten uns besser kennenlernen. Und wenn wir miteinander klarkommen, dann ... Er stockte. Als er weitersprach, klang seine Stimme belegt: Wenn es eben nicht anders geht ... wenn es sich herausstellen sollte ... daß es nicht anders geht, daß es sein muß mit uns beiden, dann laß' ich zu Hause eben die Bombe hochgehen. Er stand auf und schwang sich den Rucksack über die rechte Schulter. Aber zusammenziehen werden wir nicht, glaub' das bloß nicht, sagte er. Das ist der Anfang vom Ende einer Beziehung: wenn zwei zusammenziehen. Und damit du das gleich weißt: Kinder kommen nicht mehr in Frage, Kinder legen einen an Ketten, wie sehr, das habe ich erlebt, ich werde dir keine Kinder machen, falls ..., darauf brauchst du nicht zu hoffen! Als sie schon nebeneinander hergingen, führte er noch aus: Er sei demnächst neunundvierzig, zähle schon die Monate, bis seine Töchter aus dem Gröbsten raus seien und er sich also wieder ungebunden fühlen dürfe. Dann schwieg er. Wie sage ich es Christian? Wie wird er es aufnehmen? Das war das einzige, was sie denken konnte. Ansonsten fühlte sie nur Aufregung, Freude, Verwirrung, Angst, alles zusammen. Da wollte einer raus aus dem Heimlichkeitsgetue, dem Verbergungsritual, dem Doppelspiel, vielleicht überhaupt dem Spiel, da wollte einer ernst machen ihretwegen, vielleicht. In die Watte ihrer Ergriffenheit hinein vernahm sie eine bekannte Stimme, ihre eigene und doch wieder nicht, sagen wir: die ihres Lenor-Gewissens, die Stimme sagte, du wirst das doch nicht mit dir machen lassen, der will, daß du am anderen Ende der Welt antanzt, damit er dich prüfen kann auf tauglich oder untauglich, und sein Kasernenton, das läßt du dir doch wohl nicht bieten! Sie wollte der Stimme widersprechen. Wenn Christian nur einmal so geredet hätte. So zukunftsbezogen. Entschlossen. Möglichkeitsgläubig. Statt dessen: Ich kann nichts tun, nur hinnehmen. DAS war es doch, was nicht mehr hinzunehmen war! Vor ihnen lichtete sich der Wald.

In einem Schwäbisch-Gmünder Hotelbett hat Christian einen weiteren GV mit Sigi aus mir herausgequält – daß er ihn hat aus mir herausquälen müssen, ist seine Formulierung gewesen, nicht meine, obwohl ich dieser Formulierung nicht habe widersprechen können, überhaupt habe ich nicht mehr widersprechen können an diesem Morgen. Als er mir, auf dem Rükken liegend und zur Decke schauend, im Halbdunkel erneut jene Begebenheit vorgehalten hat, die ich für mich seit Schwäbisch-Gmünd das »Derrick«-Desaster nenne, war ich zwar, im Wachwerden, genervt, aber nicht gewarnt. Das »Derrick«-Desaster kannte ich schon, nicht als Desaster, als erinnerungsgetrübtes Irgendwas, Tendenz unangenehm, Christians Schilderung einer Ankunft in Stuttgart in der Sigi-Saison. Samstagabend, ich muß ihn am Bahnhof abgeholt haben, schon auf dem Gleis sei ich eher mißmutig gewesen als beglückt, hätte ihn jedenfalls nicht berührt, schon gar nicht geküßt, nach dem Essen hätte ich dann vorgeschlagen, gemeinsam die letzte »Derrick«-Folge anzuschauen, das sei ihm merkwürdig vorgekommen, ein Ablenkungsmanöver, um nicht mit ihm ins Bett zu müssen, nach »Derrick« noch die Nachrichten; während der Apparat gelaufen sei, habe er an mir herumgemacht, auch versuchsweise damit begonnen, mich auszuziehen, ich hätte nicht reagiert, keine Gesten in seine Richtung, ganz auffällig uninteressiert sei ich gewesen, dann seien wir auf meine Arbeit zu sprechen gekommen, Filme von früher, die Kassetten habe er dann noch vorgeführt bekommen von mir; während des gesamten Abends Wein, so daß ich schließlich betrunken genug gewesen sei, um mich ins Alkohol-Koma zu retten, dann ins Bett, seinen Annäherungen sei ich nicht entgegengekommen, statt dessen sei ich eingeschlafen. – Diese Darstellung Christians und die damit verbundene Frage, was an diesem Samstag mit mir los gewesen sei, habe ich schon einige Male anhören und beantworten müssen; meine Antwort ist mir schnell eingefallen, zu schnell, wie ich jetzt weiß, dabei habe ich sie durch und durch für glaubwürdig gehalten, so und nicht anders hat es gewesen sein müssen. Ich selbst habe mir das jedenfalls eher abgenommen, als Christian es mir abgenommen hat, und hätte Christian mir die »Derrick«-Episode nicht immer wieder einmal mit vorwurfsvollem Unterton serviert, dieser Oktoberabend wäre sang- und klanglos geblieben, wo er war: im atmosphärischen Grauschleier durch keinerlei Aufschriebe haltbar gemachter Christian-Erinnerungen. Du hast eben keine Ahnung, habe ich Christian am Morgen im Hotelbett in Schwäbisch-Gmünd geantwortet, nicht zum ersten Mal, ganz von dem, was ich sagte, überzeugt, du hast eben keine Ahnung, wie man das genießen kann: mit dem Geliebten auf dem Sofa sitzen und einen Krimi im Fernsehen ansehen! Man erlebt so etwas Ehealltägliches mit dem Geliebten ja nie! Laß es ein Abend gewesen sein, an dem mir nichts lieber war als das! Und dann, bitte, der letzte »Derrick« überhaupt, so ein Oberintellektueller wie du kann ruhig auch einmal Berührung haben mit dieser Art von Fernsehzeug! Vielleicht ein Fehler: Verschwiegen habe ich, daß ich den letzten »Derrick« auch in memoriam Moritz und der alten Zeiten hatte anschauen wollen, mit Moritz hatte ich doch, als wir den Tazzelwurm 22 noch blondinenlos bewohnten, keinen »Derrick« versäumt, sechzig Minuten lang Moritz im Glück, sich auf die Schenkel klopfend, guck mal die Zombies an, ihr naht euch wieder, schwankende Gestalten! An Herbert Reineckers Ensemble – haufenweise ödipal an ihre Mütter, in der Regel gespielt von Maria Becker oder Gisela Uhlen oder Agnes Fink, gefesselte Mörder-Söhne – hat Christian sich nicht ergötzen können, nicht so wie Moritz sich ergötzt hätte. Eben deshalb ist dieser Fernsehabend mit Christian nicht wirklich gelungen gewesen! Hätte ich Christian gestanden, daß mein Vorschlag, gemeinsam den letzten »Derrick« anzuschauen, zumindest teilweise ein Versuch war, die alte Moritzstimmung wiederzubeleben, hätte sich Christian vielleicht mit Moritz aufgehalten, statt an diesem Abend und an meinem Verhalten an diesem Abend so lange herumzunagen, bis nur noch der Knochen übrig war, und der Knochen hieß Sigi. Und als Christian den Knochen erneut hervorgeholt hat, dieses Mal in die Schlafwärme unseres Schwäbisch-Gmünder Hotelbetts hinein, ist es mir plötzlich eingefallen, gerade in dem Moment, als Christian es aussprach. *Du hast am Vormittag mit Sigi geschlafen. Ich habe am Vormittag mit Sigi geschlafen.* Der Vormittag, an dem Sigi mit einer Grillpfanne und allerlei gerade bei Feinkost Böhm erstandenen Köstlichkeiten bei mir auftauchte, war schon noch in meinen Sigi-Erinnerungen herumgeschwebt, aber daß der Grillpfannenvormittag mit Sigi einen ganz direkten Anschluß an den »Derrick«-Abend mit Christian gehabt haben muß, ist mir erst jetzt, während dieses Schwäbisch-Gmünder Hotelbettmorgens, aufgegangen. Und weil ich so überrascht gewesen bin von diesem unverhofften Wiedereintritt eines zeitlichen Zusammenhangs in mein Gedächtnis, habe ich sofort zugegeben, daß Christian recht gehabt hat. Er sagte ganz ruhig: Du warst noch *bei dem.* Deshalb konntest du nicht mit mir schlafen. Eine *Umschaltpause* war das. Deshalb mußten wir »Derrick« ansehen und deine gesammelten Werke die halbe Nacht. Dann stand er auf und begann das Wanken und Toben, das dauerte und dauerte. Ich saß im Bett und heulte und hatte Angst vor ihm, gleichzeitig tat er mir furchtbar leid. Alles tat mir leid, aber das half nichts mehr, und es zu sagen, hätte auch nichts geholfen, im Gegenteil, es hätte alles noch schlimmer gemacht, denn wenn Christian etwas fürchtet, dann ist es mein Mitleid. Also blieb ich im Bett sitzen, starrte durch die tränentrüben Schleier vor meinen Augen Löcher in die Bettdecke und ließ die getobten, gewankten, gestöhnten, gestammelten Christiansätze über mich kommen. Irgendwann wurde Christian ruhiger, die Sätze wurden weniger. Am Ende blieb ein Satz, den sagt er sich seitdem wankend vor. *Ich kann bei dir keine Erlösung bestellen, sondern muß sie bei mir selber suchen.*

Waltraud rief aus dem Sender an, kommst du um eins zum Mittagessen rauf, fragte sie. Da sie selten mittags essen geht, wußte ich, daß es Neuigkeiten gab. Als ich kurz vor eins die Damentoilette vor der Kantine betrat, stand sie schon vorm Spiegel und betupfte ihr rechtes Augenlid mit Lidschatten von exakt jener Farbe, die sonst die Flügel von Barockengeln ziert. Außer Waltraud kenne ich niemanden, der goldenen Lidschatten benutzt. Ich trat neben sie, wusch mir die Hände und riskierte einen Blick in Richtung meines Spiegelbildes. Auge in Auge mit meiner Neonlichterscheinung entfuhr mir ein Seufzer. Waltraud sah zu mir hinüber und grinste. Es kommt der Tag, an dem dir klar ist: Besser wird es nicht mehr, sagte sie. Die Haut, die Augen, das Bindegewebe an Hintern und Bauch, alles immer ein bißchen schlechter. Die Haare dünner. Die Zähne … Hör auf, rief ich. Das Gute ist, sagte sie mit zusammengepreßten Lippen, um durch zu viel Mimik die Restauration ihres Goldauges nicht zu gefährden, irgendwann macht es dir nicht mehr so viel aus. So schlimm findest du es dann nicht mehr, daß der Zenit überschritten ist, unwiederbringlich. Aber die Übergangsphase ist gnadenlos. Wir boxten uns mit unseren Tabletts durch die Massen und ergatterten sogar einen der begehrten Zweiertische weiter hinten, optimal, sagte Waltraud, weil jetzt einigermaßen gesichert war, daß wir ungestört bleiben würden. Sie hatte Rumpsteak mit Gemüse genommen, ich die Lachsschnitte in Weißweinsoße mit Reisbeilage, schon der erste Biß in die Lachsschnitte zeigte, daß die Wahl ein Fehler gewesen war. Also Weißweinsoße mit Reisbeilage. Waltraud kam gleich zur Sache. Wir waren verabredet, für morgen, sagte sie, es gab keinen Zweifel daran, daß mit *wir* Ernst und sie gemeint waren. Lore fährt morgen für zwei Tage nach Villingen-Schwenningen, zu ihrer Schwester, die erste Gelegenheit seit dem *großen Knall*. Wochenlang haben wir uns angesungen am Telefon, in Erwartung dieses Wochenendes, an dem Lore in Villingen-Schwenningen sein würde. Und gestern abend habe ich ihn wieder ausgeladen. Sie begann das Rumpsteak mit dem Messer zu bearbeiten, das Messer schien stumpf zu sein oder das Rumpsteak zäh, Waltraud malträtierte das Stück Fleisch, bis es so zerfetzt aussah, als habe auf ihrem Teller eine Sprengung stattgefunden. Es kam mir merkwürdig vor, ihr hier, in der Senderkantine, gegenüberzusitzen. Waltraud im irdischen Sumpf, das paßte nicht. Das hatte eigentlich noch nie gepaßt. Manchmal habe ich noch immer Schwierigkeiten, mir vorzustellen, daß ihre weißen, dünnen Finger die Tasten eines digitalen Schnittsystems bedienen, um eine Landesschau zu schneiden. Magazinbeiträge über Literatur sind allerdings auch nicht ihre Sache. Mit den schwiemeligen Bemühungen, durch Shuttereffekte und verwackelte Kamera der inneren Verfassung einer Romanfigur zu entsprechen, kann sie nichts anfangen. Jeder Sportschaubeitrag liegt ihr mehr, eine im Sinne der Einheit des Ortes, der Handlung und der Zeit aufgenommene Abfolge von Ereignissen muß eingedampft werden auf vier Minuten, der Ball kommt von links nach rechts ins Bild, beim Anschlußschnitt hat man Achssprünge zu vermeiden, diese Logik anzuwenden hält sie für ihre Profession, alle Arten von Fernsehimpressionismus für Kunstgewerbe. In der Kantinenkulisse, als schmale Frontfigur einer lärmigen Kollegen-Totale und ohne den Kranz übergroßer Madonnenaugenscheinwerfer um sie herum, wirkte Waltraud eher glanzlos, ich dachte: Vielleicht hat sie, weil sie das ahnt, noch eine Lage Goldlidschatten aufgepinselt. Was ist denn passiert, fragte ich und begann, meinen Reis zu löffeln. Waltraud versuchte, gegen den Kantinenlärm durch ein Mehr an stimmlicher Höhe anzugehen, sie klang jetzt beinahe piepsig. Seit das Treffen zwischen Ernst und ihr verabredet gewesen sei, je näher es gerückt sei, desto deutlicher habe Ernst während ihrer Telefongespräche machen müssen, daß sie, Waltraud, auf keinen Fall damit rechnen solle, *alles werde wieder so wie früher. Diese Lüge könne er auf keinen Fall noch einmal leben.* Solche Sätze habe er gesagt, und auch: Er wäre froh, wenn sie einen anderen

Mann hätte. Und dann die Krönung, gestern: Eigentlich habe er gar nicht das Bedürfnis, sie zu sehen. Das Telefonieren mit ihr reiche ihm. Das sei dann der Moment gewesen, in dem sie nicht mehr anders gekonnt habe, als zu ihm zu sagen: Dann mußt du nicht herkommen. Ich begreife das nicht, sagte Waltraud und stocherte in ihrer Fleischexplosion herum. Wieso sagt der so was! Beinahe ein viertel Jahr haben wir uns nicht gesehen, aber täglich, ach was mehrfach täglich telefoniert. Und miteinander gesprochen wie während der ganzen siebenundzwanzig Jahre nicht. Offen, innig, genau. Und er hat mich angeschmachtet non stop. Ich will mit dir vögeln. Hat er dauernd gesagt am Telefon. Hat mich angerufen: Ich liege jetzt in der Badewanne. Was meinst du was da abging. Und jetzt, wo es endlich eine Gelegenheit gibt, will er mich nicht mehr sehen. Wie soll man das nur begreifen. Noch so ein Satz von ihm: Ich verlasse euch beide und schlafe unter der Brücke. Obwohl er mich liebt bis ans Ende seiner Tage. Sagt er auch. Das kapiert doch kein Mensch! Der hat Angst, begann ich, redete mich dann hinein in einen Deutungsversuch, den ich um so überzeugender fand, je länger ich redete. Klassisches *Nähe*problem. Also sehnt er sich am liebsten herbei, was möglichst weit weg ist. Am liebsten das ganz Unerreichbare. Deshalb Irene, die lebt in Rotterdam, also hat er sie anschmachten können ganz ohne Gefahr. Sie, Waltraud, war seit dem *großen Knall* mindestens so unerreichbar wie bis vor kurzem Irene. Also wahnsinnig begehrenswert. Die Aussicht auf physische Nähe zu Waltraud hat logischerweise zur Folge, daß Waltrauds Attraktivität für Ernst drastisch abnimmt. Und warum tickt der so? Weil er auf diese Weise seinen Gewissenskonflikt löst: Er hat Lore versprochen, sie nicht mehr zu hintergehen. Nur noch die reine Wahrheit, so setzt die ihm zu seit dem *großen Knall*, nach allen Regeln des Ehefrauenterrors: mit der *Kolossalforderung totaler Ehrlichkeit.* Dir schuldet er endlich einen Besuch. Also fühlt er sich in die Enge getrieben von zwei Seiten. Du bist im Augenblick quasi die zweite Lore. Und weil er die Entscheidung, die er sich selbst abverlangt, nicht fällen kann, will er manchmal euch beide verlassen und unter der Brücke schlafen. Strategie also: Druck wegnehmen. Ihm signalisieren, daß du nichts mehr von ihm erwartest. (Bei mir dachte ich: Es IST ja auch nichts von ihm zu erwarten.) Und nicht mehr auf ihn wartest. Wenn er dich besuchen will, bitte schön, wenn nicht, dann nicht. Du, Waltraud, wirst dich von jetzt ab anders orientieren. Waltraud schaute nicht begeistert. Ich weiß nicht, ob ich mich so verstellen will, sagte sie langsam. Es ist doch alles so unsinnig. Warum bleibt er bei diesem Drachen? Warum? Im Bett, selbst wenn sie es nach dem *großen Knall* noch einmal versucht haben, läuft doch nichts mehr. Da bin ich ganz sicher. Warum bleiben die bei SOLCHEN Frauen, Antonia, kannst du mir das sagen? Sie sah ratlos und traurig aus. Es muß etwas damit zu tun haben, sagte ich zögernd, daß diese Bindungen die ersten waren. Zum ersten Mal. Und dann geheiratet. Ende der Fünfziger beziehungsweise Anfang der Sechziger. Genau, sagt Waltraud, sie haben *Verantwortung* übernommen für einen anderen Menschen. *Verantwortung* ist immer das Wort. Ernst betont immer die *Verantwortung* für Lore. Und daß Lore ihn braucht. Weil sie unerwachsen sei. Hilflos ohne ihn. Einerseits, sagte ich, andererseits ist sie seine Mutter. – Genau!, rief Waltraud. Und weder die eigene Mutter noch die eigene Tochter kann ein *Ehrenmann* je verlassen! Die reden ganz einfach immer entweder aus dem Eltern-Ich oder aus dem Kind-Ich zu ihren Männern, und schon kommen die nicht mehr weg! Obwohl wir doch viel toller sind! – Ja, sagte ich, ZU toll. Es ist zum Kotzen, sagte Waltraud. Du hast nur zwei Möglichkeiten, sagte ich. Dich ganz zu verabschieden oder Druck rauszunehmen. Ersteres kommt wohl nicht in Frage? Waltraud schaute auf den Teller mit den Steakträmmern. Nein, sagte sie, ich will ihn haben. Immer noch. – Vielleicht solltest du ihm von Albert erzählen, schlug ich vor, wenn die Gefahr, dich zu verlieren, auf einmal konkret wird … – Ich erzähle ja schon viel, rief Waltraud, beinahe alles! Jeden Albert-Besuch kriegt er serviert! Aber Ernst fragt nie, ob Albert und ich was miteinander haben. Sei froh, daß deiner eifersüchtig ist!

Die Kantine hatte sich geleert. Waltraud schien das nicht zu bemerken. Der Gedanke an Albert heiterte sie auf. Was dem alles einfällt! Sogar eine Geburtstagskarte von Erwin Teufel habe er ihr verschafft, habe Teufel ganz dreist gefragt, ob der so freundlich wäre, seiner Freundin Waltraud einen Geburtstagsgruß zu schicken. Auf die Karte habe Erwin Teufel geschrieben *Grüße auf die Schwäbische Alb.* Als sie Henriette diese Karte gezeigt habe, habe die gesagt, das sei das letzte. Die sei neidisch gewesen, klar. Albert sei sehr einfallsreich. Auch im Bett. Was heißt hier Bett. Überall habe es stattzufinden. Einmal habe sie gewagt zu sagen, sie habe keine Lust. Da habe er eine dreiviertel Stunde auf sie eingeredet, daß es gar nichts ausmache, einmal keine Lust zu haben. Danach habe sie dann beschlossen, ich simulier' lieber, das geht schneller. Dann hab' ich's hinter mir. Manchmal findet sie den Aufwand lästig. Ab vierzig überlegst du dir dreimal, ob es sich lohnt, DAfür das Bett neu zu beziehen!

Eine Küchenhilfe kam zu uns und nahm uns die Tabletts weg, nicht ohne uns einen mißbilligenden Blick zuzuwerfen, weil wir unsere Mittagspause derart ausdehnten.

Ich muß dir was vorlesen, sagte Waltraud und kramte aus ihrer Tasche einen Zettel heraus. Ich hab's immer dabei. Ein Protokoll. Von Sätzen, die Lore zu mir gesagt hat am Telefon, du weißt schon, nachdem alles aufgeflogen war. Sätze über Ernst. Ich sah Waltrauds große, sehr schräge Schrift, die Sorgfalt der Bögen. Sie las:

Wie lange kennen Sie ihn? Dann hätte ich das vierte Kind ja kriegen können!

Ich habe ihn verlassen wollen, dann hat er diesen Unfall

gehabt, ich habe das Hirn aus seinem Schädel herauslaufen sehen, da habe ich Mitleid mit ihm gehabt.

Er ist geisteskrank.

Er hat sie nicht mehr alle.

Er muß in eine Anstalt.

Hat er Sie um Geld gebeten? Er bittet alle um Geld. Das sehen Sie nie mehr wieder.

Ich verkaufe ihn. Wollen Sie ihn kaufen? Dann muß ich Sie aber persönlich kennenlernen, ich gebe ihn nur in gute Hände.

An mir hängt er wie ein Hund.

Falls er ein Pflegefall wird: das mach ich nicht mehr. Ich hab das jahrzehntelang gemacht.

Ich bereue die Scheidung nicht.

Während Waltraud vorlas, hatte Sigi Großbongard die Kantine betreten, Schirmmütze, Mokassins, die Hand in der Hosentasche, er lief zielsicher auf die Vitrine mit den Brötchen zu, angelte sich eines mit der freien Hand und ging weiter zur Kasse. Als er mich in der hinteren Kantinenecke entdeckte, zog er die Hand aus der Hosentasche heraus und hob sie zu einem kurzen Gruß, dann konzentrierte er sich auf das Bezahlen des Brötchens. Sind das nicht unglaubliche Sätze, half Waltraud nach, als meine Reaktion ausblieb, ja, sagte ich schnell, man kann nicht fassen, wieso die nicht froh ist, ihn los zu sein, wo sie ihn doch offensichtlich als Halbirren erlebt. Weil sie herrschsüchtig ist, rief Waltraud, dann fing sie meinen Blick auf und drehte sich um, Sigi marschierte in Richtung Ausgang, er schaute nicht mehr zu uns herüber. Waltraud grinste. Minni arbeitet demnächst mit ihm, sagte sie. Minni heißt eigentlich Jasmine Schoch und ist eine der Stuttgarter Star-Cutterinnen. Obwohl einige sagen, sie habe den Zenit ihres Schaffens inzwischen überschritten. Die stöhnt jetzt schon in Erwartung der Tortur, sagte

Waltraud, er ist wirklich ein Superarsch, vor allem Frauen gegenüber. – Zumindest bei der Arbeit, setzte sie mit Rücksicht auf mich hinzu. Schon gut, sagte ich. Dann sagte ich zu meiner eigenen Verblüffung: Ich habe wieder angefangen mit dem sogenannten Roman. Bin gerade mitten im Sigi-Finale. Auch Waltraud schaute überrascht. Meine schriftstellerischen Bemühungen hatte ich jahrelang nicht mehr erwähnt, sicher war sie der Meinung gewesen, mein sogenanntes Romanprojekt sei längst gestorben. Wahrscheinlich hatte sie es sowieso nie ganz ernst genommen. Christian hat den ersten Teil gelesen, sagte ich, seitdem ist er stark daran interessiert, daß ich weiterschreibe. Er erhofft sich Aufschluß über Sigi. Darüber, wie es hat dazu kommen können, daß ich dem Charme von Herrn Großbongard erlegen bin. Du liebe Zeit, sagte Waltraud, wie schon, das ist doch das Normalste von der Welt. Und DArüber schreibst du jetzt? Naja, sagte ich, unter anderem. Einen Augenblick lang war ich versucht, ihr zu sagen: Du kommst vor, und wie! Die wichtigste Nebenfigur! Dann riß ich mich zusammen. Das ging auf keinen Fall. Waltraud hätte ihre Schilderungen über Ernst und Albert beziehungsweise über die Männer, die in meinem sogenannten Roman unter diesen Namen figurierten, ja fortan zensiert.

Sie hätte gerne hinausgestarrt in die Berliner Nacht, doch der Blick aus dem Fenster war weitgehend abgedeckt von einem leuchtenden Keil. Der Keil tauchte das Zimmer in ein fahles Orange. Da unten mußte das Lützowufer sein. Antonia kniff die Augen zusammen und versuchte, über den Rand des Keils hinweg etwas zu erkennen, doch da war nur vom Licht des Keils ins Wattige gefärbtes Schwarz. Jetzt fiel es ihr ein: Der Keil mußte Bestandteil des Weihnachtsbaumes sein, der an der Vorderfront des Hotels Esplanade angebracht war. Es war Anfang November, aber Berlin hatte schon weihnachtlich aufgerüstet. Als sie gestern abend in der Stuttgarter Innenstadt unterwegs gewesen war, hatte sie von den Zudringlichkeiten der Weihnachtsdekoration noch nichts bemerkt. Antonia ließ sich von dem Keil hypnotisieren. Ihre Brüste schmerzten wie schon lange nicht mehr. Die Periode war überfällig. Sie faßte sich an die rechte Brust. War da nicht ein Knoten? Genauer gesagt war das ganze Gelände hart. Die Vorstellung, Brustkrebs zu haben, erledigte sie auf der Stelle. Berichte über Brustkrebs und Frauen, die damit lebten beziehungsweise danach weiterlebten, konnte sie weder lesen noch im Fernsehen anschauen, genausowenig wie Berichte über Kindesmißbrauch. Es gab Realitäten, deren Veranschaulichung sie nicht aushielt. Sie zwang sich, die Betasterei zu beenden. Jetzt, in der Medizinballphase, war die *Selbstuntersuchung der Brust (Achtzig Prozent aller Krebsknoten werden von den Frauen selbst entdeckt!)* sowieso sinnlos. Gestern abend war sie zum Breuninger gehetzt, um sich in Anbetracht des bevorstehenden Berlinbesuchs ein Oberteil zu kaufen, das den Zustand ihrer Brüste kaschierte. Natürlich war sie beraten worden von einer flachbrüstigen Zweiundzwanzigjährigen mit Alabasterteint. Diese Saison trägt man Twinsets, hatte die Zweiundzwanzigjährige gesagt und etwas zurechtgelegt. Der Spiegel, vor dem Antonia sich besehen hatte, hatte geradezu unverschämt schlank gemacht, unter dem engen schwarzen Westchen ein zartgraues Nylongespinst, das sich über die Brustballone gespannt hatte, das Westchen ganz auf Taille, in dem Spiegel waren ihre Beine so lang gewesen, daß das proportional glatt hinkam, sie hatte gedacht: Vielleicht macht ja mein Badezimmerspiegel dick, und das Twinset gekauft, obwohl sie doch etwas Weites hatte kaufen wollen. Zu Hause hatte sie nicht mehr überprüft, was der Badezimmerspiegel aus ihrer Twinsetfigur machte, sondern das Twinset gleich in ihre Reisetasche gestopft. Jetzt war sie in Berlin, seit längerem wieder einmal, noch immer kam es ihr seltsam vor, in Berlin in einem Hotel zu wohnen und nicht etwa bei Heiner in der Zossener Straße. Aber Heiner wohnte nicht mehr in der Zossener, sondern in Wilmersdorf, die neue Wohnung kannte sie nicht, die derzeitige Freundin auch nicht, außerdem hatte sie vor zwei Wochen von Heiner eine Karte aus Mexiko bekommen: *Weggehen um anzukommen – bei der Prosa. Ein Fall von Kapitulation. Und ein Fall: Ich recherchiere hier für einen Krimi. Genauer gesagt: Ich schreibe wie wahnsinnig.* Christian hielt um acht einen Vortrag in der Akademie der Künste, besser du kommst nicht hin, hatte er am Telefon zu ihr gesagt, wenn du dort bist, habe ich keinen Grund, anschließend gleich abzuhauen, dann müssen wir mit denen hocken bis in die Nacht. Ich könnte ins Kino gehen, dachte sie und wußte schon, daß sie es nicht tun würde. Auf dem leuchtenden Keil vor ihr führten jetzt Regentropfen einen Tanz auf. Gwen Bristow, »Kalifornische Sinfonie«, von der Zehnjährigen, die sie einmal gewesen sein mußte, ausgeliehen aus der Jugendbücherei Speyer-West und sicher siebenmal verlängert und dann zurückgegeben und dann wieder ausgeliehen, weil Antonia immer noch nicht glaubte, ohne das Buch leben zu können. Garnet Hale am Fenster, in den Regen schauend, ihr Ehemann Oliver gerade gestorben, Garnets Brüste schmerzen, plötzlich ist ihr klar, sie ist schwanger. Was eine Schwangerschaft aus 75C-Brüsten macht, war derzeit bei Barbara zu beobachten. Die war von Wolfgang, der einmal ihr Analytiker war, im vierten Monat. Barbara sagte: Der Bauch ist noch nicht schwanger, schwanger ist nur der Busen! Aber schwanger sein ist klasse. Obwohl Barbara das anfangs nicht so gesehen hatte. In Panik geraten war sie, als der Test positiv ausgefallen war. Wolfgang sei dreiundfünfzig! Wenn das Kind in die Schule komme, also sechzig. Wenn das Kind sechzehn sei, also siebzig. So ein alter Vater, das sei eine Zumutung für ein Kind. Typisch Barbara: Ihr eigenes Alter problematisierte sie nicht. Wolfgang sei von der Situation ziemlich mitgenommen. Das habe er nun wirklich nicht mehr vorgehabt: ein Kind kriegen! Seine Tochter sei bereits fünfundzwanzig. Aber Wolfgang habe zu ihr auch gesagt: was du willst, geschieht. Und zusammenziehen wollten sie sowieso. Der liebt mich!, hatte Barbara mit leichtem Tremolo gesagt. Nein, sie glaube nicht, daß sie das Kind kriegen werde. Sie seien kaum *richtig zusammen*, Wolfgang und sie, und dann gleich ein Kind! Das mache die Erotik kaputt, die auszuleben sie gerade erst begonnen hätten. Einen Urlaub auf Lanzarote hätten sie gebucht für die Zeit *zwischen den Jahren*, Strandspaziergang, sie, Barbara, schlank und im weißen Leinenkleid knackig braun, das sei beim An-den-Urlaub-Denken ihre Vorstellung gewesen, statt dessen jetzt die Horrorvision, im Urlaub eine Kugel vor sich her zu schieben, sie sei ja wie Antonia der Typ Östrogenbombe, im sechsten Monat würde sie sicher bereits bis zur Unkenntlichkeit aufgeschwollen sein, überhaupt: bis sie wieder einigermaßen eine Figur hätte, das würde von jetzt ab zwei Jahre dauern, da sei sie dreiundvierzig, also praktisch alles vorbei. Mit ihren Schwestern habe sie schon ausgiebig telefoniert. Die hätten beide großes Verständnis dafür, daß sie ernsthaft an einen Abbruch denke. Sie hatte den gängigen Euphemismus schon drauf, sagte *Abbruch* und nicht *Abtreibung*. Es zieht so, stöhnte sie, hielt sich die Hände auf den Bauch und machte das entsprechende Gesicht. Antonia war immer ärgerlicher geworden, während Barbara gesprochen hatte, sie mußte sich eingestehen: weil sie, Antonia, Barbaras Angst vor den körperlichen Verunstaltungen, überhaupt vor den Folgen einer Schwangerschaft, physisch und psychisch, nur zu gut nachvollziehen konnte. Trotzdem hatte sie denken müssen: Ein Kind für ein Leinenkleid, das ist unmöglich. *I bin ambivalent*, sagte Barbara immer, dann ganz und gar im Selbstverteidigungshochdeutsch: *Ich bin ambivalent*! Will ich das, jede Nacht fünfmal aufstehen, weil ein Säugling schreit? Will ich das? Ob sie denn, trotz aller Befürchtungen, nicht auch Freude empfinde, fragte Antonia vorsichtig, doch, hatte Barbara gerufen, natürlich! Das ist ein Kind unserer

Liebe, habe auch Wolfgang gemeint. Aber will ich das, jede Nacht fünfmal aufstehen, weil ein Säugling schreit? Will ich das? Ihre Frauenärztin sei sehr verständnisvoll gewesen. Die habe selber zwei Kinder und freimütig zugegeben: Beim dritten hab' ich lange überlegen müssen. Frau Frasnelli, wie auch immer Sie sich entscheiden, es wird richtig sein. Termine habe sie auch schon gemacht, bei Pro Familia und in der Frauenklinik, für alle Fälle. Sie sei ja ambivalent. Moralische Bedenken habe sie natürlich nicht. Die Frauenärztin habe ihr die Prozedur des *Abbruchs* genau erklärt. Muttermund auf, Schlauch rein, absaugen, fertig. Im Augenblick sei das nur ein Klumpen, so groß wie eine Fingerspitze. Sie und Wolfgang seien sich darüber im klaren, daß ein *Abbruch* ihre Beziehung verändere. Eine *Phase der Trauer* werde es mindestens geben. Barbara hatte ihr Jackett gelupft, so daß Antonia Barbaras Vorderseite begutachten konnte. Ich hab' auch schon zugelegt. Tatsächlich war alles noch ein bißchen gewölbter als sonst. Die verliert keine Zeit, hatte Antonia gedacht, nach fünf Wochen fühlt die sich schon wie im siebten Monat. Dann hatte sie gedacht: Ich bin neidisch. Inzwischen hatten Wolfgang und die Hormone aus Barbara eine Überzeugungsschwangere gemacht. Barbaras hübsches Gesicht trug bereits jene sanfte Selbstzufriedenheit zur Schau, die Personen aus dem Umfeld einer solchermaßen von der Natur Ausgezeichneten zuweilen rasend macht. Antonia starrte mit zusammengekniffenen Augen in das Licht des Keils. Morgen kaufe ich einen Test, dachte sie. Sie zwang sich nachzurechnen: Christian, nicht Sigi. Sie fühlte Erleichterung. Das letzte Mal mit Sigi war sechs Wochen her. Eigentlich hatte er vor Johannesburg nicht mehr mit ihr schlafen wollen. Jedenfalls hatte er das gesagt, und einen Entschluß fassen und ihn dann umsetzen war für Sigi ein und dasselbe. *Ich habe einen Entschluß gefaßt.* Sie käme sich, nachdem sie einen solchen Satz gesagt haben würde, lächerlich vor. So ein Satz käme ihr nicht über die Lippen. Ein Satz, als ob man Herr der Lage wäre. Sigi gab sich immer als

Herr der Lage. Bei FFORMAT war er gefürchtet für seine schnellen Entschlüsse. Sie war natürlich wieder gerührt gewesen von Sigis Entschlossenheitsverlautbarung, nein: gerührt davon, daß er die Durchführbarkeit seiner Entschlüsse nie bezweifelte. Vor Johannesburg nicht mehr. Er hatte sich das geglaubt. So sehr geglaubt, daß er offenbar nichts dabei fand, unangemeldet bei Antonia im Tazzelwurm aufzutauchen, an einem Samstagvormittag, ausgestattet mit einer großen Tüte; als er die große Tüte, mit ernstem Gesicht, auf Antonias Küchentisch auspackte, kamen nacheinander zum Vorschein: mehrere kleine Tüten von Feinkost Böhm, eine Ananas, ein Bund Suppengrün, eine Grillpfanne, zuletzt ein Stück Papier in einer Klarsichtfolie. Sigi öffnete Antonias Kühlschrank, schaute kurz hinein, sagte zufrieden: Hab' ich mir gedacht, wies auf den Küchentisch. Damit du mal wieder was Gescheites kochst. Ist wichtiger, als du glaubst: Es sich selber gut gehen lassen. Dann grub er die Hände in die Hosentaschen und blieb am Kühlschrank kleben, nein danke, sagte er, als Antonia ihm einen Stuhl anbot, ich geh' gleich wieder. Da auf dem Papier hab' ich dir die Flugdaten aufgeschrieben, hin und zurück, du solltest so schnell wie möglich buchen. Antonia schluckte und sagte: Ich weiß noch nicht, ob ich hier weg kann. Sigi schüttelte den Kopf und sagte, klar kannst du, die kommen auch mal ohne dich zurecht. Hinterher sagte er, sie habe ihn verführt, sie protestierte, er war doch plötzlich zu ihr hinübergekommen, hatte sie umarmt und mit seinem Mund ihre Wange zu betupfen begonnen. Ja, sie hatte es sich sogar versagt, ihn durch zu viel Entgegenkommen auf die Idee zu bringen, er sei nicht mehr Herr der Lage. Ihr Handy klingelte, mühsam löste sie sich aus dem leuchtenden Bann des Keils; weil sie geblendet war, fand sie zuerst ihre Tasche nicht, das Handy dudelte immer lauter, als sie abnahm, sagte Christians Stimme na endlich, bist du im Hotel, ich bin zwischen zwei Interviews, haben sie dir an der Rezeption meinen Brief gegeben? Da war kein Brief, antwortete Antonia, sie wollten mich zuerst gar nicht aufs Zimmer lassen, nur daß ich deine Zimmernummer wußte, hat sie schließlich überzeugt. Das gibt's doch nicht, rief Christian, ich hab' der Ziege an der Rezeption doch gesagt, daß du gegen Abend ankommst! Und einen Brief deponiert! Ich bin bei dir so schnell ich kann, dann gehen wir essen. Oder willst du doch in die Akademie kommen, das würdest du mit dem Taxi noch schaffen, allerdings hängen wir dann hinterher mit drin. Du glaubst nicht, wer alles hier ist. Aber wenn du gerne möchtest ... Neinnein, antwortete Antonia, ich bleibe im Hotel, bin sowieso ziemlich müde. Das stimmte, doch ein sanfter Magendruck signalisierte ihr, daß sie, obwohl sie sich erschöpft fühlte von allem, eigentlich lieber in die Akademie der Künste gefahren wäre. Gegen zehn müßte ich im Esplanade sein, sagte Christian, bis nachher ... nach kurzem Zögern fügte er noch hinzu: Schatz. Dann legte er auf. Antonia setzte sich auf den Rand des großen Doppelbettes. Sie hatte sein Angebot nicht angenommen, weil sie gespürt hatte, daß es ihm lieber sein würde, den Abend mit ihr alleine zu verbringen. Ihre ewige Rücksichtsbereitschaft. Wenn sie Christian mitteilen würde, daß sie sich für zu rücksichtsbereit hielt, würde der sich kaputtlachen. Auf der Bettdecke schimmerte etwas Weißes. Christians Brief. Antonia knipste eine der gewaltigen Nachttischlampen an. Antonia Armbruster-Bleibtreu, Zi. 733 stand da in Christians Schrift. Entweder hatte Christian vergessen, den Brief einzustecken, oder die an der Rezeption hatten übereifrig veranlaßt, daß der Brief ins Zimmer gebracht werde, nachdem Christian ihn unten abgegeben hatte. Sie riß den Umschlag auf und las: »Auch wenn ich Dich – um Deinetwillen – ans andere Ende der Welt und überhaupt in ein anderes Leben wünschen sollte, so kann ich doch nicht anders, als mich darüber zu freuen, daß Du heute (an morgen wollen wir nicht denken) hierher gekommen bist. Falls Du gekommen bist und zu Deinem C.« In Richtung des *Deinem C.* wurde die Schrift immer kleiner. Er hatte sie gedrängt, nach Johannesburg zu fahren, immer wieder. Und laß' dir nur nicht einfallen, meinetwegen zu verzichten, aus Mitleid oder sonstwas! Die Art, wie er das gesagt hatte, hatte aus ihr auf der Stelle eine Schwerstliebende gemacht. Gerade weil herauszuhören gewesen war, daß er das nicht gesagt hatte, um zu erreichen, daß sie bliebe. Antonia knipste die Nachttischlampe wieder aus und ließ sich in die Waagerechte fallen. Christian. In den letzten Wochen hatte er sie zweimal in Stuttgart besucht, *übers Wochenende*, einfach so, ohne in Harlaching eine Lesung oder einen anderen beruflichen Termin vorzuschieben. Er hatte Wort gehalten, obwohl DIE FRAU alle Register gezogen hatte, das zu verhindern. Und mit Antonia geschlafen in beinahe verzweifeltem Ungestüm, als müsse er sich durch so viel Heftigkeit über etwas hinweghelfen. Wahrscheinlich über den inneren Vorstellungsfilm. Antonia und der andere. Davon hatte Christian nicht gesprochen, überhaupt sagte er nicht viel über das, was in ihm vorging, seit er von Sigi wußte. Seine Haltung nahm sie für ihn ein, seine Heftigkeit riß sie mit. Sie buchte trotzdem, mit Reiserücktrittsversicherung; als Sigi aus Johannesburg anrief, sagte sie, bei FFORMAT sei die halbe Belegschaft krank, sie wisse erst nächsten Mittwoch genau, ob es klappen werde. An der Art, wie Sigi hörbar einatmete, merkte sie, daß er verärgert war. Von da an tickte die Zeitbombe. Die langen Erörterungen des Für und Wider, die sie mit Waltraud, Conni und Barbara führte, endeten gleichermaßen unergiebig: Am Ende seufzten alle drei ungefähr dasselbe, und ungefähr gleich erschöpft. Du mußt es wissen. Antonia war jedesmal enttäuscht. Obwohl sonnenklar war, daß sie sie überforderte, indem sie von ihnen Erlösung verlangte. Waltrauds, Barbaras und Connis Reaktionen konnten ja nichts anderes sein als ein Echo ihrer, Antonias, Ausführungen. Und die waren eben eine geradezu lächerlich um Differenzierung bemühte Demonstration ihres inneren Unentschieden. Nachts lag Antonia wach, gepeinigt vom Rasen einer nicht enden wollenden Selbstbefragung, eines panischen Quiz, in dem sie Kandidatin und Quizmaster zugleich war. Würdest du fliegen, wenn es Christian nicht gäbe? Ja. – Wenn du nicht fliegst, fliegst du dann Christians wegen nicht? Nein! – Kannst du dir sicher sein, daß du, wenn du nicht fliegst, nicht auch Christians wegen nicht fliegst? Nein. – Folgt daraus, daß du auf jeden Fall fliegen solltest? Nein. – Kannst du dir mit Sigi eine Zukunft vorstellen? Manchmal ja, manchmal nein. – Bist du in Sigi verliebt? Manchmal ja, manchmal nein. – Öfter nein als ja? Öfter ja als nein. – Kannst du dir das vorstellen: ohne Christian? Pause. Nur schwer. – Aber trotzdem existiert die Vorstellung? Ja. – Hat in der Zeit mit Christian das Glück oder das Unglück überwogen? Pause. Das Unglück. – Liebst du Christian noch? Ja. – Findest du Sigi körperlich anziehend? Ja. – Findest du Christian Sigis wegen weniger anziehend? Nein. So ging es in einem fort, ohne daß sich ein eindeutiger Punktestand abzeichnete. Was nützte es, sich klarzumachen, daß das Dilemma, in das sie sich vollkommen verstrickt hatte und von Stunde zu Stunde mehr verstrickte, daraus folgte, daß sie, egal wie sie sich entschied, einem der beiden, entweder Sigi oder Christian, würde weh tun müssen? Sie kaufte sich eine neue Reisetasche und ein Paar Schuhe, von denen sie annahm, sie hielten dem Boden südafrikanischer Townships stand. Als sie am Mittwoch ihr Büro betrat, wissend, Sigi würde innerhalb der nächsten Stunden anrufen, schlotterten ihr die Knie vor Angst. Sie hatte keine Ahnung, was sie ihm sagen würde. Oder hatte sie es bereits im Ohr, das Enderleinsche Raunen? Helfen Sie sich selbst. Viel mehr würde Dr. Enderlein nicht gesagt haben. Für eine Sekunde blitzte der Satz auf und gab den Blick frei auf etwas. Als Sigi anrief und nichts weiter sagte als Na? und sie gleich begriff, dieses Na? war schon die Frage, sagte sie mit Stimmbeben: Ich komme nicht. Schweigen. Sie sagte: Es ist nicht nur die Arbeit. Es hat auch zu tun mit Christian Bleibtreu. Schweigen. Dann legte Sigi auf. Das linke Knie sackte ihr weg. Ihr Gesicht brannte. Es tut mir so leid, sagte sie vor sich hin, es tut mir so leid. Sie lag auf dem Bett und wußte nicht, zu wem sie den Satz sagte, immer wieder.

Wir lassen Antonia jetzt einschlafen, Christian, du kannst doch schon nicht mehr an dich halten an dieser Stelle, dir ist, was hier steht, mindestens zu summarisch, und daß ich die Grillpfannenszene, deretwegen du Verhörfestivalveranstalter geworden bist, in wenigen Sätzen erledigt habe, statt endlich zur Sache zu kommen, wird dir nicht gefallen. Ich hör' dich schon: Es geht mir nicht um Details, sondern um Empfindung, Antonias Empfindung kommt nicht vor, was hat SIE empfunden, als Sigi vor der Tür stand mit Tüte und Pfanne, und wieso hat Sigi Grund, zu behaupten, SIE habe IHN verführt, hast sie wieder inszeniert wie eine Heilige, von wegen kein Entgegenkommen, die wollte den, gib's zu, unten drin haben wollte sie den, und dann war er eben jünger, solange du nicht zugibst, daß es alleine die Zahlen waren und nichts anderes, so lange kann ich nicht ruhig werden! So wirst du reden, Christian, was du da abgeschmackt chauvinistisch andeutest, bestätige ich dir gerne, doch die ganze Wahrheit ist das eben nicht! Es hat eben auch den Sigi-Alarm gegeben, und nicht so knapp! Und jetzt komm' mir nicht damit, daß ich Antonias Entscheidung im nachhinein rechtfertige, um sie dir erträglicher zu machen! Bei einem von handzahmen Thailänderinnen umtanzten Entschlossenheitscowboy hat sie nicht bleiben wollen! Bei einem, der sie nach Johannesburg zitiert zum Ganzkörpercasting! Zum Tauglichkeitstest! Aber verraten hat sie dich schon an diesem Grillpfannentag, verraten wie Kriemhild ihren Siegfried, Motiv nicht leicht zu fassen. Es hat offenbar sein müssen. Sie hat deine Lindenblattstelle, die Elisabethniere, verraten. Diesem Sigi, nachdem sie mit ihm, vom Kühlschrank aus, ein weiteres Mal in die Waagerechte gerutscht war. Praktisch ein folgenloser Verrat. Un acte gratuit. Sie hat etwas tun müssen an jenem Vormittag, das nichts als extrem war, hirnverrückt, einfach gemein. Sigi war schon im Gehen, da sagte sie es, eine Christianpreisgabe in sein Ohr, die du für unverzeihlich halten mußt. Ahnst du, warum sie das tat? Weil sie, in jenem Augenblick, wußte, noch bevor sie es wußte, daß es mit Sigi nichts werden würde. Dafür hat sie den entschädigen wollen. Das ist jedenfalls mein Verdacht. Sigi hat natürlich nichts begriffen. Obwohl Antonia, während des Insohrhineinverratens von leichten Schauern des Entsetzens über ihr eigenes Tun durchrieselt, Sigi extra darauf hingewiesen hat, was das heiße, daß sie Sigi dieses Geheimnis ausliefere. Das größte Christiangeheimnis, das es gab. Gut, ihr Verrat blieb folgenlos und wird folgenlos bleiben. Für Antonia allerdings nicht. Der siedet und brennt in ihr seither. Ihre heißeste Hysterie. Mach damit, was du willst. Ich verrate dir den Verrat. Und hätte die Bitte: Nie erwähnen! Das ist zu viel verlangt, ich weiß.

Antonia schreckte hoch, aus dem Schlaf gerissen von einer Stimme. *Blitzer gesichtet auf der Avus 500 Meter vor Ausfahrt Halensee und Sachsendamm Richtung Schöneberg kurz vor S-Bahnhof Schöneberg!* brüllte die Stimme, das Brüllen war umtost von Sturmböen Windstärke neun. Der Fernsehbildschirm blinkte bedrohlich blau. Irgendein Idiot hatte den Weckruf aktiviert beziehungsweise den Weckruf nicht deaktiviert, bevor er das Zimmer verlassen hatte. Antonia tastete nach der Fernbedienung; sie brauchte eine Weile, bis sie kapierte, daß der Fernseher auf einen Radiokanal eingestellt war. Sie drückte auf die TV-Taste; die sturmumtoste Stimme verwandelte sich in ein Ächzen und das Blau des Bildschirms in blasses, zuckendes Rosa. Offensichtlich war sie jetzt im Pay-TV gelandet und dort in einer Großaufnahme. Einen Augenblick schaute sie fasziniert hin. Die ineinander verkeilten rosa Wölbungen glänzten an einigen Stellen, sie dachte: wie eingeöltes Schweinefleisch. Sie drückte auf OFF; das zuckende Rosa verschwand. Am unteren Rand des Fernsehbildschirms entdeckte sie in roter Leuchtschrift die Uhrzeit: 20.40. Offenbar hatte sie nur ein paar Minuten geschlafen. Ihre Mutter pflegte zu sagen: Zehn Minuten reichen! Renate Armbruster legte sich jeden Tag nach dem Mittagessen hin, aber nach zehn, zwölf Minuten schreckte sie wieder hoch, geweckt von den Einsagungen ihres Über-Ichs, die ihr auch im Schlaf mitteilten, was sie heute nachmittag noch alles würde verrichten müssen, um am Abend mit sich zufrieden sein zu können und also einschlafmüde für eine ganze oder wenigstens eine halbe Nacht. Nein, dachte Antonia, arbeiten kann ich jetzt nicht. Das wird nichts. Sie war noch zu mitgenommen. *Ich habe einen Entschluß gefaßt.* Wieviel Uhr war es jetzt in Johannesburg? Ihrem Magen war die Frage nicht recht. Oder war der Schmerz, der sich einstellte, weiter oben? Sie verordnete sich die Vorstellung, sie sei jetzt in einem Hotelzimmer in Johannesburg und Sigi mit seinem Ausstatter unterwegs. Das Ergebnis war tröstlich: Sie würde nichts anderes tun können als an Christian denken. Wie es dem gerade gehe. Sie würde es bereuen, zu Sigi gereist zu sein. Sie würde nach Hause wollen, und dieses nach Hause würde Christians Namen haben. Hier im Zimmer 733 des Esplanade auf Christian zu warten und an Sigi zu denken, daran, ob er jetzt litt, war aushaltbarer, als in Südafrika an Christian zu denken! Sie drehte sich auf die Seite. Sigi war lieb gewesen an jenem Grillpfannenvormittag. Sie hatte kein anderes Wort als lieb. Nachdem sie den Übergang von der Küche in Antonias Bett geschafft hatten, waren seine Berührungen zart geworden; nach wie vor schien er gezähmt von einer Schüchternheit, die man nicht bei ihm vermutete. Ob er diese Schüchternheit ablegen konnte, würde sie jetzt niemals erfahren. Vielleicht hatte sie sich überhaupt nur deshalb so zu Sigi Großbongard hingezogen gefühlt, weil sein Verhalten auf sie gewirkt hatte, als sei es überwindbar. Als sei er zu erlösen aus seinen Rollen, der Macho-Rolle, der Rolle des schüchternen Liebhabers. Um ihn zu provozieren, hatte sie hinterher – der eigentliche Akt war wie schon die Male vorher schnell vonstatten gegangen, beinahe hastig, beinahe, als sei das Ganze ihm peinlich, und er hatte, um in die letzte Erregungsstufe zu gelangen, seinen Kopf an ihrem vorbei in das Kissen gedrückt, als müsse er sich konzentrieren und ihr Gesicht könne ihn ablenken – gesagt: Und wie geht es deinem Schwanz? Sie hatte unbedingt einen Satz sagen müssen, es mußte doch mal ein Anfang gemacht werden! Sigis Mund war zu einem überraschten Lachen auseinandergefahren und hatte die spitzen Eckzähne freigelegt, so nennst du den also, hatte er gesagt, und wie nennst du SIE? Da hatte sie zugeben müssen, daß ihr die zur Verfügung stehenden Wörter nicht geheuer waren und sie auch sonst keines hatte für SIE. Das war das Ende ihres kurzen ersten – und letzten – erotischen Dialogs. Zum Abschied hatte Sigi ihr unwirsch einen Kuß auf die Stirn gedrückt und dann, während er die Wand rechts hinter Antonias Kopf angestarrt hatte, gesagt: Also, ich erwarte dich in Johannesburg. Abends war Christian angekommen, sie hatte ihn am Gleis 16 abgeholt, das Bett hatte sie vorher neu bezogen und dabei gedacht: So macht es Waltraud seit Jahrzehnten. Sie hatten den letzten »Derrick« miteinander angeschaut und dann noch Teile der *langen »Derrick«-Nacht* und dann noch ein paar alte Filme Antonias, von denen sie ihm schon öfter berichtet hatte und die sie ihm immer schon einmal hatte zeigen wollen. Antonia hatte sich an Christian gelehnt und sich gefühlt, als gebe es keine Vergangenheit und keine Zukunft. Beide vermieden sie das Sigi-Thema, nur einmal, als es um einen Termin für ein mögliches Treffen im November ging, hatte Christian hinzugefügt: falls du dann im Land bist. Sie tranken beide zu viel an diesem Abend. Erst morgens, gegen fünf, als sie nach dem vom Alkohol geschwärzten Tiefschlaf gleichzeitig unruhiger wurden und die Körperwärme und die Nacktheit des anderen neben sich empfanden und sich zueinander hinbewegten, bevor sie merkten, was sie taten, kam es zum GV, ich möchte schreiben: Es fühlte sich so an, als gebe es keine Vergangenheit und keine Zukunft, sondern nur die Verständigung zweier Körper, die einander gut kannten und einander entsprachen. Ich möchte schreiben: Es ist ganz ausgeschlossen, daß Antonia, während sie mit Christian schlief, an Sigi gedacht hat. Tatsächlich bin ich ziemlich sicher, daß für Antonia der dieser Nacht vorausgehende Vormittag so weit entfernt war wie Stuttgart von Johannesburg. Oder wie Stuttgart von Harlaching. Antonias Handy klingelte, sie schaute in Richtung des Fernsehers, 21.25 war da zu lesen, der Anrufer konnte nicht Christian sein. Es war Conni. Wo bist du, fragte sie, und Antonia antwortete: Nicht in Johannesburg. – Wie hat er es aufgenommen, fragte Conni, Antonia vermutete, daß Sigi gemeint war, und sagte: Er hat aufgelegt. Conni pfiff durch die Zähne. Und wie geht es dir jetzt? – Ich weiß nicht, sagte Antonia, dann fügte sie hinzu: Ich glaube, wenn ich heute in Johannesburg wäre, würde es mir schlechter gehen. – Na also, sagte Conni, das hört sich doch gut an. Kommst du an Weihnachten? Antonia sagte: Ja, natürlich. – Papa wünscht sich einen Scanner, sagte Conni, aber er äußert das nicht direkt, weil er nicht will, daß wir so viel Geld ausgeben. Was will er denn mit einem Scanner, fragte Antonia, Kochrezepte einscannen, Wanderkarten und Urlaubsfotos und so'n Zeug, sagte Conni, Hebergers Willi hat auch einen. Hebergers Willi war ein inzwischen ebenfalls pensionierter ehemaliger Kollege Otto Armbrusters; von ihm hatte sich Otto Armbruster beim Kauf seines PCs beraten lassen und auch einige Programme wie Power Point undsoweiter überspielt bekommen. Otto Armbruster war stolz darauf, mit seinem PC die desolate Buchhaltung der Sozialstation von

St. Hildegard innerhalb weniger Wochen in einen Zustand gebracht zu haben, die jeder noch so akribischen Prüfung des Finanzamtes standgehalten hätte. Den PC bezeichnete er als eines seiner Hobbies – er hatte lange mit dem Kauf gewartet; erst als Windows 98 auf den Markt gekommen war, hatte er befunden, jetzt seien die Programme und auch die Speicherkapazitäten so ausgereift, daß die Investition in einen PC nur für zu Hause ihn nicht nach einem halben Jahr ärgern werde. Weißt du noch, wie Mutti immer gesagt hat *Ich wünsche mir nichts außer liebe Kinder*, kicherte Conni, sie hatte die Stimme ein wenig gehoben, um Renate Armbrusters Ton nachzuahmen. Auf die früher um diese Jahreszeit von ihren Töchtern an sie herangetragene Frage, was man ihr denn zu Weihnachten schenken könne, ein Tennis-T-Shirt, einen Spaghettitopf oder eine Handtasche, hatte Renate Armbruster regelmäßig geantwortet: ich will gar nichts, nur liebe Kinder. Wie wäre es mit einem hübschen Pullover, sagte Antonia, Conni sagte: Da weiß ich schon, was dann kommt. Und hob erneut die Stimme, um die Mutter zu imitieren: Ach wie schön, aber beeesch, beeesch steht mir doch nicht! Antonia lachte. Durch den Hörer drang jetzt Kindergeschrei, Dieter, schaust du mal, rief Conni nach hinten; ins Telefon hinein sagte sie, er will heute wieder nicht ins Bett, es ist furchtbar. Das Paulchen verschaffte sich jetzt endgültig Beachtung, indem es anhob zu einem langgedehnten Geheul. Ach je, seufzte Conni, ich glaube, Dieter ist gerade im Keller, sie änderte ihre Stimme nun paulchengemäß, wasistdenn, jawasistdenn, das Paulchen brüllte jetzt in unmittelbarer Nähe des Telefons, offenbar hatte sich Conni mit dem drahtlosen Apparat in Richtung Kinderzimmer bewegt. Ich muß Schluß machen, sagte Conni, sie klang genervt, es ist alles zu viel, mir geht's beschissen, ich sag's dir, der fordert mich nonstop, der Kinderarzt meint, er ist vielleicht hochbegabt, ich schlafe keine Nacht mehr. – Ich rufe dich an, wenn ich wieder in Stuttgart bin, sagte Antonia. Überleg' dir was für Mutti, rief Conni, während der Kleine schrie, als werde er massakriert, dann legte sie auf. Antonia packte ihre Reisetasche aus, ging ins Bad – gnadenlosestes Neonlicht selbst in einem Hotel wie dem Esplanade – putzte sich die Zähne – wieso putzt du die Zähne, unmittelbar bevor wir essen gehen, das ist doch sinnlos –, fragte Christian jedesmal, wenn sie das tat, und Antonia erwiderte jedesmal: Nur so, damit ich mich frischer fühle. Sie ging zurück ins Zimmer, zog ihren schwarzen Pullover aus und das Twinset an. Die Stunde der Wahrheit, dachte sie und schritt beherzt in Richtung Garderobe, ihrem Spiegelbild entgegen. Sie hatte es gewußt. Ihre Mutter hätte gesagt: ausgemalt sieht das aus. Das Twinset war eindeutig nur tragbar in der postmenstruellen Zyklushälfte. Die Schönheitskurve sackte gefährlich ab. Im Badezimmer malte sie sich die Lippen an und zog den Lidstrich nach. Schon besser. Leider änderten ihre angemalten Lippen nichts an ihrer ausgemalten Vorderseite. Sie hatte noch eine Sicherheitsbluse dabei, aber die fand sie zu bieder für das Restaurant des Esplanade. Also doch wieder der schwarze Pullover. Antonia besah sich im Garderobenspiegel. Rechts, zwischen Eingangstür und Spiegel, stand Christians Koffer. Sie hatte den Eindruck, daß es aus Christians Koffer merkwürdig roch. Nach Parfüm. Sie näherte sich dem Koffer. Nach viel Parfüm. Der Deckel des Koffers war unverschlossen. Sie klappte ihn auf. Ein dunkelblaues und ein graues Polohemd, eine Hose. Der Geruch wurde schärfer. Sie hob die Sachen hoch. Da lag etwas Weißes, mit kleinen schwarzen Blumen. Antonia nahm das Kleidungsstück aus dem Koffer. Ein Nachthemd. Ein Nachthemd aus Seide. Ein Nachthemd DER FRAU. Das Nachthemd roch, als sei ungefähr ein Liter Parfüm darüber ausgekippt worden. Antonia ließ das Nachthemd zu Boden fallen, dann hob sie es wieder auf, öffnete den Kleiderschrank und stopfte es in eine der leeren Schubladen in dessen Innerem. Keine Frage: DIE FRAU hatte, als Christian seinen für den Berlinaufenthalt gepackten Koffer einen Moment aus den Augen gelassen hatte, das parfümgetränkte Nachthemd unter seinen Sachen versteckt. Warum hatte sie das gemacht? Ein Zeichen, ein Zeichen für Antonia. Schau her, ich bin noch da, auch ALS FRAU. Elisabeth Bleibtreu meldete ihren Anspruch an. Den Anspruch auf Christian. Antonia spürte, wie die Empörung in ihr hochstieg und eine innere Hitze verursachte. Elisabeth Bleibtreu bedeutete ihr, daß sich nichts ändern werde. Solange Elisabeth Bleibtreu atmete, würde sie den Anspruch, Christians Frau zu sein, nicht aufgeben. Und an dieser Stelle, nachdem sie das hat denken müssen, würde die junge Geliebte im »Derrick« einen Mord planen. Halbnahe. Sie steht vor dem Kleiderschrank, nachdem sie das Nachthemd in die Schublade gestopft hat. Ihr Blick, düster und absichtsvoll. *Ich habe einen Entschluß gefaßt.* Zufahrt in die Großaufnahme. In ihren Augen schimmert ein blauweißes Licht ... Als es an der Tür klopfte, zuckte Antonia zusammen. Einmal lang, dreimal kurz, einmal lang. Christian. Sie war erleichtert. Er maß sie mit seinem Blick, dann sagte er: Du bist also da. Er hatte den grauen Wintermantel an, darüber einen hellgrauen Schal. Sie flog auf ihn zu. Es dauerte einen Moment, bis sie den Druck seiner Arme in ihrem Rücken spürte. Hast du ein neues Parfüm, fragte er. Sie machte sich los. Das ist das Parfum DER FRAU, sagte sie, mehr Aggression in der Stimme, als nötig gewesen wäre, und öffnete den Kleiderschrank. Es war in deinem Koffer, sagte sie und holte das Nachthemd mit zwei Fingern aus der Schublade. Unter deinen Kleidern. Aus dem Koffer hat es so stark gerochen, daß ich nachsehen mußte, woher der Gestank kommt. Christian schaute ungläubig. Wieso ... sagte er und brach ab. Ich verstehe nicht, was sie damit will, sagte er schließlich. Ich schon, sagte Antonia. Sie wollte anfangen, ihm ihre Erklärung auseinanderzusetzen, doch er wehrte ab. Ich brauche was zu trinken, sagte er, laß uns nach unten gehen. Jetzt erst fiel ihr auf, wie durstig sie war. Schweigend gingen sie nebeneinander her in Richtung Fahrstuhl; Antonia hatte jedesmal, wenn sie einen solchen nicht enden wollenden Hotelflur entlanglief, das Gefühl, ihr Gang verändere sich zu einem Schreiten, als seien die Türen, an denen sie vorbeikam, Beobachter, vor denen sie bestehen müsse. Antonia, sagte er, während sie auf den Fahrstuhl warteten, wenn das wieder einer der Abende wird, an dem wir nur über SIE reden, hat sie gewonnen. Mir würde schon helfen, du wärest wütend, sagte Antonia. Die Art, wie Christian das Gesicht verzog, bestätigte ihr, daß Lisbeths neueste symbolische Aktion ihn wieder nicht wütend gemacht hatte. Sie ist doch arm dran, sagte er, Antonia stöhnte auf. Im Aufzug stand ihnen – außer dem Geist von Elisabeth Bleibtreu – ein indisches Paar gegenüber; die Frau trug einen türkisfarbenen Sari und lange, goldene Ohrringe. Wären sie alleine gewesen und in anderer Stimmung, hätte Antonia vermutlich die Hand nach Christian ausgestreckt, hätte übermütig am Reißverschluß seiner Hose gezerrt und versucht, ihn in die Finger zu kriegen, ihn zu halten, bis er groß wäre, bis die Aufzugtüren aufgingen, vielleicht noch einen Moment länger, um den Nervenkitzel zu erhöhen, *im Aufzug*, nie blieb der Aufzug stecken und ließ ihnen die Zeit, es *im Aufzug* zu tun! Und jetzt fuhr auch noch Lisbeth mit, Lisbeth, die sich zur Handarbeit an ihrem Gatten eine Ewigkeitsehe lang nicht fähig gefühlt hatte. Wenn man Christian glauben konnte. Antonia glaubte ihm. Weil sie ihm glauben wollte. Und weil Christian ihre, Antonias, Aufzugsandeutungen und -handreichungen stets so begeistert aufnahm, als werde er beschenkt. Als habe ihm so etwas ein Leben lang gefehlt. Lisbeth, dachte sie, *a flat character*. Die bleibt, wie sie ist, auf ewig. Die Wucht, mit der der Gedanke an Sigi kam, traf sie unverhofft. Es tat weh. Es würde noch lange weh tun. Sie hatte sich entschieden und würde die Entscheidung tragen müssen. Sozusagen lebenslänglich. Entscheidungen zu fällen war das Schwierigste überhaupt und schien ihr schwieriger, je älter sie wurde. Hätte sie, wenn beide Männer ihr signalisiert hätten, sie könnten sich ein Sowohl-als-auch vorstellen, die Entscheidung überhaupt gefällt? Vielleicht nicht. Vielleicht hätte sie jahrelang mit beiden gelebt.

Sie dachte an die Bettwäsche. An Waltraud. Wieviel Prozent der Entscheidung war aus ihr gekommen, aus eigener, existenzieller Not? Wieviel hatten Sigi und Christian mit der Entscheidung zu tun gehabt? Weder Christian noch Sigi hätten den jeweils anderen als *zweiten Mann* Antonias akzeptieren können. Das hatte sie ganz sicher gewußt, wenn es auch keiner der beiden je ausgesprochen hatte. Zu wissen, daß Antonia *noch mit einem anderen schläft*, hätte keiner der beiden dauerhaft ausgehalten. Und beiden wäre es, hätte Antonia ein Gespräch darüber erzwungen, ganz selbstverständlich vorgekommen, daß das nicht verlangt werden konnte von ihnen: es auszuhalten. Antonia fühlte die Augen der Inderin auf ihrer Gestalt ruhen. Augen wie schwarzbrauner Samt. Die Inderin lächelte ihr zu. Que será. Zugegeben, das ist spanisch, aber die Inderin schaute so. Der Aufzug hielt, Christian schob sie sanft nach links durch die Halle. Als sie einander endlich gegenübersaßen, der Wein bestellt war, erzählte Christian von der Veranstaltung in der Akademie der Künste; Antonia kam die Schilderung vor wie aus einer fremden Welt, einer wunderbaren Welt, zu der sie keinen Zugang mehr hatte, einer Welt, in der es Menschen gab, die das Existenzielle erhoben hatten zu Philosophie und Kunst, die so frei waren, sich nicht unablässig mit sich selbst beschäftigen zu müssen, die sich den Luxus leisteten, sich mit *etwas Drittem* zu beschäftigen, um *in diesem Dritten ganz bei sich* zu sein, hieß das nicht so bei Hegel, ach was wußte sie schon, nichts wußte sie wirklich. Als Christian dann erwähnte, *die anderen* säßen jetzt in der Paris Bar, ein Galeriedirektor habe noch eine mitternächtliche Exklusiv-Führung versprochen, alle würden demnächst aufbrechen nach Mitte, entfuhr Antonia ein Ach, leider ein ziemlich sehnsüchtiges Alkmene-Ach, so daß sich Christians Gesichtsausdruck sofort veränderte zu dem Washabeichfalschgemacht-Gesicht mit Selbstbezichtigungs-Mundwinkeln; du willst also da hin, sagte er, es klang bitter, sie hatte das nicht gewollt, also bildete sie viele Sätze, um ihn davon zu überzeugen, daß sie genau so gerne hier im Restaurant des Esplanade mit ihm sitze wie dort in der Paris Bar mit ihm und den anderen! Daß ihr Ach doch nur Ausdruck eines relativen Gefühls gewesen sei und nicht eines absoluten! Eingeständnis höchstens ihres Bedürfnisses, mit ihm und als seine legitime Begleiterin – und nicht per Sie! – in Gesellschaft zu sein! Er schien gar nicht mehr zuzuhören. Er hatte einen (weiteren) Beweis dafür, daß er ihr nicht genüge. Antonia, rief er, wir fahren jetzt da hin, sofort! Sie rief: Auf keinen Fall! So ging es noch eine Weile hin und her, bis Antonias Satzsalven Christian überzeugten, oder ermüdeten. Am nächsten Morgen schlug er sofort vor, die Ausstellung »Meisterwerke aus der alten Nationalgalerie« im Alten Museum zu besuchen. Sie freute sich. *In etwas Drittem bei sich sein.* Und fern von Sigi und Lisbeth und all den schrecklichen Nöten und Verwundungen der Vergangenheit! Sie standen Böcklins »Toteninsel« gegenüber, Christian neben ihr bewegte sich lange nicht, als sie an ihm hochschaute, sah sie, daß er weinte, und als er bemerkte, daß sie das bemerkt hatte, nahm er ihren Kopf in seine Armbeuge und zog ihn an seine Schulter. Sie konnte sich nicht erinnern, je eine größere *Nähe* zu einem Menschen empfunden zu haben als in diesem Augenblick zu Christian, und später stellte sie sich manchmal vor, um wieviel glimpflicher, nein: liebevoller, nein: humaner (Waltraud!) die Nach-Sigi-Phase hätte verlaufen können, hätte Christian nicht bald nach diesem Tag das Verhören beginnen müssen, wäre ihm das möglich gewesen: stillschweigend ein Stillschweigen zu vereinbaren, den milden Mantel des Vergessens über alles zu legen, wofür der Name Sigi stand, statt dessen das Miteinander eines ungeheuren Kulturprogramms, kultiviertestes Verdrängen, dadurch neue Tatsachen schaffen, die Realität gemeinsamen Erlebens groß werden lassen! Um wieviel leichter hätten sie es gehabt! Dieser eine Tag in Berlin gelang ihnen noch in diesem Sinne. Sie spazierten Unter den Linden auf und ab und hinüber zum Gendarmenmarkt wie Touristen, tranken ein Bier im für

Touristen folkloristisch verunstalteten Nikolaiviertel und gingen dann nach Norden, in Richtung der Hackeschen Höfe. In einer Apotheke in der Alten Schönhauser Straße kaufte Antonia, kurz bevor die Geschäfte schlossen – es war Samstag –, einen Schwangerschaftstest, und ein paar Häuser weiter, in einem Laden, dessen Schaufensterdekoration die ungeheuerlichsten Kreationen des jungen Ost-Designs verhieß, ein paar schwarze Stiefeletten, von denen sie annehmen konnte, daß Barbara sie darum beneiden würde. Im Adlon tranken sie Tee und aßen Apfelkuchen. Als sie, in einem unterirdischen Gang, der zum Bahnhof Friedrichstraße führte, am gelben Plakat »Berliner Bühnen« vorbeikamen – das hat schon so ausgesehen, als ich hier studiert habe, sagte Antonia – und entdeckten, daß es in der Schaubühne am Abend Tschechow geben würde – »Onkel Wanja«, Regie Andrea Breth –, rief Christian die für Kartenreservierungen angegebene Nummer an, und tatsächlich: es waren noch ein paar Karten übrig. Vorher gehen wir essen, rief er, ich weiß auch schon wo! Mit der S-Bahn fuhren sie bis Savignyplatz, Christian wies auf das Schild »Ausgang Bleibtreustraße«, Antonia lachte, erst als sie schon in der Bleibtreustraße waren und auf das Reste Fidèle zusteuerten, fiel ihr auf, daß Christians Wahl und die Anspielung, die darin lag, auch Sigi wieder einen Augenblick Präsenz verschaffte. Die Menschen, die im Foyer der Schaubühne standen und auf den Einlaß warteten, waren so schwarz gekleidet wie früher; einige erkannten Christian und raunten sich seinen Namen zu, Christian bemerkte es nicht oder schien es nicht zu bemerken, Antonia fühlte Stolz, Stolz, daß er sich mit ihr zeigte, Stolz, daß er sie, Antonia Armbruster, liebte. Sie griff nach seiner Hand, die drückte ihre sofort. Ihr war feierlich zumute, wenn sie sich auch eingestehen mußte, daß die alte Schaubühnenergriffenheit, die sie hier erlebt hatte, als Heiner, Karl und sie – alle drei Erstsemester! –, mit Sitzkissen und Durchhaltecola ausgerüstet, die neunstündige Orestie gesehen hatten, oder »Kalldewey Farce«, oder, 1984, die Steinsche Inszenierung von »Drei Schwestern«, sich nicht mehr so recht einstellen wollte. In ihrem Unterleib zog es. Auf der Bühne tat Corinna Kirchhoff als Jelena, die siebenundzwanzigjährige zweite Gattin des Professors im Ruhestand Serebrjaków, diesem gerade kund, wie angeekelt sie von Serebrjakóws Wehleidigkeit war. »Du sprichst von deinem Alter in einem Ton, als wären wir alle schuld daran, daß du alt bist«, sagte sie verächtlich zu ihrem Mann. Die ist wie du, wisperte Christian ihr ins Ohr, sie tippte sich an die Stirn und schaute ihn mit schiefestem Grinsen an, doch Christian sah so aus, als habe er seine Bemerkung durchaus ernst gemeint. Sonja ist mir lieber, flüsterte sie hinüber und entzog ihm ihre Hand. Corinna Kirchhoff alias Jelena sagte: »So schweig doch! Du hast mich totgequält!« »Ich habe alle totgequält, natürlich«, entgegnete Serebrjaków. Nachher, als Sonja mit Astrow alleine war und der ihr erläuterte, seine Gefühle seien abgestumpft und daß er niemanden lieben könne, und dieses Geständnis Sonja offensichtlich erst recht zum Erbeben brachte, sie jedenfalls zwei Augenblicke später vorsichtig fragte, wie es denn wäre, wenn sie eine jüngere Schwester oder Freundin hätte, die ihn, Astrow, liebte, hörte sie Christian neben sich sagen, jetzt weiß ich, weshalb du dich mit Sonja identifizierst! Und als sie nicht verstand (nein sie verstand sofort, wollte aber noch einen Moment lang so tun, als verstehe sie nicht, wenigstens noch einen Moment lang sich dem verweigern, was Christian da an Trivialparallelität aus dem Stück herausdestilliert hatte), deutete er in Richtung Bühne und sagte: Das ist Sigi, klarer Fall, das ist deine Spur! Gottseidank machte jetzt hinter ihnen jemand »psst«, gottseidank blieb es dabei; nachdem sie sich in der Pause draußen im Foyer zwei Bier erobert hatten, sprach Christian nur noch davon, wie großartig das Tschechow darzustellen verstanden habe: daß Menschen glücklich seien im Unglück, ja daß Glück und Unglück ein und dasselbe sein könnten – wie bei uns! setzte er allerdings doch noch hinzu. Antonia suchte die Toilette, warum nicht jetzt, dachte sie auf einmal und kramte den Schwangerschaftstest aus der Handtasche, hielt den Stab in den Strahl, ihr Herz klopfte, sie dachte: Das Stück hat mich schicksalsbereit gemacht. Von draußen drangen Geräusche herein, offensichtlich eine Schlange wartender Frauen, sie mußte jetzt noch mindestens eine Minute hier drinnen bleiben, sie starrte dem Sekundenzeiger ihrer Armbanduhr nach, bis es soweit war. Kein Streifen im größeren der beiden Fenster. Nicht schwanger. Sie hatte gewußt, was sie jetzt empfinden würde: Erleichterung und Enttäuschung, und beides zu exakt gleichen Teilen, sie wäre nicht einmal in der Lage, zu sagen: Erleichterung 51% und Enttäuschung 49% oder umgekehrt. *Ich bin so ambivalent.* Antonia ging hinaus, die Treppe hinauf, eine prämenstruelle Nichtschwangere mit gemischten Gefühlen lief auf einen Mann zu, der nicht mehr jung war, aber etwas Jungenhaftes ins Gesicht kriegte, als er die Frau auf ihn zukommen sah, sie sagte etwas zu ihm, er strich ihr kurz über den Kopf; während sie sich einreihten in die Menschentraube, die sich in den Zuschauerraum drängte, glitt seine Hand flüchtig über ihren Hintern, eine zärtliche Geste, auf die sie reagierte, indem sie sich umdrehte und lächelnd zu ihm aufsah.

Anruf Waltraud: Ernst habe ihr am Telefon gesagt, daß er seiner Frau gesagt habe, er habe mit ihr, Waltraud, am Donnerstag telefoniert. Darauf habe es die ganze Nacht einen mörderischen Krach gegeben. Wenn die wüßte, daß sie jeden Tag fünfmal telefonierten, mindestens! Aber immerhin: einen Anruf habe Ernst jetzt zugegeben. Man müsse eben ganz langsam wieder dahin kommen, daß Kontakt zwischen Ernst und ihr nicht völlig tabuisiert werde. Nun habe Waltraud heute, als sie aus dem Sender heimgekommen sei, Lore auf dem Anrufbeantworter gehabt. Ganz aufgeräumt habe die geklungen. Grüß Gott, hier ist Frau Schmidtpeter, Sie haben mit meinem Mann telefoniert am Donnerstag, das hat er mir natürlich gleich gesagt, ich hätte doch gerne noch einmal mit Ihnen gesprochen, über sein Alkoholproblem; seit er den Führerschein nicht mehr hat, gibt es wieder eine Alkoholgefahr, vielleicht können Sie mich zurückrufen? Waltraud fragte, was ich davon hielte. Das ist durchsichtig, sagte ich, sie weiß jetzt, daß ihr Kontakt habt, und will durch ein Gespräch mit dir rauskriegen, ob noch eine Gefahr besteht. Ob sie denn nicht gleich sagen solle, überlegte Waltraud, Frau Schmidtpeter, wir beide wissen doch, daß Sie nicht wegen Ernsts Alkoholproblem anrufen. – Also ich würde das nicht machen, sagte ich. Wenn du Ernst wiedersehen willst, mußt du die Chance nutzen und das Spiel mitspielen. Es muß so klingen, als riefest du zwar aus Höflichkeit zurück, hättest aber an Ernst kein Interesse mehr. Am besten, du läßt durchblicken, es gibt inzwischen einen anderen. Sagen wir: oben in Bad Urach. – Mann, rief Waltraud begeistert, natürlich! Du hast recht! – Kriegst du das hin, fragte ich. Es fällt mir zwar schwer, mich dümmer zu stellen, als ich bin, sagte Waltraud lachend, aber dafür lohnt es sich. Natürlich kriege ich das hin, ich werde das üben, und sie fing sofort damit an, wissen Sie, Frau Schmidtpeter, ehrlich gesagt, ich bin ganz froh, daß ich zu Ernst jetzt Abstand habe, am Anfang war's hart, aber jetzt geht es mir gut. – Nicht schlecht, sagte ich, und wenn du dann noch hinzufügst, seit einiger Zeit geht es mir RICHTIG gut, ich hab' jemanden kennengelernt, in Bad Urach, das könnte was werden, dann wird sie beruhigt sein. Waltraud war entzückt. Sie muß mich nur fragen, wie es mir geht, dann lege ich los, und am Ende sage ich noch, Frau Schmidtpeter, wenn Sie mal Hilfe brauchen, rufen Sie mich ruhig an! Und dann befreunde ich mich mit ihr!

Anruf Tante Anna: Die Dande isch gschdorwe! Die Irmgard hot gsacht – wie immer, wenn Tante Anna zitierte, verfiel sie in das, was sie für Hochdeutsch hielt –: Sie ischd sanft entschlafen. Antonia klemmte sich den Hörer zwischen Schulter und Ohr und fuhr fort, ihre Blusen zu bügeln. In ein paar Tagen war Weihnachten. Christian würde in Harlaching sein, aber er hatte ihr fest versprochen, Silvester zu ihr nach Stuttgart zu kommen. Kommenden Mittwoch, am 23., würde Antonia morgens nach Speyer fahren, zuerst in die Stadt, um in aller Eile die Geschenke zusammenzukaufen wie jedes Jahr; sie hatte noch kein einziges, und auch noch keine Idee. In Stuttgart gab es unendlich viel mehr Möglichkeiten, passende Geschenke zu finden, doch sie hatte es wieder nicht geschafft, und jetzt, wenige Tage vor Heiligabend, war die Innenstadt die Hölle. Tante Annas Stimme geriet ins Wanken, sie schien sich durch das Pathos ihres Satzes selbst aus der Fassung gebracht zu haben. Die Dande war dreieneunzisch, fuhr sie fort und atmete heftig. Antonia antwortete mit ein paar passenden Worten. Im Falle Tante Annas durfte man alles phrasenhaft Tröstliche, das man parat hatte, das man aber zurückhielt wegen seiner Phrasenhaftigkeit, ganz ungehemmt äußern. Tante Anna nahm jeden Satz, als sei er noch nie gesagt worden, auch jetzt, als Antonia die superoriginelle Bemerkung *dreiundneunzig sei doch ein stolzes Alter* gemacht hatte, prüfte sie den Gehalt dieser Bemerkung in einem Moment der Stille, ehe sie reagierte. Des stimmt!, rief sie, als habe Antonia eine Rätselfrage richtig beantwortet. Ma muß dankbar sei! Isch wääß!

An der Wohnungstür klopfte es. Ohne abzuwarten trat Moritz ein. Sein Blick verriet, daß er augenblicklich erwartete, Antonia werde sich ihm widmen. Antonia formte mit den Lippen ein lautloses *Tante Anna* und zuckte mit den Schultern, dabei fiel ihr beinahe der eingeklemmte Telefonhörer herunter.

Moritz setzte sich aufs Sofa und schaute ungeduldig zu ihr hin. Tante Anna erklärte, daß die Beerdigung der Neustadter Tante wegen der bevorstehenden Feiertage bereits für den 23. festgesetzt worden sei. Ob Antonia sie fahren könne? Und noch Frau Isselhard mitnehmen? Antonia sagte zu. Das hieß: Geschenke kaufen am 24. zwischen neun und zwölf, das hieß: vorher einen Plan haben, genau wissen, was man wem wo kaufen wolle. Irgendwie würde es gehen. Sie hätte es nicht fertiggebracht, Tante Anna abzusagen. Tante Anna seufzte vor Erleichterung. Du bischd mein Schatz! Die Irmgard wiegt nur noch fuffzisch Kilo. Hoffentlich kummd die allää zurecht. Die kann iwwerhaupt net koche! Antonia griff nach einer neuen Bluse. Bevor sie nicht noch dreimal versprochen haben würde, Tante Anna und Frau Isselhard am Mittwoch um zwölf Uhr fünfzehn abzuholen, würde Tante Anna nicht beruhigt sein. Moritz schaltete den Fernseher ein, zappte durch und blieb an einem Programm hängen. Eine aufgeregte Männerstimme war zu hören, die Synchronstimme Woody Allens. Moritz' düsterer Gesichtsausdruck zerplatzte zu einem seligen Lächeln. Tante Anna fragte: Kummschd du sischer?, na klar, sagte Antonia, dann noch einmal lauter: na klar! – Aller dann, Toni, sagte Tante Anna, noch'n schääne Sunndaag. – Sei nicht so traurig, sagte Antonia, Tante Anna besann sich fünf Sekunden, dann antwortete sie, ännere kammers jo net, der Herr hat's gegeben der Herr hat's genummen.

Sie ist weg, sagte Moritz, sobald Antonia aufgelegt hatte, Antonia schaute in Richtung des Fernsehers, um zu sehen, wen er meinte. Diane Keaton stand mit in die Hüfte gestemmten Händen vor einem Sofa, während Woody Allen vor dem Sofa und Diane Keaton auf und ab ging und redete. »Der Stadtneurotiker«. Haben sie sich schon getrennt, fragte Antonia, Moritz maß sie mit einem vernichtenden Blick. Die Blondine ist weg, sagte er, meinetwegen muß sie nie wiederkommen. Antonia setzte sich neben ihn. Ist sie wieder bei Hansi?, fragte sie, Moritz wußte es nicht. Wir hatten Krach, sagte er überflüssigerweise, wegen Weihnachten und dem ganzen Wahnsinn, den sie deswegen veranstaltet, überall Bastelzeug, in der Küche hängen meterlange Adventskalendergirlanden, für jeden Tag eine Socke mit Süßigkeiten drin, dabei essen die Kinder sowieso nichts anderes als Süßigkeiten. Glaub' bloß nicht, daß Sebastian jemals ein Salatblatt hinuntergeschluckt hat! Alle drei haben schlechte Zähne. Kommen nach der Mutter. Sie hat, ohne zu fragen, meine Sockenschublade geplündert, und heute hat Sebastian, weil er einen Knoten nicht aufkriegte, meine Lieblingssocke, die mit Gustav Gans auf der Innenseite, die man nur über einen amerikanischen Internetanbieter kriegt, mit der Schere von der Leine geschnitten. Ich halte das nicht aus! Am vierundzwanzigsten lieg' ich abends um sechs im Bett. Das hab' ich ihr heute morgen mitgeteilt. Jetzt ist sie weg mitsamt dem *Pack*. Ist mir recht so. Er stierte den Bildschirm an. Diane Keaton und Woody Allen stritten sich, weil Diane Keaton die Erwachsenenbildungskurse, die sie nur Woodys wegen angefangen hatte, inzwischen gut fand und Woody das nun auch wieder nicht paßte. Antonia verpflichtete sich zu einer Schnellregistratur ihrer Gefühle. Sie empfand keine Schadenfreude. Aber Genugtuung schon. Ihm war ich ja *zuviel* damals! Sie sah Moritz von der Seite an. Er saß kerzengerade – seit einer Bandscheibenoperation vor einigen Jahren und vielen Folgestunden beim Physiotherapeuten hielt er sich wie eine Figur von Sigi Breker –, die Arzthände mit den peinlich exakt geschnittenen Fingernägeln hatte er auf die langen Oberschenkel gestützt. Sein Gesicht war das Gesicht des *verzweifelten Donald*. Die dunklen Augen schienen zu brennen vor Unglück. Er tat ihr leid. Christian würde das nie verstehen. Diese kleine Szene (hoffentlich blieb es eine kleine Szene und endete nicht damit, daß Moritz nachher, wenn er unten allein sein würde, seinen berühmten Cocktail aus Bicalms und Amaretto einwarf und sie gezwungen war, erste Hilfe zu leisten!) würde sie Christian besser verschweigen. Die sechzig Minuten Rechtfertigung, die vielen mit *Nein so war es doch nicht* beginnenden Sätze konnte sie sich sparen. Christian würde ihr nicht weniger abpressen wollen als das Geständnis, diese Szene hier sei erfüllt von Erotik. War sie das? Sie wollte den doch nicht mehr, der da neben ihr saß. Dieses Riesenbaby. So wenig, wie er sie wollte. Trotzdem hätte sie ihn jetzt gerne berührt. War das schon Erotik? Gab es das: eine Erotik, die vor dem Begehren Halt machte? Was auch immer zwischen ihr und Moritz waberte, ihm hätte sie nie Siegfrieds Lindenblatt beziehungsweise Christians Elisabethniere verraten. Moritz und sie – eine Beziehungsruine, ein Gehusch von Erinnerungsfledermäusen bei schwächer werdendem Mondlicht. Sie mußte hier raus. Endlich ernst machen mit der Wohnungssuche. Bei schwäbischen Vermietern kamen FFORMATmitarbeiter gut an, vor allem, wenn sie kinderlos und weiblich waren. Gibt's keinen Sundowner heute?, fragte ihr derzeitiger Vermieter Moritz. Sie ging und holte Prosecco aus dem Kühlschrank. Sie selbst mochte gar keinen Prosecco, aber Moritz' wegen hatte sie immer eine Flasche kalt gestellt. Moritz trank sein Glas in einem Zug aus und schenkte sich sofort nach. Gestern war Weihnachtsfeier in der Praxis, sagte er. Du kannst es dir nicht vorstellen. Nicole hat etwas organisiert, was man Weihnachtswichteln nennt. Gell, du weißt nicht, was das ist? – Stimmt, sagte Antonia, was ist das? Moritz schaute triumphierend drein. Normale Menschen wissen das nicht, nur Irre, aber die Normalen sind in der Minderheit. – Mach' mal den Fernseher leiser, sagte Antonia, ich glaube, es ist ein Auto vorgefahren. Moritz stürzte zum Fenster. Sie kommt, sagte er mit sich überschlagender Stimme, sie ist wieder da! Antonia hörte eine Kakophonie aus Kinderstimmen, Schritten und zuschnappenden Autotüren. Vielleicht war sie einfach nur Einkaufen, sagte sie. Moinsch?, fragte Moritz hoffnungsvoll. Ich geh' hinunter, besser sie kriegt nicht mit, daß ich wieder oben war. Er eilte zur Tür, sie hörte, wie er im Treppenhaus pfiff. Sie war froh, daß er weg war, aber daß er jetzt pfiff, versetzte ihr doch einen Stich. Woody Allen und Diane Keaton befanden sich in einer filmischen Beziehungs-Rückblende und innerhalb dieser unterhalb der Brooklyn-Brücke. Jetzt war es gleich so weit: In wenigen Augenblicken würde Woody zu Diane Keaton sagen, er finde sie polymorph-pervers. Damals in Speyer hatte das Wort die Runde gemacht, nachdem der Film herausgekommen war, jeder hatte zu jedem aus Spaß gesagt, du bist polymorph-pervers. War der Film schon so alt? Antonia nahm sich vor, beim Abspann auf das Erscheinungsdatum des Films zu achten, doch kurz bevor der Abspann kam, rief Christian an, und als sie seine traurige Stimme vernahm, verfiel sie sofort in die Rolle, die jetzt, in der Nach-Sigi-Zeit, ihre Hauptrolle zu werden schien: die der Christianbestürmerin, die sich heiß redete vor Liebe, die beteuerte und beschwor und beteuerte und beschwor, wie froh sie war, *hier* zu sein und nicht *dort* und daß sie überhaupt ganz *hier* war, zu hundert Prozent, nicht mal zu zwei Prozent *dort*, die ihn streichelte mit Worten, wie sie keiner über die Lippen kommen, die gerne *woanders* wäre. Sie lockte ihn, bis sie ganz erschöpft war, doch sie spürte, daß er ihr nicht glauben konnte. Vermutlich ahnte er, daß es auch ihr gebirgegroßes Schuldgefühl war, das sie zu solchen Beschwörungsreden brachte. Ich bestehe darauf: Und Liebe! (Zu wieviel Prozent?)

Als hätte er die letzten Zeilen gelesen, hat Christian aufgeschaut und Ha! gerufen, ich bin ganz schön erschrocken, natürlich, weil ich mich ertappt fühlte. Überführt eines Eingeständnisses, das ich gar nicht gemacht habe, das Christian aber aus diesen letzten Zeilen herauslesen würde, kriegte er sie zu lesen, und irgendwann kriegt er sie zu lesen, das ist so unausweichlich wie der Tod. Ich bestehe darauf: Sie hat ihn immer geliebt. Den Satz halte ich aus. Obwohl es mir in den Fingern juckt, ihn sogleich durch *Markieren* und *Delete* ins Laptopnirwana zu befördern auf Nimmerwiedersehen. Der strotzt doch vor Absolutheitsverlogenheit. SO IST ES NICHT. SO WILL ES SEIN. Neuer Versuch, diesmal metaphorisch: Sigis Gegenwart hat auf Antonias Christianliebe gewirkt wie ein Betäubungsmittel. Die Liebe war vorübergehend unterdrückt. Klar! wird Christian sagen, da haben wir es! Nichts mehr empfunden hast du für mich vor lauter Betäubung! – Ich bestehe darauf: So war es nicht! Überhaupt nicht! Ich probiere nur Sätze, die Christian glaubwürdig vorkommen könnten. Leider kommen mir inzwischen nur noch solche Sätze glaubwürdig vor, die Christian glaubwürdig vorkommen könnten. Und Christian glaubt, meine Liebe sei mindestens unterbrochen gewesen, und daß diese Unterbrechung noch andauert. Ha! Er hat einen Gedanken gefangen, der ihn jetzt gefangennimmt, mich hat er vergessen. Sein schwarzer Kugelschreiber singt und swingt vor Kühnheit. Die Mundwinkel bewegen sich im Takt der Satzzeichen. Das Arbeitszimmer meiner neuen Wohnung ist so geräumig, daß ich zwei große Eiermann-Arbeitstische zu einem L habe stellen können, an der Querseite des Ls sitze ich, an der Längsseite sitzt Christian. Er arbeitet am letzten Kapitel der »Wahrheitsillusion«, und ich: na ja. Christian schaut nicht so oft herüber zu mir wie ich hinüber zu ihm, jetzt, wo sein Kugelschreiber einem Gedanken nachjagt, schon gar nicht. Wenn wir – selten genug; wir müssen ja immerfort miteinander redend um unsere Fassung ringen! – zusammen ins Kino gehen, zum Beispiel, um einen neuen Almodovar-Film zu sehen, muß ich beinahe genau so oft in sein Gesicht schauen wie auf die Leinwand. Ich muß immer sehen, wie er reagiert. Christian merkt nie, wenn er von der Seite angeschaut wird. Er hat die Konzentrationsfähigkeit eines Kindes. Auch jetzt. Sein Gesicht ist Bubeneifer unter Apfelsinenpapier. Aber wenn er herschaut, zum Beispiel, weil ich habe niesen müssen und er sich durch mein Niesen wieder an meine Existenz erinnert, zeigt er, daß ihn mein Anblick freut. Allerdings bin ich mir nicht sicher, ob das Lächeln, das sich dann in seinem Gesicht breit macht, nicht vor allem Vorfreude ist. Vorfreude darauf, daß er bald etwas zu lesen kriegt, jedenfalls darauf hofft, das er – SCHONUNGSLOSE SELBSTERKUNDUNG! – für die reine Wahrheit halten kann.

Also weiter.

Hätt isch gedenkt, daß isch so alt werr!, rief Tante Anna, während sie versuchte, mit ihrem rechten Arm in den entsprechenden Ärmel ihres Wintermantels zu finden. Antonia hielt ihr den Mantel in den Rücken, so gut es ging, aber Tante Annas Arm ruderte mehrfach am Ärmel vorbei, ehe sie endlich traf. Gestern, während sie die Spüle geputzt habe, habe sie gedacht: Wieder einen Tag rumgebracht, und sie lebe immer noch! Tanta Annas Spüle war älter als Antonia, aber die Spüle sah immer noch wie neu aus, weil Tante Anna sie täglich mit einer ausrangierten wollenen Unterhose blankpolierte. Tante Anna stopfte sich mit zitternden Fingern das Hörgerät ins Ohr und hievte den Bügel über die Ohrmuschel nach hinten. Awwer isch fühl misch noch net alt! Sie zuckte ihre kleinen Schultern und kicherte, als habe sie etwas Verbotenes gesagt. Isch wääß ach net … Isch will noch was erlewe! Wer rastet, der rostet! Auf den Bürgersteigen und den weniger befahrenen Straßen klebten Eiskrusten. Die Autobahn heute morgen war frei gewesen, aber hier, auf der Landstraße, schlitterte der Wagen mächtig. Tante Anna und Frau Isselhard, die hinten saß, schienen es nicht zu bemerken. Frau Isselhard berichtete, daß sie alles, wirklich alles essen könne, obwohl sie keinen Magen mehr habe. Antonias Herz klopfte, während sie fuhr. Hätte sie doch nur Winterreifen montieren lassen, statt zu lästern über die, die das taten! Sie hatte sich immer auf den Vorderradantrieb ihres Peugeot verlassen, aber der brachte im Augenblick nicht viel. Sie durfte dem vor ihr kriechenden Auto nicht zu nahe kommen. Überhaupt nicht bremsen, nur runterschalten. Bischd du noch in Berlin, Antonia, fragte Frau Isselhard vernehmlich, und Tante Anna antwortete, nää Hilda, die isch in Stuttgart! Hinter ihr machte einer Druck, der sich eine höhere Geschwindigkeit zutraute als dreißig, sie durfte sich davon nicht beirren lassen. Als sie am Friedhof in Neustadt ankamen, schmerzte ihr der Rücken vor Anspannung. In der Leichenhalle war es kalt und zugig. Die wenigen Trauergäste harrten zusammengekauert und mit hochgeschlagenen Kragen der Ereignisse. Isch setz misch, sagte Frau Isselhard und besetzte die letzte Bank. Irmgard kam auf Tante Anna zu, ein Lodenmantel schlotterte um ihre abgemagerte Gestalt. Tante Anna kippte fast vorn über, als sie versuchte, Irmgard zu küssen. Setzt euch da vorne hin, hinter meine Kollegen, sagte Irmgard. Antonia klemmte Tante Annas Arm ein und zog sie in die zweite Reihe. Irmgard folgte. Vor ihnen bildeten Irmgards Kollegen von der Versicherung eine anthrazitfarbene Rückenkolonne. Schääne Blumme, flüsterte Tante Anna mit Blick auf den bekränzten Sarg zu Irmgard hinüber und fragte dann so laut, daß es jeder hören konnte, was das alles gekostet habe. Der Pfarrer, der jetzt vor die kleine Trauergemeinde trat, hatte Erbarmen und machte es kurz, trotzdem war Antonia vor Kälte klamm, als der Trauerzug sich endlich formierte. Tante Anna kriegte kaum noch einen Fuß vor den anderen. Die Spitze des Zuges bildeten der Pfarrer und Irmgard, die sich prächtig zu unterhalten schienen. Das Grab war weit draußen, am westlichen Ende des Friedhofs, wo schon die Weinberge begannen. Irmgard versuchte, mit der bereitliegenden Schaufel Erde aufzunehmen, um sie hinunter auf den Sarg plumpsen zu lassen, doch der aufgeworfene Berg Erde war gefroren. Tante Anna, die nicht akzeptieren konnte, daß das Ritual deswegen unterbleiben sollte, versuchte trotzdem, mit der Schaufel eine Ecke Erde abzuschlagen, und verlor dabei das Gleichgewicht, Antonia fing sie gerade noch auf. Sie könne nicht mehr stehen, signalisierte Tante Anna in Panik; Frau Isselhard und Antonia schleppten sie zum Auto. Als sie Gas geben wollte, spürte Antonia, daß ihre Zehen taub waren. De Parrer hot des awwer schää gmacht, sagte Frau Isselhard auf dem Rücksitz. Dann führte sie aus, daß sie, sobald sie zu Hause angekommen sein würde, eingefrorene Essensreste vom letzten Sonntag auftaue, um sie heute abend zu wärmen. Sie esse abends nur kalt, verkündete Tante Anna, sonst könne sie nicht schlafen. Erst kurz vor Speyer machte sich die Autoheizung bemerkbar, und Antonias Zehen fingen an zu kribbeln. Sobald Tante Anna, vor ihrem Haus in der Langensteinstraße, mittels der von ihr durch Praxis entwickelten Technik des aus dem Auto Steigens – sie krallte sich am oberen Rahmen der Autotür fest, zog sich hoch und schwang gleichzeitig beide Beine hinaus ins Freie, bis sie ins Stehen kam – Antonias Peugeot entstiegen war, deutete sie mit ihrem Stock in Richtung des Nachbarhauses. Hoschd de Zaun gsehe, rief sie. Antonia schaute in Richtung des Stockes. Eine gewaltige Holzwand trennte Tante Annas Grundstück von dem des Nachbarn. Diesen Zaun – Tante Anna ruderte mit ihrem Stock durch die Luft – habe der Nachbar nur hochziehen lassen, damit sie nicht mehr in seinen Garten sehen könne. Damit sich die, die jetzt bei ihm sei, im Sommer nackt sonnen könne. Nackt! Des isch doch nix! Ihr Blick forderte Antonia dazu auf, Entrüstung zu zeigen, Antonia tat ihr Bestes, wenn sie schon nichts Entrüstetes sagen konnte. Die Moniga hot des frieher aa mache misse. Antonia erinnerte sich noch gut an die blaßhäutige, rothaarige Monika Weindel, des Nachbars erste Frau. Die hot aa immer oben ohne im Gaarde gelege, rief Tante Anna. De Moniga hab isch jo alles saache kenne. Der haw isch mol gsacht, sache mol Moniga, des isch doch nix, naggisch im Gaarde! Wääscht was die dann gsacht hot? Sie blickte Antonia erwartungsvoll an, aber natürlich wußte Antonia es nicht. Die Moniga hot gsacht, ihr Mann hot zu ihr gsacht: du bist prüüde! Antonia schauderte es ein bißchen, als ihr einfiel, daß Monika Weindel ausgerechnet an Hautkrebs gestorben war. Hier, vor Tante Annas kleinem Hexenhaus, konnte einem das wirklich wie Gottes gerechte Strafe vorkommen.

Um acht war sie mit Conni verabredet, im Narrenstübchen. Das winzige Weinlokal in der Kleinen Pfaffengasse, die vom Marktplatz zum Dom hinunterführt – eigentlich in der Grasgasse, aber die Grasgasse, die sich von der Kleinen Pfaffengasse in eine Häuser-Zwischenschlucht hineinverzweigt, kann kleiner nicht sein –, war ihr exterritorialer Treffpunkt, seit sie Schülerinnen waren. Inzwischen reichte es nur noch für ein schwesterliches Treffen im Jahr, das vorweihnachtliche, doch Frau Fleischmann, die Wirtin, die alterslos und mit der immergleichen Frisur – einem allen Hurrikanen und sonstigen Erschütterungen standhaltenden toupierten Rundhelm in chemisch hergestelltem Mahagoni, dessen freigelegter Ansatz gleichwohl keinen Zweifel daran ließ, daß es sich nicht um eine Perücke handelte – begrüßte sie, als kämen sie zweimal die Woche. »Weißherbscht wie immer?«. Im Narrenstübchen hatte sich in all den Jahren nichts geändert, die Wände waren seit jeher übersät mit silbern gerahmten Schwarzweißfotografien, auf denen mit Narrenkappen bemützte Männer dralle dauergewellte Frauen in engen Kleidern umarmten oder dem Fotografierenden zuprosteten oder beides; die Tischtücher waren rotkariert, die Weingläser hatten dicke dunkelgrüne Stiele, die aussahen, als habe man aus nach oben immer kleiner werdenden Reifen einen Turm gebaut. Du hättest doch auch mit uns essen können, hatte Renate Armbruster bemerken müssen, bevor Antonia das Haus verließ, bis morgen hält sich der Endiviensalat nicht, und sie war mit einer Plastikschüssel auf Antonia zugesteuert, in der sich eine Handvoll Salatblätter befanden. Den hab' ich dir aufgehoben, hatte sie gesagt, mit entsprechendem Unterton. Wer am Tag vor Heiligabend *essen ging*, noch dazu, wenn dafür zu Hause *Reste blieben*, die man womöglich sogar wegwerfen mußte, konnte nicht mit dem Verständnis Renate Armbrusters rechnen. Und das war es nicht allein: Antonia, kaum daß sie angekommen war, wieder entbehren zu müssen, gar abgeben an Conni – die doch hätte in den Erlich kommen können, wenn sie Antonia hätte sehen wollen! –, war Renate Armbruster nicht recht, und Otto Armbruster noch weniger. Komm nicht so spät! Den Satz hatte er ihr tatsächlich noch nachgerufen, als sie schon aus der Tür getreten war, und ihn versuchsweise in die Gänsefüßchen eines Lachens gesetzt, das den Satz als Zitat aus früheren Zeiten hatte ausweisen sollen. Das war natürlich mißlungen. Conni stand schon vor dem Lokal, als Antonia ankam. Gemeinsam ließen sie das von Frau Fleischmann erwartete und zuverlässig ausgeführte Begrüßungsritual über sich ergehen. Als der Weißherbst bestellt war, sagte Antonia, ist doch seltsam, niemals würde es mir einfallen, hier etwas anderes zu bestellen als Weißherbst, obwohl ich sonst niemals Weißherbst bestelle. Conni lachte. Frau Fleischmann wäre sonst auch tief gekränkt, sagte sie. Unter ihrer Schminke sah Conni müde aus. Hatte sie die kleinen, nach unten zeigenden Fältchen in den Mundwinkeln letzten Sommer schon gehabt? Connis Züge waren härter geworden. Daß sie ihre langen Haare seit einiger Zeit rabenschwarz färbte und streng zurückband, verstärkte diese Härte noch. Mit ihrer Solariumsbräune, dem schwarzen Pferdeschwanz und den dunkel nachgezogenen Augenbrauen sah Conni ein bißchen so aus, als habe sie sich für das Narrenstübchen als *Zigeunerin* verkleidet.

Früher hatte Conni ihre dunkelblonden Haare eher kurz getragen und sie durch Strähnen ins Blonde aufgehellt. Antonia wurde von Familienliebe überwältigt, jener Liebe, die man nur zu jemandem haben kann, den man das ganze Leben lang kennt. Sie hoffte, daß der Abend in schwesterlichem Gekicher enden werde, im wohligen Gefühl der sich auf bestimmte Stichwörter in Erinnerung rufenden Weißt-du-noch-Geschichten. Conni hatte jede Menge dieser Geschichten im Lager ihrer Erinnerung, und sie konnte sie – auf pfälzisch – aufsagen, daß Antonia vor Lachen die Tränen herunterliefen. Aber heute sah Conni nicht danach aus, als habe Antonia in dieser Hinsicht etwas zu erwarten. Conni kippte das erste Glas Weißherbst hinunter, als sei es Limonade, bestellte sofort ein zweites und hörte dann mit dem Reden nicht mehr auf.

So ein Abend wie dieser, der reinste Luxus. Ich habe keine Zeit mehr für nichts. Der Kleine ist TOTAL anstrengend. Will ständig beschäftigt sein. Am liebsten sind mir, ehrlich gesagt, die Tage, an denen ich arbeiten gehen kann. Das Mittagessen mit den Kolleginnen, die blöden Sprüche über den Chef, ehrlich gesagt, es gibt im Moment nichts, was ich mehr genieße. Natürlich möchte ich den Kleinen nie mehr missen, ist ja klar. Er ist so großartig, zu Papas Geburtstag, als Tante Irma im Erlich angerufen hat, um zu gratulieren, hat er abgenommen, er liebt es, das Telefon abzunehmen, gibst du mir mal den Opa, hat Tante Irma gefragt, und das Paulchen hat gesagt, der kann jetzt nicht, der vertikutiert den Rasen, stell dir vor, das sagt er in seinem Alter. Neulich hatte ich einen unglaublichen Krach mit Papa, angeschrieen haben wir uns wie schon lange nicht mehr, ich hab' nicht mehr an mich halten können, wir waren im Erlich zum Essen, Paulchen sollte sich vorher die Hände waschen und er wollte nicht, ICHWILLNICHTICHWILLNICHT hat er gebrüllt, klar, er ist in dem Alter, in dem er aus allem einen Machtkampf macht, er ist ein solcher Dickkopf, ich bin ungeduldig geworden, zu schnell, ich geb's zu, ich war müde und überanstrengt, ich schlafe keine Nacht mehr durch, wache um drei auf und schlafe nicht mehr ein und dann klingelt der Wecker um sechs und ich bin tot, bevor der Tag noch begonnen hat, also ich war ungeduldig und habe meinen Sohn in Richtung Badezimmer sagen wir gezerrt, nicht zu sehr, aber doch ein bißchen gezerrt, laß mich mal, sagt Papa, schiebt mich weg, kniet sich vor den Kleinen und fängt seinen pädagogischen Singsang an, Paul du weißt doch, Händewaschen ist wichtig weil undsoweiter, und als ich was sagen will, er, wörtlich: Hör doch nicht auf die blöde Mama. Stell dir das vor. Wörtlich sagt er das. Da habe ich ihn angeschrieen, vor dem Kleinen, mir war's egal, du machst mir keine Vorschriften, wie ich meinen Sohn erziehe, habe ich geschrieen, und: Noch ist das MEIN Sohn und nicht deiner. Danach war für ein paar Tage Funkstille. Ich hab nicht mehr angerufen im Erlich. Den Kleinen hat Dieter gebracht oder abgeholt, ich hab' mich nicht mehr blicken lassen. Wir haben nicht mehr geredet darüber, aber Papa hat schon gemerkt, daß er den Bogen überspannt hat. Er ist derart vernarrt in Paulchen, daß er sich manchmal sogar Papa nennen läßt von ihm. Wenn dein Papa arbeiten ist, ist dein Opa dein Papa, das hab' ich ihn mal zu Paulchen sagen hören. Und natürlich findet er, daß Dieter und ich alles falsch machen. Das meiste jedenfalls. Nur er hat die richtigen Erziehungsmethoden. Beweis: Wenn der Kleine im Erlich ist, ist er brav, quengelt nicht, wenn er dagegen bei uns im Vergißmeinnichtweg ist, ist er aufsässig. Ich merke genau, daß Papa das meint, auch wenn er es nicht sagt. Dabei ist das erwiesen, ich habe den Kinderarzt gefragt. Frau Deuter, hat er gesagt, es ist ganz normal, daß der Kampf zu Hause ausgefochten wird, seinen Willen durchsetzen will ein Kind naturgemäß vor allem den Eltern gegenüber, bei Großeltern, überhaupt bei anderen Leuten ist ein Kind immer braver! Mutti hat neulich zu mir gesagt: Ich weiß nicht, warum du dauernd müde bist; als ich so alt war wie du, hatte ich *zwei* und keine Waschmaschine und kein Telefon. Sie hat inzwischen den Putzwahn, glaub' mir, du kriegst das in Stuttgart natürlich nicht mit, du hast es gut, das ist schon krankhaft. Keinen Moment stillsitzen kann sie, immer muß sie wischen und waschen, sogar wenn der Kleine da ist, verschwindet sie stundenlang im Bügelzimmer, und Papa nutzt das aus, um den Kleinen an sich zu binden. Für den Tennisclub opfert sie sich auf, die ganze Organisation hängt an ihr, wenn mal ein Trainer ausfällt, springt sie noch selber ein. Ich weiß schon, daß sie denkt, ich kriege nichts hin. Weil es unter der Woche bei mir daheim nicht aussieht wie geleckt. Weil es manchmal unordentlich ist. Okay, wenn der Kleine mittags schläft, lege ich mich meistens auch hin und versuche den fehlenden Schlaf nachzuholen; mach doch in der Zeit deinen Haushalt, sagt Mutti, das geht sie doch nichts an, oder geht sie das was an, ich hab' keine Kraft mehr; nachdem ich den Kleinen einen Vormittag lang beschäftigt hab', bin ich völlig fertig, der wacht doch immer so früh auf, egal wie spät wir ihn legen, der kommt doch schon um halb sieben, glaub' mir, die Tage, an denen ich arbeiten gehe, sind die reinste Erholung im Vergleich zu denen, an denen ich mit ihm alleine bin, und weißt du was? Ich mache mir Vorwürfe deswegen, nachts liege ich wach und denke, ich bin eine Rabenmutter, ich kriege nichts hin, gehe zum Beispiel zu selten raus mit dem Kleinen, zu selten an die frische Luft, obwohl man hinten bei uns gut spazierengehen kann, und ich gehe nicht raus aus Angst, aus Angst, daß uns Hunde begegnen; seit ich das Kind habe, hab' ich noch viel mehr Angst vor Hunden als früher, ich gerate in Panik, wenn so ein Machtnix auf mich zukommt und der Besitzer ist hundert Meter weit weg! Warum gibt mir mein Leben nicht mehr Sicherheit? Ich verstehe das nicht! Dieter versteht das auch nicht, du hast doch, was du wolltest, sagt er zu mir, eine Familie, ein wunderbares Kind, uns geht's doch gut! Da kann ich nur ja sagen, und ich weiß einfach nicht, warum es mir nicht gut geht, ich kapier' das nicht, und ich mache mir Vorwürfe deswegen, das, was eine Million Frauen spielend schafft, schaffe ich nicht, ein Kind und eine halbe Stelle, und ich hab' dazu noch einen tollen Mann, der mir viel abnimmt, und trotzdem bin ich völlig fertig und finde keinen Schlaf, und weißt du, was ich dann tue? Ich trinke. Ja, ich trinke, manchmal schon mittags, wenn der Kleine schläft, ein Bier, damit ich wenigstens mittags ein bißchen Schlaf kriege, und abends sowieso, und nachts, wenn ich nicht schlafen kann, trinke ich auch. Ehrlich gesagt: Ich saufe wie ein Loch. – Sie machte eine Pause und starrte auf die rotkarierte Tischdecke vor sich. Natürlich weiß ich, daß das nichts bringt. Neulich hab' ich es geschafft, ein paar Tage nichts zu trinken, Dieter hat darauf bestanden. Der trinkt fast nur Apfelsaftschorle, man schläft schwerer ein, aber dann schläft man auch durch, im Grunde schlafe ich besser, wenn ich nichts trinke, und trotzdem trinke ich, um besser schlafen zu können, ist das nicht verrückt? Antonia wußte nicht, was sie sagen sollte. Ihre Schwester. Sie sah den inneren Film vor sich. Die Einstellungen *von früher.* Die Weißt-du-noch-Einstellungen. Conni lachend. In jedem Lebensalter. Conni kriegte Schluckauf vom Lachen. Und vor Lachen schaffte sie es nicht, sich die Nase zuzuhalten und siebenmal zu schlucken, damit der Schluckauf wegging. Jetzt saß ihre Schwester neben ihr und zeigte alle Symptome einer Depression. Wann hatte das angefangen? Sie hatte es nicht bemerkt. Oder nicht bemerken wollen. *Ich saufe wie ein Loch.* Wieviel Selbstverachtung aus diesem Satz sprach. Was konnte sie, Antonia, auf diesen Mutterregen aus Selbstverachtung und Verzweiflung sagen? Merkst du nicht, fing sie an, daß du dir genau die Vorwürfe, die sie dir machen, selbst machst? – Ich weiß, sagte Conni, ich sag' mir das auch immer, aber ich kann nichts dagegen tun. – Du kannst aber etwas dagegen tun, sagte Antonia eifrig, zu eifrig, sie merkte es, sie konnte nicht anders, sie mußte jetzt *helfen*, verständnisvoll und ermutigend sein, und am Ende mußte etwas Praktikables herauskommen, *kleine Schritte*, die Conni probieren konnte wie eine Hausaufgabe. Sie redete auf Conni ein, entwickelte einen Fünf-Punkte-Plan, holte sogar ein

Blatt Papier aus ihrer Tasche und schrieb die Punkte auf, *Öfter Antonia in Stuttgart besuchen* schrieb sie an die erste Stelle. Punkt zwei, *Tagsüber und nachts keinen Alkohol mehr*, Punkt drei, *So viel Abstand zum Erlich wie möglich*, Punkt vier, *Mutti keine Bügelwäsche mehr bringen*, Punkt fünf, *Sich vornehmen, an Hunden ruhig vorbeizugehen.* Ja, das wär' schon mal was, sagte Conni und steckte den Zettel ein, doch Antonia hatte das Gefühl, Conni traue sich nicht zu, auch nur einen der fünf Punkte in die Tat umzusetzen. Trotzdem versicherte Conni, als sie sich vor dem Narrenstübchen verabschiedeten, der Abend habe ihr sehr gut getan. Während Antonia ihren Peugeot über die eisglatten Straßen der Innenstadt in Richtung Speyer-West lenkte, nahm sie sich vor, mit den Eltern über Conni zu reden, doch zu Hause fand sie die beiden vorm Fernseher vor, beide offensichtlich schon müde, sicher waren sie nur noch aufgeblieben, um Antonias Ankunft abzuwarten. Die Mutter blätterte im Pilger, der Zeitschrift des Bistums Speyer, die Tante Anna abonniert hatte und an Renate Armbruster weitergab, nachdem sie sie ausgelesen hatte. Wie waren die Straßen, fragte die Mutter. Antonia setzte sich neben sie auf die braune Ledercouch. Es ging. Also ich wär' nicht mehr Auto gefahren heute abend, sagte die Mutter. Der Vater hatte, wie immer um diese Tageszeit, seine Socken ausgezogen und an den Fuß seines Sessels gelegt. Der Alkohol und die abends automatisch hinter den großen Fenstern – Schiebeelementen – sich schließenden Rolläden bewirkten erhöhte Temperatur. Ein leeres Weinglas stand auf dem Beistelltisch neben ihm. Antonia schaute auf seine Füße. Du hast dieselben Füße wie ich, sagte sie und dachte, während sie es sagte, das habe ich schon mal gesagt in dieser Situation, wahrscheinlich sage ich das jedes Jahr und weiß es nicht. Der Vater lachte und schaute auf seine Füße hinunter, nicht wahr, ich hab' schöne Füße, sagte er stolz. Renate Armbruster zog sich gut gelaunt eine Socke vom rechten Fuß, rief, ich etwa nicht und streckte Antonia den Fuß entgegen. Mamas zweiter Zeh ist größer als der erste, sagte der Vater, gar nicht wahr, rief Renate Armbruster, er ist KLEINER; was willst du denn, sagte Otto Armbruster, es ist ein Zeichen von Intelligenz, wenn der zweite Zeh größer ist als der erste. Ich geh' schon mal ins Bad, sagte die Mutter, gute Nacht Toni. Bevor sie ging, drückte sie ihre älteste Tochter kurz an sich, es fühlte sich ein bißchen so an, als werde Antonia von einem Kind umarmt, ihre Mutter war kleiner als sie und immer noch sehr zierlich. Wir dachten, dieses Jahr gehen wir mal nicht in die Christmette, sondern in die Mozartmesse am ersten Feiertag, sagte der Vater, sobald Renate Armbruster verschwunden war. Du kommst doch wieder mit? – Darauf habe ich die ganze Zeit gewartet, sagte Antonia, es hatte amüsiert klingen sollen, doch der Ton mißlang, wir müssen gar nicht weiterreden, sagte Otto Armbruster ärgerlich, du reagierst wie deine Mutter, wie ein Angstbeißer. Das wollte ich nicht, sagte Antonia, es kostete sie Überwindung, das zu sagen. Wenn du es genau wissen willst: Ich habe kein Bedürfnis, in die Kirche zu gehen. Der Vater hielt die Fernbedienung in Richtung des Fernsehers und knipste ihn aus. Ich verstehe dich nicht, sagte er in die Stille hinein. Also gut, sagte sie, dann führen wir eben jetzt das Gespräch über die Glaubensfrage, das wir nie geführt haben. Sie fühlte sich so viel unverhofft Grundsätzlichem jetzt nicht gewachsen. Auch der Vater hatte sich da nicht hineinreden wollen, das merkte sie, aber es schien, als könne keiner zurück. Er habe *auch Zweifel*, oft, sagte er, aber einer müsse das Ganze doch erschaffen haben. Sie hatte ihm mehr zugetraut. Sich selbst auch, das was sie dann über die Lippen brachte, nach für ihre Verhältnisse geradezu quälend langem Schweigen, war ziemlich erbärmlich. Gott ist eine Projektion, sagte sie zögernd. Der Sinn, den das Leben nicht hat und den man sich denkt, weil man es nicht aushält, daß es keinen gibt. – Das ist nicht von dir, sagte Otto Armbruster sofort, das hast du von jemandem. Antonia schwieg. Du weißt doch, daß Mutti einen starken Glauben hat, sagte der Vater. Damit löst sie ihre Probleme, wie Tante Anna. Wenn du an Weihnachten nicht in die Kirche gehst, ist sie traurig. – Ja, sagte Antonia, so ist das immer, immer muß auf sie Rücksicht genommen werden, weil sie es nicht aushält, daß andere anders leben *als sie*. Sie ist die größte Erpresserin, die ich kenne. Die zweitgrößte – das dachte sie nur und sagte es nicht. Ich bin neununddreißig, und sobald ich bei euch zu Besuch bin und ihr mitkriegt, daß mein Leben anders aussieht als eures, habe ich ein schlechtes Gewissen. Das war wieder mißlungen, irgendeine Störung lag auf dem Weg zwischen den Gedanken und dem Aussprechen der Gedanken. Angstbeißer, hatte ihr Vater gesagt, es würde schon Angst gewesen sein, was auch sonst. Der Vater spürte die Störung auch, er wurde immer ärgerlicher, er wollte das Gespräch nicht, daß er nicht mehr nüchtern war, merkte man jetzt deutlich, er schrie fast, also gut, mach was du willst, ich bitte dich eben, am ersten Weihnachtstag mit uns in die Zehnuhrmesse zu gehen, *um des lieben Friedens willen* – das sagte er wirklich –, aber bitte, du kannst es auch lassen, es ist deine Sache. Dann ging er ins Bett, sie zog die Beine hinauf auf die Couch und dachte, dies ist ganz gewiß das letzte Weihnachtsfest, das ich in Speyer verbringe, und schon indem sie das dachte, dachte sie, daß sie es sicher furchtbar zu bereuen haben würde, die Feiertagsbesuche eingestellt zu haben, wenn sie einmal tot sein würden. Arme Conni. Daß die dem Druck, den ihre Eltern erzeugten, ohne das zu wollen oder zu wissen, kaum noch standhalten konnte, verstand sie gut. Weil der Kleine dreimal die Woche, an den Tagen, an denen Conni arbeitete, frühmorgens gebracht und abends geholt werden mußte, gab es für *Punkt drei* kaum eine Chance. Eine Tagesmutter konnten sich Conni und Dieter nicht leisten. Es war richtig, daß ich Georg Ohne erfunden habe, dachte Antonia. Trotzdem kam sie sich auf einmal jämmerlich vor wie selten angesichts des Verheimlichungsdesasters, zu dem ihr Leben geworden war. Ihre Eltern hatten sich lange nicht mehr nach Herrn Ohne erkundigt. Ahnten sie, daß mit ihm etwas nicht stimmte? Sie knipste den Fernseher wieder an und zappte durch die Programme. Der Live-Mitschnitt eines Bruce-Springsteen-Konzertes in New York City. Bruce Springsteen machte aus »Badland« eine Sehnsuchtsstrecke von sich ins Unermeßliche steigernder Intensität, sie blieben minutenlang oben auf dem Grat, er fickte das Publikum und seine Gitarre und alle Mitglieder der E-Street-Band, und als dann auch noch »Born to Run« kam, konnte sie nicht anders, sie begann zu tanzen, obwohl sie sich vor sich selbst genierte, ja sich derart lächerlich vorkam, daß sie von diesem Gefühl ganz gelähmt war und es eine ganze Zeitlang dauerte, bis sie ihre Bewegungshemmung überwunden hatte, wenigstens einigermaßen. Auf dem Perserteppich, zwischen dem Fernsehschrank und der Schrankwand in Eiche Rustikal, tanzte sie, traurig und trotzig und ein wenig ängstlich, der Vater könne noch einmal herunterkommen und sie entdecken, zu der Musik, die sie an alles mögliche und nichts Bestimmtes erinnerte, am deutlichsten an eine längst gezähmte Sehnsucht *von früher.* Am nächsten Morgen war der Vater wie immer. In die Frühstückssituation hinein klingelte Antonias Handy, sie verschwand hastig in ihr Zimmer, um mit Christian zu telefonieren. Nachdem sie wieder am Tisch Platz genommen hatte, fragte Otto Armbruster, ohne den Blick von dem Brötchen zu heben, das er gerade mit Leberwurst bestrich, war das Herr Ohne, und als sie bejahte, sagte er, den gibt's also noch. Sie antwortete schnell, vielleicht nicht mehr lange, es ist schwierig. – Dem sind wir wohl nicht gut genug, sagte der Vater, Otto bitte, sagte die Mutter. Antonia merkte, wie ihr heiß wurde. Das ist es nicht. Er … er hat eben zwei Kinder, die leben bei der Mutter, und mit denen meint er Weihnachten verbringen zu müssen. Das Ritual des Heiligabends verlief in der warmen Bahn seiner Erwartbarkeit. Weil nicht in die Christmette gegangen werden mußte, gab es Fondue mit reichlich Knoblauchsoße. Dem Paulchen wurde neben vielem anderen eine winzige Gitarre geschenkt, weil man bei ihm musikalisches Talent ausgemacht hatte, und er begleitete das Familienessen mit einer nicht enden wollenden, japanisch anmutenden Zupf-Improvisation, die alle beglückte, nur Conni zeigte Anzeichen von Gereiztheit. Überhaupt schien die Schwester die Abläufe zu beschleunigen, wo sie konnte; sie sammelte die Knäuel zerfetzten Geschenkpapiers auf, kaum daß deren Inhalte bestaunt waren, sie deckte den Tisch, als gelte es, für das Tischdecken einen Geschwindigkeitsrekord aufzustellen, und sobald der letzte – Dieter – seine Fonduegabel zum Zeichen der Kapitulation an den Tellerrand gelegt hatte, verkündete sie, nun sei es Zeit für Dieter und sie zu gehen, das Paulchen müsse ins Bett. Am nächsten Morgen stand Antonia um halb neun auf, duschte, zog sich an, keine Jeans, sondern eine Hose, die ihrer Mutter sofort wie eine Sonntagshose vorkommen mußte, sie sollten die Zeichen gleich richtig deuten, das klappte auch; als Antonia das Eßzimmer betrat, schlugen beide sofort einen beinahe überschwenglichen Freundlichkeitston an, du hast was gut bei mir, raunte ihr der Vater zu, als die Mutter für einen Augenblick in der Küche verschwunden war. Bevor sie aufbrachen, drückte Renate Armbruster ihrer Tochter ein Gesangbuch in die Hand, doch da es die Mozartmesse gab, sang nur der Chor. In der Menge entdeckte Antonia einige bekannte Gesichter *von früher*, die Gesichter hatten *früher* zu Einzelwesen gehört, die Einzelwesen hatten Paare gebildet, sie war als einzige allein, jedenfalls als einzige dieses Alters. Seit sie Christian kannte, hatte es keinen weihnachtlichen Kirchenbesuch gegeben, ohne daß sie sich hatte vorstellen müssen, er stehe neben ihr. Ohne daß die Tatsache, daß er nicht neben ihr stand – und niemals neben ihr stehen würde hier in St. Hildegard, ihrer Kinderkirche! – nicht auf der Stelle ein schmerzhaftes Brennen verursacht hatte. Als verlange sie Gerechtigkeit, drängte die Vorstellung, es sei Sigi, der neben ihr stehe, hinterher, sie brannte nicht weniger. Antonia stellte sich Sigis spöttische Ungeduld vor angesichts dieser braven Kirchengemeinde. Christian hätte verstanden, weshalb sie davon zu rühren war. Sigi nicht. Sei nicht so sentimental!, hätte der mindestens gesagt. Das Sigi-Brennen kriegte einen angenehmen Dämpfer. Nachdem er aus Johannesburg zurückgekehrt war, hatte Sigi sie angerufen, auf dem Handy, tagsüber, er erwischte sie in einem Schneideraum, sie hatte sich gerade die zum zweiten Mal geänderte Fassung eines Beitrags über das ambitionierte Jugendprogramm der Stuttgarter Staatsoper angeschaut; der Autor, ein ehemaliger Praktikant, der für künftige freie Mitarbeit bei FFORMAT erprobt werden sollte, hatte aus Anlaß der Dreharbeiten selbst zum ersten Mal eine Oper betreten, jetzt schaute er Antonia ängstlich an in Erwartung ihres Urteils, da klingelte es, verärgert über die Störung bellte sie ihren Namen ins Telefon, als sie die Stimme vernahm, sprang sie auf, drehte sich weg von dem ehemaligen Praktikanten, ja sie krümmte sich unwillkürlich, um ihre Aufgeregtheit nicht preiszugeben. Ich komme dich besuchen, sagte Sigi, wir müssen noch mal reden. Paßt es dir heute gegen halb acht? Sie sagte ja, für den Rest des Nachmittages stand sie neben sich und schlotterte, während sie mit dem Praktikanten dessen Textentwurf durchging. Sigi würde ihr Vorwürfe machen. Damit rechnete sie. Und sie hatte keine Zeit mehr, sich darauf vorzubereiten. Vielleicht war das ganz gut so. Sigi war fünf Minuten zu früh, Mütze, Schal, den Reißverschluß seiner Lederjacke hatte er zugezogen bis zum Hals. Er setzte sich auf die äußerste Kante ihres Sofas, die Hände behielt er in den Taschen. Das wird nichts mit uns beiden, sagte er. Inzwischen ist mir das klar geworden. Die Heimlichkeiten sind auf Dauer zu belastend. Er schaute in die Luft, als müsse sich sein Blick an einer Markierung festhalten, die nur er sah. Zu Hause werde schon seit einiger Zeit beobachtet – und entsprechend kommentiert –, daß mit ihm *etwas sei*. Er benutzte das Passiv, wie Christian, wenn er von seiner Frau redete. Es ist nur noch eine Frage der Zeit, bis alles auffliegt, sagte Sigi. Ich muß an die Mädels denken. Antonia hörte mit großen Augen zu. Sigi war gekommen, um ihre Beziehung zu beenden.

Hatte nicht sie, Antonia, diese Beziehung beendet, indem sie sein Johannesburg-Arrangement ausgeschlagen hatte? Sigi kam jetzt ebenfalls auf Johannesburg zu sprechen. Er trage ihr nichts nach, sagte er. Daß sie nicht nach Johannesburg gekommen sei, habe im Augenblick schon geschmerzt, sei aber, mit Abstand betrachtet, richtig gewesen. Er müsse noch ein paar Jahre für die Töchter da sein. In der bevorstehenden beziehungsweise – im Falle der älteren – bereits angebrochenen Pubertät bräuchten die ihn ganz besonders. Zumal die Mutter im Grunde labil sei. Er dürfe jetzt nicht wegbrechen. Er sagte sogar: Ich bitte dich dafür um Verständnis. Antonia begann zu ahnen, daß das für ihn die einzige Bewältigungsart war: die Rolle des aktiv Handelnden einzunehmen. *Ich habe einen Entschluß gefaßt.* In die Leideform drängt ihn nur DIE GATTIN, dachte sie böse. Er fragte dann doch noch. Wie geht's Herrn Bleibtreu? – Gut, antwortete sie. Sigi zog die rechte Braue hoch. Ihr habt noch Kontakt? – Wir waren schließlich lange zusammen, sagte sie, da ist das doch verständlich. Das Blut schoß ihr in die Wangen. Wir *waren* schließlich lange zusammen. Sie hatte das Imperfekt benutzt. Hatte den Eindruck entstehen lassen, mit Christian sei es vorbei. Um es Sigi nicht noch schwerer zu machen, Sigi, der vor ihr saß und sich mühte, den Ereignissen nachträglich eine Wendung abzugewinnen, die für ihn erträglich war. Dem hätte ein Gegenwartschristian glatt die Perspektive verhagelt. Das hatte sie nicht gewollt. Damit er sich nicht betrogen vorkommt, hatte sie ihn betrogen, und er sich. Das Wort ist viel zu groß, dachte sie. Wir haben, was geschehen ist, mit Aushaltbarkeitsbedingungen ausstaffiert wie einen Weihnachtsbaum. Der Kirchenchor von St. Hildegard war jetzt beim Credo angelangt, der neue Pfarrer, ein Inder, dessen Deutsch völlig unverständlich war – Otto Armbruster hatte während der Predigt seine Verärgerung darüber zum Ausdruck gebracht, indem er vernehmlich geschnauft und dann zu Antonia hinübergewispert hatte, muß der auch noch predigen, die Mozartmesse dauert schon lange genug – war aufgestanden und zum Altar geschritten und reckte den Hals in Richtung Empore, als erwarte er den Gesang wie eine warme Dusche. Antonia verpflichtete sich zur Unerbittlichkeit sich selbst gegenüber. Indem sie Christian in die Vergangenheit hinabdekliniert hatte, hatte sie Sigi den Rückweg zu ihr freigehalten. Das berühmte offene Hintertürchen. *Imperfekt.* Und Sigi hatte die versteckte Botschaft verstanden. Wäre er sonst einen Sonntag später, am Vormittag, gegen elf, einfach so bei ihr vorbeigekommen, unangemeldet? Christian und sie hatten schon gefrühstückt gehabt, waren dann noch einmal ins Bett verschwunden – reden und sich über eine Sigi-Vergangenheit hinwegschmusen und auskosten, daß kein Hotelzimmer geräumt werden mußte bis zwölf! –, als die Klingel ertönte. Sie erstarrte in Christians Armen, auch Christian schien sofort zu wissen, wer da so fordernd klingelte, einmal, zweimal, dreimal, und als dem Klingelnden kein Einlaß gewährt wurde, begann er zu rufen, ihren Namen zu rufen, Sigis Stimme rief ihren Namen durch den Tazzelwurm, mißtrauisch, zweifelnd, immer lauter. Vor dem Haus stand unübersehbar ihr Peugeot. Gleich würde Moritz den Kopf aus einem der unteren Fenster strecken und eine bissige Bemerkung machen. Oder der kleine Sebastian würde dem Rufenden entgegenhüpfen. Vielleicht sogar ihm seine Hilfe anbieten. Ich geh' mal rauf, die schläft bestimmt noch. Etwas in der Art. Waren nicht bereits Stimmen zu hören? Als Christian etwas sagen wollte, hielt sie ihm den Mund zu. Ein Geräusch, ein Splittern, ganz nah. Noch einmal. Das Geräusch kam vom Fenster. Sigi warf Steinchen, an das Fenster neben Antonias Bett. Es hörte nicht auf. Dann läuteten die Telefone. Dann trommelten wieder Steinchen an die Scheibe. Antonia konnte die Steinchen sehen. Dann wieder die Telefone. Es dauerte eine Ewigkeit, bevor Sigi aufgab, und nachdem endlich alles ruhig war – erstaunlicherweise hatten Moritz und die Blondinenkinder ihre Neugier offenbar erfolgreich bezwungen und sich nicht blicken lassen –, brauchte Antonia Minuten, ehe sie sich bewegen konnte. Christian holte sich aus der Küche einen Cognac. Der wollte mit dir schlafen, sagte er. Sie hob die Stimme zum Protest, doch er unterbrach sie sofort. Natürlich wollte er das, was denn sonst, warum kommt der sonst am Sonntagmorgen vorbei, zu einer Uhrzeit, in der er dich noch im Morgenmantel vermuten kann! Daß sie ihm erst jetzt von Sigis Abschiedsbesuch in der vergangenen Woche erzählt hatte – so detailliert sie konnte, nur das *Imperfekt* ließ sie weg –, hatte Christian in derart bittere Verzweiflung gestürzt, daß sie auf der Stelle nichts anderes mehr gewollt – und für den Rest des Nachmittags weinend und beschwörend versucht – hatte, als ihm diese Verzweiflung zu nehmen. Erst als es ihr, gegen seinen Widerstand, gelungen war, mit seinem Schwanz Kontakt aufzunehmen, als der ihr so direkt geantwortet hatte, als seien sie in schönstem Einvernehmen, hatte Christian aufgegeben, war zu ihr und in sie gekommen und hatte sein Gesicht ausgewechselt. Gegen Abend hatten sie noch einen Spaziergang um den Bärensee gemacht, ein erschöpftes, frisch geduschtes Paar, ein Paar wie die um sie herum, ein Paar wie die in dieser Kirche. Sie wehrte sich nicht gegen die Schlange, die sie aufnahm, ließ sich nach vorne schubsen, nahm die Hostie in Empfang, ließ sie zergehen, ließ sich zurücktreiben, bis sie wieder an ihrem Platz saß. Der indische Pfarrer spannte seine Arme zu großen Brokatflügeln und sprach den Segen, es hörte sich an, als prallten die Vokale an dem gehörigen Vorrat von Ls ab, die aus seinem Mund einfach nicht verschwinden wollten. Tochter Zion, freue dich. Zum Schluß durfte die Gemeinde doch noch mitsingen. Antonia sang. Jauchze laut Jerusalem. Siiiieeeeh dein König kommt zu dir, jaaaa er kommt, der Friedensfürst. Sie spürte, wie ihre Mutter sie von der Seite ansah.

Aufhören

Das hätte ich nicht tun sollen! Ich habe es gewußt! Trotzdem habe ich es tun müssen! Nur um zu kassieren, Zustimmung zu kassieren, vielleicht sogar Begeisterung! Der Anfang hat Längen, hatte Schulfreundin Charlotte mir nachts um eins durch die pfeifende Leitung mitgeteilt. Richtig drin sei sie erst ab der Stelle gewesen, an der ich zum ersten Mal DIE FRAU erwähne. Beziehungsweise Antonia zum ersten Mal in Rage gerät wegen DER FRAU. Das mit dem bestimmten Artikel fand Charlotte eine gute Idee. Aber das ganze Medienbranchenzeugs vorher: zu lang, zu viele Namen. Die Szene mit Barbara im Schwimmbad komme zu früh. Weil man der weiblichen Hauptfigur noch nicht so nah sei, wie man es sein müsse, um Interesse aufzubringen für die ausführliche Schilderung ihrer Menstruationsbeschwerden undsoweiter. Prima fand Charlotte – hier sprach die Psychologin – wie ich später mit der Figur des Dr. Enderlein abrechne. Das Vernichtendste hatte sie sich für den Schluß unseres transatlantischen Telefongespräches aufgehoben: Es werde nicht ganz deutlich, warum Antonia diesen Christian liebe. Das hatte Herbert, mein zweiter Testleser, anders beurteilt. Vor allem innige Verbundenheit herrsche zwischen IHR und IHM, hatte Herbert nach der Lektüre des ersten Teils befunden, und kein Ende in Sicht, es sei höchste Zeit für dramaturgische Dynamik. Auch nach Lektüre des zweiten Teils blieb er dabei: Okay, Christian hat sein Fett abgekriegt, aber wie das aufhört, das könne er sich beim besten Willen nicht vorstellen. Annette hatte nicht einmal den ersten Teil zu Ende gelesen. Von gewissen Längen am Anfang sprach auch sie. Moritz und Waltraud kämen zu ausführlich vor, die seien doch fraglos als komisch-groteske Nebenfiguren gemeint. Annette riet mir, sie auf Gastauftritte zurechtzustutzen. Die Schulfreundin Charlotte müsse ich ganz streichen, die komme ganz am Anfang vor und dann nur noch einmal, als ihre Musikkassettensammlung erwähnt wird. Und in einem Traum Antonias!, rief ich. Annette blieb dabei: Entschieden zu wenig, um standzuhalten. Ich war nicht darauf gefaßt gewesen, daß der Sound sorglosen Beurteilens – und ich hatte diesen dreien ihre Beurteilungen abgepreßt, bitte schont mich nicht, bitte seid kritisch! –, angewandt auf dieses Manuskript, das nun seit Jahren sozusagen unter meinem Kopfkissen liegt, über mich kommen würde wie ein Vorschlaghammer. Diesen Sound produzieren zu helfen ist mein Beruf! Und nun halte ich nicht mal den Beurteilungsschongang dreier Wohlgesonnener aus. Warum hat mir nie einer gesagt, daß so ein Manuskript ein Garten ist, den man durch hohe Mauern vor Einblicken schützen muß? Ich fühle mich, als sei ich begrapscht worden, befingert von willkürlichen Sätzen, deren Abdrücke jetzt an mir kleben. Und groß erscheint, am Horizont, über der Mauer, wie eine grelle Sonne die eine Frage: Was wirst *du* dazu sagen? Was wirst du *zu allem* sagen?

Wie fühlt man sich, wenn man Kirchen füllt, hat Sabrina Kubinski quer über den Tisch zu Christian hinübergerufen und ihm dabei entgegengeblickt wie einer ihrer auberginefarbenen Briefe mit silberner Schrift; Christian hat schmerzlich das Gesicht verzogen, daß es letzten Donnerstag eine Kirche war, in der er zum ersten Mal aus dem neuen Buch vorgetragen hat, behagte ihm nicht. Er ist zwar erklärtermaßen gerne Lehrer, predigerhaft wirken will er deshalb noch lange nicht. Sechshundert Zuhörer – nach Angaben des Veranstalters –, die die Kirche in Hamburg-Altona bis auf den letzten Platz füllten, behagten ihm natürlich schon. Dafür, daß Christian zum Glücklichsein so wenig Talent hat, ist er es im Augenblick ziemlich. Das neue Buch ist heraus und verkauft sich sehr gut. Christian ist endgültig über seine grüne Klientel hinausgewachsen. Das Buch heißt jetzt »Die Wahrheitslüge«. Ich vermute, Christian will mir mit dieser Radikalisierung des Arbeitstitels signalisieren, daß er unser *Nähe*projekt endgültig begraben hat. Radikal sein macht ihm Spaß, wenn auch durch und durch wertkonservativ. »Die Wahrheitslüge«. *Das schnellste Tier, das ihn zur Vollkommenheit trägt, ist Leiden.* Sabrina Kubinski trägt offensichtlich noch immer vorzugsweise violett, diesmal als tiefdekolletierte Hahnentritt-Korsage mit Push-up-Körbchen auf langem Rock, ansonsten trägt sie die blonden Haare jetzt kürzer, und sie heißt auch nicht mehr Kubinski, weil sie inzwischen geschieden ist. Das ist mein Mädchenname!, hat sie Christian zugerufen und dann den Namen genannt, Christian hat ein zweites Mal schmerzlich das Gesicht verzogen, diesmal, weil ich ihn unterm Tisch getreten habe, um ihm auf diese Weise mitzuteilen, was ich von Sabrina Kubinskis auberginefarbenem Silberblick hielt. Weil es mich derart in Anspruch genommen hat, seinen rechten Fuß unter dem Tisch und unter allen verfügbaren Füßen ausfindig zu machen, habe ich mir den Mädchennamen nicht merken können. Ich muß Christian danach fragen. Oder ich erfinde den Namen einfach. Ganz sicher war es ein Name, nach dem ich mich an ihrer Stelle nicht zurückgesehnt hätte. Vielleicht Wedemeyer. Oder Krottendorf. Etwas in der Art. Ab und zu schreibt sie Christian noch, *einfach so*, bring die Briefe doch mal mit, bitte ich jedesmal, wenn Christian einen Sabrina-Brief zugibt, aber Christian vergißt die Briefe immer. Spontan wie Sabrina ist, fällt ihr zuweilen ein, ihn auf seinem Handy anzurufen, woher sie die Nummer hat, ist Christian schleierhaft; Herr Bleibtreu, sagt sie dann, beziehungsweise Christian sagt, daß sie es so sagt, gerade habe ich den Artikel in der Rundschau über Sie gelesen, ich mußte jetzt einfach Ihre Stimme hören! Es war allerdings nicht zu erwarten gewesen, daß Sabrina Wedemeyer oder Krottendorf oder Wieauchimmer zu Christians Hamburger Lesung anreisen würde. Noch wenige Tage zuvor hatte sie mit Christian in Erfurt, wo er an der Uni einen Vortrag hielt, ein Interview für *Psychologie heute* geführt. Und Christian anschließend eröffnet, sie wohne im selben Hotel wie er. Ihm ein Rätsel, woher die gewußt habe, in welchem Hotel er wohnt, sagte Christian, als er mich nachts aus Erfurt anrief. Mir nicht, erwiderte ich, und kriegte innerlich schon die Wut, eher wegen Christians Naivität als wegen Sabrinas Recherchekünsten. Christian fuhr fort. Sabrinas zweite Eröffnung: Sie habe einen Gedichtband fertig, Titel *Strandhafer.* Ich stöhnte, nicht nur wegen des Titels. Sabrina eine Schreibende wie ich, das fehlte noch. Wenigstens ist es Lyrik! Sie habe gefragt, ob er es erlaube, daß sie ihm die Gedichte schicke, berichtete Christian. Ich fühle mich für Lyrik nicht zuständig, habe er sofort erwidert, darauf habe sie gesagt, seine Meinung würde ihr viel bedeuten. Jetzt habe er *die da unten* inklusive Sabrina einfach sitzenlassen – nur ein schnelles Winken in die Runde, dann weg, um mit ihr, Antonia, zu telefonieren! Dafür wollte er gelobt werden. Sabrina habe, als er ging, beinahe die Fassung verloren vor Überraschung, das habe er beobachtet. Das Interview allerdings sei gut gelaufen, kluge Fragen, Sabrina perfekt vorbereitet, die Fahnen seines neuen Buches, die sie zur Vorbereitung benutzt hatte, seien übersät gewesen mit Unterstreichungen und Anmerkungen, verschiedenfarbig – Christian fügte sogar hinzu: wie in Rudis Marx-Engels-Ausgabe, und mit Rudi meinte er Rudi Dutschke. Na toll, sagte ich, bestimmt klopft es gleich und sie steht da mit nichts als Bademantel. Das glaube er nicht, sagte Christian, meine Eifersucht überhörend, doch ich weiß, daß er sie genießt, ja daß er nach Gelegenheiten sucht, mich in eine Eifersüchtige zu verwandeln. Nur deshalb, beteuert er, bekomme Sabrina auf ihre Plauderbriefe manchmal – selten – eine Antwort von ihm. Antonia, ich bin so abhängig von dir, daß eine andere Frau nicht vorstellbar ist, das hast du geschafft!

– Weshalb zeigst du der lila Kuh dann nicht ihre Grenzen?, frage ich, und er lacht, bevor er sagt, Antonia, es ist schön, wie du die Eifersüchtige spielst, aber du spielst nur, du bist dir meiner so sicher, so sicher, wie ich dir bin, ist dir nur der Tod. – Darauf lasse ich mich nicht ein. Ich will eine überzeugende Antwort haben. Darauf, warum Sabrina Kubinski von Christian manchmal – selten – auf ihre Briefe Antwort kriegt. Er muß sich eben manchmal Szenarien ausmalen, gibt er schließlich zu, Szenarien für die *Zeit nach mir*, eine Reise, nach Neuseeland, oder nach Aix, vielleicht nach Paris, dort sieht er sich bummeln mit Sabrina Kubinski, nur bummeln, *weiter nichts*, eine andere Frau in der *Zeit nach mir* ist ja nicht vorstellbar. Dein Schwanz war nie wählerisch, sage ich, das wird schon noch. – Eben nicht, ruft er, das ist ja das Gemeine! Sabrina Kubinski ist Christians Versuchsblondine, für den Ernstfall, für die *Zeit nach mir*. Denn daß die *Zeit nach mir* nicht mehr fern ist, die Zeit, in der mich das Leben in Gestalt eines Sigi Plus, eines noch jüngeren, noch schöneren, noch verwegeneren Sigi erneut und dann endgültig fortreißt, muß Christian sich und mir mehrmals in der Woche aufsagen. Um sich zu wappnen. Nachts, wenn er neben Lisbeth liegt und nicht schlafen kann, verordnet er sich die Vorstellung, mich gäbe es nicht mehr, in allen Gefühlseinzelheiten, um diese Vorstellung möglichst lange auszuhalten, jede Nacht ein bißchen länger, ein präventives autogenes Grausamkeitstraining. Du machst uns die Gegenwart kaputt vor lauter Zukunftsbefürchtung, schimpfe ich, doch es nützt natürlich nichts. *Seit Sigi* ist Christian behindert. Sammelt *Unwörter*, was das Zeug hält. Fischt sie aus jeder Textharmlosigkeit heraus und füllt sie an mit SV, Sigi-Vergangenheit, an die ich mich kaum noch erinnern kann. Sieh her, ein Brief von dieser französischen Galeristin, rate, wie ihre neue Galerie heißt! Galerie Espace! – Jede Renault Espace Anzeige schneidet er aus und hält sie mir hin mit vielsagendem Blick. Joe Cocker aus dem Autoradio – sobald Christian erkannt hat, wer da röhrt, dreht er das Radio auf bis zum Anschlag, hier hast du deine Lieblingsmusik! Meine Beteuerungen, ich fände ungefähr dreiviertel aller Joe-Cocker-Titel blöd und die, die ich nicht blöd fände, würden im Radio so gut wie nicht gespielt, verhallen ungehört. Schirmmütze, Mokassins, Brötchen, Sweat-Shirt – alles *Unwörter*. Sogar das Wort Sweat-Shirt im Alltag zu vermeiden ist nicht einfach. »Verdammt, ich glaube, ich kriege einen Herpes!« – besser dieses Entsetzen für sich behalten, auch wenn es zuweilen beim Blick in den Spiegel herauswill, leider. Keine Steinpilz-Pasta mehr bei unserem Italiener. Wenn Christian das Wort Pilze in die Ohren kriegt, macht er ein Gesicht, als habe jemand dicht neben ihm mit den Fingernägeln auf Styropor gekratzt. In Harlaching ist seit einiger Zeit der Einsatz von Johanniskraut tabu, wegen der klanglichen *Nähe* zu Johannesburg. Anderen Harlachinger Behandlungsmethoden setzt er sich dagegen schon noch gelegentlich aus. In den Tagen vor der Hamburger Lesung ist Christian leicht erkältet gewesen, also in Sorge um seine Stimme. Deshalb – nur deshalb!, versichert er – habe er zugelassen, was Lisbeth vorschlug. Bevor er – im Zimmer 573 des Atlantik – den Oberkörper vor mir freimachte, sagte er, erschrick nicht, ich habe einen Fleck auf dem Brustkorb. Der Fleck war mehr als ein Fleck, unter seinen Brusthaaren leuchtete breit eine rote Fläche quellender Haut. Als ich fragend schaute, er: Senfkörner. Es tut schon nicht mehr so weh wie gestern. Sie hatte ihm die Haut verbrannt. Sie hatte eine Ladung Senfkörner auf seine Brust gekippt, um durch die so entstehende Hitze zu erreichen, daß sich der Schleim von seinen Bronchien löse. Und hatte die Senfkörner auf seiner Brust liegen lassen. Zu lange. Als er ihr die verbrannte Haut später zeigte, habe sie kein Mitleid bekundet, sondern nur gemeint: Bei Alexander habe ich sie früher auch immer fünfzehn Minuten liegen lassen. Ich sagte sofort, das ist für mich, ihr Brandzeichen, damit ich weiß, zu welcher Herde du gehörst. Dann sagte ich noch, ich will nicht, daß sie deine Brust jemals wieder zu sehen kriegt. – Du glaubst doch nicht, daß sie das mit Absicht gemacht hat, rief Christian, ich bin ganz allein schuld, ich hätte doch merken müssen, daß die Hitze irgendwann zu stark wurde! Aber ich habe überhaupt nichts gespürt! Und er zog mich in seine Arme, vorsichtig wegen der Verbrennungen, sogar die Brustwarzen hatten Krusten. Auf den Tag, an dem Christian Lisbeth eine Gemeinheit zutraut, werde ich weiter warten müssen. Ganz sicher aber sind die Tage, die er, zwischen seinen Besuchen bei mir, in Harlaching verbringt, *seit Sigi* für Christian weniger erträglich als vorher. Ich da draußen im Medien-Männerbad, jeder Tag eine einzige Versuchung (Was für eine Vorstellung!), er ganz im Einflußbereich der größten Terroristin der Welt. So würde er das natürlich niemals ausdrücken. Aber daß er ihre auch nach Jahren mit der immergleichen Sturheit eines *flat character* vorgebrachten immergleichen Jammersätze zunehmend weniger aushält, das sagt er schon. Ihre Klagesätze schleppt er mir nach Stuttgart wie bleischwere Hostien. Ja, auch SIE hat ihn verkrüppelt. Auch dort, in Harlaching, hangeln sich zwei von Dialog-Plateau zu Dialog-Plateau, jeder kennt, nachdem der erste Satz gesagt ist, schon den dritten oder vierten. Komm doch ganz, locke ich, wir kaufen eine Wohnung auf dem Killesberg und fangen neu an! Antonia, sagt er, ich weiß, du bist ein Genie des Augenblicks, und in diesem Augenblick meinst du wahrscheinlich sogar, was du sagst; so wie du schaust, glaube ich es fast, aber übermorgen, wenn ich zurück bin in Harlaching und du berufsbetäubt, übermorgen würdest du so einen Wahnsinn nicht mehr vorschlagen! Ich kann nicht ewig in deinem Leben rumstehen, es ist schon ein Wunder, daß du es so lange mit mir ausgehalten hast! – Aber ich liebe dich!, sage ich störrisch, und das ist die Wahrheit, auch wenn ein Drittel meiner bisherigen Leser der Ansicht ist, man könne sich nicht so recht vorstellen, weshalb. Gib wenigstens zu, daß du auch DER FRAU wegen in Harlaching bleibst! Er: Aber nicht aus Liebe, Antonia! In den Zeiten, in denen er von mir getrennt ist, muß er *seit Sigi* viel öfter als früher meine Stimme am Telefon haben. Das ist auch so eine Behinderung, vielleicht die schlimmste. *Seit Sigi* braucht Christian die Dosis alle paar Stunden. Und nachts, vor allem nachts, vor allem, wenn er weiß, ich bin abends ausgegangen, essen gegangen mit Menschen, die hier nicht vorkommen oder auch vorkommen, vor allem, wenn er weiß, daß es sich bei diesen Menschen um Männer handelt. Er braucht, wenn er aufwacht, und er wacht immer auf, nervös, noch mitgenommen von jener strapaziösen Einbildung, der auszusetzen er sich den Abend lang verordnet hat – wem sitzt sie gegenüber um zwanzig Uhr dreißig, wen lacht sie an um einundzwanzig Uhr zwölf, wem schaut sie in die Augen um dreiundzwanzig Uhr sechzehn? – meine Stimme auf seiner Mobilbox. Ich muß ihm gute Nacht sagen und noch ein paar Sätze über den Abend und dabei so klingen, als sei ich ihm im Laufe der letzten Stunden nicht abhanden gekommen. Ich sehe ihn da stehen, am Schreibtisch seiner Arbeitswohnung, im Bademantel, er lauscht dem Klang meiner Stimme nach, mit halbem Ohr gleichzeitig darauf achtend, daß Lisbeth nicht im Anmarsch ist. Antonia, sagt er, glaube mir, ich versuche, das nachts NICHT abzuhören, ich liege wach und denke, du gehst jetzt NICHT hinüber und wählst diese Nummer, und dann halte ich eine Stunde durch, vielleicht eineinhalb, bis ich völlig erledigt bin vor Selbstbeherrschung und kapituliere. Und dann, nachdem ich abgehört habe, komme ich mir noch lächerlicher vor als vorher. Sobald er so gesprochen hat, wird mir der Rapport zum federleichten Liebesdienst; leider spricht er nicht immer so. Wenn ihm, zum Beispiel, in der Nacht meine Mobilbox-Hinterlassungen zu allgemein oder zu wenig zärtlich oder einfach *zuwenig* vorgekommen sind, ist er am nächsten Morgen von diesem Mangel befallen. Angefressen. Krank. Mhm. – Guten Morgen. – Schweigen. – Ich, schon beunruhigt: Was ist? – Schweigen. – Ich: So sprich doch. – Er: Null Uhr dreiunddreißig. – Ich: Was? – Er: Bist du zurückgekommen. – Ich: Ja und? – Er: Viereinhalb Stunden. – Ich (böse): Du mußt den Nachhauseweg abziehen. – Er: Was um Himmels willen hat man viereinhalb Stunden lang in einer Kneipe miteinander zu bereden? – Ich: Du willst mich kontrollieren! Das kotzt mich an! – Er: Antonia, wenn du glaubst, das hat etwas mit Eifersucht zu tun, dann irrst du dich! Das ist doch nur Liebe, Sehnsucht, weil du mir so fehlst. Wenn Christian an dieser Stelle *Liebe* sagt, kriege ich ein Würgegefühl in den Hals. Ich kriege ein Würgegefühl in den Hals, sage ich, darauf er: Nie mehr sollst du mich nachts anrufen, das kannst du dir zukünftig sparen, ich höre die Mobilbox einfach nicht mehr ab, und tagsüber rufe ich dich auch nicht mehr an, einmal die Woche höchstens! – Ich: Nun übertreib doch nicht gleich. Und alles bleibt, wie es ist. *Seit Sigi* sehe ich Sigi selten; er ist natürlich auch viel unterwegs. Den Sonntagvormittag, an dem er die Steinchen warf und die Telefone klingeln ließ, hat er nie mehr erwähnt. Beziehungsweise nur so nebenbei, ein paar Tage später, als er mir vorm FFORMAThaus über den Weg lief: *Am Sonntag vormittag hab' ich' dich mal angerufen, du warst nicht da.* Gleichwohl muß Christian *seit Sigi* immer nach Sigi fragen, ist Sigi *im Land*, hast du ihn gesprochen, was hat er gesagt, was hast du geantwortet? Keine Schilderung ist ihm genau genug. Was ich zu melden habe, ist dürr. Gestern nachmittag ging er zweimal über den Kulturflur und an meiner offenen Bürotür vorbei, er ging ein wenig langsamer, als er müßte, er hatte eine sehr langbeinige schätzungsweise Zweiundzwanzigjährige an seiner Seite, die Haltung seines Kopfes ließ darauf schließen, daß er hoffte, ich sähe, wie er da mit der Langbeinigen vorbeiparadierte. Oder: Er blieb für dreißig Sekunden in meiner Bürotür stehen, stellte seine Tasche ab, schaute gewohnt düster unter seiner Schirmmütze hervor, fragte nichts als Wie geht's?, signalisierte durch gleichzeitiges Auf-die-Armbanduhr-Sehen, er habe es eilig, so daß ich seine Frage auf keinen Fall mit mehr als einem Wort beantwortet haben konnte. Dann sagte er noch, während er sich schon wegdrehte und seine Tasche wieder aufnahm, fand ich nicht schlecht, daß die Grünen auf dem Parteitag deinen Alt-Fundi so richtig ausgelacht haben. – Nicht jeder ist so sehr Realo, daß er »Bombay Connection« als Engagement für die Dritte Welt verkaufen kann! Hätte ich ihm gerne hinterhergerufen. Der Satz fiel mir erst ein, als Sigi schon weg war. Berichte ich, Christian schweigt, dann sagt er langsam, jetzt ist alles klar, und als ich frage, was er meint, sagt er: Der will noch was von dir, und du von ihm, du bist doch sonst nicht auf den Mund gefallen, aber wenn Herr G. in der Tür steht und seinen Dunst verbreitet, kriegst du kein Wort heraus, vor allem nicht, wenn es gegen mich geht. – An dieser Stelle wünsche ich mir, ich hätte auf Christians Frage, ob ich Sigi in letzter Zeit wieder begegnet bin, geantwortet, Sigi ist für sechs Wochen auf den Galapagos-Inseln. Doch es ist zu spät, Christian ist bereits darauf gekommen, welche Frage er jetzt stellen muß, um mich endgültig in die Enge zu treiben: Sag mir einfach, was du empfunden hast, Antonia, als er da stand, du wolltest einmal mindestens nach Südafrika mit dem, das kann doch nicht einfach aufgehört haben! Und als ich die Schwierigkeiten mit der Antwort nicht mehr verbergen kann, er traurig und aggressiv zugleich: So ist das, Antonia, aus dem FFORMAThaus bringst du die schönsten Anekdoten, so, daß ich mir jede Einzelheit vorstellen kann, aber wenn es um Sigi geht, bist du immer noch *unfrei* und kriegst einen roten Kopf, dabei gäbe es nichts, gar nichts, was ich nicht aushielte, wenn du es mir *frei* und unbefangen erzähltest! – Du müßtest dein Gesicht sehen, wenn Sigi dran ist, sage ich, in so ein Gesicht hinein kann kein Mensch *frei* und unbefangen reden! Christian bitter: Du hättest Rechtsanwältin werden sollen. So ziehen wir durch das Kriegsgebiet, das unser Leben ist, zwei Versehrte auf einem Minenfeld aus Wörtern, das Bett unsere Recreation-Area. Er sagt alles, was er muß. Ich schreibe alles, was ich kann.

Da sie über dem Laptop kauerte, hatte Christian sich bereit erklärt, alleine zum Supermarkt zu gehen, um die tägliche Ration Mineralwasser und Obst zu kaufen. Der Anblick der Schreibenden rührte ihn. Sobald er weg war, wählte sie Waltrauds Nummer; als sie Waltrauds helle Stimme hörte, mußte sie weinen, wahrscheinlich vor Erleichterung, daß sie jetzt gleich würde alles erzählen können. Ach herrje, sagte Waltraud erwartungsgemäß, das klang trotzdem nicht nach Katastrophe, sondern nach Daskriegenwirschonhin. Christian ist dagegen, sagte Antonia, du mußt gar nicht mehr weiterreden, sagte Waltraud, ich kann den Text singen. Jetzt beruhige dich erst mal. Dann riet sie, Antonia solle in sich hineinhören. In dem Falle helfe nur, nach dem Gefühl zu gehen, so simpel das auch klinge. Sie selbst habe die Abtreibung immer bereut, sie wisse eigentlich nicht, ob sie je damit fertig werde. Christian kam zurück, in kurzen Hosen, mit zwei Einkaufstüten in der Hand, als er sie noch immer vor dem Laptop brüten sah, deutete er durch eine Geste an, daß ihn das freute, komm lies mir doch was vor, sagte er, als sie nein sagte, protestierte er aber gegen das Nein nicht mehr. Ging statt dessen mit dem Fotoapparat auf sie los, Antonia, sagte er demonstrativ genießerisch und wies in Richtung ihres Bikinioberteils, jetzt stimmt zum ersten Mal, was du immer behauptest, jetzt sind sie groß! – Was willst du unter so ein Foto schreiben, falls …, sagte sie möglichst zornig, Antonia vorübergehend schwanger? Sie hatte es ihm gleich mitteilen müssen, schon am Telefon, gleich nachdem sie von Dr. Niemeyer zurückgekommen war. Ganz sicher bin ich nicht, hatte der gemeint, aber da ist ein Pünktchen. Er hatte den Durchmesser des Pünktchens auf dem Monitor des Ultraschallgerätes gemessen und gelächelt. Freitag, der dreizehnte, kommt das hin? Der Geburtstermin wäre dann … – er drehte an einer kleinen

Scheibe aus Pappe herum – ... der zweite Oktober. Sie hatte kein Wort herausgebracht. Als sei das ihre Todesminute, lief in ihr ein Hochgeschwindigkeitsfilm ab, rasende Bilder ihres Lebens, jedoch nicht die des vergangenen, sondern des zukünftigen, morgens das Kind schnell anziehen, bei der Tagesmutter vorbeibringen, in die Reitzensteinstraße hetzen, einkaufen für zwei, mit dem Kind zum Arzt, obwohl bei FFORMAT gerade wieder Land unter ist, immer müde sein während der Arbeit, *Karriereknick*, überhaupt, es dem alten Freytag sagen, der kriegt sofort diese Gesichtsmilde, hinter der er schon mit dem Rechnen beginnt, wie viele Monate fällt die aus und wer ersetzt die. Freitag der dreizehnte. Nach ihrer Berechnungsroutine war das ein Tag weit jenseits der monatlichen Gefahrenzone gewesen. Geht es Ihnen nicht gut, Frau Armbruster?, fragte Dr. Niemeyer, da heulte sie los. Dr. Niemeyer riß einen Streifen von der Papierrolle, die neben dem gynäkologischen Stuhl stand, und reichte ihn Antonia hinüber. Sie schneuzte sich. Alles was sie schließlich sagen konnte, war: Ich fahre übermorgen in Urlaub. Ihr fiel auf, daß sie *ich* gesagt hatte und nicht *wir*. Wie lange? – Zehn Tage. – Das ist doch nicht schlecht, sagte Dr. Niemeyer, dann können Sie Ihre Situation in Ruhe überdenken. Es ist noch sehr früh, vierte Woche, zu diesem Zeitpunkt ist sogar eine Eileiterschwangerschaft nicht hundertprozentig auszuschließen. Obwohl ich das nicht glaube, das Pünktchen wird schon was sein. Kommen Sie her, sobald Sie zurück sind. Auch Christian war an diesem Nachmittag beim Arzt gewesen, in Grünwald, er hatte sich die Beläge von den Zähnen entfernen lassen, hat sich DIE FRAU auch die Beläge entfernen lassen, hatte Antonia gefragt, als sie ihn am Telefon gehabt hatte, und er hatte ihre Frage etwas kleinlaut bejaht. Danach hatte sie es ihm gesagt. Er war nicht bestürzt gewesen, im Gegenteil, er hatte ruhig und liebevoll reagiert. Auch seit sie hier angekommen waren, im Hotel Jardin de la Santa Teresa, Playa de Santiago, Gomera, war seine Stimmung wie *seit Sigi* nicht mehr. Von der Idee, in jenem

Hotel Quartier zu nehmen, in dem Sigi mit seiner Familie Ferien gemacht hatte, war Christian ganz begeistert gewesen. Er hoffte, die Sigi-Umgebung könne Antonia zu noch mehr oder noch genaueren Sigi-Schriftlichkeiten verleiten. Und dann auch noch Gomera, der Ort, der einmal – als ich noch naiv war, sagte Christian – ihr Synonym gewesen war für jenen paradiesischen Zukunftszustand totaler *Nähe*, in dem sie beide alles, wirklich alles voneinander wüßten. Sie hatte sich schließlich überreden lassen, vor allem, weil Sigi gesagt hatte, ist ein gutes Haus, innen alles in Holz, im kanarischen Stil. Ihr Blick fiel auf das Foto von Paulchen, es lag links neben der Tastatur ihres Laptops, Conni hatte es gerade erst geschickt, Conni schickte ihr immer die neuesten Fotos von Paulchen, und sie ließ die Fotos, bevor sie die in dem für Fotos vorgesehenen Schuhkarton verstaute, jedesmal tagelang auf dem Tisch neben ihrem Sofa liegen, um sie immer wieder betrachten zu können. So machte es Tante Anna auch, die deponierte die neuesten Verwandten- und Kinderfotos in einer Obstschale. Auf diesem Foto sah das lachende Paulchen seinem Großvater Otto Armbruster geradezu ungeheuer ähnlich. Antonia hatte nicht anders gekonnt als das Foto zwischen ihre Papiere zu stecken, als sie gepackt hatte. Ihr fiel ein, wie Tante Anna einmal, nachdem sie den Kleinen wie gewöhnlich angejuchzt hatte, mei Goldl und ähnliches, ausgerufen hatte, nein, das verstehe sie nicht, daß es Frauen gebe, die so etwas Goldiges wegmachen ließen! Seit sie sich durch das Gespräch quälten, das jetzt fällig war, hatte Christian sich deutlich genug ausgesprochen. Zwischendrin hatte er sich allerdings auch in andere Empfindungen hineingeredet, geseufzt, wie toll er es fände, sie durch ein Kind an sich binden zu können, doch das dürfe er nicht wollen, wenn er schon nicht Picasso sei, der mit einem Bild eine Million verdient hat, so gelte doch das Prinzip: wer so irre ist, einer jungen Frau in seinem Alter noch ein Kind zu machen, der muß das Kind finanziell entsprechend ausstatten. Zehn Jahre lang dreitausend pro Monat. Er hatte auch andere Summen genannt. Herumgerechnet, wie viel schlechter seine anderen Kinder unter diesen Umständen wegkämen. Sie fand eigentlich nicht, daß er den Zwillingen und Alexander noch etwas schuldig sei. Trotzdem sagte sie sofort, so viel Geld, das ist Quatsch, außerdem verdiene ich nicht schlecht. Christian wischte das weg. Wenn du ein Kind hast, brauchst du ein Haus und eine Vollzeitkinderfrau; beides kannst du dir von deinem Gehalt nicht leisten. Selbst dann nicht, wenn du schon nach einem halben Jahr wieder arbeiten würdest. Meine Schreckensvorstellung ist nun einmal, dir könne es materiell elend gehen! – Schöne Vorstellung von materiellem Elend, sagte sie, dreitausend im Monat und eine Vollzeitkinderfrau; wenn das zum Kinderkriegen nötig wäre, gäbe es auf der Welt keine Kinder mehr. Er blieb dabei. Antonia, wenn ich dir das nicht bieten kann, halte ich es nicht aus! Weißt du, was mir die ganze Zeit durch den Kopf geht? Ich denke die ganze Zeit, hoffentlich wird es kein Mädchen, wenn so ein kleines Mädchen alle zwei Wochen in MEIN Gesicht schauen muß, wird es doch einen Schaden haben fürs Leben, wenn es ein Junge wird, na gut, das ist nicht so schlimm, der wird schwul oder Lyriker oder beides. Und er hielt sich die Hände vors Gesicht. Und stellte noch andere Rechnungen auf. Die Rechnung, die Barbaras Wolfgang aufgestellt hatte, nur daß die Zahlen, die dabei herauskamen, drastischer klangen. Wie alt werde ich sein, wenn das Kind zehn ist. Vierzehn. Sechzehn. Dann leb' ich doch gar nicht mehr. Man kann es dem Kind nur wünschen, daß ich dann nicht mehr lebe. Sie begriff. Er wollte mit Geld ausgleichen, daß er als Vater ausfallen würde. Und er würde ausfallen, das wollte er ihr auf diese Weise mitteilen. Weil er sich für nicht zumutbar hielt, für sie nicht, für das Kind nicht. Und natürlich: Weil es DIE FRAU gab, Lisbeth die Unverlaßbare. Er erwähnte sie nicht. Wenn es DIE FRAU nicht gäbe, das zu fragen hatte ihr mehr als einmal auf der Zunge gelegen, was würdest du dann tun? Sie kannte die Antwort: Antonia, würde er sagen, dann wäre ich vermutlich wahnsinnig genug, dann gäbe es kein Halten mehr, dann würde ich zu dir kommen gegen alle Vernunft. Und auch dies ließ er unerwähnt: Daß er – in seinem Alter – keinerlei Bedürfnis mehr danach verspürte, die Freuden einer Vaterschaft noch ein weiteres Mal zu erleben. Sie hatte ihn zu verlocken versucht mit Fragen wie: Was glaubst du, wie es ausschauen würde, unser Kind, würde es deine Nase haben und meine Ohren? Deine Augen und meine Haare? Sie war über sich selbst erschrocken gewesen, als sie sich diese Fragen hatte stellen hören. Das konnte sie doch nicht fragen! Er hatte ohnehin nicht reagiert. Er wollte einfach keine Kinder mehr. Das verstand sie. Und er verstand, daß sie ein Kind wollte. Wollte sie ein Kind? Sie wußte es nicht, noch immer nicht, nach all den Jahren nicht, und jetzt weniger denn je. Sie dachte: Ich habe über diese Frage hinweggelebt. Jetzt mußte sie also eine Entscheidung treffen. Eine Entscheidung, gegen die die Entscheidung für oder wider Johannesburg eine Lächerlichkeit war. Sie war neununddreißig, wenn sie sich jetzt gegen das Kind entschied, würde dies endgültig so bleiben: Kinderlos. Wie Tante Anna. Freitag der dreizehnte, dachte sie, ein Geschenk, und wer so ein Geschenk nicht zu schätzen weiß, kriegt nie mehr den Zuschlag, vom Glauben abgefallene Speyrer Katholikinnen eignen sich sehr zum schicksalhaften Abstrafen. Geh' nach deinem Gefühl, hatte Waltraud geraten. Christian hatte es gut, der wurde in Anbetracht der Situation zum Rechenkünstler, ich mach' dir das Kind später (das hatte er wörtlich gesagt!), in einem dreiviertel Jahr, sobald das neue Buch heraus ist, dann mach' ich dir ein Kind, wenn du unbedingt willst. Und als sie gehörig protestiert hatte – du glaubst wohl, du kannst einfach so beschließen, daß das wieder klappt, woher weißt du denn, daß wir das noch mal hinkriegen, nur weil du es auf einmal willst, jahrelang ist nichts passiert, obwohl es immer wieder hätte passieren können –, hatte er gegrinst und zum Handy gegriffen und tatsächlich einen Hermann angerufen, von dem sie nicht wußte, wer das war, ich habe eine komische Frage, Hermann, hatte er gerufen, er hatte laut sprechen müssen, weil die Verbindung schlecht gewesen war, wie verhält es sich mit der Fertilität des männlichen Samens in meinem Alter? Als er der Antwort zuhörte, sah er so aus, als sei er über das Gehörte nicht unglücklich. Na bitte, sagte er, nachdem er aufgelegt hatte, das ist ganz unterschiedlich, vor allem kommt es auf die Mobilität der Samen an, daß die ihren Weg noch nach oben machen, und die Mobilität hängt entscheidend ab von der psychischen Befindlichkeit. Der Gesamtstimmung, sozusagen. Wörtlich habe Hermann das so formuliert: Bei einem, der mit über Sechzig noch eine vita secunda erlebt, ist die Stimmung sicher anders als bei einem, der sein Lebtag lang dieselbe Frau beschläft. Einen Moment lang fragte sich Christian, ob Hermann mit dieser Bemerkung hatte zum Ausdruck bringen wollen, daß er über Christians vita secunda Bescheid wisse. Aber nein, das sei unmöglich. Antonia erfuhr, daß Hermann ein in unmittelbarer Nachbarschaft zum Bleibtreuschen Anwesen wohnender Frauenarzt war, den Christian und DIE FRAU schon seit vielen Jahren kannten. Nein, nicht IHR Frauenarzt, fügte er hinzu, als er Antonias Blick bemerkte. Hermann habe allerdings auch gesagt, es sei erwiesen, daß die Fertilität des Samens ab Fünfzig abnimmt, und zwar deutlich. Das sei im übrigen das Spezialgebiet von Andrologen, die gibt es laut Hermann in jeder größeren Stadt, dort kann man sich die Fertilität prüfen lassen, notfalls auch hormonell behandeln, aber das kommt natürlich nicht in Frage. – Wenn ich mich auf deinen Vorschlag einlasse, sagte sie und wurde sich auf der Stelle ganz fremd vor lauter zur Schau getragener Entschiedenheit, dann nur unter einer Bedingung. – Schatz, unter jeder!, rief Christian und wollte ihren Kopf an seine Brust ziehen, sie ließ es nicht zu, sondern blieb kerzengerade vor ihm sitzen. Christian schaute amüsiert. So kann man nicht reden, dachte sie, während sie dann redete, aus mir kommt ja ein Vertragstext heraus; was würde Barbara sagen, wenn sie diesen Vertragstext hörte, oder Conni, die würden schön mit mir schimpfen, aber sie redete so beschwörend weiter, als sei sie beim Vorsprechen im Theater und müsse die Rolle der Anwältin für Vernunft und aktive Lebensplanung unbedingt kriegen, tatsächlich wurde ihr leicht, während sie redete, beinahe glaubte sie sich, was sie da sagte. Sollte ich jetzt abtreiben, sagte sie, Barbara-Euphemismen waren jetzt absolut unzulässig, sollte ich das tun, und es gelingt uns nicht, innerhalb einer bestimmten Frist ein Kind zu zeugen, sollte ich aber merken, eben dadurch, daß ich mir jetzt diese Abtreibung abringe, daß ich doch noch unbedingt ein Kind will … – Sprich weiter!, rief Christian, so schonungslos müssen wir zwei miteinander sprechen! – … dann würde ich mir einen Erzeuger suchen. Christians Gesichtsausdruck wechselte von begeistert zu besorgt, er prüfte, ob die Aussicht auf einen Erzeuger vielleicht doch zu viel sein würde für ihn, sie sah ihm an, daß er auch prüfte, ob jetzt nicht doch ein Vorwurf zu machen wäre ob ihres Vorschlags. Gottseidank kam er zu dem Ergebnis, daß ein Vorwurf nicht angebracht sei. Warum sollen wir das nicht hinkriegen, sagte er statt dessen, du rechnest den Eisprung aus, dann komme ich nach Stuttgart, und wenn wir vorher, sagen wir, drei Wochen nicht miteinander geschlafen haben, dann werden die doch ungeheuer mobil sein, die Dinger. – Du willst Gott spielen, mußte sie jetzt leider sagen, es wird Zeit, daß du mal aufhörst mit diesem katholischen Zeug!, rief er, weißt du, daß die katholische Kirche Geschlechtsverkehr nur zu Fortpflanzungszwecken erlaubt? Was bis jetzt existiert, ist nur eine Potenz, mehr nicht, solange das noch kein Bewußtsein hat … Es ist etwas anderes, das dich in Beschlag nimmt, die Natur nämlich, du bist schon animalisiert, die Mutter in dir wehrt sich, weil du sie nicht zulassen willst, das ist Biologie, nicht Moral. Wieder war ihr auf einmal ganz leicht, weil Christian so schön geredet hatte, so, als dürfe man sich tatsächlich der Vorstellung überlassen, man könne sein Leben gestalten auf Jahr und Monat genau, als sei man ganz selbst zuständig dafür, was mit einem geschehe oder nicht geschehe. Doch die bleierne Schwere kehrte zurück, sobald sie neben Christian auf dem Liegestuhl lag und auf den unbeschreiblich blauen Streifen des Gomerahimmels hinausstarrte, und sogar Freitag der dreizehnte und alles, was damit zusammenhing, wurde unwichtig angesichts dieses Gefühls von Babyflaum an ihrem Kinn, Babykopf in ihrer Hand, Babywärme an ihrer stechenden Brust. Es wehte sie an so deutlich, daß auch das Augenschließen nichts half. Weißt du was, sagte Christian neben ihr, versteh' das nicht falsch, nein, du wirst das schon richtig verstehen, deine Schwangerschaft ist sicher ein Segen für das Buch.

Waltrauds dünne Finger drückten eine Knoblauchzehe ihrer Zerstörung entgegen. Mit der Spitze eines geradezu abenteuerlich großen Küchenmessers zerteilte sie die Knoblauchzehe zuerst in durchsichtige Scheiben, dann die Scheiben in vor Winzigkeit kaum noch sichtbare Würfel. Die hohe Kunst, lachte sie, als Antonia fragte, wieso sie denn für eine derart filigrane Arbeit ein Schlachtermesser benutze, mit dem Messer mach' ich alles, es ist so unglaublich scharf, daß die Knoblauchzehe schon auseinanderfällt, wenn ich das Messer nur ansetze. Diese ganzen Spitzenköche arbeiten ausschließlich mit Messern wie diesem, ich habe darüber mal einen Film geschnitten. Sie schob den Brei aus winzigen Knoblauchwürfeln mit dem Messer vom Brett in die Salatschüssel, in der sich schon die Ergebnisse vorheriger Zurichtungen in beeindruckenden Fächern und Kringeln wanden: hauchdünne Streifen gelben Paprikas, Zwiebelringe, makellos weiße Champignons, halbmondartige Schnitze von Babytomaten, Radicchioblätter. Waltraud tauchte das Salatbesteck hinein und grub aus den Tiefen der Schüssel jene Schnitze und Streifen und Kringel ans Licht, die bisher verschüttet gewesen waren. Jetzt muß er ein bißchen ziehen, sagte sie, aber nicht zu lange, sonst sind die Champignons Matsch. Den Tisch hatte sie schon gedeckt. Waltraud stellte die Salatschüssel in die Mitte, dann setzte sie sich, dahin, wo sie immer saß. Hinter ihr auf dem Sideboard bildeten die Madonnenstatuen ein Beobachtungskomitee aus Augen. Waltraud begann zu sprechen.

Vor allem eines ist zu klären. Traust du dir zu, ein Kind alleine zu erziehen. Das ist die entscheidende Frage. Als ich am Telefon sagte, du sollest dem nachspüren, was du fühlst, habe ich nicht gemeint, du sollest nur dieses Muttergefühl gelten lassen, das dich jetzt ergriffen hat. Auch mit den Vorstellungen vom künftigen Leben als Alleinerziehende, von den Entbehrungen, die das mit sich bringt, sind ja Gefühle verbunden, Angst undsoweiter. Mir ist das damals genau so gegangen. Ich war sofort Muttertier, Henriette hat mir das nicht geglaubt, stell dich nicht so an, hat die gesagt, und daß ich übertriebe. Ein Jahr später war sie selber dran. Da mußte sie zugeben, daß ich nicht übertrieben hatte. Das setzt sofort ein, schon nach Tagen. Kein Mann wird je begreifen, wie einem da zumute ist. Zugenommen habe ich auch gleich, vor allem am Busen, das war toll, ich muß dir mal Fotos zeigen. Damals habe ich mich dagegen entschieden, weil Ernst das Kind nicht wollte, und ich war gerade erst mit der Ausbildung fertig und hatte noch keinen festen Job. Das war mir gleich klar: daß ich nicht alleinerziehend sein wollte. Die materiellen Sorgen hast du in dem Ausmaß nicht, dafür gibt es noch ein paar andere Bedingungen, die sind nicht ohne, wirklich nicht. Ein Kindermädchen, zum Beispiel, wenn man sich das leisten kann, scheint das die Lösung zu sein, aber finde erst mal eines. Das ist nicht einfach, ganz und gar nicht. Minni zum Beispiel, ihr Mann ist Spitzenmanager bei Daimler oben in Möhringen, die schwimmen im Geld, und trotzdem haben die damals ewig gesucht. Es sollte natürlich jemand sein, der immer da ist, auch nachts, so wäre es ja bei dir auch. Minni war versessen darauf, so schnell wie möglich wieder zu arbeiten, sie hat damals ein Fernsehspiel nach dem anderen geschnitten, auch Kinofilme. Schließlich hatten sie und ihr Mann ein Kindermädchen gefunden, aus Osteuropa glaube ich, ich weiß nicht mehr genau, vielleicht eine Polin, die ist nach eineinhalb Jahren wieder zurück in die Heimat, dann ging die Suche von vorne los, und so hat sich das alle zwei, drei Jahre wiederholt. Es ist ein Wunder, daß Patrick so gut geraten ist. Ein toller Junge, sehr sozial, und das bei den Eltern, Minni wundert sich selbst am meisten darüber. Du wirst dir auch ganz klar darüber sein müssen, daß du deinen Job nicht mehr annähernd so wirst machen können wie bisher. Das schafft man einfach nicht, nicht mal, wenn es einen Vater gibt, der mithilft. Andrea Furtwengler, die im Sender die Wirtschaftsredaktion leitet, du weißt schon, die vorher für den Hörfunk in den USA war, sie verläßt gerade ihren Mann, einen Diplomaten, den sie in Washington kennengelernt hat, aus Washington hat sie auch das Kindermädchen mitgebracht, das mußte ganz plötzlich in die USA zurück, Familienangelegenheiten, jetzt steht Andrea da und ist mit dem Kind alleine, um fünf haut die aus der Redaktion ab und hinterläßt ein ganz schönes Chaos. So wie die ihren Job macht, geht das eigentlich nicht, aber sie hat einen gewissen Ruf aus der Zeit, als sie noch Korrespondentin war, von dem lebt sie. Bisher ist das nicht aufgeflogen. Die sagt ganz klar: Das Kind hat Priorität. Neulich hatte ich aktuellen Dienst, nach längerer Zeit einmal wieder, ich hatte einen Beitrag für die Landesschau zu schneiden, mit Verena Fuchs, ihr Exmann ist im Sport, die beiden haben eine Tochter, sie lebt bei Verena. Holger ist schon vor Jahren ausgezogen, weil er entdeckt hatte, daß er schwul ist. Die saß im Schneideraum, hatte Material zum Kopftuchprozeß mit, du weißt schon, die muslimische Lehrerin, die dagegen geklagt hat, daß sie nicht unterrichten darf, wenn sie ihr Kopftuch trägt. Auf einmal mußte Verena furchtbar heulen. Ihre neue Beziehung ist gerade in die Brüche gegangen. Da hatte sie sich neu verliebt nach langer Zeit, und der Typ entpuppt sich als gewalttätig. So fertig war die, so ausgezehrt und müde, daß ich dachte, sie hat ein Kind, aber es unter diesen Lebensumständen großzuziehen, kostet sie mehr Kraft, als sie hat. Man muß sich einfach klarmachen, was es bedeutet, ein Kind alleine aufzuziehen. Auch für das Kind im übrigen. Ich habe immer gefunden, ein Kind müsse zwei Bezugspersonen haben. Ich bin ja wie du eine Vatertochter, die Vorstellung, alleine mit meiner Mutter aufgewachsen zu sein, ein Alptraum! Natürlich, wenn man's nicht anders kennt. Dann ist man daran gewöhnt. Für meine Mutter ist das sehr schwer, daß sie keinen Enkel hat. Du wärst eine gute Mutter geworden, sagt sie immer, und das wäre ich auch, das weiß ich genau. Mein Bruder und seine Freundin zögern auch mit dem Kinderkriegen. Die Freundin ist zwar erst einunddreißig, da glaubt man, man habe noch ewig Zeit, aber wir wissen ja, wie schnell die verfliegt. Wo sind die letzten fünf Jahre hin. Meine Mutter jammert zwar darüber, daß sie keine Enkel hat, aber daß sie in der Lage wäre, ihre Enkel mit zu erziehen, daran habe ich doch große Zweifel. Alle vier Wochen mal auf den Schoß nehmen und eine Geschichte vorlesen, das könnte sie ganz großartig, aber mehr? Mein Vater wäre anders gewesen. Schon als kleines Mädchen war mir klar: wie meine Mutter will ich auf keinen Fall werden, niemals. Mein Vater war immer der Lebenstüchtigere, er hat alles geregelt, was zu regeln war; nachdem er dann abbaute, mußte sie wohl oder übel die Führungsrolle übernehmen. Natürlich war sie davon völlig überfordert. Die letzte Phase mit meinem Vater war für sie der reine Horror. Meine Mutter hat ihr Leben lang ihre Unselbständigkeit kultiviert. Wie Lore Schmidtpeter. Und wie deine Elisabeth Bleibtreu. Man muß natürlich in Rechnung stellen, was Christian ihr zugefügt hat im Laufe dieses Ehelebens. Die hat doch seine ganzen Vorträge gelesen. Seine Bücher. Die hat alles miterlebt. Auch, wie er ein Leben lang abhaute, hinaus in die Welt. Die muß doch gewußt haben, was läuft. Was er woanders tut. Die wußte doch, daß er Affären hatte. Das kann man über so viele Jahre nur aushalten, wenn man sich eine Fiktion aufbaut und daran unerschütterlich glaubt. Wahrscheinlich hat sie sich gesagt, diese Frauen da draußen sind alle gleich und bedeuten nichts. Sie wird sich daran geklammert haben, daß Christian immer wieder zu ihr nach Hause zurückgekommen ist. Und GERN zu ihr zurückgekommen ist. Daran, daß sie diesen Eindruck hat haben können, ist er nicht ganz unschuldig, mach' dir da nichts vor. Du kannst von dieser Frau nicht erwarten, daß sie, nachdem du aufgetaucht bist, auf einmal Verständnis für ihren Mann entwickeln kann. Beim besten Willen nicht. Da müßte sie ja die Fiktion, die sie sich aufgebaut und an die sie sich ihr Leben lang gehalten hat, aufgeben. Das hieße, sie müßte sich selbst und überhaupt diese ganze Ehe in Frage stellen. Das kann sie nicht und wird sie nicht können. Sie wird weiterhin alles tun, um ihre Lebenslüge aufrechtzuerhalten. Sie wird sich niemals eingestehen, daß du für Christian eine andere Bedeutung hast als diese Heerscharen von Frauen, mit denen er was hatte. Arm dran ist sie, du bist es nicht. Wenn die wüßte, daß du schwanger bist. Meine Abtreibung war, als es noch verboten war. Ich kannte Ernst noch nicht lange, erst ein Jahr. Er hat sofort gesagt: Wenn du das Kind kriegst, siehst du mich nicht wieder. Damals hat mich das eingeschüchtert. Er hat mir eine Adresse besorgt, hier in Stuttgart, in Heslach, ich weiß noch genau die Straße. Dann sind Wochen vergangen, mein Busen ist immer größer geworden, als ich dann morgens kotzen mußte, habe ich den Arzt, der den Eingriff vorgenommen hatte, angerufen und ihm die Symptome geschildert. Geflucht hat der und gesagt: Kommen Sie sofort her! Er hat dann noch ein zweites befruchtetes Ei gefunden. Ende des dritten Monats. Ich habe es behalten wollen, aber der Arzt hat gesagt: Kommt nicht in Frage. Das Risiko, der Embryo könne durch die Abtreibung beschädigt worden sein, war zu groß. Also das Ganze noch einmal, in derselben Praxis. Die Schwestern haben vielleicht geschaut, als ich schon wieder ankam! Heute sagt Ernst manchmal: Was hätten wir für schöne Kinder. Die Abtreibung hat er damals etwa genau so beurteilt wie dein Christian heute. Ich bin einmal in eine Runde hineingeraten, Kollegen, die meisten kannte ich vorher nur vom Sehen, wir hatten eine gemeinsame Fortbildung und gingen anschließend noch in eine Kneipe. Außer mir war nur noch eine Frau dabei, die kannte die anderen besser als ich. Und da sie gerade eine Abtreibung hinter sich hatte und davon völlig mitgenommen war, mußte sie im Laufe des Abends davon erzählen. Es entwickelte sich ein Gespräch über die moralische Frage, und die Frau und ich kamen nach längerem Hin und Her auf eine Formel, die wir für treffend hielten. Die Formel klingt ziemlich brutal, aber ich würde sie auch heute noch aufrechterhalten. Sie heißt: *Es war Mord, aber wir stehen dazu.* Sämtliche Männer am Tisch haben uns natürlich für verrückt erklärt. Die haben immer was von Zellklumpen gefaselt. So ein Blödsinn. Als ob das irgend etwas mit unseren Empfindungen zu tun hätte. Christians Vorstellung, man könne in ein paar Monaten von neuem zielschießen, ist so absurd, das kann sich nur ein Mann ausdenken. Ich habe mich immer gesehnt danach, in eine Lebenssituation zu geraten, in der ich nichts mehr entscheiden muß, in der das, was ist, die Entscheidung schon in sich trägt, einfach weil es ist. Das ist nichts anderes als die Sehnsucht nach Gott, natürlich. Aber so ist das Leben nicht. Im Leben muß man sich andauernd entscheiden und die Verantwortung dafür tragen. Als Heinz im Koma lag, wurde ich von den Ärzten darauf vorbereitet, daß ich innerhalb der nächsten Tage würde entscheiden müssen, ob er am Gehirn operiert werden solle oder nicht. Er hatte ein Gehirnödem, das drückte auf die lebenserhaltenden anderen Gehirnteile. Wenn das gewachsen wäre, hätte man operieren müssen, Heinz wäre danach, wenn er überhaupt überlebt hätte, geistig behindert gewesen. Die Alternative war: ihn sterben zu lassen. Heinz hat sechs Geschwister, alle waren dafür, ihn sterben zu lassen. Nur ich nicht. Ich konnte nicht. Ich sagte damals zu Henriette: Einmal habe ich ein solches Dilemma durchgemacht, ein zweites Mal will ich das nicht erleben. Und wenn es sein muß, daß ich entscheide, dann würde ich mich immer für das Leben entscheiden. Es ist dann nicht dazu gekommen, daß ich diese Entscheidung treffen mußte. Das Ödem ist nicht gewachsen. Heinz ist letztlich an Leberzirrhose gestorben. Obwohl er nie viel getrunken hat, fast nichts, die Leber war eben sein schwaches Organ. Nachdem er gestorben war, ist die Trauer um die beiden Kinder noch einmal hochgekommen, ziemlich heftig, seltsam, Ernst war doch der Vater, nicht Heinz, den kannte ich damals, als ich schwanger war, noch gar nicht. Ich habe hier gesessen, alleine, wie oft in der Zeit, und habe mir vorgestellt, ich hätte jetzt pubertierende Zwillinge. Trotzdem bin ich überzeugt davon, daß ich damals richtig gehandelt habe. In Abwägung der gesamten Situation war es so richtig. Ich bin ja auch nicht daran zerbrochen, daß ich das getan habe. Vor ein paar Jahrzehnten wäre das alles so noch gar nicht möglich gewesen. Eine Abtreibung nicht, jedenfalls nicht so. Du wüßtest nicht so genau, von wem das Kind ist. Und ich hätte nicht über Leben und Tod von Heinz entscheiden können. So brutal ist das Leben. Ein unbeschädigtes Leben, ein Leben ohne Verletzungen, das gibt es nicht. Wir müssen unsere Entscheidungen tragen. Punkt. So ist die Welt. So ist es.

Folgen Sie dem roten Streifen auf dem Fußboden, sagte der Pförtner, als sie nach Dr. Pedall fragte. Er gab sich nicht die Mühe, so zu schauen, als wisse er nicht, weshalb eine Frau morgens um halb sieben nach der Ambulanten Chirurgie und dort nach Dr. Pedall fragte. Zwischen sechs und acht hatte Dr. Pedall, in Böblingen praktizierender Gynäkologe, zehn Belegbetten. Immer freitags, hatte ihr Dr. Niemeyer erklärt, freitags ist es am günstigsten, *dann hat man das Wochenende, um sich zu erholen.* Der rote Streifen führte zu einem Treppenhaus, dann in den ersten Stock, zum Ende eines Ganges. Ein Krankenzimmer, drei Frauen in Betten, eine Schwester an einem kleinen Tisch, als sie zögernd in der Tür stehen blieb, fragte sie, sind Sie Patientin von Dr. Pedall, und Antonia sagte ja. Die Schwester drückte ihr einen mehrseitigen Fragebogen in die Hand. Das ist für den Anästhesisten, sagte sie, füllen Sie das im Wartezimmer aus, zweite Tür links auf der gegenüberliegenden Flurseite. Draußen kam ihr einer im grünen Chirurgenkittel entgegen, seine weißen Haare waren länger und nach hinten gekämmt, er hätte auch Komponist sein können, oder Zuhälter, je nach Kleidung. Er maß sie von oben bis unten; nachdem er befunden hatte, daß sie eine Kandidatin sei, sagte er, ich bin der Anästhesist, wir sprechen das gleich durch, keine Angst, wie heißen Sie? Sie nannte ihren Namen, daraufhin wandte er sich ab, als sei er enttäuscht. Im Wartezimmer, das kaum zehn Quadratmeter haben mochte, saßen ein junges Mädchen mit Nasenring und Plateau-Turnschuhen und eine schmale Blonde, vielleicht Anfang Dreißig, sehr hübsch und sehr blaß, sie füllte ebenfalls den Fragebogen aus. Größe, Gewicht, frühere Krankheiten, welche Medikamente nehmen Sie regelmäßig, trinken Sie regelmäßig Alkohol, sind Sie allergisch und gegen was. Jetzt betrat eine ältere Frau den Raum. Auch sie hatte den Fragebogen in der Hand. Heute ist aber *volles Haus*, sagte sie schnaufend, während sie sich auf den letzten freien Stuhl plumpsen ließ. Sie trug eine trachtenähnliche Jacke, Lederhosen und Ballerinas mit goldenen Schnallen. Als sie den Blick hinunter auf den Fragebogen in ihrer Hand sinken ließ, sah Antonia, daß die Frau sehr viel hellblauen Lidschatten aufgetragen hatte. Der Anästhesist wehte herein. Kommen Sie, sagte er zu Antonia, sie ging hinter ihm her in sein Büro. Er setzte sich an den Schreibtisch, bedeutete ihr, auf dem Stuhl davor Platz zu nehmen, überflog ihren Fragebogen und fragte dann Was wird das hier für eine Sache? Sie antwortete: Eine Abtreibung. – Schwangerschaftsabbruch, sagte er, sagen Sie doch Schwangerschaftsabbruch, das klingt viel freundlicher. Eben, sagte sie, er war schon wieder beim Fragebogen. Sie sind neununddreißig? Sie nickte. Er zog die Mundwinkel kurz nach unten, das sollte wohl heißen, daß er das nicht für möglich gehalten hätte. Haben Sie Fragen zur Narkose? Er wartete die Antwort nicht ab, sondern fuhr fort: Sie dauert fünf Minuten, danach sind Sie wach, richtig wach im übrigen, eine gewisse Gefahr besteht immer, ich bin verpflichtet, Ihnen das zu sagen. Bitte schicken Sie die Nächste zu mir, dann melden Sie sich bei der Schwester. Sie ging zurück und sagte ins Wartezimmer hinein, die nächste Patientin soll zum Anästhesisten kommen, die schmale Blonde sprang hastig auf. Im Krankenzimmer schob die Schwester einen Vorhang vor einen Stuhl. Ziehen Sie alles aus und das an, sagte sie und gab Antonia ein weißes Leinenhemd in die Hand. Ihre Sachen werde ich dann in einen Schrank schließen. Erst jetzt begriff sie, daß die, die da in den Betten dösten, ebenfalls Patientinnen von Dr. Pedall waren. Die Unterhose auch, fragte sie und fühlte ihre Wangen heiß werden, weil ihr bewußt wurde, wie blöde das geklungen haben mußte vor allen, aber sie konnte sich einfach nicht vorstellen, daß sie von jetzt ab unter diesem OP-Hemd nackt sein sollte. Tja, sagte die Schwester mit einem Seufzer, den BH können Sie anbehalten, wenn Sie wollen. Das Hemd konnte man nur hinten am Hals zubinden, unten klaffte es auf. Die Schwester schob ein Bett in den Raum, das ist Ihres, sagte sie zu Antonia, legen Sie sich hinein, bitte. Sie werden nach der OP noch zirka drei Stunden hier bleiben, bis Sie wieder ganz fit sind. Damit hatte sie nicht gerechnet. Dr. Niemeyer hatte gesagt, eine Stunde nach dem Eingriff würde sie nach Hause gehen können. Bitte geben Sie mir meine Tasche, sagte sie zur Schwester, ich muß noch einmal telefonieren. Die Schwester brachte ihr die Tasche ans Bett. Sie rief Christian an, der in der Eingangshalle saß und wartete; daß die anderen mithören konnten, war jetzt nicht zu ändern. Es dauert länger, sagte sie, vielleicht bis Mittag. Er hatte sie gefahren, in ihrem Peugeot, er hatte darauf bestanden, daß er fahre, es war noch dunkel gewesen und es hatte genieselt und er hatte die Kurven genommen, daß sie gefürchtet hatte, sie müsse sich gleich übergeben. Sie war nüchtern, nicht einmal eine Tasse Kaffee war erlaubt gewesen, außerdem war sie mit furchtbaren Kopfschmerzen aufgewacht. In der Nacht hatte sie auf einmal Schmerzen im Unterleib gehabt, Krämpfe, als käme die Periode, vielleicht geht es ab, hatte sie gedacht, oder es beschwert sich, weil es merkt, was wir mit ihm vorhaben. Die Krämpfe waren so stark geworden, daß sie Angst bekommen und Christian gebeten hatte, ihr seine Hand auf den Leib zu legen, obwohl ihr das Pathos dieser Geste – die werdenden Eltern! – in Anbetracht des Bevorstehenden unpassend, geradezu grotesk vorgekommen war. Die Krämpfe hatten dann nachgelassen. Vielleicht gibt es im Krankenhaus eine Cafeteria, sagte sie so leise wie möglich ins Telefon, nun laß doch, sagte er, sie merkte, daß er nach Worten suchte, die ihr jetzt guttun könnten, aber es fiel ihm nichts ein, und es gab auch nichts mehr zu sagen. Sie legte sich unter die dünne Decke, jetzt war sie eine von denen, jetzt gehörte sie dazu, wenn die bei der Reihenfolge blieben, würde sie die Vierte sein. Direkt neben ihr lag ein ganz junges Mädchen, sie konnte nicht älter als siebzehn sein. Im mittleren Bett eine sehr Dicke, ihre Haare waren lang und vom häufigen Aufhellen verfilzt, sicher war auch sie jünger als Antonia, im hinteren Bett eine Mittvierzigerin, die sagte jetzt etwas zur Schwester, man hörte deutlich den sächsischen Dialekt. Die hübsche Blonde aus dem Wartezimmer kam herein, um sich hinter dem Vorhang auszuziehen, die Unterhose auch, fragte sie die Schwester, die nickte bekümmert. Das Zimmer füllte sich allmählich mit Betten: eine Ausländerin, die Mann und Kind dabeihatte, Pferdeschwanz, robuste Statur, fröhliches Gesicht und rote Bäckchen, sie redete auf den Mann ein, während sie sich hinter dem Vorhang auszog, sie sprach kroatisch, die Dicke im mittleren Bett verfolgte die Unterhaltung und lachte, offenbar war sie ebenfalls Kroatin. Der Mann und das Kind verschwanden, das Mädchen mit dem Nasenring schaute herein, ging zum Bett der Dicken und sprach leise mit ihr, das war also deren Tochter. Dann kam noch die Ältere mit dem hellblauen Lidschatten, soll ich die Unterhose auch ausziehen, fragte sie die Schwester, und die sagte erschöpft: besser ja. Gegen acht lagen alle in ihren Betten. Antonia fror jetzt so sehr, daß sie Mühe hatte, nicht mit den Zähnen zu klappern. Ein Mann kam herein und sagte, er sei Dr. Pedall, er war braungebrannt und hatte eine goldgefaßte Halbbrille auf der Nase. Der weiße Arztkittel weit offen, eine schmale weiße Lederkrawatte baumelte auf weißem Hemd. Er ging von Bett zu Bett und fragte, ob alle zum Fragebogen auch den gelben Merkzettel erhalten hätten, darauf ständen Verhaltensregeln für die nächsten vierundzwanzig Stunden. Kennen Sie Ihre Blutgruppe, fragte er Antonia und ließ sich auf dem Rand ihres Bettes nieder. Null Rhesus Negativ, sagte sie, Dr. Pedall verzog das Gesicht. In diesem Fall müssen Sie sich innerhalb der nächsten zweiundsiebzig Stunden von Ihrem behandelnden Arzt eine Spritze geben lassen. Die Lederkrawatte streifte ihren Arm wie eine kalte Zunge. Nur als Sicherheitsmaßnahme, falls Sie irgendwann doch noch mal Kinder wollen; wenn der Rhesusfaktor Ihres Partners positiv ist, kann es Komplikationen geben. Leider ist die Spritze sehr teuer, hundert Mark mindestens. Wieso geben Sie mir die Spritze nicht, wollte sie zu Dr. Pedall sagen, aber bevor sie es aussprechen konnte, war er schon wieder weg. Sie sind die erste, sagte die Schwester zu der Siebzehnjährigen, es geht gleich los. Jetzt schwiegen alle und starrten zur Decke. Sie müssen Ihr Gebiß herausnehmen, sagte die Schwester in die Stille hinein zu der Älteren, ich gebe Ihnen eine Box zum Aufbewahren. Ich möchte es noch behalten, sagte die Ältere erschrocken, bitte,

Schwester, ich kann es erst ganz kurz vor der Operation ausziehen, und Sie müssen mir versprechen, daß Sie es mir hinterher sofort wiedergeben, ich kann … Sie geriet ins Stottern und sagte schließlich beinahe verzweifelt: Ich kann das sonst nicht. Die Siebzehnjährige wurde auf ihrem Bett aus dem Zimmer gefahren, schon wenige Minuten später wieder herein, in ihrer linken Handaußenfläche steckte eine Nadel, an der Nadel ein Schlauch, der an einer Flasche mit klarer Flüssigkeit befestigt war. Die Infusion tropfte langsam in den Schlauch. Was ist das, fragte die Dicke die Schwester, nur Elektrolyte, sagte diese, schließlich sind Sie alle seit gestern nüchtern, der Flüssigkeitshaushalt des Körpers muß stimmen. Sie sind die Nächste. Die Schwester schob erst die Ältere, dann Antonia hinaus auf den Flur, um den Weg für das Bett der Dicken freizumachen, der reinste Verschiebebahnhof, witzelte sie, es klang, als sage sie das jeden Freitag, um gute Stimmung zu machen. Die Dicke blieb ziemlich lange im OP. Inzwischen war die Siebzehnjährige schon wieder munter; das war also alles, sagte sie, und dann zur Schwester, bitte holen Sie mir doch meinen Rucksack aus dem Spind, da sind mehrere Bücher drin. Die Schwester holte den Rucksack, die Siebzehnjährige vertiefte sich in »Harry Potter und der Stein der Weisen«. Als die Dicke wieder zu sich kam, fing sie sofort an zu reden, mit vor Erleichterung ganz hoher Stimme. Wie wunderbar Dr. Pedall sei, auch die Schwester sei ganz wunderbar, alle seien so nett, hierhin würde sie immer wieder kommen, sie habe sich so gefürchtet, vielen Dank für alles. Jetzt war die Sächsin im OP. Die Schwester schob Antonia erneut hinaus auf den Flur und sagte das mit dem Verschiebebahnhof noch einmal. Antonia fühlte nichts mehr, nicht mal Angst. Keine zwei Meter von ihrem Bett entfernt stand eine Tür halb offen, aus der Gelächter drang. Auf einem Schild neben der Tür stand: OP. Antonia konnte nicht verstehen, was gesagt wurde, aber sie erkannte die Stimme des Anästhesisten. Die Sächsin wurde hinausgeschoben und Antonia hinein. Der Raum war nicht sehr groß, das Licht freundlich. Dr. Pedall trug jetzt ein grünes Chirurgenhemd. Außer ihm und dem Anästhesisten nahm sie noch eine Schwester und einen bärtigen Pfleger wahr. Bitte begleiten Sie mich zum Stuhl, sagte Dr. Pedall, keine Angst, rief ihr der Anästhesist zu. Setzen Sie sich ganz nach vorne, die Beine hier drauf, sagte Dr. Pedall. Sobald sie die Beine auf die dafür vorgesehenen Schalen rechts und links des Stuhles gelegt hatte, schnallte die Schwester ihre Unterschenkel mit Lederriemen fest. Nur damit Sie nicht runterfallen, sagte Dr. Pedall. Er saß schon auf dem Hocker zwischen ihren Beinen. Unterhalb des Stuhls stand ein Eimer, darüber ein Papiertuch gebreitet, das sah sie noch, bevor sie sich zurücklehnen mußte. Jetzt kommt das EKG, sagte der Anästhesist über ihr, schob ihr das Hemd zur Seite und befestigte die runden Saugknöpfe an ihren Schultern und oberhalb des Herzens. Dr. Pedall hob ihr Hemd hoch und betrachtete sie von unten, sie wußte nicht, warum er das tat. Der Bärtige machte sich an ihrer linken Hand zu schaffen. Der Venenzugang wird gelegt, sagte er. Es tat weh. Er setzte die Spritze an, sie spürte die Wirkung des Narkosemittels sofort, von hinten legte ihr der Anästhesist eine Maske auf die Nase und sagte, das ist Sauerstoff, schön atmen. Als sie erwachte, lag sie auf ihrem Bett im Krankenzimmer, in der hinteren Ecke, die Infusion hing an ihrem Arm. Sie sah, daß die hübsche Blonde ebenfalls schon fertig war. Ich muß länger ohnmächtig gewesen sein als fünf Minuten, dachte sie, da spürte sie die Schmerzen. Die Schwester kam zu ihr, um Blutdruck zu messen. Niedrig, den Umständen entsprechend, sagte sie. Die Schmerzen waren ungeheuer. Ich habe Schmerzen, sagte Antonia, ich auch, hörte sie die Sächsin aus dem Nachbarbett sagen. Das hat zu tun mit der Spritze, die Sie bekommen haben, erklärte die Schwester. In die Gebärmutter, damit sie sich zusammenzieht und die Blutung schneller aufhört. Wenn Sie wollen, gebe ich Ihnen ein krampflösendes Mittel. Sie machte sich an Antonias Venenzugang zu schaffen und spritzte etwas hinein. Antonia spürte, wie das Blut in kleinen Schüben aus ihr herauslief und daß sie etwas Windelähnliches zwischen den Beinen hatte. Wie lange wird es bluten, fragte sie die Schwester, drei Tage, aber es wird immer schwächer, sagte die. Wenn jemandem kalt ist, bitte melden, ich hole noch Decken, kein Problem. Beinahe allen war kalt, außer der Dicken. Die Ältere wurde als letztes zurückgebracht. Halloo, rief die Schwester der Älteren ins Ohr, Sie können Ihr Gebiß wieder einsetzen, halloo, Sie haben ihr Gebiß in der Hand, hören Sie mich, aber die so Angesprochene hörte nichts, ließ statt dessen die offene Dose mit dem Gebiß aus der Hand gleiten, so daß die Dose auf den Boden fiel und das Gebiß herauskullerte. Die Schwester bückte sich und hob Gebiß und Dose wieder auf. Der Anästhesist kam herein, wie geht's den Damen, fragte er und schaute in die Runde; was lesen Sie denn, fragte er die Siebzehnjährige, Harry Potter, sagte sie, Harry was?, fragte der Anästhesist. Ein Kinderbuch, sagte das Mädchen, müßten Sie eigentlich kennen. Wieso muß ich ein Kinderbuch kennen, fragte der Anästhesist. Das kennt jeder, sagte sie mit deutlicher Verachtung in der Stimme. Die blasse Blonde war direkt vor Antonias Bett geschoben worden, mit dem Gesicht Antonia zugewandt. Sie blickte zur Wand. Antonia sah, wie sich die Augen der Blonden mit Tränen füllten. Ihre Nase wurde ganz rot, die Tränen liefen ihr die Wangen herunter. Als sie kurz herüberschaute, nickte Antonia ihr zu, sie hoffte, die Blonde würde das richtig verstehen. Dann mußte Antonia auch weinen. Die Kroatin beobachtete sie neugierig. Du habe Schmerze, fragte sie in Antonias Richtung. Antonia sagte ja. Ich habe koi Schmerze, sagte die Kroatin, zuckte die Schultern und lachte, als wolle sie sich dafür entschuldigen. Ich habe drei Kinder, drei Mädsche, jüngstes drei Jahr. Ich habe auch drei Kinder, sagte die Sächsin. Ich auch, sagte die Dicke. Demnächst komme sie noch mal hierher, in vier Wochen. Zum Sterilisieren. Eigentlich habe sie das in einem Aufwasch erledigen wollen, aber der Arzt habe gemeint, das sei für ihren Körper eine zu große Belastung. Das letzte Mal habe sie die Narkose besser vertragen, jetzt sei ihr richtig schlecht, das sei beim letzten Mal nicht so gewesen. Auch die Ältere war jetzt wach und hatte ihr Gebiß wieder im Mund. Antonias Infusionsflasche war leer, die Schwester löste den Schlauch aus dem Venenzugang an ihrer Hand. Den kann ich Ihnen erst zum Schluß wegmachen, sagte sie, falls Ihr Kreislauf noch zusammenbricht, müssen wir reagieren können. Die Nadel blieb also stecken, bei jeder Bewegung der Hand tat sie weh, die Hand war ganz kalt vom Nichtbewegen. Ich muß Pipi, sagte die Kroatin. Die Toilette ist besetzt, sagte die Schwester. Ich kann nimmer aushalde, sagte die Kroatin, Scheise. Ich gebe Ihnen eine Bettpfanne, sagte die Schwester. Aus dem Schrank holte sie einen Metalltopf und schob ihn unter die Decke der Kroatin. Besser, sagte die erleichtert. Die Schwester drehte die Runde, um ein zweites Mal Blutdruck zu messen. Zu Antonia sagte sie: Niedrig, aber stabil. Dann kündigte sie an, sie werde eine große Kanne Tee kochen. Gleich mehrere bekundeten, sie müßten auf die Toilette. Die Schwester überreichte jeder eine Netzhose und eine riesige neue Binde. Sobald die Frauen draußen waren, machte sie sich an ihren Betten zu schaffen. Sie wechselte die Unterlagen, rechteckige Decken aus Gummi, darauf die Windeln, sie waren voller Blut. Auch Antonia zog die Schwester die blutige Windel zwischen den Beinen heraus und hielt ihr eine Netzhose und eine Binde entgegen. Legen Sie das vor, sagte sie. Dann ging sie, um den versprochenen Tee zu kochen. Dr. Pedall kam herein und ging von Bett zu Bett. Er hatte wieder den weißen Kittel an, die weiße Lederkrawatte schaute heraus. Antonia hörte, wie er zu der Älteren sagte, es sieht gutartig aus, kommen Sie Ende nächster Woche vorbei, früher ist es nicht nötig, es ändert ohnehin nichts. Alles in Ordnung, fragte er, als er bei Antonia war, die Schmerzen kommen von der Spritze in die Gebärmutter. Aber das gibt sich. Falls etwas ist, rufen Sie die Nummer auf dem gelben Merkzettel an. Und alles Gute.

Die Schwester brachte endlich den Tee, es war Pfefferminztee, Antonia wurde auf der Stelle heiß davon. Kann ich jetzt endlich meinen Papa anrufen, damit er mich abholt, fragte die Siebzehnjährige, die drei Stunden sind um. Okay, sagte die Schwester. Jetzt standen der Mann der Kroatin und das kleine Kind in der Tür, was wollen Sie denn schon hier, rief die Schwester, Sie sind zu früh. Nur gucke, sagte der Mann. Die Kroatin winkte die beiden zu sich ans Bett, aber die Schwester schob den Mann und das Kind hinaus. Um halb eins, sagte sie, nicht vorher. Die Kroatin äußerte Laute des Bedauerns. Jetzt durfte sich die Siebzehnjährige anziehen, als erstes; von nun an geht's im Zehn-Minuten-Takt, sagte die Schwester. Sie sprengte die Plastikhülle einer riesigen Packung mit riesigen Binden und bildete auf ihrem Schreibtisch sieben gleich große Bindentürme. Zum Mitnehmen, erklärte sie und stopfte die Binden in Plastiktüten, damit Ihnen zu Hause die Vorlagen nicht ausgehen. Die Dicke schob ihre gewaltigen weißen Schenkel in enge Tigerhosen. Die Tochter der Dicken, das Mädchen mit dem Nasenring, kam ins Zimmer, um ihre Mutter abzuholen, sie hatte ein kleines schwarzhäutiges Mädchen dabei, das die Dicke gleich begeistert in die Arme schloß. Für die hübsche Blonde kam ein Dressman-Typ mit gel-geformtem Strähnenhaar. Antonia schätzte den Altersunterschied auf fünfzehn Jahre. Jetzt geht's los, sagte die Schwester und stapelte Antonia ihre Kleider in den Schoß. Als sie im hinten aufklaffenden Leinenhemd über den Flur zur Toilette tapste, kam ihr Christian entgegen; als er sie sah, schnaufte er erleichtert. Ich ziehe mich nur noch an, sagte sie. Er wagte nicht, in das Krankenzimmer hineinzuschauen, sondern setzte sich am oberen Ende des Ganges auf eine Bank. Es blutete noch immer ziemlich heftig. Sie kriegte die Jeans kaum zu, weil die Binde so groß war. Die Schwester zog ihr die Nadel aus der Hand, verabreichte ihr ein Pflaster und wünschte ihr alles Gute. Der Dressman ging im Flur auf und ab; die Blonde hatte noch ein paar Minuten Ruhezeit in ihrem Bett hinter sich zu bringen. Alles Gute Ihnen allen, sagte Antonia, schaute aber nur die Blonde an, die sollte merken, daß sie sie verstand. Und die Blonde lächelte auch so, daß Antonia das Gefühl hatte, ihre unausgesprochene Solidaritätsbotschaft sei angekommen. Im Aufzug drückte Christian einen Kuß auf ihre Stirn, kriegte Tränen in die Augen, schaute auf sie hinunter und schüttelte den Kopf. Du mußt die Mobilbox abhören, sagte er, ich hatte Angst um dich.

Au ja! Barbaras Telefonstimme klang entzückt. Du hast vollkommen recht, sagte sie, wir müssen das wieder anfangen. Aber es geht nur mittwochs, da hat Wolfgang seinen freien Nachmittag. Meinst du, wir kriegen das hin, hatte ich sie gefragt, einmal die Woche ins Leuze, wie früher? Wahrscheinlich war sie auch deshalb so erfreut, weil ich mich, seit sie Mutter des großartigsten Sohnes der Welt ist, eher rar gemacht habe. Bis acht, nicht länger, sagte sie dann noch, er will eben, daß ich ihn ins Bett bringe, wenn sein Vater das versucht, tobt er so lange, bis ich an seinem Bett erscheine, das Ritual akzeptiert er halt nur bei mir. Ist schon okay, sagte ich. In der Karl-Schurz-Straße, kurz vor dem großen Parkplatz der Mineralbäder, hielt ich am Briefkasten und warf das Manuskript ein. Nächste Leerung 18.15 Uhr, also übermorgen hast du's. Ich kann es doch bei dir in Stuttgart lesen, hast du gesagt, aber deine Reaktion live mitkriegen zu müssen, noch während der Lektüre, dein Aufseufzen, dein O-nein-Rufen und was ich mir sonst noch als deine Reaktion vorstelle, habe ich auf jeden Fall vermeiden wollen. Ich habe dir in all den Jahren nie etwas geschickt, das ging nicht, natürlich nicht, Lisbeth hätte das Geschickte sofort konfisziert. Protestier' jetzt nicht, ich kenne sie. Manchmal denke ich: besser als du. Obwohl das ja nicht möglich ist. *Christian Bleibtreu* und dann *persönlich* habe ich auf den wattierten Umschlag geschrieben, habe das Gefühl gehabt: Mehr kann ich nicht tun. Der Rest ist deine Sache. Ich hoffe, du wirst früher am Postkasten gewesen sein als sie an diesem Tag, der übermorgen gewesen sein wird. Natürlich hätte ich das Ganze als RTF-Datei mailen können, angeblich ist Lisbeth so wenig in der Lage, E-Mails zu lesen oder zu verschicken – oder gar angehängte Dokumente zu lösen! –, wie sie fähig ist, die ISDN-Anlage zum Mithören oder Abhören zu mißbrauchen. Eben, habe ich gesagt, als du dies bemerkt hast, aber gleich hinzugefügt, ich sei auch deshalb dagegen, dir das Manuskript zu mailen, weil ich will, daß du die Seiten nicht erst mühsam ausdrucken mußt, sondern sie gleich vor dir hast. Auspacken wie ein Geschenk sollst du den Stapel. Und der Stapel sieht stattlich aus. Als sei er was. Eine Hochstapelei, die Gräfin von Kalau grüßt dich ein letztes Mal, ich hoffe, an dieser Stelle lachst du! Ansonsten wirst du vermutlich weniger oft lachen, als ich es möchte. Auch deshalb, um nicht mitkriegen zu müssen, daß du beim Lesen weniger oft lachst, als ich es möchte, sollst du das Ganze alleine lesen. Du wirst ein gutes Versteck finden müssen für den Stapel. So ein stattlicher Stapel versteckt sich nicht leicht!

Natürlich fehlt vieles. Achim Kühnholz' Zunge ist irgendwann doch einmal in meinem Mund gewesen, sicher nicht, als er bei mir übernachtete, vorher. Ich habe diesem Manuskript Achim Kühnholz' Zunge vorenthalten. Und seine Hand, die zog meine Bluse hoch, vor dem Breuninger-Parkhaus am Bohnenviertel, wir waren zusammen beim Fröhlich essen gewesen, während des Essens hatte das Mädchen, das bediente, ihm das Telefon gereicht, er war davongestürzt und hatte mich lange sitzen lassen, als er zurückkam, entschuldigte er sich. Der Vater seiner Frau sei ins Krankenhaus gekommen, sie habe es nur loswerden müssen. Ich schwieg und ließ ihn ein neues Thema finden, und auf das Thema ging ich dann nur zögernd ein; ich wollte, daß sich sein schlechtes Gewissen möglichst lange hielt. Das Thema war Beuys, Achim Kühnholz erzählte, wie sehr er Beuys bewundert habe, regelrecht hinterhergereist sei er dem, zur documenta 1972, da sei er fünfzehn gewesen. Eigentlich habe er Kunst studieren wollen, dann sei es doch Musik geworden, seine Eltern wohnten in Düsseldorf, immer sei er am Drakeplatz 4 vorbeigeschlichen voller Ehrfurcht, noch heute stehe auf einem der Klingelschilder Beuys. Es gefiel mir, wie er schaute, als er von Beuys sprach. Während wir nach dem Essen noch *einmal ums Quadrat* gingen, legte er den Arm um mich und drückte meine Schulter und sagte, *ich habe zwischendurch mal über dich nachgedacht.* Vor dem Parkhaus blieb er stehen und schob meine Bluse etwas nach oben. Du bist ja ganz nackt, flüsterte er, ich sagte nein, dann noch einmal lauter: nein, ich hoffte, das werde genügen, weiteres abzuwehren, aber bevor mein doppeltes Nein seine Hand zurückpfiff, mußte die Hand noch für einen Moment meine Brust erreichen, dann zog er sie weg, als könne er sich die Hand verbrennen. Statt dessen sagte er aber, jetzt küß' ich dich noch, und drückte seinen Mund auf meinen, ich bin aussätzig, sagte ich in seinen Mund hinein, denn ich hatte einen Herpes im linken Mundwinkel, das bist du nicht, sagte er, Herpes hab' ich auch dauernd, dann versenkte er seine Zunge einige Sekunden lang, wie zum Beweis, daß ihn ein Herpes nicht abschrecke. Auch wenn du das anders sehen wirst: Es fehlt überhaupt nichts, wenn das fehlt! Ein Oliver-Überfall fehlt mindestens auch, ich wohnte noch im Tazzelwurm, wie früher nahm er, als er heraufkam, zwei Stufen auf einmal, ganz sicher sah ich nicht erfreut aus, denn ich erwartete Christians Anruf, ich wäre auch nicht erfreuter gewesen, hätte ich Christians Anruf nicht erwartet, da bin ich ziemlich sicher. Ich muß gleich weg, log ich unfreundlich, aber Oliver blieb trotzdem eine halbe Stunde in der Küche sitzen und leerte in aller Seelenruhe die Obstschale. Bevor er ging, bohrte er seinen Besitzanspruch mit dem Zeigefinger in die schwächste Stelle meiner alten Jeans, und ich kriegte einen Stromstoß in den Unterleib. Geschenkt! Die Szene hätte dagegen hineingehört: Als ich, oben in der Senderkantine, mitten im Dreizehn-Uhr-Betrieb, das volle Tablett in den Händen, Udo und Claudi mit ihren Tabletts hinter mir, auf der Suche nach einem freien Tisch, weit hinten Sigi Großbongard mit einem Weißhaarigen sitzen sah, den ich von Fotos kannte, den ich als Alexander kannte, als seinen Sohn, hätte dagegen hineingehört. Vor Schreck blieb ich stehen, so daß Udo mich mit seinem Tablett von hinten rammte und mit dem Schmerz ein Kältegefühl kam, weil Udos Apfelsaftschorle mir ins Kreuz geschwappt war. Ich konnte nichts tun als hinstarren, Sigi redete auf Alexander ein, Alexander hörte zu und spitzte dabei seinen Mund so, wie es manchmal sein Vater tut. Unter den weißen Kringellocken wirkte sein Gesicht unendlich jung. Na klar, dachte ich, sie machen einen Film zusammen. Sie reden doch wohl nicht über mich, hoffentlich reden sie nicht über mich, und dann bedauerte ich für einen Moment, daß sie jetzt nicht über mich sprachen. Dann zog Alexander seinen Mund zu einem Lächeln in eine beachtliche Breite und entblößte dabei große Zähne, gleichzeitig drehte er den Kopf in meine Richtung, er nahm mich nicht wahr, wie sollte er auch, er kennt mich ja nicht, aber für einen Moment kam es mir vor, als schaute Elisabeth Bleibtreu mich an, durch ihn hindurch. Ich stellte mein volles Tablett auf irgendeinem Tisch ab und ging, Udo und Claudi haben sich bestimmt gewundert. Die Vorstellung, wie das Kind aussehen würde und wie alt es jetzt wäre, kommt immer wieder einmal auf, sie wird nicht aushaltbarer mit der Zeit. Das Kind würde jetzt vermutlich bereits zahnen. Du kannst es mir sagen, wenn das Kind nicht von mir war! Antonia, das würde ich doch verstehen! Daß Christian solches gelegentlich äußert, wäre auch noch zu erwähnen gewesen. Einmal wird Sigi noch vorbeigekommen sein, du wirst nicht damit gerechnet haben, es ist eben noch ein letztes Mal dazu gekommen, ach Antonia, wenn du in der Lage wärest, das zuzugeben, ich würde dich so aufnehmen ... Und sein Gesicht leuchtet, daß ich ihm beinahe glaube. Das Kind wäre deines gewesen, antworte ich jedesmal, etwas anderes kann ich dir nicht sagen. Immer habe ich unterbringen wollen, daß sich Tante Anna vor dem Beichten parfümiert, ich weiß das, weil ich sie öfter hinübergefahren habe nach St. Hildegard, und jedesmal hat sie im Auto gerochen wie sonst nie, man konnte kaum atmen. Tante Anna möchte ich für immer und über alle sogenannten Romane der Welt hinaus ein Denkmal setzen! Und Waltraud natürlich. Die hat Ernst letzten Mittwoch wiedergesehen, nach mehr als einem Jahr. Sie sei ihm über die Staffeln entgegengerannt, hat sie berichtet, als sie voreinander gestanden seien, hätten beide geheult. Wie ein Heimkehrer aus der Kriegsgefangenschaft sei er ihr vorgekommen! So ist es ja auch gewesen, habe ich gesagt. Fünf Minuten später im Bett. Jetzt sehe sie wieder Land. Gleich donnerstags habe sie Lore angerufen, es sei wunderbar gelaufen. Sie habe alles so gemacht wie besprochen. Lore habe zu ihr gesagt, Ernst hat mir erzählt, Sie möchten ab und zu mit ihm essen, das können Sie natürlich, *wenn ich das vorher weiß*. Nach dem Motto: Gassi führen kannst du den Hund schon, aber faß' ihm bitte nicht an den Schwanz! Wenn die wüßte, daß ich das noch keine vierundzwanzig Stunden vorher getan habe! Hat Waltraud gesagt und vor Vergnügen gequietscht. Während sie telefonierten, sei Ernst einmal zu Lore ins Zimmer gekommen, da habe die ihn angeherrscht, geh' raus, ich rede mit Waltraud! – Wir können uns ja mal treffen, Frau Schmidtpeter, habe Waltraud übermütig vorgeschlagen, ich bin allerdings jetzt viel in Bad Urach, *bei meinem neuen Partner*. Sie haben es gut, habe Lore geseufzt, und ich muß einen Unzurechnungsfähigen hüten! Aber ich würde Sie natürlich sehr gerne treffen, liebe Waltraud, ich nenne Sie jetzt einfach mal beim Vornamen. – Du wirst sie doch nicht wirklich treffen, habe ich ungläubig gefragt. Doch, hat Waltraud gesagt, Sonntag in einer Woche in der Alten Kanzlei, ich werde umwerfend aussehen, ich geh' vorher noch zum Friseur! In der Eingangshalle des Leuze stand Barbara und lächelte mir entgegen, ich freue mich so, sagte sie, als wir uns umarmten, aber ob ich gleich wieder vierzig Bahnen schaffe, bezweifle ich, meine Kondition ist bei null! Meine doch auch, sagte ich, wir müssen eben wieder von vorne anfangen. In der Damensammelumkleidekabine zog Barbara eine schwarze Hose aus ihrer Badetasche und hielt sie mir entgegen. Vielleicht kannst du die brauchen, sagte sie, mir paßt sie nicht mehr, zwei Kilo machen halt doch was aus. Bevor wir hinuntergingen, zeigte sie mir noch ihre Kaiserschnittnarbe. Aus der Damendusche schlug uns heißer Dampf entgegen, wir traten in den Nebel, einige rosa Frauenleiber gewannen Kontur, wir zogen unsere Badeanzüge herunter und reihten uns ein. Während das heiße Wasser auf meinen Rücken prasselte, schaute ich mich um. Alles Ältere, älter als Barbara und ich. Die mir gegenüber sicher über Siebzig, hager, die Haut ein altes Viledatuch. Daneben eine Dicke, deren Geschlecht vom Vordach eines gewaltigen Bauches verdeckt wurde. Der Bauch hatte ein paar Dellen, wie ein Kissen, auf dem mehrere sehr kleine Köpfe eine Nacht lang gelegen hatten. Links außen ein eingefallener Po, vermutlich war ihm die Polsterung mit den Wechseljahren abhanden gekommen. Die Haltung der Frauen war merkwürdig gleich, die Arme hatten sie auf dem Rücken verschränkt, die Köpfe zeigten so nach unten wie die Brüste. Ihre Oberkörper drehten sie nach einem geheimen Rhythmus in die heißen Wasserstrahle hinein, linke Schulter vor, rechte Schulter vor. Keine der Frauen sprach. Alle schauten vor sich hin. Sie wiegen sich, mußte ich denken. *Sie wiegen sich!* Auf einmal kamen mir die Frauen schön vor. Mit leeren, schönen Gesichtern empfingen sie die Hitze des Wassers auf ihren Rücken, so lange, bis die Rücken krebsrot waren und die Füße schwer, dann ging es nicht mehr anders, dann mußte eine nach der anderen hinaus ins kalte Mineralwasser, das sie nach dem ersten Schock wärmen würde durch tausend kleine Nadelstiche. Jetzt erst merkte ich, daß auch ich die ganze Zeit diese kleinen, wiegenden Bewegungen machte. Neben mir seufzte Barbara vor Behagen. Komm, sagte ich zu ihr, wir bringen es hinter uns. Sie schaute mich an wie eine Erwachte, lächelte dann aber und zog zum Zeichen des Einverständnisses ihren Badeanzug wieder in Position. Draußen, am Beckenrand, schaffte sie den Sprung in die Kälte vor mir, mit spitzen Schreien, während ich noch eine Weile bibberte. Mach' schon, rief sie, und ich überwand mich und kam neben sie. Gemeinsam schwammen wir durch die Schleuse, die das innere Becken vom äußeren trennte, ins Freie. Das Wasser war schon nicht mehr so kalt. Während ich mir eine Bahn suchte, dachte ich: Es war alles viel schlimmer, und es war alles viel schöner. So kann es nicht gewesen sein. Oder sollte ich denken: Das kann es nicht gewesen sein.

ULLA LENZE
SCHWESTER UND BRUDER
Roman. Etwa 220 Seiten, gebunden

Martha ist Lukas' Schwester. Ist das ein Grund, sich nach einem Jahr der Trennung auf den Bruder zu freuen? Als Lukas aus Indien zurückkehrt, ist er von seinen Eindrücken überwältigt, die Begegnung mit einem Wandermönch hat ihn verwandelt. Er glaubt, gefunden zu haben, was ihn glücklich macht. Martha sträubt sich gegen seine unglaublichen Berichte.
Lukas findet sich zu Hause nicht zurecht. Er wird krank und erblindet. Martha überwindet sich, den Bruder nach Indien zu begleiten, um den rätselhaften Mönch wiederzufinden. Ein gegensätzliches Paar macht sich auf die Reise: Die misstrauische Schwester führt den blinden Bruder auf der Suche nach einem Geheimnis, das zwischen den beiden selber liegt.
Ulla Lenze erzählt mit scharfem Blick von der bedrohlichen Enge eines Geschwisterpaares. Sie nimmt die Leser mit auf ein Abenteuer, das von der Macht des Glaubens und der Geschichten, von Abendland und Osten handelt. Sie zeigt, wie das scheinbar weit Entfernte zusammengehört. *Schwester und Bruder* – ein Roman über das, was wichtig ist. Und über die Gefahr, auf der Suche danach das Wichtigste zu vergessen.

Literatur bei DuMont

SASCHA ANDERSON. SASCHA ANDERSON.
2002, 304 Seiten mit 20 Fotos

PIETRO ARETINO / THOMAS HETTCHE.
STELLUNGEN. VOM ANFANG UND ENDE DER PORNOGRAFIE.
2003, 118 Seiten, zweisprachig, mit Reproduktionen der Kupferstiche von Raimondi

TONINO BENACQUISTA. DIE MELANCHOLIE DER MÄNNER.
Roman. 2003, 303 Seiten

MARCEL BEYER. NONFICTION.
2003, 322 Seiten

MARCEL BEYER. SPIONE.
Roman. 2000, 308 Seiten

MIRKO BONNÉ. DER JUNGE FORDT.
Roman. 1999, 277 Seiten

MIRKO BONNÉ. EIN LANGSAMER STURZ.
Roman. 2002, 173 Seiten

CHRISTINA CHIU.
SCHWARZE SCHAFE UND ANDERE HEILIGE.
2002. 304 Seiten

ANDREW CRUMEY.
ROUSSEAU UND DIE GEILEN PELZTIERCHEN.
Roman. 2003, 351 Seiten

GYÖRGY DALOS. SEILSCHAFTEN.
Roman. 2002, 359 Seiten

JOHN VON DÜFFEL. EGO.
Roman. 2001, 281 Seiten

JOHN VON DÜFFEL. VOM WASSER.
Roman. 1998, 288 Seiten

JOHN VON DÜFFEL. WASSER UND ANDERE WELTEN.
Geschichten vom Schwimmen und Schreiben.
2002, 140 Seiten

JOHN VON DÜFFEL. ZEIT DES VERSCHWINDENS.
Roman. 2000, 206 Seiten

CHRISTOPHE DUFOSSÉ. LETZTE STUNDE.
Roman. Etwa 450 Seiten (Herbst 2003)

GERHARD FALKNER. ALTE HELDEN.
Schauspiel und deklamatorische Farce. 1998, 60 Seiten

GERHARD FALKNER. DER QUÄLMEISTER.
Nachbürgerliches Trauerspiel. 1998, 90 Seiten

ALICE FERNEY. LIEBENDE.
Roman. 2001, 303 Seiten

ARIS FIORETOS. DIE SEELENSUCHERIN.
Roman. 2000, 357 Seiten

ARIS FIORETOS.
DIE WAHRHEIT ÜBER SASCHA KNISCH.
Roman. 2003, 351 Seiten

JULIA FRANCK. BAUCHLANDUNG.
Geschichten zum Anfassen. 2000, 120 Seiten

JULIA FRANCK. LAGERFEUER.
Roman. 302 Seiten (Herbst 2003)

JULIA FRANCK. LIEBEDIENER.
Roman. 1999, 238 Seiten

LAVINIA GREENLAW. DIE VISION DER MARY GEORGE.
Roman. 2001, 369 Seiten

THOMAS HETTCHE. ANIMATIONEN.
1999, 200 Seiten mit 30 Abbildungen

THOMAS HETTCHE. DER FALL ARBOGAST.
Roman. 2001, 352 Seiten

THOMAS HETTCHE. LUDWIG MUSS STERBEN.
Roman. 2002, 184 Seiten

THOMAS HETTCHE. NOX.
Roman. 2002, 140 Seiten

MICHEL HOUELLEBECQ. ELEMENTARTEILCHEN.
Roman. 1999, 360 Seiten

MICHEL HOUELLEBECQ. GEGEN DIE WELT, GEGEN DAS LEBEN. H. P. LOVECRAFT.
2002, 120 Seiten

MICHEL HOUELLEBECQ. PLATTFORM.
Roman. 2002, 352 Seiten

MICHEL HOUELLEBECQ. DIE WELT ALS SUPERMARKT.
Essays. 1999, 120 Seiten

DAS PHÄNOMEN HOUELLEBECQ.
Hg. von Thomas Steinfeld. 2001, 270 Seiten

VIKTOR JEROFEJEW (HG.). VORBEREITUNG FÜR DIE ORGIE.
Junge russische Literatur. 2000, 336 Seiten

THOMAS KLING. BOTENSTOFFE.
2001, 249 Seiten

MARTIN KLUGER. ABWESENDE TIERE.
Roman. 2002, 1039 Seiten

JAN KONEFFKE. PAUL SCHATZ IM UHRENKASTEN.
Roman. 2000, 276 Seiten

JUDITH KUCKART. DIE AUTORENWITWE.
Erzählungen. 2003, 172 Seiten

JUDITH KUCKART. LENAS LIEBE.
Roman. 2002, 303 Seiten

ANDREA LEE. VOLLMOND ÜBER MAILAND.
Storys. 2003, 251 Seiten

MARIANA LEKY. LIEBESPERLEN.
Erzählungen. 2001, 108 Seiten

ULLA LENZE. SCHWESTER UND BRUDER.
Roman. Etwa 220 Seiten (Herbst 2003)

CHRISTIAN LINDER.
DIE BURG IN DEN WOLKEN.
Blicke ins Rheintal und anderswohin.
Reiseerzählungen. 2001, 269 Seiten mit 93 Fotogafien

CARLO LUCARELLI. DER GRÜNE LEGUAN.
Roman. 1999, 208 Seiten

CARLO LUCARELLI. DER KAMPFHUND.
Roman. 2002, 301 Seiten

CARLO LUCARELLI. SCHUTZENGEL.
Roman. 2001, 180 Seiten

JAN LURVINK. WINDLADEN.
Roman. 1998, 190 Seiten

CHRISTIAN MÄHR. DIE LETZTE INSEL.
Roman. 2001, 215 Seiten

STEPHAN MAUS. ZITATSALAT.
VON HINZ UND KUNZ.
Handverlesenes aus dem Zettelkasten. 2002, 120 Seiten

MULTATULI.
DIE ABENTEUER DES KLEINEN WALTHER.
Roman. 1999, 958 Seiten

HARUKI MURAKAMI. GEFÄHRLICHE GELIEBTE.
Roman. 2000, 230 Seiten

HARUKI MURAKAMI. MISTER AUFZIEHVOGEL.
Roman. 1998, 684 Seiten

HARUKI MURAKAMI. NACH DEM BEBEN.
Erzählungen. Etwa 140 Seiten (Herbst 2003)

HARUKI MURAKAMI. NAOKOS LÄCHELN.
Roman. 2001, 428 Seiten

HARUKI MURAKAMI. SPUTNIK SWEETHEART.
Roman. 2002, 234 Seiten

HARUKI MURAKAMI. TANZ MIT DEM SCHAFSMANN.
Roman. 2002, 461 Seiten

GERT NEUMANN. ANSCHLAG.
Roman. 1999, 271 Seiten

GERT NEUMANN. ELF UHR.
Roman. 1999, 432 Seiten

ALFRED NEVEN DUMONT.
DIE VERSCHLOSSENE TÜR.
Erzählungen. Etwa 210 Seiten (Herbst 2003)

KEM NUNN. WO LEGENDEN STERBEN.
Roman. 2001, 393 Seiten

KEM NUNN. WELLENJAGD.
Roman. 2002, 368 Seiten

GEORGE P. PELECANOS. EINE SÜSSE EWIGKEIT.
Roman. 2003, 356 Seiten

TILMAN RAMMSTEDT.
ERLEDIGUNGEN VOR DER FEIER.
2003, 115 Seiten

ROMAN SENČIN. MINUS.
Roman. Etwa 300 Seiten (Herbst 2003)

CLAUDE SIMON. GESCHICHTE.
Roman. 1999, 387 Seiten

CLAUDE SIMON. JARDIN DES PLANTES.
Roman. 1998, 368 Seiten

CLAUDE SIMON. DIE TRAMBAHN.
Roman. 2002, 113 Seiten

CLAUDE SIMON. DIE STRASSE IN FLANDERN.
Roman. Etwa 350 Seiten (Herbst 2003)

CLAUDE SIMON. DER WIND
Roman. 2001, 270 Seiten

VLADIMIR SOROKIN. DER HIMMELBLAUE SPECK.
Roman. 2000, 440 Seiten

VLADIMIR SOROKIN. NORMA.
Roman. 1999, 380 Seiten

ARNOLD STADLER. ERBARMEN MIT DEM SEZIERMESSER.
Über Literatur, Menschen und Orte. 2000, 218 Seiten

ARNOLD STADLER. SEHNSUCHT.
Versuch über das erste Mal. Roman. 2002, 329 Seiten

THOMAS STEINFELD. RIFF.
Tonspuren des Lebens. 2000, 275 Seiten

TOHUWABOHU. HEILIGES UND PROFANES.
Gelesen und wiedergelesen von Arnold Stadler nach dem 11. September 2001. 2002, 383 Seiten

JEAN-PIERRE VERNANT. GÖTTER UND MENSCHEN.
Jean-Pierre Vernant erzählt griechische Geschichte von den Ursprüngen. 2000, 225 Seiten

ALINA VITUCHNOVSKAJA. SCHWARZE IKONE.
Gedichte und Prosa. 2002, 120 Seiten

DIRK WITTENBORN. UNTER WILDEN.
Roman. Etwa 414 Seiten (Herbst 2003)

ZENTRALE RANDLAGE. LESEBUCH FÜR STÄDTEBEWOHNER.
Hg. von Jochen Schimmang. 2002, 243 Seiten

MARTINA ZÖLLNER. BLEIBTREU.
Roman. Etwa 370 Seiten (Herbst 2003)